알리페르
ALIFER

III

레베레베레
장편소설

알리페르 III

초판 1쇄 인쇄일 | 2019년 11월 25일
초판 1쇄 발행일 | 2019년 12월 04일

지은이 | 레베레베레
펴낸이 | 박성면
펴낸곳 | (주)동아

출판등록 | 제406－2012－000056호
주소 | 경기도 파주시 문발로 115, 세종출판벤처타운 201-A호
전화 | (031)8071－5201
팩스 | (031)8071－5204
E－mail | bear6370@hanmail.net

정가 | 12,000원

ISBN 979-11-5641-160-4 (04810)
979-11-5641-156-7 (set)

CHIC
NOVEL

알리페르
ALIFER

III

레베레베레
장편소설

목 차

chapter 7. 시탈로프 숲 下 ·· 7

4

chapter 8. 숲의 공주, 첨탑의 포로 ·· 55

첨탑의 포로 1

숲의 공주 1

숲의 공주 2

첨탑의 포로 2

숲의 공주 3

첨탑의 포로 3

숲의 공주 4

숲의 공주 5

숲의 공주 6

첨탑의 포로 4

첨탑의 포로 5

외전. 렉사 ·· 355

chapter 9. 껍질 밖 上 ·· 387

1

2

3

4

chapter 7

시탈로프 숲 下

시탈로프 숲 (4)

"기분이 좋아 보이십니다."

엘든의 말에 조수석에 앉아 멍하니 창밖을 보고 있던 이사나는 엘든을 돌아보았다. 하지만 말을 꺼낸 엘든은 여전히 앞만 보고 있을 뿐이었다. 계속 운전만 하고 있어서 무료한 건가? 이사나는 다시 창 쪽으로 고개를 돌리며 말했다.

"그렇게 보이나?"

"네, 적어도 어제보다는 훨씬 나아 보이는군요."

엘든의 말에 이사나는 머쓱해졌다. 어제는 멜즈가 자꾸 피해 다니는 게 화가 나 괜히 엘든에게 신경질을 부렸으니 말이다. 이사나는 왠지 미안하고 민망해져 아무 말도 못하는데, 엘든이 웃음기 어린 목소리로 말했다.

"그리고 하사도 이제는 기운을 차렸나 보군요."

"……?"

이사나가 무슨 말이냐는 듯 엘든을 돌아보자, 엘든이 길 위를 달리는 트럭 하나를 가리켰다. 거기에는 안에서 한창 몸싸움 중인 신병들의 모습이 보였다. 멜즈가 그 안에 끼여 있었다. 바닥에 쓰러뜨린 병사 위에 올라타 마구 주먹을 날리는데, 그 사나운 모습이 도저히 이사나가 아는 멜즈처럼 보이지 않았다. 이사나는 놀라서 입을 다물지 못하는데, 엘든이 말했다.

"하사가 보기보다 패기가 있군요."

"……저런 애가 아니었는데."

이사나는 탄식하듯 말했다. 비록 떨어져 있던 시간이 길었어도 멜즈에 대해 누구보다도 잘 안다고 자신했는데, 사실은 아니었던 모양이다.

어제 일만 해도 이사나의 인지 범위를 벗어난 것이었다.

이사나는 어젯밤 지나치게 적극적이었던 멜즈를 떠올리며 귀 끝을 붉혔다. 멜즈가 설마 그런 대담한 짓을 할 줄은 꿈에도 상상치 못했다. 항상 어리다고만 생각했는데……. 어둠 속에서 나누었던 행위를 떠올린 이사나는 얼굴이 확확해지는 걸 느끼는데, 엘든이 그런 이사나를 흘낏 쳐다보며 말했다.

"어제 하사와 얘기한 게 잘 풀리셨나 보군요."

엘든은 평범하게 말했지만, 그 안에는 확연히 놀리는 기색이 스며 있었다. 설마 어제 있었던 일을 엘든이 알아챈 건가? 이사나는 아무렇지 않은 척하면서도 내심 심장이 덜컥 내려앉는 걸 느꼈다. 엘든은 그야말로 눈치가 귀신이었으니 말이다. 이사나는 창밖으로 시선을 고정한 채 굳어 있는데, 엘든이 글로브박스에서 반창고를 꺼내 이사나에게 내밀며 말했다.

“이걸로 목덜미 좀 가리십시오. 여기저기 자랑하지 마시고요.”

엘든의 핀잔에 이사나는 황급히 선바이저를 내려 그 안에 든 거울을 바라보았다. 목덜미에는 어제 멜즈가 짓씹었던 자국이 고스란히 남아 있었다. 이사나는 얼굴을 벌겋게 물들인 채 엘든이 내민 반창고를 낚아챘다. 그러자 엘든이 대놓고 이사나를 놀려 댔다.

“그렇게 안 보였는데 하사가 밤엔 적극적인 모양이군요.”

“…….”

“아무렴 각하의 상대가 되려면 그 정도 적극성은 갖춰야죠.”

하하하하. 능글맞은 웃음소리가 너무 얄미워 이사나는 엘든을 한 대 치고 싶어졌다. 이사나가 새빨개진 얼굴로 거울을 보며 목에 반창고를 붙이는데, 엘든이 여전히 웃음기 어린 목소리로 말했다.

“그래도 각하께서 마음을 결정하셔서 다행입니다. 이대로 영영 하사의 구애를 받아 주지 않을 줄 알았는데 말입니다.”

“…….”

“아무리 이곳이 전쟁터라고 해도 그것 때문에 연정까지 포기하는 건 이상하지 않습니까.”

“……나는 아직도 이게 잘한 일인지 모르겠어.”

이사나는 고민이 묻어나는 목소리로 말했다. 어제는 멜즈가 평소 같지 않은 행동을 해 충동적으로 그에게 키스하자고 말하긴 했지만, 그래도 여전히 알 수 없었다. 이게 오히려 멜즈에게 상처 주는 일이 되는 게 아닌가 하고 말이다.

하지만…….

'이사나! 좋아해요! 당신을 좋아해요! 사랑해요! 나 정말, 이사나를 만나서 다행이에요! 당신과 맺어져서…… 이대로 죽어도 여한이 없어요……!'

'나 지금 너무 행복해요. 이사나를 따라와서, 그래서 정말 다행이에요. 당신을 만난 게 제 인생 최대 행운이에요.'

열정적인 고백에 이사나는 어쩔 수 없이 마음이 들떴다. 가슴속이 먹먹하니 차오르는 기분이 들기도 했다. 멜즈는 자신을 만난 게 행운이라고 말했지만, 이사나야말로 멜즈를 만난 게 행운이라고 생각했다. 그의 존재 자체가 이사나에겐 기적이요, 선물이었다. 간질간질한 기분에 그가 자신도 모르게 미소 짓는데 그런 이사나를 보며 엘든이 말했다.

"각하의 얼굴을 보면 잘한 일 같군요."

"엘든……."

이제 제발 그만 놀리라는 듯 이사나가 애원조로 말하자, 엘든은 "알겠습니다, 알겠다고요."라며 큭큭거리다가 말을 돌렸다.

"그나저나 이제 콜로니가 보이는군요."

엘든의 말에 정면을 바라보자, 저 멀리로 콜로니의 모습이 보였다. 그에 이사나는 마음이 가라앉는 걸 느꼈다. 이제 유예 기간은 끝난 셈이다. 이제 콜로니로 돌아온 이상, 시탈로프 숲 원정 때 이상의 희생을 각오하며 알리페르와의 싸움을 준비해야 했다. 그 결과가 어떻게 끝나든 간에 말이다.

'……?'

육안으로 콜로니의 모습을 식별할 수 있을 만큼 가까워지자, 이상한 광경이 보였다. 자기 중력장 배리어를 가동한 것은 그렇다 쳐도 배리어와 경계를 이루는 초소 앞에 포병들이 쫙 깔려 있는 게 보였다. 콜로니 안의 포란 포는 다 끌고 온 듯한 모습에 이사나도 엘든도 의아해하는데, 원정대가 콜로니에 가까워지자, 병사들이 분주히 어서 들어오라고 손짓하며 원정대를 태운 트럭을 서둘러 콜로니 안으로 들였다. 지나치게 초조해 보이는 그 모습에 이사나는 의아함을 느끼는데, 이사나가 엘든과 함께 트럭에서 내리자 초소 근처에 있던 장교들이 벌 떼같이 달려들었다.

"각하! 무사하셔서 정말 다행입니다!"

"저희는 각하께서 당하신 줄 알고……!"

"하느님 감사합니다!"

원정을 나간 동안 이사나 대신 콜로니의 통솔을 맡았던 버나드 중장은 아예 체면 불고하고 이사나의 손까지 잡은 채 엉엉 울었다. 보름도 안 되는 기간 동안 눈에 띄게 수척해진 모두의 모습에 이사나는 낯을 굳히며 물었다.

"도대체 무슨 일인가."

"각하, 이쪽으로 와 주십시오."

기술팀 총괄 책임자인 진저는 전에 없이 굳어진 얼굴로 황급히 이사나를 데리고 작전실로 향했다. 이상했다. 어쩐지 기분 나쁘게 심장이 뛰었다. 이사나는 불길한 예감을 느끼며 진저와 함께 작전실로 들어갔다가 상황판에 펼쳐진 광경을 보고 경악하고 말았다.

"저건…… 도대체……."

콜로니 주변이 표시된 거대한 패널 위로 수 없이 많은 빨간불이 들어와 있었다. 알리페르가 나타났다는 신호였다. 거대한 두 무리로 나뉜 알리페르 군단은 명백히 콜로니를 향하고 있었다. 콜로니와 가장 가까운 제1 군단은 최소 백여 개체가 넘었다. 이사나는 새하얗게 질린 얼굴로 진저를 돌아보는데, 진저가 수척해진 얼굴로 말했다.

"각하께서 시탈로프 숲 원정을 떠나고 얼마 지나지 않아 돌연 숲에서 알리페르 무리가 나타나기 시작하더니 원정대가 지나왔던 경로를 거슬러 콜로니로 향했습니다. 그걸 각하께 알리려고 했지만 원정대와는 통신이 연결되지 않았고요."

진저의 말에 이사나는 얼굴을 굳혔다. 시탈로프 숲에서 퇴각을 결정한 이후 원정대는 정체불명의 통신망 장애로 콜로니는 물론이요, 각 대대별로도 제대로 소식이 통하지 않아 아예 통신을 포기한 상태였다. 퇴각을 결정하는 게 조금만 늦어졌어도 아무 정보도 받지 못했던 원정대는 말 그대로 전멸할 뻔했다. 이사나는 뒷목이 스산해지는 걸 느끼며 진저에게 물었다.

"놈들은 우리와 얼마나 떨어져있지?"

"약 50km 정도입니다. 이 속도대로라면 한 시간 안에 콜로니로 도착할 것입니다."

정말 간발의 차였다. 다행이긴 했지만, 그것과 별개로 이사나는 이 상황을 이해할 수 없었다. 왜지? 도대체 왜 놈들이 갑자기 콜로니 군을 습격할 결심을 한 거지? 도무지 이해할 수 없었다. 숲에서 본래의 전력을 들켰기 때문인가, 그게 아니라면 다른 의도가 있는 건가? 이사나는 수없이 쏟아지는 의문들로 머리가 지끈거렸지만, 일단 냉정해지기로 했다. 모두가 이사나를 보고 있었다. 절망스러운 상황 가운데 이사나가 돌아왔다는 것에 한 줄기 희망을 품고 있었다. 이사나는 작전실에 있는 장교들을 돌아보며 말했다.

“우선 전원 제 위치로 돌아가 앞으로 있을 습격에 대비한다. 이 상황판대로라면 아직 우리에게 희망은 있어. 선발대로 보이는 제1 군단은 다행히 다음에 올 제2 군단에 비해 수가 적어. 진저, 제1 군단과 제2 군단의 거리 차이는 얼마나 되지?”

“약 300km 정도로 제2 군단은 5~6시간 후에 도착할 겁니다.”

진저의 말에 이사나는 잠시 고민한 뒤 말했다.

“인부들을 비롯한 민간인은 호위를 붙여 지금 당장 이곳에서 내보내고 콜로니 군은 제1 군단을 격퇴한 뒤 전원 헥사비스로 향한다.”

이사나는 망설이다가 말했다.

“콜로니는 버린다.”

“각하! 그게 무슨 말씀이십니까!”

이사나의 말에 엘든이 경악하며 말했다. 하지만 이사나는 단호한 얼굴로 말했다.

“자네도 시탈로프 숲을 겪어 봐서 알겠지만, 콜로니의 병력만으로는 놈들을 당해 낼 수 없어. 그런 상태에서 고립되면 끝장이야.”

“하지만, 군을 함부로 움직이면 각하께서 반역으로 몰릴 수 있습니다.”

“각오는 하고 있어. 하지만, 훈련시킨 병사들을 잃는 것이야말로 무엇보다 큰 손실이야. 진저, 헥사비스에서 순항 유도 미사일을 쏘면 콜로니의 자기 중력장 배리어가 버틸 수 있나?”

“직격하지 않는다면 버틸 수 있습니다. 하지만.”

진저는 침통한 얼굴로 말했다.

“헥사비스와는 통신이 두절되어 교신이 되지 않고 있습니다.”

진저의 말에 이사나는 낯을 굳혔다. 또다. 또 렉사 토벌전 때처럼 통신이 끊어져 헥사비스와 연락이 닿지 않았다. 도대체 누구지? 누가 우릴 고립시키고 있는 거지?

간단히 생각하면 범인은 황제밖에 없었다. 그 외에는 이런 짓을 할 사람이 없었으니까. 이사나는 그를 배신했고 헥사비스를 떠나겠다는 말까지 했다. 자신의 손아귀에 있던 물건이 스스로의 의지로 떠난다고 말했으니 죽이려 한다 해도 크게 이상할 건 없었다. 하지만, 그가 아니었다. 이사나의 감이 그렇게 외치고 있었다. 무엇보다 황제는 지금 이 상황에 대해 알지 못했다. 통신이 끊어져 시탈로프 숲에 대한 것도 보고받지 못했는데, 어떻게 이렇게 타이밍 좋은 때에 고립시킬 수 있겠는가. 그렇다면 도대체 누가…….

아니다. 지금은 이런 생각을 할 때가 아니었다. 우선은 콜로니의 제국민들을 탈출시키는 데 집중해야 했다.

"교신이 될 때까지 최대한 버텨 봐야겠군. 기술팀은 헥사비스와 연락할 수단을 찾고 포를 쓸 수 있는 자들은 전부 밖으로 내보내. 나머지는 인부들을 탈출시킨 뒤 포병대를 지원한다."

이사나의 명령에 장교들은 경례를 한 뒤 일사분란하게 흩어졌다. 이사나 역시 그들을 뒤따라 밖으로 나가는데, 사령부 건물 앞에 멜즈가 기다리고 있는 게 보였다. 콜로니 안의 심상찮은 기류에 적잖게 당황한 것처럼 보였다. 이사나가 멜즈에게 다가가자, 멜즈는 불안에 찬 얼굴로 물었다.

"이사나 도대체 무슨 일이에요?"

멜즈의 물음에 이사나는 엘든을 돌아보며 "먼저 가 있어."라고 말했다. 그에 엘든이 동쪽 망루로 먼저 향하자, 이사나는 침착한 얼굴로 멜즈에게 말했다.

"멜즈, 이제 곧 알리페르 무리가 이곳을 습격하러 올 거야."

"네?"

생각지도 못한 말에 멜즈가 놀란 얼굴로 자신을 바라보았다. 그에 이사나는 속사포처럼 늘어놓았다.

"선발대로 올 제1 군단조차 개체수가 최소 백 이상이라 지금 당장 2개 대대를 붙여 인부들을 먼저 피난시킬 예정이야. 너도 거기에 끼여서 같이 헥사비스로 돌아가도록 해."

"그럼 이사나는…… 이사나는요!"

"나는 남아야 해."

병사들에게 신망을 받고 있는 만큼 자신이 자리를 비우면 병사들의 사기가 떨어질 건 불 보듯 뻔한 일이었다. 애초에 자리를 비울 생각도 없었고. 헥사비스의 지원을 기대할 수 없는 이 상황에서 유례없이 많은 알리페르 군단과 맞서 싸워 이길 수 있을지 의문이었다.

하지만 이사나에게는 제국민을 보호할 의무가 있었다. 그 결과가 어떻든 그건 이사나가 끝까지 책임져야할 문제였다. 하지만 멜즈는 아니었다. 멜즈는 '넥시움'이 아니니 말이다. 이사나는 어떻게든 멜즈를 보호하고 싶어 안달을 내는데, 멜즈는 원하지 않았다.

"그럼 저도 안 갈래요."

"멜즈……."

"이사나라면 사랑하는 사람을 혼자 두고 갈 수 있겠어요?"

멜즈는 두려움에 몸을 덜덜 떨면서도 절대 물러설 수 없다는 듯 이사나의 팔을 꽉 움켜쥐었다. 그가 얼마나 무서워하는지 팔의 떨림으로 느껴졌지만, 그럼에도 멜즈는 단호한 눈을 하고 있었다. 이성적으로는 멜즈를 인부들과 함께 헥사비스로 돌려보내는 게 옳았다.

전투원도 아닌 그가 굳이 여기서 희생을 선택할 필요는 없었으니까. 하지만 이사나는 이렇게 말했다.

"그럼 계속 내 곁에 있으렴."

"네."

멜즈는 긴장으로 얼굴이 굳어져 있음에도 기쁜 듯이 환히 웃었다. 그에 이사나 역시 마주 웃을 수밖에 없었다. 정말, 멜즈에게는 당해낼 수 없었다. 연인을 위험에 빠뜨리는 이 상황에서 불안을 느끼는 게 정상이건만, 이상하게도 이사나는 행복하다는 생각이 먼저 들었다. 용감하고 거침없는 어린 연인이 너무 사랑스러워 견딜 수 없었다. 불현듯 키스하고 싶어져 이사나가 멜즈의 곱슬한 금발을 손으로 매만지는데, 엘든이 헐레벌떡 다시 이사나에게 되돌아와 소리쳤다.

"각하! 이쪽으로 와 보십시오!"

엘든의 다급한 외침에 이사나는 서둘러 멜즈와 함께 동쪽 망루로 향했다. 그리고 눈앞에 펼쳐진 광경에 낯을 굳혔다.

알리페르 군단이 다가오고 있었다. 아직 인부들을 대피시키지 못했는데 동쪽 하늘을 새까맣게 다 뒤덮을 정도로 수많은 알리페르가 보였다. 그들은 똑바로 콜로니를 향해 오고 있었다. 어림잡아서 개체 수가 오백은 넘을 것 같았다. 놈들이 만들어 내는 치릇거리는 소리로 등골이 다 오싹해질 정도였다. 이사나는 엘든을 돌아보며 물었다.

"자기 중력장 배리어는!"

"풀가동하고 있습니다!"

"전원 포문을 열고 습격에 대비한다!"

이사나의 명령에 포병대는 초소 앞에 끌고 나온 박격포와 곡사포를 알리페르 군단 쪽으로 조준했다. 그리고 어느 정도 거리가 가까워지자 포병대의 지휘관이 이사나를 돌아보았다. 그에 이사나가 고개를 끄덕이자, 지휘관이 외쳤다.

"발사!"

지휘관의 명령에 사거리가 먼 대포에서 먼저 포탄이 발사되었다. 대(對) 알리페르전을 염두에 두고 만들어진 무기인 만큼 포탄은 알리페르의 약점인 날개를 노리도록 설계되어 있었다. 포탄은 발사되고 얼마 지나지 않아 공중에서 폭발했고 그 파편은 주변의 알리페르에게 튀었다.

크아아아악! 꽤 많은 알리페르들이 소름 끼치는 비명을 내지르며 바닥으로 추락했다. 첫 공격치고는 나쁘지 않았다. 이대로 놈들이 동요해 전열을 흐트러뜨리면 큰 무리는 대포를 쏴 공략하고 뿔뿔이 흩어진 나머지 무리는 스펙터 부대가 각개격파로 물리치면 된다. 지휘관도 이사나도 그렇게 생각하는데, 알리페르가 돌연 이상한 움직임을 보였다.

"......!"

놈들이 갑자기 여러 무리로 분열하더니 콜로니를 향해 채찍처럼 돌진해 오기 시작했다. 펑! 펑! 펑! 펑! 당황한 포병들이 돌진해 오는 알리페르를 막으려 애를 썼지만, 놈들은 마치 한 몸처럼 유기적으로 뭉쳤다가 흩어지기를 반복하며 재빠르게 포탄과 파편을 피했다. 포탄의 피해를 거의 입지 않은 적들이 순식간에 코앞까지 당도하자, 지휘관은 당황하며 포병들에게 외쳤다.

"퇴각하라! 퇴각해!"

지휘관의 말에 포병들은 헐레벌떡 자기 중력장 배리어가 쳐진 콜로니를 향해 뛰었다. 대다수의 포병들이 콜로니 안으로 들어왔지만,

운 나쁘게 뒤처진 병사들은 곧장 알리페르에게 붙잡히게 되었다.

"으아아아악!"

"살려 줘!"

알리페르는 붙잡은 병사들을 공중으로 들어 올려 말 그대로 산 채로 찢어 버렸다. 마치 과시라도 하듯 이사나와 병사들이 있는 쪽을 바라보면서 말이다. 콜로니 군은 포병들의 끔찍한 죽음에 분노하면서도 두려움에 몸을 떨었다. 전력 차는 그야말로 압도적이라 할 수 있었다. 그마저도 대포를 버리고 온 탓에 더 이상 저항하는 게 불가능했다. 자기 중력장 배리어가 있어서 다행이었다. 그것마저 없었다면 콜로니의 모든 장병들이 순식간에 저런 꼴이 되었을 테니 말이다.

독 안에 든 쥐 신세라고 해도 자기 중력장 배리어는 견고했다. 배리어는 물리력을 흡수하는 게 아닌 튕겨내는 반탄력을 가졌기에 이 안이라면 안전할 수 있었다. 장병들은 불안한 눈으로 동쪽 망루를 새카맣게 둘러싼 알리페르 군단을 지켜보는데, 콜로니 안의 인간들을 내려다보며 공중에 멈춰 서 있던 알리페르 군단이 돌연 배리어 쪽으로 몸을 던지기 시작했다.

"……!"

배리어는 여전히 건재했지만, 알리페르는 계속해서 몸을 부딪쳐 왔다. 물 샐 틈 없이 알리페르로 새까맣게 뒤덮인 천장을 희게 질린 얼굴로 바라보던 이사나는 엘든에게 소리쳤다.

"배리어를 무너뜨릴 작정이야! 배리어 위로 전류를 흘려보내!"

이사나의 말에 엘든은 허둥지둥 제2 기술팀 건물로 향했다. 엘든이 가고 얼마 지나지 않아 배리어를 덮은 철망 위로 시퍼런 불똥이 간헐적으로 튀기 시작했다.

"크아아아악!"
"끄어어어억!"
배리어에 부딪친 알리페르 몇몇이 고압 전류에 의해 숯덩이가 되었다. 그 모습에 동요할 만도 하건만, 놈들은 아무것도 보지 못했다는 듯 계속해서 배리어로 몸을 던질 뿐이었다.
쿵쾅쿵쾅!
비처럼 배리어에 부딪쳐 오는 놈들의 광기 어린 모습에 이사나는 물론이요, 멜즈와 장병들 역시 넋 나간 얼굴로 천장을 올려다보았다. 미쳤어……. 저놈들은 정상이 아니야! 모두가 얼음물을 뒤집어쓴 듯한 오싹함을 느끼는데, 한 장교가 외쳤다.
"지, 지지대가……!"
배리어의 초전도 물질에 전류를 공급하는 지지대가 점점 휘청거리기 시작했다. 배리어의 반탄력이 임계점을 돌파한 것이다. 지지대가 쓰러지지 않게 주변으로 병사들이 몰려들었지만, 배리어가 파도처럼 출렁이는 건 막을 수 없었다.
탕—!
날카로운 총성에 이사나가 옆을 돌아보니 한 장교가 머리가 터진 채 바닥에 쓰러져 있었다. 극심한 공포에 못 이겨 권총 자살을 한 것이다. 그것을 시작으로 콜로니 안은 순식간에 아수라장으로 변했다.
"사, 살려 줘! 이런 곳에서 죽기 싫어!"
"신이시여!"
장교들이고 병사들이고 모두 지휘관의 통제에서 벗어나 비명을 지르고 자해를 하며 난리가 났다. 이대로라면 끝이었다. 이대로 배리어가 파괴된 순간, 모두 알리페르의 먹잇감이 될 터였다.

무언가 좋은 방법이 없을까? 이 절체절명의 위기를 뒤집을 신묘한 수가……! 혼잡한 와중에도 이사나는 포기하지 않고 주변을 돌아보는데, 돌연 머리가 조이듯이 아파왔다.

'하필, 이런 때에……!'

갑자기 시작된 발작 증상으로 주변의 소란이 멀어지고 눈앞이 흑백 영화처럼 색이 바래 갔다. 모든 게 비현실적으로 보일 뿐이었다. 쿵—! 결국 지지대 하나가 부러지고 그 아래로 새카맣게 탄 알리페르의 시체가 쏟아졌다. 으아아악! 으악! 절망 어린 절규만이 이사나의 주변을 맴도는 가운데, 누군가가 인에 박히듯 이사나의 눈에 들어왔다.

"쥬…… 드?"

더티 블론드의 상냥한 갈색 눈을 가진 소년이 또다시 이사나의 눈앞에 나타났다. 소년은 무표정한 얼굴로 천천히 팔을 들어 올리더니 손가락으로 허공을 가리켰다. 그곳에는 공중에 멈춰 선 채 꼼짝도 하지 않는 한 알리페르가 보였다. 다른 모든 알리페르가 제 의지가 없는 것처럼 배리어에 몸을 던지는 가운데 그 알리페르만이 유일하게 멈춰 서 있었다. 그 광경을 본 순간, 이사나는 불현듯 쥬드와 했던 마지막 대화가 떠올랐다.

'이사나 님, 지금 제가 무섭나요? 아마 그렇지 않을 거예요. 저는 클레르 님의 슬레이브(slave)인 쥬드이기도 하지만, 당신을 배신한 쥬드이기도 하니까요. 그래요, 모두 사실은 아무것도 아닌 거예요.'

슬레…… 이브?

왜 그때 쥬드는 곁에 있어 달라는 청을 받아들이지 못하고 스스로 목숨을 끊었던 걸까.

어쩌면…… 어쩌면……!

직관에 가깝게 어떤 가설을 떠올린 이사나는 황급히 주변을 돌아보았다. 눈물을 흘리며 절망에 차 울부짖는 창병의 발치로 기다란 창이 떨어져 있는 게 보였다. 그걸 주운 이사나는 알리페르가 있는 허공을 올려다보았다.

"배리어가 해체된다!"

"오, 하느님 맙소사!"

배리어가 완전히 뚫린 순간, 이사나는 왼쪽 팔목의 다이얼을 한계까지 돌려 생체 의수의 출력을 최대치로 높였다. 데일 듯이 팔이 뜨거워지자 이사나는 조금도 지체하지 않고 허공에 멈춰 선 알리페르를 향해 힘껏 창을 던졌다.

푸욱—!

알리페르는 꽤 높이 떠 있었음에도 이사나가 던진 창은 단숨에 알리페르의 복부를 꿰뚫었다. 알리페르는 믿을 수 없다는 듯 복부에 꽂힌 창을 내려다보다가 콜로니로 추락했다. 그와 동시에 이변이 일어났다.

"끼이이이이익!"

"끄아아아아악!"

뚫린 배리어를 찢고 콜로니로 침입하던 알리페르들이 일제히 괴이한 단말마를 내뱉으며 바닥으로 추락하기 시작했다. 그 해괴한 광경을 장교들과 병사들은 혼이 빠져나간 듯한 얼굴로 바라보았다. 이사나는 머리가 쥐어뜯길 듯 아파왔음에도 침착하게 소리쳤다.

"추락한 알리페르의 목을 잘라라!"

이사나의 명령에 병사들은 패닉했던 게 언제였냐는 듯 무기를 들어

바닥에 쓰러진 알리페르의 목을 베기 시작했다. 흰 거품을 문 채 사지를 벌벌 떠는 알리페르를 향해 무섭게 얼굴을 일그러뜨린 병사들이 다가갔다. 병사들은 말 그대로 놈들을 학살했다. 죽어 죽어 죽어! 이 벌레놈들아!

광기에 가까운 처형이 계속되는 가운데, 긴장이 풀린 이사나는 가벼운 어지러움을 느끼며 몸을 휘청거렸다. 그 모습을 본 멜즈는 황급히 달려와 이사나를 부축했다.

"이사나! 괜찮……!"

탁─!

이사나는 자신의 팔을 붙잡는 멜즈를 세게 뿌리쳤다. 생각지도 못한 이사나의 거부에 멜즈는 아픈 팔을 부여잡은 채 얼떨떨한 얼굴로 이사나를 바라보는데, 이사나는 지독히 냉정한 표정을 지은 채 멜즈와 얼굴조차 마주치지 않았다. 주변이 소란스러운 가운데 둘 사이에만 어색한 침묵이 감도는데, 제2 기술팀에게 갔던 엘든이 다시 돌아와 이사나에게 물었다.

"각하, 이게 도대체 어떻게 된 일입니까!"

"……자세한 건 잘 모르지만, 알리페르는 하위 개체가 상위 개체에게 정신이 지배되는 특성이 있었나 봐. 그것보다 엘든, 약 좀 꺼내 줘."

이사나의 말에 엘든은 이사나의 품을 뒤져 약병을 꺼냈다. 엘든이 약병에서 약을 덜어 주자 이사나는 손을 덜덜 떨며 약을 입에 털어 넣었다. 그런 이사나의 모습을 멜즈는 당혹스러운 얼굴로 바라보며 물었다.

"이사나? 어디 아파요?"

멜즈는 여전히 말갛고 순수한 얼굴로 이사나를 걱정하고 있었다. 하지만 이사나는 그 천진무구한 얼굴에 오싹함을 느끼고 있었다.

멜즈는.

헥사비스를 멸망시키기 위해 태어난 아이였다.

그걸 알아차린 이사나는 직감적으로 자신이 해야 할 일이 무엇인지 깨달았다. 이사나는 분노로 몸까지 떨려 오는 걸 느꼈지만, 간신히 참으며 엘든에게 말했다.

"먼저 가서 내 대신 병사들을 통솔하고 있어. 콜로니에 떨어진 알리페르를 전부 처리하면 인부들부터 먼저 이곳에서 탈출시키고."

"네? 그럼 각하께선……."

"난 해야 할 일이 있어."

이사나는 멜즈를 돌아보며 말했다.

"멜즈, 넌 날 따라와."

이사나는 냉랭하게 돌아선 뒤 앞장섰다. 그에 멜즈는 영문을 몰라 하면서도, 일단 이사나를 뒤따랐다.

차박차박.

자갈을 밟으며 뒤따라오는 소리가 이제 더 이상 든든하게 느껴지지 않았다. 오히려 치가 떨릴 뿐이었다. 왜 미처 알아차리지 못했던 걸까. 우리가 이렇게 다르다는 걸 왜 미처 생각하지 못했던 걸까. 이사나는 자신의 실책에 속이 울렁거려 왔다. 하지만 언제나 그렇듯 이사나는 과거를 자책하기보다 냉정히 해결하는 쪽을 선택했다.

관사로 들어온 이사나는 긴 복도를 지나 자신의 집무실로 들어갔다. 멜즈 역시 뒤따라 들어와 조심스럽게 집무실 문을 닫자, 이사나는 품속에서 리볼버를 꺼냈다. 그리고 정확히 멜즈의 미간을 조준했다.

"이, 이사나?!"

자신에게 겨눠진 총구에 멜즈는 당황하며 이사나를 불렀다. 하지만 이사나는 대답 없이 헥사비스에 크나큰 재앙을 불러올 알리페르를 노려볼 뿐이었다.

이제 곧 렉사가 찾아올 것이다.

멜즈를 데리러 말이다. 정확히는 헥사비스의 모든 시스템을 통솔할 수 있는, 넥시움의 피를 이은 알리페르를 데리러 오는 것이다. 렉사는, 알리페르 놈들은 이제껏 멜즈가 헥사비스 밖으로 나올 날만을 손꼽아 기다리고 있었다. 일부러 본래 전력을 숨기면서까지 말이다.

왜 이때까지 눈치채지 못했던 걸까? 그날, 헥사비스의 지붕 위로 올라갔던 날, 뒤따라온 멜즈를 보고 바로 눈치챘어야 했다. 멜즈가 비비에게 '넥시움'으로 인정받은 알리페르라는 것을 말이다. 애초에 일반인은 황족의 허가 없이 지붕 위로 올라가는 건 불가능했다. 지붕으로 가는 유일한 통로는 비비가 막고 있으니 말이다. 그걸 눈치챘다면 멜즈가 헥사비스 바깥으로 나오기 전에, 시탈로프 숲에서 그 많은 사람들이 죽기 전에 처리했을 터였다. 올곧은 눈으로 호소해 오는 그의 애정에 그 얄팍한 감정 따위에 휘둘려 지금 헥사비스를, 제국을 위험에 빠뜨린 것이다.

멜즈가 알리페르에게 넘어가 정신 지배를 당하게 되면 헥사비스는 견고한 배리어를 잃고 멸망하게 될 것이다. 배리어의 해제는 '넥시움'만이 할 수 있으니 말이다. 렉사는 '멜즈'라는 패를 손에 넣기 위해 렉사 토벌전 때 자신을 죽이지 않고 살려 둔 것이었다.

저 저주스러울 만큼 사랑스러운 존재를 태어나게 하기 위해.

달칵—

이사나는 배신감에 치를 떨며 리볼버의 해머를 당겼다. 진득한 살의에 압도당한 멜즈는 아무 말도 하지 못한 채 눈물만 줄줄 흘렸다. 도대체 왜 그러냐는 듯 혼란스러운 얼굴로 이사나를 볼 뿐이었다. 그 처연한 모습에 이사나는 가슴이 저며 왔지만, 그럼에도 이를 악물며 멜즈를 노려보았다.

'당신도 사실, 당신의 삑삑이가 왜 당신에게 특별해 보이는지 이유를 모르잖아요.'

그때 분명 쥬드는 그렇게 말한 뒤 유충이었던 멜즈를 총으로 쐈다. 그 말은 거꾸로 내가 멜즈를 특별히 생각하는 데는 이유가 있다는 뜻이다. 무슨 이유인지는 모른다. 하지만 제국의 황자가 알리페르의 유충을 죽이지 않고 살려 둔다는 건 상식적으로 말이 안 되었다. 렉사 역시 자신이 있었기에 이런 수를 쓴 것일 터였다. 그러니.

멜즈를 사랑하게 된 건 나 자신의 의지가 아닐 것이다. 단지 흉계에 휘말린 것일지도 모른다.

진즉에 죽였어야 했다.

진즉에 멜즈와 함께 그 지하 3층에서 죽었어야 했다.

그랬다면 이렇게까지 아프지 않았을 텐데……!

이사나는 격렬한 증오를 드러내며 멜즈를 노려보았다. 그에 멜즈는 도저히 믿어지지 않는다는 듯 괴롭게 숨을 헐떡이면서도 이사나에게서 눈을 떼지 못했다. 당신이 그럴 리 없다는 듯 애처롭게 바라보던 멜즈는 단단한 의지가 서린 이사나의 눈에 체념하듯 눈을 감았다.

구슬프게 눈물을 흘리면서도 멜즈는 저항조차 하지 않았다. 덤덤히 죽음을 받아들이는 그 모습에 이사나는 돌연 부아가 치밀었다. 지하 3층에서 그랬던 것처럼 어리석기 짝이 없는 그 모습에 가슴이

미어지는 것 같았다. 이사나는 멜즈의 멱살을 움켜쥐며 사납게 으르렁거렸다.

"왜 저항하지 않아."

"흐으……."

"왜 저항하지 않냐고! 왜 묻지 않아! 왜 갑자기 이러냐고 원망하지 않냐고!"

이사나는 어서 대답하라는 듯 윽박질렀지만, 멜즈는 여전히 아픈 얼굴로 눈물만 줄줄 흘릴 뿐이었다. 이사나는 턱 끝까지 올라 찬 무언가에 답답함을 느끼며 소리쳤다.

"살아 있어 달라고 했잖아! 너 자신을 아끼면서 계속 살아 달라고 말했잖아! 그런데 왜 저항을 안 해! 내 말이 우스워?!"

"흐, 흐으……"

"어제 분명 그러겠다고 약속했잖아!"

이사나는 억지인 걸 알면서도 계속해서 멜즈를 윽박질렀다. 밉다. 멜즈가 미워서 견딜 수 없었다. 이렇게 사랑스러운데, 이렇게 애달플 정도로 소중한데, 그런데 약속을 어기려 한 그를 용서할 수 없었다. 이사나는 핏발 선 눈으로 멜즈를 노려보는데, 멜즈가 울면서 떠듬떠듬 말했다.

"이사나가, 흐, 나 미워하는데, 흐으, 살아서 뭐 해요……."

"……."

"미움받느니, 당신 손에 죽는 게 나아요."

"하……!"

어처구니없을 정도로 어리석은 말에 이사나는 눈물이 나올 것 같았다. 내가 도대체 뭐라고 내 손에 죽겠다는 말 따위를 하는지 이해할 수 없었다. 내가 무엇 때문에 널 죽이려 하는지 너는 알기나 할까? 밤을 함께 지새운 게 겨우 어제였다. 일주일도 한 달도 아닌 바로 어제였다. 너를 사랑하는 걸 인정하고 키스한 게 고작 어젯밤이었다.

밀려드는 서글픔에 이사나는 거칠게 멜즈를 밀쳐 냈다. 그러자 멜즈가 두 발자국 떨어진 곳에서 계속 눈물을 떨어뜨렸다. 어디로도 도망가지 않고 조용히 서서 울고만 있었다. 그 고통스러운 모습에 이사나 역시 울고 싶어졌다. 하지만, 이제 곧, 머지않아 그의 동족들이 그를 데리러 올 터였다. 이대로 멈춰 있으면 안 되었다. 리볼버를 쥔 손을 힘없이 떨어뜨린 이사나는 멜즈에게 말했다.

"멜즈, 지금부터 내가 하는 얘기, 잘 들어야 해."

"……?"

"조금 있으면 아까 습격한 수 이상의 알리페르가 콜로니로 올 거야. 놈들이 갑자기 콜로니를 습격해 오는 이유는…… 너 때문이야. 놈들은, 너를 탈환하기 전까지 절대 물러서지 않을 거야."

"네?"

멜즈는 이사나가 하는 말을 도저히 이해할 수 없다는 듯 되물었다. 그럴 것이다. 절대 이해할 수 있을 리 없다. 평생을 인간으로 살아온 멜즈가 이런 말도 안 되는 상황을 이해할 리 없다. 하지만 해야 했다. 촉박하지만 상황을 이해하고 조치를 취해야 했다. 그렇지 않으면 모두 끝장이었다. 이사나는 멜즈가 도망치지 못하게 양 어깨를 억세게 붙잡으며 말했다.

"지금으로부터 10년 전, 렉사 토벌전에서 패배한 뒤 나는 렉사에 의해 숙주가 되었어. 헥사비스로 귀환할 당시에는 부상이 심해 깨닫지 못했지만, 얼마 지나지 않아 알아차렸지. 그때 내 안에 있었던 게…… 너였어."

이사나의 말에 멜즈의 눈은 더 이상 커질 수 없을 만큼 커졌다. 크게 뜬 눈 아래로 고여 있던 눈물이 주르륵 흘러내렸다. 멜즈가 받은 충격이 살갗에 닿을 듯 분명하게 느껴졌지만, 그럼에도 말을 멈출 수 없었다. 이사나는 조바심을 내며 간절히 말했다.

"너는, 알리페르야. 하지만 동시에 '넥시움'이기도 해. 네가 신년회 다음 날 나를 따라 헥사비스의 지붕 위로 올라올 수 있었던 건 헥사비스의 모든 시스템을 관장하는 비비가 널 '넥시움'으로 인정했기 때문이야. 렉사는 '넥시움'이면서 알리페르인 존재를 만들기 위해 날 숙주로 삼은 거였고."

말을 하는 이사나 또한 고통스러웠다. 그렇지만 이사나는 계속해서 말을 이었다.

"그런데 알리페르는 하위 개체가 상위 개체에게 정신 지배를 당할 수 있어. 아까 봤던 것처럼 목숨 따윈 손쉽게 내던질 정도로 강력하게 말이야. 이대로 네가 알리페르 손에 들어가게 되면 헥사비스는 멸망하게 돼. 네가 그걸 원하지 않아도 그렇게 돼. 그러니 지금 당장 인부들과 함께 헥사비스로 돌아가도록 해."

"거짓말……."

"가서 에드먼드 숙부님께 가 있어. 숙부님도 네가 알리페르인 건 알고 있어. 그러니까……."

"거짓말, 거짓말, 거짓말이야! 그게 도대체 무슨 말이에요? 내가 알리페르라니? 이사나가 숙주였다니? 그럼 아까 먹었던 약도 그것 때문이었어요? 이사나 이제 죽어요? 나 때문에 죽는 거냐고요!"

"멜즈, 진정해. 그건……."

"내가 그런 말 믿을 거 같아요?! 거짓말하지 말라고 했잖아요! 거짓말하지 말라고!"

으아아아악! 멜즈는 비명을 내지르며 몸을 웅크렸다. 아무것도 듣고 싶지 않다는 듯 눈을 꽉 감고 단단히 귀를 틀어막았다. 공포에 질려 몸을 덜덜 떠는 그가 너무나도 가여웠다. 하지만 안 돼, 멜즈 안 돼……. 도망치기만 해서는 안 돼. 괴로워도 힘들어도 그래도 들어야 해……! 이사나는 몸을 웅크린 멜즈를 꽉 끌어안으며 계속해서 말했다.

"난 네가 무엇이든 상관없어. 너로 인해 내게 어떤 일이 생겨도 그건 전부 네 탓이 아니야. 그것과는 상관없이 나는 여전히 널 좋아해. 사랑해. 세상에 너보다 더 사랑한 사람은 없었어. 내겐 너와 함께했던 시간들만이 찬란하게 빛났어."

"……."

"그러니 지금은 이렇게 있으면 안 돼. 가야 해. 여기 있으면 위험해. 멜즈, 헥사비스로 돌아가야 해. 이제 시간이 없어. 어서 떠나야 해."

"……."

"멜즈, 제발 내 말을 들어 줘……!"

이사나는 울먹이며 간절히 애원했지만, 여전히 멜즈는 눈과 귀를 틀어막은 채 몸을 떨고 있을 뿐이었다. 질끈 감은 눈 사이로 아까보다 훨씬 많은 눈물이 쏟아지고 있었다. 멜즈, 제발, 괴롭겠지만 내 말을 들어 줘. 너를 사랑하지 않는 건 아니야. 그러니 제발 부탁이야, 멜즈……. 이사나는 마음의 문을 단단히 걸어 잠근 연인을 꽉 끌어안으며 눈물을 떨어뜨렸다.

이럴 줄 알았으면 조금 더 빨리 얘기할 걸 그랬다.

영원히 숨길 수 있을 줄 알고 차일피일 미룬 결과가 이것이었다.

조금이라도 더 빨리, 멜즈가 받아들일 시간이 충분히 있을 때…… 그때 말할 걸 그랬다.

아니, 결국에는 말하지 못했을 것이다. 이렇게 상처받고 괴로워할 걸 알아서. 그래, 결국에는 이렇게 말하지 못했을 것이다. 사실을 털어놓으면 비겁한 나를 경멸해 헥사비스 밖으로 도망칠까 봐.

모든 건 내 이기심 때문이었다. 멜즈가 이렇게 괴로워하는 건, 그걸 고스란히 지켜봐야 하는 건 내 알팍한 교만과 이기심 때문이었다.

이사나는 서둘러 손등으로 눈물을 훔쳤다. 자신에게는 괴로워할 자격조차 없었다. 이런 끔찍한 걸 연인에게 떠넘긴 주제에 눈물을 보인다는 건 가증이나 다름없었다. 목까지 찬 눈물을 애써 밀어낸 이사나는 목을 가다듬은 뒤 멜즈에게 말했다.

"멜즈."

"……."

"거짓말이었어, 아까 했던 말들. 전부, 네가 헥사비스로 돌아가지 않을까 봐 한 거짓말이었어."

"……."

"네가 여기 있으면 신경 쓰여서, 그래서 제대로 싸우지 못할까 봐 그런 거였어. 넌 알리페르가 아니고 난 숙주가 된 적이 없어."

귀를 막고 있는 멜즈의 손등 위로 조심스럽게 손바닥을 겹친 이사나는 자신이 듣기에도 퍽 달콤하게 말했다.

"이제 우리 제국군의 승리가 멀지 않았어. 알리페르의 약점을 알아냈거든. 머리만 없애면, 렉사만 물리치면 제국은 헥사비스에서 해방될 수 있어. 그러면 너와 난 예정했던 대로 남쪽 해안가에 정착할 수 있어."

말을 하는 것만으로도 두근거렸다. 멜즈와 함께 푸른 바다가 펼쳐진 해안가에 집을 짓고 새하얀 백사장을 거닐며 언제까지고 함께 있을 생각을 하니, 그 광경을 상상하기만 해도 행복해졌다. 이사나는 소중한 연인에게 이마를 맞대고 코를 부딪치다가 입술을 겹쳤다. 잔뜩 울어서 뜨거워진 입술은 어젯밤 수없이 겹쳤던 때보다 말랑해져 있었다. 눈물범벅이 되어 조금 짜게 느껴지기도 했고.

열어 달라는 듯 혀로 핥고 아프지 않게 아랫입술을 잘근거리자, 굳게 닫혀 있던 멜즈의 입술이 살며시 열렸다. 그 기회를 놓칠세라 이사나는 깊게 입을 맞췄다. 존재를 확인하듯 하나하나 치열을 고르고 자꾸만 도망치는 혀를 뒤쫓아 끈질기게 옭아맸다. 이 체온이 사라져 버릴까 봐 조바심이 나, 안타까워 견딜 수 없었다.

한참을 키스하고 나자 모자란 숨을 헐떡이는 멜즈가 보였다. 그 어설픈 모습이 지나치게 사랑스러웠다. 이대로 헤어지는 게 아쉬워, 함께 있는데도 허전해져 이사나는 연신 멜즈의 입술을 쪽쪽거리며 키스했다. 곧 있을 이별을 깨달았는지 멜즈가 또 한 번 울음을 터뜨렸지만, 달래 줄 여력 따윈 없었다. 마지막으로 한 번 더 깊게 키스한 이사나는 아쉬움이 들어도 입술을 떼어 냈다.

이제 헤어질 시간이다.

이사나는 키스로 기진맥진해진 멜즈를 억지로 자리에서 일으켰다. 멜즈는 여전히 넋 나간 얼굴로 이사나만 바라보고 있었다. 하지만 이사나는 단호한 얼굴로 말했다.

"헥사비스로 돌아가."

"흐으, 흐으, 이사나……."

"얼른 가지 못해!"

이사나는 짐짓 험악하게 낯을 찌푸리며 멜즈에게 소리 질렀다. 우악스럽게 뒷덜미를 잡아채고 밖으로 끌어내려 하자, 멜즈는 엉엉 울며 끌려 나가지 않으려 애를 썼다. 그런 멜즈를 바닥에 내동댕이친 이사나는 리볼버를 들어 멜즈의 발치에 총을 쐈다.

탕탕—!

무시무시한 굉음에 멜즈는 펄쩍 놀라며 자리에서 일어섰다. 하지만 여전히 밖으로 나가지 않고 이사나만 바라보고 있을 뿐이었다. 그에 이사나는 멜즈의 발치에 또 두 발을 쏘았다. 그러자 멜즈는 문가로 도망치며 혼절할 듯 크게 울어 댔다. 얼굴을 새빨갛게 물들인 채 엉엉 우는 멜즈를 향해 다시 리볼버를 겨눈 이사나는 나직이 말했다.

"먼저 가서 기다리고 있어."

"흐으……! 이사나, 으……!"

"렉사만 토벌하고 곧장 따라갈 테니까 더 이상 번거롭게 굴지 마."

냉랭한 이사나의 말에 멜즈는 문고리를 붙잡고서 서럽게 울었다. 굳게 다문 입매로 끊임없이 흐느끼는 소리가 흘러나왔다. 그런 그를 품에 안고 미안하다고 잘못했다고 도닥이고 싶었지만, 시간이 없다. 이제는. 이사나는 또다시 발치에 총을 쏘았다. 그러자 멜즈가 퍼드득 놀라며 문을 열었다. 마지막으로 한 발을 더 쏘자, 멜즈는 그제야 열린 문 밖으로 뛰쳐나갔다. 그렇게 여섯 발을 전부 쏘고 나서야 멜즈를 보낼 수 있었다.

이걸로 됐다.

이사나는 속이 빈 리볼버를 아무렇게 내던지며 그렇게 생각했다. 멜즈를 지켜 냈으니 이제 더 이상 미련 같은 건 없었다.

머리 한구석으로는 멜즈와 거닐 해안가의 광경을 떠올려도.

이사나는 물밀듯이 밀려드는 아릿한 감정을 참아 내려 애를 쓰는데, 집무실 안으로 엘든이 들어왔다.

"각하! 아까의 총성은 도대체……!"

"……별일 아냐."

"각하……."

"그것보다 멜즈를 인부들과 함께 헥사비스로 돌려보내도록 해. 사지를 묶든 기절시키든 상관없어. 가기만 하면 돼."

"각하?"

붉어진 눈가와 달리 침착하기 짝이 없는 이사나의 태도에 엘든은 도리어 위화감을 느꼈다. 뭐지? 도대체 무슨 일이 있었던 거지? 엘든은 의아해하는데, 이사나가 말했다.

"멜즈를 돌려보낸 뒤 병사들을 소집해. 오늘 제국군은 선대로부터 내려왔던 염원을 이룬다."

"……?"

"렉사를, 알리페르를 토벌하고 제국민을 해방시킨다."

"네?"

뜬금없는 이사나의 말에 엘든은 영문을 모르겠다는 듯 이사나를 바라보았다. 그에 이사나는 진지한 얼굴로 말했다.

"가망성 없는 얘기는 아니야. 아까 말했듯이 알리페르는 하위 개체가 상위 개체에게 정신 지배를 당해. 그 말은 상위 개체만 처리하면 나머지는 그다지 위협이 되지 않는다는 거지."

이사나의 설명에 엘든은 아까 보았던 광경을 떠올렸다. 이사나가 창을 던져 어떤 알리페르를 해치우자마자 콜로니를 둘러싸고 있던 알리페르 군단이 전부 흰 거품을 물며 바닥으로 떨어졌다. 즉, 알리페르는 특정 몇몇 개체만 공략하면 놈들의 개체 수가 얼마나 되든 상관없이 전멸시키는 게 가능했다. 하지만 여기에는 큰 문제가 있었다.

"각하의 말씀은 잘 알겠습니다만, 그 상위 개체라는 놈을 어떻게 찾으시려고요. 무슨 수로요."

"자네 말대로 눈대중으로는 찾기 어려울 거야. 그러니 내가 미끼가 되어 놈을 끌어내겠어."

"네?! 그게 도대체 무슨 말씀이십니까!"

엘든은 말도 안 되는 소리 하지도 말라는 듯 소리쳤다. 그에 이사나는 피로감이 느껴지는 얼굴로 말했다.

"그렇게 터무니없는 소리는 아니야. 일단 사람들부터 헥사비스로 돌려보낸 다음에 얘기할게."

"각하……."

"일단은 내 말대로 해 줘."

이사나의 말에 엘든은 반박하고 싶은 말이 꽤 있었지만, 이사나의 얼굴이 너무 지쳐 보여 일단 고개를 끄덕일 수밖에 없었다.

* * *

콜로니를 세우는 데는 2년 이상 시간이 걸렸지만, 콜로니가 몰락하는 데는 반나절도 필요하지 않았다. 이사나는 사람들을 싣고 줄지어 떠나는 트럭들을 바라보며 문득 그런 생각이 들었다. 조금 허무해졌다. 알리페르와의 전면전을 선포하고 출정식을 치른 이후, 예상과 달리 전면전이 일어나지 않아 정치적인 이유로 이곳에 콜로니를 세운 것에 불과했지만, 그래도 정이 든 탓일까? 사람들로 활기가 넘치던 콜로니가 텅 비자 콜로니 역시 죽은 것처럼 느껴졌다. 이사나는 쓸쓸한 얼굴로 멀어져 가는 트럭들을 바라보다가 엘든에게 물었다.

"멜즈는?"

"기술팀과 함께 헥사비스로 돌아갔습니다."

"……다행이네."

"그런데 하사와 무슨 일이 있었던 겁니까? 하사가 완전히 넋이 나갔던데요."

엘든의 말에 이사나는 조금 후회했다. 역시 아까 그 말은 하지 않을 걸 그랬다. 그때는 지나치게 감정적이 되어서, 내가 가장 사랑하는 이를 사실은 사랑하는 게 아닐지도 모른다는 의심과 배신감에 사로잡혀 섣부른 행동을 했었다. 이유가 무엇이든 내가 멜즈를 사랑하는 건 변함이 없는데 말이다. 이사나는 한숨을 내쉬며 말했다.

"헥사비스로 돌아가라고 총으로 위협했어."

"네에?"

"그냥, 그것뿐이야."

이사나가 어두운 얼굴로 중얼거리자, 엘든이 기가 막힌다는 듯 말했다.

"그럼 아까 총성이 그거였던 겁니까? 참으로 각하답지 않은 행동입니다."

"……."

"나중에라도 하사에게 돌아가면 싹싹 비십시오. 훈련받았다고는 해도 하사는 군인이라기보다 민간인에 가깝지 않습니까? 우리 같은 놈들처럼 신경줄이 굵지 않을 겁니다. 분명 상처 받았을 거라고요."

"……어쩔 수 없었어. 멜즈는 여기 있으면 안 되니까."

이사나의 말에 엘든은 "하긴, 하사 같은 인재를 잃는 건 헥사비스에 큰 손실이긴 하죠."라고 주억거렸다. 이사나는 잠시 말없이 있다가 엘든에게 말했다.

"만약에 말인데…… 혹시라도 내게 무슨 일이 생기면 멜즈를 부탁할게."

"……."

"엘든?"

"……싫습니다. 하사가 뭐가 이쁘다고 제가 챙겨 줘야 하는 겁니까? 만약이라든가, 혹시라든가, 그런 생각하지 마시고 각하께서 돌아가서 직접 챙겨 주십시오. 더불어서 아까 미끼니 뭐니 했던 계획도 집어치우시고요."

엘든의 말에 이사나는 멋쩍게 웃었다. 10년 가까이 부관으로 두었으면서도 이사나는 사실 엘든에게 거리감을 느끼고 있었다. 엘든이 '이사나'라는 사람보다 '이사나 넥시움'의 부관에 더 가깝다고 생각하면서 말이다. 하지만 그건 엘든을 오해한 것일지도 모른다는 생각이 들었다. 좀 더 그를 믿고 살갑게 대해 줬더라면 지금보다 훨씬 편하고 좋은 관계가 됐을지도 모른다는 생각이 들었다. 이사나는 차분하게 설명했다.

"위험한 작전인 건 사실이지만, 그만큼 돌아오는 게 많은 작전이기도 해. 지금이 아니라면 렉사를 처리할 기회도 마땅치 않고."

이사나의 말에 엘든이 미간을 구기며 말했다.

"각하께선 아까부터 계속 알리페르의 왕이 올 거라는 식으로 얘기하시는데, 솔직히 말해 저는 잘 모르겠습니다. 놈이 굳이 이곳에 올

이유가 없지 않습니까."

"아니, 놈은 반드시 여기 올 거야."

이사나의 확신에 엘든은 이해할 수 없다는 듯 이사나를 바라보았다. 하지만 이사나는 확신할 수 있었다. 멜즈를 탈환하는 것은 알리페르에게 있어서 부담이 큰 만큼 돌아오는 게 많은 책략이었다. 그러니 렉사가 직접 개입할 확률이 높았다. 이사나라면 반드시 그렇게 할 터였다.

"그렇게 확신하시는 이유가 뭡니까?"

"……말할 수 없어. 하지만 반드시 놈은 올 거야. 확실해."

조악하기 짝이 없는 설명에 엘든은 낯을 찌푸리다가 이사나에게 말했다.

"그럼 렉사가 올지 말지는 둘째 치고 각하께서 생각하시는 작전은 어떤 겁니까?"

엘든의 물음에 이사나는 머릿속으로 막연히 떠올렸던 책략을 말했다. 그러자 엘든이 새파랗게 질린 얼굴로 소리쳤다.

"각하, 진짜 미치셨습니까? 차라리 그냥 헥사비스로 퇴각하십시오!"

"하지만 이 방법이 제일 희생이 적어. 그리고 이대로 퇴각하면 놈들은 끝까지 뒤쫓아 올 거야. 인원이 많은 만큼 빨리 움직이지 못해 곧 뒤따라 잡힐 거고. 그럴 바에야 여기서 렉사를 쓰러뜨리는 게 나아."

"그래도 그렇지, 도대체 그 작전 같지 않은 작전은 뭡니까? 그러다 각하를 잃기라도 하면 저희는 도대체 어쩌라는 겁니까? 제국군은 또 어쩌라는 거고요!"

엘든은 진심으로 화를 내며 소리 질렀다. 하지만 이번만큼은 이사나 역시 절대 물러설 수 없었다.

"엘든, 난 이제 얼마 안 남았어."

"아 진짜! 제발 그런 소리 하지 말라고요!"

"하지만 사실이잖아. 약은 그저 병의 진행을 늦출 뿐이야. 그러니 마지막으로 내가 제국민들을, 멜즈를 지킬 수 있게 해 줘."

한 치의 양보도 느껴지지 않는 이사나의 간절한 부탁에 엘든은 분을 이기지 못하고 씩씩거리다가 이사나를 노려보며 말했다.

"8년 전으로 돌아갈 수 있다면 각하를 따라나선 제 자신을 때려눕혔을 겁니다!"

"고마워."

이사나의 진심 어린 인사에 엘든은 한동안 또 씩씩대며 그를 흘겨보다가, 이내 냉정을 되찾고 이사나와 함께 작전을 논의하기 시작했다.

* * *

스트로마로 가득 차 있던 자기 중력장 배리어가 거둬지자, 콜로니는 원래처럼 탁 트인 초원 위에 덩그러니 놓이게 되었다. 콜로니의 모든 인부와 제국군 대부분이 철수한 이곳에는 이사나와 이사나의 직속 부대인 친위대만이 남아 있었다. 모두를 보낸 뒤 분주히 무언가를 하던 그들은 곧 들이닥칠 적들을 맞이할 준비가 끝나자, 각자의 자리로 돌아갔다. 그리고 이사나는 드넓은 공터 한가운데에 거대한 깃발을 꽂은 채 홀로 중심에 섰다.

펄럭—

새하얗게 나부끼는 백기를 든 총사령관의 모습을 엘든과 친위대는 조금 떨어진 곳에 앉아 긴장된 얼굴로 지켜보았다. 전선을 만지작거리던 통신병이 다 되었다는 신호를 보내자, 엘든은 무전기를 들어 이사나에게 물었다.

"각하, 들리십니까?"

엘든의 무전에 이사나는 왼쪽 귀에 달린 이어셋 버튼을 누르며 대답했다.

—잘 들려. 제2 군단은 언제쯤 도착하지?

"이제 곧 도착할 겁니다. 그런데 각하, 정말 이렇게까지 하셔야……."

—뒷일을 부탁할게.

"……네, 알겠습니다."

끝까지 고집을 꺾지 않는 상관의 말에 엘든은 자포자기하듯 대답했다. 엘든이 무전기를 내려놓자 옆에서 엘든을 지켜보고 있던 친위대원들이 우르르 엘든에게 몰려와 항의했다.

"중령님, 정말 이런 말도 안 되는 작전을 해야 하는 겁니까?"

"맞습니다! 아무리 생각해도 이건 좀 아니지 않습니까!"

부하들의 항의에 엘든은 버럭 소리를 내질렀다.

"시끄러워! 나도 말렸거든? 나도 이건 좀 아닌 거 같다고 말씀드렸거든? 그런데 부득불 하시겠다잖아!"

엘든은 이를 갈며 홀로 백기를 든 채 서 있는 이사나를 쏘아보았다.

이사나가 내놓은 작전은 실로 간단했다. 이사나가 투항하는 척하며 알리페르의 왕을 땅으로 내려오도록 유도한 뒤 폭약이 묻힌 곳까지 오게 해 폭사시키는 것이었다. 놈이 폭약을 맞고도 죽지 않은 경우에는 혼란을 틈타 이사나가 처리하기로 했고. 이사나의 무위를 생각하면 충분히 가망성 있는 작전이었지만, 제국에 하나 남은 황자를, 총사령관을 미끼로 내놓는다는 게 엘든과 부대원들로서는 못마땅하고 자괴감이 들었다.

“그런데 각하께서 항복하겠다는 선언을 해도 애초에 놈들이 알아듣긴 하겠습니까?”

“맞습니다! 계획이 너무 엉성하지 않습니까!”

부대원들은 여전히 이사나의 계획을 납득할 수 없는지 불만을 토해냈다. 그에 엘든 역시 탐탁지 않은 얼굴로 말했다.

“솔직히 말하면 나도 각하의 생각대로 될지 짐작할 수 없다. 하지만, 너네도 아까 봤잖아? 콜로니를 습격한 놈들을 각하께서 혼자 물리친 걸.”

“그건 그렇지만…….”

“아마 우리들에게 설명하기 힘들지만, 나름대로 근거가 있어서 이런 작전을 내놓으신 거겠지. 일단은 각하를 믿어 보자고. 하지만, 무엇보다 중요한 건 각하의 안전이다. 위험하다고 판단되면 우리는 목숨을 바쳐서라도 각하만큼은 꼭 구해 내야 한다. 각하께서 없는 제국군은 미래가 없는 거니까. 알았나!”

“네!”

“릭만 남고 나머지는 각자 제 위치에서 대기하도록 해.”

엘든의 말에 부대원들은 각자 자리로 돌아가 주변을 경계했다. 그리고 엘든은 정말 하기 싫은 기색이 역력한 얼굴로 릭에게 물었다.

“자네, 지난번에 아브노아 하사와 주먹다짐을 했다지?”

“…….”

“그, 친구 사이인데 이제 그만 화해하는 건…….”

“저한텐 그런 친구 없습니다.”

단호하기 짝이 없는 릭의 대답에 엘든은 크게 한숨을 내쉬며 "그래, 맘대로 해라."라고 내뱉었다. 이 정도면 엘든도 할 만큼 한 거였다.

지루하게 동쪽 하늘만 올려다본 지 얼마나 되었을까. 점처럼 작은 무언가가 하나둘씩 나타나기 시작하더니 하늘을 새카맣게 뒤덮을 정도로 수많은 알리페르가 콜로니를 향해 다가오는 게 보였다. 아까 콜로니를 습격한 선발대의 5배 혹은 10배는 넘어 보이는 숫자에 산전수전 다 겪은 베테랑 부대원조차 기가 질렸다.

알리페르 군단은 거대한 백기를 든 채 홀로 서 있는 이사나를 이미 멀리서부터 보고 있었다는 듯 이사나의 머리 위를 뱅글뱅글 맴돌았다. 사납게 비벼 대는 날갯짓 소리만으로도 위압감이 들었지만, 이사나는 조금도 동요하는 기색 없이 곧게 서 있을 뿐이었다. 그러다 모든 알리페르가 콜로니로 왔다는 판단이 들자마자 이사나는 입을 열었다.

"나는 넥시움 제국의 총사령관이자, 제2 황자인 이사나 넥시움이다! 오랜 세월 동안 너희와 반목하고 적대해 왔지만, 이제야 패배를 인정하고 항복하기 위해 이 자리에 홀로 나왔다."

이사나는 수많은 알리페르 가운데에 섞여 있을 렉사를 떠올리며 소리쳤다.

"제국의 항복을 받을 의향이 있다면! 대화를 할 의향이 있다면 땅으로 내려와라!"

또박또박 알리페르의 언어로 이사나가 항복을 선언했지만, 알리페르는 여전히 이사나와 스펙터 부대 위를 빙빙 맴돌 뿐 별다른 징후를 보이지 않았다. 역시, 안 되는 거였나……. 위장이기는 하지만, 어쨌든 제국 측으로서는 처음으로 알리페르와 대화를 시도한 셈이다. 물론 이사나는 알리페르와 대화가 가능하다는 걸 알고 있었다. 쥬드도 멜즈도 알리페르였으니까. 하지만 이들이 그 두 사람과 같으리라는 보장은 없었다. 오히려 그 둘이 별종일지도 몰랐다.

이사나의 작전은 알리페르와 인간은 대화가 가능하다는 걸 전제로 하고 있었기에 알리페르 측이 대화를 거부한다면 말짱 꽝이었다. 이사나는 초조하게 하늘 위를 빙글빙글 맴도는 알리페르를 바라보는데, 하늘에서 몇몇 알리페르가 무리에서 떨어져 나와 땅으로 내려왔다.

그들의 맨 앞에는 이사나가 시탈로프 숲에서 본 적 있는 백금발의 알리페르가 있었다. 놈의 무력이 얼마나 대단한지 알고 있었기에 이사나는 자신도 모르게 옆에 세워 둔 헤비 블레이드로 손을 뻗었다. 그러자 십여 미터 떨어진 곳에 착지한 백금발의 알리페르가 이사나에게 말했다.

"나는, 왕의 첫 번째 종인 클레르다."

클레르……? 어디서 들어본 듯한, 낯설지 않은 이름에 이사나는 의아해하는데, 클레르가 이어서 말했다.

"왕의 대리인으로서 너희들의 항복을 수용하겠다. 그러나 그 전에 조건이 있다."

"뭐지."

"네가 데리고 있는 왕의 후계를 이리 넘겨라."

클레르의 말에 이사나는 이를 악물었다. 역시 놈들의 목적은 멜즈였다. 시탈로프 숲에서 있었던 일도, 갑작스럽게 이런 대군단을 움직여 콜로니를 습격한 일도 전부 멜즈를 데려가기 위해 벌인 일이었다.

'……?'

그런데, 생각해 보니 이상한 점이 있었다. 어떻게 놈들은 멜즈가 렉사의 아이라는 걸 알았을까? 멜즈의 외형은 인간과 별반 다를 게 없는데 말이다. 이사나는 돌연 그런 의문이 들었지만, 지금은 이들을 상대하는 게 먼저였다. 아직 렉사는 땅으로 내려오지 않았다. 렉사가 나타나지 않으면 이 작전은 실패한 것과 다름없었다. 이사나는 애써 초조함을 억누르며 말했다.

"그는 죽었다."

"죽었다고?"

"죽여서 들판에 버렸다. 너희들이 왜 그를 찾는지 알았으니까."

이사나의 말에 클레르의 얼굴에 황당함이 스쳤다. 하지만 이내 낯을 굳히며 말했다.

"그렇다면 너희들의 항복을 받아들일 이유가 없군."

"꼭 그렇지는 않지. 너희들은 그가 필요한 게 아니라 넥시움의 피를 이은 알리페르를 필요로 한 거니까. 그렇다면 굳이 그를 되돌려 받을 필요는 없다."

이사나는 자신을 가리키며 말했다.

"항복의 조건으로서 그 대신 내가 너희들을 따라가겠다. 넥시움 황가의 제2 황자인 나만 있으면 얼마든지 그를 대신할 알리페르를 만들 수 있지 않은가? 만약 조건을 받아들인다면 나는 저항하지 않고 너희들을 따라가겠다. 대신 더 이상 내 병사들을 뒤쫓지 마라."

이사나의 제안에 클레르는 퍽 당황했는지 뭐라 말을 잇지 못했다. 하지만 이내 경계 어린 눈으로 이사나를 쏘아보며 말했다.

"말도 안 되는 소리를 하는군. 그 말을 믿으라는 건가? 다른 누구도 아닌, 우리 동족들을 가장 많이 학살한 너를?"

"믿을지 말지는 자유다. 하지만 받아들이지 않을 시에는."

이사나는 군용 나이프를 꺼내 자신의 목을 겨누며 말했다.

"이 자리에서 죽겠다."

"……."

"하지만 조건을 받아들인다면 무기를 버리고 순순히 투항하겠다."

교활하기 짝이 없는 제안에 클레르는 혼란에 빠졌다. 좀처럼 겪어보지 못한 낯선 상황에 어찌할 바를 모르는 것 같아 보이기도 했다. 그것이 이사나가 노리는 것이었다. 대리인이 아닌, 왕 본인이 직접 내려와 판단해야 할 상황을 만드는 것. 하지만 클레르는 좀처럼 판단하지 못하고 망설이고만 있었다. 아무래도 선발대가 전멸한 일로 왕을 부르면 위험할 거라 여기는 듯했다. 그렇게 둘 사이에는 팽팽한 침묵만이 감돌고 있는데, 위에서 한 알리페르가 지상으로 내려오더니 말했다.

"좋아, 네 조건을 받아들이지."

알리페르의 말에 이사나와 클레르의 시선이 쏠렸다. 어깨까지 오는 곱슬한 흑발, 꿈에서조차 잊을 수 없었던 그 목소리.

렉사였다.

무수히 꾼 악몽에서 들어왔던 목소리가 지척에서 들리자, 이사나는 절로 몸이 굳어지는 걸 느꼈다. 단단히 각오를 했건만 식은땀이 나고 두려움에 질린 사지가 덜덜 떨려 왔다. 하지만 렉사가 숙이고 있던 고개를 들며 이사나를 바라보자, 이사나의 감정은 경악으로 뒤바뀌었다.

"멜, 즈……?"

어째서, 왜 저자가 멜즈와 똑같은 얼굴을 하고 있는 거지?

물론 완전히 똑같지는 않았다. 멜즈가 금발에 청록색 눈을 가진 것과 달리 렉사는 흑발에 짙푸른 눈을 가지고 있었으니까. 하지만 얼굴 형태만큼은 혈연관계인 걸 의심하지 못할 정도로 닮아 있었다. 멜즈가 조금 더 크면 저런 얼굴이지 않을까 할 정도로 말이다. 이사나는 충격으로 굳어져 버리는데, 클레르가 렉사에게 소리쳤다.

"받아들이긴 뭘 받아들인다는 겁니까! 도대체 무슨 꿍꿍이인줄 알고요! 그리고 위에 있으라고 했는데 왜 내려오신 겁니까? 선발대로 보낸 셀린트 일가가 전멸한 걸 알면서도 아무 생각이 안 드시는 겁니까?"

"하지만 재밌는 소리를 하잖아. 죽도록 내게 다시 안기고 싶다니…… 꽤 동하던데?"

"전에 잡아 오자고 했을 때는 키메라 같아서 싫다고 했지 않습니까!"

"그때는 동족의 팔다리가 붙어 있는 게 기분 나쁘고 싫었는데, 지금은 마음이 바뀌었어. 다시 가지고 싶어졌어."

가볍기 짝이 없는 렉사의 말에 클레르는 치미는 화를 억누르며 렉사에게 말했다.

"왕이시여, 부디 재고해 주십시오. 당신의 후계는 살아 있을 겁니다. 분명 먼저 도망친 인간들 사이에 있을 겁니다. 세상천지에 어느 충과(蟲果)가 자기 유충을 죽입니까? 말이 됩니까?"

"하지만 이사나 넥시움이라면 가능할지도 모르지."

"……."

"있을지 없을지 모를 놈을 뒤쫓느니 눈앞의 확실한 것을 취하는 게 낫지 않겠어?"

렉사의 말에 클레르는 더 이상 반박할 말이 없는지 입을 다물었다. 그에 렉사는 이사나를 돌아보며 즐겁게 눈을 휘었다.

"무기를 버려."

렉사의 말에 이사나는 충격과 혼란으로 몸이 덜덜 떨려 옴에도 기계처럼 자신의 목에 겨누고 있던 나이프를 앞으로 집어 던졌다. 그러자 렉사가 "블레이드도 버려."라고 명령했다. 마찬가지로 이사나가 블레이드 역시 집어 던지자 렉사는 그제야 이사나 쪽으로 다가오기 시작했다. 클레르는 여전히 내키지 않는 얼굴을 했지만, 그럼에도 별달리 수가 없는지 렉사와 함께 이사나가 있는 쪽으로 향했다.

놈들이, 렉사가 다가오는 걸 바라보며 이사나는 악몽 속을 헤매는 듯한 기분에 사로잡혔다. 왜 몰랐을까? 그날 일이 너무 끔찍해 한시도 잊어 본 적이 없었는데, 어째서 멜즈가 렉사와 닮았다는 걸 전혀 몰랐을까.

이사나는 멜즈를 볼 때마다 사랑스럽다는 생각밖에 들지 않았다. 조금도, 아주 조금도 그의 얼굴에서 팔다리를 앗아 간 원흉의 얼굴을 떠올리지 못했다. 그래서 충격이었다. 도무지 이 현실을 받아들일 수 없었다.

이사나는 당장에라도 쓰러질 듯한 얼굴로 렉사를 바라보는데, 렉사가 그런 이사나를 바라보며 히죽거렸다. 하, 웃는 얼굴조차 닮아 있었다. 이사나는 자괴감에 당장 죽었으면 좋겠다는 생각까지 드는데, 왼쪽 귀에 꽂혀 있던 이어셋으로 무전이 들려왔다.

—사정거리에 들어왔습니다. 어떻게 할까요?

엘든의 목소리에 이사나는 그제야 퍼뜩 정신을 차렸다. 지금은 이런 감상에 빠져 있을 때가 아니었다. 놈들을 처리하지 못하면, 그러면 멜즈를 빼앗기게 될 터였다. 이사나는 덜덜 떨리는 손을 올려 이어셋의 버튼을 눌렀다.

"폭발시켜."

이사나가 명령을 내리자, 반원형으로 매설해 놓은 폭약이 연쇄적으로 폭발하기 시작했다.

펑! 펑! 펑! 펑!

갑자기 터진 폭약에 렉사와 클레르가 당황하는 게 보였다. 그걸 보자마자, 이사나는 재빨리 블레이드를 던진 곳을 향해 뛰었다. 렉사가 멜즈와 닮든 말든 그딴 건 아무래도 상관없었다. 지금은 렉사를, 알리페르의 왕을 처치하고 제국민을 해방시키는 게 우선이었다. 그렇게 생각하며 돌진한 이사나가 블레이드를 손에 쥐려는 순간, 갑자기 옆에서 폭약이 터졌다.

"……!"

커다란 굉음과 함께 흙모래가 튀는 걸 본 이사나는 눈을 질끈 감았다. 폭약을 터트리던 병사들 중 하나가 실수를 한 모양이다. 너무 가까운 곳에서 터진 탓에 피할 틈조차 없었다. 이사나는 이제 곧 온몸을 덮칠 고통을 떠올리며 몸을 웅크리는데, 누군가가 이사나를 끌어당겨 품에 안았다. 너무 단단히 안아 숨이 막혀 올 지경이었다.그 무언가에 감싸인 이사나는 그대로 바닥에 내동댕이쳐졌다. 폭발의 충격으로 귀가 먹먹하고 머리가 빙빙 도는 가운데 간신히 정신을 차린 이사나는 눈을 떴다가 크게 당황하고 말았다.

눈앞에 렉사가 있었다.

렉사가 이사나를 보호하듯 이사나의 몸을 단단히 감싸고 있었다. 놈이, 왜 날 감싼 거지? 이사나는 영문을 몰라 하는데, 렉사 역시 당황한 얼굴로 이사나를 내려다보다가 이내 이사나의 팔을 뒤로 꺾었다. 순식간에 렉사에게 결박당한 이사나는 그에게서 벗어나려 애를 쓰는데, 렉사가 냉기 서린 목소리로 말했다.

"전부터 생각했지만, 넌 정말 재밌는 녀석이야. 이사나 넥시움."

"이거 놔! 놓으라고!"

"앞으로 널 어떻게 길들여 놓을지 정말 기대돼."

렉사의 말에 이사나의 얼굴이 새하얗게 질리는데, 렉사가 클레르에게 말했다.

"이제 돌아가지."

"데려갈 겁니까? 저놈을? 이런 짓을 당하고도요?"

"뭐 어때."

렉사는 거칠게 저항하는 이사나를 질질 끌고 가며 심드렁하게 말했다. 이사나가 옆을 돌아보자, 렉사와 클레르가 있던 곳에 폭사당한 알리페르의 시체가 산더미처럼 쌓여 있는 게 보였다. 폭약이 터지는 순간, 데리고 내려온 수하들과 하늘에서 대기하고 있던 알리페르가 전부 몸을 던져 폭약의 충격을 막은 듯했다. 렉사를 제거할 수단이 전부 막힌 이사나는 절망하는데, 어느새 하늘에서 내려온 알리페르 무리가 이사나의 양팔을 붙들더니 그대로 하늘로 날아올랐다.

"으아아아아아악!"

순식간에 고도가 높아지자, 이사나는 놀라서 비명을 내질렀다. 저 멀리 아래로 엘든과 친위대가 헐레벌떡 뛰어나오는 게 보였다. 싫어……. 싫어! 이사나는 버둥거리며 놈들에게 끌려가지 않으려 애를 쓰는데, 어느새 옆으로 다가온 렉사가 이사나에게 말했다.

"저항하지 마. 네 부하들이 몰살당하는 꼴을 보고 싶지 않으면."

"……!"

"난 분명 네 귀여운 제안을 받아 주었어. 그러니 약속은 지켜야지."

렉사는 둥글게 눈을 휘며 이사나에게 속삭였다.

"끝도 없이 낳게 해 줄게. 납작한 배가 꺼지는 날이 없게 말이야."

렉사의 웃음기 어린 목소리에 이사나는 진저리를 치며 지상으로 고개를 떨어뜨렸다. 거기에는 새하얗게 얼굴이 질린 엘든과 친위대가 보였다. 그들은 망연자실한 얼굴로 알리페르에게 붙잡혀 가는 이사나를 바라보고 있었다.

젠장…….

빌어먹을…….

이사나는 눈앞이 캄캄해져 질끈 눈을 감았다.

* * *

"각하께서…… 알리페르에게 잡혀가다니……."

"이런 말도 안 되는……!"

친위대는 패닉에 빠져 벌써 저만치 멀어진 알리페르 무리를 바라보았다. 작전은 순조롭게 진행되고 있었다. 이사나의 말대로 알리페르는 제국군의 항복을 받아들여 중요 인물로 보이는 몇몇이 땅으로 내려왔고 말이다. 갑자기 이상한 방향에서 터진 폭약만 아니었다면 이사나가 그 알리페르들을 처리했을 건 뻔한 일이었다. 그런데.

"중령님, 아까 각하를 잡아간 알리페르 말입니다. 아브노아 하사와 닮지 않았습니까?"

"맞습니다! 제 눈에도 똑똑히 그렇게 보였습니다!"

두 병사의 증언을 시작으로 여기저기에서 멜즈와 닮은 흑발의 알리페르에 대한 얘기가 흘러나왔다. 거의 모든 병사가 멜즈와 닮은 알리페르를 목격한 상태였다. 그리고 그들은 무의식중에 놈이 누구인지를 떠올리고 있었다.

알리페르의 왕, 렉사.

자세한 건 밝혀지지 않았지만, 렉사가 흑발에 짙푸른 눈을 가지고 있다는 건 알려져 있었다. 10년 전 놈과 직접 마주친 이사나가 그렇다고 말했었다.

"뭡니까…… 도대체……. 왜 저놈이 아브노아 하사와 똑같은 얼굴을 하고 있는 겁니까?"

"……."

"아브노아 하사는 사람이 맞기는 한 겁니까?!"

격앙된 병사들의 외침에 엘든이야말로 묻고 싶어졌다. 왜 저놈과 멜즈가 똑같은 얼굴을 하고 있는지 말이다. 이미 저 멀리 잡혀간 상관에게 멱살잡이를 하고서라도 묻고 싶었다.

설마…… 알리페르를 살려 두고 있었던 거야? 다른 누구도 아닌, 황자인 당신이?

이사나가 잡혀갔음에도 그에 대한 걱정이나 염려보다 분노가 들끓었다. 배신감에 화가 치밀었다. 이제야 미심쩍던 것들이 뚜렷하게 정리되는 기분이 들었다. 아까 이사나가 멜즈에게 위협사격을 한 건 위협이 아니라 죽이려고 했다가 못 죽인 거였다. 멜즈로 인해 알리페르가 콜로니를 침공한 걸 눈치챘기에 멜즈를 제거하려 한 것이다. 왜냐하면.

멜즈 아브노아는 이사나 넥시움을 숙주로 해서 태어난 알리페르니까.

넥시움 황가는 생각보다 많은 권한을 가지고 있었다. 작게는 층간 엘리베이터의 사용 권한부터 크게는 헥사비스를 감싸는 배리어의 해제 여부까지. 그런데 알리페르는 상위 개체가 하위 개체의 정신을 지배할 수 있다. 즉, 멜즈 아브노아가, 넥시움의 피를 이은 알리페르가 놈들에게 넘어가면 제국은 끝장인 것이다. 그 이유가 아니라면 놈들이 이사나만 데리고 물러나는 것을 설명할 길이 없다. 그저 자기 자식을 데리러 온 거였다면 먼저 헥사비스로 출발한 콜로니 군을 뒤쫓아야 옳았다.

즉, 렉사는 있을지 없을지 불분명한 후계를 뒤쫓기보다 이사나를 이용해 넥시움의 피를 이은 알리페르를 다시 만들 속셈인 것이다. 그리고 이사나는 그것들에 대해 뻔히 알고 있으면서도 설명하지 않았고!

'하……!'

어처구니가 없었다. 다른 누구도 아닌, 제국민들을 위해 살아야 할 황자가 알리페르를 키우고 있었다고? 그리고 그걸 감쪽같이 속인 주제에 나에게, 다른 녀석들에게 같이 알리페르와 맞서 싸우자고 말했단 말이야?

'자네의 힘이 필요해.'

그까짓 말 한마디에 홀려 이 고생을 한 것이었다. 그가 함께 싸우자고 말해 그 끔찍한 생체 의수를 몸에 이식하고 고된 훈련을 받은 것이었다. 그의 설득이 아니었다면 이딴 걸 몸에 달고 있을 리 없다. 엘든은 머릿속을 드글드글 휘젓는 분노에 이를 갈며 말했다.

"각하께서는…… 이사나 황자는……! 오늘 죽었다. 용맹하게 알리페르의 왕과 맞서 싸우다가 전사한 것이다!"

"……."

"제국의 영웅께서 알리페르를 곁에 두었을 리 없다! 알았나!"

엘든은 핏발 선 눈으로 친위대를 돌아보며 소리 질렀다. 엘든은 치미는 분노와 배신감을 억누르려 애를 쓰며 말했다.

"우리는, 친위대는, 제국의 영웅을 위해 존재한다. 그러니 지금 당장 후퇴한 콜로니 군을 뒤쫓는다. 멜즈 아브노아를, 각하와 제국군을 기만한 그 비열한 간자 놈을 우리 손으로 직접 처단한다!"

엘든의 선언에 릭은 눈을 번뜩였다. 이제야 알도의 원수를 갚을 수 있게 되었다.

chapter 8

숲의 공주,
첨탑의 포로

첩탑의 포로 (1)

정오에 가까운 아침 무렵, 침대에 누워 있던 남자는 눈을 떴다. 눈을 뜬 남자는 고요한 주변 풍경에 무거운 눈을 이리저리 굴리다가 다시 눈을 감았다. 그렇게 한 10분쯤 뒤척였을까? 남자는 왠지 모를 초조함에 결국 몸을 일으켰다.

"윽……."

고작 몸을 일으킨 것에 불과한데도 남자는 굉장한 어지러움을 느끼며 몸을 휘청거렸다. 오랫동안 누워 있었던 것처럼 팔다리가 뻣뻣하고 온몸이 욱신거렸다. 얇은 홑이불 하나로 겨우 맨몸을 가린 남자는 침대로 몇 번 넘어지고 나서야 몸을 지탱한 채 주변을 돌아볼 수 있었다.

"……."

여기가 어디일까. 남자는 낯익으면서도 낯설게 느껴지는 풍경을 바라보며 생각했다. 그리 넓지 않은 방 안에는 침대와 카우치 하나, 그리고 수많은 책들이 한쪽 벽면에 가득 쌓여 있었다. 그 적막한 광경을 우두커니 바라보던 남자는 점점 낯빛이 굳어져갔다.

내가 무엇을 하고 있었더라?

기억이 싹둑 잘려 나가기라도 한 듯 아무것도 떠오르지 않았다. 아무리 떠올리려 애를 써도 침대에 눕기 전 무슨 일이 있었는지 도무지 기억나지 않았다. 왜 여기에 있는지, 무엇을 하고 있었는지, 심지어 자신이 누구인지조차 말이다.

머릿속의 공백이 길어지면 길어질수록 남자는 불안으로 가슴이 뛰었다. 이대로 영영 아무것도 떠오르지 않으면 어쩌나 하는 생각에 남자는 초조하게 주변을 돌아보다가 침대를 내려왔다.

"읏……!"

침대에 앉아 있을 때는 느끼지 못했던 격통이 돌연 남자를 엄습해왔다. 남자는 식은땀을 흘리며 이를 악물었다. 다리가 후들거리고 골반이 뒤틀리는 것 같았다. 누군가가 배 속에 갈고리를 집어넣고 마구 휘젓는 듯한 기분이 들기도 했다. 지독한 고통에 남자는 몸을 휘청거리면서도 무언가에 홀린 듯 계속 앞으로 나아갔다. 그렇게 벽을 짚고 조금 걷자 남자는 자신이 찾는 것에 겨우 도달할 수 있었다. 뿌연 먼지가 내려앉은 벽거울 앞에 선 남자는 낯설기 짝이 없는 자신의 모습을 바라보았다.

갈색 눈에 다소 길어진 갈색 머리를 한 거울 속의 남자는 혼란스러운 눈으로 남자를 바라보고 있었다. 제대로 먹지 못해 광대가 도드라지고 새하얗게 입술에 각질이 일어난 남자는 무척 나쁜 꿈을 꾸다가 일어난 사람처럼 안색이 파리했다. 아니, 남자는 여전히 악몽 속을 헤매고 있었다. 거울 속 남자의 얼굴이 그걸 알려 주고 있었다.

삑!

왼팔에서 나는 전자음에 놀라 퍼뜩 옆을 돌아보니, 새카만 생체 의수 한 귀퉁이에 어떤 글자가 떠올라 있었다.

[BATTERY 15%]

그 문구를 본 순간, 남자는 창가로 가야한다는 걸 깨달았다. 원래의 몸과 융합한 새카만 생체 의수는 햇볕을 쬐어 줘야만 사용이 가능했다. 그랬기에 '그'가 이 팔다리를 못마땅해하는 걸 알면서도 남자는 부득불 소매를 걷고 다녔다. 하지만 그럼에도 남자는 종종 원하는 만큼 전력을 얻지 못해 뜨거운 햇볕 속에 앉아 땀을 뻘뻘 흘리곤 했다.

원하는 만큼.

원하는 만큼, 무엇을? 남자는 의문을 떠올렸지만, 일단 본능이 가리키는 대로 창가로 향했다. 홑이불로 얄팍해진 몸을 감싸고 불편한 다리를 절뚝거리며 가장 가까이에 있는 창문으로 간 남자는 닫혀 있던 문을 열고 아래를 내려다보았다. 까마득한 창문 아래로는 성의 장원이 드넓게 펼쳐져 있었다. 남자가 있는 곳은 본성과 조금 떨어진 첨탑이었다. 남자는 현재 탑의 꼭대기 층에 갇힌 신세였다.

남자는 논밭을 둘러싼 빽빽한 수림 너머를 그리운 눈으로 멍하니 바라보는데, 문득 비릿한 냄새를 느꼈다. 익숙하면서도 결코 익숙해질 수 없는 그 냄새를 따라 첨탑 아래로 시선을 내리자 첨탑 입구 맞은편에 빽빽이 꽂힌 무언가가 보였다. 그걸 보자마자 남자는 허둥지둥 창틀에서 뛰어 내려와 구역질을 했다.

"우욱, 욱……!"

남자는 바닥에 대고 왝왝거리다가 허겁지겁 그늘진 응달에 자신의 몸을 숨겼다. 겁이 났다. 무엇이 그렇게 겁이 나는지 알 수 없지만, 떨리는 몸을 주체할 수 없었다. 남자는 무엇이 무서운지도 모른 채 겁쟁이처럼 이불을 뒤집어썼다. 더 이상 창가에는 다가갈 엄두조차 내지 못했다. 그냥 무작정 창 너머가 무섭기만 했다. 그렇게 식은땀까지 흘려 가며 막연한 공포를 견디는데, 굳게 닫혀 있던 철문이 열리더니 누군가가 방 안으로 들어왔다.

방으로 들어온 누군가는 금방까지 남자가 있던 침대 쪽으로 향하다가 발걸음을 멈추었다. 그에 이불을 뒤집어쓴 남자는 모골이 송연해지는 걸 느꼈다. 무서웠다. 지금 방으로 들어온 이는 남자가 무서워하는 바깥에서 왔다. 무엇일지 알 수 없었다. 남자는 뒤집어쓴 이불을 손에 꽉 움켜쥔 채 눈을 감았다. 이불 속에 숨는다고 모든 게 해결되진 않음을 알면서도 남자는 그럴 수밖에 없었다. 얼마 지나지 않아, 바깥에서 온 이는 남자 쪽으로 다가왔다.

세 걸음, 두 걸음, 한 걸음.

이윽고 남자의 앞에 멈춰 선 그는 남자가 뒤집어쓰고 있던 이불을 걷어 냈다.

"……!"

돌연 밝아진 시야에 남자는 질끈 눈을 감은 채 몸을 움츠렸다. 두려운 무언가가 당장에라도 남자를 비난하고 욕하고 때릴 것 같았다. 하지만 바깥에서 온 자는 의외의 행동을 했다.

"……?"

포옹이었다. 너무나도 간절하게 찾아다녔다는 듯 그는 남자를 꽉 끌어안은 채 안도하며 말했다.

"또 어디론가 가 버린 줄 알았어."

"……."

"가지 마. 내게 했던 무례는 전부 잊을 테니까."

"……."

"사랑해, 널 사랑해. 그러니 제발 여기 있어."

남자를 끌어안으며 그는 무언가에 도취된 사람처럼 계속 중얼거렸다. 하지만 남자는 어색한 얼굴로 그의 포옹을 견뎌 낼 뿐이었다.

* * *

내 이름은 이사나인가 보다. 남자는 바깥에서 들어온 이의 말을 들으며 그렇게 생각했다. 돌바닥에 앉아 있던 이사나를 이불째 들어 올려 다시 침대로 옮긴 흑발 남자는 짙푸른 눈을 반짝이며 이사나에게 말했다.

"네가 일어나지 않아서 슬슬 깨우려던 참이었어, 이사나 넥시움. 아무리 내게 화가 나도 그렇지 사흘 내내 잠만 자면 어떡해? 네가 잘못된 줄 알고 얼마나 걱정했는지 알아?"

"……."

"화가 난 건 아니야. 네가 일부러 그러는 게 아닌가 싶어 조금 짜증이 나긴 했지만, 그래도 괜찮았어. 하지만 너는 반성할 필요가 있어. 잘못은 네가 해 놓고 왜 내게 걱정을 끼치는 거야? 다음부터는 이러지 마."

"……."

"그건 그렇고 배는 안 고파? 오랫동안 잤잖아. 분명 배고플 거야. 저번에 고기가 아닌 다른 것이 먹고 싶다고 했었지? 입맛 까다로운 너를 위해 이 일대를 샅샅이 뒤져 찾아왔어."

자신이 발견한 것을 이사나에게 선보일 생각에 흑발 남자는 들떴는지 서둘러 밖으로 나가 작은 트레이에 무언가를 담아 왔다.

멜론이었다.

꽤 농익었는지 멀리 있는데도 단내가 코를 찌를 듯했다. 그 농후한 냄새에 이사나는 돌연 아플 정도로 배가 고파졌다. 이사나가 자신도 모르게 침을 꿀꺽 삼키자, 흑발 남자는 눈을 휘며 멜론이 담긴 트레이를 침대 위로 가지고 올라왔다.

서걱—

과도를 든 흑발 남자는 서툰 칼솜씨로 멜론을 자르기 시작했다. 하지만 칼을 많이 써 보지 못한 탓인지 남자는 자주 칼을 놓쳤고 썰린 절단면 역시 고르지 못했다. 울퉁불퉁하게 잘린 멜론을 잠시 내려다보던 남자는 그중 가장 예쁘게 잘린 조각을 집어 이사나에게 내밀었다.

"먹어."

남자의 말에 이사나는 잠시 주저했지만, 유혹적인 냄새를 이기지 못하고 결국 멜론을 받아 들었다. 길게 잘린 멜론을 한입 베어 물자, 녹아내릴 듯 부드러운 단맛이 입 안에 확 퍼져 나갔다. 달았다. 너무 달아 입 안이 짜르르해질 정도였다. 이렇게 달기만 한 과일류는 이사나의 취향이 아니었지만, 그럼에도 이사나는 예전에 자주 멜론을 먹었었다. □□가 좋아하는 과일이었기 때문이다. 꽤 오랜만에 먹어서 그런지 이 부드러운 감미가 반갑게 느껴지기도 했다.

□□?

□□가 누구지?

이사나는 금방 머릿속을 스친 장면을 다시 떠올리려 노력했지만, 도무지 제대로 생각나는 게 없었다. 예전에 이사나는 종종 누군가와 함께 멜론을 먹은 적이 있었다. 이사나의 맞은편 테이블에 앉은 누군가는 이사나가 잘라 준 멜론을 포크로 집어 먹으며 이렇게 말했었다. 맛있어요. 이사나가 잘라 준 멜론이 세상에서 제일 맛있어요. 새카만 장막 뒤로 발그레하니 얼굴을 붉혔던 누군가를 떠올리니 돌연 가슴이 죄이듯 아파 왔다.

"이사나 넥시움?"

흑발 남자는 멍하니 있는 이사나를 불렀다. 그제야 이사나는 흑발 남자와 같이 있었다는 걸 깨닫고 그를 바라보았다. 희한한 일이지만 이사나는 남자의 얼굴이 보이지 않았다. 그가 어깨까지 내려오는 곱슬한 흑발에 보석 같은 짙푸른 눈을 가졌다는 건 알겠는데, 밀가루 반죽을 치댄 듯 이목구비가 뭉개져 보여 흑발 남자가 어떤 표정을 짓는지 알 수 없었다. 그가 초조해하는지 비웃고 있는지 전혀 알 길이 없었다.

이사나는 대답 없이 그가 썰어 놓은, 아니 짓이겨 놓은 것에 가까운 멜론을 집어 먹었다. 꽤 배가 고팠는지 이사나는 어느새 흑발 남자가 있다는 것도 잊은 채 게걸스럽게 멜론을 탐했다. 두 손을 흠뻑 적시며 멜론 속알맹이를 모조리 배 속으로 밀어 넣은 이사나는 다 먹었음에도 왠지 모를 아쉬움에 입맛을 다셨다.

그런 이사나를 가만히 지켜보던 흑발 남자가 대뜸 이사나에게 입을 맞췄다. 놀란 이사나는 그의 입술을 피해 뒤로 물러났지만, 남자는 끈질길 정도로 이사나를 뒤쫓아 오며 그의 입 안을 유린했다. 어느새 푹신한 침대 뒤로 넘어간 이사나는 흑발 남자에게 깔린 채 몸을 바르작거렸다.

남자는 이사나보다 컸고 힘이 매우 셌다. 아무리 남자를 밀어내려 해도 그는 바위처럼 단단해 결코 밀리지 않았다. 속이 답답해졌다. 두려움에 어린아이처럼 엉엉 울고 싶어졌다. 들어줄 사람이 없다는 걸 몰랐다면 이사나는 진즉에 울음을 터트렸을 터였다.

"하아, 이사나, 이사나……!"

잔뜩 흥분한 남자는 연신 이사나의 입술을 빨며 뜨거운 중심을 허벅지에 비벼 댔다. 달달한 타액이 계속 목뒤로 넘어가고 가슴팍을 밀어내던 손은 어느새 단단히 붙잡혀 옴짝달싹할 수 없었다. 무력하다는 것에 이사나는 화가 났다가 이내 슬퍼졌다.

어느 순간, 이사나는 반항을 포기했다.

몸이 뒤집히고 흉터로 가득한 등판 위로 남자의 입술이 배회했다. 등줄기를 타고 내려오는 입술에 이사나는 진저리를 치며 시트에 얼굴을 파묻었다. 약탈당하는 듯한 이 행위가 끔찍했지만, 그럼에도 이사나는 도망이라든가 저항 같은 건 꿈도 꾸지 못했다. 그저 이 끔찍한 감각을 막연한 두려움 속에서 견딜 뿐이었다.

강제로 볼기짝이 벌어지고 그 사이로 손가락 두 개가 들어왔다. 사람보다 더 딱딱하고 마디가 굵은 손가락들이 초조한 듯 안을 사납게 할퀴어댔다. 그 흉포한 손놀림에 이사나는 내부가 잘못될까 봐 두려웠다. 기억이 온전치 않음에도 이사나는 항상 남자와 관계를 맺게 될 때마다 두려움에 몸을 떨었다. 첫 관계부터 정상적이지 않았던 탓에 이사나는 남자와 손가락만 맞닿아도 바짝 졸아들었다.

하지만 언제나 그렇듯 남자는 상관하지 않았다. 이사나는 그저 남자의 욕망을 담는 그릇에 불과했으니까.

“으윽……!”

안을 휘젓던 손가락들이 빠지고 그보다 훨씬 굵은 성기가 내부를 비집고 들어왔다. 남자는 이사나의 볼기를 콱 움켜쥔 채 어서 받아들이라는 듯 자신의 것을 억지로 밀어 넣었다. 그에 이사나는 눈을 질끈 감으며 그 고통스러운 감각을 견디려 노력했다. 습관처럼 힘을 빼고 어서 이 시간이 지나가기만을 기다렸다.

이사나는 필사적으로 흰 파도가 밀려드는 해안가 풍경을 떠올렸다. 진군하면서 예전에 딱 한 번 본 적 있는 광경을 매달리듯 필사적으로 되뇌며 현재를 견뎠다. 이사나의 상상에는 항상 누군가가 함께 있었다. 아직은 덜 자라 이사나의 어깨쯤에나 올 듯한 누군가는 새카만 장막 속에 가려져 여전히 얼굴이 보이지 않았다. 하지만 그 외의 것은 손에 잡힐 듯 생생하기만 했다. 마치 수백 번 떠올렸던 광경처럼 생생하게.

“으읏……! 흐, 으윽! 으윽!”

“이사나, 하아, 이사나……!”

뒤에서 이사나의 허리를 꽉 끌어안은 남자는 거칠게 쾅쾅 안을 들이박으며 연신 이사나의 이름을 불렀다. 얼마 지나지 않아 남자는 몸을 부르르 떨며 이사나의 안 깊숙이 파정했다. 배가 눌리고 골반이 틀어져 아파 죽을 것 같았다. 그럼에도 이사나가 할 수 있는 일은 많지 않았다. 그저 깊게 퍼져 나가는 열감에 몸서리칠 뿐이었다.

사정한 남자는 곧장 이사나의 몸을 돌려 허겁지겁 키스했다. 열기가 고스란히 전달되는 열렬한 키스를 받으며 이사나는 또다시 남자에게 만져졌다. 쥐어뜯길 듯 유두가 잡아당겨지기도 하고 조금도 발기하지 않은 성기가 훑어지기도 했다. 남자는 이사나와 마주 보며 또다시 그의 다리를 벌렸다. 금방 사정해 한층 내부가 매끄러워진 안으로 단숨에 성기를 꽂아 넣은 남자는 비명을 내지르는 이사나의 입술을 핥으며 날개를 떨었다. 치릇치릇—. 치릇치릇—. 수없이 악몽 속에서 들어왔던 날갯소리가 지척에서 들리자 눈물이 나고 와들와들 몸이 떨려 왔다.

"좋아해, 흐으, 좋아해……! 이사나 넥시움……."

"하, 읏, 으읍! 아! 하앗……!"

"네가 너무 좋아서 견딜 수 없어……!"

갈증이 느껴지는 목소리로 내뱉은 남자는 생체 의수와 융합된 허벅지를 콱 움켜쥔 채 속도를 높였다.

남자는 수없이 이사나에게 좋아한다고 말했지만, 이사나에겐 조금도 와닿지 않았다.

남자는, 렉사는 이사나를 혐오했다.

* * *

알리페르의 왕과 제국군 총사령관.

이 관계성만으로도 렉사가 이사나에게 취할 태도는 명백했다. 조롱, 냉소, 비하. 이정도가 딱 어울릴 것이다. 그래서 실제로 그가 폭언을 퍼부었을 때도 이사나는 화가 나긴 했지만, 그다지 억울하진 않았다. 만약 이사나가 렉사를 사로잡았다면 그 자리에서 목을 쳤을 테니 말이다.

그랬기에 지금의 이 상황은 이해할 수도, 이해하고 싶지도 않았다.

"일어났어? 오늘은 어제보다 늦게 일어나더군. 책망하는 건 아니야. 그냥…… 네가 전보다 많이 자는 것 같아서."

"……."

"오늘은 노루 고기를 넣은 감자 수프를 가지고 왔어. 책에서 봤는데 우리와 다르게 너희는 육류만 먹거나 채소만 먹으면 건강에 그다지 좋지 않다고 하더라고."

"……."

"이 정도면 너희가 먹는 것과 제법 비슷하지 않아?"

렉사의 말에 이사나는 싹 난 감자와 노루 고기가 든 이상한 수프를 내려다보았다. 그래도 음식이라고 냄새를 맡으니 배가 고파 오긴 했다. 하지만 이사나는 수프를 내려다보기만 할 뿐 손은 대지 않았다. 이사나가 말없이 계속 앉아만 있자, 렉사는 요 며칠간 그러했듯 상냥하게 말했다.

"지금은 배가 고프지 않은 거야?"

"……."

"이사나 넥시움?"

"……."

"알았어, 놔두고 갈게."

렉사는 수프가 든 트레이를 이사나 앞에 놓아둔 채 자리에서 일어났다. 마치 겁에 질린 야생 동물의 눈치를 보는 듯한 행동이었다.

침대에서 깨어난 지 꽤 됐건만, 이런 렉사의 태도는 좀처럼 익숙해지지 않았다. 렉사는 예전과 달리 이사나에게 퍽 상냥하게 굴었다. 마치 이사나의 마음을 얻으려는 듯 말이다. 하지만 이사나는 그의 말과 행동에 모조리 무시로 일관하고 있었다. 그의 친절은 어차피 변덕에 불과했다.

첨탑의 문이 닫히고 밖에서 자물쇠를 걸어 잠그는 소리가 들려왔다. 문을 잠근 후에도 렉사는 무엇이 그리 미련이 남는지 한참 동안 문 앞을 서성이다가 탑 아래로 내려갔다. 렉사가 계단 아래로 완전히 사라지자, 이사나는 그제야 스푼을 들어 수프를 떠먹기 시작했다.

"……."

정말 못 먹을 맛이었다. 누린내가 심하고 소금 간이 하나도 되어 있지 않은 데다 너무 기름져 입 안이 꺼끌거렸다. 이사나는 싹이 난 감자와 비계를 들어 내며 수프를 떠먹었다. 잘못된 재료 선별과 엉성한 요리 솜씨로 수프는 식사라기보다 고문에 가까웠지만, 그래도 꾹 참고 먹었다. 이사나는 갇힌 신세였고 이곳은 적진 한복판이었다. 체력을 비축해 둘 필요가 있었다.

느글거리는 속을 물로 씻어 달랜 이사나는 며칠간 그래 왔듯 스트레칭을 하며 몸을 풀었다. 밤사이 렉사에게 시달린 탓에 여전히 몸은 삐그덕거렸지만, 움직이지 않으면 녹슬기 마련이다. 스트레칭을 한 후 간단한 근력 운동을 하던 이사나는 깨어난 직후부터 내내 궁금했던 걸 다시 떠올렸다.

나는 어쩌다가 이 성에 들어오게 된 거지?

도대체 무슨 일이 있었는지 모르지만, 머릿속이 온통 뒤죽박죽이었다. 기억나는 거라고는 흑발 남자가 알리페르의 왕, 렉사라는 것과 그가 자신을 붙잡아 이곳에 감금하고 있다는 것 정도였다. 그 외의 기억은 짙은 안개 속에 파묻혀 있는 것처럼 애매하기만 했다.

어찌 됐건 일단 이곳에서 나가야 했다. 나가서 한시라도 빨리 헥사비스로 돌아가야 했다.

돌아가서…….

무엇을 해야 했더라?

이사나는 끙끙거리며 고민했지만, 무엇을 하려 했는지 도무지 떠오르지 않았다. 왠지 모를 초조함에 이사나는 팔굽혀펴기를 하다가 말고 렉사가 나간 문 쪽으로 향했다. 단단히 잠겼는지 철문은 덜컹거리는 소리만 날 뿐 꿈쩍도 하지 않았다.

어서 여기서 나가야 하는데…….

이사나는 이번엔 창 쪽으로 향했다. 하지만 저번과 마찬가지로 창 쪽은 바라보기만 해도 헛구역질이 나왔다. 그 까마득한 아래에 있던 것들을 떠올리기만 해도 두렵고 식은땀이 줄줄 흘러내렸다. 결국 이사나는 창 쪽으로 다가가는 걸 포기한 채 창가에서 길게 스며들어오는 햇빛 위에 걸터앉았다. 아주 조금씩 생체 의수의 배터리 숫자가 바뀌어 가는 걸 지켜보면서 이사나는 하염없이 무언가를 기다리기만 했다.

해가 지고 렉사가 다시 찾아왔다.

등불과 음식을 가지고 첨탑 안으로 들어온 렉사는 테이블 위에 놓인 텅 빈 그릇을 보고 기쁜 듯이 말했다.

“다 먹었네.”

“…….”

“그거, 내가 만든 거였는데…….”

수줍음이 느껴지는 그의 말에 이사나는 속으로 한숨을 내쉬었다. 어쩐지 맛이 이상하다 했다. 하지만 이사나는 렉사에게 만들어 줘서 고맙다든가 맛이 이상했다는 감상 따위는 말하지 않았다. 그저 자는 척 이불을 뒤집어쓴 채 눈을 감고 있을 뿐이었다. 이사나가 등을 보인 채 미동조차 하지 않자, 렉사는 음식이 담긴 트레이를 테이블 위에 올려놓은 뒤 침대로 다가왔다.

"자?"

"……."

"자는 거야?"

어느새 침대 위로 올라온 렉사는 이불을 걷어 옆에 나란히 누우며 속삭이듯 말했다.

"사실은 안 자지?"

"……."

"대답해."

뒤에서 이사나를 끌어안은 렉사는 목덜미에 얼굴을 묻으며 조르듯 말했다. 처음에는 그저 떼쓰는 아이처럼 칭얼거리는 것에 불과했지만, 그의 행동이 점점 농밀해지는 데는 얼마 걸리지 않았다. 날카로운 송곳니로 뒷목을 잘근거리고 헐렁한 셔츠 안으로 손을 집어넣어 도드라진 유두를 뾰족하게 꼬집었다. 심지어 바지 안으로 손을 집어넣어 성기와 고환을 주물럭거리기도 했다. 하지만 그럼에도 이사나는 죽은 듯이 눈을 감고 있을 뿐 조금도 움직이지 않았다. 그러자 렉사는 이불을 걷고 이사나의 바지를 벗기더니 다리 사이에 자리를 잡고 본격적인 행위를 시작했다.

"하아, 흐읏, 아아, 이사나……!"

이사나의 양다리를 붙잡아 활짝 벌린 렉사는 회음부에 성기를 문지르며 안타까운 신음을 내뱉었다. 어느새 침대 위는 놈이 내뿜는 열기로 후끈해졌다. 놈의 성기가 딱딱해지고 사타구니를 쓰는 속도가 높아지더니 얼마 지나지 않아 울컥 뜨거운 액을 다리 사이에 흩뿌렸다. 사정한 것이다. 사람이 자는데도 놈은 뻔뻔스럽게 혼자 잘도 자위를 해 댔다. 징그러웠다. 혐오스러웠다. 이사나는 눈을 질끈 감으며 어서 놈이 떨어져 나가길 기다리는데, 렉사는 벌써 끝낼 생각이 없는 듯했다.

허벅지에 사정한 정액을 윤활유 삼아 렉사는 이사나의 안에 손가락을 집어넣었다. 정액으로 흠뻑 젖은 놈의 손가락이 안으로 들어오자 뒤가 근질거려 왔다. 알리페르의 정액에는 살을 녹이는 성분이 들어 있었다. 염산처럼 그리 강하진 않지만 그 탓인지 행위가 끝난 후 정액을 긁어내도 항상 뒤가 따끔거리고 배가 아팠다.

찌걱찌걱—

앞으로의 불편한 행위를 예고하듯 렉사는 손가락으로 피스톤질을 하며 개수를 늘려 갔다. 그럼에도 이사나가 계속 자는 척하자, 렉사는 이사나의 뺨에 키스하며 말했다.

"이사나, 아직도 자?"

"……."

"사실은 안 자잖아. 이렇게 안이 꿈틀거리는데."

작게 질책하며 렉사는 피스톤질을 하던 손가락을 갈고리처럼 구부렸다. 그에 자극받은 이사나가 움찔 몸을 떨자, 렉사는 낮게 웃으며 이사나의 가슴을 핥았다. 손으로 가슴을 모으고 솟아오른 유두를 혀끝으로 희롱하다가 뜯어 버릴 듯 잘근거리기도 했다. 이사나는 억지로 부여되는 자극에 몸을 떠는데, 렉사가 축 늘어진 이사나의 것을 톡톡 두들기며 이사나에게 물었다.

"그런데 네 건 왜 안 서?"

"……."

"생각해 보니 한 번도 서는 걸 본 적이 없어."

렉사는 고개를 갸웃거리더니 뒤를 쑤시면서 이사나의 것을 핥기 시작했다. 개새끼! 그냥 싸기나 하지! 견디다 못한 이사나가 몸을 뒤틀었지만, 렉사는 아예 양다리를 붙잡고 이사나의 것을 입 안에 머금었다. 따뜻하고 축축한 감촉에 어쩔 수 없이 자극을 받긴 했지만, 그래도 이사나의 것은 어중간하게 서 있기만 할 뿐 토정하지 못했다.

끝끝내 발기하지 못하자 렉사는 결국 포기하고 이사나의 것을 뱉어 냈다. 비참했다. 아무리 아무것도 아닌 것처럼 생각하려 해도 이렇게 농락당하는 자신의 처지가 서글펴졌다. 이사나는 고개를 돌린 채 코끝이 시큰거리는 걸 참아 내는데, 렉사가 말했다.

"싫었어?"

"……."

"그렇게 싫으면 말을, 하지."

"윽, 읏……!"

예고도 없이 갑자기 밀려 들어온 성기에 이사나가 신음을 내뱉자, 렉사는 부드럽게 풀린 안으로 성기를 비벼 대며 빈정거렸다.

"벙어리 흉내를 내는 것도 아니고 벌써 며칠째야? 예전에는 신경 거슬리게 잘만 조잘거리더니. 응?"

렉사는 성난 황소처럼 쾅쾅 쑤셔 박으며 신경질을 냈다. 이제껏 무시로 일관해 온 이사나의 태도에 적잖게 약이 오른 듯했다. 내부를 채우다 못해 배 속이 터질 것 같은 압박감에 이사나가 공포에 질려 헐떡거리자, 렉사는 눈물범벅이 된 이사나의 눈가를 혀로 핥으며 말했다.

"넌 내가 싫지?"

"흐으, 읏, 흡……! 윽……!"

"내가 이러는 것도 싫잖아. 이게 쪼그라들 만큼."

렉사는 힘을 잃고 안타깝게 흔들리는 이사나의 것을 손으로 툭툭 치며 말했다. 렉사는 적잖게 기분이 좋지 않은지 사납게 으르렁거리며 윽박질렀다.

"말해, 싫다고."

이사나의 몸을 뒤집어 단숨에 뒤에서 꿰뚫은 렉사는 목을 콱 깨물었다. 침범하듯 안을 헤집고 점차 속도를 높여 가며 추삽질을 해 대던 렉사는 어느 순간 배가 불룩 솟을 만큼 깊이 박아 넣은 뒤 파정했다. 몸을 부르르 떨며 이사나의 안에 씨물을 흩뿌린 렉사가 이사나를 뒤에서 끌어안은 채 어깨에 키스하자, 이사나는 잔뜩 가라앉은 목소리로 말했다.

"……내 말 따위가 뭐가 중요한데……"

"……?"

"창부라며, 더럽게 굴러먹던 지저분한 놈이라며? 그런 놈의 말 따위가 뭐가 중요하다고 듣고 싶어 하는 건데?"

이사나의 말에 렉사가 우뚝 굳어졌다. 이사나는 마음을 시커멓게 채우는 증오를 느끼며 빈정거렸다.

"해, 네 마음대로."

이사나는 체념하듯 고개를 떨어뜨린 채 눈을 감았다. 불현듯 처음 이 성에 왔던 날의 기억이 떠올랐다.

숲의 공주 (1)

"윽……!"

돌연 돌바닥에 내동댕이쳐진 이사나는 온몸이 아릿하게 아파 옴에도 재빨리 자리에서 일어났다. 하지만 알리페르 놈들이 좀 더 빨랐다.

"놔! 이거 놔!"

이사나는 발버둥을 치며 사지를 결박하는 알리페르들에게 소리쳤다. 하지만 그들은 조롱하는 기색조차 없이 기계적으로 이사나를 바닥에 짓누를 뿐이었다. 이사나는 이를 갈며 자신을 바닥에 내동댕이친 렉사를 쏘아보았다. 하지만 렉사는 뭐가 좋은지 반항하는 이사나를 즐거운 얼굴로 내려다볼 뿐이었다. 마치 크리스마스 선물을 개봉하기 직전인 아이처럼 말이다.

그 추측이 틀리진 않았는지 렉사는 이사나의 위에 올라타더니 억지로 옷을 쥐어뜯었다. 특수 소재로 만들어진 전투복임에도 얼마나 악력이 좋은지 단숨에 북북 찢겨 나갔다. 순간 이사나는 자신이 종이옷을 입은 줄 착각할 뻔했다.

'젠장……!'

이대로라면 또다시 렉사에 의해 숙주가 될 터였다. 항복하는 척 하면서 폭사시키려 했던 수작이 들켰으니 괘씸해서라도 곱게 죽이지 않을 터였다. 어느새 옷이 전부 찢어발겨진 이사나는 앞으로 벌어질 일에 도망치듯 눈을 질끈 감았다. 하지만 뭔가 이상했다. 배가 꺼지지 않게 해 주겠다는 그의 말과 달리 렉사는 어떠한 행동도 하지 않았다.

의아해진 이사나가 슬그머니 실눈을 뜨는데, 렉사의 얼굴이 퍽 복잡해보였다. 허탈감 혹은 실망이 느껴지기도 했다. 금방까지 신나 보였던 그가 돌연 모든 흥미를 잃어버리자, 이사나는 당혹스러웠다. 도대체 왜 저러는지 몰라 혼란스러워 하는데, 렉사가 이사나의 몸뚱이를 내려다보며 중얼거렸다.

"징그러워."

렉사의 말에 이사나는 그를 따라 자신의 몸을 내려다보았다. 그제야 그가 무슨 말을 하는지 알 수 있었다. 출정식이 있기 전, 궁에 머무는 동안 황제에 의해 새겨졌던 흉터가 온몸을 뒤덮고 있었다. 자상, 열상, 화상 등 종류에 가릴 것 없이 흉터로 뒤덮인 이사나의 몸은 확실히 렉사의 말대로 좀 징그럽긴 했다. 렉사는 찌푸린 눈으로 이사나의 몸을 노려보다가 자리에서 일어나 밖으로 나갔다. 그리고 얼마 지나지 않아 백금발의 알리페르, 클레르가 안으로 들어왔다.

"입어라."

클레르는 어느 병사에게서 노획해 온 것으로 보이는 허름한 셔츠와 바지를 이사나의 앞에 내던지며 말했다. 이사나가 경계 어린 눈으로 옷을 바라만 보자, 클레르는 이사나를 붙잡고 있던 알리페르들에게 눈짓을 해 이사나를 풀어주었다. 하지만 사지가 풀려났음에도 이사나가 여전히 경계만 하자, 클레르는 다시 한 번 말했다.

"입어."

경고 조에 가까운 놈의 말에 이사나는 일단 옷을 집어 들었다. 무슨 일인지는 모르지만, 지금은 놈들의 말을 따르는 게 좋을 것 같았다. 이사나는 경계를 늦추지 않은 채 다 찢어진 전투복을 벗은 뒤 클레르가 준 옷을 입었다. 하지만 사이즈가 맞지 않아 셔츠는 어깨가 끼였고 바지는 발목이 다 드러날 정도로 짤막했다. 그래도 아무것도 안 입는 것보다는 나았다.

이사나는 애써 스스로를 위로하는데, 클레르가 다가와 이사나의 팔다리에 족쇄를 채웠다. 겨우 걷는 것만 가능할 정도로 짧은 사슬이 연결된 족쇄는 꽤 튼튼해 보였지만, 생체 의수로 충분히 파괴할 수 있을 것 같았다.

도대체 무슨 꿍꿍이지? 이사나는 당장 숙주가 될 위기에서 벗어난 건 다행이라 생각했지만, 그래도 여전히 이들의 의도를 알 수 없었다. □□를 대신할 알리페르를 낳게 할 목적으로 날 데려온 게 아니었나? 그렇다면 지금 당장은 아니더라도 나중을 생각해 어디 가둬 두거나 묶어 두는 게 옳았다. 이렇게 사슬 달린 족쇄로 움직임만 봉하는 게 아니라.

이사나는 답을 알아내려는 듯 클레르를 빤히 쳐다보았지만, 클레르는 여전히 무표정한 얼굴로 자기 할 일만 할 뿐이었다. 족쇄가 단단히 묶인 걸 손수 확인한 클레르는 앞장서며 말했다.

"따라와."

"……?"

이사나는 의아해하며 클레르와 알리페르 놈들을 따라 나섰다. 아까 잡혀 올 때는 정신이 없어서 몰랐는데, 이곳은 성이었다. 꽤 넓은 정원을 지나 높게 쌓아 올린 성벽으로 향하자, 성문 밖으로 드넓게 펼쳐진 농지와 민가들이 보였다. 구조만 본다면 중세 시대 영지와 비슷했다. 시탈로프 숲 안에 이런 게 있었을 줄이야……. 놀라워하며 주변을 둘러보는데, 문득 뒤를 돌아 성 전체의 모습을 본 이사나는 고개를 갸웃거렸다.

"……?"

어째서인지 성의 모습이 낯익었다. 높게 올라간 첨탑을 헥사비스의 중앙 도서관 리비에라고 치면 성은 황궁과 비슷하게 보였다. 아니, 외관만 조금 다를 뿐이지 크기나 규모는 완전히 동일했다. 어린 시절을 고스란히 황궁에서 보냈기에 이사나는 확언할 수 있었다. 우연인가? 고개를 갸웃거리는데, 이사나를 둘러싸고 있던 알리페르 중 하나가 이사나의 등을 밀쳤다. 늦장 부리지 말고 빨리 따라가라는 것 같았다. 이사나가 다시 정면을 바라보자, 클레르가 못마땅한 얼굴로 이사나를 돌아보는 게 보였다. 이사나가 다시 앞으로 나아가자 클레르 역시 가던 길을 재촉했다.

물기 하나 없이 바짝 마른 해자 위의 도개교를 건너 밖으로 나오자, 농작물을 심어 놓은 밭이 보였다. 그리고 그곳에는 분주히 밭일을 하는 사람들의 모습이 보였다. 사실은 사람이 아닐 수도 있다. 이곳은 알리페르 놈들의 본거지이니 말이다. 그러나 이사나는 얼마 지나지 않아 저들이 사람이 맞다는 걸 깨닫게 되었다. 밭에서 일하는 자들 대부분이 여자였기 때문이다.

알리페르는 전부 남성체만 태어났다. 즉, □□가 숲에서 봤던 대로 알리페르에게 억류된 민간인들이 실제로 있었던 것이다. 도대체 언제부터 잡혀 있었던 거지? 헥사비스는 이곳에서 꽤 멀었다. 도보로 한 달 이상 걸어야 간신히 도착할 수 있었다. 최전방까지 징병된 남자들이면 몰라도 여자들이, 그것도 이렇게 많은 수가 이곳에 억류되어 있다는 건 어쩐지 사리에 맞지 않았다. 이사나는 밭을 일구는 여자들이 어디서 왔을까 생각하는데, 클레르가 어느 움집 앞에 멈춰 섰다.

"공주, 포로를 데려왔어."

공주? 클레르의 말에 이사나는 의아해하는데, 움집 안에서 양 갈래머리를 한 어린 소녀가 나왔다.

밝은 갈색 머리에 갈색 눈, 십 대 중반쯤으로 보이는 소녀는 움집 안에서 무엇을 하고 있었는지 치맛자락이 온통 피투성이였다. 비릿한 냄새를 물씬 풍기는 소녀의 행색에 이사나는 본능적으로 거부감을 느끼는데, 소녀가 의아한 얼굴로 이사나를 힐끔 쳐다보더니 클레르에게 인사했다.

"안녕하세요, 클레르. 포로는 이 한 사람뿐인가요?"

"그래, 당분간 마을에 지내게 하면서 감시하도록 해."

클레르의 말에 소녀는 이사나를 뚫어지게 쳐다보더니 대뜸 손을 내밀며 말했다.

"반가워요, 저는 그레이스라고 해요."

“…….”

그레이스가 먼저 살갑게 악수를 청했음에도 이사나가 경계하는 기색만 보이자, 그레이스는 핏물이 묻은 자신의 손등을 치마에 슥슥 닦더니 이사나의 손을 억지로 붙잡아 악수했다. 이사나가 혼란스러운 얼굴로 그레이스를 내려다보자, 그레이스는 티끌 하나 없는 개구진 얼굴로 씨익 웃어 보였다. 그에 이사나 역시 어색한 얼굴로 마주 웃어 주자, 클레르가 못마땅한 얼굴로 중간에 끼어들며 말했다.

“공주, 너무 오래 붙잡고 있는 거 아니야?”

“그, 그랬나요?”

클레르의 타박에 그레이스는 황급히 이사나의 손을 놓으며 민망한 듯 웃었다. 이사나에 대한 관심이 역력해 보이는 공주의 모습에 클레르는 한숨을 내쉬며 말했다.

“겉모습은 어떨지 몰라도 이놈은 거짓말을 밥 먹듯이 해 대는 질 나쁜 인간이야. 거리를 두도록 해.”

“그치만~, 이 오빠 잘생겼는걸요?”

그레이스가 부끄러운 듯 몸을 배배 꼬며 투덜거리자, 클레르는 기가 찬다는 듯 헛웃음을 내뱉었다. 그런 둘을 지켜보던 이사나는 당황할 수밖에 없었다. 인간인 그레이스와 알리페르인 클레르 사이가 그다지 나빠 보이지 않았기 때문이다. 사실은 이 소녀도 알리페르인가? 하지만 아무리 보아도 소녀는 평범한 여자아이처럼 보일 뿐이었다. 이사나는 더욱더 혼란에 빠지는데, 클레르가 말했다.

“그래도 이놈은 더러운 수법으로 왕을 시해하려 했던 녀석이야. 너희에게도 어떤 감언이설을 늘어놓으며 수작을 부릴지 몰라. 그러니 같이 지내긴 하되 주의를 하도록 해.”

"알겠어요!"

그레이스가 걱정 말라는 듯 활짝 웃으며 말했다. 그런 그레이스에게 피식 웃은 클레르는 이사나를 그레이스 쪽으로 떠밀었다. 발목에 연결된 사슬 탓에 이사나가 휘청거리자, 그레이스는 이사나를 부축하며 물었다.

"괜찮아요?"

"응, 괜찮아."

이사나는 경계하듯 그레이스의 손길을 피해 다시 제자리에 섰다. 그런 이사나를 빤히 쳐다보던 그레이스는 활짝 웃으며 말했다.

"그럼, 이쪽으로 들어오세요."

그레이스의 안내에 따라 이사나는 일단 그녀가 나온 움집 안으로 들어갔다. 그리고 코를 찌르는 듯한 피 냄새에 눈살을 찌푸렸다. 아무래도 이곳은 도수장(屠獸場)인 듯했다. 여기저기 죽은 동물들의 머리와 내장이 굴러다니고 있었다. 대여섯 명쯤 되는 여자들이 이 안에서 숲에서 사냥해 온 듯한 동물을 손질하고 있었다.

"자자, 주목!"

그레이스의 말에 여자들은 일제히 하던 일을 멈추고 그레이스를 쳐다보았다. 그레이스는 입구에 서서 쭈뼛대는 이사나를 앞으로 내밀며 말했다.

"우리 마을에 새 식구가 왔어요. 처음이라 낯설고 서투른 점이 많겠지만, 다 같이 잘 적응할 수 있게 도와주도록 해요."

그러면서 그레이스는 무언가를 요구하듯 이사나를 올려다보았다. 이사나는 혼란스러워 어찌할 줄을 몰랐다. 분명 이곳은 적진 한복판인데 이게 도대체 무슨 상황인지 알 수 없었다. 하지만 이내 쏟아지는 시선을 견디지 못한 이사나는 결국 어색한 얼굴로 입을 열었다.

"……잘 부탁합니다."

속삭이듯 인사말을 내뱉은 이사나는 불안한 얼굴로 도수장 안의 여자들을 바라보았다. 그런데 그중 한 명이 커다란 칼로 사슴 목을 내려치며 이렇게 말했다.

"나 오늘 밤에 할래."

해? 무엇을? 이사나는 이해할 수 없는 말에 고개를 갸웃거리는데, 돼지의 내장을 손질하던 다른 여자가 말했다.

"그럼 난 내일."

그러자 그 옆에 있던 다른 여자가 뒤이어 말했다.

"난 모레. 그런데 생각해 보니까 굳이 하룻밤에 한 명만 할 필요가 있을까? 힘 좋아 보이는데."

여자는 작은 셔츠에 끼여 고스란히 드러난 이사나의 대흉근과 단단한 허벅지를 훑으며 말했다. 그에 내장을 손질하던 여자가 웃으며 말했다.

"그건 까 봐야 아는 거지. 전에도 떡대 좋다고 다들 신나서 줄 섰는데 알고 보니까 불알만 한 바가지인 조루였잖아."

"그래도 저 정도 얼굴이면 혼자서 열 번은 갈 수 있겠다. 턱선이 완전 관능적이잖아? 난 할래. 그나마 막 여기 왔을 때가 허리 힘이 좋단 말이야."

밤, 조루, 허리 힘. 노골적이기 짝이 없는 단어들에 이사나는 오도도 소름이 돋아나는 걸 느꼈다. 아니야, 절대 그런 쪽으로 얘기하는 게 아닐 거야……! 이사나는 필사적으로 현실을 부정하는데, 그레이스가 돌연 이사나의 중심부에 손을 가져다 댔다.

"허억!"

놀란 이사나가 펄쩍 뛰며 뒤로 물러나는데, 그레이스가 심각한 얼굴로 여자들에게 말했다.

"언니들…… 대박이야……. 존나 커……."

"어, 얼마만한데?"

눈을 초롱초롱 빛내는 여자들에게 그레이스는 팔뚝을 걷어 보이며 말했다.

"이따만해."

그레이스의 말에 움집 안은 순식간에 아수라장이 되었다. 꺄아아악! 여자들은 즐거운 비명을 내지르며 소리쳤다. 나 할래! 나! 아냐, 나부터 할 거야! 저리 비켜! 내가 선점했어! 움집 안은 여자들의 실랑이로 소란스러워지는데, 위기감을 느낀 이사나가 새하얗게 질린 얼굴로 소리쳤다.

"저, 저는 사랑하는 사람이 따로 있습니다! 그러니 줄 서셔도 하지 않을 겁니다!"

이사나의 말에 여자들은 싸움을 멈추고 일제히 이사나를 쏘아보았다. 당장에라도 밧줄로 꽁꽁 묶어 억지로 덮쳐 버릴 듯한 강렬한 눈빛에 이사나는 처음으로 여자들에게 공포를 느꼈다. 어떡하지? 정말 어떡하지? 이사나는 식은땀까지 삘삘 흘리며 어찌할 줄을 모르는데, 그레이스가 넉살 좋게 말했다.

"자자, 안타깝지만 이 섹시한 오빠는 임자가 있다고 하네요. 아쉬워도 이 오빠는 놓아줍시다."

그레이스의 말에 여자들은 "우우―."하고 야유했다. 그런 여자들을 향해 그레이스는 짐짓 엄한 얼굴로 말했다.

"우리는 점잖고 교양 있는 레이디들이잖아요? 억지로 하려고 들면 못 써요."

"그럼 억지로만 안 하면 되는 거지?"

사냥감을 보듯 굶주린 얼굴로 이사나를 바라보던 여자들 중 하나가 물었다. 그에 그레이스는 이사나를 힐끔 돌아보며 말했다.

"유혹에 지면 그 정도 관계인 거고."

냉정하게 말한 그레이스는 자꾸만 뒤로 도망치는 이사나를 앞으로 끌어당겨 화제를 전환하듯 발랄하게 말했다.

"놀랐죠? 알리페르만 있을 줄 알았는데 이렇게 사람들이 많이 살고 있어서."

이사나가 굳어진 얼굴로 고개를 끄덕이자, 그레이스는 씨익 웃으며 말했다.

"우리들은 이곳에 있었던 어느 왕국의 사람들이에요. 어머니의 어머니 대의 또 그 어머니의 어머니 대부터 이곳에 있었죠. 그러다 이곳에 터를 잡은 알리페르와 공생하게 되었어요."

뜻하지 않은 말에 이사나는 어안이 벙벙한 얼굴로 이들을 바라보았다. 알리페르와의 공생이라니, 믿기지 않았다. 하지만 여기에 증거가 있었다. 이들이 그 증거였다. □□와 연인 관계가 되었다고는 해도 알리페르와의 공존을 회의적으로 생각하고 있던 이사나는 이들이 신기하게만 느껴지는데, 사슴 머리를 썰던 키 큰 여자가 자리에서 일어나 말했다.

"우리들은 알리페르들이 귀찮아하는 일을 대신 처리해 주며 생존을 허락받고 있어요. 즉, 우리는 당신과 같은 인간이지만, 형편상 당신의 탈출을 도와주거나 협력할 수 없어요. 여기 있는 동안 당신은 우리의 감시를 받으면서 우리처럼 마을 일을 하게 될 거예요. 알겠어요?”

“네…….”

이사나가 복잡한 얼굴로 순순히 대답하자, 키 큰 여자는 싱긋 웃으며 손을 내밀었다.

“이해가 빨라서 좋네요. 그럼 지금부터 이 마을에서 무슨 일을 해야 하는지 알려 줄게요. 내 이름은 아비게일이에요. 아비라고 불러 주세요.”

아비의 말에 이사나는 머뭇거리다가 손을 잡으며 말했다.

“이사나입니다.”

이사나의 말에 돌연 아비의 얼굴이 굳어졌다. 아비뿐만이 아니었다. 다른 여자들도 놀란 듯 눈을 크게 뜬 채 이사나를 바라보고 있었다. 도대체 왜 그러지? 이사나는 의아해하는데, 아비가 절망 혹은 환희에 찬 얼굴로 물었다.

“당신…… 설마 이사나 넥시움인가요? 제국군 총사령관이라는 이사나 황자?”

“……네.”

이사나는 부정할까 하다가 어차피 곧 알게 될 일이라 순순히 긍정했다. 그러자 아비의 눈시울이 붉어졌다. 감정이 북받쳐 올라 잠시 말을 잃었던 아비는 이내 잔뜩 흥분한 얼굴로 이사나에게 무언가를 말하려 했다. 그러나 그 전에 그레이스가 중간에 끼어들며 말했다.

“자자, 빨리 나가요. 오늘 할일이 많아요.”

“공주, 잠깐만! 이 사람……!”

아비는 다급하게 뭔가를 말하려고 했지만, 그레이스는 냉정한 얼굴로 잘라 말했다.

“마음은 알겠지만, 섣불리 판단하지 말아요. 우리는 이 일을 좀 더 생각할 필요가 있어요.”

그레이스의 말에 아비는 의기소침한 얼굴로 “알았어.”라고 말했다. 그레이스는 도망치듯 이사나의 손을 잡아끌고 움집 밖으로 나갔다. 단호하기 짝이 없는 그녀의 행동에 이사나는 뭐라 말도 못한 채 얼떨결에 끌려 나가는데, 그레이스가 성큼성큼 앞으로 걸어 나가며 말했다.

“보면 알겠지만, 우리는 이곳에서 자급자족해요. 그래서 아침부터 저녁까지 쉴 틈 없이 바쁘죠. 농지와 밭을 일구고 틈틈이 실을 뽑아 베를 짜고 때때로 숲으로 들어가 사냥을 하기도 해요. 이사나가 할 일은 그런 우리들을 곁에서 돕는 거예요.”

“알았어, 그런데.”

“……?”

“손, 계속 잡고 있을 거니?”

키 차이로 엉거주춤한 자세로 끌려가던 이사나가 난처한 얼굴로 말했다. 그제야 그레이스는 손을 놓으며 호들갑스럽게 말했다.

“앗! 미안해요! 불편하게 하려던 건 아닌데!”

너무 미안해하자 오히려 이사나가 더 미안해졌다. 이사나는 괜찮다고 말하려는데, 그레이스의 상태가 조금 이상했다. 그레이스가 앞장서 나갈 때는 몰랐는데, 지금 보니 몸을 떨고 있었다. 도대체 왜 그러는 거지? 이사나는 의아해하는데, 그레이스가 자꾸만 일그러지는 입매를 손으로 붙잡으며 말했다.

“미안해요. 이사나는 원치 않게 이곳에 왔을 텐데……. 이러면 안 되는데…….”

"……?"

"드디어, 라는 생각이 들어서……."

감정을 추스르듯 잠시 숨을 고른 그레이스는 이내 아까의 발랄한 얼굴로 되돌아와 말했다.

"마을을 안내해 줄게요, 따라오세요."

* * *

해가 질 무렵이 되어서야 이사나는 간신히 혼란스러운 상황에서 벗어나 혼자가 될 수 있었다. 터덜터덜 길을 걸으며 손바닥을 뒤집어 보자, 온통 흙과 풀물로 손이 얼룩덜룩해진 게 보였다.

첫 만남에서 이상한 반응을 보였던 것과 달리 그레이스는 매우 알차게 이사나를 부려 먹었다. 해가 질 때까지 밭에 쪼그리고 앉아 잡초를 뽑았더니 등허리와 무릎이 다 시큰거렸다. 이사나는 길 끝에 놓인 허름한 오두막을 바라보며 한숨을 내쉬었다. 이제 저곳이 이사나가 지낼 거처였다.

렉사는 도대체 무슨 꿍꿍이일까.

잡혀 왔을 때 본 이후로 놈은 코빼기도 보이지 않았다. 아니, 알리페르 자체가 마을에 없었다. 간혹 여자들을 도와 밭일을 하는 미믹들과 마주치긴 했지만, 성충인 놈들은 날아서 숲과 성을 오갈 뿐, 마을에 오는 경우는 잘 없었다.

'한시라도 빨리 이곳에서 나가야 하는데…….'

걱정이었다. 엘든과 친위대가 자신을 구조하기 위해 섣부른 짓을 하지 않을까 하고 말이다. 그들의 구조를 기다리기에는 생각보다 알리페르의 군집 규모가 컸다. 자칫하면 아무런 소득 없이 부대가 전멸할 수 있었다. 차라리 이사나가 몰래 빠져나가는 게 더 현실성 있었다.

□□는 헥사비스로 잘 돌아갔을까? 행여라도 다시 돌아올 생각하지 말고 숙부님 곁에 잘 있어야 할 텐데.

세상이 무너진 것처럼 울던 □□를 떠올리자, 이사나는 마음이 가라앉는 걸 느꼈다. 결코 그에게 상처 줄 생각은 아니었는데……. 혼자가 되자 이사나는 온갖 걱정이 다 밀려왔다. 걱정을 해 봐야 그다지 소용이 없다는 걸 알면서도 떠올릴 수밖에 없는 것이다.

길 끝에 홀로 선 오두막에 도착한 이사나는 한숨을 내쉬며 안으로 들어갔다. 흙벽을 세운 뒤 그 위에 짚단을 올린 허술한 오두막은 문조차 제대로 달려 있지 않았다. 그래도 집이라고 안으로 들어가자, 널빤지 같은 걸 모아 만든 침대와 이불이 보였다. 그래, 없는 것보단 낫지. 이사나는 고단한 몸을 누이려다가 문득, 그레이스가 했던 말을 떠올리곤 다시 일어났다.

'오두막에 들어가면 침대 밑을 살펴보세요.'

헤어지기 직전, 그레이스는 분명 이사나에게 그렇게 말했었다. 그녀가 귀띔해 준 대로 침대 밑을 뒤지자, 무언가가 딸려 나왔다. 군용 나이프였다. 하지만 이가 빠지고 녹이 슬어 그다지 쓸모 있어 보이지 않았다. 왜 이걸 여기에 둔 거지? 이사나는 의아해하면서도 다른 게 더 있을까 싶어 침대 밑을 계속 뒤졌다. 하지만 나오는 건 없었다.

침대맡에 걸터앉아 나이프를 훑어보던 이사나는 문득 시선을 내려 두 발을 죄는 족쇄를 살펴보았다. 족쇄와 연결된 사슬 중 몇 개가 나이프처럼 녹이 슬어 있었다. 생각해 보면 당연한 것일지도 몰랐다. 알리페르에게는 철을 연마하는 기술이 없었다. 그 증거로 이 마을 어디에서도 대장간 같은 건 찾아볼 수 없었다. 즉, 이 족쇄는 어디에서 노획한 것이거나 성에 있던 것일 확률이 높았다.

녹슨 나이프의 손잡이로 사슬을 몇 번 내리치자, 족쇄의 사슬 부분이 쉽사리 끊어졌다. 팔다리가 홀가분해진 이사나는 손깍지를 낀 채 침대 뒤로 벌렁 누웠다.

이제 어떻게 하지? 도대체 무슨 수로 이곳을 빠져나가지? 이사나는 이곳의 정확한 위치도, 콜로니와의 거리가 얼마나 되는지도 몰랐다. 이곳에서 빠져나간다 해도 식량과 무기 역시 필요했다. 이 일대는 알리페르가 쫙 깔려 있으니 말이다.

마을의 여자들에게 도움을 요청할까?

그녀들이라면 이 근방의 지리를 잘 알고 있을 터였다. 비축된 식량도 있을 것이고. 하지만 이사나는 이내 고개를 가로저었다. 이들은 알리페르를 도우며 생존을 허락받고 있다고 말했었다. 이사나가 도와달라는 말을 해 봤자 도와줄 것 같지 않았다. 게다가 그녀들은 지나치게 알리페르와 친해 보였다. 그냥 얌전히 따르는 척하다가 기회를 엿보는 게 좋을 듯했다.

이사나는 그렇게 생각하며 눈을 감는데, 문득 귓가로 바람이 스치는 듯한 소리가 들려왔다.

치릇, 치릇치릇—. 치릇치릇—.

"……."

아무래도 놈들은 순순히 재워 줄 생각이 없는 듯했다.

이사나는 사슬을 붙잡고 살그머니 자리에서 일어나 오두막 입구

근처에 몸을 숨겼다. 녹슨 나이프를 오른손에 쥔 이사나는 생체 의수의 다이얼을 돌려 출력을 높였다. 팔다리가 후끈해지는 걸 느끼며 이사나는 어둠 속에서 숨을 죽였다. =

얼마 지나지 않아 나무판 몇 개를 덧댄 것에 불과한 사립문을 열고 누군가가 들어왔다. 달빛을 등진 침입자는 곧 있을 살육이 기대되는지 치르르 날개를 떨고 있었다. 하지만 침대 위가 텅 빈 걸 발견한 알리페르는 고개를 갸웃거렸다. 그때, 이사나가 뒤에서 튀어나와 알리페르를 습격했다.

"억!"

알리페르는 제대로 된 비명조차 내지르지 못한 채 쓰러졌다. 목에는 녹슨 나이프가 깊숙이 박혀 있었다. 그걸 거칠게 빼낸 이사나는 쓰러진 알리페르를 발로 짓밟아 척추를 부러뜨린 뒤 밖으로 나갔다.

치릇치릇—. 치릇치릇—.

적은 하나가 아니었는지 오두막 근처 곳곳에서 징그러운 날갯소리가 들려왔다. 그 소리를 들으며 이사나는 피가 뜨거워지는 걸 느꼈다. 사냥은 오랜만이었다. □□에게 들킨 이후 자제해 온 탓에 필요 이상으로 흥분되었다.

이사나는 입꼬리가 올라가는 걸 간신히 참으며 오두막 앞 공터에 발걸음을 멈춰 섰다. 그러자 돌연 날갯소리가 뚝 끊어졌다. 사냥감을 덮치기 직전, 놈들은 이렇듯 기척을 죽이며 기회를 노렸다. 당장에라도 사냥당할 듯한 오싹한 긴장감에 이사나는 눈을 감고 감각을 곤두세웠다. 뺨을 스치는 차가운 밤공기, 바람결에 부딪치는 나뭇잎 소리, 그리고 집요하다 싶을 정도로 끈질긴 시선.

와라, 어서 이쪽으로 와.

목숨을 걸고 부딪쳐 보자.

이사나의 바람을 알아차리기라도 한 듯 공중에 있던 알리페르 중 하나가 돌연 이사나를 향해 내리꽂혔다. 하지만 이사나가 더 빨랐다. 날렵하게 옆으로 회피한 이사나는 자세가 무너진 알리페르의 뒤로 다가가 왼손으로 놈의 날개를 잡아 비틀었다.

"아아아악! 날개! 내 날개!"

알리페르는 마치 급소가 꿰뚫린 것처럼 바닥을 구르며 괴로워했다. 그런 놈에게 다가간 이사나는 한쪽 어깨를 발로 짓밟은 채 왼손으로 심장을 꿰뚫었다. 찢겨진 날개로 바닥에서 몇 번 파닥거리던 놈은 얼마 지나지 않아 움직임을 멈추었다. 렉사는 어리석었다. 무기가 없으면 무력해질 거라 생각한 걸까? 이사나에게는 알리페르의 팔다리가 붙어 있었다. 이제껏 이 팔다리가 아닌 헤비 블레이드를 무기로 사용한 건 사람들이 자신을 괴물처럼 볼까 봐서였다.

하지만 그들은 이곳에 없었다.

시체가 된 알리페르를 걷어차 옆으로 치운 이사나는 손을 흠뻑 적신 핏물을 털어 냈다. 피가 빗줄기처럼 땅바닥에 흩뿌려졌다. 그늘 속에 숨어 있던 알리페르들은 기습을 포기한 채 모습을 드러냈다. 혼자서는 어렵겠다고 생각했는지 놈들은 포위하듯 이사나의 주변을 둘러쌌다. 그 모습이 가소로워 이사나는 입매를 비틀었다. 몇이나 되든 상관없었다. 이곳에서 이사나를 구속하는 것은 없었다. 그저 만찬을 즐기듯 마음껏 날뛰면 되는 것이었다.

그날 밤, 수많은 알리페르들이 이사나의 손에 죽어 나갔다. 밤이 깊어질수록 오두막 앞마당은 핏물로 흥건히 젖어 들어갔다.

그 광경을 백금발의 알리페르가 조용한 눈으로 지켜보고 있었다.

* * *

다음 날 아침, 그레이스는 잔뜩 긴장한 얼굴로 이사나가 있는 오두막으로 향했다. 확률은 반반. 그가 정말 이사나 황자라면 이 정도로 죽지 않겠지만, 그럼에도 그레이스는 제 눈으로 결과를 보고 싶지 않아 괜히 길을 돌아가며 미적거렸다.

몰란도 넥시움이, 제국이 언젠가 우리들을 발견하고 구조하러 올 것이다. 그것 하나만을 바라보며 그레이스와 이 마을의 여자들은 수없이 많은 모욕과 절망에도 굴하지 않고 꿋꿋하게 살아왔다. 알리페르의 노예로 전락한 처지임에도 간혹 들려오는 제국의 소식을 들을 때마다, 몰란도 넥시움의 현신이라 불리는 영웅의 활약을 들을 때마다 혹시나 어쩌면이라는 생각을 하며 살아왔다. 그리고 마침내 운명처럼 이사나 넥시움이 이 마을에 오게 되었다.

고귀한 피를 지닌 상냥한 남자는 간밤에 무사했을까.

밤사이 남자들에게 무슨 일이 벌어지든 상관하지 않는 게 이 마을의 불문율이었다. 인간 남자는 알리페르의 번식 대상이었기 때문이다. 동포를 팔아 살아남아 온 꼴임에도 어쩔 수 없었다. 이 마을에서 산다는 건 시궁창에 별 뜰 날을 기다리는 것과 같았다. 마을 여자들의 안전을 책임지는 위치로서 절대 이 일에 끼어들면 안 됨에도 그레이스는 밤새도록 얼마나 뛰쳐나가고 싶었는지 모른다. 그에게 원한 혹은 욕망을 가진 알리페르가 얼마나 많은지 알고 있음에도 말이다.

이윽고 오두막에 도착한 그레이스는 눈앞에 펼쳐진 광경에 입을 다물지 못했다. 시신은 없었지만 오두막 앞마당이 온통 피범벅이었다.

비릿한 냄새에 절로 기분이 안 좋아지려는 것을 꾹 참고 그레이스는 성급히 오두막 안으로 들어갔다. 그리고 숨이 턱 막히는 걸 느꼈다.

이사나가 벽에 몸을 기댄 채 고른 숨을 내쉬며 자고 있었다. 옷이 온통 피투성이임에도 어디 한군데 다치지 않은 그 강건한 모습에 그레이스는 안도의 한숨을 내쉬었다. 그레이스가 이사나에게 다가서자, 이사나는 기민하게 눈을 떴다. 졸음이 묻어나는 그 얼굴에 그레이스는 활짝 웃으며 인사했다.

"좋은 아침이에요, 이사나. 간밤에 잠은 잘 잤나요?"

"……응."

"그럼 우리 아침 먹으러 가요."

그레이스는 기적처럼 이곳을 찾아온 손님에게 손을 내밀었다.

* * *

이사나는 졸음기 가득한 얼굴로 그레이스를 따라 길을 나섰다. 그레이스가 데려간 곳은 어제 본 도수장에서 얼마 떨어지지 않은 넓은 공터였다. 이 마을 사람들은 함께 모여 식사를 하는지 모두가 줄을 서서 배식을 받고 있었다. 이사나 역시 그레이스와 함께 줄을 서며 나무로 된 그릇과 스푼을 챙기는데, 그레이스가 고개를 갸웃거리며 물었다.

"그런데 이사나, 사슬이 끊어져 있네요."

그레이스의 말에 이사나는 사슬이 끊어진 양손의 족쇄를 내려다보다가 능청스럽게 말했다.

"아침에 일어나니까 끊어져 있었어. 혹시 다른 걸로 바꿔야 하니?"

“아뇨, 상관없어요. 어차피 이곳에 온 포로들은 전부 족쇄 없이 자유롭게 돌아다녔는걸요? 그보다는 옷이 문제에요. 하루 만에 그게 무슨 꼴이에요?”

그레이스의 타박에 이사나는 멋쩍게 웃었다. 어젯밤 습격이 잦아든 뒤 근처 우물물을 퍼내 깨끗이 씻었음에도 핏물에 찌든 얼룩은 쉽사리 지워지지 않았다. 하지만 옷이라고는 클레르에게 받은 이 한 벌뿐이라 난감해하려니, 어느새 이사나 뒤에 줄을 선 아비가 푸핫, 하고 웃으며 말했다.

“이사나 의외로 덜렁거리는 성격이었군요? 하루 만에 이렇게 엉망진창이 되다니.”

“그러게 말이에요. 이대로 있다간 사흘도 안 되서 발가벗고 다녀야 할지도 모른다고요.”

“오우~, 난 좋은데?”

“사실은 나도.”

아비와 그레이스는 놀리듯 짓궂은 얼굴로 말했다. 좀처럼 이런 놀림을 당해 본 적 없는 이사나는 몹시 당황하는데, 앞에서 심통 맞은 목소리가 들려왔다.

“다들 무슨 헛소리를 하는 거야? 딱 봐도 싸우다가 피가 튄 거구만.”

그 말에 이사나는 물론, 여자들까지 고개를 돌렸다. 그러자 여자들에게 수프를 퍼 주고 있던 금발 소년이 이사나를 쏘아보며 밉살스럽게 말했다.

“그 이사나 황자라는데, 멀쩡히 밤을 보냈을 리가 없잖아. 클레르 님이 얼마나 벼르고 있었는데. 클레르 님이 보낸 부하들과 한판

벌이다가 피범벅이 된 게 뻔한 거, 아야얏! 무슨 짓이야, 아비!"

"노엘, 너는 눈치가 없으면 다른 애들처럼 입이라도 다물 줄 알아."

아비는 그릇으로 소년의 뒤통수를 후려갈기며 혼을 냈다. 그들의 대화로 이사나는 마을 여자들이 간밤의 습격에 대해 이미 알고 있었다는 걸 알아차렸다. 어제 침대 밑을 살펴보라는 그레이스의 귀띔은 그녀 나름대로의 경고였던 것이다. 이들의 입장을 알고 있었기에 그렇게 섭섭하지 않았지만, 그레이스는 미안한지 어찌할 줄을 몰라 했다. 그런 그레이스를 내려다보던 이사나는 작게 속삭이듯 말했다.

"나이프, 빌려줘서 고마웠어."

이사나의 말에 그레이스는 화들짝 놀란 얼굴로 이사나를 돌아보았다. 그리고 무언가를 말하려는데, 노엘이라 불린 소년이 불만스러운 듯 아비를 향해 소리쳤다.

"왜! 내가 뭐 못 할 말 했어? 다들 이상해! 맨날 뻔히 일어나는 일을 숨기고 없었다는 듯이 굴고! 젠장, 날개만 생기면 다들 가만두지 않을 거야! 맨날 나만 구박하고!"

노엘이 왁왁 소리치자, 아비는 가소롭다는 듯 말했다.

"오구오구, 우리 노엘이가 누나들한테 많이 섭섭했나 보네? 아휴, 다음에 숲에 나갈 때 꿀통 한 바가지 챙겨 올까?"

"아이씨! 애 취급하지 마!"

노엘은 아비에게 신경질을 내며 씩씩거렸다. 날개? 이사나는 노엘이라 불린 소년이 한 말에 위화감을 느꼈다. 설마…….

"노엘은 알리페르예요. 아마 다음 성년식에서 성충이 되겠죠. 이곳에서 보이는 저 또래 남자아이들은 전부 미성숙한 알리페르예요."

그레이스는 이사나의 궁금증을 알아차린 듯 설명해 주었다. 배식 당번인 노엘이 계속해서 아비와 대거리를 하자, 그레이스는 노엘에게서 국자를 빼앗아 자신의 그릇과 이사나의 그릇에 수프를 퍼 담았다. 수프에는 생전 처음 보는 허브와 동물의 뼈, 약간의 내장이 들어 있었다.

생각보다 먹음직스러운 냄새에 이사나는 신기한 기분으로 수프가 담긴 그릇을 내려다보는데, 그레이스가 따라오라고 손짓했다. 그에 그레이스를 따라 자리에 앉자, 아까와는 비교도 안 되게 많은 시선들이 이사나를 향해 쏟아졌다. 호의적인 시선도 있었지만, 그보다는 경계 어린 기색이 더 강했다. 이사나는 그 시선에 위축되는 걸 느끼며 그레이스에게 물었다.

"그럼 다른 남자아이들은 어디에 있는데?"

이 마을에 여자아이만 태어났을 리가 없다. 분명 남자아이도 태어났을 터였다. 그런데 여자들을 제외한 전부가 미믹이라는 것은 이상했다. 이사나의 물음에 그레이스는 차갑게 웃으며 대답했다.

"어느 정도 자라면 성에 불려 가요. 성충인 알리페르의 시중을 든다고 하더라고요. 맞는지는 모르지만."

이사나는 그레이스가 그 말을 믿지 않는다는 걸 직감했다. 불현듯 이사나는 포스에서 본 인간 축사가 떠올랐다. 어쩌면 그들은 좁은 우리에 갇힌 채 알을 낳는 날만을 손꼽아 기다리고 있을지도 몰랐다. 자신의 형제가 그들의 숙주로 끌려간 것을 이들은 분명 알았을 터였다. 알리페르의 생태를 생각하면 그런 결론은 당연했다. 하지만, 미믹인 노엘과 인간인 아비는 꽤 친근한 모습을 보이며 툭탁거리고 있었다. 오누이라고 봐도 될 만큼 말이다. 저들이 밉지 않은 걸까? 이사나는 의아해하는데, 그레이스가 말했다.

"미성숙한 알리페르를 기르는 것도 이 마을이 할 일이에요. 성충들은 때려 부수는 건 잘해도 어린것들을 양육할 줄 모르거든요. 저쪽에 가면 부화장도 따로 있어요."

확실히 알리페르 놈들의 습성은 양육과 거리가 멀었다. 유충이 얼마나 터무니없이 연약하더라도 말이다. 이사나가 고개를 끄덕거리자, 그레이스는 장난스럽게 눈을 휘며 말했다.

"성충들은 우리에게 귀찮은 일을 떠맡겨서 다행이라고 생각할지 모르지만, 사실 그들은 잘못 생각하고 있는 거예요."

의외의 말에 이사나가 눈을 휘둥그레 뜨자, 그레이스는 어마어마한 음모를 꾸미는 악당처럼 키득거리며 말했다.

"우리는 여기 알리페르들을 저 혼자만 생각하지 않고 다른 알리페르들을, 더 나아가서는 인간들을 배려하고 존중할 줄 아는 신사로 만들 거거든요. 하지만 유충들에게 먹이만 제공해서는 그렇게 될 수 없죠. 그래서 우리는 저들을 진심으로 사랑하고 엄격하게 훈육해요. 내가 싫은 것은 남도 싫을 수 있다는 것을. 착취하는 것보다는 노동을 해서 정당한 몫을 얻는 게 즐겁다는 것을. 그리고 고맙다, 미안하다, 사랑한다고 말하는 게 얼마나 중요한지 등등 말이에요."

그레이스는 눈을 반짝이며 말하다가 이내 씁쓸한 얼굴로 중얼거렸다.

"아직은 한참 먼 얘기 같지만요."

그레이스의 말이 무슨 뜻인지 이사나는 금세 알아차렸다. 만약 그레이스의 계획이 성공했다면 성충이 된 알리페르가 마을 여자들과 교류하기 위해 성에서 내려왔을 테니 말이다. 고작 이틀 이곳에 있었지만, 성충은 마을로 내려오지 않았다. 간혹 거쳐 간다 해도 마을 여자들에게 아는 척하지 않았다. 그럼에도 개인의 미움을 지우고 계속 더불어 살아가려고 노력하는 이들이 이사나에겐 어리석어 보이면서도 대단하게 느껴졌다.

이사나는 피식 웃었다. 아마 예전이었다면, □□를 만나기 전이었다면 이런 생각은 하지도 않았을 터였다. 렉사 토벌전이 있기 전의 이사나는 오직 제국민들의 기대를 부응하기 위해 놈들을 죽여 왔다. 적이라는 이들에 대한 의구심이나 고찰 따위는 조금도 없이, 그저 기계적으로 살육해 왔던 것이다. 그때라면 왜 여자들이 이런 노력을 하는지 이해하지 못한 채 무조건 제국의 적으로 간주했을 터였다.

불현듯 □□가 보고 싶어졌다.

"다 먹었으면 일어날까요? 갈아입을 옷을 빌려줄게요."

그레이스의 말에 이사나는 빈 그릇을 들고 자리에서 일어났다. 그녀가 하는 대로 다 먹은 그릇을 배급소 바로 옆에 있는 대야에 담구었다. 그러자 그릇을 씻고 있던 노엘이 날카로운 눈으로 이사나를 노려보았다. 그에 이사나는 짐짓 아무것도 못 본 척 그레이스를 따라나섰다.

"......."

식사를 하고 났더니 한층 더 졸음이 몰려왔다. 따사로운 햇살에 이사나는 눈꺼풀이 천근만근 무거워지는 걸 느꼈다. 그렇게 졸음에 반쯤 잠긴 채 그레이스를 간신히 뒤따라가는데, 그레이스가 어느 집 앞에 멈춰 섰다.

"들어오세요."

그레이스를 따라 들어가자, 이사나가 지내는 오두막과 달리 생활감이 느껴지는 내부 모습이 보였다. 잡아 온 동물로 만든 듯한 카펫과 직접 만들었음이 분명한 가구들은 어설픈 손길이 느껴질지언정 여느 다른 집과 다를 바 없었다. 그레이스는 물건을 모으는 취미가 있는지 숲에서 주운 듯한 제국군의 물건들이 곳곳에 진열되어 있었다. 작게는 수통이나 라이터부터 크게는 천막의 폴대 따위도 보였다. 이사나는 낯익은 기물들이 빼곡히 들어선 그레이스의 집을 찬찬히 둘러보는데, 그레이스가 옷장을 뒤지더니 옷 한 벌을 가져왔다.

"입으세요."

"정말 내가 입어도 되는 거니?"

"어차피 입을 사람도 없는 걸요? 전 잠깐 식사 뒷정리를 돕고 올게요. 그동안 갈아입고 데리러 올 때까지 기다리고 있어요."

그레이스가 나간 뒤 이사나는 그녀가 준 옷을 펼쳐 보았다. 꽤 낡아 보이는 셔츠는 아끼는 것이었는지 다림질까지 꼼꼼하게 되어 있었다. 사연이 느껴지는 옷을 든 채 이사나는 망설였다. 이 옷을 정말 입어도 되는 걸까? 이사나는 잠시 고민했지만, 거절하는 것도 실례인 것 같았다. 이사나는 핏물로 얼룩덜룩해진 옷을 벗고 그레이스가 준 옷을 입어 보았다. 마치 맞추기라도 한 듯 몸에 꼭 맞았다.

옷을 갈아입은 이사나는 벽에 기대앉았다. 잡혀 오는 내내 긴장한 데다 날이 샐 때까지 날뛴 탓에 몸은 행군이라도 한 듯 노곤했다. 눈을 감은 지 얼마 되지 않아 이사나는 깊이 곯아떨어졌다.

얼마 후 뒷정리를 돕고 돌아온 그레이스는 이사나가 잠에 빠져든 걸 발견하고선 가만히 그를 내려다보았다.

아버지의 옷은 마치 맞추기라도 한 듯 그에게 딱 맞았다. 얼굴 한 번 본 적 없지만, 어머니께서 훤칠하니 잘생겼다고 단언했으니 분명 눈앞의 이 사람처럼 근사하게 생겼으리라.

그레이스는 장롱에서 낡은 모포를 꺼내 이사나에게 둘러 주며 말했다.

"고생했어요, 잘 자요."

* * *

이사나는 순조롭게 마을에 잘 적응해 나갔다. 밤에 습격해 오는 알리페르를 상대하는 것도, 낮 동안 마을 여지들을 따라다니며 일을 돕는 것도 익숙해졌다. 심지어는 이사나는 생전 처음 하는 바느질을 잘한다는 칭찬까지 들었다. 그렇게 이사나는 탈출할 기회를 엿보면서 마을의 일원으로서 그 안에 녹아들었다.

그렇게 모든 게 익숙해진 어느 날, 렉사가 다시 이사나의 앞에 나타났다.

숲의 공주 (2)

족쇄에 달려 있던 쇠사슬로 알리페르의 목을 조르고 있던 이사나는 길 위에 홀연히 나타난 렉사를 발견하고선 놀라서 눈을 크게 떴다. 도대체 언제부터 여기 있었던 거지?

이사나는 조르고 있던 알리페르의 목을 비틀어 꺾어 옆으로 치워버렸다. 그런 이사나를 흥미로운 눈으로 지켜보던 렉사는 피식 웃으며 말했다.

"능숙해. 너처럼 동족들을 잘 죽이는 녀석은 처음 봐."

렉사의 순수한 감탄에 이사나는 말없이 알리페르에게 꽂혀 있던 나이프를 빼냈다. 그리고 경계 태세를 취했다.

도대체 무슨 꿍꿍이지? 놈은 처음 데려온 날 이후로 단 한 번도 이사나의 앞에 나타난 적이 없었다. 완전히 흥미를 잃어버린 것처럼 말이다. 그래서 막연히 다른 놈들의 숙주나 먹잇감이 되게끔 내버려 둔 거라고 생각했는데…….

설마 이제 와서 다시 숙주로 만들어야겠다는 생각이 든 건가? 하, 누가 순순히 당하고만 있을 줄 알고? 나이프를 치켜든 이사나가 날카로운 눈으로 렉사를 쏘아보는데, 렉사는 그런 이사나를 퍽 가소롭다는 듯 쳐다보았다.

"……젠장."

도무지 집중할 수 없었다. 놈의 얼굴은 사랑하는 연인과 지나치게 닮아 있었다. 혈연관계이니 닮는 건 당연했지만, 역시 받아들이는 건 별개의 문제였다. 이사나는 이를 악물며 놈을 쏘아보았다.

다른 생각 하지 말자. 여기 놈이 나타난 건 오히려 기회야. 알리페르의 왕인 저놈만 쓰러뜨리면 제국민들을 헥사비스에서 해방시킬 수 있어. 저놈만 쓰러뜨리면 넥시움의 의무에서 벗어나 □□와 함께 제국을 떠날 수 있어. 이사나가 살기등등한 눈으로 렉사를 노려보는데, 렉사는 이사나의 필사적인 모습이 퍽 우스운지 웃음기 어린 목소리로 말했다.

"너, 꽤 변했군."

"……?"

"예전에 봤을 때는 눈이 완전히 죽어 있어서 인간들이 만든 인형인 줄 알았는데."

도대체 무슨 소리를 하는 거지? 이사나는 맥락 없는 그의 말에 혼란스러워졌다. 이사나는 미간을 찌푸리는데, 렉사가 한 발자국씩 이사나에게 다가오며 말했다.

"그런데 지금은 다르군. 눈빛이 꽤 살아 있잖아?"

……역시 무슨 말을 하는지 모르겠다. 하지만 그의 말 따위는 아무래도 상관없었다. 중요한 건 그를 없애야 한다는 것뿐이었다. 이사나는 나이프의 끝을 날카롭게 겨눈 채 렉사에게 달려들었다. 하지만 나이프가 놈에게 닿기 직전, 렉사는 잽싸게 회피하더니 곧장 손톱을 세워 이사나를 공격해 왔다. 나이프와 외골격이 부딪치는 소리는 끊이지 않았다. 한참 동안 렉사와 공격을 주고받던 이사나는 적잖게 당황한 얼굴로 뒤로 물러났다.

렉사는 강했다. 이사나가 생체 의수를 이식받고 강해진 것처럼 그 역시 풋내기 신왕 시절 이상으로 강해져 있었다. 다른 알리페르들과 달리 조금도 공격이 먹히지 않는 것에 기함하며 이사나는 그와의 거리를 벌렸다.

이대로 시간을 끌어 봐야 이사나만 불리했다. 생체 의수가 있다고 해도 배터리가 무한이 아닌 데다가 놈은 다른 것들과 수준 자체가 달랐다. 되도록 빨리 결착을 내야 했다. 이리저리 주변을 살피던 이사나는 결국 숲속으로 뛰어들었다. 탁 트인 평지에서는 어차피 승산이 없었다. 차라리 어둠 속에 숨어 기회를 엿보는 게 나았다.

이사나가 숲속으로 뛰어들자, 렉사 역시 이사나를 뒤따라 숲속으로 들어왔다. 하지만 사냥을 즐기기라도 하듯 놈에게는 다급한 기색이 없었다. 꽤 한참 동안 숲속을 헤집고 다니던 이사나는 적당한 엄폐물이 보이자마자 재빨리 몸을 웅크려 은신했다. 초여름의 무성한 나뭇잎으로 달빛마저 가려진 숲속은 통째로 어둠 속에 파묻힌 듯 새카맸다. 그 안으로 사냥감이, 렉사가 유유자적하며 들어왔다.

저벅저벅.

렉사는 인기척을 숨길 생각조차 없어 보였다. 마치 이사나가 나올 것을 기다리기라도 하듯 탁 트인 숲 한가운데에 선 놈은 또다시 이상한 말을 늘어놓기 시작했다.

"그러고 보니 너와 처음 만났을 때가 생각나는군."

이사나는 낮은 보폭으로 기어 렉사의 뒤쪽으로 향했다.

"그때 너는 도망치는 척하면서 반격해 내게 이상한 약물을 주입했지. 도대체 뭐였는지 모르지만, 너를 헥사비스로 돌려보내고도 계속 네가 생각나서 나는 네게 반하기라도 한 줄 알았어."

완전히 등 뒤까지 도착한 이사나는 슬그머니 자리에서 일어났다.

"그래서 네가 헥사비스에서 다시 나왔다는 소식을 듣자마자 너를 보러 갔었어. 또 그때처럼 두근거릴까 해서 말이야. 하지만 아니었어. 너는 다른 인간들과 별반 다를 바 없었어. 그때처럼 전혀 특별하게 보이지 않았어. 그런데."

렉사는 고개를 갸웃거리며 말했다.

"왜 또 지금은 신경이 쓰이는지 모르겠군."

골똘히 고민하는 놈에게 지척까지 다가간 이사나는 놈의 뒷목을 노려 나이프를 내질렀다. 하지만 이미 알고 있었다는 듯 렉사는 금세 뒤를 돌아 이사나의 팔을 붙잡았다. 이사나는 모골이 송연해지는 걸 느끼는데, 렉사가 히죽 웃으며 말했다.

"속았지?"

천진한 목소리에 이사나는 놈에게 붙잡힌 상태임에도 울컥했다. 하지만 턱으로 느껴지는 어마어마한 충격에 이내 아무 생각도 할 수 없게 되었다. 뇌가 흔들리는 듯한 엄청난 어지러움을 느끼고 나서야 이사나는 놈에게 한 방 먹었다는 걸 알아차렸다.

빌어먹을…….

젠장할…….

이사나는 의식을 잃으면서도 왠지 모를 억울함에 화가 치솟았다.

* * *

"헉! 이사나 괜찮아요?!"

그레이스의 경악 어린 목소리에 이사나는 눈을 떴다. 그리고 턱에서 느껴지는 어마어마한 통증에 미간을 찌푸렸다. 구겨지듯 이상한 자세로 침대 위에 널브러져 있던 이사나는 불현듯 간밤의 일이 떠오르자 다시 열이 뻗쳐 오는 걸 느꼈다.

'속았지?'

이 개새끼가……! 자신이 어디 숨어 있는지 뻔히 알면서 능청을 떨어 댔던 놈을 떠올리자 이사나는 이가 갈렸다. 이사나가 무서운 얼굴로 말없이 허공만 노려보자, 그레이스는 걱정 어린 얼굴로 다시 이사나에게 물었다.

"이사나 괜찮아요?"

"……괜찮아, 아침 먹으러 가자."

이사나는 화를 꾹꾹 눌러 담으며 자리에서 일어났다. 하지만 이사나는 급식소로 향하는 내내 부글부글 끓어오르는 화를 어찌할 수 없었다. 이사나가 무서운 얼굴로 말없이 성큼성큼 걷기만 하자, 그레이스는 걱정을 하면서도 조용히 이사나의 뒤를 따를 수밖에 없었다. 이윽고 급식소에 도착하자, 여자들이 이사나의 얼굴을 보고 놀라서 다가왔다.

"세상에! 이사나 얼굴이 왜 그래요?"

"……별일 아닙니다."

"얼굴이 재산인 사람한테 도대체 누가 그랬대!"

이사나가 얼굴이 퉁퉁 부은 채 급식소에 나타나자, 여자들은 이사나를 걱정하며 누군지 모를 폭력범에게 분개했다. 어느 놈이야! 어느 놈! 범인을 색출해 내기 위해 혼란스러웠던 급식소는 그레이스의 중재로 간신히 안정을 되찾을 수 있었다. 이사나는 아직도 얼얼한 턱을 간신히 벌려 수프를 떠 마시는데, 그레이스가 걱정 어린 얼굴로 물었다.

"이사나, 정말 괜찮아요? 다른 데 다친 곳은 없어요?"

"정말 멀쩡해. 신경 써 줘서 고마워."

말은 그렇게 했지만, 사실 이사나는 전혀 괜찮지 않았다. 다친 곳이 있어서가 아니라 너무 멀쩡해서였다. 분명 의식을 잃을 때만 해도 이사나는 놈의 숙주가 되거나 죽을 거라고 생각했다. 하지만 지금의 이사나는 얻어맞은 턱을 제외하면 더할 나위 없이 멀쩡한 상태였다. 그게 이사나의 화를 더 부채질했다.

'징그러워.'

불현듯 전에 놈이 내뱉었던 말이 생각났다. 숙주로 삼기에는 고문흔 때문에 내키지 않고 죽이는 건 아직 아깝다 이건가? 이사나는 굴욕감에 가슴이 드글드글 끓어올랐다.

"윽……!"

수프를 퍼먹다가 딱딱한 무언가를 씹은 이사나는 찡하니 아픈 턱을 부여잡으며 신음을 내뱉었다. 입안에 있는 것을 뱉어 내자 조그마한 돌멩이가 테이블 위를 굴렀다.

"이사나, 괜찮아요?"

"응…… 괜찮아."

제대로 잘못 씹어 턱이 나가는 줄 알았지만, 이사나는 그레이스에게 괜찮다고 말한 뒤 한창 마을 사람들에게 배식 중인 노엘을 돌아보았다. 오늘 배식 당번인 노엘은 가끔 마을 여자들과 실랑이를 벌이면서도 맡은 일을 잘 하고 있었다. 설마, 아니겠지…….

하지만 이사나는 그 뒤에도 몇 번이나 수프를 마시며 돌멩이를 뱉어 내야 했다. 똑같은 수프를 받은 그레이스의 몫은 멀쩡한데 말이다. 어째서 노엘이 배식하는 날에만 수프에서 이물이 나오는지 이사나는 생각하지 않기로 했다. 턱이 무진장 아팠지만 말이다.

어떻게 해야 렉사를 이길 수 있을까? 이사나는 밭에서 잡초를 뽑다가 말고 또다시 고민에 빠졌다. 놈은 확실히 다른 알리페르들과 달랐다. 재빠르고 상당히 강했지만, 그래도 그건 공략하기 나름이었다. 근력만으로 모든 승패가 판가름 난다면 인류는 진즉에 멸종당했어야 했다.

이사나는 마을 여자들의 일을 도우며 하루 종일 렉사를 어떻게 쓰러뜨릴지 생각했다. 물론 놈이 다시 나타나지 않을 수도 있다. 변덕이 심한 놈이었으니까. 하지만 렉사는 그날 밤도 이사나를 찾아왔다. 그러나 이사나는 또다시 놈에게 패배한 채 오두막에서 깨어났다. 다음 날도, 그다음 날도, 잡힐 듯 말 듯 렉사는 아슬아슬하게 틈을 내어주다가 결정적인 순간에 이사나에게 한 방을 먹였다. 그 패턴이 반복되다 보니 결국 이사나도 깨닫게 되었다.

렉사가 자신을 가지고 놀고 있다는 것을 말이다.

그걸 깨달은 이사나는 매일 밤 왜 그렇게 필사적이었는지 몰라 허탈해졌다. 압도적인 벽. 그게 바로 렉사였다. 이사나는 이제껏 놈이 단 한 번도 진지하게 싸운 적이 없었다는 걸 깨닫자, 수치심마저 고개를 쳐들었다. 이사나는 렉사를 쏘아보며 이를 갈듯 물었다.

"네놈은 지금 날 가지고 노는 건가?"

이제껏 말 한마디 없이 공격만 하던 이사나가 대뜸 말을 걸어오자, 렉사는 당황한 듯한 얼굴로 이사나를 바라보았다. 길고양이가 말을 거는 걸 본 듯한 얼굴이었다. 하, 나 따위는 네게 그 정도로밖에 여겨지지 않는다 이건가? 이사나는 더욱 화가 치솟았다.

"지금 이게 뭐 하는 짓이냐고 묻잖아!"

이사나는 지난 10여 년간 놈이 나타나는 악몽에 시달려 왔다. 팔다리가 뜯기고 어두운 수로 안에서 강간당하는 치욕은 잊을래야 잊을 수 없었다. 그런데 렉사는, 그 두려움을 딛고 맞서는 자신을 진지하게 상대해 주기는커녕 가지고 놀고 있을 뿐이었다. 아무리 수준 차이가 난다고 해도 도무지 견딜 수 없었다. 이사나가 분을 참지 못하고 소리치자, 렉사는 이해할 수 없다는 듯 이사나를 바라보았다. 진심으로 뭐가 뭔지 모르는 듯한 표정이라 허탈감마저 밀려왔다. 이사나는 화를 억누른 채 놈에게 물었다.

"너, 도대체 목적이 뭐야? 죽이지도 않을 거면서 왜 밤마다 찾아오는 거냐고!"

이사나의 물음에 렉사는 고개를 갸웃거리다가 자신 없게 말했다.

"너를…… 보러?"

"봐?"

"응."

이상한 말에 이사나는 도저히 이해할 수 없다는 듯 되물었다.

"봐서 뭐 하게."

"글쎄……."

렉사는 자기 자신이 말을 하면서도 무슨 말을 하는지 모르겠는지 퍽 혼란스러운 얼굴을 하고 있었다. 보통 알리페르가 인간에게 관심을 가지는 건 두 가지 이유에서였다. 먹잇감 혹은 교미 대상이기 때문에. 하지만 렉사는 그 둘 모두에게 관심이 없어 보였다. 그런데도 꾸준히 자신을 찾아온다는 것은…….

"내게 정보를 캐내기 위해서인가?"

놈은 헥사비스를 개방시키기 위해 □□까지 태어나게 할 정도였다. 그 정도로 제국을 함락시키는데 열중이니 어쩌면 제국군의 동향을 알아내기 위해 찾아온 것일지도 몰랐다. 이사나가 잔뜩 긴장한 얼굴로 놈을 쳐다보는데, 렉사가 고민 어린 얼굴로 말했다.

"그런 건 아닌 것 같은데……."

그러면서 놈은 혼자만의 생각에 빠져들었다. 사람을 앞에 세워 둔 채 뭐 하는 짓인지 알 수 없었다. 이사나는 그런 렉사를 맥 빠진 얼굴로 쳐다보다가 서늘하게 빈정거렸다.

"싸우는 것도 아니고 정보를 캐내기 위해 온 것도 아니라면 이 밤에 여기 있을 이유가 없군. 너는 네 성으로, 나는 오두막으로 돌아가는 게 좋겠어."

그러면서 이사나는 뒤돌아서는데, 렉사가 말했다.

"거기 서."

"……?"

"누가 가도 된다고 했지?"

아까까지만 해도 혼란스러워 보였던 렉사가 지금은 얼굴에 불쾌감을 고스란히 드러내고 있었다. 이사나는 놈이 갑자기 왜 저러나 싶으면서도 다시 뒤돌아섰다. 렉사가 그런 이사나를 노려보며 말했다.

"나이프를 들어."

다짜고짜 싸움을 다시 시작하자는 놈의 말에 이사나는 어처구니가 없어져 말했다.

"나를 보러 온 거라고 하지 않았나?"

"그랬지."

"그런데 왜 굳이 승패가 결정된 싸움을 강요하는 거지?"

이사나는 요 며칠 동안 렉사를 쓰러뜨리기 위해 안 해 본 짓이 없었다. 함정을 파기도 하고 기습을 꾀하기도 하고 독극물을 제조하기도 했다. 하지만 번번이 놈에게 지기만 할 뿐이었다. 책략의 문제가 아니었다. 그저 놈이 지나치게 강했다. 어떻게 저런 생물체가 있을 수 있는지 경이로울 정도였다.

놈에게 이길 수 없다. 이건 절망에서 오는 무력감이 아니라 당연한 사실의 나열일 뿐이었다. 이사나는 덤덤히 현실을 인정하는데, 렉사가 당연하다는 듯 말했다.

"그래야 널 볼 수 있으니까."

렉사의 말에 이사나는 그가 무슨 말을 하는지 몰라 미간을 찌푸렸다. 하지만, 이내 무슨 말을 하는지 깨닫고 얼굴이 희게 질렸다.

"너, 내가 기절해 있는 동안 무슨 짓을 한 거야……!"

보기 위해 싸움을 해야 한다면 답은 하나뿐이었다. 이제껏 이사나가 기절을 한 사이 용건을 해결한 것이다. 하지만 일어났을 때 얻어맞은 곳을 제외하고는 아무 이상이 없었는데? 이사나는 자신이 기절한 동안 무슨 일이 있었는지 몰라 초조해졌다. 숙주가 된다는 것

이상의 최악은 없을 텐데 이상하게 불안이 엄습해 왔다. 그런 이사나에게 렉사는 무슨 소리를 하냐는 듯 말했다.

"보고 있었다니까?"

정말 말 그대로 보고만 있었다는 건가? 이사나는 점점 더 놈의 생각을 알 수 없어 혼란에 빠지는데, 렉사가 이사나에게 다가오며 말했다.

"겁먹지 마, 이사나 넥시움. 너처럼 더럽게 굴러먹던 지저분한 놈은 건드릴 생각 없으니까."

혐오가 느껴지는 그 말에 이사나는 당황하는데, 어느새 지척까지 다가온 렉사가 이사나의 명치를 후려쳤다. 엄청난 고통에 이사나는 신음을 내뱉으며 천천히 허물어졌다. 그리고 그런 자신을 렉사가 끌어안은 듯한 기분이 들었다.

* * *

"이사나 괜찮아요?"

"……."

또다시 그레이스의 걱정과 함께 눈을 뜬 이사나는 자리에서 벌떡 일어났다. 몸 구석구석을 살펴보았지만, 어디 한 군데 이상한 점은 보이지 않았다. 놀랄 만큼 자신의 몸은 정상이었다. 하지만 그게 더 이사나의 화를 부추겼다.

'겁먹지 마, 이사나 넥시움. 너처럼 더럽게 굴러먹던 지저분한 놈은 건드릴 생각 없으니까.'

그래서 정말 기절해 있는 내내 쳐다보기만 했다는 건가? 왜? 내가 얼마나 비참한 몰골로 변했는지 직접 두 눈으로 확인하려고? 이사나는 머릿속이 드글드글 끓는 듯한 기분이 들었다. 이사나와 렉사는 승자에게 패자의 생살여탈권이 넘겨지는 관계였다. 고작 쳐다보는 것만으로 끝났다는 건 대단한 행운이 아닐 수 없었다. 그런데도 이사나는 이 상황을, 이 치욕을 도저히 그냥 넘길 수 없었다. 차라리 죽는 게 더 낫다는 생각이 들 정도로 수치스러웠다.

"……나, 이사나?"

"응?"

"간밤에 무슨 일 있었어요?"

그레이스는 심각한 얼굴로 이사나에게 물었다. 이사나는 그레이스가 걱정하는 것을 이해했다. 이 마을에 잡혀 온 이후로 이사나는 줄곧 깨어 있는 모습으로 그레이스를 맞이했는데 렉사가 찾아온 요즘은 줄곧 기절한 채 그녀를 맞이했으니까.

하지만 이사나는 그냥 입을 다물기로 했다. 그레이스가 간밤의 일을 안다고 한들 알리페르의 허락 하에 간신히 목숨을 부지하는 그녀가 무슨 일을 할 수 있겠는가? 걱정만 시킬 뿐이었다.

"별일 없었어. 아침 먹으러 가자."

더 이상 화제를 이어나가면 그녀에게 괜히 신경질을 내게 될지도 몰라 이사나는 대화의 맥을 끊어 내듯 먼저 자리에서 일어났다. 자리에서 일어나자 간밤에 얻어맞은 명치가 짜르르 아파 왔다. 명치뿐만이 아니었다. 턱, 뒤통수, 뒷목 등등 하루가 다르게 늘어 가는 패배의 상징들로 이사나는 더없이 초조해졌다.

렉사는 도대체 무슨 생각인 걸까? 이사나는 배식을 받으면서도 온통 놈에 대한 생각밖에 없었다. 나를 보기 위해 찾아왔다고? 한번 봤으면 됐지 왜 놈은 계속 찾아오는 걸까? 움직이지도 않는 사람을 관찰해서 도대체 뭐 하려고? 기절해 있는 동안 무슨 일이 있었는지 모르니 채워지는 건 온통 기분 나쁜 상상뿐이었다. 인형놀이를 하듯 발가벗겨 구석구석 샅샅이 살펴봤을 놈을 떠올리자 구역질까지 치밀었다.

점점 기분이 좋지 않아진 이사나는 애써 그 상상들을 털어 내며 수프를 떠먹었다. 그런데 돌연 입 안에서 이상한 감촉이 느껴졌다. 그걸 스푼 위에 뱉어 내자, 새카만 벌레가 뒤집힌 몸뚱이를 바동거리는 게 보였다.

바퀴벌레였다.

그제야 이사나는 수프 안에 벌레 몇 마리가 둥둥 떠다니는 게 보였다.

"욱……!"

치미는 욕지기에 이사나는 입안에 든 것을 모조리 바닥에 뱉어낸 뒤 헛구역질을 해댔다. 맞은 편에 앉아 함께 식사를 하고 있던 그레이스는 그런 이사나의 모습에 기겁하며 달려왔다.

"이사나 괜찮아요?!"

"괘, 괜찮아."

입 안에서 움직이던 감촉이 지워지지 않아 괴로웠지만, 그레이스가 너무 놀란 것 같아 이사나는 애써 괜찮다고 말했다. 이사나의 등을 토닥이던 그레이스는 무심코 이사나의 그릇을 봤다가 그 안에 든 벌레들을 보고 기겁했다. 자리에서 벌떡 일어난 그레이스는 곧장 배식 중이던 노엘에게 달려들었다.

"노엘! 너 이게 뭐 하는 짓이야!"

"내, 내가 뭐!"

그레이스가 크게 화내며 소리치자 노엘은 놀라서 말을 더듬었다. 그에 그레이스는 이사나의 그릇을 노엘에게 들이밀며 일갈했다.

"네가 이사나의 그릇에다가 벌레를 집어넣었잖아!"

그레이스의 말에 여자들은 경악한 얼굴로 노엘을 돌아보았다. 순식간에 몰린 비난 어린 시선에 노엘은 당혹스러운 듯 주변을 돌아보다가 적반하장으로 화냈다.

"나, 난 그런 적 없어! 없다고! 공주 네가 본 적 있어? 있냐고!"

"너 아니면 할 사람이 어딨니?!"

"아, 아냐! 난 아냐! 아니라고!"

모두가 힐난함에도 노엘은 꿋꿋이 자신의 결백함을 주장했다. 점점 분위기가 험악해지자, 결국 이사나가 나서서 그들을 중재할 수밖에 없었다.

"실수로 들어갔나 보지. 너무 몰아붙이지 마, 그레이스."

"하지만……!"

"저건 그냥 버리고 다시 떠 먹으면 돼."

이사나가 새 그릇에 수프를 뜬 뒤 다시 자리에 앉았다. 피해를 본 당사자가 그렇게 말을 하니 그레이스 역시 어찌할 도리가 없는지 다시 제자리로 돌아왔다.

"미안해요……."

그레이스는 정말 이사나에게 면목이 없는지 우울한 얼굴로 웅얼거렸다. 그런 그레이스에게 이사나는 다정하게 웃어 보이며 말했다.

"네가 미안해할 일이 뭐가 있어."

"하지만……."

"괜찮아, 신경 쓰지 않으니까."

이사나는 여자들에게 혼나는 노엘을 서늘한 눈으로 훑으며 말했다.

* * *

하루 일과를 마친 노엘은 입을 댓 발로 내밀며 자신의 오두막으로 돌아왔다.

'칫, 내가 뭘 그리 잘못했다고 다들 야단법석이야?'

오늘 하루 종일 마을 여자들에게 혼이 났던 노엘은 기분이 썩 좋지 못했다. 최근에 새로 들어온 포로, 이사나 넥시움 때문이었다. 제 주제도 모르고 여자들과 희희낙락한 꼴이 보기 싫어 조금 괴롭혀 줬을 뿐인데 여자들은 하루 종일 노엘에게 너무했다며 비난했다.

흥, 그놈 손에 죽은 알리페르가 몇인데 편을 드는 거야? 두고 봐! 날개만 생기면 다들 절대 가만두지 않을 테니까! 노엘은 씩씩거리며 침대에 털썩 드러눕는데, 문득 오두막 문가에 누군가가 서 있는 게 그의 눈에 보였다.

이사나 넥시움이었다.

도대체 언제부터 여기에……! 노엘은 놀라서 비명조차 나오지 않는데, 이사나가 싱긋 웃으며 인사했다.

"안녕, 노엘."

"다, 당신이 왜, 여기……!"

"미안한데 당분간 네 집에서 신세 좀 질게."

그건 또 무슨 소리야! 노엘이 말도 안 되는 소리하지 말라고 소리치려는데, 이사나가 잽싸게 노엘을 제압한 뒤 미리 준비해 놓은 밧줄로 팔다리를 꽁꽁 묶고 재갈을 물렸다. 읍읍! 노엘은 애벌레처럼 꿈틀대며 풀어 달라고 호소했지만, 이사나는 그를 한쪽 구석에 처박아 둔 채 노엘이 누워 있던 침대에 드러누웠다.

진작에 이렇게 할걸…….

하루가 고단했던 탓인지 침대에 눕자마자 잠이 솔솔 밀려들었다. 이사나는 하품을 하며 눈을 감는데, 얼마 지나지 않아 옆에서 훌쩍거리는 소리가 들려왔다. 이사나는 무시한 채 자려다가 침대에서 일어나 노엘에게 다가갔다. 서럽게 눈물을 뚝뚝 떨어뜨리는 모습이 마음에 걸려 재갈을 풀어 주자 노엘은 더욱 서럽게 울며 이사나에게 말했다.

"흑, 흐으…… 내가, 흐윽, 뭘 잘못했다고……."

"……."

"클레르 님께 다 이를 거야! 흐아아앙!"

어린애처럼 엉엉 우는 노엘을 이사나는 복잡한 얼굴로 내려다보았다. 알리페르라고 다 성격이 똑같은 건 아니구나……. 쥬드나 □□에 비해 훨씬 어린애 같은 노엘을 착잡한 얼굴로 내려다보던 이사나는 이내 차갑게 윽박질렀다.

"이르면 너부터 죽일 거다."

"힉……!"

"농담 아니야. 난 당분간 숨어 있을 곳이 필요하니까."

밤 동안 렉사를 피해 은신할 곳이 필요했다. 아침에 노엘과 실랑이가 있었으니 밤사이 자신이 노엘의 오두막에 있었다는 걸 아무도 짐작하지 못할 터였다. 이 녀석이 말을 한다면…… 불쌍하지만 어쩔 수 없지. 매일 밤 제 손에 죽었던 알리페르들도 죄가 있어서 죽었겠는가?

이사나가 서늘한 눈으로 노엘을 내려다보자, 노엘이 새파랗게 질린 얼굴로 끅끅거렸다. 충분히 경고가 되었을 거라 여긴 이사나는 다시 침대로 돌아갔다. 그런데 노엘이 서러운 듯 계속 훌쩍거렸다. 이사나는 무시한 채 자려다가 한숨을 내쉬며 다시 일어났다. 그리고 노엘에게 돌아가 그를 안고 침대로 향했다. 그를 끌어안은 채 등을 토닥여 주자, 노엘은 서러운 듯 좀 더 울다가 얼마 지나지 않아 곯아떨어졌다.

이사나 역시 오랜만에 렉사가 없는 밤을 보내고 있었다.

* * *

"앞으로는 음식에다가 장난치지 마."

노엘의 오두막을 나서기 전 이사나는 노엘을 앉혀 놓고 엄하게 타일렀다. 하지만 어젯밤 내내 묶여 있었던 탓인지 노엘은 입을 댓발로 내밀 뿐 대답이 없었다. 이사나는 짐짓 무섭게 얼굴을 굳힌 채 윽박질렀다.

"다음에 또 그러면 네 입에 처넣을 거야."

이번엔 좀 무서웠는지 새파랗게 질린 얼굴로 딸꾹질을 하기 시작했다. 또 울려고 하자, 이사나는 한숨을 내쉬며 말했다.

"너도 그런 일 당하는 건 싫잖아. 네가 싫은 건 다른 사람도 싫어할 수 있는 일이라고."

이사나는 최대한 상냥하게 타이르려고 노력했지만, 노엘은 반성 없이 또 이렇게 말할 뿐이었다.

"크, 클레르 님께 다 이를……."

"이르면 죽인댔다."

이사나의 협박에 노엘은 결국 흐앙, 하고 울음을 터트렸다. 엉엉 엉엉, 왜 나한테만 이러는 거야……! 노엘은 세상 억울한 얼굴로 오열했지만, 이사나는 흰 눈으로 바라볼 뿐이었다. 인과응보, 이런 말이 떠올랐다. 하지만 노엘은 자신의 잘못은 조금도 떠올리지 못한 채 엉엉 울며 이사나를 비난할 뿐이었다.

"당신은, 훌쩍, 당신은 무자비하고 못된 사람이야! 같은 인간들에게는, 훌쩍, 온갖 착한 척은 다 하면서……! 당신은, 훌쩍, 분명 당신 유충한테도 심한 짓만 했을 거야! 밥 굶기고 맨날 때리고! 창피하다고 가둬 놓고 가축처럼 키웠을 거야!"

근거 없는 모함에 이사나는 발끈하며 소리쳤다.

"□□에게 한 번도 그런 짓 한 적 없어! 보지도 않았으면서 함부로 말하지 마! 그런데 너희는 어떻게 그 애가 날 숙주로 한 알리페르라는 걸 알아차렸던 거야?"

그 일만 아니었어도 □□에게 상처 줄 일도, 이곳까지 포로로 끌려올 일도 없었을 텐데……. 내심 궁금했던 것을 은근슬쩍 떠보자, 노엘은 순진하게 술술 대답해 주었다.

"숲에서 망을 보던 알리페르들이 왕과 얼굴이 똑같은 어린 개체를 발견했다고 해서 바로 알았지. 사실 왕은 인간과 교미하는 데 관심이 없거든. 이제껏 당신 하나와만 했다고 했으니 그 녀석은 왕과 당신의 유충인거지."

얘기를 들으니 골치가 아파왔다. 하필 렉사가 교미에 관심이 없어서, 하필 □□가 시탈로프 숲으로 들어가서 이런 식으로 일이 꼬인 것이다. 하지만 이제 와서 그 일을 후회해 봐야 소용이 없었다. □□도 이사나도 이런 일이 생길 줄은 몰랐으니까. 이사나는 착잡한 마음이 드는 걸 애써 넘기려 하는데, 노엘이 말했다.

"당신이 왕의 후계를 이미 죽였다고 주장하지만, 알리페르 중에서 당신 말을 믿는 녀석은 아무도 없을걸? 충과는 유충을 미워할 수 있어도 죽이지는 못해. 정신적으로 얽매여 있으니까. 그건 유충도 마찬가지지만."

"마찬, 가지라니?"

불길한 예감에 이사나가 되묻자, 노엘은 그것도 모르냐는 듯 말했다.

"유충은 태어날 때부터 충과에 집착해. 숙주가 된 인간을 갉아먹고 태어난 것들은 안 그런데, 유독 충과가 생존해 있는 유충들만 그렇더라고. 뭐라도 결핍된 것처럼 말이야."

충격적인 말에 이사나가 우뚝 굳어지자, 노엘은 더더욱 우쭐해져서 말했다.

"왕이 굳이 후계 찾기에 골몰하지 않고 당신을 데려온 건, 유충이 진짜 죽지 않았으면 어차피 충과를 되찾으러 올 거라서 그런 거야. 충과에 대한 유충의 집착은 정상이 아니거든. 죽으면 시체라도 가지려 드는 놈들이야."

노엘은 생각만으로도 끔찍하다는 듯 진저리를 치며 말했다. 마치 옆에서 본 듯한 모습이라 이사나는 의아해하며 물었다.

"그런 알리페르를 실제로 본적 있어?"

"성 안에만 그런 놈들이 백은 넘을 걸? 예전과 다르게 요즘은 숙주가 산 채로 알을 낳는 경우가 더 많으니까. 그치만 오해하지 마. 그런 미친놈만 있는 건 아니니까. 클레르 님처럼 오히려 그걸 극복해 내고 좀 더 이성적으로 변한 알리페르도 있어. 아직까진 충과가 있는 알리페르가 정신적으로 유약하다는 게 중론이지만."

노엘의 말을 들은 뒤 이사나는 아침나절 내내 정신을 빼놓고 있었다. 어렴풋이 □□와 자신의 관계가 보통 사람들처럼 호감을 기반으로 연인 관계까지 발전한 게 아닐 거라 추측했지만, 이렇게 확답을 들으니 맥이 빠졌다.

그렇게 고민하고 헤매고 고통스러워하다가 간신히 미래를 함께하기로 약속했는데, 그게 그저 숙주와 유충 관계여서 서로에게 집착한 것에 불과했다니……. □□도 나도 정말 서로를 사랑하는 줄 알았는데……. 하지만 □□를 제외하고는 누구도 제대로 사랑해 본 적이 없어서인지 이사나에겐 비교할 대상마저 없었다. 이사나는 목초지의 닭과 염소들에게 먹이를 챙겨 준 뒤 다소 침울한 얼굴로 들판에 앉아있는데, 그레이스가 다가와 물었다.

"이사나 뭐 하고 있어요?"

"그냥 앉아 있어."

"또 일광욕이에요? 이사나는 정말 햇빛을 좋아하네요."

그레이스의 말에 이사나는 멋쩍게 웃었다. □□가 개량한 생체 의수의 배터리는 작전 중 고립될지 모를 부대원을 위해 태양광을 이용해 충전이 가능하도록 설계되었다. 즉, 배터리를 교환하지 못하는 이곳에서는 햇볕을 쬐어야만 생체 의수를 사용할 수 있었다. 언제 무슨 일이 일어날지 모를 이곳에서 틈날 때마다 생체 의수를 충전해 놓는 건 매우 중요한 일이었다. 이사나는 50%를 넘긴 배터리를 힐끔 쳐다보는데, 그레이스가 말했다.

"한가하면 저 좀 도와주시겠어요?"

그레이스의 말에 이사나는 옷소매를 걷어 올린 채 그레이스를 뒤따랐다. 들판에 난 길을 따라 그레이스와 함께 걷자, 그레이스가 이사나에게 물었다.

"그런데 이사나, 무슨 고민이라도 있나요?"

"응?"

"아까부터 좀 멍하니 있는 것 같아서요. 제가 도와줄 수 있는 일이면 도와줄게요."

그레이스는 너무 부담을 주지 않으려는 듯 산뜻하게 말했다. 그에 이사나는 잠시 주저하다가 아침에 노엘에게 들었던 얘기를 슬쩍 꺼냈다. 그러자 그레이스는 피식 웃으며 말했다.

"반은 맞고 반은 틀린 말이에요."

"그게 무슨 말이야?"

이사나가 몸이 달아 묻는데, 곡물 창고로 들어간 그레이스는 커다란 포대에 재작년에 수확한 콩과 옥수수 따위를 쓸어 담으며 말했다.

"정확히는 충과가 유충에게 정신적으로 얽매여 있다는 말이요. 그건 그저 유충이 충과에게 죽으면 유충과 충과의 관계 자체가 사라지기 때문에 그 경우의 수가 알리페르의 눈에 보이지 않을 뿐이에요. 요컨대 통계의 오류죠. 유충을 살려 둔다는 게 숙주들에게 얼마나 큰 각오를 필요로 하는지 몰라서 하는 소리에요. 이사나도 처음부터 당신의 유충을 살려 둘 생각을 하진 않았을 거 아니에요."

"……내가 숙주였던 거 알고 있었구나."

"이 마을에서 모르는 사람은 없을 걸요? 이거 들고 따라오세요."

그레이스는 별거 아니라는 듯 말하며 이번에는 자신의 오두막으로 들어가 석궁을 챙겨 나왔다. 왜 무기를 챙기는 거지? 이사나는 의아해하는데, 그레이스가 다시 길을 걸으며 계속 말했다.

"유충을 없애려고 마음먹었다면 정이 들지 않은 첫 만남에 죽였을 거예요. 하지만 사람은 정에 약하잖아요? 고운 정이든 미운 정이든 한번 정이 든 생물을 사람은 쉽사리 해치지 못해요. 그걸 알리페르들은 괜히 자기 좋을 대로 생각하는 거고요. 원래 그런 건 당사자가 아니고는 정말 이해하기 어려우니까요. 마찬가지로 우리도 그래요. 유충이 충과에게 집착한다고 하지만, 우리는 알리페르가 아니니 그게 진짜인지 아닌지 알 수 없죠. 낳아 주고 길러 준 충과를 사랑해서 그런 건지, 다른 이유 때문에 그런 건지."

그레이스는 잠시 머뭇거리다가 말했다.

"예전에 숲에서 당신의 유충을 본 적이 있어요."

"그 아이를?"

"네, 왕에게 넘겨지면 큰일 날 거 같아서 알리페르들에게 들키지 않게 돌려보내려고 했는데 실패했어요, 미안해요."

□□가 보았다는 소녀가 그레이스였구나……. 기가 막힌 우연에 이사나는 내심 놀라워하며 말했다.

"아니야, 네가 의도한 일도 아니었는데……."

"……."

"……."

"……그 아이, 굉장히 귀엽더라고요."

"그, 그래?"

"왕과 달리 표정이 풍부했어요. 척 봐도 사랑받은 티가 나더라고요. 분명 당신이 많이 사랑해 줬겠죠?"

그레이스의 말에 이사나는 안절부절 어찌할 줄을 몰랐다. □□를 살려 두고 사랑해 준 게 마치 칭찬처럼 느껴져서였다. 이사나는 민망함을 감추려 괜히 말을 돌렸다.

"□□는 네가 존데를 수거하고 있었다고 했는데 그건 왜 그런 거였어?"

그레이스는 힘없이 웃으며 말했다.

"그 기계 장치가 주변 환경을 탐색하는 도구라는 건 알리페르들도 어렴풋이 인지하고 있었어요. 그래서 왕이 그것을 수거해 숲 바깥으로 내보내라고 명령을 내렸죠. 그런데 우리가 일부러 바람을 등지고 이동한 거였어요. 생존자가 남아 있다는 신호를 보내기 위해서요. 결국에는 민폐만 끼쳤지만……."

그레이스가 시무룩해지자, 이사나는 단호하게 고개를 가로저으며 말했다.

"민폐 같은 게 아니야. 제국은 알리페르에게서 민간인을 보호하기 위해 세워졌어. 단지 우리가 적들의 전력을 예상하지 못했을 뿐이야. 결과적으로 우리는 이 마을에 도달하지도 못했고……."

두 사람 사이에는 어색한 침묵이 감돌았다. 한참 동안 말없이 걷고만 있다가 이사나가 그레이스에게 물었다.

"그런데 우리는 지금 어디로 가고 있는 거야?"

"숲이요."

"숲?"

"사냥제 준비를 해야 하거든요."

사냥제? 이사나는 의아해졌지만, 일단 그레이스를 따라 숲속으로 들어갔다. 밤에는 렉사나 다른 알리페르를 상대하느라 자주 이곳을 들락거렸지만, 낮에 들어간 것은 처음이었다. 오솔길을 따라 숲속으로 들어가자, 머리 위로 치릇거리는 소리가 들려왔다. 이사나가 두리번거리자, 그레이스가 말했다.

"숲에 침입자가 없는지 감시하는 녀석들이에요. 해를 끼치지 않아요."

"그래……."

"이쪽으로 오세요."

그레이스를 따라 수풀을 헤치고 얼마나 걸었을까, 아까 보았던 오솔길과는 달리 좁고 희미한 길들이 보였다. 그 위로 그레이스가 재작년에 수확한 콩과 옥수수 따위를 뿌리기 시작했다. 이사나는 의아해하며 물었다.

"왜 이런 걸 하는 거야?"

"조금 있으면 옥수수를 수확할 철이거든요. 수확이 끝나면 모두와 함께 숲의 동물들을 사냥할 예정이에요. 이건 그 밑작업이고요."

밑작업? 이사나는 여전히 뭐가 뭔지 몰라 고개만 갸웃거리는데, 아까까지만 해도 코빼기도 보이지 않던 동물들이 하나둘씩 나타나기 시작했다. 토끼나 다람쥐 같은 소동물들이 여기저기서 고개를 빼꼼히 내밀었고 심지어 저 멀리 사슴까지 보였다. 그레이스가 이렇게 먹이를 뿌리는 건 사냥에 나서는 날까지 동물들이 이 숲에서 떠나지 않도록 하기 위함인 듯했다. 그레이스가 콩과 옥수수를 뿌리는 이유는 이해했지만, 그럼에도 이사나는 여전히 이해가 가지 않는 게 있었다.

"마을 안에서 이미 가축을 많이 키우는 걸로 아는데 그런데도 사냥을 준비해야 할 필요가 있는 거야?"

이사나가 마을 일을 거들며 둘러본 축사만 해도 면적이 어마어마했다. 당연하지만, 곡물을 키우는 것보다 가축을 기르는 게 자원도 노동력도 더 많이 들었다. 이미 충분하고도 남을 정도로 먹거리를 생산하고 있는데 여기서 사냥까지 한다니, 이해가 가지 않았다. 이사나의 물음에 그레이스는 말없이 어딘가를 주시하더니 등에 메고 있던 석궁을 꺼내 겨눴다.

푹—!

제법 살이 오른 사슴이 머리에 화살이 관통된 채 자리에서 쓰러졌다. 신기에 가까운 활솜씨에 이사나가 놀라는 사이, 그레이스가 따라오라고 손짓하며 말했다.

"그래야 알리페르들이 성에 있는 남자들을 살려 둘 테니까요."

"……."

"마을에서 기르는 가축도 숲에서 사냥한 동물도 전부 성의 알리페르에게 보내지고 있어요."

무덤덤한 그레이스의 말에는 분노도 원한도 느껴지지 않았다. 그저 묵묵히 버거운 삶의 무게를 짊어지고 있을 뿐이었다. 그런 그녀에게서 이사나는 동질감을 느꼈다.

알리페르에게서 제국민을 보호하기 위해 일생을 전쟁터에서 보낸 자신과.

이사나와는 다르지만, 그레이스 역시 그녀 나름대로 마을 여자들과 함께 형제들을 지키기 위해 최선을 다한 것일 터였다. 그런 그녀들의 숭고한 희생을 누가 비난할 수 있을까. 이사나는 그렇게 생각하는데, 그레이스가 사슴에게서 화살을 뽑은 뒤 평소처럼 발랄하게 웃으며 말했다.

"이사나를 데려와서 다행이네요. 혼자였다면 어떻게 들고 갈지 고민했을 텐데."

"좀 더 잡아도 괜찮아. 더 들 수 있어."

"정말요? 호호호, 그럼 사양 않고 실력 발휘를 해 보죠!"

그레이스는 그 후로도 멧닭이나 담비, 토끼 등등 작은 동물들을 잔뜩 사냥했다. 그레이스의 사냥 실력은 놀라울 정도였다. 저 작은 체구에서 어떻게 그런 집중력과 배짱이 숨어 있는지 의아해질 정도였다. 아마도 필사적이었으리라. 이사나는 성에 있을 형제들을 살리기 위해 노력했을 그레이스를 어렵지 않게 떠올릴 수 있었다.

"그런데 알리페르가 동물의 고기도 먹어? 제국에서는 이제껏 알리페르의 주식이 인간인 걸로 알려져 있었는데."

이사나의 말에 그레이스는 코웃음을 치며 말했다.

"그럴 리가요. 알리페르는 확실히 육식이지만, 인간만 먹지는 않아요. 사람들 대부분이 헥사비스에 있는데 인간만 먹었다면 진작에 멸종했겠죠."

생각해 보니 맞는 말이었다. 그렇다면 왜 제국에서는 알리페르가 인육만 먹는 것처럼 말했던 걸까? 이사나는 이내 답을 알아차렸다. 프로파간다였던 것이다. 그런 오해가 내부를 결속시키는 데 큰 역할을 했겠지만, 거꾸로 두 종 간에 전혀 대화를 나눌 수 없게 했던 것이다. 이사나가 납득했다는 듯 고개를 끄덕이자, 그레이스가 이어서 말했다.

"하지만 왕은 달라요."

"다르다고?"

"네, 왕은 확실히 인육을 즐기는 편이에요. 인간을 먹잇감으로밖에 보지 않죠. 그래서 인간과 교미를 하지 않는다는 소문이 있을 정도예요.”

그레이스의 말에 이사나는 매일 밤 자신을 보기 위해 찾아온다는 놈을 떠올렸다. 겉보기에 렉사는 그다지 자신에게 해를 입힐 것처럼 보이지 않았다. □□와 얼굴이 똑같아 더욱 그렇게 느껴진 것일지도 몰랐다.

그저께 밤, 놈에게 했던 행동들을 떠올린 이사나는 침음을 삼켰다. 솔직히 말해 위험한 행동이었다. 전투력 차이가 꽤 나는데다가 인육을 즐긴다는 놈을 상대로 흥분해서 되는대로 지껄이고 등을 보이기까지 했으니 말이다. 죽여 달라고 달려드는 것과 다름없었다. 하지만 뭐라고 해야 할까, 이사나는 어째서인지 렉사에게 굴복하고 싶지 않았다. 놈에게 팔다리를 잃은 일로 10여 년간 악몽에 시달린 탓일까? 놈을 봐도 억울하고 화가 나기만 할 뿐이었다.

만약 렉사가 대화하기를 원한다면, 그 가능성이라도 보인다면 개인적인 원한은 접어 둔 채 제대로 된 판단을 내릴 수 있을까? 아니 그 전에 놈이 하는 말들을 믿을 수 있을까? 생각해 보니 대화를 한다고 해도 문제가 해결되지 않기는 했다. 알리페르가 인간을 숙주로 삼는 이상 어차피 대화는 도돌이표를 찍게 될 테니까.

역시 말도 안 되는 생각이다. 알리페르와 인간은 절대 공존할 수 없을 터였다. 어느 한쪽이 희생하기 전까지는 말이다. □□를 연인으로 생각하고 있지만, 안 되는 일은 안 되는 것이었다.

이제 슬슬 이곳에서 탈출할 준비를 해야 할 것 같았다. 이 정도면 콜로니 군도 헥사비스에 거의 도착했을 것이고 엘든과 친위대도 콜로니에서 어느 정도 태세를 정비한 상태일 터였다. 일단은 이곳이 어디인지, 그리고 콜로니가 정확히 어느 방향인지 알아야 할 텐데…….

이사나는 석궁을 들고 앞서 나가는 그레이스를 힐끔 바라보았다. 그레이스라면 적어도 원정대의 주둔지가 어디였는지 알고 있을 터였다. 그녀에게 물어보면 쉽게 대답해 줄 것 같았지만, 이사나는 아직 그레이스를 완전히 믿을 수 없었다. 그녀의 성품 문제가 아니었다. 그녀의 대답은 결국 등에 짊어지고 있는 것들을 상기하며 나온 대답일 테니까.

* * *

밤마다 찾아오는 렉사를 피해 노엘의 오두막에 지낸 지 얼마나 됐을까. 한밤중에 홀연히 나타났듯, 렉사가 갑작스레 마을에 나타났다.

왕이 돌연 한낮에 마을에 출현하자, 마을 여자들은 당혹스러움에 어찌할 줄을 몰랐다. 왕은 이제껏 단 한 번도 마을에 내려온 적이 없었기 때문이다. 인육을 즐긴다는 소문이 무성한 왕인만큼 그 누구도 왕에게 다가갈 생각조차 못한 채 얼어 있는데, 그레이스가 왕에게 다가가 물었다.

"마을에는 무슨 일로 오셨습니까?"

그레이스는 긴장된 얼굴로 렉사에게 묻는데, 렉사는 들은 척도 하지 않고 주변을 두리번거리기만 했다. 그러다 벌레 씹은 얼굴을 한 이사나를 발견하자마자 그에게 다가가 물었다.

"어젯밤에는 어디 갔었어?"

"……."

"오두막에서 기다리고 있었는데."

렉사의 말에 상황을 지켜보고 있던 마을 여자들은 놀라서 눈을 크게 떴다. 왕이 밤에 내려왔었다고? 한낮에 내려온 것도 전례가 없는 일이지만, 밤에 내려오는 것 역시 전례가 없는 일이었다. 하지만 렉사가 마을에 찾아올 줄은 생각조차 못했던 이사나는 찌푸린 얼굴로 렉사를 바라볼 뿐이었다. 그러자 렉사가 고개를 갸웃거리며 물었다.

"난 분명 너를 보기 위해 온다고 말했는데 왜 없었던 거야? 어제도, 그제도 네가 돌아올 때까지 계속 기다리고 있었는데."

렉사의 말에 몇몇 여자들이 "어머 어머!" 하고 탄성을 내질렀다. 확실히 오해의 소지가 있을 만한 말이었다. 당사자에게는 공포 그 이상도 이하도 아니었지만. 이사나는 렉사를 빤히 쳐다보았다.

'젠장…….'

오뚝하니 솟은 콧대에 잘생겼다기보다 예쁘장한 이목구비, 흥미로 반짝이는 푸른 눈까지. 놈은 지나치게 □□와 닮아 있었다. 자꾸 마주쳤다간 알리페르의 왕인 놈에게 증오 외의 다른 감정이 생겨날 것 같았다. 위험했다. 다른 무엇보다도 판단력을 흐리게 하는 놈의 얼굴이 문제였다. 이사나는 한숨을 내쉬며 말했다.

"그럼 지금부터라도 지켜보든가."

이사나는 밀짚모자를 푹 눌러쓴 채 도망치듯 자리를 박차고 나갔다. 마을 여자들은 황망한 눈으로 이사나의 뒷모습을 바라보는데, 렉사는 오히려 흥미롭다는 듯 입꼬리를 말아 올린 채 이사나를 뒤쫓았다.

수확이 얼마 남지 않은 옥수수는 손이 많이 갔다. 곁순은 끝도 없이 자라났고 잘 익은 옥수수는 새나 쥐의 표적이 되기 쉬웠다. 이사나는 밭 사이를 돌며 곁순을 따내고 덜 자란 옥수수에 망을 씌워 파먹히는 걸 방지했다.

한낮의 뜨거운 뙤약볕 아래에서 이사나는 분주히 돌아다니며 옥수수 밭을 돌보았다. 이곳에서 처음 해 보는 농사일은 의외로 이사나의 적성에 잘 맞았다. 옥수수밭에서 할 일을 끝낸 이사나는 이번에는 옆에 있는 감자밭을 손보려 고개를 들었다가 흠칫 놀라고 말았다.

렉사가 십여 미터 떨어진 곳에 앉아 자신을 지켜보고 있었다. 계속 보고 있었던 건가? 밭일하는 내내? 무시하면 흥미를 잃고 갈 줄 알았는데, 오히려 계속 지켜보고 있었다고 생각하니 찝찝해졌다. 이사나가 고개를 들어 다시 렉사를 바라보자, 렉사가 히죽 웃었다. 미쳤나……? 이사나는 놈을 도저히 이해할 수 없어 놈을 무시한 채 밭 쪽으로 시선을 돌렸다. 하지만 놈이 지켜보고 있다고 생각하니 도통 집중할 수 없었다.

'왕은 확실히 인육을 즐기는 편이에요.'

지난번 그레이스가 했던 말이 자꾸만 귓가에 맴돌았다. 더군다나 이사나는 정말로 놈에게 팔다리를 잃은 경험이 있었다. 어둡고 습한 수로 안에서 날카롭게 울리는 날갯소리를 들으며 팔이, 다리가, 조금씩 놈의 입 안으로 사라져…….

"윽……!"

그때의 일을 떠올리자 구역질과 함께 온몸이 식은땀으로 축축하게 젖어 들어갔다. 지금은 그때가 아니었다. 수로에 있지 않았다. 렉사는 나를 짓누르지도 붙잡고 있지도 않았다.

괜찮아……. 괜찮으니까……!

갑작스레 시작된 발작에 이사나는 차갑게 젖어 드는 오른손을 꽉 움켜쥐었다. 도무지 무언가를 할 수 있는 상황이 아니었다. 이사나는 근처에서 밭일을 하고 있던 아비에게 잠시 쉬다가 오겠다고 말한 뒤 감자 밭을 빠져나왔다. 하지만 여전히 손발은 차갑고 머리는 빙빙 돌기만 할 뿐이었다. 이사나가 휘청거리며 길을 걷자, 당연한 것처럼 렉사가 이사나를 뒤따랐다. 바늘 끝처럼 신경이 예민해질 대로 예민해진 이사나는 뒤를 돌아보며 왈칵 짜증을 냈다.

"왜 자꾸 따라오는 거야!"

"네가 지금부터라도 지켜보라며?"

"아까 실컷 봤잖아! 땡볕에서 밭일하는 거 충분히 구경했잖아! 그럼 된 거 아닌가? 이제 그만 가! 가라고!"

이사나는 신경질적으로 내뱉으며 다시 길을 걸었다. 그러나 렉사는 여전히 떨어질 기색 없이 이사나의 뒤를 쫓을 뿐이었다. 젠장……. 이사나는 짜증을 느끼며 목초지가 드넓게 펼쳐진 언덕 위로 올라갔다. 그리고 늘 앉던 들판에 털썩 주저앉았다.

그늘 하나 없이 햇빛이 내리쬐는 이곳은 이사나가 종종 생체 의수를 충전시키는 장소였다. 이사나는 습관처럼 옷소매를 걷어 올린 채 앉아 있는데, 렉사가 그 옆에 앉았다. 너무 가까워서 놀란 것도 잠시, 이사나는 벌떡 일어나 조금 떨어진 곳에 다시 앉았다. 그러자 렉사 역시 뒤따라와 이사나의 바로 옆에 앉았다. 그에 이사나가 다시 자리에서 일어서자, 렉사는 다소 서늘한 목소리로 말했다.

"앉아."

"……."

"또 자리를 옮기면 멀쩡한 오른팔도 뽑아 버리겠어."

렉사의 협박에 이사나는 짜증을 느끼며 다시 자리에 앉았다. 하지만 렉사와는 미묘하게 떨어진 거리였다. 렉사는 여전히 못마땅한 기색을 보였지만, 뭐라 하지는 않았다.

"……."

자신의 팔다리를 앗아 간 원흉이자, 제국의 숙적을 바로 옆에 둔 이사나는 그 어느 때보다 맹렬히 머리를 굴렸다. 왜 렉사는 나를 '보러' 오는 걸까? 무슨 이유로? 무슨 꿍꿍이로? 놈의 의도가 도대체 무엇일까? 역시 제국군의 기밀을 캐내기 위해서인가? 하지만 놈은 그게 아니라고 했는데? 렉사는 무언가를 알아내기 위해 속내를 감추는 타입이 아니었다. 오히려 숨기는 것 없이 정면에서 물어오는 게 놈다운 행동이었다. 뭘까, 뭘까, 도대체 뭘까? 이사나는 이 정도로 누군가의 생각을 알아내기 위해 고민해 본 적이 없었다. 수천 가지 가능성을 상정하며 이사나는 깊은 생각에 빠져 있는데, 렉사가 툭 내뱉었다.

"추하군."

렉사의 말에 고개를 돌린 이사나는 그의 시선을 따라 자신의 왼팔을 내려다보았다. 추하다라……. 확실히 놈의 말대로 생체 의수와 원래의 몸이 융합된 결합 부위는 징그럽기 짝이 없었다. 원래의 알리페르의 팔다리와 달리 거듭된 화학 처리로 새카맣게 탄화된 생체 의수는 썩은 시체 같아 보이기도 해 최전방의 병사들조차 거북해하곤 했다. 그랬기에 이사나는 더운 여름에도 긴 옷을 입고 장갑을 끼며 생체 의수를 가렸다.

하지만 애초에 이런 몸뚱이를 갖게 된 게 도대체 누구 때문이란 말인가? 팔다리를 앗아 간 가해자 주제에 그런 소리를 해? 이사나는 속이 배배 꼬이는 걸 느꼈지만, 짐짓 아무것도 모르는 척 왼손을 렉사에게 내밀며 말했다.

"이거 말인가?"

이사나가 보란 듯이 손을 쥐었다 펴보이자 렉사는 혐오스럽다는 듯 눈살을 찌푸리며 내뱉었다.

"저리 치워."

"왜 그러지? 너희들의 팔다리잖아."

"치우라고 했다."

렉사는 진심으로 꼴 보기 싫은지 짜증을 냈다. 그걸 보며 이사나는 직감했다. 렉사는 결코 자신을 교미 대상으로 삼지 않으리라는 것을. 원래 보기 좋은 음식이 먹기도 좋은 법이었다. 흉터투성이에 동족의 팔다리를 가진 키메라 따위가 렉사의 교미 대상에 포함될 리 없었다.

그걸 깨닫자, 거짓말처럼 긴장이 풀리면서 마음에 여유가 생겼다. 이사나는 아예 셔츠까지 벗어 던졌다. 그러자 온몸에 빼곡히 새겨진 흉터와 생체 의수의 결합 부위가 고스란히 햇볕 아래에 드러났다. 렉사가 희게 질린 얼굴로 뒤로 물러나자, 이사나는 짐짓 아무것도 모른다는 얼굴로 옆에 떨어진 밀짚모자를 주워 부채질을 했다.

"어휴, 오늘따라 정말 덥군."

이사나가 의뭉스럽게 말하며 모자를 퍼덕거리자, 렉사는 점점 더 똥 씹은 얼굴이 되어갔다. 결국 렉사는 자리에서 벌떡 일어나 언덕 아래로 내려가 버렸다. 기분이 퍽 나쁜지 아까와 달리 얼굴이 굳어져 있었다.

렉사의 모습이 완전히 사라지자, 이사나는 배를 잡고 들판을 뒹굴었다.

"하하하하! 하하하하!"

이제껏 놈에게 이리저리 농락당하기만 하다가 이제야 제대로 된 한 방을 먹인 기분이 들었다. 혐오감에 핼쑥해진 놈의 얼굴을 떠올리자 10년간 꿨던 악몽이 허상에 불과하다는 게 피부에 와닿았다. 다시 셔츠를 껴입은 이사나는 콧노래를 흥얼거리며 다시 감자밭으로 내려갔다.

* * *

그날 밤 이사나는 습관처럼 노엘의 오두막을 찾았다. 하지만 평소와 달리 노엘의 저항이 거셌다.

"이, 이젠 안 돼! 다시 당신 오두막으로 돌아가!"

벼르고 있었는지 노엘은 작대기까지 든 채 이사나의 출입을 막았다. 며칠간 체념에 가깝게 이사나를 오두막에 들였던 것과 달리 사생결단을 내겠다는 노엘의 태도에 이사나는 의아해하며 물었다.

"갑자기 왜 그러는데?"

눈치 없는 이사나의 물음에 노엘은 왈칵 짜증을 내며 소리쳤다.

"몰라서 물어? 왕이 당신에게 관심을 가지고 있잖아! 이때까지 인간은 거들떠보지도 않던 그 왕이! 괜히 중간에 끼여서 곤란해지고 싶지 않아! 그러니 당신은 이만 당신이 있던 곳으로 돌아가 줘야겠어!"

훠이~ 훠이~. 마치 역병을 몰아내듯 노엘은 이사나가 있는 쪽을 향해 작대기를 휘적거렸다. 그에 이사나는 코웃음을 치며 말했다.

"무슨 헛소리를 하는 거야? 렉사가 내게 관심을 가지고 있다니."

"왕이 매일 밤 당신을 찾아왔다며? 그럼 말 다한 거 아니야? 내가 이럴 줄 알았어! 왕이 유일하게 교미했다고 했을 때부터 수상하다고 생각했는데! 하긴 당신이 오죽 흘리고 다녀야지! 이쪽저쪽 다 여지를 주고 다니는 칠칠맞은 인간이잖아? 그런 식으로 결국 왕까지 홀려서 이런 사달을……!"

"렉사가 찾아온 건 사실이지만 네가 생각하는 그런 거 아니야. 괜한 억측은 그만둬."

이사나는 불쾌함을 내비치며 으름장을 놓았지만, 노엘은 끈질길 정도로 궁시렁대며 이사나의 신경을 긁어 댔다.

"억측은 무슨. 딱 봐도 왕이 이상한 건 사실이잖아! 낮에 왕이 얼마나 당신을 열성적으로 쳐다보고 쫓아다녔는데! 아무튼 이제 안 돼! 당신도 무섭지만, 왕은 더 무섭단 말이야! 둘 사이에 끼여서 짜부가 되는 건 사양이야! 그러니 당신은 이제 그만 돌아……으아앗!"

이사나가 눈앞에 드리워진 작대기를 잡아당기자, 노엘이 끌려오다가 이사나의 가슴팍에 얼굴이 부딪쳤다. 그런 노엘의 뒷덜미를 잡아챈 이사나는 서늘하게 말했다.

"내 알 바 아냐."

"……!"

"그놈이 내게 관심을 가지든, 네가 곤란해지든 내 알 바 아니라고. 내겐 오늘 당장 머물 잠자리가 필요해."

냉정하기 짝이 없는 말에 노엘은 얼굴을 일그러뜨리더니 훌쩍거리기 시작했다. 아이고……. 또 우냐. 평소였으면 노엘에게 말이 심했다며 적당히 달래 주었겠지만, 안타깝게도 오늘은 그럴 수 없었다. 그래서 모르는 척 잠자코 있자 노엘이 훌쩍거리면서 오두막 안을 뒤적거리기 시작했다. 도대체 뭘 하려는 거지? 이사나는 의아해하며 노엘이 하는 행동을 곁눈으로 지켜보는데, 노엘이 상자에서 밧줄을 꺼내더니 이사나에게 내밀었다.

"이걸로 뭘 어쩌라고."

"훌쩍, 묶어 줘."

"뭐?"

어처구니없는 말에 이사나는 얼이 빠졌다. 그러나 노엘은 여전히 눈물을 줄줄 흘리며 말했다.

"안 나갈 거면, 훌쩍, 차라리 이걸로 날 묶으라고. 훌쩍, 왕에게 오해받느니 차라리 밤 동안 묶여 있는 게 나아."

즉, 렉사에게 들키더라도 불가항력으로 오두막에 들일 수밖에 없었음을 어필하려는 것 같았다. 이사나는 기가 찬다는 듯 노엘을 내려다보았지만, 노엘은 단호한 얼굴로 밧줄을 내밀 뿐이었다. 이사나는 잠시 고민했지만, 노엘의 뜻이 너무 강경해 결국 그의 팔다리를 묶을 수밖에 없었다. 너무 죄이지 않게 헐겁게 묶자, 노엘은 "지금 이게 협박범이 묶는 꼴이야?! 더 조여! 조이라고!"라며 이사나를 질책했다. 결국 이사나는 노엘을 단단히 묶을 수밖에 없었다.

'이게 도대체 뭐 하는 짓인지…….'

이사나는 자괴감이 들었지만, 그게 노엘이 원하는 최소한의 조건이라면 어쩔 수 없었다. 집주인이 그렇게 말하는데 맞춰 줘야지. 누가 봐도 협박당한 가련한 피해자의 모습으로 탈바꿈하자, 노엘은 그제야 만족스러운 얼굴로 이사나에게 말했다.

"좋아, 이제 내 침대로 올라오는 걸 허락할게."

"……고맙다."

이사나는 복잡한 마음으로 대답했다. 그리고 노엘과 함께 침대로 향하는데, 발목까지 묶인 탓인지 노엘은 좀처럼 제대로 걷지 못하고 휘청거렸다. 결국 바닥에 넘어져 애벌레처럼 꿈틀거리자, 이사나는 한숨을 내쉬며 그를 안아 올렸다.

"앗! 내려 줘!"

"버둥거리지 말고 가만히 있어. 그러다 또 넘어져."

"아니, 아니! 이 포즈 뭔가 곤란하단 말이야! 이런 모습을 왕이 보기라도 하면 큰일……! 헉!"

노엘은 말을 하다가 말고 무엇을 발견했는지 온몸을 딱딱하게 굳혔다. 그에 이사나 역시 의아해하며 고개를 돌렸다가 놀라서 눈을 크게 떴다. 렉사가 문가에 기대선 채 이사나와 노엘을 지켜보고 있었다. 도대체 언제부터 있었던 거지? 이사나 역시 노엘처럼 굳어져 버리는데, 렉사가 입을 열었다.

"해가 지자마자 어딜 그리 급하게 가나 했더니……."

렉사는 밧줄에 꽁꽁 묶인 채 이사나의 품에 안긴 노엘을 힐끗 쳐다보더니 비틀린 웃음을 내지었다.

"꽤 독특한 취향을 가진 놈과 밤을 보내고 있었군."

분명 비웃음인데, 렉사의 얼굴에는 짜증이 서려 있었다. 갑작스러운 렉사의 등장에 이사나는 뛸 듯이 놀랐지만, 짐짓 아무렇지 않은 척 물었다.

"무슨 일이지?"

"무슨 일? 지금 무슨 일이냐고 물었어?"

렉사는 찬웃음을 내뱉으며 이사나를, 그리고 노엘을 차례로 쳐다보았다. 심기 불편해 보이는 그 모습에 이사나는 등골이 오싹해지는 걸 느꼈다. 하지만 입에서 나오는 것은 빈정거림뿐이었다.

"그럼 그 외에 내가 네게 무슨 할 말이 있지?"

"하, 아주 당당하기 짝이 없군."

렉사는 오두막 안으로 발을 내딛으며 느릿하게 내뱉었다.

"분명, 내가 널 보러 온다고 말했을 텐데?"

"……."

"징그럽고 볼품없는 몸뚱이를 가진 너를 보러 손수 이곳까지 내려왔는데."

렉사는 도저히 이해할 수 없다는 듯 고개를 갸웃거리며 말했다.

"아무에게나 몸을 내주는 창부라지만 행실이 너무 헤픈 거 아닌가? 이사나 넥시움."

창, 부……? 난데없는 폭언에 이사나는 사고가 멈추는 걸 느꼈다. 하지만 이내 모욕감으로 얼굴이 새빨개졌다. 지금 날 창부라고 부른 건가? 도대체 왜? 설마 한번 강제로 했다고 나를 그런 식으로 생각하는 건가? 어처구니없고 수치심이 들어 이가 악물렸다. 이사나는 발끈하며 쏘아붙였다.

"도대체 무슨 무례인지 모르겠군. 다짜고짜 사람 뒤를 밟고 쫓아와서 이해 못할 소리만 늘어놓고! 내가 네놈과 밤마다 만나기로 약속이라도 했던가? 밤에 내가 어디를 가서 무엇을 하든 도대체 네놈과 무슨 상관인데 그런 말을……! 윽!"

갑자기 가슴팍에 느껴지는 통증에 놀라서 아래를 내려다보자, 노엘이 눈가에 눈물을 그렁그렁 매단 채 이사나를 쏘아보고 있었다.

중간에 끼여서 짜부가 되는 건 사양이라고 했잖아! 눈빛만으로도 노엘이 무슨 말을 하는지 충분히 알아들을 수 있었다. 이사나는 고개를 들어 다시 렉사를 바라보았다.

놈은 여전히 무척 심기가 불편해 보였다. 저놈이 무엇 때문에 심기가 불편한지 이사나로서는 이해할 수 없었지만, 그렇다고 애꿎은 노엘을 말려들게 하는 건 좀 아닌 것 같았다. 이사나는 노엘을 침대 위에 내려놓으며 말했다.

"나가서 얘기하지."

놈이 순순히 얘기를 들을까 반신반의했지만, 의외로 렉사는 이사나를 따라 순순히 밖으로 나왔다.

"……."

"……."

노엘에게 폐를 끼칠까 봐 밖으로 나오긴 했지만, 막상 놈에게 할 말이 없었다. 다짜고짜 찾아와 사람을 창부라고 매도하는 놈에게 무슨 할 말이 있겠는가. 이사나는 못마땅한 눈으로 렉사를 쳐다보다가 한숨을 내쉬었다.

아니다, 짜내야 한다. 설령 할 말이 없더라도 노엘이 말려들지 않게 끌고 나왔으니 뭐라도 대화를 하긴 해야 했다. 이사나는 탐탁지 않은 눈으로 렉사를 바라보다가 물었다.

"그래서 날 보러 온 이유가 뭐지?"

"……."

이사나는 최대한 화를 억누르며 놈에게 물었지만, 렉사는 여전히 대답 없이 자신을 바라보고 있을 뿐이었다. 끈적끈적하면서도 집요한 시선이 말도 못하게 불쾌하고 기분 나빴다. 당장에라도 사냥당할 듯 목줄기가 서늘해지기도 했다. 그 초조한 침묵을 견디지 못한 이사나는 다시 한 번 놈에게 물었다.

"도대체 뭐 때문인데? 왜 날 찾아오는데?"

"……."

"이제껏 이 마을에 풀어 놓고 계속 방치하고 있었잖아? 여태까지 그랬던 것처럼 계속 방치하고 있지, 왜 찾아온 거야?"

애원에 가까운 이사나의 다그침에 렉사는 처음으로 눈을 피하며 내뱉었다.

"……몰라."

"뭐?"

"모른다고."

렉사의 대답에 이사나는 이젠 화도 안 났다. 그냥 어이없고 허탈할 뿐이었다. 그럼 진짜 이유가 없었단 말이야? 정말 아무 생각 없이 날 찾아온 거였단 말이야? 도대체 왜? 만약 놈이 낮에 생체 의수를 보고 기겁하는 꼴을 보이지 않았다면 틀림없이 교미 대상이기 때문에 그렇다고 생각했을 터였다.

그게 아니라면 도대체 뭘까?

렉사는 확실히 이사나에게 관심을 가지고 있었다. 관심까지는 아니더라도 적어도 흥미 정도는 가지고 있었다. 받아들이기 힘들지만, 렉사가 유일하게 이사나와 교미한 것은 교미가 목적이 아닌, 다른 무언가의 수단이었기 때문에 그랬을 가능성도 있었다.

그렇다면……?

"넌 나의 친우가 되고 싶은 건가?"

"……뭐?"

"나와 친해지고 싶어서 찾아온 거냐고 물었다."

이사나의 말에 렉사는 한동안 굳어 있다가 이내 어처구니없다는 듯 말했다.

"내가, 너와?"

"그래."

"하!"

렉사는 기가 찬다는 듯 헛웃음을 내뱉다가 돌연 달려들어 이사나의 목을 움켜쥐었다. 갑작스러운 공격에 제대로 대응하지 못한 이사나는 목이 붙잡힌 채 컥컥거릴 수밖에 없었다. 그런 이사나에게 렉사가 비릿하게 웃으며 말했다.

"요즘 내가 널 꽤 편하게 대한 듯하군. 그따위 소리를 지껄이는 걸 보면 말이야."

"큭……!"

"넌 네 가치가 꽤 크다고 생각하나 본데, 아니야. 네가 인간들 사이에서 무엇으로 불리든 그래 봐야 넌 내게 아무나와 뒹구는 더러운 창부, 그 이상도 그 이하도 될 수 없어."

아무리 애를 써도 벗어날 수 없는 놈의 손길에 이사나는 발끝부터 차가운 공포가 스멀스멀 밀려드는 걸 느꼈다. 이대로는 죽는다. 결코 빗나가지 않을 강렬한 예감이 이사나의 전신을 휩쓸고 있었다. 코앞까지 찾아온 죽음에 이사나는 두려운 마음이 들기도 했지만, 동시에 머리가 녹을 만큼 화가 나기도 했다.

"웃, 기는 군."

"……."

"내가 창부면, 일부러, 날, 보러, 온다는, 넌 쓰, 레기인가?"

“뭐라고?”

이사나의 도발에 렉사는 목을 움켜쥐고 있던 팔에 힘을 더했다. 그에 이사나는 산소 부족으로 눈앞이 까매짐에도 입매를 비틀며 놈을 비웃었다.

“자기가, 뭘, 원하는지도, 모르다니, 불쌍, 하군.”

이사나의 말에 렉사는 이사나를 사납게 노려보다가 바닥에 내동댕이쳤다. 갑작스럽게 밀려드는 산소로 이사나는 몸을 웅크린 채 거칠게 기침을 해 대는데, 렉사가 굳어진 얼굴로 이사나에게 말했다.

“내가 원하는 게 무엇인지 알기라도 하는 것처럼 말하는군. 그래, 이사나 넥시움, 들어 보도록 하지. 나도 모르는 내가 원하는 게 도대체 뭐지?”

대답 여부에 따라 당장에라도 죽여 버릴 듯한 기세에 이사나는 숨을 고르며 대답했다.

“몰라.”

“뭐?”

“네가 모르는 걸 내가 어떻게 알아? 다만.”

이사나는 말을 할까 말까 고민하다가 포기하듯 내뱉었다.

“내가 말한 게 가능성이 있을지도 모른다는 거지.”

“내가 네 친우가 되고 싶어 한다는 게?”

어처구니없어 하는 렉사의 말에 이사나 역시 자신이 무슨 말을 하는 건지 알 수 없게 되어 버렸다.

친우라니! 상대는 제국의 숙적이자, 팔다리를 앗아 간 철천지원수였다. 천적인 놈과 친우가 된다는 게 가당찮은 소리인가? 하지만.

‘우리는 여기 알리페르들을 저 혼자만 생각하지 않고 다른 알리페

르들을, 더 나아가서는 인간들을 배려하고 존중할 줄 아는 신사로 만들 거거든요.'

그레이스의 말이 자꾸만 머릿속에 맴돌았다. 쥬드와 친우가 되면서, □□와 연인이 되면서, 알리페르가 절대적인 악이라는 대전제는 무너진 지 오래였다. 알리페르의 생태적인 특성상 그들과의 마찰 자체는 없을 수 없을 것이다. 하지만 서로가 서로를 존중할 수 있다면 양보 가능한 타협점 정도는 찾을 수 있을지도 몰랐다.

알리페르의 왕인 렉사를 제거함으로써 그의 휘하에 있는 알리페르들을 몰살시키는 것도 가능하지만, 동시에 렉사를 설득함으로써 두 종이 걸어 나갈 방향을 달라지게 할 수도 있었다. 그런 낙관적인 가능성에 사로잡힌 이사나는 도박을 하듯 렉사에게 제안했다.

"시험 정도는 해봐도 괜찮지 않나? 나는 어차피 이곳에 사로잡힌 몸이고, 네겐 남는 게 시간일 테니까."

이사나의 말에 렉사는 얼굴을 굳힌 채 이사나를 내려다보았다. 이사나는 렉사가 제안을 받아들였으면 하면서도 동시에 받아들이지 않았으면 좋겠다고 생각했다. 일단 놈이 제안을 수락하면 이제껏 품어 왔던 원한이나 고통은 묻어 둘 수밖에 없으니 말이다. 이사나는 초조한 마음으로 렉사를 바라보았다. 짙푸른 눈으로 조용히 이사나를 바라보던 렉사는 이윽고 입을 열었다.

* * *

다음 날 아침.

오랜만에 원래의 오두막에서 자고 일어난 이사나는 평소와 같이 아침 배식을 받기 위해 마을 공터로 향했다. 그런데 오늘따라 배식소가 왁자지껄했다.

"얼레리 꼴레리~ 노엘은~ 오줌 쌌대요~!"

"다다음 달이 성년식인데 오줌을 싸다니!"

"오줌싸개!"

여자들의 놀림에 노엘은 얼굴을 시뻘겋게 물들인 채 울먹거렸다.

"하, 하지 마! 흑, 하지 말라고!"

하지만 여자들의 계속된 놀림에 노엘은 결국 엉엉 울고 말았다. 흐엉……! 세상 서럽게 우는 노엘을 당혹스럽게 쳐다보던 이사나는 그레이스에게 물었다.

"도대체 무슨 일이야?"

"오늘 노엘이 배식 당번인데 나타나지 않아서 찾으러 갔었는데요, 밤사이에 무슨 일이 있었는지 밧줄에 꽁꽁 묶여 있더라고요. 그런데 우리가 발견할 때까지 참지 못했는지 실례를……."

그레이스의 말에 이사나는 그제야 아차 싶었다. 어제 렉사의 일로 머릿속이 복잡해 노엘을 묶어 둔 채 그냥 돌아가 버린 것이다. 이사나가 난감한 얼굴로 노엘을 바라보는데, 이사나를 발견한 노엘이 엉엉 울며 이사나를 원망했다.

"흐어어엉! 이게 다 당신 때문이야! 엉엉엉엉!"

"그, 미안해……."

"미안하다고 하면 단 줄 알아?! 엉엉엉엉!"

노엘은 분이 풀리지 않는지 주먹으로 이사나의 어깨와 가슴팍을 마구 후려쳤다. 옹골찬 주먹질에 이사나는 윽 소리가 절로 나왔지만, 노엘의 수치심은 이루 말할 수 없을 터였다. 이사나는 꾹 참고 울고불고 난리가 난 노엘을 달래 주는데, 뒤에서 빈정거리는 소리가 들려왔다.

"너는 그 어린놈과 정말 각별한 사이인가 보군."

익숙한 목소리에 고개를 돌리자, 렉사가 입매를 삐뚜름하게 비튼 채 웃고 있었다. 척 보기에도 심기가 불편해 보이는 그 얼굴에 노엘은 후다닥 이사나의 품에서 벗어나 마을 여자들 뒤에 숨었다. 저 놈이 여기는 왜 또 온 거지? 이사나는 눈살을 찌푸렸다가 어젯밤 일을 떠올리고는 침음을 삼켰다. 그런 이사나의 곤란함을 알아차리기라도 한 듯 렉사는 즐거운 얼굴로 말했다.

"네 말대로 무례하지 않게 밤이 아닌 낮에 찾아왔어."

"……."

"예를 차려 해가 뜬 뒤 너와 친해지고자 찾아온 내게 넌 뭐라고 말할 거지?"

이사나는 한숨을 내쉬었다. 어젯밤 더는 렉사와 같이 있고 싶지 않아 밤에 찾아오는 건 예의가 아니라는 핑계로 내쫓았는데 이렇게 아침 해가 뜨자마자 찾아올 줄은 생각도 못했다.

과연 원수라고 생각했던 자와 친우가 될 수 있을까? 이게 옳은지는 모르겠지만, 이미 주사위는 던져졌다.

"……좋은 아침이야."

탐탁지 않은 기색이 역력한 이사나의 인사에 렉사는 앞으로의 일이 기대된다는 듯 눈을 반짝이며 인사했다.

"좋은 아침이야, 이사나 넥시움."

첨탑의 포로 (2)

몸이 흔들리는 부유감에 이사나가 눈을 껌뻑이자, 엉덩이 골 사이로 치고 올라오는 성기가 느껴졌다. 얕고 느릿하게 입구만 치대던 성기는 어느 순간부터 이사나의 안으로 침범해 오기 시작했다. 배 속을 채우다 못해 꿰뚫어버릴 듯한 거북함에 이사나가 읏, 하고 신음을 내뱉자, 이사나의 허리를 붙잡고 있던 손길에 힘이 더해졌다.

이사나가 시선을 내리자, 그의 아래에 누워 있는 검은 머리의 남자, 렉사가 보였다. 하지만 그의 얼굴은 여전히 밀가루 반죽처럼 뭉개져 보여 그가 어떤 표정을 짓고 있는지 알 수 없었다. 마음에도 없는 자를 쉬이 받아들이는 이사나에 대한 경멸인지, 교미 대상을 향한 정욕인지 알 수 없었다.

"읏, 흣, 으윽……!"

분명 한계임에도 끊임없이 밀고 들어오는 성기에 배 속이 잘못될 것 같아 무서워진 이사나는 버둥거리며 렉사에게서 벗어나려 애를 썼다. 그러나 렉사는 족쇄처럼 이사나의 두 팔목을 꽉 붙든 채 용서없이 세게 올려칠 뿐이었다. 내장이 진탕되는 강렬한 통증에 몸을 웅크리며 끅끅거리자, 렉사는 이사나를 끌어당겨 키스했다.

"으, 으흐…… 읍……!"

"하아, 이사나, 이사나……!"

렉사는 취한 사람처럼 이사나의 이름을 부르며 연신 입술을 겹쳐왔다. 난잡한 소리를 내며 혀를 섞고 이사나의 안을 끊임없이 유린했다. 아까 흩뿌린 사정액은 윤활유가 되어 커다란 성기가 안으로 들어감에도 조금도 걸리는 게 없었다. 그러다 절정이 다가오자, 렉사는 이사나를 침대에 눕힌 채 한쪽 다리만 크게 벌려 허리 짓의 속도를 높였다. 철퍽철퍽— 살점이 부딪치는 소리를 내며 빠른 추삽질을 하다가 고환이 닿을 정도로 깊숙이 쑤셔 넣은 렉사는 몸을 부르르 떨었다. 절정의 순간을 견디지 못한 렉사가 다시 이사나의 입술을 찾자, 이사나는 무력하게 그의 키스를 받아들였다.

이사나가 마음대로 하라고 한 날 이후, 렉사는 이사나를 욕심껏 안았다. 이제껏 교미에 관심이 없었던 것이 무색할 정도로, 렉사는 이사나의 징그러운 몸뚱이에도 아랑곳없이 키스를 퍼붓고 성기를 쑤셔 넣으며 수없이 파정했다. 그게 벌써 며칠째인지 기억도 나지 않았다. 낮에는 좁은 우리에 갇힌 개처럼 탑 안을 빙글빙글 맴돌다가 밤이 되면 놈에게 몸을 내어 주는 나날이 계속되고 있었다.

안으로 왈칵 퍼지는 뜨거운 액에 진저리 친 이사나는 이제 끝났나 싶어 가쁜 숨을 몰아쉬는데, 놈이 성기를 빼지 않은 채 이사나를 꽉 끌어안았다. 빼근하니 배 속에 들어찬 감각이 이상해 이사나는 몸을 꿈틀거렸지만, 렉사는 이사나를 단단히 끌어안은 채 미동조차 하지 않았다. 몇 번인지 모를 정사로 내장이 정액으로 출렁거리는 것 같았다. 이대로 자려는 건가? 어서 뒤를 닦아 내야 하는데……. 렉사의 정액을 빼내지 못한 이사나는 초조함에 어찌할 줄을 몰랐다. 기분 탓인지 점점 배가 아파 오는 것 같았다.

알리페르의 정액은 표피를 녹이는 성분이 있었다. 숙주의 내장 표면이 녹으면 그 사이로 주머니집이 자리 잡아 알에게 숙주의 영양분을 공급하는 것이다. 이대로 정액을 빼내지 못하면 또다시 숙주가 될 게 틀림없었다. 안에서 자신의 것이 아닌 것들이 자라나 살을 파먹고 기어 나올 거란 생각이 들자 등골이 오싹해졌다. 이때까지 렉사가 안에 몇 번 사정했더라? 열 번? 백 번? 정확한 것은 오늘만 세 번 이상 했다는 것이다.

싫어……. 더는 싫어……!

이사나가 진심으로 공포에 질려 렉사에게서 빠져나오려 애를 썼다. 하지만 렉사는 이사나를 단단히 끌어안은 채 풀어 주지 않았다. 렉사는 이사나의 공포를 알아차리기라도 하듯 귓가에 대고 빈정거렸다.

“왜, 무서워? 우리 아이가 생기는 게?”

“읏, 으……!”

이사나가 대답 없이 계속 저항만 하자, 렉사는 자극을 받아 반쯤 일어선 성기를 내벽에 문지르며 말했다.

“우리가 몇 번 했다고 생각해? 이 안으로, 내 것이, 읏, 몇 번이나 들어왔다고 생각해?”

렉사는 낮게 웃으며 이사나의 몸을 뒤집었다. 이사나가 침대 위를 기며 도망치려하자, 렉사가 이사나의 손등을 겹쳐 잡으며 단단히 붙들었다. 어느새 이사나는 울고 있었다. 배가 너무 아팠다. 오장육부가 뒤틀리고 아래로 정액이 아닌 피가 줄줄 쏟아져 나올 것 같았다. 이사나가 시트를 움켜쥔 채 훌쩍거리자, 렉사는 그런 이사나의 안으로 성기를 쑤셔 넣으며 황홀한 듯 말했다.

"네 안이, 읏, 잔뜩 빨아 당기고 있어……."

"흣, 윽, 흐윽, 읏! 읏!"

"너도 좋지? 읏, 그래서 이렇게 조물거리는 거지?"

고통으로 조여드는 내벽에 거칠게 성기를 박아 넣은 렉사는 이사나의 등에 수없이 키스하며 중얼거렸다. 불에 지져지고 칼날에 저며진 등 따위가 뭐가 좋은지 놈은 연신 흉터를 혀로 핥으며 거친 숨을 내뱉었다. 소름이 오도도 돋아나 이사나는 습관처럼 눈을 질끈 감고 헥사비스의 남쪽 해안가 풍경을 떠올리려 노력했다. 그렇게 이사나가 현실에서 도망치려 들자, 렉사는 이사나의 등에 이빨을 세워 박아 넣었다.

"아악!"

피가 날 정도로 세게 물린 이사나가 비명을 내질렀지만, 렉사는 아랑곳하지 않고 계속 등을 잘근거리며 말했다.

"나와 할 때는, 딴생각하지 마……!"

사납게 으르렁거린 렉사는 벌을 주듯 어깻죽지를 씹기도, 유두를 세게 잡아당기기도 했다.

나쁜 새끼……!

이유 모를 배신감에 이사나는 울음을 터트리는데, 그런 이사나의 울음이 퍽 만족스러운지 렉사는 핏물이 맺힌 이사나의 등을 혀로 길게 핥았다. 이사나의 등은 어느새 렉사가 남긴 잇자국으로 흉터가 덧씌워져 있었다. 영역표시를 하듯 이사나의 등을 피투성이로 만들었지만 렉사는 만족하지 못한 채 계속해서 이사나를 몰아붙였다.

"말을, 해. 말을, 하라고……! 어서……!"

"흣, 읍, 으윽, 으……!"

"무슨 말이든 좋으니까 해, 하라고……!"

"힛……!"

옆구리를 뜯어 버릴 듯 렉사가 손톱을 세우자, 이사나는 놀라서 비명을 내질렀다. 죽음의 공포에 내몰린 이사나는 울면서 발버둥을 치는데, 렉사가 결코 보내지 않겠다는 듯 이사나를 짓누른 채 욕망을 채웠다. 역치를 넘어선 공포에 이사나는 어린아이처럼 울었다. 입에서는 짐승 같은 울부짖음밖에 나오지 않았다.

렉사가 길게 파정하고 성기를 빼내자, 이사나는 침대에 얼굴을 묻은 채 서럽게 울었다. 우는 소리를 내는 것조차 수치스럽다는 듯 소리를 죽이자, 렉사는 울고 있는 이사나를 뒤집어 키스하려 했다. 이사나가 이를 악물고 필사적으로 피하려 들자, 렉사는 이사나의 입을 억지로 벌려 입을 맞췄다. 너무 깊숙이 키스해 이사나가 몸부림을 쳐도 렉사는 결코 놓아주지 않았다. 이사나가 탈진할 때까지 키스한 렉사는 노기 어린 말투로 내뱉었다.

"독한 놈."

엉망으로 침대 위에 널브러진 이사나를 내버려 둔 채 렉사는 첨탑에서 나갔다.

덜커덩—

자물쇠가 잠기고 렉사가 계단을 따라 내려가는 소리가 들리자, 이사나는 목 놓아 서럽게 울었다.

'좋은 아침이야, 이사나 넥시움.'

다소 어색해하면서도 어찌할 바를 몰라 했던 그날 인사는 잊혀진 지 오래였다. 혼자 기대하고 혼자 배신당한 자신이 세상에서 제일 어리석었다.

* * *

이사나의 병증은 날로 악화되어 갔다. 원래부터 망가져 있던 몸뚱이였지만, 렉사의 '창부'가 된 이후는 그 속도가 더욱 빨랐다. 기억들이 머릿속에서 뒤죽박죽이었다. □□에 관한 것은 물론이요, 가끔 자신이 누구였는지 생각나지 않을 때도 있었다.

정신을 차리자, 입안에서 달콤함이 느껴졌다. 아, 이게 뭔지 안다. 꿀이었다. 입안이 짜릿해질 정도로 짙은 단맛이 멀어지는 게 아쉬워 이사나가 저도 모르게 혀를 내밀자 렉사는 쿡쿡 웃으며 이사나에게 말했다.

"보채지 마, 줄 테니까."

그러면서 렉사는 다시 입을 맞추었다.

꿀꺽—

렉사의 입안에 있던 꿀물이 이사나의 입으로 넘어갔다. 내가 왜 렉사와 키스하고 있는 거지? 분명 아까까지만 해도 햇빛을 쬐며 생체 의수를 충전하고 있었는데…….

이사나는 얼마 지나지 않아 어떻게 된 일인지 알아차렸다. 그냥 기억이 없는 것이다. 흐리게 남은 것을 떠올리지 못하는 게 아니라, 그냥 그 기억이 통째로 날아간 것이다.

아, 이젠 정말로 망가졌구나.

이사나는 쓰게 웃었다. 그토록 두려워했던 끝이 목전에 닥쳤음에도 이상하게도 아무 생각이 들지 않았다. 그저 될 대로 되라는 기분이 들 뿐이었다. 상념에 빠진 이사나가 입안에 든 꿀물을 주르륵 흘리자, 렉사는 혀를 내밀어 턱 아래로 흐르는 꿀물을 핥아먹었다. 어미 개가 새끼에게 할 법한 상냥한 행동에 이사나는 멍하니 렉사를 바라보았다. 이런 건 네게 어울리지 않아. 그런 생각이 들었지만, 이상하게도 이사나의 입은 열리지 않았다. 마치 말하는 방법을 까먹은 것 같았다.

"말랐어."

렉사는 움푹 꺼져 든 이사나의 볼을 매만지며 속상한 듯 중얼거렸다. 도드라진 광대와 목선, 쇄골 아래로 드러난 갈빗대를 차례로 손으로 훑던 그는 다시 고개를 들어 이사나를 바라보았다. 이사나가 흐리멍덩한 눈으로 렉사의 무너진 이목구비를 바라보자, 렉사가 돌연 억세게 이사나를 끌어안았다. 또 교미하려는 건가? 이사나는 멍하니 싫다고 생각하는데, 렉사가 초조한 목소리로 물었다.

"너 말이야……. 지금, 내게 화나서 이러는 거지?"

"……."

"그래서 내가 하는 말에 한 번도 대답하지 않는 거지? 화내지 마. 네가 헥사비스로, 네 연인에게 돌아가지 않는다면 뭐든지 해 줄게. 이제 인간도 먹지 않을게. 앞으로 다시는 네가 실망할 만한 일은 하지 않을게. 그때 그 일은 전부 네가 잘못한 거였잖아. 그때 너만은 용서해 줬잖아, 응?"

"……."

"대답해, 제발……."

며칠째 무슨 말에도 반응이 없는 이사나로 인해 지쳤는지 렉사는 이제 애원까지 하고 있었다. 예전이었다면 이런 놈의 꼴이 우습다고 생각하련만, 이상하게도 지금은 아무 생각이 안 들었다. 마치 남의 일을 보는 것 같았다.

오늘도 이사나가 입을 열지 않자, 렉사는 포기한 듯 자리에서 일어섰다. 이사나가 여느 때처럼 벽 한쪽만 주시한 채 멍하니 앉아 있자, 렉사는 그런 이사나를 물끄러미 내려다보며 물었다.

"그렇게 하루 종일 멍하니 있는 거, 내게 화가 나서 그러는 거 맞지?"

"……."

"네가 이상해진 거 아니지?"

"……."

대답이 없을 걸 뻔히 알면서도 렉사는 대답을 기다리다가 밖으로 나갔다. 렉사가 나간 후에도 이사나는 멍하니 침대에 앉아 있었다. 시간에 따라 탑 안으로 길게 스미는 그림자만 보고 있었다.

제정신을 차리는 시간이 점점 짧아지면서 이사나의 생각이나 감정 역시 무뎌져 갔다. 처음에는 변해 가는 자신이 무섭고 슬퍼졌지만, 그것 역시 한때일 뿐이었다. 목적조차 기억나지 않는 탈출은 그만둔 지 오래였다. 얼마 전만 해도 밖으로 나가고자 하는 의지가 굳건했건만, 지금은 마음이 꺾여 옴짝달싹할 수 없었다.

이런 꼴로 나가서 뭘 하겠는가. 죽어 가는 주제에 여기서 뭘 더 할 수 있단 말인가. 어차피 헥사비스에 도달하지 못할 것이다. 설사 이곳을 나가게 된다 하더라도 가야 하는 이유조차 잊어버린 이상 들판에서 외로이 죽게 될 것이다. 그럴 바에야 이곳에서 숙주가 되는 편이 덜 외롭고 덜 고단할 것이다.

[BATTERY 100%]

생체 의수는 이미 충전이 끝난 지 오래였다. 하지만 이사나의 마음은 절망이라는 족쇄에 묶여 이 탑 안에 갇혀 있었다.

머지않아 죽을 것이다.

모두에게 잊혀진 채 이곳에서 생을 마감하게 될 것이다.

두려움에 몸이 떨려 왔지만, 이사나가 할 수 있는 일은 그다지 없었다. 그저 이때까지 그래 왔던 것처럼 무력하게 현실을 받아들이는 것뿐이었다. 이사나는 체념하듯 힘없이 눈을 감는데, 문득 누군가의 말소리가 들려왔다.

"겁쟁이."

어디선가 들어 본 듯한 목소리에 퍼뜩 고개를 들자, 문가에 쥬드가 서 있었다. 그는 매우 화가 났는지 이사나를 노려보고 있었다. 놀란 이사나가 눈을 껌뻑이자, 쥬드는 거짓말처럼 사라져 버렸다. 멍하니 쥬드가 있던 자리를 바라보던 이사나는 돌연 설움이 북받쳤다.

왜 내가 겁쟁인데.

왜 언제나 나만 용기를 내야 하는데.

이사나는 첨탑을 나가는 입구를 바라보며 한참 동안 서럽게 눈물을 떨어뜨렸다.

* * *

이사나가 갇혀 있던 첨탑은 굉장히 높았다. 이런 높은 곳에 있었을 줄은 상상도 못했을 정도로 첨탑의 계단은 끝도 없이 아래로 이어졌다. 생체 의수로 문의 경첩을 부수고 밖으로 나온 이사나는 난간도 없이 돌다리만 박혀 있는 계단을 긴장된 얼굴로 내려다보았다. 하지만 이내 조심스럽게 발을 내딛었다.

"헉, 헉……."

꽤 체력이 떨어져 있었는지 이사나는 계단의 반도 내려가지 못한 채 숨을 헐떡거렸다. 어젯밤도 렉사에게 시달린 탓에 다리 사이와 허벅지가 쓰리고 아팠다. 너무 아파 그곳만 아픈 게 아니라 그 위도 아픈 듯한 기분이 들었다. 하지만 이미 내려온 이상 다시 올라갈 수는 없는 노릇이었다. 계단에 앉아 잠시 휴식을 취한 이사나는 다시 식은땀을 뻘뻘 흘리며 계속해서 한 걸음씩 아래로 내려갔다. 그런데.

"욱……!"

입구에 가까워지자, 희미하게 나던 썩은 내가 어느새 코를 찌를 듯이 강렬해졌다. 냄새의 근원은 의심할 여지도 없이 첨탑의 바깥이었다. 구역질이 나는 것도 나는 것이지만, 이사나는 온몸이 떨려 와 도저히 아래로 내려갈 수 없었다. 창 아래에 있던 것들과 마주치게 될까 봐 무서워 견딜 수 없었다. 이사나는 허겁지겁 왔던 길을 다시 기어 올라갔다.

"하, 하하……."

기껏 용기를 낸 게 이 정도였다. 고작 몇십 개의 층계 아래가 무서워 내려가지 못한 채 벌벌 떨고 있었다. 자신은 남들이 생각하고 기대하는 영웅 같은 게 아니었다. 그저 떠밀리듯 아무것도 외면하지 못해 여기까지 오게 된 얼간이에 불과했다. 정말 영웅이었다면 이까짓 두려움쯤은 아무렇지 않게 넘어섰어야 했다.

계단에 걸터앉은 이사나는 막막한 얼굴로 위를 올려다보았다. 이미 돌아가기엔 너무 멀리 내려와 있었다. 렉사가 돌아와 탑 안이 빈 것을 알게 되면 어떻게 될까? 당연히 이사나를 죽이러 쫓아올 것이다. 애초부터 렉사는 알을 낳게 하기 위해 이사나를 끌고 온 것이었으니 말이다. 멋대로 도망친 숙주를 두 번이나 용서할 리 없다.

이도저도 아닌 막막한 상황 속에서 이사나는 끝도 없이 올라가는 나선형 계단만 올려다보고 있었다. 소용돌이처럼 천장까지 이어진 계단은 마치 전설 속에 나오는 거대한 뱀처럼 보였다. 그렇게 멍하니 위만 바라보는데, 이사나는 문득 기시감을 느꼈다.

"……?"

이 광경을 어디선가 본 적이 있었다. 거대하고 높은 탑. 그 안에 들어찬 끝도 없이 긴 계단.

헥사비스의 지붕으로 올라가는 계단이 이것과 닮아 있었다.

그걸 알아차리자마자 이사나는 계단을 오르내리며 벽면에 이상한 점이 없는지 살펴보았다. 처음 이곳에 끌려왔을 때부터 느꼈지만, 이 성은 헥사비스의 황궁, 그리고 리비에와 지나치게 닮은 구석이 있었다.

잃어버린 옛 영토의 회복이라는 선조들의 과업.

그 옛 영토와 마찬가지로 동쪽에 위치한, 황궁과 닮은 성.

어쩌면 이곳이 초대 황제, 몰란도 넥시움의 고향일지도 몰랐다. 헥사비스의 황궁은 몰란도 넥시움이 유년 시절을 보낸 왕성을 본떠 만들었으니 말이다. 그렇다면 이곳에 본성과 연결된 비밀 통로가 있을지도 몰랐다.

"……!"

다른 곳과 질감이 다른 벽돌 하나를 밀자, 기긱거리는 소리와 함께 작은 통로 하나가 나타났다. 꽤 오랫동안 열린 적이 없었는지 먼지가 엄청났다. 이사나는 연신 재채기를 하며 새카만 통로 안으로 발을 내딛었다. 천장이 낮은 탓에 등허리를 잔뜩 굽혀야만 통로를 지나갈 수 있었다.

그렇게 불편한 자세로 얼마나 걸어 들어갔을까, 저 멀리 벽의 틈 사이로 희미한 빛이 번지는 게 보였다. 아마도 이곳에서 나가는 출구인 듯했다. 헥사비스에서는 황궁의 복도와 연결되어 있었는데, 과연 이곳은 어떠할까. 이사나는 벽으로 다가가 주변의 동태를 살폈다. 그리고 아무도 없다는 확신이 들자마자 석벽을 조작해 밖으로 나갔다.

"……."

이곳이 옛 영토의 왕성일 거라는 가정이 맞았는지 황궁과 마찬가지로 비밀 통로의 출구는 본성의 복도와 연결되어 있었다. 창문이 유리 없이 뻥 뚫려 있다는 것과 바닥의 붉은 융단이 낡았다는 것만 제외하면 성 안은 헥사비스의 황궁과 별반 다를 게 없었다. 이사나는 살그머니 창가로 다가가 아래를 내려다보았다. 이곳은 본성의 3층이었다. 자신이 어디에 있는지 확인한 이사나는 고민에 빠졌다. 헥사비스의 황궁은 이사나가 나고 자란 곳이었다. 그랬기에 황궁의 비밀 통로에 대해서는 누구보다도 잘 알고 있었다. 이곳 역시 황궁과 별반 다를 게 없으니 이사나가 이곳을 나가는 데는 큰 문제가 없을 터였다.

그렇다. 빠져나가는 건 문제가 되지 않는다.

하지만 빠져나간 뒤가 문제였다.

이곳에서 헥사비스까지는 도보로 한 달 이상이 걸렸다. 제대로 된 준비 없이 나가 봐야 중간에 탈진해 쓰러질 게 뻔했다. 정말 돌아가길 원한다면 방법을 찾아야 했다. 이사나는 문득 그레이스와 나눴던 얘기를 떠올렸다.

'그럼 다른 남자아이들은 어디에 있는데?'

'어느 정도 자라면 성에 불려 가요. 성충인 알리페르의 시중을 든다고 하더라고요. 맞는지는 모르지만.'

그레이스의 말대로라면 이 안에 그들을 위한 식량이나 생활용품이 있을 터였다. 클레르 역시 성안의 남자들에게 배분해야 한다며 마을 여자들이 생산한 것들을 주기적으로 걷어 갔었고. 설사 알리페르들이 마을 남자들을 숙주로 삼았다 하더라도 카노스가 진행되어 병증이 드러나는 데는 어느 정도 시간이 걸렸다. 그러니 이곳에 대화를 할 수 있을 만한 사람들이 남아 있을 터였다. 적극적인 도움을 바라지는 않지만, 여분의 식량과 도구를 빌려 쓰는 정도는 가능할 것이다.

그렇다면 그들은 어디에 있을까? 황궁의 구조를 떠올리며 추측해 보는데, 갑자기 배가 엄청나게 아파 왔다. 내장이 쥐어뜯기는 듯한 극심한 고통에 이사나는 배를 움켜쥔 채 어찌할 줄을 모르는데 저 멀리 복도 끝에서부터 두런두런 말소리가 들려왔다. 알리페르였다. 이사나는 허둥지둥 가까이에 있는 문을 열어 그 안으로 들어갔다. 황궁의 시종들이 사용했던 방과 비슷한 방 안으로 들어간 이사나는 문가에 기대선 채 그들이 지나가기만을 기다렸다.

"……그래서 결국 이쪽저쪽 모두 도축했다는 거지."

"정말이지, 왕은 미쳤군."

무슨 말을 나누는지 알 수 없지만, 알리페르들은 혀를 끌끌 차며 복도를 지나갔다. 이사나는 그들의 기척이 사라지자마자 무너지듯 그 자리에 주저앉았다.

"하아, 하아……."

배가 찢어질 듯한 복통에 이사나는 배를 움켜쥔 채 끙끙거렸다. 무언가가 요동치는 것 같기도 경련하는 것 같기도 했다. 눈물이 찔끔 나올 정도로 심한 복통에 이사나는 이를 악물며 이 끔찍한 고통이 잦아들기만을 기다렸다. 한참 동안 아프고 나서야 통증은 서서히 가라앉기 시작했다. 지친 얼굴로 이마에 맺힌 식은땀을 닦아 낸 이사나는 그제야 자신이 들어와 있는 방을 둘러볼 여유가 생겼다.

방은 복도와 마찬가지로 창문이 없었다. 하지만 누군가가 사용하던 곳이었는지 생활감이 느껴졌다. 옷가지나 이불 따위가 침대 위에 아무렇게나 굴러다니고 노획한 것으로 보이는 제국의 물건들이 한쪽 벽면에 가지런히 정리되어 있었다. 마을 남자들의 방이라기보다 제국민의 방에 더 가까운 모습이었다. 이곳저곳을 둘러보던 이사나는 한쪽 구석에 종이 뭉치가 잔뜩 쌓여 있는 걸 발견했다. 알리페르가 있는 성에 종이라니. 어쩌면 마을 남자들이 쓴 것일지도 몰랐다. 이사나는 단서를 찾아 잔뜩 구겨진 종이 중 하나를 집어 펴 보았다.

[……나는잘 지네고 있어. 너는 건깅하니?]

편지에는 희한하게도 시스프란어가 아닌 제국어가 적혀 있었다. 하지만 글씨체는 삐뚤빼뚤한 데다 맞춤법 역시 봐 주기 힘들 정도로 엉망이었다. 어린아이가 쓴 것일까? 이사나는 묘하게 제국의 물건이 많은 방을 뒤지다가 밖으로 나갔다.

마을 남자들은 도대체 어디에 있을까? 이사나는 성의 이곳저곳을 돌아다녔지만, 어째서인지 좀처럼 그들의 행방을 알 수 없었다. 이사나가 알기로 그들은 족히 오십 명 이상 이곳에 있어야 했다. 하지만 이사나가 아무리 성을 뒤져도 인간으로 보이는 자는 단 한 명도 없었다.

분명 알리페르는 인간을 먹긴 했다. 하지만 인간 남자는 알리페르의 생식 도구이기도 했다. 그러니 그들을 전부 잡아먹는다는 건 상식적으로 말이 안 되었다. 만약 그랬다면 그레이스와 마을 여자들이 무엇을 위해 그 많은 가축들을 키우고 그것도 모자라 짬짬이 사냥까지 나갔던 걸까. 이사나는 그럴 리 없다고 되뇌며 미처 찾아보지 못한 곳이 있는지 기억을 더듬어보는데, 저 멀리 탑에서 커다란 고함 소리가 들려왔다.

이사나 넥시움!

"……!"

렉사였다. 이사나가 탑에서 빠져나온 걸 알아차린 것이다. 분노에 찬 그의 고함 소리에 이사나는 등골이 오싹해지는 걸 느끼며 허둥지둥 몸을 숨길 만한 곳을 찾았다. 그런데 갑자기 바깥으로부터 치릇거리는 날갯소리가 들려오기 시작했다. 한둘이 아니었다. 귀청이 떨어질 것 같은 어마어마한 날갯소리에 이사나는 계단 모퉁이 뒤로 몸을 숨긴 채 바깥을 주시했다.

열려 있는 창문으로 알리페르가 하나둘씩 들어오기 시작했다. 작은 창을 통해 차례로 들어오는 꼴이 마치 벌집으로 들어오는 말벌 같았다.

다섯, 여섯…… 열, 스물, 마흔……. 복도가 꽉 찼는데도 계속해서 창문으로 들어오는 놈들의 모습에 이사나는 소름이 쫙 끼치는 걸 느끼는데, 왕의 명령을 받은 그들이 먼저 이사나가 있는 쪽을 알아차렸다. 그들과 눈이 마주친 이사나는 더 생각할 것도 없이 뛰었다.

"헉, 헉, 허억!"

이사나는 그들을 피해 정신없이 성안으로 도망쳤다. 숨이 막히도록 정신없이 뛰어다녔음에도 놈들은 어떻게 알았는지 번번이 이사나가 가려는 곳에 앞질러 나타났다. 몇 번의 전투 끝에 놈들을 간신히 따돌린 이사나는 벽 뒤편에 기대 선 채 가쁜 숨을 헐떡이는데, 놈들이 이사나의 자취를 쫓으며 소리 질렀다.

"여기다! 이쪽이다!"

"여기서 피 냄새가 나!"

'피……?'

요란스러운 놈들의 외침에 이사나는 그제야 허둥지둥 자신의 몸뚱이를 살펴보았다. 하지만 어디에도 다친 곳이 없었다. 렉사는 교미를 할 때 저항하지 않으면 이사나에게 상처를 남기지 않았다. 요 며칠 동안은 정신이 오락가락한 탓에 저항하지 않아 상처도 없었을 터였다. 이사나는 의아해하는데, 문득 또다시 배가 아파 오기 시작했다. 내장을 잡아 비트는 듯한 통증에 이사나는 배를 움켜쥐는데 안에서 뭔가가 흘러내려 헐렁한 바지 아래로 떨어졌다. 바닥을 내려다보자, 점점이 떨어진 핏자국이 보였다.

이사나의 안에서 피가 나고 있었다.

도대체, 언제부터……. 이사나는 희게 질린 얼굴로 다리를 타고 흘러내리는 피를 내려다보았다. 하지만 지금은 두려움에 사로잡힐 틈조차 없었다. 이사나의 뒤로 알리페르들이 사냥개처럼 뒤쫓아 오고 있었다.

"하아, 하아……."

안에서 피가 흘러나온다는 걸 깨닫자, 배가 점점 더 아파 왔다. 식은땀이 줄줄 흐르고 입에서는 단내가 났다. 이대로 마을 남자들을 찾는 건 무리였다. 하지만 성 밖으로 나가는 것 역시 무리이긴 마찬가지였다. 렉사가 알리페르를 얼마나 불러 모았는지 놈들이 성 주위를 새카맣게 둘러싸고 있었다.

이사나는 그들을 피해 지하층으로 내려갔다. 분명 지하층에 성 밖의 수로와 연결된 길이 있을 터였다. 이사나는 몇몇 개의 촛불들로 간신히 주변을 비추는 지하를 정신없이 뛰어다녔다. 위에서는 끊임없이 쿵쾅거리는 소리가 들려왔다. 놈들은 이사나를 찾기 위해 혈안이 되어 있었다. 이사나는 아픈 배를 움켜쥔 채 계속해서 길을 재촉했다.

"지하다! 지하 쪽으로 내려갔어!"

어느새 이사나의 흔적을 발견한 알리페르들이 지하로 내려오기 시작했다. 그에 이사나는 철문들로 빼곡한 복도를 정신없이 내달렸다. 이다음은, 이다음은 어디로 가지? 지상층의 비밀 통로는 자주 들락거려 대충 위치를 알지만, 지하층은 그다지 다닌 적이 없었다. 어렴풋이 바깥으로 나가는 길이 있다는 것만 생각날 뿐이었다. 궁지에 몰린 이사나는 무작정 철문으로 닫힌 방 안으로 들어가려 애를 썼다. 문고리를 돌리고 거칠게 잡아당겼지만 좀처럼 열린 곳이 보이지 않았다.

'젠장할…….'

이사나는 초조하게 이 방 저 방의 문고리를 돌리다가 마침내 문고리가 고장 난 철문을 찾아냈다. 멀리서부터 몰려오는 발소리에 이사나는 더 생각할 것 없이 안으로 들어갔다.

덜컹—

문을 닫은 이사나는 가쁜 숨을 몰아쉬었다. 긴장이 풀려 당장에라도 주저앉고 싶었지만, 여유 부릴 틈이 없었다. 어서 이곳에서 빠져나가야 했다. 복도와 달리 빛조차 들어오지 않는 이곳은 한 치 앞도 보이지 않을 만큼 어두컴컴했다. 이사나는 벽을 짚으며 방 안을 탐색해나갔다. 지하라 그런지 방 안 공기는 눅눅했고 손끝으로 이끼 같은 게 만져졌다.

그냥 탑에 있을 걸……. 그랬다면 적어도 유충의 먹이가 되는 날까지는 이 고생을 하지 않아도 되었을 텐데. 어린아이도 하지 않을 이 미련한 짓을 하는 이유를 이사나 자신도 알 수 없었다. 쥬드가 질책했기 때문일까? 아니다, 그게 이유가 아니었다. 그저 나와야 한다고 생각했기 때문에 나온 것이다. 그 안에 머무르는 게 답이 아니라는 걸 알고 있었기 때문에 나온 것이다.

그게 무엇에 대한 답인지는 알 수 없지만, 이사나는 본능이 시키는 대로 계속해서 출구를 찾아 벽을 더듬거렸다. 그러다 문득, 손끝으로 차가운 게 느껴졌다. 사슬이었다. 석벽에 단단히 고정된 사슬은 그 끄트머리가 족쇄와 연결되어 있었다. 그 자취를 따라 족쇄를 매만지던 이사나는 족쇄의 끝에 매달린, 길고 딱딱하면서도 매끈한 물체를 더듬었다.

"……아."

빗나가기 힘든, 어떤 예감을 느낀 이사나는 돌연 가슴이 먹먹해지는 걸 느꼈다. 이사나는 족쇄에 낫 모양으로 걸린 기다란 조각들을 위로하듯 어루만졌다. 생전에 자질구레한 일을 하고 때로는 사랑하는 사람의 등을 토닥였을 이것은, 날카로운 무언가에 댕강 잘린 것처럼 절단면이 매끈했다.

덜컹—!

이사나가 들어왔던 철문이 열리면서 수십의 알리페르가 횃불을 들고 방 안으로 들어왔다. 그들의 발치에는 토막 난 사람의 뼈가 여기저기에 흩어져 있었다.

숲의 공주 (3)

적이 아닌 친우로서 관계를 맺어 보기로 했지만, 이사나와 렉사 사이에 그다지 큰 변화는 없었다. 여전히 이사나는 렉사를 불편해했고 렉사 역시 살갑게 먼저 대화를 청하는 성격은 아니었기에 둘 사이에는 미적지근하고 어색한 기류만 흐를 뿐이었다. 애초에 종족과 가치관이 다른데 서로에게 무슨 할 말이 있겠는가? 대화를 나눌 만한 주제조차 떠오르지 않았다.

하지만 자신이 먼저 친우가 되어 보자고 제안했기에 이사나는 며칠 동안 끙끙대며 방법을 찾으려 애를 썼다. 그러나 그다지 소득은 없었다. 마주치는 것 자체가 불편하고 껄끄러워 방법을 생각하고 싶지도 않다는 게 솔직한 심정이었다.

이전과 별반 다를 바 없는 이 상황이 실망스러운지 렉사는 도망치듯 밭일에 매진하는 이사나를 빤히 쳐다보다가 "재미없어." 따위를 내뱉으며 도로 성으로 돌아갔다.

희한한 건 재미없다고 말한 주제에 매일 빠지지 않고 마을로 내려온다는 점이었다. 이상한 녀석이라는 생각이 들었지만, 자주 봐서 그런지 확실히 놈에 대한 거리감은 전보다 줄어 있었다. 물론 줄었다는 거지, 완전히 없어진 건 아니었다. 이렇듯 아직도 렉사를 꺼림직해하는 이사나와 달리 마을 여자들은 매우 용감했다. 처음 며칠이야 쭈뼛거리며 렉사를 피해 다니기 바빴지만, 점점 익숙해지자 렉사에게 인사를 하거나 심지어 농담을 걸기도 했다. 물론 렉사는 그게 농담인지도 몰랐다. 여자들은 그런 렉사를 보며 귀엽다고 깔깔대는데, 이사나는 그런 그녀들을 볼 때마다 간담이 서늘해지곤 했다.

짝—!

멍하니 앉아있는데 누군가가 이사나의 눈앞에서 박수를 쳤다. 놀라서 퍼뜩 고개를 들자, 그레이스와 마을 여자 몇몇이 보였다. 이사나는 언제나처럼 목초지의 언덕에 앉아 생체 의수를 충전하고 있었다. 그리고 그런 이사나를 찾아온 여자들이 싱글벙글 웃으며 이사나를 내려다보았다. 왜 저러는 거지? 이사나는 의아해하는데, 그레이스가 말했다.

"이사나, 저희 부탁 좀 들어주실 수 있나요?"

"기꺼이 들어줄 수 있는데……. 어떤 건데?"

"그리 어렵지 않은 거예요."

그레이스는 불길하게 히죽거리며 말했다. 그에 이사나는 불안한 얼굴로 그레이스와 마을 여자들을 올려다보았다. 왠지 심상치 않은 일이 벌어질 것 같았다. 그 예감이 틀리지 않았는지 이사나는 마을로 내려가는 내내 죄인처럼 그레이스와 마을 여자들에게 팔이 붙들려 있어야 했다. 이사나가 제 발로 가겠다고 말을 해도 여자들은 절대 풀어 주지 않았다.

잠시 후, 이사나를 마을 공터의 단상 위에 앉힌 여자들은 어디에서 준비했는지 모를 꽃들을 가져와 단상 위를 가득 메웠다. 심지어 이사나에게 화관을 씌우고 꽃목걸이를 걸어 주기도 했다. 이사나는 당혹스러운 얼굴로 그레이스와 마을 여자들에게 물었다.

"지금…… 도대체 뭐 하는 거야?"

"하하하하! 이사나 너무 잘 어울려요!"

"이번 사냥제 때는 다들 의욕이 넘치겠는데?"

이사나가 질문했음에도 여자들은 자기들끼리 아는 얘기를 하며 박장대소할 뿐이었다. 뭐가 뭔지 모를 이 상황에 이사나는 어리둥절해하는데, 그레이스가 몸을 배배 꼬며 이사나에게 말했다.

"사실은요~, 이번에 옥수수 수확이 끝났잖아요?"

"응, 그런데?"

"수확이 끝나면 숲에 들어가서 사흘 동안 사냥을 한다고 했고요?"

전에 언뜻 그런 얘기를 들은 것 같기도 했다. 하지만 이 모습과 사냥이 도대체 무슨 관계가 있다는 거지? 이사나는 의아해하는데, 그레이스가 기가 막힌 얘기를 했다.

사냥제 때가 되면 사냥 실력이 출중한 사냥꾼과 그를 보조할 종자, 이렇게 2인 1조로 팀을 짜 사흘간 숲에서 동물들을 사냥한다고 했다. 당연하지만 이사나 역시 종자로서 사냥꾼 역할을 할 여자를 보조해야 하는데, 마을 여자들의 의욕을 높일 겸 체육 대회를 개최해 승자에게 이사나를 부릴 권리를 주고 싶다는 것이다.

내가 상품이니? 그런 말이 절로 나왔지만, 그레이스는 초롱초롱한 눈으로 이사나를 올려다보며 말했다.

"해 주실 거죠?"

"그, 그레이스, 그런데 이건 좀……."

"해 주실 거죠?"

그레이스를 비롯한 마을 여자들이 해 줄 거라 믿어 의심치 않는 얼굴로 이사나를 바라보았다. 이사나는 난처한 얼굴로 여자들을 바라보다가 결국 포기하듯 내뱉었다.

"……알았어."

이사나의 허락이 떨어지자, 여자들은 이사나가 무를세라 재빨리 마을 사람들을 불러 모으기 시작했다. 뭐야, 지금 시합하는 거야? 너무나도 발 빠른 그녀들의 행동력에 이사나는 어안이 벙벙해지는데, 이미 자기들끼리 이사나를 상품으로 걸어 두기로 정했었는지 공터로 모여드는 여자들은 이사나의 꼴을 보고도 놀라는 기색조차 없었다. 배신감에 이사나는 살짝 허탈해졌지만, 오랜만의 마을 행사로 들뜬 그녀들을 보니 뭐, 가끔 이런 것도 나쁘지 않다는 생각이 들었다.

결국 이사나는 우승 트로피로써 단상에 앉아 그녀들의 시합을 지켜보게 되었다. 마을 여자들은 그런 이사나를 힐끔거리며 의욕 넘치는 얼굴로 스트레칭을 했다. 그렇게 욕망으로 눈을 번뜩이는 여자들을 그레이스는 흐뭇하게 지켜보며 말했다.

"여러분, 올해도 봄 농사를 짓는다고 정말 고생이 많았어요! 그래서 이번 사냥제는 시작하기 전에 약간의 여흥을 더해 봤어요. 다행히도 상품인 이사나가 여러분들을 위해 기꺼이 몸을 바치겠다고 말하더라고요."

기꺼이, 까지는 아니었는데……. 이사나는 속으로 투덜거리는데, 그레이스가 본론으로 들어갔다.

"그래서! 이번 대회의 시합 종목은……!"

모두의 시선이 한곳에 모이는 가운데 그레이스가 경쾌하게 소리쳤다.

"단거리 달리기입니다!"

"뭐어?! 너무한 거 아냐?!"

"공주가 일등 할 게 뻔하잖아!"

그레이스에게 유리한 승부였는지 마을 여자들의 항의가 빗발쳤다. 하지만 그레이스는 아랑곳하지 않고 뻔뻔하게 밀어붙였다.

"어허, 레이디들! 신성한 승부에 왜 이리 잔말이 많습니까! 그렇게 억울하면 이기면 되잖아요! 이기면!"

"웃기지 마, 공주! 여기서 널 이길 애가 어딨니?!"

"너 지금 사흘 내내 이사나를 독점하겠다고 선언하는 거야?"

"오오~ 공주, 드디어 진정한 여자로 거듭나는 건가?"

얼레리 꼴레리~, 얼레리 꼴레리~. 분위기는 순식간에 반전되어 모두가 그레이스를 놀려 댔다. 그러자 그레이스가 당황하며 얼굴을 새빨갛게 물들였다. 이야, 진심이었나 봐! 여자들이 그레이스의 벌게진 얼굴을 가리키며 깔깔대자, 그레이스는 그제야 졌다는 듯 두 손을 들며 말했다.

"알았어요, 알았어! 그럼 전 5m 뒤에서 뛸게요! 됐죠?"

"되긴 뭐가 돼? 10m 뒤에서 뛰어야지!"

"어휴, 알았어요. 10m 뒤에서 뛰면 되잖아요."

그레이스가 질린다는 듯 투덜거리자, 마을 여자들은 시선을 돌려 이사나를 노려보았다.

꿀꺽—

이사나는 저도 모르게 긴장해 침을 삼켰다. 아무리 생각해도 제단 위의 산제물이 된 듯한 기분을 지울 수 없었다.

그레이스의 양보와 함께 달리기 시합은 시작되었다. 참가 인원이 많은 만큼 시합은 단체로 달리는 예선전을 거친 후 토너먼트식으로 본선이 진행되었는데, 마을 여자들의 의욕이 장난이 아니었다. 분명 종목은 달리기인데 서로 밀치고 몸싸움까지 하면서 시합은 달리기라기보다 풋볼에 가까운 형태가 되어 버렸다. 그리고 그 수많은 견제와 10m를 더 뛴다는 페널티에도 그레이스는 당당히 연전연승을 거듭하며 마을 여자들을 꺾어 나갔다. 얼마나 발이 빠른지 반평생을 군에 몸담은 이사나조차 저렇게 빨리 뛰는 사람은 본 적이 없을 정도였다.

어느새 그레이스가 준결승전까지 우승하면서 마지막으로 최종 승자를 가리는 결승전이 시작되었다. 이사나 역시 어느새 시합에 빠져들어 공터 위 출발선에 선 여자들을 바라보는데, 누군가가 뒤에서 말을 걸었다.

“지금 뭐 하는 거지?”

“헉!”

이사나는 소리 없이 곁에 다가온 렉사에게 놀라 비명을 내질렀다. 이사나가 놀라자, 렉사는 기분이 좋지 않은지 얼굴을 찌푸렸다. 하지만 이사나로서는 어쩔 수 없었다. 아무리 □□와 얼굴이 똑같다고 해도 놈은 이사나의 팔다리를 뜯어먹은 알리페르였다. 경계심이 생기지 않는 게 이상했다. 물론 그걸 이해해 줄 놈이 아니지만.

"그냥, 갑자기 나타나서 놀랐어."

"……."

이사나가 변명처럼 중얼거리자, 렉사는 이사나를 빤히 쳐다보다가 다시 물었다.

"지금 뭐 하고 있는 거야?"

"응?"

"왜 꽃 따위를 몸에 두르고 있냐고."

"그건……."

이사나는 몹시 난감해졌다. 이 상황을 렉사에게 설명할 자신이 없었기 때문이다. 이사나는 없는 말주변을 최대한 동원해 왜 자신이 화관과 꽃목걸이를 하고 단상 위에 앉아있는지 렉사에게 알려 주었다. 그러자 렉사는 도저히 이해할 수 없다는 듯 이사나에게 말했다.

"네가 저 인간들보다 약했나?"

"그건…… 아니지만."

"그런데 왜 네가 저들의 전리품 노릇을 자처하고 있는 거지?"

"그건……."

몹시 멍청한 것을 보는 듯한 렉사의 시선에 이사나는 난처한 얼굴로 끙끙거렸다. 하지만 아무리 생각해도 렉사의 관점에서 이해시킬 수 있을 만한 말이 떠오르지 않았다. 잠시 고민하던 이사나는 포기하듯 솔직하게 말했다.

"나를 상품으로 걸고 시합하는 저들이 즐거워 보여서."

"뭐?"

기가 찬다는 듯한 렉사의 말투에 이사나는 머쓱해져 작게 웅얼거렸다.

"저렇게 좋아하잖아. 그 모습이 나도 즐겁고, 그래서……."

말을 하면 할수록 렉사의 얼굴은 도무지 이해할 수 없는 것을 보는 것처럼 일그러졌다. 애초부터 이해를 바라고 이런 말을 한 건 아니었지만, 노골적으로 저런 얼굴을 하니 좀 민망하긴 했다. 렉사는 어처구니가 없다는 듯 이사나에게 말했다.

"정말 이해를 못 하겠군. 너보다 약한 것에게 희생을 하면서 즐겁다니, 미친 거 아닌가?"

"……."

할 말이 없어진 이사나는 애매하게 웃으며 렉사의 시선을 피하는데, 그레이스가 테이프를 끊고 결승선에 도착했다. 이번 달리기 시합의 승자는 그레이스였다. 그레이스는 분해서 어찌할 줄을 모르는 여자들에게 의기양양하게 웃어 준 뒤 이사나 쪽으로 고개를 돌렸다. 어느새 이사나의 옆에 선 렉사를 보고 잠시 놀란 듯했지만, 살갑게 "안녕하세요!" 하고 인사하며 우승 트로피인 이사나에게 다가왔다. 그런데 렉사가 중간에 끼어들더니 말했다.

"이사나 넥시움은 내 거야, 못 줘."

"네?"

"내 거라고, 이건."

난데없는 소유권 주장에 이사나는 단상 위에 앉은 채 멍해졌다. 저놈이 지금 뭐라고 하는 거야? 하도 어처구니가 없어 이사나는 할 말을 잃는데, 놀란 듯 눈을 껌뻑거리던 그레이스가 돌연 빙글빙글 웃더니 렉사에게 말했다.

"과연 그럴까요?"

그레이스의 도발에 렉사의 눈빛이 대번에 험악해졌다. 당장에라도 그레이스에게 해코지를 하지 않을까 이사나는 조마조마해하는데, 렉사가 비웃음 가득한 얼굴로 그레이스에게 빈정거렸다.

"지금 그깟 달리기 시합 한 번으로 감히 이곳에 있는 것이 네 것이라고 주장하는 건가?"

대답 여부에 따라 당장에라도 쳐 죽이겠다는 살기까지 내비치는데, 그레이스는 대담하게도 안색 하나 바뀌지 않은 태연한 얼굴로 대꾸했다.

"물론 아니죠. 이사나는 절대 제 것이 될 수 없죠. 다만 저는 이사나의 동의를 얻었을 뿐입니다."

"동의?"

"네, 사냥제를 하는 사흘간 아주 기쁜 마음으로 시합의 승자에게 봉사하겠다는 동의요. 이사나는 확실히 왕의 땅에 있지요. 하지만 왕께서 이사나가 하는 행동까지 소유할 수는 없지 않습니까? 만약 왕께서 절대 이사나를 데려갈 수 없다고 말하신다면, 네, 그래요, 같이 못 가는 거죠. 하지만 이사나는 저희들이 사냥하러 나간 사흘 내내 가슴 아파할 겁니다. 약속도 안 지키는 거짓말쟁이가 된 게 수치스럽고 저희들에게 미안해 울지도 모르죠."

"……."

그레이스의 말에 렉사는 벌레 씹은 얼굴이 되어 버렸다. 도대체 뭐에 기분이 나빴던 거지? 이사나는 불쾌해하는 렉사가 이해가 가지 않는데, 이사나만 이해하지 못하는 대화는 계속되고 있었다.

"흠, 이를 어쩐다~, 왕께서는 이사나를 사흘 동안 볼 수 없는 게 싫고, 그렇다고 이사나가 약속을 어기게 되면 엉엉 울 테고."

아니, 절대 울지 않을 건데……. 이사나는 어처구니없다는 듯 그레이스를 바라보는데, 그레이스는 아랑곳하지 않고 개구지게 웃더니 의기양양한 얼굴로 렉사에게 제안했다.

"그럼 정정당당하게 왕께서 우승자인 저와 시합해 이기면 해결되겠군요."

"시합? 너와?"

렉사는 말도 안 된다는 듯 코웃음을 쳤다. 이사나가 다 무안해졌지만, 그레이스는 아랑곳없이 뻔뻔스럽게 말했다.

"인간 따위와 시합을 한다는 게 마음에 안 드시겠지만, 절 이긴다면."

그레이스는 꽃으로 둘러싸인 이사나를 힐끔 쳐다보며 말했다.

"이사나는 사냥제 기간 사흘 내내 아주 기쁜 마음으로 왕의 곁을 보필할 겁니다."

"……."

도대체 무엇이 렉사의 마음을 움직였는지 모르지만, 렉사는 결국 그레이스와 출발선에 서게 되었다. 하지만 인간과 시합을 한다는 상황 자체가 마음에 안 드는지 렉사는 뚱한 얼굴을 하고 있었다. 이사나는 그런 렉사를 바라보며 마음속으로 간절히 빌었다. 지금이라도 시합을 하지 않겠다고 말했으면……! 렉사와 사흘 내내 단둘이 있어야 한다니……. 그건 정말 많이 싫었다. 밭일을 구경하러 오는 지금도 거북한데, 하물며 사흘이라니…… 진짜 무리였다.

제발, 제발, 제발……!

이사나는 간절히 기도하며 초조한 얼굴로 렉사와 그레이스를 바라보는데, 출발선에 선 그레이스가 이사나를 향해 씨익 웃으며 말했다. 걱정하지 말아요. 그레이스의 자신만만한 얼굴을 보니 이사나는 그제야 좀 불안이 가라앉는 걸 느꼈다. 그레이스는 이사나가 본 누구보다도 발이 빨랐으니 말이다. 이렇게 된 거 그레이스를 응원하기로 하는데, 심판이 출발선 끄트머리에 서서 외쳤다.

"준비, 땅!"

출발 신호를 보내자마자 그레이스가 엄청난 속도로 내달렸다. 아까 마을 여자들과 한 시합은 봐준 거였는지 다리가 보이지도 않을 정도였다. 그에 반해 렉사는 여전히 뚱한 얼굴로 출발선에 서 있었다. 이제 와서 그레이스와 시합하기로 한 것을 후회하는 걸까? 이사나는 안도했다. 역시 놈의 자존심이 인간과 겨루는 것을 허락하지 않는 게 분명했다. 이사나는 긴장으로 굳어 있던 얼굴이 펴지는 걸 느끼는데, 렉사가 그런 이사나를 빤히 쳐다보았다. 민망함에 이사나는 렉사의 시선을 피했다.

"거의 다 왔어!"

"공주의 승리야!"

결승선에 가까워지자, 마을 여자들은 탄성을 내질렀다. 이사나 역시 기대감 어린 눈으로 그레이스가 결승선에 가까워지는 걸 바라보는데, 갑자기 치르르릇! 하고 날카로운 날갯소리가 들리더니 렉사가 순식간에 그레이스를 제치고 결승선을 통과했다. 어안이 벙벙해질 정도로 빠른 속도에 그레이스를 비롯한 마을 여자들이 눈만 동그랗게 뜬 채 렉사를 쳐다보는데, 렉사가 심드렁한 얼굴로 내뱉었다.

"날개를 쓰지 말라고는 안 했잖아."

그건 그렇지만……. 이사나도 여자들도 왠지 치사하다는 생각을 지우지 못했다. 그런 분위기에도 렉사는 이사나를 향해 비릿하게 웃으며 말했다.

"그럼, 기대하고 있지."

그 말을 남긴 채 렉사는 더 머물지 않고 성 쪽으로 가 버렸다. 어째서인지 별로 기분이 좋아 보이지 않았다. 역시 인간 따위와 시합해서 그런가? 이사나는 무척이나 앞날이 암담해지는 걸 느끼는데, 그레이스가 쭈뼛거리며 다가와 이사나에게 사과했다.

"미안해요, 이사나. 이길 수 있을 줄 알았는데……."

"아니야, 넌 최선을 다했잖아? 난 괜찮아."

사실은 하나도 안 괜찮았지만, 이사나는 습관처럼 그레이스에게 허세를 부렸다. 하지만 그걸 알아차리기라도 한듯 그레이스는 연신 미안해서 어찌할 줄을 몰랐다. 오히려 이사나가 그레이스를 달래느라 한참 동안 진땀을 뺐을 정도였다.

사흘.

아주 숨 막히게 긴 시간이 될 것 같았다.

* * *

사냥제 첫날은 아침부터 구름이 많이 끼고 날이 흐렸다. 마을 여자들의 말로는 사냥제 도중 소나기가 쏟아질지도 모른다고 말했다. 이사나 역시 공기 중에 스민 습기를 느끼며 그럴지도 모르겠다고 생각했지만, 예정되어 있던 사냥제가 취소되지는 않았다. 정말, 유감스럽게도.

렉사는 같이 사냥 가기 싫어하는 이사나의 마음을 알아차리기라도 한듯 평소보다 더 빨리 마을로 내려와 이사나의 주변을 맴돌았다. 아침 식사를 배급받아 먹는데 앞에 앉아 "그런 게 잘도 목구멍으로 넘어가는군.” 따위를 내뱉으며 이사나의 신경을 긁어 대기도 했다.

아침 식사가 끝난 뒤, 마을 여자들은 본격적인 사냥제 준비에 나섰다. 통탕통탕 나무를 잘라 천막을 세우기도 하고 각 팀에게 색색의 리본이 묶인 화살을 나누어 주기도 했다. 푸른 리본이 묶인 화살 더미를 건네받은 렉사는 그것을 물끄러미 내려다보다가 곧 흥미를 잃고 이사나에게 넘겨주었다. 아무래도 놈이 사냥할 생각은 없는 듯했다. 이사나는 화살통을 뒤에 메고 석궁을 챙겼다.

사냥제가 시작되기 직전, 여자들은 각자 집으로 흩어지더니 평소의 편한 복장이 아닌, 레더 아머로 완전 무장한 채 나타났다. 뿐만 아니라 얼굴에 붉은 염료까지 발랐는데, 눈꼬리를 길게 그리고 광대와 이마에 기하학적인 문양을 덧칠한 것이었다. 그레이스의 말로는 이 화장이 사냥하는 동안 신의 가호를 받을 수 있게 해 준다고 했다.

평소와 달리 머리를 높게 올려 묶고 진지한 얼굴로 말 위에 올라선 그녀들을 이사나는 낯선 눈으로 바라보았다. 평소에 짓궂은 구석이 있었던 마을 여자들이 전장의 노련한 전사처럼 느껴졌다.

이사나는 다소 그녀들이 어색하게 느껴지는데, 새카만 흑마 위에 올라탄 그레이스가 이사나를 향해 손을 흔들더니 한쪽 눈을 찡긋거렸다. 그에 이사나 역시 손을 흔들며 마주 웃어 주었다. 옷차림이 진중하게 바뀐다고 속까지 바뀌는 건 아닌 듯했다. 그레이스의 애교어린 눈짓에 옆에 있던 노엘이 짐짓 헛구역질을 해 댔다. 아무래도 그레이스의 종자는 노엘인 모양이었다.

사냥에 나갈 준비가 끝나자, 언제나처럼 그레이스가 마을 여자들 앞에 서서 외쳤다.

“모두들! 준비됐나요?!”

"응!"
"이번 사냥제에서도 제일 중요한 건 여러분의 안전이에요! 무슨 일이 생겼다 싶으면 지체 없이 마을로 돌아오든 주변에 도움을 청하든 해요!"
"어휴, 이제 그만하고 출발해! 날 저물겠어!"
그레이스의 잔소리에 마을 여자들 중 하나가 투덜거렸다. 다들 빨리 사냥에 나가고 싶어 어찌할 줄을 모르는 것처럼 보였다. 그런 여자들의 흥분을 알아차리기라도 한듯 그녀들이 타고 있는 말들도 연신 푸릉거렸다. 그레이스는 사냥 나가기 전 마지막으로 여자들에게 외쳤다.
"우리는 누구?!"
"스페스의 점잖고 교양 있는 레이디들!"
"Veni, vidi, vici!"
"Veni, vidi, vici—!"
뜻 모를 그레이스의 선창에 여자들 역시 숲이 떠나가라 우렁차게 외쳤다. 저게 무슨 뜻이지? 이사나는 궁금해하는데, 렉사가 같잖다는 듯 여자들의 구호를 비웃었다. 저놈은 또 왜 저래? 이사나는 점점 더 뭐가 뭔지 알 수 없어지는데, 그레이스를 선두로 여자들이 숲 속으로 뛰어들었다. 마치 전쟁터로 향하는 듯한 그녀들의 기백에 압도당하는 기분까지 들었다.
이사나는 넋을 놓고 숲속으로 사라지는 여자들을 바라보는데, 말에 타고 있던 렉사가 느릿느릿 숲으로 들어갔다. 그에 이사나 역시 한숨을 내쉬며 아무 의욕이 없는, 오히려 만사가 귀찮아 보이는 렉사를 뒤따라 들어갔다.

'하아…….'

사냥 첫날부터 이사나는 한숨이 절로 나왔다. 단둘이 있은 지 10분도 안 되었는데 벌써부터 어색해 미칠 것 같았다. 그러다보니 원망의 화살은 자연스럽게 렉사에게로 향했다. 도대체 렉사의 속마음을 알 수 없었다. 시합에서 이겼으면 이겼지, 굳이 부득불 본인이 사냥에 참가할 필요가 있었을까? 그냥 마을에 남아 있으라고 말해도 되었을 텐데 말이다. 아까부터 기분이 좋아 보이지 않는 렉사와 함께 숲을 걷고 있자니, 정말 불편하고 신경 쓰였다. 이사나는 몇 번인지 모를 한숨을 내쉬는데, 렉사가 대뜸 말에서 내리더니 이사나에게 말했다.

"네가 타."

"……?"

"이거 네가 타라고. 불편해."

렉사는 마뜩잖은 얼굴로 푸릉거리는 말을 노려보며 말했다. 설마 말을 타는 게 오늘이 처음이었던 건가? 아까는 너무 노련하게 올라타 말을 잘 타는 줄 알았다. 하지만 생각해 보니 이상했다. 날개가 있는데 굳이 말을 타고 다니는 알리페르라니……. 좀 웃겼다. 이사나는 렉사가 용케 여기까지 왔다고 생각하며 말에 올랐다. 승마는 오랜만이라 조금 어색했지만, 말이 순해서 그런지 금세 익숙하게 탈 수 있었다.

말도 이사나가 타고 석궁도 이사나가 들면서 사냥은 얼떨결에 이사나가 주도하게 되었다. 렉사는 사냥에 관심이 없는지 평소처럼 이사나를 뒤따라올 뿐이었다. 이사나는 그런 렉사를 쳐다보다가 이내 마을 여자들처럼 사냥을 하기 시작했다. 그레이스가 곡물을 뿌렸던 장소를 기억해 내 그곳으로 향하자, 동물들의 흔적을 쉽게 찾아볼 수 있었다. 그리고 간신히 발견한 사냥감에게 석궁을 쏘는데, 익숙하지 않아서 그런지 자꾸만 화살이 이상한 방향으로 튀었다. 그렇게 이사나가 몇 번 헛손질을 하자 렉사가 뒤에서 비웃었다.

"……웃지 마."

"큭큭."

"난 이거 오늘 처음 써 본단 말이야!"

이사나가 발끈했지만, 들어먹을 놈이 아니었다. 젠장……. 이사나는 렉사의 비웃음을 들으며 허공에 흩날린 화살을 주우러 다녔다. 물론 이사나는 석궁을 써 본 적이 있었다. 하지만 마을 여자들이 개조한 석궁은 이사나가 아는 석궁과 너무 달랐다. 도대체 석궁에 무슨 짓을 한 건지 헥사비스 것에 비해 사거리나 관통력이 총에도 밀리지 않을 정도였지만, 그만큼 사용법이 까다로웠다. 이런 걸 자유자재로 사용하다니, 생각할수록 그레이스가 대단했다.

그렇게 렉사의 비웃음을 들으면서도 이사나는 꿋꿋하게 계속 사냥을 해 나갔다. 원래 무기를 잘 다루는 편이라 몇 번 실패를 하자 어설프게나마 요령을 터득할 수 있었다. 다루긴 어려워도 석궁의 정밀도가 높은 덕도 있었다. 연신 헛손질을 하던 이사나는 얼마 지나지 않아 첫 사냥감을 사냥했다. 이사나가 의기양양한 얼굴로 토끼를 들고 뒤를 돌아보자, 렉사는 여전히 비웃음 가득한 얼굴로 말했다.

"어쩌다 눈먼 화살에 맞은 걸로 너무 기뻐하는 거 아니야?"

사람 복장을 뒤집는 데는 아주 도가 튼 놈이었다. 발끈한 이사나는 토끼를 자루에 집어넣은 뒤 숲의 사냥감이란 사냥감은 다 사냥할 기세로 숲을 돌아다녔다.

그 후로도 이사나는 제법 많은 사냥감을 사냥했다. 토끼, 여우, 멧닭 등 자잘한 동물들을 사냥하는데 성공하자, 이사나는 자신감이 붙어 말을 타고 더욱 깊숙이 숲속으로 들어갔다. 렉사는 그런 이사나를 잘도 쫓아와 계속 약을 올려 댔다. 우연히 잡은 거라는 둥, 그 정도 작은 사냥감은 안 잡느니 못 하다는 둥 계속해서 어깃장을 놓는데, 너무 얄미워서 한 대 때려 주고 싶을 정도였다.

푹—!

꽤 통통한 사슴을 사냥하는 데 성공한 이사나는 신이 나서 말에서 뛰어 내렸다. 목줄기에 화살이 관통된 사슴은 바닥에 쓰러져 괴롭게 다리를 허우적거리고 있었다. 이사나는 나이프를 꺼내 단숨에 사슴의 숨통을 끊었다. 사슴이 부르르 몸을 떨다 움직임을 멈추자, 이사나는 뒤를 돌아보며 의기양양하게 외쳤다.

"이번에도 우연히 잡은 거라고 우길 셈인가?"

하지만 이사나의 뒤에는 아무도 없었다. 아까까지만 해도 얄미울 정도로 잘 따라오고 있었는데, 어느새 렉사가 사라지고 없었다. 이사나는 의아해하며 주변을 둘러보았다.

"렉사?"

적막한 숲속을 아무리 둘러보아도 이 숲에는 이사나 한 사람밖에 없었다. 어디로 갔지? 이사나는 사슴 목에서 피를 빼며 갑자기 사라진 렉사를 찾았다.

성으로 돌아간 건가? 놈은 마을에 내려와 있을 때도 지루해지면 말없이 다시 성으로 돌아가곤 했다. 아마 이번에도 심심해져 성으로 돌아간 듯했다. 이사나는 시무룩해졌다. 그래도 동행이라고 있다가 없어지니 조금 쓸쓸했다.

"……."

쓸쓸하다니! 이사나는 자신의 생각에 적잖게 충격을 받았다. 말이 되는가? 렉사와 자신은 적이었다. 지금이야 어쩔 수 없이, 별다른 방도가 없어 차선책으로 놈과 친분을 쌓고 있지만, 놈이 알리페르의 왕이고 자신이 제국군 수장이라는 입장은 변하지 않았다. 게다가 그 놈은 자신의 팔다리를 뜯어먹은 위험한 놈이고! 그제야 제정신을 차린 이사나는 자리에서 벌떡 일어나 주변을 둘러보았다.

지금은 사냥 따위를 할 때가 아니었다. 주변에는 감시자가 없고 이사나의 손에는 말과 식량, 심지어 무기까지 들려 있었다. 이곳을 탈출할 천재일우의 기회였다. 그걸 떠올리자, 이사나는 마음이 급해졌다.

시탈로프 숲은 넓었지만, 이사나는 □□를 찾기 위해 이 숲을 이 잡듯이 뒤진 경험이 있었다. 잘만 한다면 원정대가 진지를 세웠던 장소를 찾을 수 있을 터였다. 그렇다면 길을 되짚어 가 콜로니로 돌아가는 건 일도 아니었다. 콜로니로만 돌아갈 수 있다면 엘든과 친위대를 만날 수 있었다. 그 후로는 헥사비스로 돌아가든 전열을 가다듬어 다시 한번 총공세를 펼치든 하면 되었다. 이사나는 아까 막 잡은 사슴과 사냥감을 숲에 던져놓은 채 말에 올랐다. 지체할 시간이 없었다.

렉사가 다시 돌아올지도 모른다는 생각에 이사나는 최대한 빨리 그 자리를 벗어나려 애를 썼다. 설마 이게 함정인 건 아니겠지? 갑자기 일이 너무 잘 풀려 그런 생각이 들 수밖에 없었다. 만약 이사나가 도망치는지 안 치는지 렉사가 떠보는 거였다면 이사나는 확실히 죽은 목숨이었다. 하지만 이사나는 왠지 렉사가 그런 짓은 하지 않을 거란 생각이 들었다. 놈은 단순했다. 포식자들의 왕으로 군림하는 놈이 그런 술수를 부릴 이유가 없었다. 단순하게 생각하자, 단순하게. 이사나는 솟구치는 불안을 짐짓 억누르며 숲속을 내달렸다. 그런데.

치르르릇—.

치릇치릇—.

이사나의 머리 위로 날갯소리가 들려오기 시작했다. 전에 봤던 것처럼 숲의 경비를 보던 알리페르일지도 모르지만, 그렇다고 생각하기엔 수가 너무 많았다. 그렇다면 역시 혼자 두었던 건 함정인가? 하지만 도망치지 않겠다고 놈에게 약속한 것도 아니고……! 이사나는 묘한 억울함을 느끼며 말을 재촉했다.

"이랏!"

이사나가 말의 속도를 높이자, 알리페르들이 노골적으로 기척을 드러내며 이사나를 추격해왔다. 이사나를 태운 말이 거슬렸는지 놈들은 먼저 말부터 공격했다. 흥분한 말이 이사나의 통제에서 벗어나 마구 날뛰자, 이사나는 어쩔 수 없이 말을 버려야 했다. 이사나가 말에서 뛰어내리자, 말은 대번에 숲속으로 사라졌다. 이사나는 아쉬움을 느끼며 나이프를 들고 이제 곧 모습을 드러낼 적들을 기다렸다.

치릇치릇—.

치릇치릇—.

얼마 지나지 않아 이사나의 앞으로 열 마리가 넘는 알리페르가 나타났다. 당연하지만, 아무리 이사나라도 이렇게 많은 수를 한꺼번에 상대하는 건 불가능했다. 적당한 엄폐물도 보이지 않고 어둠을 틈타기에는 아직 해가 지지 않은 상태였다. 활로가 보이지 않자, 이사나는 일단 도주하기로 했다. 이사나는 석궁과 화살만 챙긴 채 숲속을 내달렸다.

"헉, 헉헉!"

이사나는 도망치면서도 끊임없이 놈들에게 공격을 받았다. 평소라면 이 정도까지 궁지에 몰리지 않았을 텐데, 놈들은 마치 잘 훈련된 군인처럼 포메이션까지 갖추며 집요하게 이사나를 공격하고 있었다. 이대로라면 이사나가 당하는 건 시간문제였다.

'……?'

군인처럼, 포메이션을 갖춘다고? 이사나는 문득 위화감을 알아차렸다. 놈들은 인간처럼 따로 군사 훈련을 받지 않는다. 즉, 이렇게 호흡이 딱딱 맞는 연계 플레이를 하려면 누군가의 지시가 있어야 했다. 이들을 조종하는 알리페르가 따로 있는 것이다. 전에 콜로니를 습격했던 놈처럼 어딘가에 숨어 이들을 조종하는 놈이 있는 게 틀림없었다.

이사나는 계속해서 달리며 석궁에 시위를 당겼다. 어디냐, 도대체 어디에 숨어 있는 거냐……! 이사나는 정신없이 주변을 둘러보며 이들을 조종하고 있을 상위 개체를 찾았다. 그러다 머리 위를 맴도는 무언가를 발견했다. 이사나는 곧장 자리에서 멈춰서 석궁을 겨눴다.

퍽—!

"윽!"

화살이 명중하자 상위 개체의 정신이 흐트러졌는지 이사나를 쫓던 알리페르들이 대번에 중심을 잃고 자기들끼리 충돌했다. 그 틈을 타, 이사나는 다리의 생체 의수 출력을 한계까지 높였다. 무시무시한 속도로 그 자리를 벗어나며 이사나는 석궁을 쏘았던 자리를 힐끔 돌아보았다.

'클레르?'

이사나가 쏜 석궁에 맞은 알리페르는 클레르였다. 놈은 어깨에 박힌 화살을 거칠게 뽑아내며 이사나를 노려보았다. 증오 서린 놈의 눈과 마주친 이사나는 그 진득한 살의의 이유를 몰라 어리둥절했지만, 달리는 것을 멈추지 않았다.

* * *

"헉, 헉헉!"

이사나는 황혼으로 물든 숲속을 내달리며 숨을 헐떡거렸다. 수적인 열세로 치고 빠지며 점차 놈들의 수를 줄여 나갔던 이사나는 어느새 그들의 피로 흠뻑 젖어 있었다. 조금만 더 버티면 되었다. 이제 해가 지기까지 얼마 남지 않았다. 해가 지고 나면 그들도 시야가 좁아져 이사나를 공격하기 쉽지 않게 된다. 하지만.

[BATTERY 10%]

이토록 오래 생체 의수를 작동시켜 본 적이 없어서인지 배터리는 빠르게 소모되어 갔다. 분명 아침나절만 해도 완충되어 있던 배터리가 어느새 바닥을 드러내자 이사나는 초조해졌다. 이사나는 서둘러 밤 동안 숨어 있을 만한 곳을 찾아다녔다. 엎친 데 덮친 격으로 비까지 오려는 건지 하늘은 점점 어두워져 갔다.

쏴아아—!

얼마 지나지 않아 먹구름이 짙게 몰려오더니 굵직한 장대비가 머리 위로 쏟아졌다. 이사나는 비를 맞으며 어두워진 숲속을 뛰어다녔다. 운 좋게도 얼마 지나지 않아 제법 큰 동굴을 발견했다. 이사나는 물에 빠진 생쥐 꼴이 된 채 굴로 뛰어들었다. 다행히도 동굴 안에는 아무도 없었다.

굴속으로 들어간 이사나는 젖어서 몸에 착 달라붙은 옷을 힘겹게 벗었다. 물기를 짜내 돌바닥 위에 널어 두고 대충 머리와 몸에 붙은 물방울을 털어 내자 이사나는 힘이 쭉 빠지는 걸 느꼈다. 이사나는 속옷 바람으로 동굴 바닥에 털썩 주저앉았다. 엉덩이를 땅에 붙이니 좀 살 것 같았다.

"……."

클레르는 도대체 왜 나를 습격했던 걸까? 생각할 여유가 생기자, 그제야 그런 의문이 생겨났다. 알리페르에 대해 자세한 건 모르지만, 클레르가 렉사의 오른팔 노릇을 하고 있다는 것 정도는 알고 있었다. 그렇다면 이 습격은 역시 렉사의 지시였던 걸까? 가장 가망성 있는 추측을 떠올렸지만, 이내 고개를 가로저었다. 아니다, 역시 놈은 그런 치졸한 계략을 꾸밀 성격이 아니야. 이사나는 본능적으로 그런 판단을 내렸다.

그렇다면 클레르 개인의 원한인 걸까? 충분히 가능성이 있었다. 알리페르는 상위 개체에게 정신 지배를 당하긴 했지만, 개개인의 정체성이 말살된 존재는 아니었으니까.

쿠르릉, 콰쾅!

쏴아아아—!

천둥 번개가 치더니 빗줄기가 한층 더 굵어졌다. 몸이 젖어 있는 탓인지 여름임에도 오한이 들었다. 이사나는 때 아닌 추위로 끙끙거리다가 허리에 찬 주머니에서 부싯돌을 꺼냈다. 동굴 안에는 다행히 낙엽과 마른 나뭇가지가 꽤 있었다. 불을 피운다면 금세 몸이 따뜻해질 수 있을 터였다. 하지만 이사나는 좀처럼 불을 피우지 못하고 망설였다. 불을 피워도 되는지 판단할 수 없었기 때문이다.

생체 의수의 배터리가 거의 바닥 상태였기에 기습을 당하면 놈들에게 이길 가능성이 전혀 없었다. 이런 상황에서 불을 피운다면 은신처가 발각될 게 뻔했다. 하지만 이대로는 저체온증으로 죽을 수도 있었다. 이도 저도 결정하지 못한 이사나는 손 안에 부싯돌만 움켜쥔 채 끙끙거리는데, 동굴 입구로 인기척이 느껴졌다.

콰광—!

새하얀 번갯불 아래로 날개 달린 사람의 형상이 보였다. 알리페르였다. 이사나는 자리에서 벌떡 일어났다. 굵은 장대비 속에서 나타난 놈은 궁지에 몰린 이사나의 처지를 알아차리기라도 한듯 여유롭게 굴 안으로 발을 내딛었다. 생체 의수를 작동시킨 이사나는 나이프를 치켜든 채 놈을 경계했다. 반나절 내내 달린 데다 비까지 맞은 상태라 눈앞이 어찔했다. 하지만 이대로 순순히 당하고 있을 생각은 없었다. 놈과 충분히 가까워지자, 이사나는 지체 없이 놈에게 달려들었다. 하지만 놈은 너무나도 손쉽게 이사나의 공격을 막아 낸 뒤 이사나를 바닥에 깔아뭉갰다.

"윽—!"

완전히 제압된 이사나는 놈에게서 빠져나가려 애를 쓰는데, 귓가로 익숙한 목소리가 들려왔다.

"친우가 되기로 한 것은 그만둔 건가?"

"렉, 사?"

이사나가 몸에서 힘을 빼자, 그제야 렉사도 이사나 위에서 일어났다. 이사나는 몸을 일으키며 얼떨떨한 얼굴로 물었다.

"여긴, 어떻게……."

아니, 그것보다 놈은 나를 죽일 생각이 없는 건가? 순순히 풀어주는 걸 보면 그럴 생각이 없는 것 같긴 한데……. 이사나는 여전히 상황이 어떻게 돌아가는지 몰라 혼란에 빠져 있는데, 렉사가 바닥에 떨어뜨렸던 자루를 주워 이사나에게 내밀며 말했다.

"이거, 놔두고 갔던데?"

"……."

이사나는 물에 푹 젖은 자루를 열어 보았다. 그 안에는 이사나가 낮에 사냥했던 것들이 들어 있었다. 적어도 렉사에게 살의가 없다는 걸 확인한 이사나는 안도하며 인사했다.

"챙겨 줘서 고마워."

"……."

인사를 했음에도 렉사는 대답이 없었다. 원래 인사에 박한 녀석이었기에 신경 쓰지는 않았다. 렉사와 재회하게 된 이사나는 망설임 없이 동굴 안의 낙엽과 나뭇가지를 줍기 시작했다. 그가 곁에 있는 이상 습격을 걱정할 필요는 없었다.

몇 번의 실패 끝에 불을 피우는 데 성공한 이사나는 젖은 몸을 모닥불 근처에서 말렸다. 불을 피우니 조금이나마 살 것 같았다. 이사나는 손을 비비며 불을 쬐는데, 문득 맞은편에 앉은 렉사가 여전히 젖은 옷을 입고 있다는 걸 깨달았다.

"안 벗어도 돼?"

"……?"

"옷, 젖은 채로 있으면 춥지 않아?"

이사나의 말에 렉사는 그세야 목깃의 단추를 끄르며 옷을 벗기 시작했다. 흠뻑 젖은 의복 아래로 인간과 비슷하면서도 조금은 다른, 단단한 외골격의 몸체가 드러났다. 왠지 멋쩍은 기분이 들어 이사나는 놈에게서 시선을 돌리는데, 렉사가 젖은 옷을 바닥에 내팽개친 채 가만히 있었다. 말려야 한다는 생각을 못하는 건가? 이사나는 잠시 망설이다가 그의 옷을 주워 자신의 옷과 함께 모닥불 근처에 널었다.

"……."

젖은 옷들을 탈탈 털어 너는데, 문득 렉사의 시선이 느껴졌다. 놈은 시치미를 뗄 생각조차 없는지 진득하니 이사나를 쳐다보고 있었다. 왜 저러는 거지? 옷을 널고 렉사가 가져온 자루에서 토끼와 멧닭을 꺼내던 이사나는 따끔따끔한 그의 시선이 신경 쓰여 미칠 것 같았다. 둘 다 홀딱 벗고 있는 데다, 놈이 자신을 숙주로 만든 알리페르라는 점이 필요 이상으로 신경을 날카롭게 했다.

괜찮아, 저 녀석은 더 이상 나를 숙주로 삼지 않을 테니까……. 이사나는 자신의 몸을 뒤덮는 상흔을 힐끔 내려다보며 애써 불안을 다독였다.

이사나는 괜히 렉사와 멀리 떨어진 곳에 앉아 멧닭과 토끼를 손질하기 시작했다. 익숙한 손길로 털을 벗기고 능숙하게 나무 꼬챙이에 고기를 끼워 굽자, 렉사는 신기하다는 듯 그 과정을 지켜보았다.

고기가 익어 가기 시작하자, 이사나는 뒤틀릴 듯 배가 고파 오는 걸 느꼈다. 아침에 수프 한 그릇을 먹은 걸 제외하면 하루 종일 먹은 게 없었다. 그 상태에서 계속 뛰어다닌 데다 비까지 맞았으니 배가 고프지 않을 수 없었다. 하지만 들짐승을 덜 익혀 먹었다가는 탈이 날 수 있었기에 이사나는 신중을 기해 고기가 푹 익을 때까지 기다렸다. 얼마나 고기에 집중했는지 렉사가 쳐다보고 있는 것도 못 느꼈을 정도였다.

어느 정도 고기가 익자, 이사나는 두 개의 꼬챙이 중 하나를 렉사에게 건네준 뒤 정신없이 자신의 몫을 뜯어먹었다. 소금 간이 안 되어 있어 심심하고 누린내가 났지만, 훌륭한 저녁 식사였다. 순식간에 게 눈 감추듯 전부 먹어치운 이사나는 양이 조금 부족해 아쉬운 얼굴로 빈 꼬챙이를 내려다보았다. 더 먹고 싶었지만, 또 고기를 손질하는 건 귀찮았다. 이사나는 고민하는데, 렉사가 반쯤 먹은 꼬챙이를 내밀며 말했다.

"맛없어, 너나 먹어."

……뭐, 구운 고기가 놈의 입맛에 안 맞을 수도 있다. 하지만 남이 정성껏 조리한 고기를 대놓고 맛없다고 말하는 건 좀 얄미웠다. 이사나는 빼앗듯이 꼬챙이를 잡아채 놈이 말을 번복할세라 허겁지겁 먹어 치웠다. 렉사의 몫까지 먹자 배가 좀 차는 것 같았다.

쏴아아—

비는 여전히 그칠 기미를 보이지 않았다. 아마도 밤새도록 퍼부을 것 같았다. 이사나는 빗물로 얼굴을 씻은 뒤 반쯤 마른 옷을 다시 주워 입었다. 아무래도 오늘은 이곳에서 밤을 지새워야 할 것 같았다. 그것도 렉사와 함께. 그걸 떠올리자 불편하다는 생각이 들긴 했지만, 예전처럼 그렇게까지 놈이 불편하진 않았다. 아마도 놈이 해를 끼치지 않을 거란 막연한 믿음이 있어서인듯했다. 육체적인 우위에 있음에도 해를 가하지 않고 비를 쫄딱 맞아가면서까지 놈은 자신의 행방을 찾아다녔다.

뭘까, 도대체 렉사는 무슨 생각인 걸까? 이사나는 무릎을 모아 앉은 채 동굴 밖을 응시하는 렉사를 바라보았다. 오뚝하니 선 콧대와 조금은 차가워 보이는 눈매, 단단한 턱선이 차례로 눈에 들어왔다. 놈을 쳐다보니 어쩔 수 없이 □□가 떠올랐다. 놈이 다른 알리페르 같지 않은 건 □□를 닮아서인 걸까? 이사나는 유충 때부터 유별났던 연인을 렉사와 겹쳐 보는데, 렉사가 고개를 돌리더니 이사나에게 물었다.

"뭐야."

"어?"

"왜 자꾸 쳐다봐?"

설핏 못마땅한 기색을 내보이는 놈의 얼굴에 이사나는 당황해 아무 말이나 내뱉었다.

"아까 알리페르들에게 습격받았는데 그게 네 지시가 아니었나 해서……."

아, 이건 좀 아닌데……. 생각 없이 내뱉은 말에 이사나는 아차 싶은데, 렉사가 고개를 갸웃거리며 말했다.

"습격? 내가?"

"……네가 숲에서 없어진 뒤 클레르라는 알리페르가 무리를 이끌고 날 공격해 왔어. 그런데 그놈은 네 부하잖아?"

이사나의 말에 렉사는 무언가 짚이는 게 있는지 혀를 차며 중얼거렸다.

"별것도 아닌 일에 왜 날 부르나 했더니."

"……?"

"내가 지시한 적은 없어. 그건 놈이 독단적으로 움직인 일이야."

"그랬군……."

이사나가 짐작한 대로 렉사는 이 일에 관여한 적이 없는 모양이다.

하지만 여전히 궁금증은 남아 있었다. 클레르는 왜 나를 공격하는 거지? 그가 이사나에게 적대감을 드러낸 건 이번 한 번만이 아니었다. 예전에 □□를 구하러 시탈로프 숲을 뒤졌을 때도 놈은 필요 이상으로 감정적인 모습을 보이며 이사나를 공격해 왔다. 대체 왜? 이사나는 잠시 망설이다가 렉사에게 물었다.

"클레르라는 자가 어째서 날 공격하는지 이유를 알아?"

이사나의 물음에 렉사는 이사나를 말없이 쳐다보다가 별거 아니라는 듯 말했다.

"너 때문에 그놈이 아끼던 후계가 죽었으니까."

"뭐?"

생각지도 못한 말에 이사나는 어안이 벙벙해지는데, 렉사가 말했다.

"쥬드라고, 기억하고 있을지 모르겠군. 너를 속여 리비에의 중앙 통제실까지 침입했던 녀석인데."

"쥬드가…… 클레르의 후계였던 건가?"

이사나의 말에 렉사는 짓궂은 얼굴로 말했다.

"그래, 클레르가 충과와 마지막으로 낳았던 후계였지."

"……."

"얼마나 애틋했는지 제 손으로 직접 갈가리 찢긴 시신을 수습하러 갔을 정도야."

렉사의 말에 이사나는 심장이 미친 듯이 날뛰는 걸 느꼈다. 클레르가, 쥬드의 부모였다니……. 이사나는 상냥한 눈빛을 가진 더티 블론드의 소년을 떠올리며 죄책감에 어찌할 줄을 몰랐다.

그렇다면 클레르의 분노는 정당했다. 비록 자살이었다고는 하지만,

쥬드는 이사나를 위해 죽은 거나 마찬가지였으니까. 이사나는 침울한 얼굴을 하는데, 렉사가 피식 웃으며 말했다.

"아주 당돌한 녀석이었지. 다짜고짜 헥사비스에 가고 싶다며 허락해 달라지 뭐야? 클레르는 절대 허락해 주지 않을 거라고 하면서. 하도 거슬리게 굴길래 헥사비스를 함락시킬 방법을 찾기 전까지 돌아오지 말라고 내쫓아 버렸지."

"……."

"어떻게 보면 그놈을 사지로 밀어 넣은 건 나나 다름없어. 헥사비스로 잠입한다는 건 위험을 수반하는 행위니까. 그런데 클레르는 꽤 웃기는 짓을 하고 있군. 분명 쥬드를 그곳으로 보낸 건 난데, 어째 그 녀석은 너만 미워하는 것 같단 말이지?"

렉사는 비웃음이 느껴지는 말투로 빈정거렸다. 말은 다소 거칠지만 한마디로 놈은 클레르에게 죄책감을 가지지 말라고 말하는 것 같았다. 상대를 골라 가며 분노하는 클레르에게 그런 마음을 가질 필요가 없다는 듯이 말이다. 위로와도 같은 그의 말에 이사나는 퍽 이상한 기분이 드는데, 렉사가 이사나에게 말했다.

"클레르에게는 널 건드리지 말라고 말해 두지. 이제 더 이상 널 습격해 올 일은 없을 거야. 네가 섣불리 이 숲에서 빠져나가려 하지만 않는다면."

왠지 뒤의 말은 탈출 따윈 꿈도 꾸지 말라는 경고처럼 들려왔다. 렉사가 사라지자마자 도망치려 한 걸 알아차리기라도 한 걸까? 껄끄러움에 입을 다물었더니 동굴 안은 또다시 침묵에 휩싸였다. 어색해진 분위기에 이사나는 괜히 모닥불만 뒤적거리는데, 렉사가 물었다.

"그런데 네 몸에 난 상처들은 어쩌다 생긴 거지?"

"……."

"예전에는 없었던 것 같은데."

뜬금없는 놈의 질문에 이사나는 건성으로 대꾸했다.

"너희와 싸우다가 생겼겠지."

"허벅지에 난 화상 자국도 말인가?"

"……."

"그 문양, 너희가 드는 깃발에 그려진 것과 똑같이 생긴 것 같은데?"

눈도 좋군. 이사나는 속으로 작게 투덜거렸다. 렉사의 말대로 이사나의 허벅지에는 넥시움 황가의 문양이 낙인처럼 찍혀 있었다. 황제의 명령으로 에렌이 새긴 것이다. 불편한 질문이라 이사나는 입을 다물었지만, 렉사는 이사나를 똑바로 쳐다보며 물었다.

"이제껏 많은 인간들을 봐 왔지만 너만큼 강한 인간은 본 적이 없었어. 그런데, 도대체 왜 네게 인간들이 새긴 흉터가 있는 거지?"

"……."

"왜 네게 해를 끼치는 걸 참아 주었던 거지?"

이사나가 마을 여자들의 우승 트로피가 되기를 자처했던 때처럼 렉사는 도저히 이해할 수 없다는 듯 바라보았다. 그 시선에 이사나는 수치심을 느꼈다.

이 낙인은 이사나의 유약함을 고스란히 드러내는 상흔이었다. 어느 누구에게도 말할 수 없는, 단단하지 못했던 과거의 어리석음이었다. 누군가가 이것에 대해 물어본다면 이사나는 틀림없이 말을 돌리거나 자리를 피했을 터였다. 하지만 어째서일까, 이사나는 입을 열었다.

"이 흉터는…… 형이 새긴 것이다."

"형? 넥시움 황제 말인가?"

"그래."

이사나의 말에 렉사는 어리둥절한 얼굴로 되물었다.

"네 형이 너보다 더 강한가?"

"그건, 아니지만……."

"그런데 왜 새기게 놔둔 거지?"

렉사의 질문에 이사나는 잠시 망설이다가 내뱉었다.

"그게, 형을 불안하지 않게 했으니까."

이사나의 말에 렉사는 그건 또 무슨 말이냐는 듯 눈살을 찌푸렸다. 그에 이사나는 허탈하게 웃었다. 도대체 왜 이런 얘기를 렉사와 하는지 자기 자신도 이해할 수 없었다. 헥사비스의 그 누구에게도, 심지어 연인인 □□에게도 말하지 않은 것이었다. 그가 제국과 어떠한 접점도 없기 때문일까? 그것만이 이유는 아닌 것 같았다. 그저 이유 없는 호의가, 그 서툴면서도 숨김없는 날것의 상냥함이 이사나가 단단히 걸어 잠근 빗장 문을 열게 했다.

"형은 어릴 때부터 끊임없이 내게 황위를 빼앗길까 봐 두려워했어. 그에게 충성을 맹세하고 심지어 그의 목숨을 구해 줬어도 결코 나를 믿지 않았지. 그러다 출정식을 치르기 직전, 그가 제국의 인장이 새겨진 인두로 내 몸을 지졌다. 그런 짓까지 해도 내가 떠나가지 않는지 시험한 거였지."

이사나의 말에 렉사는 어처구니가 없다는 듯 말했다.

"네 형을 믿게 하려고 인두로 지지는데도 참았다고? 미쳤군. 왜 그렇게까지 미련한 짓을 하는지 도저히 이해할 수가 없어."

렉사는 무엇에 화가 났는지 거칠게 내뱉었다. 그에 이사나는 멋쩍게 웃으며 말했다.

"나는 형을 사랑했으니까."

"……."

"그는 결코 나를 가족으로 여기지 않았지만, 그래도 나는 그를 하나밖에 없는 가족으로 생각했으니까. 그가 시험하는 것을 견디면 언젠가 그가 나를 믿고 동생으로 여겨 줄 거라 믿었으니까."

"……."

"하지만 이제는 내가 틀렸다는 걸 알아. 그건…… 내 아집에 불과했어. 상대방을 존중하지 않고 상처만 주고받는 관계는 결코 서로에게 소중한 사람이 될 수 없어. 그걸 난 계속 외면하고 있었고 결국 이런 꼴이 되어 버린 거지."

회한 어린 이사나의 말에 렉사는 잠시 말없이 이사나를 바라보다가 툭 내뱉었다.

"정말 멍청했군."

"그랬지."

이사나는 깔끔하게 인정했다. 만약 □□가 없었다면 이사나는 계속 자기 자신을 상처 입히며 그 관계에 집착했을 터였다. 형의 집착과 의심은 진절머리 났지만 당장의 외로움에 못 이겨, 앞으로 홀로 맞이할 최후를 견디지 못해 계속해서 그 관계를 이어 나갔을 터였다.

하지만 □□는 심한 짓을 당했으면서도 용감하게 콜로니까지 쫓아와 좋아한다고, 사랑한다고 말했다. 이사나의 모진 말에 상처받아도 그는 계속 이사나를 걱정하고 화내며 자신을 붙잡아 달라고 간청했었다. 과분할 정도로 좋은 아이였다.

이사나는 자신을 향해 뜨겁게 고백하던 그 아이의 모습을 떠올리는데, 렉사가 중얼거렸다.

"내가 넥시움 황제였다면 절대 그런 짓은 하지 않았을 거야. 조금만 잘해 줘도 금세 경계를 풀고 속없이 구는 아둔한 놈인데 뭐 하러 그런 짓까지 해?"

욕인지 칭찬인지 모를 말이었다. 이사나가 눈을 흘기자, 렉사는 짙어진 눈으로 이사나를 마주 보며 말했다.

"나라면 가장 좋은 것만 하사하고 꿀 같은 말만 늘어놔 절대 한눈팔지 못하게 했을 거야. 나만 보고 내 말만 듣게. 헥사비스 밖으로도 절대 내보내지 않았을 거야."

진득한 감정이 느껴지는 그의 말에 이사나는 돌연 가슴께가 서늘해지는 걸 느꼈다. 마주친 그의 눈에서 연인의 것과 비슷한 격정을 읽어냈다.

설마…….

아니겠지. 착각한 걸 거야. 절대 아닐 거야. 놈은 내 몸뚱이를 혐오하는데 뭐 하러? 도대체 무슨 연유로 이런 소리를 해 대는지 모르지만, 렉사에게 있어서 자신은 '키메라처럼 징그러워서 건드리고 싶지 않지만, 나름대로 흥미로운 구석이 있는 더러운 창부'에 불과했다. 그 이상도, 그 이하도 아니었다. 애초에 이렇게 친분을 쌓게 된 것도 예상외의 일이었다. 이사나는 절대 자신이 생각하는 그런 게 아닐 거라고 되뇌며 어색하게 말을 돌렸다.

"슬슬 자는 게 좋을 것 같군."

그러면서 이사나는 모닥불에 마른 낙엽과 나뭇가지를 집어넣는데, 렉사가 아랑곳하지 않고 아까의 대화를 이어 나가려 했다.

"그런데 왜 갑자기 네 형의 사랑을 구걸하지 않게 됐지? 갑자기 걷어차인 곳이 아파졌나?"

조롱 어린 그의 말투에 이사나는 발끈하며 굳이 꺼내지 않아도 될 만한 얘기까지 같이 내뱉었다.

"연인이 내가 형에게 맞은 걸 알고 울었으니까."

"……."

"그가 날 귀애해 주는 만큼 나 역시 나 자신을 아끼고 싶어졌다. 이걸로 대답이 되었나?"

이사나는 더 이상 귀찮게 하지 말라는 듯 한쪽 구석에 자리를 잡고 눈을 감았다. 진지하기 짝이 없는 대답이 그다지 재미없었는지 렉사는 더 이상 시비를 걸어오지 않았다. 슬슬 졸음이 밀려와 이사나는 편하게 벽에 몸을 기대는데, 렉사가 뜬금없이 말했다.

"……연인이 있었을 줄은 몰랐군. 피멍이 들 정도로 목이 씹혀 있어서 틀림없이 몸을 파는 줄 알았는데."

그의 말에 이사나는 도리어 어이가 없어졌다. 렉사에게 잡혀 오기 전날, 확실히 사프리드 꽃향기를 맡고 이상해진 □□에게 목이 잔뜩 씹히긴 했다. 하지만 그걸로 몸을 파는 걸 먼저 떠올리다니……. 도대체 놈의 사고 회로를 이해할 수 없었다. 이사나는 발끈해서 쏘아붙이려는데, 장대비가 쏟아지는 동굴 밖으로 시선을 돌린 렉사가 못마땅한 얼굴로 내뱉었다.

"재미없는 얘기야."

먼저 캐물었던 주제에 무례하기 짝이 없었다.

모닥불 하나를 사이에 둔 채 이사나와 렉사는 각자의 밤을 지새웠다. 10년간 놈이 찾아올까 봐 밤마다 그토록 두려움에 떨었건만,

이상하게도 이사나는 꿈조차 꾸지 않고 편안하게 잠들었다. 그게 단순히 놈의 얼굴이 연인과 닮은 탓인지, 아니면 줄곧 상상해 왔던 것만큼 그가 무서운 존재가 아니어서인지는 알 수 없었다.

* * *

……사나―.

저 멀리 들려오는 희미한 소리에 이사나는 졸린 눈을 껌뻑이며 고개를 들었다. 해가 뜨지 않았는지 주변은 아직 푸른 새벽빛 속에 파묻혀 있었다. 아까 그건 무슨 소리지? 이사나는 꾸물꾸물 몸을 일으켜 주변을 둘러보았다. 앞을 보자, 자기 전까지만 해도 같이 있던 렉사가 보이지 않았다. 성으로 돌아갔나? 이사나는 꺼진 모닥불의 건너편을 바라보며 고개를 갸웃거렸다.

희미한 새벽빛이 들어오는 동굴 밖을 보니 비는 어느새 그쳐 있었다. 하긴 비가 그쳤는데 그놈이 굳이 불편한 동굴에 있으려고 하진 않겠지. 이사나는 자리에서 일어나 기지개를 켰다. 새벽인 데다 불까지 꺼져 주변이 좀 으스스하게 느껴졌다. 이사나는 앞으로 어떻게 할까 고민하는데, 멀리서 들려오던 소리가 점차 가까워졌다.

"이사나!"

"이사나 어디 있어요?!"

"……!"

마을 여자들이었다. 이사나는 자리에서 벌떡 일어나 동굴 밖으로 뛰쳐나갔다. 비로 질퍽거리는 숲길을 달려 소리의 근원지로 향하자, 그레이스를 비롯한 마을 여자들이 어제 복장 그대로 여기저기 흩어져 있는 게 보였다. 설마, 날 찾고 있었던 건가? 그녀들이 찾고 있을 거라고는 생각도 하지 못했던 이사나는 얼떨떨해지는데, 마을 여자들 중 하나가 이사나가 있는 쪽을 돌아보더니 소리쳤다.

"엇, 저기 이사나다!"

"이사나!"

마을 여자들은 화색을 띠며 이사나를 향해 뛰어왔다. 그런데 그녀들을 휙휙 제치고 달려오는 자그마한 체구가 있었다. 그레이스였다. 여자들을 제치고 앞으로 나아간 그레이스는 그대로 이사나의 품에 뛰어들었다.

"그레이스?"

당황한 이사나는 그레이스를 부르는데, 그레이스가 이사나를 꽉 끌어안으며 죄책감 어린 목소리로 소리쳤다.

"미안해요, 정말 미안해요! 어제 많이 힘들었죠?"

그레이스는 미안해서 어찌할 줄을 모르며 울먹거렸다. 그에 이사나는 적잖게 당혹스러워졌다. 도대체 뭐가 미안하다는 거지? 영문을 알 수 없었지만, 그레이스가 너무 미안해해 이사나는 그녀의 등을 토닥이며 조심스럽게 물었다.

"걱정해 줘서 고마워. 그런데, 그, 도대체 뭐가 미안하다는 거야?"

이사나의 말에 품에 안겨 있던 그레이스가 퍼뜩 고개를 들더니 몹시 야속하다는 듯 이사나를 쏘아보았다. 내가 뭘 잘못 말했나? 이사나는 당황하는데, 그레이스가 이사나의 팔목을 잡아채더니 으슥한 곳으로 끌고 갔다. 몹시 진지한 분위기에 이사나는 뭐라 말도 못한 채 죄인처럼 끌려가는데, 자리에 멈춰 선 그레이스가 굳어진 얼굴로 말했다.

"이제 돌려 얘기하지 않고 말할게요. 우리는, 그래요, 우리는 우리 사정으로 이사나가 밤마다 곤경에 처했던 걸 모른 척한 게 맞아요. 하지만, 그렇다고 이사나를 걱정하지 않은 건 아니에요. 우리가 이사나를 곤경에 처하게 하려고 이 숲에 끌어들인 게 아니란 말이에요!"

그레이스나 마을 여자들의 성격을 생각한다면 당연한 얘기였다. 그러나 여전히 무슨 말을 하는지 알 수 없어 고개를 갸웃거리자, 그레이스는 답답하다는 듯 소리 질렀다.

"숲에 들어가서 아무 소식이 없으면 걱정하는 게 당연하잖아요! 우리가 같이 있었던 시간이 얼만데! 다들 얼마나 놀란 줄 알아요? 말 혼자 마을로 돌아오고, 숲에는 피가 흥건히 뿌려져 있고!"

"……."

"그런데, 그런데 정작 이사나는 자기가 습격당하는 게 당연하다는 듯이 굴고! 그래서 마을로 돌아오지 않았던 거예요? 그래서 구조 신호도 보내지 않았던 거냐고요! 우리를 도저히 믿을 수 없어서?!"

걱정, 한 건가? 나를? 그레이스의 말에 이사나는 기분이 이상해졌다. 항상 누군가의 생명을 책임지는 위치에 있다가 이렇게 걱정을 받으니 가슴께가 간질간질해졌다. 이사나는 잔뜩 흥분해 씩씩거리는 그레이스에게 차분히 설명했다.

"일부러 마을로 돌아가지 않은 건 아니야. 그저 숲을 헤매다가 어디가 어딘지 알 수 없어서 못 돌아가게 된 것뿐이야. 게다가 어젯밤에 비가 많이 왔었잖아? 신호를 보내도 보지 못할 거라 생각했어."

"……."

"걱정해 줘서 고마워. 그치만 정말 별일 없었어. 네가 부싯돌을 챙겨 준 덕분에 밤도 무사히 보낼 수 있었고."

이사나가 렉사와 함께 숲으로 들어가기 직전, 그레이스는 필요 이상으로 많은 물건들을 챙겨 주었다. 날이 잘 선 나이프와 부싯돌, 심지어 가볍게 먹을 수 있는 건량과 물까지 넉넉히 말에 실어 주었다. 어쩌면 그레이스가 이사나를 사냥제에 참가시킨 건 도주할 기회를 준 것일지도 몰랐다. 어디까지나 추측이지만.

"……그치만 혼자 있어서 무섭지 않았어요?"

그레이스는 여전히 미안한지 풀이 죽어 있었다. 그러고 보니 그레이스는 항상 이사나에게 비안해했다. 아마 그녀 나름대로 잘해 주고 싶은데 생각보다 해 주지 못해서 그런듯했다. 나이나 성별, 입장을 떠나 그레이스는 좋은 사람이라는 생각이 들었다. 이사나는 일부러 밝은 목소리로 말했다.

"아니, 전혀 안 무서웠어. 렉사와 함께 있었는걸."

"왕, 과요? 그러고 보니 왕과 함께 있었는데 습격을 받은 거였어요? 설마, 왕이……."

그레이스는 얼굴을 일그러뜨리며 물었다. 의구심이 느껴지는 얼굴에 이사나는 저도 모르게 감싸듯 말했다.

"아니야, 그 녀석이 지시한 일이 아니었어. 습격을 받은 건 그 녀석이 잠시 자리를 비운 사이였고. 그때 쫓겨 다니다가 저녁쯤에 저 동굴 안에 숨어 있었는데 그 녀석이 사냥감이 든 자루를 놔두고 갔다며 찾아왔었어. 마침 비가 꽤 퍼붓고 있어서 같이 동굴에서 밤을 보내게 되었고."

이사나는 자신이 나온 동굴을 가리키며 말했다. 그에 그레이스는 새하얗게 질린 얼굴로 물었다.

"밤 동안 아무 일 없었어요? 그 왕인데?"

인육을 즐긴다는 렉사의 악명 때문인지 그레이스는 굉장히 걱정했다. 하지만, 그레이스의 걱정이 무색하게 지난밤엔 아무 일도 없었다.

"별일 없었어. 그냥 모닥불을 피우고 같이 젖은 옷을 말렸을 뿐이야. 그러면서 얘기도 좀 나눠 봤는데, 그 녀석 생각보다 좋은 녀석 같았어."

이사나는 멋쩍게 렉사의 편을 들었다. 아직은 놈의 이유 모를 관심이나 시선이 부담스럽기는 했지만, 몸에 난 상처를 자기 일처럼 화내고 자신이었다면 절대 그런 짓 하지 않았을 거라고 말해 주는 건 기뻤다. 사실 렉사가 몸에 남긴 상처가 제일 컸지만 말이다. 돌이켜 생각해 보니 자신이 좀 바보가 아닌가 싶은데, 그레이스가 복잡해 보이는 얼굴로 이사나에게 말했다.

"전부터 생각했지만, 이사나는 정말 속도 없네요."

"그런가……."

어젯밤 렉사에게 비슷한 얘기를 들어서 그런지 이사나는 괜히 겸연쩍어졌다. 그레이스는 한숨을 내쉬며 말했다.

"아무튼 어제 아무 일도 없었다니까 다행이네요. 하지만 다음부터는 저도 이사나가 곤란한 상황에 빠지지 않게 단단히 주의할게요. 그런데 왕은 어디에 있어요?"

"어제까지는 동굴에 같이 있었는데 아침에 깨어나니까 없었어. 성으로 돌아갔나 봐."

그레이스는 잠시 고민하더니 말했다.

"그렇다면 일단 마을로 다시 돌아가도록 해요. 이사나가 이 숲에 있는 건 왕이 사냥에 참가했기 때문이니까요. 왕이 없는 이상, 이사나가 이 숲에 있을 필요는 없어요. 나중에 왕이 다시 돌아와 이사나와 숲에 들어가겠다고 말한다면 그때 들어가요. 단, 이제는 이사나 혼자 보내지 않을 거예요. 저도 같이 동행하겠어요."

그레이스의 말에 이사나는 당황하며 말했다.

"아니야, 그레이스. 그렇게까지 할 필요는 없어."

"아니에요, 해야 해요. 애초에 이사나가 왕과 함께 있으면 습격 받지 않을 거라 판단했기 때문에 이런 일이 벌어진 거예요. 왕이 자주 자리를 비운다는 걸 생각하지 못한 제 불찰이에요. 그러니 왕이 무슨 말을 해도 저는 사냥제 동안 이사나와 함께 있을 거예요."

그레이스의 용감한 말에 이사나는 적지 않게 감동받았다. 그레이스가 렉사를 두려워하고 있다는 건 알고 있었다. 하지만 그럼에도 그레이스는 이사나를 마을의 구성원으로서 지키겠다고 선언한 것이다.

만약의 일이 생긴다고 해도 그레이스는 그리 큰 도움이 되지 않을 터였다. 하지만, 이렇게 나서 주는 것만으로도 마음이 든든해졌다. 이사나는 괜히 쑥스러워져 뒷머리를 긁적이며 말했다.

"알았어, 그럼 부탁할게."

이사나의 말에 그레이스는 그제야 평소처럼 개구지게 웃었다.

이사나는 마을 여자들과 함께 마을로 돌아가 사냥제 동안 다시 돌아올 렉사를 기다렸다. 하지만 무슨 일인지 렉사는 사냥제가 끝나는 날까지 나타나지 않았다.

* * *

사냥제가 끝나고 이틀 뒤, 이사나는 그레이스를 비롯한 마을 여자들 몇몇과 함께 알리페르들이 사는 성 앞에 섰다. 이사나와 여자들이 함께 끌고 온 수레에는 이번에 수확한 옥수수와 사냥제 동안 잡은 동물의 고기, 그리고 밤마다 짠 직물로 만든 옷 등이 실려 있었다.

모두가 긴장된 얼굴로 도개교 너머의 성 안을 쳐다보는데, 약속 시간인 정오가 되자 클레르를 비롯한 몇몇 알리페르가 바짝 마른 해자 위의 도개교를 건너와 이사나와 마을 여자들 앞에 섰다. 그러자 그레이스가 익숙한 듯 그들의 앞에 나서며 말했다.

“이번 달 공물이에요.”

그레이스의 말에 클레르 역시 익숙한 듯 수레로 다가와 성에 진상되는 공물을 살펴보았다. 이사나는 그런 클레르를 보지 않는 척하면서 그를 주시했다. 며칠 전 습격해 올 때만 해도 그렇게 무서운 얼굴로 살의를 내보였건만, 지금은 그런 기색조차 없었다. 사무적인 눈으로 공물을 살펴보기 바쁠 뿐이었다. 심지어 어깨에 화살이 박혔던 흔적조차 없었다. 단단한 외골격을 가진 놈들답게 화살 따위로는 부상을 입히지 못하는 듯했다. 며칠 전만 해도 그렇게 서로를 죽이려 들었건만 이렇게 아무 일 없었다는 듯 서로 시치미를 떼고 있으니 기분이 좀 이상했다. 하지만 클레르는 신경도 쓰지 않은 채 그레이스에게 말했다.

“이번 달도 수고가 많았어, 공주.”

“아니에요, 별로 힘들지 않았어요. 그런데 성 안의 형제들은 괜찮나요? 다들 무탈하게 잘 지내고 있나요?”

필사적인 그레이스의 물음에 클레르는 상냥한 얼굴로 말했다.

“물론이지, 다들 건강하게 잘 지내고 있어. 여기 그들이 보낸 편지야.”

클레르는 품속에서 제법 두툼한 편지지를 꺼내 그레이스에게 건네주었다. 그에 그레이스는 화색을 띠며 그것을 바라보았다. 클레르는 그런 그레이스를 향해 진지한 얼굴로 말했다.

"너희들이 수고해 주는 만큼 우리들 역시 성 안의 인간들을 잘 돌보려고 노력하고 있어. 여전히 만나는 건 어렵겠지만, 전달할 말이 있으면 언제든 전달해 줄게."

클레르의 말에 그레이스는 클레르의 손을 붙잡으며 기쁜 듯 소리쳤다.

"고마워요, 클레르. 언제나 고마워요!"

"아니야, 우리야말로 항상 고마워하고 있어."

클레르는 기뻐하는 그레이스를 향해 상냥하게 웃으며 말했다. 그런 둘의 모습이 외부인인 이사나의 눈에 퍽 이상하게 비쳤다. 분명 착취하고 착취당하는 관계인데, 그럼에도 둘 사이에는 유대감이 느껴졌다. 처음 이곳에 왔을 때부터 느꼈지만, 클레르와 그레이스는 꽤 친밀해 보였다. 아니, 그렇다기보다 그레이스를 보는 클레르의 눈이 눈에 띄게 따뜻해 보였다. 그레이스에게 특별한 감정을 품고 있는 걸까?

클레르와 알리페르들이 공물이 든 수레를 끌고 성으로 들어갔다. 그리고 마을 여자들은 그런 그들의 모습을 허탈한 눈으로 바라보았다. 저 공물은 여자들이 아침 일찍부터 저녁 늦게까지 제 살을 깎아내며 키워 낸 것들이었다. 저렇게 고스란히 빼앗기는 것이 허무하지 않을 수 없었다. 이사나는 침울해 보이는 그녀들을 걱정하는데, 그레이스가 갑자기 뒤를 돌아보더니 마을 여자들을 향해 발랄하게 말했다.

"오늘은 일하지 말고 다 같이 놀면서 한잔하는 게 어때요? 성의 형제들도 이번 달을 무사히 보낼 수 있게 되었잖아요."

그레이스의 말에 아비가 맞장구쳤다.

"그래, 우리가 강철로 만들어진 것도 아닌데 하루 정도는 쉬어 줘야지."

"맞아, 맞아! 앗, 그러고 보니 이제껏 이사나와는 한 번도 같이 술을 마셔 본 적이 없네?"

그 말에 마을 여자들의 시선이 단숨에 이사나에게 쏠렸다. 이사나는 침을 꿀꺽 삼켰다. 오늘 밤 제물은 또 나인가? 자신을 술통에 빠뜨릴 생각이 만만인 여자들의 시선에 이사나는 저도 모르게 그레이스를 돌아보는데, 그레이스가 도리어 장난기 넘치는 얼굴로 이사나에게 말했다.

"이사나도 이곳에 와서 고생만 하고 정작 즐겁게 놀지는 못했죠? 오늘 같이 죽도록 마셔 봐요!"

믿었던 그레이스마저 분위기에 편승하자, 이사나는 허탈한 눈으로 그녀를 바라보았다. 그에 마을 여자들은 뭐가 신나는지 깔깔거리며 잽싸게 마을로 뛰어갔다. 아까까지 허무해보였던 얼굴은 어디에도 없었다.

그날 밤, 마을 공터에는 연회가 열렸다. 헥사비스의 것에 비할 바는 아니었지만, 그래도 훌륭한 축제였다. 각자 가지고 있는 옷 중 가장 좋은 옷을 입고 맛있는 음식을 한가득 차려 놓은 채 모두가 부어라 마시고 즐겁게 떠들어 댔다. 이사나는 극구 사양했지만, 마을 여자들이 주는 잔을 전부 거절하지 못한 채 결국 과음을 하게 되었다.

분위기가 무르익을 대로 무르익자, 여자들은 공터 한가운데에 피운 거대한 모닥불 주변을 빙글빙글 맴돌며 노래를 부르기 시작했다.

옛날 옛적에 사랑스러운 공주님이 살았네.

온 세상 모두가 사랑한 공주님은 눈처럼 순수하고 사자처럼 용맹하였다네.

악몽을 꾸는 아이들에게 찾아가 굿 나잇 키스를 해주던 상냥한 공주님은.

차가운 땅에 묻혔으나 그 영혼은 여전히 이 숲을 떠돌고 있다네.

낮에 무슨 일이 있었냐는 듯 즐겁게 춤추고 노래 부르는 여자들을 보며 이사나는 내심 감탄했다. 언제나 느끼는 거지만, 마을 여자들은 정말 강인했다. 어떤 어려움 속에서도 웃음을 잃지 않고 서로를 위하려는 선한 마음을 가지고 있었다. 그런 그녀들의 단단한 마음이 그녀들을 좀 더 반짝이게 하는 것 같았다. 이사나는 과실주를 홀짝이며 그런 생각을 하는데, 마을에서 얼굴만 마주친 적 있는 어떤 여자아이가 쭈뼛쭈뼛 이사나의 앞에 다가왔다.

"무슨 일이니?"

"혹시…… 이걸 읽어 주실 수 있어요?"

아이는 쑥스러운 듯 얼굴을 붉히며 이사나에게 낡은 종이 한 장을 내밀었다. 이사나는 의아해하며 받아 보는데 아이가 내민 것은 제국어로 된 편지였다. 왜 제국어로 된 편지를 이 아이가 들고 있는 거지? 이사나는 이상하게 생각하면서도 그것을 읽어 내려갔다.

"루아에게, 아빠는 지금 엄마 품에 안겨 자는 루아를 보며 이 편지를 쓰고 있어. 나중에라도 루아가 이걸 꼭 읽을 수 있기를 바란다."

이사나가 편지를 번역해 주자 루아라는 아이는 금방이라도 눈물을 떨어뜨릴 듯 눈을 일렁거렸다. 이사나는 괜히 어색해져 편지지에 코를 박으며 계속 읽어 내렸다.

"아빠는 원래 저 멀리 헥사비스에 살던 사람이었어. 때로는 집을 고치고 화단을 꾸미기도 했지. 아빠는 용감하고 멋진 사람이야. 루아가 봤으면 아빠랑 결혼하겠다고 했을지도 몰라. 엄마는 좀처럼 믿지 않지만, 아빠는 정말 인기가 많았단다. 하지만 네 엄마를 사랑해 엄마와 결혼하고 루아를 낳았어. 아빠는 루아와 네 엄마를 정말 많이 사랑해. 내일이면 성으로 떠나지만, 아빠는 언제나 루아가 엄마 말 잘 듣고 있을 거라 믿고 있어. 우리 루아는 밤에 보채지 않고 잘 자는 착한 아기니까. 언제까지나 건강하게 잘 지내렴. 아빠 루카스 그렐린으로부터."

마지막까지 번역해 시스프란어로 읽어 주자, 루아는 서럽게 어깨를 들썩이며 울음을 터트렸다. 그 가여운 모습에 이사나가 루아를 안아 주자, 루아는 이사나의 품에 안겨 한참 동안 엉엉 울었다.

루아가 돌아간 뒤 여자들은 각자의 사연이 담긴 편지를 가지고 와 이사나에게 읽어 달라고 부탁했다. 루아처럼 얼굴 한 번 본 적 없는 부친이 남긴 편지도, 이곳을 잠시 스쳐 지나간 연인이 남긴 편지도 있었다.

마을 여자들은 기본적으로 글을 읽고 쓰는 게 서툴렀다. 제국어는 아예 읽지 못했고 그들이 사용하는 시스프란어 역시 서투르긴 마찬가지였다. 그 탓인지 성의 남자들이 클레르를 통해 보낸 편지들 역시 대부분 읽지 못했다.

[우리들은 잘 지니. 걱정이 만겠지만 걱정하지 마.]

“우리들은, 음, 잘 지내. 걱정이…… 많겠지만? 걱정하지 마.”

이사나는 오늘 클레르에게 받은 마을 남자들의 편지를 읽어 주며 고개를 갸웃거렸다. 편지는 이곳에 납치되어 오게 된 남자들이 쓴 것인지 제국어로 적혀 있었지만, 글씨체와 맞춤법이 봐 주기 힘들 정도로 엉망이었다. 마치 어린아이가 쓰기라도 한 것처럼 말이다. 그래서 이사나가 좀처럼 매끄럽게 번역하지 못하고 떠듬거리자, 여자들은 벌써부터 취했냐며 깔깔거렸다.

밤이 깊어지자, 여자들은 내일을 위해 하나둘씩 자리를 정리하기 시작했다. 아직 깨어 있는 사람들은 취해서 바닥에 쓰러진 여자들을 각자의 집으로 내보낸 뒤 주변을 치웠다. 이사나 역시 조금 알딸딸한 것을 제외하고는 걸을 만했기에 마지막까지 남아 공터를 정리했다. 창고에서 가져온 테이블을 도로 집어넣은 이사나는 이제 슬슬 자러 갈까 생각하는데, 그레이스가 나무에 기대 앉아 진지한 얼굴로 편지를 내려다보는 모습이 보였다.

“그레이스, 안 자고 뭐 해?”

“아…….”

그레이스는 말을 건 이사나를 올려다보며 멋쩍게 웃었다. 그에 이사나는 의아한 얼굴로 그레이스가 손에 쥔 편지를 내려다보였다. 편지는 얼핏 보기에도 제국어로 되어 있었다. 그레이스가 제국어를 읽을 수 있었던가? 그렇지 않을 것이다. 이 마을을 벗어난 적이 없는 그레이스가 알고 있을 리 없다. 그런데도 그레이스는 꽤 진지한 눈으로 편지를 내려다보고 있었다.

이사나는 의아해하는데, 그레이스가 말했다.

"성에 있는 아버지에게서 온 편지예요."

"아, 그랬구나."

이사나가 고개를 끄덕이는데, 그레이스는 잠시 망설이더니 이사나에게 말했다.

"이거, 내용을 모르겠어서 그런데…… 이사나가 읽어 줄 수 있어요?"

왠지 긴장이 느껴지는 그레이스의 부탁에 이사나는 의아해하면서도 편지를 건네받았다. 그런데 희한하게도 그레이스의 아버지가 썼다는 편지 역시 아까 마을 여자들에게 읽어 줬던 편지처럼 엉망인 글씨체와 엉망인 맞춤법을 하고 있었다. 이사나는 고개를 갸웃거리며 떠듬떠듬 편지를 읽어 내려갔다. 그런데 내용은 더 이상했다.

[그레이스, 아빠는 이번에 큰 공을 세워 왕께 직접 그 공로를 치하 받고 높은 자리에 올랐단다. 어쩌면 헥사비스를 함락한 뒤 그곳의 총독이 될지도 몰라.]

"……?"

왕이라면 분명 렉사를 말할 텐데, 렉사가 인간을 치하하고 총독으로 임명하는 모습이 도저히 상상이 가지 않았다. 이 마을에서 보는 렉사와 성에서의 렉사는 꽤 다른 모습인걸까? 이사나는 어리둥절해하는데, 그레이스가 쓴웃음을 내지으며 중얼거렸다.

"어쩌면, 이라고 생각했는데. 역시……."

"그레이스?"

금방이라도 울 듯한 그녀의 얼굴에 이사나는 불안을 느꼈다. 잠시 말이 없던 그레이스는 이내 아무 일 아니라는 듯 싱긋 웃으며 말했다.

"아버지께서 성에 들어가신 지는 벌써 15년도 더 되셨어요. 그 뒤로는 우연히도 그분을 뵌 적이 없죠. 하지만 클레르를 통해 이렇게 한 달에 한 번씩 편지를 보내 주세요."

십, 오년? 이사나는 그 숫자에 위화감을 느꼈다. 인간이, 알리페르가 있는 성에서 그 세월 동안 무사할 수 있을까? 그들의 먹잇감이자, 교미 대상인 인간이 말이다.

이사나는 그레이스에게 받은 편지를 다시 내려다보았다. 아무리 봐도 아까 마을 여자들에게 읽어 줬던 편지와 글씨체가 동일했다. 설마……? 이사나는 혼란스러운 얼굴로 그레이스를 바라보는데, 그레이스가 웃으며 말했다.

"클레르에게는 항상 고마워하고 있어요. 어릴 때 그를 붙잡고 제발 성에 들어간 사람들의 소식을 알려 달라고 부탁한 뒤로는 항상 이렇게 편지를 보내 주거든요. 그때는 알리페르인 그가 무서웠지만, 지금은 부탁해 보길 잘한 것 같아요. 다들 좋아하니까."

그레이스는 이사나에게 손을 내밀었다. 이사나가 거짓말투성이인 편지를 다시 그레이스에게 건네주자, 그레이스는 편지를 접어 소중히 품 안에 넣었다. 하지만 이사나는 직감적으로 느끼고 있었다. 그레이스는 결코 자신의 아버지가 살아 있다고 여기지 않았다. 그럼에도 그레이스는 품 안에 넣은 편지가 진짜인 것처럼 행동하고 있었다. 그건 분명 그녀 자신의 만족을 위함이 아닐 것이다. 성에 있을 형제들을 위해 끝도 없는 희생을 하는 마을 여자들을 위해, 그녀들이 조금이나마 위안을 받을 수 있게끔 거짓임을 알면서도 모르는 척하는 것이다. 그레이스의 가녀린 어깨를 짓누른 책임이 새삼 이사나의 눈에 무겁게 비쳤다.

성에 들어간 마을 남자들은 얼마나 살아 있을까? 그레이스와 마을 여자들의 희생이 무색하지 않게끔 조금이라도 더 길게 살아 있기를, 이사나 역시 간절히 바랐다.

첨탑의 포로 (3)

토막 난 인골이 굴러다니는 지하 감옥 안에 서 있던 이사나는 철문을 열고 들어오는 알리페르들을 멍하니 바라보았다. 포위하듯 촘촘히 입구를 가로막은 그들은 사나운 얼굴로 이사나를 노려보고 있었다. 절체절명의 위기이건만, 이사나는 모든 의욕을 잃고 우두커니 그 자리에 서 있기만 했다. 그렇게 얼마나 대치하고 있었을까. 당연한 것처럼 알리페르들 사이에서 놈이, 렉사가 나타났다.

"이사나 넥시움."

여전히 그의 얼굴이 뭉개져 보여 표정을 알 수 없지만, 그가 화가 났다는 것 정도는 알 수 있었다. 그에 이사나는 찬웃음이 나왔다. 화가 나? 네가? 무엇 때문에? 금방까지 허탈감으로 가득 차 있던 이사나는 가슴속 깊은 곳에서 무언가가 솟구치는 걸 느꼈다.

"이게 뭐야."

"……."

"도대체 이게 뭐냐고!"

이사나가 물음에도 렉사는 아무런 대답이 없었다. 이사나는 화가 나 도저히 견딜 수 없었다. 어떻게 이럴 수 있을까. 아무리 종족이 다르다고는 하지만, 그래도 어떻게 이렇게까지 잔인할 수 있을까! 이사나는 분노로 몸을 부들부들 떨며 렉사에게 소리 질렀다.

"애초부터 마을 남자들을 살려 둔 적이 없었던 거지? 여기 있는 유골들, 이미 썩은 지 오래되었어. 죽여 놓고서 왜 성에 살려 두고 있는 척, 마을 여자들을 기만해 왔던 거야!"

"……."

"세상에 어떤 나쁜 놈도 이런 짓까지는 하지 않아! 너는 그레이스나 다른 여자들에게 미안하지도 않았어? 이런 짓을 하고도 멀쩡한 얼굴로 인사하고 얘기를 나눌 수 있었냐고!"

이사나가 화를 참지 못하고 일갈하자, 렉사는 어처구니없다는 듯 픽 웃으며 말했다.

"뭐야, 말할 수 있었네. 그런데 왜 이때까지 벙어리 흉내를 내고 있었던 거야?"

"뭐야?"

"그런 식으로 시위하면 내가 네 연인에게 돌려보내 줄 거라 생각했어?"

렉사는 낮게 으르렁거리며 성큼성큼 이사나에게 다가왔다. 그 기세에 눌려 이사나가 저도 모르게 뒤로 물러나는데, 차가운 벽이 등에 닿았다. 이사나가 당황한 사이, 렉사는 이사나를 벽에 몰아넣은 채 턱을 붙잡았다. 당장에라도 턱이 빠질 듯한 악력에 이사나는 잇새로 비명을 내지르는데, 렉사가 진득한 목소리로 경고하듯 말했다.

"착각하지 마, 이사나 넥시움. 이 숲에 있는 건, 전부, 내 것이야. 너도, 마을의 인간들도 내가 원해야 살 수 있는 거야."

"읏……!"

"그런데 내 관용을 무시하고 감히 이곳을 나가려고 해? 네가?"

광기마저 느껴지는 그의 질책에 이사나는 더는 참지 못하고 놈의 팔꿈치를 주먹으로 후려쳤다. 반사적으로 렉사가 턱을 놓자, 이사나는 그를 세게 밀쳤다. 렉사가 뒤로 물러나자, 이사나는 분노로 몸을 떨며 소리 질렀다.

"네 것이라고? 원해야 살 수 있다고? 그렇게 당당하면서 왜 마을 여자들에게 시신을 돌려주지는 않은 건데? 왜 그녀들에게 죽인 걸 숨기고 고생하게 내버려 둔 거냐고! 결국 편하게 착취하려고 그랬던 거잖아! 성으로 간 남자들이 죽었다는 걸 알면 이제까지처럼 순순히 공물을 바치지 않을 걸 알아서 그랬던 거잖아!"

"……."

"이 개새끼야! 너 따위와는 한시도 이곳에 있고 싶지 않아! 이제 그만 날 죽여! 죽이라고!"

이사나가 사납게 소리치자, 렉사는 잠시 말없이 서 있다가 감옥 안에 있던 알리페르들에게 명령을 내렸다.

"잡아."

렉사의 명령에 알리페르들은 이사나를 잡기 위해 일사불란하게 움직였다. 그에 이사나는 필사적으로 저항했지만, 너무 수가 많아 얼마 지나지 않아 놈들에게 붙잡히게 되었다. 알리페르에게 사지가 붙들린 채 이사나는 렉사를 노려보았다. 렉사가 그런 이사나를 향해 빈정거렸다.

"죽이라고? 그건 안 될 말이지. 애초부터 너를 왜 여기 데려온 건데? 네가 그렇게 아끼는 연인이 널 두고 도망쳐서 여기 데려온 거잖아. 그러니, 처음 온 목적답게 넥시움의 피를 이은 알리페르를 잔뜩 낳아 줘야지?"

렉사의 눈짓에 이사나를 붙잡고 있던 알리페르들이 단숨에 이사나의 옷을 찢어발겼다. 순식간에 벌거벗겨진 이사나는 당황해서 어찌할 줄을 모르는데, 알리페르들이 이사나의 몸 이곳저곳을 더듬어 대기 시작했다. 이사나는 창백해진 얼굴로 몸을 뒤틀며 알리페르들에게 소리 질렀다.

"뭐 하는 거야……. 하지 마, 하지 마!"

"이곳에 붙잡혀 온 이상, 원래 네가 무엇이었든 너는 창부 그 이상도 그 이하도 아니야. 그런데 조금 귀애해 줬다고 이렇게 방만해지다니. 네게는 교훈을 줄 필요가 있겠어. 이 안에 있는 놈들 전부에게 쑤셔 박히면 조금쯤 네 처지를 깨닫게 되겠지."

렉사는 차갑게 말하며 알리페르들에게 유린당하는 이사나를 지켜보았다. 이사나는 도저히 믿을 수 없다는 듯 렉사를 바라보다가 거리낌 없이 치부를 파고드는 알리페르의 손에 몸부림을 쳤다. 알리페르들은 마치 렉사가 그러는 것처럼 집요하게 이사나를 만져 댔다. 유두를 비틀고 배꼽 우물을 핥으며 때로는 머리카락에 성기를 감고 비벼 대기도 했다.

온몸을 만져 대는 손과 성기에 이사나는 공포에 질려 도리질을 쳤다. 하지만 이사나는 수십 마리의 알리페르에게 붙잡힌 채 옴짝달싹 못할 뿐이었다. 뭉툭한 성기의 선단에서 내뿜는 비릿한 선액이 순식간에 이사나의 몸 곳곳에 발렸다. 끔찍한 감촉과 구역질 나는 냄새에 이사나는 눈물마저 차올랐다.

돌연 다리가 양옆으로 벌려지더니 그 사이로 누군가의 머리가 들어왔다. 놀란 이사나가 버둥거리자, 알리페르가 이사나의 허벅지를 꽉 붙잡더니 구멍을 혀로 핥았다. 뾰족하게 혀를 세워 잔뜩 오므린 주름을 둥글게 핥고 피스톤질을 하듯 혀를 넣었다 뺐다를 반복했다. 안을 유린하는 두툼한 혀의 감촉과 사타구니에 닿는 뜨거운 숨결에 이사나는 작살 맞은 물고기처럼 몸을 퍼득거렸다.

"하지 마, 하지 마, 제발……!"

이사나는 어느새 울면서 애원하고 있었다. 하지만 알리페르는 아랑곳하지 않고 더욱더 이사나의 깊은 곳을 핥아 댈 따름이었다. 이사나는 자신도 모르게 렉사를 돌아보았다. 여전히 얼굴이 보이지 않는 그는 이사나가 유린당하는 걸 그저 지켜만 보고 있었다. 명령을 내린 게 그라는 걸 알면서도 이사나는 바보같이 상처를 받았다.

눈물이 그득 맺힌 눈으로 끅끅거리며 렉사를 바라보는데, 어느 순간 이사나의 안을 유린하던 알리페르의 혀가 빠져나갔다. 뿐만 아니라 이사나의 몸을 만지작거리던 다른 알리페르들 역시 행동을 멈춘 채 이사나를 짓누르고만 있었다. 여전히 온몸을 지배하는 공포에 이사나는 몸을 잘게 떨며 렉사를 바라보았다. 하지만 아무리 보아도 그가 어떤 표정을 짓고 있는지 알 수 없었다. 눈가에 고인 눈물을 털어 낸다고 보일 리 없건만, 그가 후회하고 있길 바라듯 그의 얼굴을 보려 애를 썼다.

그러나 공허, 공허함뿐이었다. 그가 말한 대로 자신은 알리페르의 숙주가 되기 위해 이곳에 온 것이다. 그것을 통감한 이사나는 떠듬 떠듬 말했다.

“사, 사냥제 때, 동, 굴에서, 네가 내 형이었다면, 잘, 해 줬을 거라, 말해 줘서, 기, 기뻤어.”

“…….”

“너를, 너를 평생, 흐으, 용서하지 않을 거야.”

이사나는 눈앞이 부예지도록 서럽게 울었다. 처음 렉사에게 강간 당한 뒤 팔다리를 빼앗겼을 때, 물론 많이 아팠다. 죽을 만큼 힘들었고 실제로 죽음을 생각한 적도 있었다. 하지만 그건 싸움에서 진 대가였기에 괜찮았다. 몸은 힘들어도 렉사를 미워하진 않았다. 그러나 지금은 마음이 부서지는 것 같았다.

한때는 그와 마음이 통했다고 생각했다. 부담스럽고 불편한 관계였지만, 날것의 감정을 부딪쳐 오는 그와 점차 친우라고 불릴 수 있을 만한 사이가 되어 간다고 생각했다.

하지만 아니었다. 알리페르에게 있어서 인간은 그저, 후계를 낳아 줄 도구에 불과했다. 이럴 거면, 결국 숙주로밖에 보지 않을 거면, 왜 친우가 되어 보자는 제안을 받아들여 그 많은 시간을 함께 보냈던 것인가. 왜 정을 주게 해 이렇게 배신감을 느끼게 하냔 말이다.

이사나는 안일하고 생각 없었던 자신에게 도리어 화가 나 목까지 찬 울음을 끅끅거리는데, 렉사가 갑자기 성큼성큼 다가오더니 이사나의 위에 올라탔다. 표정이 보이지 않는 그를 이사나는 두려운 눈으로 올려다보는데, 렉사가 이사나의 뺨을 붙잡고 키스했다.

“읍……!”

이사나는 고개를 흔들며 놈의 입맞춤을 거부하려 애를 썼다. 하지만 단단히 붙잡힌 탓에 좀처럼 빠져나올 수 없었다. 이사나는 놈의 혀까지 깨물며 격렬히 저항했지만, 렉사는 손가락을 입에 집어넣을 뿐 키스를 멈추지 않았다. 놈의 폭압에도 무력하게 입술을 내어 줄 수밖에 없는 자신의 처지가 서러웠다. 풀 냄새가 섞인 피와 타액이 목구멍으로 넘어가는 걸 느끼며 이사나는 또 울었다.

자신을 달래려는 듯 렉사의 키스는 무척이나 부드러웠다. 하지만 그게 더 싫었다. 자신이 무엇에 화를 내고 무엇에 슬퍼하는지 조금도 알아 주려 하지 않는 주제에 상냥한 척해 화가 나기만 했다. 이사나가 계속 몸부림을 쳤지만, 렉사는 아랑곳하지 않고 이사나의 몸을 훑었다. 바짝 말라 도드라진 갈빗대를 매만지기도 움푹 꺼진 볼을 쓸며 턱에 키스하기도 했다. 소중하다는 듯, 그렇게 계속 이사나를 만지고 있었다. 하지만 그것은 전부 후계를 낳기 위한 과정일 뿐이었다. 놈들에게 감정이 있을 리 없다. 수치심, 죄책감, 사랑. 그따위 것들이 존재할 리 없다.

이윽고 이사나의 다리 사이에 자리 잡은 렉사는 이미 다른 알리페르에 의해 잔뜩 풀린 구멍에 귀두 끝을 문질렀다. 교미의 전조만으로도 이사나는 배가 바짝 졸아붙을 것 같았다. 당장에라도 도망치고 싶었지만, 이사나의 팔다리는 알리페르들에게 단단히 붙잡혀 있었다.

"읏, 힛, 아, 아, 아아아악!"

렉사의 것이 안으로 들어온 순간, 이사나는 너무 아파 비명을 내질렀다. 머리가 새하얘질 정도의 격통에 이사나는 자신을 붙들고 있는 알리페르의 팔을 손톱으로 마구 긁어 댔다. 아팠다. 평소의 수백 배는 더 아픈 것 같았다. 단숨에 끝까지 들어간 렉사의 성기가 안에서 빠져나오자, 질꺽, 하고 물기 어린 소리를 냈다. 이사나의 안에서 새어 나온 피가 윤활유처럼 렉사의 성기를 뒤덮고 있었다. 그럼에도 렉사는 아랑곳없이 다시 이사나의 안으로 성기를 밀어 넣었다.

또다시 고통으로 크게 몸을 튕긴 이사나는 숨을 껄떡거렸다. 손발이 차가워지고 온몸이 벌벌 떨려 왔다. 하지만 렉사는 이사나의 이상을 알아차리지 못한 채 평소처럼 거칠게 안을 쑤셔 댔다. 칼로 배 속을 저미는 듯한 고통에 이사나는 참지 못하고 비명을 내질렀다.

"그, 윽, 그만……! 그만해!"

"하아, 읏, 아아……!"

"제, 발, 아파, 아파……! 아파, 제발……!"

금방까지 차라리 죽이라고 말했던 상대에게 그만해 달라고 애원했지만, 이사나는 수치조차 느끼지 못했다. 그저 배 속에 가해지는 폭력을 멈추고 싶을 뿐이었다.

"제발, 살려 줘…… 살려 줘……!"

이사나는 눈물범벅이 된 채 누군지 모를 누군가를 찾아 주변을 두리번거렸다. 살려 줘, 살려 줘, □□……! 그에 렉사가 억세게 쿵, 하고 이사나의 안을 들이박았다. 내장이 다 뭉그러지는 듯한 고통에 이사나는 경련하며 눈을 까뒤집었다. 이사나가 고통스러워하자 렉사는 낮게 킬킬거리며 이사나에게 말했다.

"네가 누굴 찾는지 알고 있어."

"흐, 으으……!"

"그런데 그게 누군지 생각 안 나지? 이름이 뭐였는지조차 기억 안 나지?"

"억, 읏, 아윽……!"

"너한테 그다지 중요한 사람이 아니라서 그런 거야. 네가 정말 사랑했던 사람이 아니라서 기억해 내지 못하는 거라고!"

렉사는 단정적으로 말하며 또다시 이사나의 안을 거칠게 쑤셔 박았다. 이사나는 고통으로 눈물을 줄줄 흘리면서도 필사적으로 도리질을 쳤다. 아니야, 그는 내게 중요한 사람이야. 언제나 올곧은 눈으로 나를 바라보며 나를 믿고 걱정해 주던 사람이야. 중요하지 않을 리 없잖아. 그를 사랑하지 않았을 리 없잖아! 그런데, 그런데…….

"흐으, 읏, 흣, 으윽……!"

이름이 기억나지 않아. 얼굴이 기억나지 않아. 목소리도 내게 해줬던 말 하나하나 아무것도 기억나지 않아. 그토록 사랑했는데, 그토록 아꼈는데, 왜, 왜 바보같이 나는 아무것도 기억해 내지 못하는 걸까, 왜……!

"크윽……! 윽! 흐, 흐윽……."

"이사나, 사랑해, 읏, 이사나……!"

참담하게 얼굴을 일그러뜨리며 우는데, 렉사가 입술을 겹쳐 왔다. 완전히 지쳐 버린 이사나는 이제 렉사를 거부할 힘조차 남아 있지 않았다. 체념처럼 놈의 애정을 받아들일 뿐이었다. 렉사는 이사나와 키스하며 안쪽 깊숙이 성기를 처박고 사정했다. 그에 안이 뒤틀릴 듯 아파 왔지만, 이사나는 더 이상 그걸 고통으로 인지하지 못했다. 통각과 의식이 어긋났는지 자신의 고통마저 남 일처럼 느껴질 뿐이었다. 조각난 뼈들 사이에서 왕과 교미한 이사나는 마침내 그들처럼 산산조각 났다.

정사가 끝난 후, 이사나가 힘을 잃고 축 늘어지자, 렉사는 그런 이사나를 소중히 품에 안은 채 지하 감옥을 나섰다. 이사나의 안에서 흘러내린 정액과 피가 그들이 지나온 길을 따라 바닥에 뚝뚝 떨어졌다. 이사나는 멍하니 그 궤적을 바라보는데, 렉사가 지상층으로 올라와 본성 밖으로 나갔다.

눈부신 빛 사이로 그렇게 피하고 싶었던 첨탑 입구의 광경이 눈에 들어왔다. 마치 처형장처럼 세로로 빽빽하게 박힌 통나무의 첨단에는 아직 살점이 덜 썩은 해골들이 대롱대롱 매달려 있었다. 그리고 그 아래로는 그들의 죽음을 비탄하듯 납작 엎드린 채 죽은 알리페르의 시체들이 깔려 있었다. 지옥도의 한 장면 같았다.

분명 첨탑 위에 있을 때는 이 아래를 떠올리는 것만으로도 괴로웠건만, 지금은 그렇지 않았다. 그저 덤덤히 죽음을 받아들일 뿐이었다. 이사나의 망가진 마음은 희미하게 슬픔을 느끼는데, 렉사가 이사나의 턱을 붙잡고 고개를 돌리게 했다. 이사나는 눈물을 흘리며 도개교 너머를 돌아보는데, 익숙한 얼굴이 보였다.

클레르, 그가 증오 서린 눈으로 이사나를 바라보고 있었다.

이사나는 멍하니 그 시선을 마주 보았다. 그러자 렉사가 이사나의 귓가에 대고 상냥하게 속삭였다.

"이곳을 나가려 해도 소용없어, 저놈이 저렇게 성문을 지키고 있거든."

"……."

"클레르는 네게 화가 많이 나 있어. 너 때문에 사랑했던 놈들이 둘이나 죽었거든. 이 성을 나가는 순간, 너는 저 녀석에게 살해당할 거야."

아아, 그랬지. 둘 다 죽었지. 나 때문에.

“그러니 이제 이곳에서 나갈 생각하지 마. 너만 내 곁에 머물러 준다면 더 이상 인간을 먹지 않을게. 헥사비스를 가지려고 하지도 않을게. 응? 너만 내 곁에 있으면 돼, 이사나 넥시움.”

렉사의 애원에 이사나는 흐렸던 기억을 하나둘씩 떠올렸다. 이곳에서 있었던 일들 전부.

전부, 기억났다.

숲의 공주 (4)

잠이 들었다가 눈을 뜨니 주변이 온통 새카맸다. 아직 밤인가? 이사나는 조금 더 자야겠다고 생각하며 눈을 감았다. 그건 그렇고 지난밤 꿈은 정말 즐거웠다. 새처럼 가벼운 몸으로 숲속을 뛰어다니며 가엾게 도망치는 사냥감을 미친 듯이 뒤쫓았다. 온몸에 피가 들끓고 입가에서 웃음이 멈추지 않았다. 단숨에 도약해 붙잡은 사냥감을 땅에 짓이긴 뒤 마구잡이로 토막 냈다. 사람과 비슷한 얼굴로 겁에 질려 마구 울부짖는 놈이 참으로 가소로웠다. 간밤의 뿌듯한 만족감을 되새기며 이사나는 다시 자려는데, 뭔가 이상함을 느꼈다.

먼저 이곳은 오두막이 아니었다. 풀벌레들이 지나치게 가까운 곳에서 울어 대고 있었다. 마치 이사나가 숲에 있는 것처럼 말이다. 다시 눈을 뜨자, 어둠에 익숙해진 눈에 숲의 전경이 보였다. 이상하다?

분명 잠들기 전까지만 해도 오두막이었는데? 렉사가 마을에 내려오기 시작한 이후로는 밤사이에 습격이 없어져 이사나는 늘 오두막에서 편안히 잠들었다. 그런데, 왜? 이사나는 어리둥절한 얼굴로 주변을 돌아보다가 문득 발치를 내려다보았다.

팔다리가 갈가리 찢긴 알리페르의 시체가 보였다.

"……!"

챙그랑—

이사나는 놀라서 들고 있던 나이프를 떨어뜨렸다. 금방까지 나이프를 들고 있던 손은 미적지근한 피로 흠뻑 젖어 있었다. 이사나의 피는 아니었다. 그렇다면 누구의 것인지는 뻔했다. 토막 난 채 바닥을 뒹구는 알리페르의 것이었다. 심장이 쿵쾅쿵쾅 거칠게 뛰었다. 기억이 없었다. 그저 간밤에 꾼 꿈처럼 희미한 감각만이 남아 있을 뿐이었다. 이사나는 도망치듯 그 자리를 벗어났다.

"헉! 헉!"

이사나는 당장에라도 구토할 것 같은 기분을 참으며 내달렸다. 이사나가 알리페르를 죽인 건 물론 이번이 처음이 아니었다. 하지만, 적어도 이사나는 자신에게 적의를 드러낸 놈만 죽였다. 아무런 기억 없이 무차별적으로 죽인 적은 없었다.

설마…… 병이 진행된 건가?

손끝이 덜덜 떨려 왔다. 벌써 꽤 오랫동안 약을 먹지 못했다. 그동안 어떠한 증상도 나타나지 않아 막연히 괜찮지 않을까 생각했을 뿐이었다. 하지만 아니었다. 이사나가 눈치채지 못하는 사이 병증은 차근차근 이사나를 좀먹어 가고 있었다.

이러다 사람들까지 해치게 되면 어찌지?

이러다 그 아이까지 해치게 되면 어쩌지?

…….

…….

그, 아이…….

그런데 그 아이, 뭐라고 불러야 하더라? 이름이 뭐였지? 정신없이 내달리던 이사나는 그 자리에 우뚝 멈춰 섰다.

그 아이, 그 아이의 이름이…….

부드러운 허니 블론드와 반짝이는 청록색 눈, 들뜬 듯한 목소리는 생생하게 기억이 나는데, 희한하게도 이름이 기억나지 않았다. 그토록 그리워하며 보고 싶어 했는데, 어째서, 어떻게 그 아이의 이름을 잊어버릴 수 있지? 충격으로 굳어진 이사나는 오랫동안 그 자리를 벗어나지 못했다.

* * *

옥수수 수확이 끝나자, 밭일이 확 줄어들었다. 그렇다고 마을 여자들이 바쁘지 않은 건 아니었지만. 농한기가 되었지만 마을 여자들은 쉴 새 없이 일거리를 찾아 움직였다. 사냥제에서 얻은 동물의 가죽을 손질해 옷과 신발을 만들고 그 동안 방치해 둔 마을의 오두막을 고치기도 했다. 천성이 부지런한 사람들이었다. 그리고 이사나는 마을 여자들의 요청으로 아이들에게 글을 가르쳐 주고 있었다.

"선생님! 선생님!"

멍하니 있던 이사나는 놀라서 퍼뜩 옆을 돌아보았다. 마을 꼬마들이 칠판을 든 채 올망졸망한 눈으로 이사나를 올려다보고 있었다.

"선생님 다 썼어요!"

"아, 그래, 다 썼구나."

이사나는 언제 딴 생각을 했냐는 듯 아이들에게서 칠판을 건네받았다. 칠판을 내려다보자 삐뚤빼뚤 서투른 글씨로 쓴 아이들의 일기가 보였다. 이사나가 틀린 글자를 고쳐 준 뒤 칠판을 돌려주자, 아이들은 까르륵 웃으며 다 같이 밖으로 나갔다. 오늘 할 공부가 끝난 것이다. 이사나는 놀러 나가는 아이들을 흐뭇한 얼굴로 지켜보는데, 마지막으로 노엘이 이사나에게 칠판을 내밀었다.

시스프란어를 배우는 마을의 아이들과 달리, 노엘은 제국어를 배우고 있었다. 칠판에 꾹꾹 눌러 쓴 글씨들을 보면 그가 제국어를 배우는 데 얼마나 열의를 가지고 있는지 알 수 있었다. 이사나가 틀린 글자를 고쳐 준 뒤 읽어 주자, 노엘 역시 어설픈 발음으로 이사나를 따라 했다.

"그런데 왜 갑자기 제국어를 배우려는 거야?"

이사나가 칠판을 돌려주며 묻자, 노엘이 눈동자를 이리저리 굴리다가 얼버무렸다.

"뭐, 그냥."

분명 무슨 이유가 있는 것 같은데……. 하지만 노엘이 그다지 말하고 싶어 하지 않는 것 같아 이사나는 알겠다는 듯 고개를 끄덕였다. 그러자 노엘이 잠시 이사나의 눈치를 살피다가 물었다.

"그런데."

"응?"

"헥사비스 안은 어떻게 생겼어?"

갑작스러운 노엘의 질문에 이사나는 당혹감을 느꼈다. 노엘이 하는 질문을 어떻게 받아들여야 할지 몰라서였다. 노엘은 마을에서 지내고 있지만, 일찍부터 클레르를 마스터로 섬겨 마을에서 있었던 일을 그에게 정기적으로 보고했다. 즉, 지금 이사나가 하는 말 역시 클레르에게 넘어간다는 것이다. 하지만 노엘에게선 이사나를 통해 무언가를 캐내려는 기색은 없었다. 그것보다는 어쩐지 동경으로 가득 차 있었다.

적당히 걸러서 얘기하면 되겠지……. 하지만 역시나 무엇부터 말을 해야 할지 몰라 끙끙거리는데, 노엘이 주머니에서 무언가를 꺼내 보여주었다.

"지포 라이터?"

"이게 어디에 쓰는 건지 아는 거야?!"

노엘은 흥분하며 이사나에게 물었다. 그에 이사나는 노엘에게서 라이터를 건네받으며 말했다.

"불을 켜는 데 사용하는 거야."

이사나가 부싯돌을 당겨 불을 붙이자, 노엘의 눈이 화등잔만 하게 커졌다. 이때까지 사용법을 몰랐던 건가? 이사나가 뚜껑을 닫고 돌려주자, 노엘은 이사나가 했던 것처럼 라이터를 켜려고 애를 썼다. 몇 번 끙끙거리다가 불이 붙자, 노엘의 눈이 별처럼 반짝거렸다. 노엘은 몇 번이고 불을 붙였다 껐다를 반복하다가 들뜬 목소리로 이사나에게 물었다.

"헥사비스 안에는 이런 게 몇 개씩이나 있는 거야?"

"뭐, 그거보다는 많겠지."

이사나의 대답에 노엘은 연신 "우와! 우와!" 하고 감탄하며 라이터를 달칵거렸다. 그 천진한 모습이 아이 같고 귀여웠다.

그 아이처럼.

이사나가 사랑했던 그 아이처럼 말이다.

'이사나, 이거요. 이번 보급 때 들어온 원심 분리기인데요. 무려 16만rpm까지 회전할 수 있대요! 미쳤어요, 미쳤어! 연구실에 있을 때부터 내내 가지고 싶었던 건데!'

그 아이에게 필요할 거 같아 사비를 들여 구했던 건데 그걸 받고 정말 좋아했었다. 흥분으로 반짝이던 그 눈빛이, 뛸 때마다 깃털처럼 나풀거리던 그 머리카락이, 지금도 생생하게 떠오르는데, 왜, 어째서 그 아이의 이름만큼은 기억이 나지 않는 것일까. 이사나는 침울한 얼굴로 앉아 있는데, 노엘이 이사나에게 물었다.

"당신, 무슨 일 있어?"

"응?"

"아침부터 내내 멍하니 있잖아. 불러도 잘 듣지도 못하고."

그랬었나? 하기야 이사나는 지금 그 어느 때보다도 혼란에 휩싸여 있었다. 분명 멀쩡한 줄 알았는데, 자신도 모르는 사이에 병에 침식되어 있었다는 게 충격이 아닐 수 없었다. 하지만 이곳에는 병의 진행을 막아 줄 약이 없다. 잊어버린 기억을 되살려 줄 상냥한 연인도 없다. 도대체 어떻게 해야 할지 몰라 이사나는 그저 막막해하다가, 문득 예전에 노엘에게 그 아이의 이름을 말한 적이 있다는 걸 떠올렸다. 이사나는 다급하게 노엘에게 물었다.

"노엘, 내가 전에 내 유충에 대해 얘기한 적이 있었잖아."

"응, 그랬지?"

"그 아이를 내가 뭐라고 불렀는지 기억해?"

이사나의 물음에 노엘은 왜 그런 걸 물어보냐는 듯 고개를 갸웃거렸다. 그러나 이사나의 얼굴이 너무 절박해 보여 노엘은 낑낑거리며 기억을 더듬어 보았다. 하지만 이내 노엘은 한숨을 내쉬며 말했다.

"뭐라고 했던 거 같은데, 기억이 안 나."

"잘 좀 생각해 봐."

이사나가 초조한 얼굴로 재촉하자, 노엘은 얼굴을 구기며 투덜거렸다.

"한 번밖에 못 들었는데 그걸 어떻게 기억해? 그런데 그건 왜 물어보는 거야? 설마 당신, 그 애 이름을 잊어버린 거야?"

노엘의 정곡에 이사나가 입을 어물거리자, 노엘은 입을 떡 벌리며 비난했다.

"우와, 사람이 어떻게 그럴 수 있어? 전에는 엄청 잘해 준 것처럼 말하더니, 그러면서 이름을 까먹어? 당신 바보 아냐?"

면박을 준 노엘은 칠판을 들고 도망치듯 밖으로 뛰쳐나갔다. 혼자 남은 이사나는 노엘의 말에 충격을 받고 우뚝 굳어졌다. 바보, 그래 바보 맞다. 어떻게 잊어버려도 사랑하는 연인의 이름을 잊어버릴 수 있단 말인가.

우울함이 밀려온 이사나는 감자밭으로 가야 할 시간임에도 일을 빼먹고 목초지의 들판 사이에 숨어 있었다. 오늘은 어느 누구도 만나고 싶지 않았다. 어느 누구에게도 이런 바보 같은 꼴을 보여 주고 싶지 않았다. 평정심을 찾기 힘들었던 이사나는 여름 동안 길어진 수풀 사이에 숨어 한참 동안 몸을 웅크렸다. 그러다 문득 바스락거리는 소리가 들려왔다. 고개를 들자, 의외의 인물이 서 있었다.

렉사였다.

사냥제 이후로 그를 보는 건 처음이었다. 하루가 멀다 하고 마을로 내려왔던 렉사는 지난번 동굴에서 밤을 같이 보낸 이후 단 한 번도 이사나의 앞에 나타난 적이 없었다. 내심 그날 했던 얘기가 너무 무거워 거리를 두고 싶어 하는 걸까 하고 생각했는데, 놈은 갑자기 사라졌던 것처럼 갑자기 이사나의 눈앞에 나타났다. 하지만 지금은 아무와도 마주하고 싶지 않았다. 설령 그게 연인과 닮은 알리페르라고 해도 말이다. 이사나는 불퉁한 얼굴로 렉사에게 물었다.

"무슨 일이야."

"……."

이사나가 물었지만, 렉사는 대답 없이 이사나의 옆에 앉았다. 하긴 저놈이 언제는 사람 기분을 따져 가며 옆에 있었나? 그러다 심심해지면 또 마음대로 성으로 돌아가겠지. 이사나는 렉사가 곁에 있든 말든 상관하지 않기로 하며 다시 우울의 늪에 빠져들었다. 그렇게 긴 수풀 사이로 바람이 사락거리는 소리만 가만히 듣고 있는데, 렉사가 먼저 말을 걸었다.

"오늘은 조용하군."

"……."

"평소엔 거슬리게 잘 떠들어 대더니."

렉사는 무료한지 옆에 있던 풀줄기를 뜯어 손가락으로 빙글빙글 돌렸다. 그 모습이, 그 아이가 심심해할 때 하는 행동이 그와 퍽 닮아 있었다. 이렇듯 렉사는 사소한 곳에서 연인과 비슷한 모습을 보이곤 했다. 결코 둘이 만난 적이 없음에도 말이다. 이사나는 그걸 신기하게 생각하는데, 이사나의 시선에 렉사는 의아해하며 고개를 돌렸다. 그에 이사나는 본 적 없다는 듯 고개를 돌리며 말했다.

"그냥…… 그럴 기분이 아니어서."

"그럴 기분? 지금이 어떤 기분이길래?"

정말이지, 한 번이라도 그냥 넘어가는 법이 없었다. 꼬치꼬치 캐묻는 놈이 귀찮아진 이사나는 신경질적으로 내뱉었다.

"그냥, 그냥 우울한 거 있잖아. 혼자 있고 싶고 아무도 보고 싶지 않은 거. 너도 가끔은 그런 기분 들 때가 있을 거 아냐."

말을 하고 나서야 이사나는 아차 했다. 렉사에게 우울함이라고? 놈에게 그런 감정이 있을 리가 없지 않은가. 놈이 이런 걸 이해할 리 없다. 포로 주제에 가지가지 한다는 소리나 듣지 않으면 다행이었다. 이사나는 낭패 어린 얼굴을 하는데, 렉사가 말했다.

"그래? 그랬군. 우울한 거였군."

"……?"

"힘들겠네."

이사나는 순간 렉사가 무슨 말을 하는지 몰라 어리둥절해졌다. 설마, 지금 놈이 이해한 건가? 내가 우울해한다는 걸? 이사나는 도저히 믿을 수 없어 렉사를 돌아보았다. 렉사는 무슨 생각인지 평소와 달리 힘이 없어 보였다. 설마, 그동안 마을에 내려오지 않은 게 이것 때문인가? 본인이 우울해서?

알리페르가 우울해할 때가 있다니……. 이사나는 신기하게 생각하는데, 렉사가 이사나를 돌아보며 물었다.

"그런데, 넌 뭐 때문에 그런 거지?"

"……."

"이유가 있을 거 아냐."

눈이 마주치는 순간, 이사나는 분명 렉사가 연인과 별개의 인물이라는 걸 알면서도 혼동되었다. 칠흑같이 새카만 머리카락도 짙푸른 눈동자도 연인의 것과 전혀 달랐다. 하지만, 하지만 눈빛만큼은 똑같았다. 무슨 일이 있든 어떤 생각을 하든 절대 실망하거나 비난하지 않을 거라고 단언했던 연인과 지독히 닮아 있었다. 무심하면서도 상냥한 놈의 공격에 속수무책으로 넘어간 이사나는 자신도 모르게 내뱉어 버렸다.

"……이름을 잊어버려서."

"이름? 네 이름?"

렉사는 지독한 멍텅구리를 보는 듯한 눈으로 이사나를 보며 되물었다. 그에 이사나는 발끈해 소리 질렀다.

"아니거든! 아무리 바보라도 자기 이름을 잊어버리는 사람이 어딨어! 내가 아니라 다른 사람 이름!"

"다른 사람 이름인데 왜 그걸로 기분이 안 좋아지는 건데?"

"……."

의표를 찌르는 렉사의 물음에 이사나는 입을 다물었다. 마치 그 아이에게 추궁받는 듯한 기분이 들었다. 그렇게 소중하게 여기면서 잊어버리다니……. 나중에 그 아이를 만나면 할 말이 없었다. 이사나는 잠시 머뭇거리다가 대답했다.

"……중요한 사람의 이름이거든."

"혹시 네 연인?"

렉사가 단번에 알아맞혀 이사나는 화들짝 놀란 눈으로 그를 바라보았다. 그러자 렉사가 어딘가 비틀린 웃음을 내지으며 물었다.

"그러고 보니 한 번도 들어본 적이 없네, 네 연인이 어떤 자인지."

왜 갑자기 그 아이에 대해 묻는 거지? 이사나는 뜬금없다고 생각했지만, 순순히 대답했다.

"그냥…… 내게는 과분할 정도로 좋은 사람이야."

"그리고."
렉사의 재촉에 이사나는 잠시 망설이다가 또 내뱉었다.
"언제나 나를 믿어 주고 걱정해 주고……."
"……."
"내가 그렇게 번듯한 사람은 아닌데, 그 아이는 항상 나를 반짝반짝 빛나는 눈으로 바라봐. 그러면 내가 세상에서 제일 멋진 사람처럼 느껴져."
"……."
"그 아이에게 상처 준 일도 많았는데, 그런데도 그 아이는 내게 실망하지 않고 끝까지 나를 믿고 사랑한다고 말해 줬어. 그래서 다시는 실망시키고 싶지 않은 아이야."
"……."
"겉모습은 꽤 귀엽게 생겼는데, 사실 생각보다 대담한 구석이 있는 아이야. 평생 공부밖에 안 한 앤데, 내가 걱정된다고 최전방까지 목숨 걸고 찾아왔을 정도라니까? 콜로니에서 처음 그 아이를 보고 얼마나 놀랐는지 몰라. 그런데, 기뻤어. 그렇게까지 나를 좋아하나 싶어서."
이사나가 멋쩍게 웃으며 계속 연인에 대한 얘기를 늘어놓자, 렉사의 얼굴이 점점 더 굳어져 갔다. 하지만 눈치채지 못한 이사나는 얼굴까지 벌겋게 물들인 채 얘기를 늘어놓았다.
"작년에 약혼했는데, 나중에 해안가에 집을 짓고 같이 살기로 약속했어. 사실 그 아이는 올해 막 성년이 됐거든. 막 성인식을 치른 아이를 나 같은 게 붙잡으면 안 되지 않을까 생각도 했는데, 그런데, 너무 좋아해서……. 정말 그 아이에게 미안하지만, 많이 사랑해."

이사나는 귀 끝까지 벌겋게 물들인 채 당사자 앞에서 말하지 못했던 고백을 늘어놓았다. 행복해 보이는 이사나를 물끄러미 쳐다보던 렉사는 찬웃음을 내지으며 빈정거렸다.

"그렇게 좋아하면서 이름을 까먹었다고?"

생각지도 못한 말에 이사나는 당황하며 그를 돌아보는데, 렉사가 비웃음 가득한 얼굴로 쏘아붙였다.

"기가 막히는군. 그런 주제에 잘도 사랑한다는 말이 나오는군."

"……."

"이사나 넥시움, 그 녀석 정말 좋아하는 거 맞아? 심심풀이 아니야?"

렉사의 힐난에 이사나는 대번에 눈가가 화끈거려 왔다. 렉사의 말이 맞다. 정말 사랑한다면 잊어버릴 리 없지 않은가. 그런데 왜, 왜 나는 그 아이의 이름을 잊어버린 걸까. 이사나는 돌연 시야가 흐려지는 걸 느꼈다.

"너……."

일렁이는 시야로 렉사가 당황하는 게 보였다. 그에 이사나는 자리에서 벌떡 일어나 도망쳤다. 가슴이 터질듯 내달리는 가운데 이사나는 불길하게 심장이 쿵쾅거리는 걸 느꼈다.

만약 이대로 그 아이의 얼굴까지 기억나지 않으면 어떡하지? 항상 걱정해 주던 상냥한 목소리도 그가 해 준 격려도, 아무것도 기억나지 않으면 어떡하지? 이대로 그 아이의 존재마저 잊어버리게 되면.

그때는 정말 어떡하지?

조바심과 슬픔이 뒤엉켜 심장이 무너질 것 같았다. 너를 잊어버리면, 나는, 나는…….

나는 앞으로 어떻게 살아?

당장에라도 숨통을 조일 듯한 절박함에 이사나는 평소라면 절대 하지 않았을 일을 저질렀다.

한달음에 마을로 내려온 이사나는 짐을 싸기 시작했다. 다들 밭에 나가 있을 시간이라 마을 안은 꼬마들 몇 명만 있을 뿐 텅 비어 있었다. 며칠 먹을 건량과 식수, 적당한 무기까지 챙긴 이사나는 지체 없이 마구간으로 가 덩치 큰 흑마 위에 올라탔다.

진작에 이렇게 했어야 했다.

콜로니의 위치를 특정할 수 없다는 이유로 계속 이곳에 머물러 있었지만, 이곳에 있다고 위치를 알아낼 방법이 생길 리 없다. 그동안 마을 일을 도우며 구석구석 돌아다녔지만, 시탈로프 숲 밖으로 나갈 단서조차 발견할 수 없었다. 이곳에 더 있어 봐야 헛수고였다. 그럴 바에야 숲을 헤매더라도 지금 나가는 게 옳았다. 더 이상 그 아이에 대해 잊어버리기 전에!

이사나는 말을 타고 숲으로 들어갔다. 며칠 전 사냥제 때 들어간 적이 있음에도 숲은 여전히 낯설게 느껴졌다. 시탈로프 숲은 그야말로 수해(樹海)였다. 인간의 손을 거의 타지 않은 숲은 다니던 길에서 조금만 벗어나도 방향을 잃어버리기 십상이었다. 전체 면적만 해도 어마어마했기에 이곳을 공략할 때도 콜로니의 병력 중 사분의 일이 투입되었다. 당연하지만 자력으로 이 숲을 빠져나가는 건 불가능에 가까웠다. 그걸 이사나는 알고 있음에도 무시한 채 말을 타고 달렸다. 어차피 그 마을에서 죽으나 숲을 헤매다 죽으나 결말은 똑같았다.

사실은 무서웠다. 마을에 수감된 지 두 달 가까이 되었지만, 이사나는 외부로부터 어떠한 형태의 신호도 받지 못했다. 엘든과 친위대가 자신을 버릴 리 없다고 생각하면서도 불안해졌다. 어차피 병에 걸린 몸이라고 구하러 오지 않는 게 아닌지 두려워졌다. 연인에게 어떠한 것도 설명하지 못한 채 그때 내뱉은 모진 말이 마지막 대화가 될까 봐 무서웠다.

이사나는 무언가에 쫓기는 사람처럼 서둘러 숲을 가로지르는데, 머리 위로 치르릇, 하는 소리가 들려왔다. 숲에 침입자가 없는지 감시하는 알리페르였다. 이들을 미처 생각하지 못했던 이사나는 당황했다. 그레이스와 함께 숲에 들어왔을 때나 사냥제 때는 존재감 없이 그저 지켜만 보고 있었기에 막연히 이들에 대한 생각을 하지 않고 있었다. 이사나는 이들을 따돌리기 위해 말을 재촉했다. 하지만 동료까지 불러 모았는지 이들의 수는 점점 늘어나고 있었다.

"크윽……!"

마치 콜로니 침공 때를 보는 것 같았다. 이사나의 머리 위로 수많은 알리페르들이 이사나를 쏘아보며 위협적인 날갯짓을 하고 있었다. 허락도 없이 숲을 벗어나려 한 포로를 어떻게 처벌할지 고민하는 것처럼 보였다. 겁에 질린 말은 더 이상 앞으로 나아가지 못하고 푸릉거렸다. 이사나는 고삐를 당기며 말을 진정시키려 애를 썼지만, 도리어 이사나를 떨어뜨리려 할 뿐이다.

큰일이었다. 도저히 혼자 어떻게 할 수 있는 숫자가 아니었다. 사냥제 때 쫓아오던 놈들보다 수십 배는 더 많은 놈들을 보며 이사나는 자신의 성급함을 통감했다. 이들은 결코 왕의 손에서 벗어나려 한 포로를 놓아주지 않을 터였다. 이사나는 절망하는데, 치릇거리는 알리페르들 사이에서 클레르가 내려왔다.

"이사나 넥시움."

"……."

"왕이 베푼 은혜도 모르고 감히 이곳을 빠져나가려 하다니."

말은 그렇게 했지만, 클레르는 마치 이날만을 기다려 왔다는 듯 웃고 있었다. 어떻게 죽여야 좀 더 고통스럽게 죽일 수 있을까 하는 고민마저 엿보이고 있었다. 그런 클레르의 흥분을 공감하기라도 하듯 클레르의 주변에 있던 알리페르들 역시 날개를 떨어 댔다.

치릇치릇—.

치릇치릇—.

온 사방을 둘러싼 날개 소리로 이사나는 귀가 멀어버릴 것 같았다. 하늘 위를 가득 채운 이들 모두가 이사나의 죽음을 원하고 있었다.

끝났다.

더 이상 방법이 없어.

도저히 빠져나갈 구석이 없는 이 상황에 이사나는 저항마저 포기하는데, 저 멀리서 말발굽 소리가 들려왔다. 뒤를 돌아보자, 그레이스를 비롯한 마을 여자들이 말을 타고 달려오는 게 보였다. 저들이 왜 여기에? 이사나는 의아해하는데, 그레이스가 클레르와 이사나 사이에 끼어들며 소리 질렀다.

"잠깐! 잠깐 기다려요!"

전속력으로 달려온 그레이스는 잔뜩 흥분한 말을 고삐로 진정시키며 이사나의 앞을 막아섰다. 그에 클레르는 서늘한 얼굴로 그레이스를 노려보며 말했다.

"공주, 무슨 일로 헐레벌떡 뛰어왔어?"

"클레르가 뭔가 오해하고 있는 것 같아서 풀려고 이렇게 달려왔지요."

그레이스는 다급했던 게 언제였냐는 듯 여유롭게 웃으며 말했다. 그에 클레르는 코웃음을 치며 말했다.

"오해? 무슨 오해? 저놈이 드디어 마을 밖으로 도망치려 했다는 오해?"

"도망이라니요! 무슨 그런 무서운 말씀을 하세요? 이사나는 그저 숲에 있는 열매를 따러 들어온 것뿐이에요! 그렇죠?"

그레이스는 긴장된 얼굴로 이사나를 돌아보며 대답을 재촉했다. 하지만 이사나가 당황해 아무 말도 못하자, 그레이스는 더 들을 것도 없다는 듯 다시 클레르를 돌아보며 말했다.

"이사나도 그렇다고 하잖아요. 이사나는 결코 이 숲을 빠져나가려 한 게 아니었을 거예요. 숲의 경비를 서고 있던 알리페르들에게 놀라서, 그래서 갑자기 뛰게 된 것뿐일 거예요."

그레이스의 변명에 클레르는 코웃음을 치며 말했다.

"되도 않는 소리로 저놈을 감싸려고 하지 마, 공주. 규칙은 규칙이야. 감시인 하나 없이 이 숲에 들어온 이상, 저놈은 살려 둘 수 없어."

클레르의 의지를 대변하듯 주변의 알리페르들이 위협적인 날갯소리를 냈다. 그에 그레이스는 말에서 뛰어 내려와 클레르의 손을 붙잡고 울먹였다.

"클레르, 부탁이에요. 이번 한 번만 봐주세요. 다시는 그가 마을에서 나가지 않도록 잘 단속할게요."

하지만 클레르는 그레이스의 손을 매몰차게 뿌리치며 말했다.

"나로서는 공주가 왜 이러는지 이해를 못하겠군. 이제껏 이 숲을 나가려 했던 포로들이 어떤 처분을 받든 상관하지 않았잖아. 그런데 왜 새삼스럽게 저놈만 감싸는 거야?"

"……."

"저놈이, 넥시움이라서 그러는 건가?"

클레르의 말에 그레이스는 우뚝 굳어졌다. 지금 클레르가 묻는 건 단순히 이사나가 황자이기 때문에 감싸는 거냐고 묻는 게 아니었다. 감히 왕의 귀속인 주제에 역심을 가져 제국의 희망이라 불리는 그를 살리려 드는 게 아니냐고 묻는 것이다. 팽팽한 긴장감 속에서 이사나는 자신의 조급함을 질책했다. 잘못 대답하면 그레이스마저 위험에 처할 수 있었다. 이사나는 말에서 내려 그냥 처분을 받겠다고 얘기하려는데, 그레이스가 먼저 말했다.

"네, 맞아요. 그가 넥시움이라서 감쌌어요."

그레이스의 말에 클레르는 할 말을 잃다가 이내 얼굴이 붉으락푸르락해졌다.

"공주, 그 말……!"

"이사나를 제 반려로 삼고 싶어서 감싸는 거예요."

갑작스러운 말에 이사나는 물론이요, 클레르 역시 당황한 얼굴로 그레이스를 바라보았다. 클레르는 뭐라 말도 못한 채 입만 뻐끔거리는데, 그레이스가 이사나의 팔짱을 끼며 새침하게 말했다.

"이사나가 이 마을에 왔을 때 이미 첫눈에 반했어요. 하지만 좀처럼 마음의 준비가 되지 않아 망설이고 있던 참이었어요. 하지만, 사랑해요. 이 사람과 혼인하고 싶어요."

그레이스의 폭탄선언에 이사나는 당황하며 뭐라 말하려는데, 그레이스가 이사나의 발을 힘껏 밟았다. 너무 아파 눈물까지 찔끔 나는데, 그레이스가 쐐기를 박듯 다다다 쏟아냈다.

"이사나는 황자잖아요? 그래서 더 끌렸어요. 여자아이라면 누구든 왕자님의 신부가 되길 꿈꾸는 거 아니겠어요? 나도 평범한 여자아이니까, 그래서 첫 정을 준다면 이런 대단한 사람에게 주고 싶었어요."

그레이스의 고백에 클레르는 새하얗게 질린 얼굴로 그녀를 바라보았다. 반려, 혼인, 첫 정. 그따위 말에 적지 않은 충격을 받은 듯했다. 대체 왜 저러는 거지? 이사나는 이상하게 생각하는데, 클레르가 여전히 새하얗게 질린 얼굴로 떠듬떠듬 말했다.

"그, 그래, 네가 저놈에게 바, 반했다면, 그럼 왜 진즉에 호, 혼인하지 않은 거야? 저놈이 잡혀 온 지 두 달이 넘었잖아. 그래, 변명이지? 단지 저놈을 살리려는 수작……!"

"마음의 준비가 필요했다니까요!"

그레이스의 외침에 클레르는 얼떨떨한 얼굴로 그레이스를 바라보았다. 그레이스는 몹시 실망이라는 듯 클레르를 바라보며 말했다.

"후우, 그렇게까지 레이디에게 수치를 주려고 한다면 어쩔 수 없죠. 솔직하게 말할게요. 혼례식을 치르면 그날부터 밤을 같이 보내야 하잖아요? 그런데, 후우, 이사나는 황자님답게 거기 크기도 엄청나더라고요. 저번에 슬쩍 고간을 만져 봤는데, 그 위용이 아주……."

"아, 아니 아니, 됐어. 말하지 마! 더는 말하지 마!"

그레이스의 노골적인 말에 클레르는 희게 질린 얼굴로 손사래를 쳤다. 그레이스가 성적인 얘기를 하는 걸 조금도 듣고 싶어 하지 않는 것 같아 보였다. 그런 클레르에게 그레이스는 짐짓 화를 내며 소리쳤다.

"아니, 왜 사람 말을 중간에 끊어요? 아무튼 첫날밤도 같이 못 보냈는데 벌써 죽이면 어떡하란 말이에요! 저요, 이사나와 혼인하지 못하면 앞으로 계속 혼자 살 거예요! 평생 외롭게 독수공방하며 지낼 거라고요!"

"그, 그게 무슨 소리야! 세상에 남자가 저놈 하나뿐이야? 왜 그런 극단적인 소리를 하는 건데! 그, 그리고 넌 아직 혼인하기 일러! 이르다고! 다시 생각해 봐, 아니 그냥 나중에 해! 내가 꼭 저놈보다 더 번듯하고 멋진 놈으로 구해다 줄 테니까! 제발……!"

패닉이 느껴지는 클레르의 말에 그레이스는 회심의 미소를 지으며 말했다.

"이사나보다 더 좋은 남자요? 과연 그런 남자가 앞으로 나타날까요?"

그레이스의 말에 클레르는 그제야 함정에 빠졌다는 걸 깨닫고 낭패 어린 얼굴을 했다. 이사나 넥시움은 확실히 알리페르에게 있어서는 재앙이었지만, 인간으로 친다면 저만한 남자가 없었다. 외모면 외모, 성품이면 성품, 하물며 그는 헥사비스의 제1 계승권을 가진 황자이기까지 했다. 객관적인 사실을 늘어놓기만 해도 세상에 다시 없을 신랑감이었다.

하지만 클레르는 이사나에게 깊은 원한을 가지고 있었다. 그러나 오랜 세월 동안 지켜봐 온 그레이스에게 그만큼의 애정 역시 가지고 있었다. 과거와 현재 사이에서 클레르는 갈등하는데, 그레이스가 간절하게 클레르에게 말했다.

"아예 용서해 달라는 게 아니에요. 그냥 한 달, 아니 일주일이라도 좋으니까 제가 꿈꾸던 왕자님과 행복한 결혼 생활을 해 보고 싶어요.

다시는 저런 사람 만나지 못할 테니까."

"……."

"부탁이에요."

그레이스의 간청에 클레르는 눈을 질끈 감았다. 잠시 후, 클레르의 주변에 있던 알리페르들이 일시에 날아올랐다. 그레이스의 청을 들어줄 모양인 듯했다. 하늘 위를 새카맣게 뒤덮고 있던 놈들이 사라지자, 클레르는 어쩐지 힘이 쭉 빠진 얼굴로 중얼거렸다.

"그 쬐그만하던 녀석이 벌써 제 짝을 찾을 나이라니……."

"……?"

그레이스는 의아해하며 클레르를 쳐다보는데, 클레르가 한숨을 내쉬며 말했다.

"이번 일은 결코 묻어 두는 게 아니야. 네가 그렇게 혼인하고 싶다고 해서 처분을 미루는 것뿐이야."

"네, 알아요."

"사흘, 앞으로 사흘 뒤에 다시 찾아오도록 하지."

클레르는 매서운 눈으로 이사나를 쏘아본 뒤 도망치듯 하늘 위로 날아올랐다. 왠지 클레르에게 더욱 미움받게 된 것 같아 이사나는 머쓱해졌다.

알리페르들이 사라지자, 이사나와 마을 여자들만이 그 자리에 남았다. 자신의 성급한 행동으로 그레이스에게 말도 못할 폐를 끼친 것 같아 이사나는 얼굴을 들 수 없었다. 하지만 그레이스는 평소와 다를 바 없는 얼굴로 이사나의 팔을 툭툭 치며 말했다.

"이제 돌아가요."

"그레이스, 그게……."

"됐어요, 아무 말 말아요. 당신을 관리 감독하지 못한 제가 나빴으니까요. 그나저나 돌아가면 바쁘겠네요."

"……?"

이사나가 의아한 얼굴로 그레이스를 바라보자, 그레이스는 장난기 어린 얼굴로 이사나를 바라보며 말했다.

"아까 클레르한테 말했잖아요. 혼인할 거라고."

생각지도 못한 말에 이사나가 우뚝 굳어지자, 그레이스는 능글맞게 웃으며 말했다.

"이사나와 치를 첫날밤이 무척 기대되네요."

거짓말 아니었어?!

* * *

숲에서 다시 마을로 돌아오자, 여자들이 발 빠르게 혼례식을 준비하기 시작했다. 마치 오래전부터 기다려 왔다는 듯 그녀들은 혼례식 준비에 거침이 없었다. 창고에서 낡은 벨벳 천을 꺼내와 바닥에 깔고 고풍스러워 보이는 의자 두 개를 그 위에 나란히 놓았다. 그리고 이사나를 어디론가 끌고 가더니 웬 옷 한 벌과 가죽 구두를 건네준 뒤 갈아입고 나오라고 말했다.

뭐가 뭔지 알 수 없는 상황에 이사나는 얼떨떨한 얼굴로 옷과 구두를 내려다보았다. 옷은 이곳에서 만든 게 분명해 보였지만, 헥사비스 안에서도 보기 드물 정도로 천의 품질이 좋고 마감도 잘되어 있었다. 마치 눈처럼 새하얀 예복을 구겨지지 않게 조심히 입는데, 옷은 맞추기라도 한 듯 이사나의 몸에 꼭 맞았다.

옷을 갈아입고 어색한 얼굴로 밖으로 나가자, 기다리고 있던 마을 여자들이 눈을 휘둥그레 뜨며 환호성을 내질렀다. 그에 이사나는 괜히 머쓱해지는데, 여자들이 이사나를 데려다가 머리를 빗기고 낡은 장신구를 달아 주었다. 모든 준비가 끝나자, 마찬가지로 옷을 갈아입고 나온 그레이스가 배시시 웃으며 이사나의 앞에 섰다.

"이사나 오늘 엄청 멋지네요."

"너도."

그레이스는 붉은 비단으로 만들어진 풍성한 드레스를 입고 있었다. 머리 역시 평소의 양 갈래 머리가 아닌, 이리저리 꼬고 땋은 머리를 깔끔하게 틀어 올린 상태였고. 빛바랜 보석들로 한껏 멋을 낸 그레이스는 정말 어느 왕국의 공주님처럼 우아하고 예뻐 보였다.

해가 지기 시작하자, 혼례식이 시작되었다. 그런데 혼례식은 혼례식이라기보다 대관식에 가까운 모습을 하고 있었다. 그레이스가 붉은 벨벳 천이 깔린 바닥에 무릎을 꿇자, 마을 여자들 중 하나가 그녀의 어깨에 금자수가 놓인 망토를 둘러 주었다. 모든 준비가 끝나자 아비가 낡은 책을 손에 든 채 엄숙한 목소리로 말했다.

"이 날은 신께서 당신의 백성에게 자비를 갖고 계심을 알리는 날이로다. 스페스의 모든 이들을 구원하는 날이로다. 영광과 영예로 가득한 날이로다. 만물의 주인이신 신께 영광을!"

"신께 영광을—!"

"신께 영광을—!"

아비의 선창에 마을 여자들이 따라 목소리를 높였다. 이윽고 이사나가 나설 차례가 되었다. 이사나는 혼례식이 시작되는 내내 손에 들고 있던 낡은 티아라를 그레이스의 머리 위에 씌워 주었다. 그러자 그레이스가 자리에서 일어나며 장난스레 말했다.

"이사나에게도 씌워 주고 싶지만 하나뿐이네요."

"난 됐어."

이사나가 웃으며 거절하자, 그레이스는 이사나를 이끌고 나란히 놓인 의자에 함께 착석했다. 이것으로 절차상 혼례식은 끝인 것이다. 약식으로 진행된 혼례식이 끝나자, 언제 그랬냐는 듯 마을 여자들은 본래의 발랄한 모습으로 되돌아와 왁자지껄하게 떠들어 댔다.

"공주, 혼인 축하해!"

"우우, 그렇게 훼방을 놓더니, 이렇게 독점하려고 그랬던 거였어?!"

"공주, 아들 딸 구별 말고 많이 낳아!"

어우야, 그런 말 하면 이사나가 부끄러워하잖아! 여자들은 뭐가 우스운지 서로의 팔을 치며 깔깔거렸다. 덕담 아닌 덕담에 이사나는 식은땀이 났다. 아무리 당장의 위기를 모면하려고 혼례식까지 치렀다지만, 어쩐지 분위기가 진짜 혼례식인 것처럼 흘러가고 있었다. 이사나는 다급하게 말했다.

"그레이스, 있잖아……. 아까 일은 정말 미안한데, 나는, 사랑하는 사람이 있어. 나는 결코 내 연인을 배신하고 싶지 않아."

나직하지만 단호한 이사나의 말에 그레이스는 조금 쓸쓸하게 웃으며 말했다.

"알아요, 당신이 어떤 사람인지."

"그렇다면 지금이라도 무르는 게……."

"오늘 밤."

"……?"

"오늘 밤 이사나에게 꼭 해야 할 얘기가 있어요."

진지하기 짝이 없는 그레이스의 얼굴에 이사나는 고개를 갸웃거리며 되물었다.

"얘기?"

"네, 당신이 꼭 들어줬으면 하는 얘기예요."

전에 없는 진지한 얼굴에 이사나는 고개를 끄덕였다. 도대체 무슨 얘기를 하려는 거지? 이사나는 궁금해하는데, 해질녘 하늘 위를 날고 있던 알리페르 몇몇이 마을 공터로 내려앉았다. 일면식이 거의 없는 낯선 알리페르들의 등장에 이사나와 마을 여자들은 긴장하는데, 그들이 이사나에게 다가와 말했다.

"위대하신 왕께서 명령하셨다. 이사나 넥시움, 지금 당장 성으로 들어와라."

갑작스러운 그들의 말에 이사나는 물론이요, 그레이스와 마을 여자들 역시 황망한 얼굴로 그들을 바라보았다. 혼례식의 진행을 맡고 있던 아비 역시 당혹스러운 얼굴로 그들 앞에 나서며 말했다.

"이사나는, 그는 이제 지금 막 공주와 혼례식을 치렀습니다. 오늘 치렀다고요! 그러니 하루만 시간을 주시면 안 되겠습니까? 그냥 내일 데려가시면……."

"왕의 명령이다."

아비의 간청에도 그들은 딱딱한 얼굴로 말했다. 막아선다면 강제로라도 끌고 가겠다는 그들의 태도에 이사나는 자리에서 일어나며 말했다.

"갈게."

"이사나!"

그레이스는 이사나의 손을 꽉 붙잡고선 절박한 얼굴로 고개를 가로저었다. 성으로 오라는 명령을 받은 남자들 중 마을로 다시 돌아온 사람은 단 한 명도 없었다. 갑작스럽게 찾아온 이별이 그녀에게는 충격이 아닐 수 없을 것이다. 하지만 렉사가 성으로 부른 이상, 아까와 같은 요행은 두 번 다시 벌어지지 않을 터였다. 이사나는 그레이스가 무슨 일을 벌이기 전에 먼저 말했다.

"얘기는 다녀와서 들을게."

"정말로…… 돌아올 거죠?"

"……."

"약속해요!"

약속하기 전에는 절대 놓아줄 수 없다는 듯 그레이스는 억세게 이사나의 손을 붙잡았다. 그에 이사나는 그레이스의 손등을 덮으며 말했다.

"약속할게."

그제야 그레이스는 손에서 힘을 뺐다. 이사나는 성에서 온 알리페르들에게 가는데, 그레이스가 말했다.

"미안해요."

그건 이사나에게 하는 말인지 이제껏 수없이 떠나보낸 남자들에게 하는 말인지 알 수 없었다.

* * *

렉사가 보낸 알리페르들과 함께 이사나는 성으로 들어갔다. 바짝 마른 해자 위의 도개교를 건너 안으로 들어가자, 처음 이곳에 끌려 왔을 때 보았던 본성이 나왔다. 이사나는 알리페르들과 함께 2층과 연결된 중앙 계단을 오르며 생각했다.

렉사는 왜 갑자기 나를 부른 걸까? 역시 아까 마을 밖으로 도망치려 했던 게 그의 귀에 들어간 걸까? 클레르는 사흘간의 유예를 주겠다고 말했지만, 이곳의 주인은 렉사였다. 클레르와는 생각이 다를 수 있었다.

어쩌면 그레이스와의 약속을 지키지 못할지도 모른다는 생각이 들었다. 렉사로서는 이미 적인 이사나에게 꽤 많은 자비를 베풀었다. 하지만 그것도 이제 끝이다. 도주하려 한 포로를 용서할 군주는 없었다.

2층의 어느 방문 앞에 선 알리페르들은 노크를 두어 번 하더니 문을 열고 이사나를 그 안에 밀어 넣었다. 떠밀리듯 들어가게 된 이사나가 당황하며 뒤를 돌아보는데, 쾅 하고 문이 닫혔다. 마음의 준비가 되지 않았던 이사나는 막막한 얼굴로 닫힌 문을 바라보다가 뒤를 돌았다.

방 안의 풍경은 의외로 낯이 익었다. 벽면을 가득 채운 책장과 길게 놓인 카우치. 이 방은 황궁의 서재와 무척 닮아 있었다. 어린 시절, 출입하는 사람이 거의 없어 자주 숨어 있었던, 그리운 풍경을 떠올리게 하는 이곳에서 렉사는 책을 읽고 있었다.

카우치 중앙에 앉아 책을 한 장씩 넘기는 렉사는 꽤 책에 집중하고 있는지 이사나가 들어왔음에도 고개조차 들지 않았다. 그런 그의 모습에 이사나는 괜히 멋쩍음을 느꼈다. 렉사의 사적인 공간을 침범한 듯한 기분을 지울 수 없었다. 초대받지 않은 손님처럼 이사나는 어정쩡하게 문가에 서 있는데, 렉사가 여전히 책에 시선을 고정한 채 느릿하게 말했다.

"마을 밖으로 나가려 했다고?"

"……."

입에 열 개라도 할 말이 없었다. 아무리 요즘 놈과 격의 없이 지냈다고는 하지만, 렉사는 엄연히 알리페르의 왕이었고 이사나는 그에게 붙잡힌 포로였다. 상식적으로 생각해도 포로가 도망치려 했다는데 기꺼운 마음이 들 리 없다. 이사나는 입을 다무는데, 렉사가 고개를 들며 말했다.

"이제는 알겠지만, 아무리 너라도 이곳은 벗어날 수 없어. 내 허락 없이는 죽어서도 말이야."

렉사의 말대로였다. 하위 개체의 정신을 지배해 물 샐 틈 없이 주변을 감시하는 시탈로프 숲은 아무리 이사나라고 해도 절대 벗어날 수 없었다. 무기를 가지고 있다 해도 무리였다. 내심 언제든 탈출할 수 있다고 여겼던 이사나는 좌절감을 느끼는데, 렉사가 못마땅한 말투로 물었다.

"그런데 꼴이 그게 뭐야?"

렉사는 탐탁지 않은 얼굴로 이사나를 바라보았다. 그에 이사나 역시 자신의 모습을 내려다보았다. 눈부시게 새하얀 옷에 자잘한 에메랄드가 잔뜩 달린 목걸이와 금장 브로치, 거기에 한쪽 귀에만 단 화려한 귀찌까지. 누가 봐도 새신랑 같은 모습이었다.

그 모습을 렉사가 뚫어져라 쳐다보는데 이사나는 창피해서 쥐구멍에라도 숨고 싶어졌다. 렉사는 아마 자신이 왜 이런 옷을 입고 있는지 이유를 알고 있을 터였다. 역시나 혼례식에 관한 것도 보고를 받았는지 렉사는 서늘한 얼굴로 빈정거렸다.

"꼴좋군, 이사나 넥시움. 공주인가 뭔가 하는 애송이와 혼인하는 조건으로 클레르에게서 목숨 부지했다더니."

"……처벌을 안 받는 건 아니야. 사흘 뒤에 받기로 했어."

이사나가 변명처럼 웅얼거리자, 렉사는 여전히 심기 불편한 얼굴로 빈정거렸다.

"대신 사흘 동안 그 애송이와 열심히 교미하기로 하고?"

말도 안 되는 소리에 이사나는 얼굴을 시뻘겋게 물들인 채 소리 질렀다.

"이상한 소리 하지 마! 어린 애랑 그런 걸 할 리가 없잖아! 그리고 난 사랑하는 사람이 따로 있어!"

"그럼 그 애송이가 헛소리를 한 건가? 너와 교미해야 한다며 며칠간 시간을 달라고 했다던데? 안 하는 동안 대체 뭘 하려고?"

"……."

이사나는 입을 다물었다. 섣불리 입을 열었다가는 그레이스에게 폐를 끼치게 될지도 몰랐다. 난처한 얼굴로 이사나가 어쩔 줄 몰라 하자, 그런 이사나를 물끄러미 쳐다보던 렉사는 이상하게도 한결 누그러진 얼굴로 물었다.

"왜 여기서 나가려고 했던 거야. 설마 아침에 내가 했던 말 때문인가?"

정곡이 찔린 이사나는 괜히 이리저리 눈동자를 굴리는데, 렉사가 오만하게 말했다.

"난 내가 한 말이 틀렸다고 생각 안 해. 세상천지에 자기 연인 이름을 잊어버리는 사람이 어디 있어?"

렉사의 면박에 이사나는 또다시 코끝이 시큰거려 오는 걸 느꼈다. 모멸감이 들고 바보 같은 자신이 수치스러웠다. 이사나가 굳어진 얼굴로 입을 꾹 다물고 있자, 렉사는 그런 이사나를 물끄러미 쳐다보다가 한숨을 내쉬듯 말했다.

"하지만 말이 좀 심하게 들렸을 수도 있겠군."

뜬금없는 자기반성에 이사나는 의아해하는데, 렉사가 무뚝뚝하게 내뱉었다.

"이번 일은 특별히 넘어가 주도록 하지. 다시는 여기서 나가려고 하지 마. 나가려고 하지만 않는다면 절대 네게 위해를 가하지 않을 테니까."

뜻밖의 말에 이사나는 눈을 크게 뜬 채 렉사를 바라보았다. 진심인가? 아무리 포로로 잡혀 있다고는 하지만, 이사나는 황자이자, 제국군의 총사령관이었다. 그런 자신을 살려 둔다는 게 알리페르 측에 얼마나 부담이 될지 왕인 그가 더 잘 알 터였다. 그런데 저런 말을 하다니……. 이사나는 이제껏 참아 왔던 물음이 한꺼번에 터져 나왔다.

"왜…… 도대체 왜 나를 살려 두는데?"

"……."

"너 정말 내게 원하는 게 뭐야."

이사나는 불안에 가득 찬 눈으로 대답을 재촉했다. 그에 렉사는 짙푸른 눈으로 이사나를 똑바로 쳐다보았다. 마치 답을 찾는 것처럼 뚫어져라 쳐다보던 렉사는 여전히 모호한 말투로 대답했다.

"글쎄."

"……."

"모르겠군."

익숙한 대답이었다. 하지만 이사나는 더 이상 채근하지 않았다. 어차피 채근해 봐야 제대로 된 대답이 나오지 않을 테니까. 이사나는 허탈한 얼굴로 렉사를 바라보는데, 렉사가 책을 덮고 자리에서 일어나며 말했다.

"같이 저녁 먹지 않겠어?"

저녁? 갑자기 웬 저녁? 확실히 조금 있으면 저녁 먹을 시간이긴 했다. 하지만 아까 막 도망쳤다가 붙잡힌 포로에게 할 만한 말은 아닌 것 같았다. 사리에 맞지 않는 말에 이사나는 의아해하는데, 렉사가 그런 이사나에게 피식 웃으며 말했다.

"이상한 생각하지 마. 저번에 동굴에서 대접받았던 것에 대한 답례니까."

* * *

난데없는 저녁 식사 초대이기는 했지만, 솔직히 이사나는 크게 기대하지 않았다. 아무리 요즘 렉사가 편해졌다고는 하지만, 놈은 알리페르였다. 알리페르가 육식성인 건 상식이었고.

그래도 이 정도까지인 줄은 몰랐다.

"먹어, 부족하면 더 들일 테니까."

렉사는 어딘가 의기양양해 보이는 얼굴로 말했다. 솔직히 그럴 만하다고 생각했다. 음식을 담은 그릇은 헥사비스 안에서도 보기 드물 정도로 품질이 좋은 그릇이었고 은식기의 배치 역시 썩 그럴 듯했으니 말이다.

하지만 접시 위에 올려진 것은 오직 고기뿐이었다. 그것도 불에 구운 고기만. 조금 구운 고기, 바짝 구운 고기, 다리째 구운 고기, 갈비뼈를 구운 고기 등등 부위나 익힌 방식은 달랐지만, 야채라고는 풀 한 포기 찾아볼 수 없었다.

이사나는 노릇노릇하게 익은 식탁 위의 고기들을 바라보며 생각했다. 저 고기들은 도대체 무슨 고기일까, 설마 사람 고기인 건 아니겠지? 혹시나 하는 생각에 이사나는 선불리 접시 위의 것들을 손댈 수 없었다. 하지만 이대로 아무것도 먹지 않으면 렉사의 심기를 거스르게 될 터였다. 결국 이러지도 저러지도 못한 채 이사나는 식탁 위만 바라봤는데, 렉사는 렉사대로 고전하고 있었다.

챙그랑—!

"윽……."

번쩍번쩍한 은식기로 고기를 썰던 렉사는 계속 헛손질을 하더니 결국 나이프를 놓쳐 버렸다. 척 보기에도 렉사는 식기를 사용하는 게 몹시 서툴러 보였다. 렉사는 퍽 짜증나는지 굳어진 얼굴로 은식기와 접시 위에 놓인 고기를 노려보았다. 그 얼빠진 모습에 이사나는 한숨이 절로 나왔다.

이사나는 잠시 망설이다가 자리에서 일어났다. 그러자 렉사가 왜 일어나냐는 듯 짜증 섞인 얼굴로 이사나를 노려보았다. 그에 아랑곳하지 않고 이사나는 렉사의 접시를 자기 쪽으로 가져와 고기를 썰기 시작했다. 하나씩 먹기 좋은 크기로 썬 뒤 다시 렉사 앞에 내려두자, 렉사는 뚱한 얼굴로 접시를 내려다보았다.

혹시 괜한 참견을 해 자존심을 상하게 한 건가? 이사나는 걱정하는데, 렉사가 포크로 서투르게나마 고기를 집어 먹기 시작했다. 여전히 뭐가 마음에 안 드는지 표정은 굳어 있었지만, 렉사는 순식간에 접시를 비웠다. 그에 이사나는 왠지 모를 뿌듯함을 느끼는데, 렉사가 이사나를 바라보며 물었다.

"너는 왜 먹지 않지?"

"응?"

"왜 접시에 손도 대지 않냐고."

시비를 걸듯 낮게 으르렁대는 그의 말에 이사나는 당황하며 얼떨결에 내뱉었다.

"뭐가 뭔지 몰라서."

이사나의 말에 렉사는 무척 한심하다는 듯 이사나를 바라보다가 아이에게 가르쳐주듯 하나씩 설명해주었다.

"이건 사슴이고 이건 양고기야. 부위는 다리랑 갈비인 거 같고."

"……."

"이건 말이고 이건 야생 닭이야."

메뉴는 생각보다 정상적이었다. 하지만 그게 더 이상했다. 렉사는 지난번 대접받은 것에 대한 답례로 이사나를 초대한 것이긴 했지만, 초대했다고 해서 굳이 인간의 방식대로 예를 차릴 필요는 없었다. 렉사는 이곳의 왕이니까. 그럼에도 렉사는 인간인 이사나를 배려해 인간의 방식대로 식기를 세팅하고 인간이 먹는 방식대로 고기를 불에 구워 내놓았다. 그 행위들이, 그 배려로 가득한 행위들이 어색하고 불편하면서도, 동시에 가슴께를 간질거리게 했다.

저녁 식사가 끝난 후에도 이사나는 마을로 돌아가지 못한 채 계속 성에 머물렀다. 밖으로 나가려 했던 건 용서해 준다고 했지만, 서재 밖으로 나가는 건 허락하지 않았기 때문이다.

이사나는 가구가 된 것처럼 하루 종일 서재 카우치에 앉아 책을 읽는 렉사와 함께 있었다. 식사를 할 때나 볼일을 보러 갈 때만 겨우 밖으로 나갈 수 있었다. 그것도 렉사나 다른 알리페르들의 감시가 있어야 했다. 이유 모를 감금에 처음에는 답답함을 느꼈지만, 이사나는 점차 익숙해져 갔다. 나중에는 포로라는 자신의 처지도 잊고 서재 안의 책을 마음대로 빼서 읽기까지 했다.

책이 귀한 바깥인 만큼 렉사는 서재 안의 책을 꽤 아꼈지만, 이사나가 실수로 책을 구겨도 별로 개의치 않았다. 오히려 자기가 좋아하는 책을 이사나에게 추천해 주기까지 했다. 하지만 놈의 책 취향은 썩 좋지 못했다. 『동물농장』, 『군주론』, 『변신』, 『시계태엽 오렌지』 등 주로 내용이 찝찝한 것들을 추천해 주었기 때문이다. 그러나 『사랑의 기술』이라든가 『오만과 편견』처럼 가끔 놈답지 않은 책을 추천해 주기도 했다.

조용히 책 넘어가는 소리만 날 뿐 둘 사이에는 별다른 대화가 없었다. 가끔 무료함에 못 이겨 이사나가 먼저 말을 걸기도 했지만, 대화가 길게 이어지지는 않았다. 그럼에도 이사나는 전에 없이 편안함을 느꼈다. 분명 렉사가 인류의 천적임에도, 10년간 이사나에게 악몽을 꾸게 한 장본인임에도 이사나는 어느새 거짓말처럼 렉사와 함께 있는 게 편하게 느껴졌다. 이유는 알 수 없었다. 그저 조금 더 상대에 대해 알려고 애를 쓰고 인사하고 배려하는 것만으로도 언제든 적이 친우가 될 수 있다는 걸 깨달았을 뿐이다. 이렇게 간단했다는 걸 이제야 알았을 뿐이다.

이사나는 그렇게 평생을 함께해 온 외로움에 대한 해답을 찾아냈으나, 렉사는 달랐다. 그는 여전히 고독한 마음속을 헤매고 있었다.

이사나가 온 날부터 한 페이지도 넘어가지 않는 책을 든 채 그는 무언가를 골똘히 고뇌했다. 사냥제에서 돌아온 날처럼 깊어진 눈으로 생각에 생각을 거듭하던 렉사는 마침내.

'글쎄.'라는 말로 줄곧 회피해 왔던 자신의 마음을 인정했다.

"나는 너를 좋아하는 것 같아."

뜬금없는 렉사의 말에 이사나는 책을 읽다가 말고 그를 바라보았다. 농담이라고는 터럭만큼도 보이지 않는 진지한 얼굴에 이사나는 당황하다가 아무렇지 않은 척 다시 책을 보며 말했다.

"농담하지 마."

그러나 당황해서 그런지 목소리 끝이 살짝 어긋났다. 이사나는 평정심을 되찾으려 애를 썼지만, 동요할 수밖에 없었다. 좋아하는 것 같다니, 그게 말이 되는가? 얼마 전까지만 해도 창부라느니 키메라 같다느니 그따위 소리를 늘어놓던 놈이었다. 이사나는 지금이라도 렉사가 농담이었다고 말해 주길 바라는데, 렉사가 냉랭한 목소리로 말했다.

"네 눈엔 내가 농담하는 걸로 보여?"

"……."

"네가 내 말이 농담이었으면 좋겠다고 생각하는 거겠지."

마음속을 훤히 꿰뚫어 보는 그의 말에 이사나는 수치심을 느끼는데, 렉사가 냉소적으로 웃으며 말했다.

"너 알고 있었지?"

"……."

"내가 널 좋아하는 거 이미 알고 있었지?"

너실 듯한 분노가 느껴지는 그의 밀에 이사나는 눈을 질끈 감았다.

모를래야 모를 수가 없었다. 연인과 똑같이 격정에 못 이기는 눈으로 쳐다보는데, 그걸 알아차리지 못하면 바보였다. 단지 렉사가 계속 인정하지 않기를 바랐다. 그가 보내는 신호를 애써 무시해 왔던 것처럼 말이다. 이사나는 굳어진 얼굴로 렉사를 바라보며 말했다.

"그래, 알고 있었어. 그런데 그게 왜?"

"……."

"그래 봐야 바뀌는 건 없어. 내겐 이미 좋아하는 사람이 있으니까."

"……"

"어차피 네 마음은 받아 줄 수 없어."

이사나의 거절에 렉사는 음울한 눈으로 이사나를 바라보았다. 이런 말을 하는 게 이사나 역시 마음이 편하지는 않았다. 렉사는 서투르게나마 이사나에게 계속 호감을 표시해 왔고 그게 이사나로서는 고마웠으니까. 하지만 이런 문제일수록 단호해져야 했다. 어정쩡한 태도는 모두에게 상처만 남길 뿐이었다. 이사나는 애써 렉사의 시선을 무시하는데, 렉사가 덤덤한 목소리로 말했다.

"상관없어, 받아 주든 말든. 어차피 넌 여기서 못 나가니까."

"……?"

"결국 넌 나를 선택하게 되어 있어."

렉사는 자리에서 일어나더니 이사나에게 다가왔다. 불길했다. 왠지 싫은 예감이 들었다. 이사나는 주춤주춤 뒤로 물러나는데 렉사가 이사나의 어깨를 붙잡고 키스했다.

"읍……!"

입술이 맞닿자마자 이사나는 놀라서 놈을 밀쳤다. 하지만 렉사는 아랑곳하지 않고 이사나의 팔목을 붙잡은 채 다시 입술을 겹쳤다.

미친, 하지 마! 하지 말라고! 이사나는 진저리를 치며 뿌리쳤지만, 렉사는 끈질길 정도로 이사나를 뒤쫓으며 이사나의 입술을 탐했다. 옷이 구겨지고 여자들이 걸어 준 목걸이와 브로치가 몸싸움을 하는 와중에 전부 뜯겨 나갔다. 이사나의 저항이 거세지자, 렉사는 어깨를 부숴 버릴 듯 손아귀에 힘을 줬다. 너무 아파 비명이 절로 나왔지만, 이사나는 몸을 웅크린 채 이를 악물었다. 그러자 렉사가 이사나의 아랫입술을 핥으며 으르렁거렸다.

"입 열어."

"……."

"이대로 뒤부터 꿰뚫어 버리기 전에 열라고."

하지만 아무것도 안 들린다는 듯 이사나가 눈을 질끈 감기만 하자, 렉사는 비틀린 웃음을 내지으며 말했다.

"그래, 해 보자 이거지?"

이사나를 카우치에 쓰러뜨리고 그 위에 올라탄 렉사는 그의 목덜미를 콱 깨물었다. 피가 주룩 흐를 정도로 세게 물린 이사나는 비명을 지르는데, 렉사가 찢어발기듯 이사나의 옷을 벗기고 그 안을 희롱했다.

"렉사! 읏, 그만! 그만해!"

이사나는 희게 질린 얼굴로 소리쳤지만, 렉사는 아랑곳하지 않고 이사나의 몸 이곳저곳을 훑었다. 징그럽다고 말한 게 언제였냐는 듯 쇄골에 난 자상을 만지고 가슴께에 난 열상을 핥았다. 이사나는 속수무책으로 렉사에게 유린당하며 형용할 수 없는 배신감을 느꼈다. 이런 상황 자체가 질 나쁜 거짓말처럼 느껴졌다. 희한하게도 렉사가 자신에게 해를 끼치지 않을 거라 믿고 있었던 모양이다. 말은 거칠게 해도 절대 싫어하는 짓을 하지 않을 거라고 생각했던 모양이다. 하지만 이 꼴이 무언가. 결국 놈도 형과 별반 다를 게 없었다. 형처럼 렉사 역시 자신이 고분고분하지 않다는 이유로 강제하려 들었다.

잘해 줄 거라고 했으면서.

서러움이 잇새로 새어 나오려는 걸 눌러 참으며 이사나는 몸에 힘을 뺐다. 어차피 계속 저항해 봐야 저놈도 형처럼 두들겨 팰 게 뻔했다. 저놈도 나를 마음이 있는 인간이 아닌 시키는 대로 움직이는 인형쯤으로 여기고 있을 테니까. 성가시게 군다고 남은 팔마저 잘라 낼지도 몰랐다. 원래 그런 놈인데 알아보지 못하고 좋은 관계가 될 거라 멋대로 기대했다.

내가 어리석었다.

내가 바보였다.

이사나는 눈을 질끈 감은 채 슬프고 구역질 나는 감정을 억지로 삼켰다. 어서 이 끔찍한 시간이 지나가길 기다리고 있는데, 아까부터 렉사가 움직이지 않고 있었다. 왜지? 이사나는 궁금했지만, 좀처럼 눈을 뜰 용기가 나지 않아 계속 눈을 감고 있었다. 그때, 렉사가 말했다.

"왜 그런 얼굴 하고 있는 건데."

"……."

"왜 그런 좆같은 얼굴 하고 있냐고!"

크게 소리 지른 렉사는 이사나의 멱살을 움켜쥐며 으르렁거렸다.

"피해자인 척 굴지 마, 이사나 넥시움. 네가 먼저 이상하게 굴었잖아. 친우가 되어 보지 않겠냐고, 내게 장난치고, 웃고, 쓸데없이 친절하게 대해 줬잖아! 적인 나한테!"

"……."

"네가 먼저 넋 놓고 날 계속 쳐다봤잖아!"

원망하는 듯한 그의 말에 이사나는 울컥 화가 치밀었다. 나는 그저, 그저 사이좋게 지내보려 한 것뿐이었다. 마을 여자들이 그랬던 것처럼 과거의 은원은 접어 둔 채 두 종이 공존할 수 없는지 가능성을 시험해 본 것뿐이었다. 딱히 친절하게 대한 적도 없었고 딱히 이상하게 군 적도 없었다. 이사나는 억울함을 느끼며 내뱉었다.

"나는, 단 한 번도 너를 그런 식으로 생각해 본 적 없어."

"……."

"너를 쳐다본 건 연인과 닮아서였을 뿐이야."

말을 내뱉고 나서야 이사나는 말실수를 했음을 깨달았다. 눈을 뜨자, 처참하게 일그러진 렉사의 얼굴이 보였다. 렉사는 멱살을 풀고 힘없이 카우치 아래로 내려왔다. 그에 이사나 역시 그의 눈치를 보며 뒤로 물러나는데, 렉사가 허탈한 얼굴로 이사나에게 물었다.

"네 연인이…… 내 후계였어?"

"그게……."

"나가."

"렉사, 나는……!"

"당장 내 눈앞에서 꺼져 버려! 이사나 넥시움!"

증오스럽다는 듯 형형하게 노려보는 그의 눈빛에 이사나는 더 변명하지 못하고 그의 서재에서 나왔다. 밖으로 나가기 전에 다시 한번 렉사를 돌아보았지만, 렉사는 굳어진 것처럼 여전히 그 자리에 선 채 이사나를 보려고도 하지 않았다. 이사나는 문을 닫고 서재 밖으로 나왔다.

본성 밖으로 나오자 이사나가 처음 성에 들어왔을 때처럼 날이 저물어 가고 있었다. 그림자가 길어지는 석양 속을 걸으며 이사나는 렉사에게 했던 경솔한 말을 후회하고 있었다. 그렇게 상처 줄 생각은 아니었다. 연인과 닮아 한 번 더 눈이 간 것은 사실이지만, 그를 그 아이 대신으로 바라본 적은 없었다.

이사나는 침울한 얼굴로 물기가 바싹 마른 해자 위의 도개교를 건너는데, 성 앞에 누군가가 서 있는 게 보였다. 붉디붉은 석양 아래로 긴 그림자를 만들어 낸 소녀는 성에서 나오는 이사나를 바라보며 싱긋 웃었다.

"오랜만이에요."

"그레이스……."

놀라우면서도 반가워 이사나는 한달음에 그녀에게 달려가 물었다.

"계속 여기서 기다리고 있었던 거야?"

"설마요, 우연히 지나가다가 이사나가 나오는 걸 보게 된 것뿐이에요."

"……."

그런 것치고는 그레이스가 요 며칠 사이에 핼쑥해진 것 같았다. 어찌 됐건 다시는 못 만날 거라고 생각했던 그레이스와 재회하게 되어 이사나는 기뻐졌다. 그런 그를 향해 그레이스가 말했다.

"좀 늦은 시간이지만, 이사나에게 하고 싶은 얘기가 있어요."

숲의 공주 (5)

며칠 만에 돌아온 마을은 평소와 별반 다를 게 없었다. 여자들은 한낮의 고된 노동 뒤에도 조금도 쉴 틈 없이 베를 짜고 가축을 키우며 다음 달에 바칠 공물을 준비했다. 이사나가 마을로 돌아오자, 여자들은 놀라면서도 열렬히 이사나를 환영해 주었다.

이사나는 마을 여자들에게 둘러싸인 채 오랜만에 맛있는 저녁을 먹었다. 이사나가 성에 가 있는 동안 걱정을 많이 했는지 그녀들은 연신 이사나의 주변을 기웃거리며 괜찮냐고 물어왔다. 그런 그녀들 한 명 한 명에게 걱정시켜서 미안하다는 말을 하고 나서야 이사나는 그레이스와 함께 그녀의 오두막으로 갈 수 있었다.

하고 싶다는 얘기가 도대체 무엇일까? 이사나는 궁금해했지만, 오두막에 와서도 그레이스는 좀처럼 운을 떼지 않고 계속 다른 얘기만 꺼냈다. 이사나가 없는 사이 목장의 염소가 새끼를 낳은 얘기, 마을에서 누가 더 베 짜는 솜씨가 좋은지 은근히 신경전을 벌였던 얘기, 그리고 노엘이 성년식을 치르기 위해 마을을 떠난다는 얘기도 했다.

"알리페르들은 성년식을 특정 장소에 모여서 다 같이 치르는 거야?"

오랫동안 알리페르를 토벌해 왔지만, 금시초문인 얘기였다. 그러고 보니 이제껏 미믹이 성충으로 탈피하는 과정을 단 한 번도 본 적이 없는 것 같았다. 이사나의 물음에 그레이스가 대답했다.

"모든 알리페르는 아니고요, 그 장소를 아는 알리페르만 그럴 걸요? 보통은 성충이 되기 전에 이미 마스터가 있는 알리페르들만 가서 성년식을 치르는 것 같지만요."

그레이스의 말에 이사나는 이해할 수 없다는 듯 되물었다.

"그런데 왜 모여서 하는 거야? 알리페르는 탈피할 때가 가장 공격에 취약하잖아. 누군가가 옆에 있으면 오히려 위험한 거 아니야?"

"음, 자세한 건 모르지만, 성년식을 치르는 장소에 군집을 이루는 꽃이 있는데, 그 꽃이 만개할 때 탈피를 하면 희한하게도 원래의 잠재력에 비해 훨씬 강한 힘을 지닌 성충이 될 수 있다고 하더라고요. 때로는 탈피를 하지 못하는 불완전한 개체도 거기 가면 탈피를 할 수 있다고 하고요. 확실히 이사나의 말대로 누군가가 옆에 있으면 위험할 수 있는데, 그걸 감수하고서라도 그곳에서 탈피하고자 하는 어린 개체들이 많아요."

정말 신기한 얘기였다. 그토록 오랜 세월 동안 놈들을 토벌해 왔는데 이사나는 한 번도 이런 얘기를 들어본 적이 없었다. 이사나는 새삼 자신이 알리페르에 대해 아무것도 몰랐다는 걸 깨닫는데, 그레이스가 서랍을 뒤지더니 옷 한 벌을 꺼내 주었다.

"갈아입어요."

"아……."

그제야 이사나는 엉망진창인 자신의 모습을 알아차릴 수 있었다. 렉사와 몸싸움을 한 탓에 옷은 너덜거리고 마을 여자들이 걸어 준 장신구는 온데간데없었다. 꽤 중요한 것처럼 보였는데……. 이사나는 미안해 어찌할 줄을 몰라 하며 사과했다.

"미안해, 목걸이랑 브로치, 잃어버려서……. 옷도 깨끗이 돌려주려고 했는데……"

"괜찮아요, 이사나만 무사히 돌아오면 됐죠. 그것만으로도 충분히 기뻐요."

조금도 나무라는 기색 없이 그레이스는 평소처럼 개구지게 웃어 보였다.

옷을 갈아입고 이사나와 그레이스는 각자 잠자리에 들었다. 그레이스는 침대에, 이사나는 바닥에 요를 깐 채 몸을 뉘었다. 바닥이 조금 딱딱하고 불편했지만, 그다지 나쁜 잠자리는 아니었다. 이사나는 눈을 감고 오지 않는 잠을 청하려는데, 그레이스가 물었다.

"이사나, 자요?"

"아니, 아직."

드디어 그레이스가 저번부터 하려던 얘기를 꺼내려는지 말을 붙여왔다. 이사나는 내심 긴장하며 그레이스를 바라보았다. 희한하게도 그레이스는 그녀답지 않게 좀처럼 입을 열지 않았다. 하지만 이사나는 재촉하지 않고 계속 그녀를 기다렸다. 그레이스는 잠시 머뭇거리다가 이사나에게 물었다.

"이사나는 삶이 버겁게 느껴진 적이 없었나요?"

"……?"

"'이사나 넥시움'으로서의 삶이요."

그레이스의 물음에 이사나는 잠시 망설이다가 솔직하게 대답했다.

"버거웠지. 한 번도 버겁지 않은 날이 없었어."

그레이스가 제국민이었다면, 하다못해 이 마을의 평범한 여자 아이였다면 이사나는 결코 이런 대답을 내놓지 않았을 것이다. 이사나는 항상 누군가를 보호해야 하는 입장이었고 이런 약한 소리는 결코 그에게 허락되지 않았다. 하지만 어째서일까, 그레이스에게는 할 수 있었다. 그레이스 역시 마을 여자들을 이끄는 입장이라 그런 걸까? 그녀에게만큼은 이런 유약한 속내를 털어놓을 수 있었다.

"나는, 다른 사람들이 기대하는 만큼 대단한 사람이 아니야. 그냥 평범한 사람이야. 때로는 실수를 하고 때로는 어리석은 짓을 저지르기도 해. 하지만 '이사나 넥시움'은 결코 그래서는 안 되지. 그는 제국민들의 영웅이니까."

"……."

"때로는 그들의 기대에 못 미칠까 봐 겁이 나."

겁쟁이 같은 이사나의 말에 그레이스는 작게 웃으며 말했다.

"전부터 생각했지만, 이사나는 참 착한 사람이에요. 매사에 진지하고 생각도 많고. 그래서 사람들이 당신을 믿는 거겠죠?"

그레이스의 칭찬에 거북함을 느낀 이사나는 어두운 얼굴로 부정했다.

"아니야, 사실 난 그들의 기대를 받을 자격조차 없어."

"……?"

"내 연인은 알리페르야."

"……."

"숲에서 네가 보았던 그 아이가, 내가 사랑하는 사람이야."

이사나는 자조하듯 내뱉었다. 어째서 이런 말까지 나오는지 알 수 없었다. 어쩌면, 줄곧 누군가에게 비난받고 싶었던 건지도 모른다. 제국민들을 위해 살아야 하는 '이사나 넥시움'이 정에 못 이겨 그 아이를 살려 두고 결국 사랑하게 된 것을 말이다. 그 아이가 살아 있으면 인류에 얼마나 큰 위협이 되는지 뻔히 알면서도 그럼에도 이사나는 끝까지 그 아이를 죽이지 못했다.

그 아이가 계속 살아 있기를 바랐다.

이사나는 조용히 그레이스의 경멸을 기다리는데, 그레이스가 어처구니없다는 듯 말했다.

"세상에, 어떻게……."

"……."

"어떻게 사람이! 이사나 양심이 있어요, 없어요? 그런 어린애와 사귀다니! 완전 날도둑놈이 따로 없네요!"

뭐? 생각지도 못한 비난에 이사나는 얼떨떨한 눈으로 그레이스를 돌아보는데, 그레이스가 연신 혀를 차며 어이가 없다는 듯 말했다.

"하, 이사나의 마음을 사로잡은 대단한 여자가 도대체 누군가 했더니, 사실은 어린애라니……."

"그, 그렇게 어리지 않아! 그 아이, 연초에 성년식도 치렀는걸!"

이사나는 황급히 변명했지만, 그레이스는 도리어 차게 식은 목소리로 비난했다.

"겉모습만 그렇지 실제로는 성년식 치를 나이도 아니잖아요."

아픈 곳을 마구 찔러 대는 그레이스의 말에 이사나는 입을 다물었다.

그랬다. 알리페르는 인간에 비해 성장이 빠르고 유년기가 짧은 편이라 그 아이 역시 소설 코드에 등록된 나이보다 훨씬 어렸다. 그 아이의 실제 연령을 떠올리자 이사나는 새삼 자신이 너무 쓰레기 같아 자괴감이 드는데, 그레이스가 그런 이사나를 애써 이해하는 척하며 말했다.

"뭐, 꽤 귀엽게 생겼으니까 혹했을 수도 있겠네요. 그런데 아직 사리 분별도 못 하는 애한테 손을 댄 건 아니겠죠?"

"……."

양심이 찔려 할 말이 없었다. 이사나는 애써 화제를 돌려 그레이스에게 물었다.

"그런데 너는 괜찮은 거야? 내 연인이 알리페르인 게?"

"그럴 수도 있죠."

"나는 알리페르로부터 제국민들을 지켜야 하는데?"

죄악감이 느껴지는 이사나의 말에 그레이스는 한심하다는 듯 말했다.

"그 아이가 다른 알리페르들처럼 사람을 해쳤어요, 착취를 했어요? 그런 적 없잖아요. 그런데 그 아이가 알리페르라는 이유로 이사나가 죄책감을 가지는 건 이상하지 않아요?"

"……."

"좋아하는 사람까지 부정해 가며 남들 시선을 너무 의식하지 말아요. 사람이 아니면 어때요? 사랑할 만해서 사랑한 건데."

그레이스의 말에 이사나는 가슴께가 먹먹해지는 걸 느꼈다. 이사나는 그 아이를 사랑하면서도 항상 죄책감에 시달렸다. '이사나 넥시움'으로서 그까짓 감정 하나 끊어 내지 못해 결국 그 아이를 사랑하게 된 것이 늘 한쪽 가슴을 무겁게 했다. 만약 카노스에 걸리지 않았다면 이사나는 끝까지 그 아이를 받아들이지 않았을 터였다. 곧 끝이라는 걸 알았기에 솔직하게 그 아이를 욕심낼 수 있었다. 아이러니하게도 그게 그 아이에게 상처 줄 것을 알면서도 말이다.

이렇게 엉망진창인 사랑이지만 그래도 누군가는 긍정해 주길 원했던 모양이다. 어느 누구도 안 된다고 말할 게 뻔한 이 상황을 한 사람 정도는 축복해 주길 바랐던 모양이다.

"고마워……."

"애인 있는 사람이 그런 낯간지러운 말 하지 마세요. 진짜 두근거리니까."

그레이스의 농담 섞인 놀림에 이사나는 자신도 모르게 웃어 버리는데, 그레이스가 오두막 천장을 바라보며 말했다.

"그렇게 항상 고민해 왔던 것처럼 앞으로도 계속 고민하세요."

"……?"

"늦었으니까 얼른 자요. 내일도 할 일이 많아요."

그레이스의 말에 이사나는 순순히 눈을 감았다. 그러다 문득 그레이스가 할 얘기가 있다고 말했던 걸 떠올렸다. 하지만 너무 졸렸다. 며칠 동안 알게 모르게 긴장하고 있었던 탓일까? 눈이 절로 감겨 왔다. 얼마 지나지 않아 이사나는 잠에 빠져들었다.

그렇게 잠이 든 지 얼마나 되었을까, 누군가가 이사나의 몸을 흔들어 깨웠다.

"이사나, 일어나요."

그레이스였다. 이사나는 졸린 눈을 껌뻑이는데, 아직 해가 뜨지 않았는지 주변은 온통 푸른 새벽빛 속에 잠겨 있었다. 아직 일어날 시간이 되려면 멀었는데 왜? 이사나는 의아해하는데, 그레이스의 모습이 이상했다.

사냥제가 있던 날처럼 그레이스는 머리를 하나로 올려 묶고 붉은 염료로 얼굴에 기하학적인 문양을 그렸다. 마치 전장에 나가기 직전처럼 레더 아머로 완전히 무장한 그녀를 이사나는 의아한 눈으로 바라보는데, 그레이스가 싱긋 웃으며 말했다.

"이사나, 집에 갈 시간이에요."

뭐? 이사나는 그레이스가 도대체 무슨 말을 하는 건지 몰라 멍하니 그녀를 바라만 보았다. 그러자 그레이스가 이사나를 일으켜 밖으로 끌고 나왔다. 바깥에는 그레이스와 마찬가지로 레더 아머로 무장한 마을 여자들이 있었다.

머리를 하나로 올려 묶고 말에 올라탄 그녀들은 처음 보는 석궁을 손에 들고 있었다. 사냥제 때 쓴 석궁과 비슷하게 생겼지만, 크기가 훨씬 크고 활의 가장자리 양옆에 도르래를 달아 활에 걸리는 장력을 더한 개량품이었다. 용이라도 사냥할 법한 범상치 않은 생김새에 이사나는 어안이 벙벙해지는데, 그레이스가 이사나를 흑마에 태운 뒤 자신도 올라탔다.

도대체 뭘 하려는 거야……. 이사나는 불안에 찬 얼굴로 그레이스를 바라보는데, 아비가 그레이스에게 말했다.

"공주, 마을 주민 96명 모두 찬성했어."

"오, 만장일치네."

"하하하, 잘생긴 남자는 인류의 보물이라고! 보호받아 마땅해."

아비의 말에 마을 여자들이 뭐가 우스운지 "맞아, 맞아!"라며 깔깔거렸다. 그에 이사나는 불안해졌다. 이들이 뭘 하려는 건지 모르겠다.

아니, 짐작은 가지만 인정하고 싶지 않았다. 이사나는 퍼뜩 정신을 차려 그레이스에게 말을 걸려는데, 그레이스가 먼저 마을 여자들을 향해 말했다.

"모두들! 이날 이때까지 정말 잘 견뎌 주었어! 이제껏 저 쓰레기 같은 놈들 헛소리 들어주느라 많이 답답했지?!"

"어휴, 고구마 백만 개 먹는 줄 알았어!"

"공주! 서론은 짧게 하고 우리 빨리 출발하자!"

마을 여자들은 눈을 희번덕거리며 공주를 재촉했다. 그 독기 오른 눈빛에 아무 상관없는 이사나조차 가슴께가 서늘해졌다. 그레이스는 오랫동안 웅크리고 앉아 때가 오기만을 기다렸을 마을 여자들에게 말했다.

"이 날이 오기를 아주 오랫동안 기다려 왔어. 그동안 수없이 많은 치욕과 수모에도 인내심 있게 기다려 준 당신들에게 경의를 표해. 고마워, 모두들."

짧게 인사한 그레이스는 석궁을 높이 들며 여자들에게 외쳤다.

"우리는 누구?!"

"스페스의 점잖고 교양 있는 레이디들—!"

"Veni, vidi, vici(왔노라, 보았노라, 이겼노라)!"

"Veni, vidi, vici(왔노라, 보았노라, 이겼노라)—!"

그레이스가 사냥제 때 선창한 적이 있는 구호를 먼저 외치자, 여자들 역시 우렁차게 소리 질렀다. 그레이스는 여자들을 바라보며 차갑게 이죽거렸다.

"저 씨발놈들 엿 먹여 보자고!"

이랏—! 그레이스의 말이 선두로 먼저 뛰쳐나갔다. 그에 다른 여자들 역시 소 떼처럼 우르르 그레이스를 뒤쫓았다. 그레이스가 모는 말이 너무 빨라 이사나가 허둥거리자, 그레이스가 호탕하게 소리쳤다.

"이사나, 떨어지지 않게 꽉 붙잡아요!"

그레이스의 말에 이사나가 그녀의 허리를 꽉 붙잡자, 그레이스는 더욱더 속도를 높여 아직 어두컴컴한 숲속으로 뛰어들었다.

해가 막 뜨기 시작하는 새벽, 그때는 숲의 경비가 유일하게 느슨해지는 시간대였다. 밤새도록 보초를 서던 알리페르들의 체력이 떨어진 시간이기도 하고 그들의 지배자가 깊이 잠든 시간이기도 했다. 마을 여자들이 대뜸 우르르 숲으로 몰려 들어오자, 숲을 지키던 알리페르들은 당황한 얼굴로 어찌할 줄을 몰랐다. 그런 그들을 향해 그레이스가 석궁을 겨눴다.

푹—!

"윽!"

그레이스의 공격을 시작으로 마을 여자들이 뒤이어 석궁을 쏴댔다. 여자들은 어떤 알리페르를 먼저 공략해야 하는지 잘 알았다. 그랬기에 알리페르들은 속수무책으로 여자들에게 당할 수밖에 없었다. 소규모 군집을 지휘하던 알리페르가 집중 사격을 당해 정신 지배에 실패하자, 숲의 알리페르들은 순식간에 오합지졸로 전락해 버렸다.

"크하하하하! 오늘따라 명중률이 장난 아닌데?"

"크센트 이 개자식아! 석궁 맛이 어떠냐!"

순식간에 고슴도치가 된 채 바닥으로 추락하는 알리페르를 보며 여자들은 호탕하게 웃었다. 이사나는 사색이 된 채 그레이스에게 외쳤다.

"그레이스! 이게 지금 뭐 하는 짓이야!"

"뭐긴요, 저놈들을 엿 먹이고 이사나를 집에 돌려보내는 중이죠."

뭐가 이상하냐는 듯한 그레이스의 말에 이사나는 답답함을 느끼며 소리쳤다.

"이런 식으로 저들과 대립하면 안 되잖아! 나중에 너희들 어쩌려고 이러는 거야!"

"하여간 이사나는 좋은 일을 해 줘도 그러네요. 집에 안 가고 싶어요?"

평소와 다를 바 없는 태연자약한 태도에 이사나 역시 침착하게 그녀를 설득하려 애를 썼다.

"돌아가고 싶은 마음은 부정하지 않을게. 하지만 이런 식으로 돌아가게 되어도 기쁘지 않을 거야! 나 때문에 네가, 여기서 같이 지냈던 사람들이 위험에 처할지도 모르는데 내가 가서 편안히 지낼 수 있을 것 같아? 나 때문에 희생하지 마! 난 너희들이 희생할 만한 가치가 없어!"

이사나의 처절한 외침과 동시에 알리페르 무리가 새카맣게 하늘을 뒤덮기 시작했다. 드디어 이 숲의 군주가 잠에서 깨어난 것이다. 쐐기 진형으로 숲을 돌파해 나가던 여자들은 벌 떼처럼 웅웅거리는 알리페르들에게 석궁을 날리다가 그레이스에게 외쳤다.

"목표물의 고도가 너무 높아! 석궁으로는 잡을 수 없어!"

"모두 속도를 높여! 2번 지점까지 얼마 안 남았어!"

여자들을 독려한 그레이스는 이사나에게 말했다.

"착각하지 말아요, 희생 같은 거 아니에요. 우리는 우리의 의지대로 당신을 제국에 되돌려 주는 것뿐이에요. 이사나, 당신은 두 달 동안 이 마을에 미물면서 우리에게서 무엇을 보았나요?"

"……."

"알리페르에게 공물을 바치느라 하루 종일 일하는 불쌍한 모습이요? 형제들을 빼앗기고도 속없이 저들의 어린 개체를 돌보는 어리석은 모습이요? 아니에요, 우리는 불쌍하지도 어리석지도 않아요. 긍지를 가지고 이날 이때까지 힘껏 살아왔어요. 우리는 우리의 의지대로 살아왔지 결코 누군가가 휘두르는 대로, 어쩔 수 없이 살아온 게 아니란 말이에요!"

멀지 않은 곳에 거대한 쇠뇌를 여러 대 설치해 놓은 채 대기 중인 마을 여자들의 모습이 보였다. 마치 대포처럼 거대한 쇠뇌에는 기다란 장창이 걸려 있었다. 그레이스가 손을 들어 수신호를 보내자, 쇠뇌들이 각기 알리페르들에게 겨누어졌다. 그리고 그레이스가 그들을 스쳐 지나감과 동시에 쇠뇌에 걸려 있던 장창들이 그레이스를 뒤쫓던 알리페르들에게 날아갔다.

"끄아아아악!"

"끼이이이익!"

공격이 먹혀들었는지 추적하던 무리 중 절반 이상이 괴이한 단말마를 내뱉으며 숲에 추락했다. 하지만 여전히 남은 알리페르들은 그레이스와 마을 여자들을 뒤쫓아 오고 있었다. 그레이스는 그들을 힐끗 돌아보다가 이어 말했다.

"우리들은 이대로 잊혀지고 싶지 않아요. 우리들에게, 어머니들에게 있었던 일들을 단순히 '알리페르에게 붙잡혀 죽을 때까지 노동한 불쌍한 여자들.' 이란 말로 끝내고 싶지 않다고요! 그런 비극의 부속품으로 전락하는 건 사양이에요. 기왕이면 어떤 역경에도 굴하지 않고 끝까지 희망을 놓지 않았던 용감한 사람들의 얘기로 기억되고 싶어요."

그레이스의 말에 같이 달리던 여자들이 말했다.
"나는 세상에서 제일 베를 잘 짰던 사람의 얘기로요!"
"나는 세상에서 제일 활을 잘 쏘았던 사람의 얘기로요!"
"저는 잠수 이별했던 전 남친을 석궁으로 쏴 죽인 얘기로요!"
한 여자의 말에 다들 경악해서 그 여자를 돌아보았다. 모두의 시선을 한 몸에 받게 된 여자는 멋쩍은 얼굴로 말했다.
"예전에 크센트가 성년식을 치르기 전에 잠깐 사귀었거든요."
"헐……."
"그런데 그 자식이 성년식을 치르자마자 입 싹 닫고 날 피해 다니잖아요! 개자식! 속이 다 시원하네!"
여자의 눈은 여전히 원망과 섭섭함으로 일렁이고 있었다. 모두들 비감에 뭐라 말을 못하는데, 알리페르의 공격이 계속 되었다.
"윽……!"
퍼부어지는 맹공에 여자들은 하나둘씩 진형에서 뒤처지기 시작했다. 그레이스는 수신호를 보내며 여자들에게 소리쳤다.
"모두들! 이제 흩어져! 작전대로 진행한다!"
"응!"
"조금 있다가 봐, 공주!"
쐐기 진형으로 숲을 가로지르던 여자들은 순식간에 사방으로 흩어졌다. 예상치 못했던 상황에 상위 개체가 당황했는지 알리페르들은 명령 지연으로 잠시 공중에 멈춰 섰다. 그걸 놓치지 않고 여자들은 석궁을 쏘며 그레이스와 이사나가 나아갈 길을 엄호했다.
그렇게 달려 나간 지 얼마나 되었을까? 점점 나무가 듬성듬성해지더니 얼마 지나지 않아 드넓은 초원이 눈앞에 펼쳐졌다. 시탈로프 숲을 탈출한 것이다. 믿을 수 없는 광경에 이사나는 어안이 벙벙해지면서도 이상하게 순수하게 기뻐할 수 없었다. 이사나는 여전히 주변을 경계하며 말을 모느라 정신이 없는 그레이스에게 물었다.

"이대로…… 내가 제국에 돌아가게 되면 너는 어떻게 되는 거야?"

"글쎄요."

"네가 날 풀어 준다고 해서 내가 너희들을 구하러 올 거라는 보장은 없어. 이미 시탈로프 숲 원정은 실패했고 네가 마을 여자들을 책임지는 위치에 있는 것처럼 나 역시 제국민들의 안위를 먼저 생각해야 하는 위치에 있으니까."

"알아요."

"그러면서……!"

이사나는 울컥하는데, 그레이스가 비웃듯이 말했다.

"아까도 말했지만 착각하지 말아요. 우리는 제국군 총사령관 '이사나 넥시움'을 구하는 게 아니니까요. 두 달 동안 군말 없이 우리 일을 열심히 도와준 이사나를 해방시켜 주는 거지."

그레이스의 말에 이사나는 뜨거운 뭔가가 목 끝까지 차오르는 기분이 들었다. 그레이스를 만류해야 하는데, 희한하게도 어떠한 말도 나오지 않았다. 그레이스는 어깨를 으쓱이며 가볍게 말했다.

"의외로 가볍게 넘어갈 수 있어요. 우리가 없으면 저 마을이 제대로 돌아갈 것 같아요? 우리는 쓸모가 많아요. 우리가 없으면 저들은 당장 다음 달부터 옷 한 벌 없는 원시인이 될 걸요? 이게 다 발 뻗을 만해서 저지른 짓이에요."

"하지만……!"

"다 왔어요. 내려요. 여기서부터는 노엘이 안내해 줄 거예요."

노엘? 이사나는 의아해하는데, 그레이스가 평원 어딘가를 가리켰다. 그곳에는 짐이 실린 말 두 필을 고삐로 쥐고 있는 노엘이 보였다. 성년식을 치르기 위해 마을을 떠났다고 들었는데? 이사나가 어안이 벙벙한 얼굴로 노엘을 바라보자, 그레이스가 먼저 말에서 내린 뒤 이사나에게 손을 내밀었다.

"내려요."

"그레이스……."

"시간 없어요, 빨리요."

그레이스는 매정하다 싶을 정도로 성급히 이사나를 끌어 내려 노엘이 있는 쪽으로 떠밀었다. 이사나는 그레이스를 돌아보았지만, 그레이스는 귀찮다는 듯 얼른 가라고 손짓했다. 그에 이사나는 계속 그레이스를 돌아보면서도 결국 앞으로 나아갈 수밖에 없었다. 그런 이사나를 물끄러미 쳐다보던 그레이스는 이사나가 노엘에게 가까워지자 다시 말에 올라 숲속으로 사라졌다. 잘 가라는 말이라든가, 다시 보자는 말은 없었다. 이사나는 망연자실 그녀의 뒷모습만 바라보는데, 노엘이 다가오더니 말고삐를 이사나에게 내밀며 말했다.

"얼른 타, 갈 길이 멀어."

이사나가 말고삐를 쥐자, 노엘은 어두운 얼굴로 말에 올라탔다. 그에 이사나도 별수 없이 말에 올랐다.

쾌활했던 평소와 달리 노엘은 평원을 달리는 내내 말이 없었다. 무언가로부터 도망치듯 말을 재촉하기만 할 뿐이었다. 그러다 해가 지고 밤이 찾아왔다. 노엘은 익숙한 듯 적당한 곳에 터를 잡고 노숙을 준비했다. 이사나 역시 그런 노엘을 도와 부싯돌로 불을 피우고 간단히 먹을 음식을 조리했다. 저녁 식사를 한 둘은 불침번을 정한 뒤 잠을 자려는데, 먼저 불침번을 서고 있던 노엘이 이사나에게 말했다.

"여자들이 왜 저러는지 이해를 못하겠어."

"……."

"왜 왕의 뜻을 거스르려 하는 거야? 이때까지 계속 잘 지내 왔잖아. 왕에게 공물을 바치는 게 힘들면 조정하면 돼. 클레르 님이라면 분명 중간에서 잘 조율해 주셨을 거라고."

"……."

"헥사비스라고 여기랑 다를 게 있을 거 같아? 다 똑같아. 어딜 가든 사는 곳은 다 똑같다고."

모닥불에 비친 그의 얼굴이 비감으로 일렁이고 있었다. 아마 노엘도 직감하고 있을 터였다. 왕에게 맞선 그녀들에게 살아날 가망성이 별로 없다는 것을 말이다. 그렇기에 이토록 슬퍼하는 것이다. 이사나는 죄책감 어린 얼굴로 그녀들의 말을 전했다.

"그레이스가 이대로 잊혀지고 싶지 않대."

"……."

"알리페르의 포로로 불쌍하게 살아갔던 게 아닌, 끝까지 희망을 놓지 않고 용감하게 맞섰던 얘기를 다른 사람들에게 전해 달랬어."

"그까짓 게 뭐가 중요한데!"

노엘은 참아 왔던 울분을 터트리며 이사나를 쏘아보았다. 이사나는 차마 그를 마주 볼 수 없어 시선을 피하는데, 노엘이 울면서 소리 질렀다.

"죽으면 그게 다 무슨 소용이야! 바보 아냐? 멍청이 아냐? 다들 미친 게 분명해……!"

노엘은 오열하며 그레이스를, 그리고 마을 여자들을 원망했다. 이사나 역시 그랬다. 그녀들 스스로가 정했을 일이지만, 그래도 그 결정이 야속하고 슬프기만 했다. 이렇게 렉사로부터 풀려나게 되었음에도 전혀 기쁘지 않았다. 이사나가 치미는 울음을 간신히 눌러 참는데, 노엘이 말했다.

"당신 따위, 오지 말았어야 했어."

"……."

"당신이 오고 전부 이상해졌어……."

노엘은 몸을 웅크린 채 어린아이처럼 울었다. 다정하고 용감한 사람들이었다. 세상에 다시없을 좋은 사람들이었다. 하지만 눈물을 내비치는 것조차 그들의 삶을, 결정을 모욕하는 것 같았다. 비통함을 눌러 담은 채 이사나는 기나긴 새벽을 견뎠다.

* * *

다음 날도 전날과 마찬가지로 둘은 쉼 없이 말을 타고 달렸다. 노엘은 이 주변 지리를 잘 아는지 말을 달리는 데에 거침이 없었다. 그렇게 얼마나 달렸을까. 오후쯤 되자, 목표물이 눈에 보이기 시작했다.

콜로니였다.

이사나가 세우고 종내에는 스스로 몰락시켰던 그 도시가 이사나의 눈앞에 있었다. 콜로니가 시야에 들어오자, 노엘이 말했다.

"이제부터는 혼자 갈 수 있지?"

"……고마워."

이사나는 인사했지만, 노엘은 아무것도 듣지 못한 사람처럼 제 갈 길을 갔다. 그레이스처럼 잘 가라는 말이라든가 다시 보자는 말은 없었다. 앞으로 다시 보지 못할 것처럼 구는 노엘을 한동안 망연하게 바라보던 이사나는 이내 말을 돌려 콜로니로 향했다.

노엘과 헤어지고 얼마 지나지 않아 이사나는 콜로니에 도착했다.

"……."

두 달 만에 보는 콜로니는 이사나의 기억보다 훨씬 황량하고 쓸쓸해 보였다. 처음 알리페르의 습격을 받은 동쪽 망루는 여전히 수습되지 못한 시신들로 썩은 내가 났고 망가진 자기 중력장 배리어에서 무너져 내린 철망은 베일처럼 콜로니 전체를 감싸고 있었다. 마치 섬처럼 외로워 보이는 도시를 가만히 바라보던 이사나는 철망을 걷어 올리고 그 안으로 들어갔다.

"엘든! 여기 있나?!"

이사나는 말을 타고 콜로니를 돌아다니며 엘든과 친위대를 찾아다녔다. 그들은 분명 이곳에 있을 터였다. 친위대는 제국군 총사령관을 보좌하기 위해 만들어진 팀이니 말이다. 그들이 두 달 가까운 시간 동안 아무런 연락이 없었던 건 분명, 잡혀간 곳의 정확한 위치를 몰라서였을 터였다. 분명 그들은 이 안에서 매일 자신을 구출할 작전을 준비하고 있었음이 틀림없다. 이사나는 그것을 믿어 의심치 않으며 사령부를, 작전실을, 다른 군 건물들을 샅샅이 뒤졌다. 그러나 이상하게도 콜로니 안은 사람 그림자도 찾아볼 수 없었다.

그럴 리가 없는데…….

이사나는 점점 조급증이 치미는 걸 느끼며 콜로니 안을 정신없이 돌아다녔다. 하지만 아무도, 이 안에는 아무도 없었다. 시간이 멈춘 것처럼 콜로니는 예전과 똑같은 모습을 하고 있었지만, 그 안에 사람만 쏙 빼간 것처럼 아무도 없었다.

왜 친위대가 콜로니에 없는 거지?

잠시 자리를 비운 건가?

한두 명이면 몰라도 전체가 다 자리를 비울 리 없다는 걸 알면서도 이사나는 필사적으로 몰려드는 상념들을 부정했다. 다른 진영으로 거점을 옮긴 건가? 아니다, 아무리 콜로니의 자기 중력장 배리어가 해제되었다고 해도 이곳은 오랫동안 최전선으로 활약해 온 요새였다. 다른 진영은 이사나가 붙잡혀 있던 시탈로프 숲과 지나치게 거리가 멀었고 갖춰진 장비 역시 이곳에 비해 빈약하기 짝이 없었다. 그렇다면 왜 친위대가 여기에 없는 걸까? 왜? 렉사가 약속을 어겼나? 그건 아닐 텐데…….

당혹감에 빠진 이사나는 길 잃은 사람처럼 콜로니 안을 이리저리 헤매고 다녔다. 심지어 나중에는 말에서 내려 건물 안을 샅샅이 뒤지기까지 했다. 문을 하나씩 다 열며 누구 한 사람이라도 발견되길 간절히 바랐다. 누구라도 좋으니 한 사람이라도 이사나의 생환을 기뻐해 주길 바랐다.

하지만 콜로니에는 아무도 없었다.

누군가가 생활한 흔적조차 찾을 수 없었다.

해가 지평선 아래로 사라져가는 가운데 텅 빈 거리에 홀로 선 이사나는 형용할 수 없는 외로움을 느꼈다. 비참하고 세상에 버려진 듯한 기분이 들기도 했다. 그제야 이사나는 그레이스와 마을 여자들이 했던 말들을 이해할 수 있었다. 사람들 간의 연결이 끊어진다는 건 이토록 외롭고 쓸쓸한 기분인 것이다.

밤이 되자 이사나는 콜로니에 남은 건량을 조리해 대충 저녁을 때웠다. 다행히 발전기와 수도는 멀쩡해 이사나는 전처럼 마음껏 전기와 물을 사용할 수 있었다. 관사로 들어온 이사나는 오랜만에 샤워를 한 뒤 먼지가 부옇게 내려앉은 침대를 털고 그 위에 몸을 뉘었다. 이상했다. 모든 풍경이 예전과 별반 다를 게 없는데, 단지 사람들이 없다는 것만으로 견디기 힘든 공허함이 몰려들었다. 예전에는 단 한 번도 이런 기분을 느껴 본 적이 없었는데 말이다.

이사나는 가슴 속이 뻥 뚫린 듯한 허무함에 몸부림치다가 잠이 들었다.

다음 날, 이사나는 포기하지 않고 일단 구조 요청을 해 보기로 했다. 친위대가, 제국이 '이사나 넥시움'을 버릴 리 없다. 분명 피치 못할 사정으로 콜로니를 거점으로 사용하지 못하게 된 것뿐일 터였다. 이사나는 통신 기기를 통해 자신의 생환 소식을 전하기로 했다. 부랴부랴 퇴각하느라 콜로니 안의 시설들은 전부 고스란히 남아 있는 상태였다. 작전실 안으로 들어간 이사나는 커다란 패널이 달린 통신 기기를 작동시켰다. 얼마 후 입력창이 나타나자 이사나는 보안 코드를 입력한 뒤 바로 헥사비스와 콜로니 주변 진영에 통신을 요청했다.

[연결 중입니다.]
[통신망이 불안정해 접근할 수 없습니다.]

몇 번을 시도했지만, 화면에는 똑같은 메시지만 반복해서 뜰 뿐이었다. 기기를 뜯어보기도, 바깥으로 나가 통신망을 점검해 보기도 했다. 하지만 시탈로프 숲 원정 때처럼, 콜로니 침공 때처럼 통신은 아무 이유 없이 연결되지 않았다.

역시 나를 버린 건가.

모두를 믿어야 한다고 되뇌었던 게 무색할 정도로 이사나는 금세 절망에 빠졌다. 아무리 샅샅이 뒤져도 누군가가 이곳에 머문 흔적은 없었고 다른 진영과의 교신은 여전히 되지 않는다. 이런 상황에서 친위대가 이사나의 생환을 믿고 다른 진영으로 떠났다면, 최소한의 표식은 해 두었을 터였다. 하지만, 없었다. 아무것도 남아 있는 게 없었다.

사실 이사나도 어렴풋이 느끼고 있었다. 콜로니의 정예 병력으로도 시탈로프 숲 원정을 실패했는데, 겨우 한 사람 잡혀 간 걸 찾겠다고 위험을 무릅쓸 리가 있겠는가? 그게 아무리 제국군 총사령관이라 하더라도 말이다. 친위대는 이미 이사나를 죽었다고 여기기로 한 것이다. 이사나는 자신의 가치를 과대평가했다는 걸 통감했다.

'헥사비스로 가야 하나.'

그레이스와 마을 여자들의 희생으로 기껏 콜로니까지 오는 데 성공했지만, 이곳에 아무도 남아 있지 않은 이상 다른 대안이 없었다. 하지만 문제는 이사나가 다른 진영의 위치를 모른다는 것이었다. 그것조차 알리페르 측의 숨겨진 병력이 드러나면서 모두 헥사비스로 퇴각했을지도 모른다. 결국 이사나에게 남겨진 길은 헥사비스로 돌아가는 것뿐이었다. 하지만 헥사비스는 이곳에서 아득하리만치 먼 거리에 있었다.

그 먼 길을 혼자 갈 수 있을까?

이사나는 막막함에 눈앞이 아득해졌다. 이곳에서 헥사비스까지는 도보로 대략 한 달 가까이 걸린다. 말이 있다고는 하지만, 그 먼 거리를 홀로 갈 수 있을까?

하지만 가야 했다. 그레이스와 마을 여자들을 위해서라도 반드시 가야 했다.

그녀들을 떠올리자 이사나는 또다시 가슴이 욱신거려 왔다. 그레이스는, 마을 여자들은 어떻게 되었을까. 그레이스는 의외로 가볍게 넘어갈 수 있다고 말했지만, 이사나는 믿지 않았다. 그저 자신을 위로하기 위한 말이라는 걸 이미 알고 있었다.

내게는 그런 희생을 받을 가치가 없었다.

내게는 그녀들의 호의를 받을 자격이 없었다.

시탈로프 숲 밖으로 나가려 했던 건 단지 연인에 대한 기억을 잃을까 두려워서였다. 결코 거창한 대의를 가지고 움직인 게 아니었다. 애초부터 자신은 그다지 남을 위하는 사람이 아닌 것이다.

이사나는 무거운 마음으로 콜로니를 떠날 여정을 꾸리기 시작했다. 하지만 그 과정이 결코 기껍지는 않았다. 단지 별다른 수가 없어 타의적으로 하는 행위에 불과했다. 물론 돌아가고 싶었다. 미래를 약속한 연인이 헥사비스에서 기다리고 있는데 싫을 리가 없다. 하지만…… 이대로 가도 되는지 알 수 없었다.

이사나는 콜로니 안을 샅샅이 뒤져 한 달간의 여정 동안 필요할 물품들을 전부 갖춘 뒤 마지막으로 작전실로 들어가 들어온 통신이 없는지 확인해 보는데, 밖에서 낯익은 목소리가 들려왔다.

"이사나 넥시움!"

"……!"

클레르였다. 렉사가, 벌써 여기까지 쫓아온 건가? 이사나는 놀라서 자리에서 벌떡 일어났다. 그리고 조심스럽게 바깥을 살피는데 이상하게도 밖에는 렉사도 그가 끌고 왔을 알리페르 무리도 보이지 않았다. 단지 클레르, 그 하나만 본부 건물 앞에 서 있을 뿐이었다. 왜지? 왜 클레르만 여기 있는 거지? 이사나는 절로 경계심이 생겨나는데, 클레르가 비통한 목소리로 소리쳤다.

"이사나 넥시움! 부탁한다! 제발 도와다오! 이대로는 그레이스가 죽을지도 모른다!"

클레르의 외침에 이사나는 눈을 크게 떴다. 그레이스가 아직, 살아 있단 말인가……! 막연하게 그레이스가 죽었을 거라 생각했던 이사나는 그레이스가 살아 있다는 말에 정신이 번쩍 들었다. 하지만 이사나는 신중해지기로 했다. 클레르는 그레이스와 연이 닿은 자이기도 하지만, 렉사의 슬레이브이기도 했다. 이런 외침조차 함정일지도 몰랐다.

그렇게 생각하는 순간, 클레르가 이사나가 숨어 있는 쪽을 향해 무릎을 꿇었다. 그 자존심 높은 알리페르가 인간인 자신에게 무릎 꿇었다는 것에 이사나는 충격을 받는데, 클레르가 말했다.

"왕께서, 마을 여자들을 모조리 잡아 통나무에 묶어 놓고 산 채로 말려 죽이려 하고 있다. 이 더위에 그녀들은 그리 오래 버티지 못해. 제발 부탁한다. 마을 여자들을, 그레이스를 살려다오!"

그레이스가, 마을 여자들이 죽어가고 있다는 말에 이사나는 우뚝 굳어졌다. 막연히 렉사가 그녀들을 죽일지도 모른다는 생각은 했지만, 설마 그런 잔인무도한 짓을 벌일 줄은 꿈에도 생각지 못했다. 이사나는 어찌할 바를 몰라 하는데, 클레르가 계속해서 소리쳤다.

"네가 믿을지는 모르지만, 내게 그레이스는 자식 같은 존재다. 세상 누구보다도 소중한 아이란 말이다!"

"……."

"그 아이는 네놈을 한 번 구했다! 게다가 네놈은 그 아이와 혼인하지 않았나! 네가 정말 인간이라면 그 아이를 외면해서는 안 된단 말이다!"

"……."

"부탁이다, 제발 나와 함께 돌아가다오!"

클레르는 눈물까지 흘리며 이사나에게 간청했다. 클레르는 렉사가 첫 번째 종으로 삼을 만큼 유능한 알리페르였다. 그런 그가 이사나가 어디에 있는지 모를 리 없다. 그럼에도 클레르는 건물 안으로 들어오지 않고 무릎을 꿇고 앉아 이사나가 나와 주길 기다리고 있는 것이다.

이사나가 쥬드를 죽음으로 몰고 간 원수임에도 말이다.

이사나는 고뇌했다. 이대로 숲으로 돌아가면 다시는 헥사비스로 돌아갈 기회가 없을 터였다. 그레이스의 죽음을 예상하지 못한 것도 아니고 클레르 역시 그 혼자 있으니 물리치는 게 어렵지 않을 터였다. 이사나에게는 제국이 더 중요하고 제국민들을 지킬 의무가 있었다. 하지만.

은인의 위기를 외면하면서까지 돌아가도 되는 것일까?

누군가는 대의를 위해 희생은 당연한 것이라 말할지도 모른다. 하지만 이사나는 그래서는 안 된다고 생각했다. 넥시움으로 태어나 제국민들을 위해 싸우는 업을 지게 되었음에도, 그래도 외면해서는 안 되는 것이 있는 것이다. 게다가 넓은 의미에서 본다면 그레이스와 마을 여자들 역시 이사나가 지켜야 할 제국민들이었다. 헥사비스에 있지 않다고 그들이 제국민이 아니라고 할 수 없었다. 오히려 그들을 외면하는 행동이야말로 이제껏 이사나가 해 온 일들을 전부 의미 없게 만드는 짓이었다.

존재조차 몰랐던 그녀들을 이번엔 이사나가 구할 차례였다.

이사나는 다시 작전실 안으로 들어가 통신 기기 앞에 앉았다. 패널에 감청색 메인 화면이 뜨자, 이사나는 간략하게 통신을 보낼 내용을 입력했다.

[나는 제국군 총사령관이자, 제2황자인 이사나 넥시움이다. 알리페르의 왕에게 붙잡혀 시탈로프 숲 안의 마을에 구금되어 있었지만, 그 마을에 있던 다른 포로들의 도움으로 콜로니로 돌아올 수 있었다. 나는 지금 내게 탈출할 기회를 준 그들을 구하기 위해 다시 시탈로프 숲으로 향한다. 누구든 이 메시지를 받게 된다면 헥사비스에 연락을 취해 지원병을 요청해 주길 바란다.]

이사나는 간략하게 쓴 내용과 함께 마을의 위치가 표시된 지도를 함께 전송했다. 하지만 역시나 통신은 연결되지 않았다. 그러나 이사나는 굴하지 않고 계속해서 메시지가 재송신될 수 있게끔 통신 기기를 조작한 뒤 자리에서 일어났다.

이사나가 본부 밖으로 나오자, 무릎을 꿇고 앉아 있던 클레르가 퍼뜩 고개를 들었다. 이사나는 며칠 사이에 초췌해진 클레르를 내려다보며 그에게 물었다.

"그레이스와 마을 여자들이 잡혀간 지 얼마나 되었지?"

"이틀, 지금이 이틀째다."

인간은 물 없이 사흘을 버티기 힘들었다. 더군다나 이런 폭염 속에서는 더더욱. 이사나는 근처에 매어 둔 말에 올라탄 뒤 클레르에게 말했다.

"일단 가도록 하지, 안내해 줘."

이사나의 말에 클레르는 황급히 자리에서 일어나 콜로니 밖으로 향했다. 그런 클레르를 이사나가 뒤따랐다.

'미안해.'

이사나는 헥사비스에서 자신을 기다리고 있을 연인에게 사과했다. 하지만 이대로 돌아간다면 절대 그 아이의 얼굴을 똑바로 쳐다볼 수 없을 것 같았다.

흙먼지를 일으키며 몰락한 도시의 주인이 왔던 곳으로 다시 되돌아갔다. 그리고 작전실에서 홀로 불이 켜져 있던 통신 기기는 계속해서 이사나가 쓴 메시지를 헥사비스와 주변 진영에 전송했다. 그런데 어느 순간, 메시지의 글자가 하나씩 지워지더니 패널의 화면이 돌연 까맣게 꺼져 버렸다.

숲의 공주 (6)

길을 안내하는 클레르를 따라 이사나는 밤낮을 가리지 않고 말을 몰았다. 며칠째 혹사당한 말이 연신 푸릉거리며 거품을 물었지만, 잠시도 지체할 틈이 없었다. 최소한의 휴식만 취한 채 달려간 끝에 이사나는 마침내 시탈로프 숲에 진입할 수 있었다.

둥근 보름달이 지상을 비추는 가운데 클레르와 함께 시탈로프 숲으로 들어가자, 숲의 경비를 보고 있던 알리페르들이 하나둘씩 이사나의 머리 위를 맴돌기 시작했다. 하지만 그들에게서 적대하는 기색은 보이지 않았다. 그저 조용히 이사나를 지켜보기만 할 뿐이었다.

저들의 눈은 분명 렉사와 연결되어 있을 터였다.

하지만 이사나는 그에 아랑곳없이 클레르를 따라 계속 앞만 보고 내달렸다. 마을 여자들이 알리페르와 격전을 벌였던 지점을 통과해 숲의 입구, 그리고 본성과 연결된 도개교를 건넜다. 성문을 통과해 안으로 들어가자, 첨탑 앞에 빽빽하게 꽂힌 통나무가 보였다. 거기에 마을 여자들이 묶여 있었다.

이사나는 황급히 말에서 내려 그녀들에게 달려가는데, 그녀들 사이로 흑발의 알리페르가 나타났다.

"렉사……."

이사나는 침음을 삼키며 그 자리에 멈춰 섰다. 렉사를 보는 건 성에서 있었던 껄끄러운 일 이후로 처음이었다. 이사나는 그에게 도대체 무슨 말을 해야 할지 몰라 머뭇거리는데, 렉사가 의중을 알 수 없는 얼굴로 이사나에게 말했다.

"왜 돌아왔어?"

"……."

"이대로 네 연인에게 가 버릴 줄 알았더니."

렉사는 눈을 번들거리며 이사나에게 빈정거렸다. 그 눈빛이 미쳐 날뛰기 직전의 형을 보는 것 같아 이사나는 절로 오금이 저려왔다. 하지만 이사나는 물러나는 대신 앞으로 나서며 그에게 말했다.

"그럴 리가 없잖아. 마을 밖으로 나간 건, 그건…… 그냥 실수였어, 잠시 내가 어떻게 됐었나봐."

"……."

"미안해, 다시는 마을 밖으로 나가지 않을게. 그러니…… 여기 있는 여자들은 풀어 줘."

이사나의 말에 렉사는 어처구니가 없다는 듯 헛웃음을 내지었다. 그에 이사나는 두려움이 몰려왔지만, 그를 따라 어색하게 웃었다. 그런 이사나를 세상에 둘도 없는 멍청이처럼 측은하게 바라보던 렉사는 돌연 얼굴을 굳히더니 이사나의 뺨을 후려쳤다.

"윽……."

가차 없는 손속에 이사나는 골이 다 흔들리는 걸 느꼈다. 콧속이 화끈거리면서 무언가가 주륵 흘러내렸다. 아래를 보자, 피가 망울져 바닥에 떨어지는 게 보였다. 이사나는 믿을 수 없다는 듯 렉사를 바라보는데, 그런 이사나를 향해 렉사가 활짝 웃으며 말했다.

"이사나 넥시움, 네가 왜 내게 미안해하는지 이해를 못 하겠군. 적진에 사로잡힌 포로가 탈출하려는 건 당연한 거 아닌가? 게다가 넌 헥사비스에 셋밖에 남지 않은 황족. 저것들이 목숨 걸고 너를 탈출시키려 할 만하지."

렉사는 태연하게 말을 늘어놓으며 뒤를 돌아보았다. 그에 이사나 역시 통나무에 매달린 여자들을 바라보았다. 그들은 성에 나타난 이사나를 힘겨운 눈으로 바라보고 있었다. 그들의 눈빛에 이사나는 말로 표현할 수 없는 죄책감을 느꼈다. 이사나가 그들의 긍지를, 신념을 꺾은 것이다. 그들이 목숨보다 소중히 여기는 것을 다른 누구도 아닌 이사나가 짓밟은 것이다.

하지만 이사나는 도저히 그들의 희생을 받아들일 수 없었다. 그들이 가진 신념을 이해하지만, 노엘처럼 그걸 마음이 받아들이지 못했다. 그녀들이 죽는 게 싫었다. 절대로. 이사나는 렉사를 돌아보며 말했다.

"아니야, 이번 일은 결코 저들의 의지가 아니었어. 내가, 내가 나가고 싶다고 억지를 부렸어. 저들에게 헥사비스로 돌아가게 해 주면 군대를 끌고 와 구해 주겠다고 거짓말을 했어. 내가 잘못한 거야."

"……."

"잘못했어, 다시는 나가지 않을게. 한번만 용서해 준다면 네가 원하는 건 무엇이든 할게. 부탁이야."

이사나의 애원에 렉사의 눈에서 경멸이 스쳐 지나갔다. 렉사는 무시무시한 눈으로 이사나를 쏘아보며 말했다.

"그럼 나를 사랑해."

"……."

"못 하겠어?"

"……할게, 여자들만 살려 준다면."

이사나의 말에 렉사는 또다시 이사나의 뺨을 후려쳤다. 무자비한 손속에 고막이 나갔는지 귀가 웅웅거렸다. 이사나는 비틀거리는데, 렉사는 그에 만족하지 않고 배를 걷어찼다. 내장이 터질 듯한 고통에 이사나가 바닥에 쓰러진 채 신음을 내뱉자, 렉사는 어서 일어나라는 듯 차가운 눈으로 이사나를 내려다보았다. 그에 이사나가 비틀거리며 다시 일어서자, 이번엔 정강이를 걷어찼다.

그렇게 렉사는 이사나를 샌드백처럼 마구 두들겼다. 예전에 밤마다 숲에서 벌였던 싸움과 달리 오직 고통만을 주려는 듯한 손속에 이사나는 괴로웠지만 참아 내려 애를 썼다. 렉사가 느꼈을 수치와 모욕은 이정도가 아닐 테니 말이다. 이사나는 팔다리가 후들거려옴에도 악착같이 그의 분풀이를 받아 내는데, 렉사가 분노로 숨을 거칠게 내쉬며 짓씹듯 말했다.

"저것들과 맞바꿀 수 있을 정도로 네 사랑이 가벼운 줄은 미처 몰랐군, 이사나 넥시움. 그렇다면 필요 없어, 그딴 싸구려 감정 따위."

렉사는 모욕감에 몸을 떨며 이사나를 쏘아보았다. 그 무거운 감정을 차마 마주할 수 없어 이사나는 고개를 숙이는데, 치가 떨린다는 듯 렉사가 말했다.

"애초부터 네 제안을 받아들인 게 잘못이었어. 하찮은 인간의 말 따위에 휘둘려 놀아나다니, 내가 어리석었어."

"렉사, 나는……!"

"닥쳐! 처음부터 네가 할 일은 하나뿐이었다, 이사나 넥시움. 내 후계를 낳는 것."

렉사는 피투성이가 된 채 간신히 서 있는 이사나에게 명령했다.

"벗어."

"……!"

"뭐든지 한다며?"

당장에라도 모든 걸 갈기갈기 찢어 버릴 듯한 흉폭한 눈빛에 이사나는 잠시 망설이다가 손을 내려 셔츠 밑단을 붙잡았다. 떨리는 손으로 셔츠 자락을 걷어 올리는데, 그 아래로 누군가가 고의로 낸 게 틀림없어 보이는 흉터 자국들이 눈에 들어왔다. 이사나는 흠칫 놀라며 머뭇거리는데, 렉사가 비틀린 웃음을 내지으며 이사나에게 빈정거렸다.

"저것들이 어떻게 되든 상관없나 봐?"

렉사의 말에 이사나는 허겁지겁 셔츠를 벗고 바지와 속옷을 내렸다. 실오라기 하나 걸치지 않은 맨몸이 되자, 그제야 뒤늦게 수치심이 몰려들었다. 이사나는 움츠려들지 않으려 애를 썼다. 그게 렉사가 원하는 것일 테니 말이다. 하지만 징그러운 몸뚱이로 수많은 시선들이 내리꽂히자 이사나는 몸이 떨려 오는 걸 느꼈다. 몸에 남겨진 고문흔과 알리페르의 사지와 연결된 부위가 고스란히 모두에게 보이고 있었다. 이사나는 당장에라도 몸을 가리고 싶은 걸 간신히 참아내는데, 렉사가 픽 웃으며 평했다.

"역시 징그러워."

"……."

"네 연인조차 네 맨몸뚱이를 보면 교미할 생각이 사라질 거야."

비수 같은 그의 말에 이사나는 희게 질린 얼굴로 고개를 떨어뜨리는데, 렉사가 말했다.

"이리 와."

렉사의 명령에 이사나는 고분고분 그의 앞에 섰다. 그러자 렉사가 눈을 휘며 말했다.

"내 것을 빨아."

"……!"

"후계를 낳아 줘야지?"

렉사는 즐거움이 묻어난 얼굴로 재촉했다. 이사나는 창백해진 얼굴로 몸을 떨며 렉사를 바라보았다. 정말, 모두가 보는 이곳에서 하려는 건가? 이사나는 도무지 믿기지 않는다는 듯 그를 바라보았지만, 렉사는 잔혹한 웃음을 거두지 않았다. 그 웃음 속에서 이사나는 오랫동안 자신의 삶을 지배해 온 형의 그림자를 엿보았다. 그와 동시에 오랫동안 짓눌러 온 무력감이 몰려들었다.

이사나는 체념 어린 얼굴로 렉사의 앞에 무릎을 꿇었다. 어차피 별일 아니었다. 형에게 수없이 맞고 결국 강간까지 당했지만, 생각을 하지 않으면 그게 힘들게도 비참하게도 느껴지지 않았다. 이사나는 손을 들어 익숙하게 해 왔던 일을 하려는데, 순간, 날카로운 목소리가 들려왔다.

"하지 말아요!"

익숙한 목소리에 고개를 돌리자, 그레이스가 보였다. 혹서와 피로로 지독히 지쳐 보였지만, 그녀의 눈빛은 여전히 꺾이지 않은 채 형형했다. 그레이스는 잔뜩 쉰 목소리로 이사나에게 말했다.

"하지 말아요. 그런 짓까지 해서 풀려난다고 우리가 기뻐할 거 같아요?"

"그레이스……."

"아버지를 팔아먹고 오빠와 동생을 팔아먹으며 살아남은 목숨이에요. 이사나가 그렇게까지 하면서 우리를 구명할 필요 없어요. 우리 때문에."

그레이스는 렉사를 노려보며 말했다.

"저 바보 같은 자의 농간에 놀아나지 말라고요."

단호하기 짝이 없는 그녀의 말에 이사나는 우뚝 굳어지는데, 렉사가 눈을 번들거리며 그레이스에게 말했다.

"네가 드디어 미쳤나 보군."

"당신이야말로 더 이상 과오를 반복하지 마세요, 왕이여. 당신은 아직도 당신이 뭘 원하는지 모르겠습니까? 이사나를 숙주로 만들면 그걸로 만족이 될 거라 생각하냔 말입니다! 그는 인간이에요. 아무리 '이사나 넥시움'이라고 해도 그 역시 상처 입고 꺾이기도 하는 인간이라고요!"

"입 닥쳐."

"아니, 내 말을 들어야 해요! 장담하건데 이대로 이사나를 몰아붙이면 그는 곧 망가질 겁니다. 그렇게 되면 당신은 앞으로 절대 원하는 걸 얻지 못할 거예요! 영원히!"

그레이스의 처절한 경고에 렉사의 눈이 번뜩였다. 그와 동시에 그레이스의 가까이에 있던 알리페르가 여자들에게서 압수한 병장기로 그레이스의 옆구리를 꿰뚫었다.
"크……!"
"그레이스!"
"그레이스!"
경악한 클레르와 이사나가 그녀에게 달려가는데, 렉사가 조종하는 알리페르 무리에 의해 앞이 가로막혔다. 클레르는 알리페르들에게 붙잡힌 채 렉사에게 소리쳤다.
"와, 왕이여! 야, 약속하지 않았습니까! 이사나 넥시움을 데려오면, 푸, 풀어준다고……!"
"데려오기만 했잖아."
"……!"
"내 명령도 듣지 않는데 그걸 과연 제대로 데려온 거라 할 수 있을까?"
렉사의 말에 이사나는 허둥지둥 다시 그의 앞으로 달려가 무릎을 꿇었다. 이사나는 렉사의 다리를 붙잡으며 비참하게 애원했다.
"부, 부탁이야, 그레이스를 풀어 줘! 이대로는 죽을지도 몰라! 제발, 렉사, 제발……!"
이사나의 절박한 말에 렉사는 코웃음을 치며 말했다.
"그렇다면 말만 내뱉지 말고 성의를 보여야지."
렉사의 말에 이사나는 허둥지둥 렉사의 바지춤을 끌렀다. 바지를 내리자, 인간의 것과는 조금 다른, 커다란 성기가 튀어나왔다. 이사나는 희게 질린 얼굴로 그것을 내려다보다가 눈을 질끈 감고 그것을 입에 삼켰다.
"읍……!"

입에 넣자마자 구토가 치밀었지만, 이사나는 목구멍까지 열며 성기를 전부 삼키려 애를 썼다. 혀를 세워 기둥을 핥고 볼우물이 생길 정도로 빨며 필사적으로 흥분을 부추겼다. 조금씩 성기가 힘을 얻고 커지자, 이사나는 렉사의 허벅지를 붙잡고 리드미컬하게 추삽질을 반복했다. 그러자 렉사는 기분 좋은 듯 작게 신음을 흘리며 이사나의 머리카락을 붙잡았다.

이사나는 황제에게 교육받았던 그대로 능숙하게 렉사의 것을 빨았다. 닳고 닳은 색정가였던 황제와 달리 렉사의 절정은 빨랐다. 얼마 지나지 않아 입 안에 파정하자, 이사나는 사정한 액을 꿀꺽 삼키고 주변에 지저분하게 묻은 것들을 정성껏 혀로 핥아 청소했다.

행위가 끝나자, 이사나는 울렁거리는 속을 간신히 참으며 입가에 묻은 것을 손등으로 닦아 내는데, 렉사가 무서운 눈으로 이사나를 내려다보며 말했다.

"잘하네?"

"……?"

"닳고 닳은 창부도 이정도로 능숙하진 않을 것 같아."

"그, 읏……!"

갑자기 머리채가 잡힌 이사나는 신음을 흘리는데, 렉사가 절정 후의 나른함과 노여움이 뒤섞인 얼굴로 이사나에게 말했다.

"네 연인과 많이 해 봤나 봐?"

"아니, 읏……!"

"그놈 거라고 생각하면서 했어? 어때, 좋았어? 큭, 그러고 보니 날 쳐다본 것도 그놈과 닮아서라고 했었지? 빨아 보니까 어때? 그놈 것과 많이 닮았어?"

노여움을 견디지 못한 렉사는 이사나의 머리채를 붙잡은 채 짚단 인형처럼 마구 쥐고 흔들었다. 거기에 이사나는 속수무책으로 질질 끌려다니는데, 렉사가 차가운 목소리로 말했다.

"그래, 인정하지. 나는 너를 특별하게 생각했어. 네가 어떤 건방을 떨어도 그게 그저 예쁘게만 보였어. 장난치는 것도 웃는 것도 빌어먹게 예뻤다고! 그런데 그게 단지 내 후계와 닮아서 그랬다고?!"

"윽……!"

"네까짓 게 감히 나를 능멸해?!"

렉사는 분노로 이를 갈며 소리쳤다. 그에 이사나는 붙잡힌 머리채가 아파 옴에도 고개를 가로저으며 필사적으로 말했다.

"아니야! 나는 한번도 너를 그 아이로 생각한 적이 없어! 네가 그 아이와 닮은 건 사실이지만, 너는 그 아이와 달라! 너는 그냥 너였어. 다른 누구도 아니었다고!"

"……."

"친우가 되어 보자는 제안을 받아들여 줘서 기뻤어. 말은 거칠어도 언제나 상냥한 네가 좋았어. 적으로 만났지만, 그래도 너와 친해져서, 너에 대해 알게 되어서 좋았다고!"

"……."

"용서해 줘. 이제 다시는 밖으로 나가지 않을게. 숙주가 되라고 하면 될게. 그러니 그레이스를, 여자들을 풀어 줘!"

이사나는 울면서 소리쳤다. 그레이스가 더 이상 움직이지 않고 있었다. 그녀의 옆구리에서 흘러나온 피가 우물처럼 흥건히 바닥을 적시고 있었다. 이사나는 렉사를 붙잡고 어린아이처럼 엉엉 우는데, 렉사가 짓씹듯이 말했다.

"가증스러운 놈, 이제 와서 그딴 말로 수작 부리지 마! 결국 너는 네 연인에게 갔잖아! 네게 베푼 관용에도 아랑곳하지 않고 저것들이 떠미는 대로 가 버렸잖아! 그냥 내가 싫다고 말해! 끔찍하다고 말해! 웃기지도 않은 착한 척하지 말고!"

렉사는 이사나를 뿌리치며 고함을 질렀다. 그러나 이사나는 여전히 렉사의 앞에 머리를 조아린 채 그의 자비를 구걸했다. 그레이스가, 그녀가 죽을지도 몰랐다. 그녀는 결코 이런 일로 죽어서는 안 되었다. 그녀는, 그녀들은 '이사나 넥시움'이 아닌 '이사나'를 바라봐 준 고마운 사람들이었다. 누가 뭐라고 해도 그녀들이 죽는 건 싫었다. 이사나가 눈물을 떨어뜨리며 끅끅거리자, 렉사는 그런 이사나를 차갑게 내려다보다가 말했다.

"그래, 용서해 주지."

거짓말 같은 그의 말에 이사나는 번쩍 고개를 드는데, 옆에서 이상한 소리가 들려왔다. 고개를 돌리자, 마을 여자들의 병장기로 그녀들의 목을 치는 알리페르들이 보였다. 그레이스 역시, 클레르에 의해 목이 잘리고 있었다.

"아, 아, 아아……!"

도저히 믿을 수 없는 광경에 이사나는 짐승처럼 울부짖는데, 그런 이사나를 힐끔 내려다보며 렉사가 말했다.

"너만은 용서해 주지. 이유야 어쨌든 다시 돌아왔으니까."

"아, 그레, 이스……. 아……."

"하지만 저들은 안 돼."

단호하게 내뱉은 렉사는 하늘 위로 솟구쳤다. 이사나는 바닥에 주저앉은 채 망연자실 눈물을 흘렸다. 그런 이사나의 주위로 일리페르들이 몰려들더니 이사나를 붙잡고 하늘로 날아올랐다.

이사나는 점점 멀어져 가는 성 안의 광경을 멍하니 내려다보았다. 그레이스가, 마을 여자들이 먹기 좋게 잘린 채 차가운 양동이에 담겨 어디론가 옮겨지고 있었다. 짓궂은 구석이 있으면서도 정 많고 드높은 자존심을 가진 스페스의 처녀들이 고깃덩이로 전락한 것이다.

알리페르에게 마을 여자들의 긍지와 자존심은 저녁 식사 정도의 가치밖에 되지 않는다.

알리페르에게 인간은 가축인 것이다.

그리고 나는 왕의 총애를 받는 애완동물이다.

이사나를 붙잡고 날아오른 알리페르들은 열려 있는 창문을 통해 첨탑 꼭대기 층에 내려앉았다. 그들은 눈물범벅이 된 이사나를 침대에 던져 놓은 뒤 밖으로 나갔다.

새카맣게 어두운 첨탑 안에 이사나와 렉사, 둘만 남겨졌다.

"흐으, 으, 흐으……."

말을 잃은 이사나는 점점 다가오는 렉사를 보며 뒷걸음질 쳤다. 푹신한 침구와 보드라운 시트의 감촉에도 이사나는 어느새 이곳을 악몽 속의 어떤 장소로 인식하고 있었다.

놈에게 팔다리가 뜯기던 지하수로가 어느새 눈앞에 펼쳐졌다.

금방까지 비탄에 젖어 있었던 게 언제였냐는 듯 이사나는 겁에 질려 몸을 덜덜 떨었다. 뱀 앞에 선 개구리처럼 실체화된 공포에서 눈을 떼지 못했다. 이대로 죽을 것이다. 실컷 강간당한 뒤 몸뚱이가 모조리 놈의 배 속으로 흘러들어 갈 것이다.

그게 자연의 섭리인 것이다.

인간은 결코 알리페르에게 이기지 못한다.

어느새 지척까지 다가온 렉사를 공포에 질린 눈으로 바라보는데, 렉사가 무겁게 가라앉은 눈으로 말했다.

"사랑해, 이사나 넥시움."

아니다. 알리페르는 인간을 사랑할 수 없다.

"네가 누구를 마음에 두든 나는 널 사랑하고 있어."

인간처럼 구애를 흉내 내는 그가 역겹다.

"우린 영원히 함께하는 거야."

끔찍한 말을 내뱉으며 렉사가 입술을 겹쳐 왔다. 이날만을 기다렸다는 듯 성급하면서도 거칠기 짝이 없는 키스에 입 안이 터지고 피가 났지만, 이사나는 비명조차 지를 수 없었다. 조금이라도 움직이면 잡아먹힐까 봐 생쥐처럼 우뚝 굳어진 채 그의 손길을 견딜 뿐이었다.

토악질이 나올 정도로 깊게 키스당하고 젖꼭지가 퉁퉁 부을 정도로 빨리고 핥아졌다. 렉사는 원해 왔던 만큼 이사나의 몸을 샅샅이 훑고 탐닉했지만, 이사나는 조금도 그 행위에 흥분하지 못했다. 오히려 그의 손길 하나하나에 안에 있던 무언가가 조각나는 기분이 들었다. 이윽고 다리가 양옆으로 활짝 벌려지고 렉사가 그 안으로 성기를 밀고 들어왔다.

"윽, 흐, 으, 으윽!"

"좁아, 하아, 이사나……."

렉사는 이사나의 안을 억지로 밀고 들어오며 황홀한 듯 연신 이사나의 이름을 불렀다. 당장에라도 내부가 터질 듯한 크기에 이사나는 도리질을 치며 계속 안으로 집어넣는 렉사에게 사정했다.

"안 돼, 안 돼……! 커, 윽, 흐으, 너무, 커……!"

"이사나, 이사나……."

"죽, 어, 읏, 죽을 거, 같애……! 제발, 읏, 흐읏, 제발……!"

이사나는 힘이 들어가지 않는 팔로 렉사를 밀어내며 그에게 애원했다. 그에게서 폭우 속의 동굴에서 보았던, 성에 머물 때 보았던 서투른 상냥함을 기대하며 그만해 달라고 빌고 또 빌었다. 하지만 렉사는 지하 수로에서처럼 쾌락에 젖은 얼굴로 이사나를 유린하고 또 유린할 뿐이었다.

치릇치릇—. 치릇치릇—.

흥분한 렉사가 만들어 내는 날갯소리가 탑 내부를 가득 메웠다. 아파, 죽여줘, 아파, 죽여 줘, 아파, 아파, 아파……!

이사나는 그 어느 때보다도 생생한 악몽 속에서 몸부림치며 숨을 껄떡거렸다. 이미 다 지난 일임에도 없어진 팔다리가 지독한 고통과 상실감을 호소했다. 우르륵, 이사나가 발작을 일으키며 피거품을 물었지만 렉사는 멈추지 않았다. 처음 사랑을 느낀 상대에게 무슨 일이 일어나고 있는 지도 모른 채 렉사는 내부를 탐닉하느라 헐떡이기 바빴다.

"사랑해, 사랑해."

진득한 감정이 묻어나는 고백에 이사나는 진저리를 치며 정신을 놓았다. 삶은 지독한 것이었다.

첨탑의 포로 (4)

지하실에서 다시 첨탑으로 돌아온 이사나는 손 쓸 수 없을 만큼 완전히 망가졌다. 이사나가 제정신을 차리는 시간은 이제 손에 꼽을 정도였다. 창문을 통해 해가 스며들기 시작하는 걸 보다가도 눈을 한번 깜빡이면 어느새 캄캄한 밤중이기 일쑤였다. 계절 또한 마찬가지였다. 뜨거운 여름이 엊그제 같은데 부지불식간에 찬 바람이 스미더니 눈이 펑펑 내리는 겨울이 찾아왔다.

만화경처럼 자꾸만 바뀌어 가는 풍경에 이사나는 점점 시간 감각을 잃어갔다. 시간은 언제나처럼 똑같이 흘러갔지만, 대부분의 기억이 날아가고 재편집된 이사나의 안에서 현실은 점점 무의미한 것이 되어갔다.

그런 가운데 누군가의 울음소리가 들려왔다.

어느 날은 이사나를 원망하고 어느 날은 이사나에게 애원했다. 한 번도 울어 본 적 없는 것처럼 그는 감정조차 추스르지 못한 채 짐승처럼 울부짖었다. 쏟아내고 쏟아내고 또 쏟아내다가 그럼에도 이사나를 놓지 못하고 꽉 끌어안은 채 또 울었다.

도대체 누구일까? 조각난 기억 속을 헤매면서도 이사나는 궁금해했다. 누구길래 저토록 슬프게 우는 것일까?

하지만 이사나의 정신은 감옥에 갇힌 것처럼 좀처럼 현실로 돌아올 수 없었다. 이명처럼 들려오는 현실의 편린만을 엿보며 이사나는 꽤 오랫동안 꿈속에 빠져 있었다.

꿈속에서 이사나는 예전처럼 마을 여자들의 일을 도왔다. 뙤약볕 아래에서 김을 매고 목초지로 가축을 데려가 풀을 먹이고 밤에는 베를 짜고 가죽을 손질했다. 하루 종일 고된 노동에 시달렸지만, 이사나는 그다지 힘들다는 생각을 하지 않았다. 이사나는 마을 여자들과 일하며 일상을 나누는 게 좋았다. 매일 아침 잘 잤냐는 인사를 하고 사소한 걱정거리를 나누며 하나의 목적을 가지고 함께 일하는 게 즐거웠다. 그렇게 이사나는 몇 계절 동안 그녀들과 함께했다.

그러던 어느 날, 마을 어귀로 익숙한 얼굴이 나타났다.

'이사나!'

□□였다. 여느 때와 같이 내리 쬐는 햇볕 아래에서 잡초를 뽑고 있던 이사나는 놀라서 자리에서 벌떡 일어섰다. 왜 □□가 여기에? 이사나는 이상했지만, 반가움에 호미까지 내팽개친 채 달려가 □□를 꽉 끌어안았다.

아직은 덜 자라 길쭉하니 마른 몸에서 보드라운 체취가 느껴졌다. □□가 틀림없었다. 이 냄새, 이 체온. 오랫동안 그리워하던 연인이 틀림없었다. 이사나는 솜사탕처럼 복슬한 금발에 콧등을 비벼 댔다. 너무 반가운 나머지 눈물까지 울컥 나오려는데, □□가 어리광 부리듯 이사나에게 뺨을 비비며 물었다.

'제가 너무 늦은 거 아니죠?'

'아니야, 전혀 안 늦었어.'

'보고 싶었어요, 이사나.'

'나도, 나도 네가 보고 싶었어.'

이사나는 코끝이 시큰거리는 걸 눌러 참으며 □□를 바라보았다. 오랜만에 보는 □□는 예전과 별반 달라진 데가 없었다. 바다를 닮은 청명한 청록색 눈동자와 오뚝한 콧대, 항상 기쁜 듯이 벌어져 있는 입매까지. 이사나는 다시는 잊어버리지 않으려는 듯 그 모습을 눈에 담고 또 담았다.

굉장히 오랫동안 이 얼굴을 보지 못했던 기분이 든다. 이렇게 사랑스러운 아이를 어떻게 잊어버릴 수 있었을까. 이사나는 믿을 수 없어 연신 손으로 □□의 얼굴을 매만지는데, 마을 여자들이 두 사람에게 다가왔다.

'이 아이가 이사나의 애인이에요?'

'우와, 엄청 귀엽게 생겼다!'

여자들은 순식간에 □□의 주위를 둘러싸며 재잘거렸다. 솜사탕처럼 포슬포슬한 금발을 만지작거리기도 볼살이 덜 빠진 뺨을 손가락으로 콕콕 찌르기도 했다. □□는 대번에 울상이 되어 이사나를 돌아보았다. 미안하지만 곤란해 보이는 얼굴이 몹시 귀여웠다. 이사나는 웃으며 □□에게 말했다.

'괜찮아, 나쁜 사람들 아니야.'

'하지만…….'

'여기 있는 동안 신세 졌던 사람들이야.'

이사나의 말에 □□는 어색한 얼굴로 다시 여자들을 돌아보았다. 잠시 쭈뼛거린다 싶더니 □□는 이내 쏟아지는 그녀들의 질문에 대답하기 바빠졌다. 정말 미안하지만 여자들 사이에 둘러싸여 곤란한 얼굴을 하고 있는 □□가 너무 귀여웠다. 이사나는 마을로 찾아온 □□를 기쁜 마음으로 바라보는데, 그레이스가 이사나의 곁으로 다가와 말했다.

'정말 귀여운 아이네요.'

'응, 내가 가진 것들 중 가장 귀중한 보물이야.'

보물이라는 말로는 부족하지 않을까 싶을 정도였다. 인생의 가장 힘들고 비참한 순간에 찾아와 다시 일어날 힘을 주고 사랑을 가르쳐 준 저 아이는 이사나에게 기적 그 자체였다. □□가 인간이든 알리페르든 그런 건 그다지 중요하지 않았다. 그냥 저 아이가 누구보다도 올곧은 마음과 용기를 가졌다는 게 중요했다.

이사나는 □□와 마을 여자들이 있는 쪽을 바라보았다. 다 같이 어울려 즐겁게 얘기를 나누는 모습이 무척이나 평화로워 보였다. □□가 무엇이든, 배척하지 않고 환대해 주는 마을 여자들이 너무 고마웠다. 그 안온한 풍경을 보며 이사나는 희한하게도 가슴이 먹먹해져 오는 걸 느꼈다. 금방이라도 눈물이 나올 것 같았다.

어째서일까. 이사나는 어렴풋이 이유를 느꼈지만, 쉽사리 말이 나오지 않았다. 너무나도 당연했기에 오히려 보지 못한 선택지였으니까. 그런 이사나의 생각을 알아차리기라도 한듯 그레이스가 말했다.

'멋지죠? 인간과 알리페르가 공존한다는 건.'
'그러게.'
'언제나 생각하지만, 인간과 알리페르는 그다지 다르지 않은 것 같아요. 그들도 우리처럼 사소한 일 하나에 기뻐하거나 슬퍼할 줄 아니까요. 우리는 결코 서로를 이해할 수 없지 않아요. 그저 서로가 얼마나 다른지 모를 뿐이죠. 그러니 서로의 다름을 이해하고 그 다름을 존중할 수 있다면 우리는 언젠가 같이 살 수 있지 않을까요?'
'하지만 네 얘기는 낙관론에 불과해. 보통은 서로의 다름을 이해하려기보다 배척하고 천시 여기니까. 결국 이해는 언제나 약자의 몫이 되어 버리지.'
이사나는 마을 여자들에게 있었던 일들을 떠올리며 씁쓸하게 말했다. 알리페르들에게 있어서 인간 남자는 식량임과 동시에 교미의 대상이었다. 그것을 마을 여자들은 생존을 위해 억지로 이해할 수밖에 없었다. 하지만 알리페르들은 마을 여자들의 아버지와 형제들이 그녀들의 소중한 사람이라는 것을 이해해 주지 않았다. 이해했다고 해도 그녀들의 슬픔을 모른 척했다. 그게 편했으니까. 그 이해를 누리는 것이 승자인 그들에게 당연한 보상이었으니까. 이사나는 침울해지는데, 그레이스가 씨익 웃으며 말했다.
'맞아요, 그리고 일방적인 이해는 폭력과 다름없죠. 그렇기 때문에 우리는 항상 똑같은 곳에 머물러 있어서는 안 된다고 생각해요. 무서워도 힘들어도 틀린 걸 깨달으면 그게 틀렸다고 말을 하고 고치려 노력해야 한다고 생각해요. 몇 번이든 몇 천 번이든, 계속 외쳐야 모두가 행복한 광경을 꿈꿀 수 있다고 생각해요.'
'하지만……'

두렵다. 평형을 유지하는 한 세계를 다른 평형을 가진 세계로 바꾸기 위해서는 대가가 따르기 마련이다. 그리고 그 시도는 때때로 무의미한 행동이 되어 버리기도 한다. 세계의 평형을 바꾸는 일이 좋아하는 사람들이 사라지는 것보다 중요한 일일까? 삶이 고단하고 힘들어도 잘못된 것을 애써 납득하고 순응해서는 안 되는 것일까?

이제는 그게 정답이 아니라는 걸 알면서도 이사나는 세계의 평형에 저항해 덧없이 사라진 사람들을 생각하면 가슴이 미어진다. 남겨진 사람으로서 그들의 의미 없는 죽음이 허무하고 가슴 아프기만 하다. 이사나는 슬픔에 매몰되어 고개를 떨어뜨리는데, 그레이스가 말했다.

'이사나는 정말 상냥한 사람이에요. 그래서 다른 사람들의 희생을 가볍게 여기지 않고 모두의 입장을 한 번 더 생각해 결론을 내리죠. 당신이 그렇게 고민이 많은 사람이기에 우리는 당신이 만들어 낼 해답을 믿을 수 있어요.'

'그레이스?'

'이제 집에 갈 시간이에요.'

언젠가 들어 본 적 있는 말에 이사나가 옆을 돌아보자, 저녁놀에 얼굴이 붉게 물든 그레이스가 보였다. 웃는 것인지 우는 것인지 알 수 없는 그녀의 얼굴을 가만히 바라보던 이사나는 갑자기 찾아온 현기증에 눈을 감았다.

* * *

눈을 뜨자, 이사나는 온몸이 식은땀으로 흠뻑 젖어 있는 것을 느꼈다. 금방까지 큰 병을 앓다가 일어난 사람처럼 허탈하고 몸에 힘이 하나도 들어가지 않았다. 힘겹게 눈을 돌려 주변을 살펴보는데, 가까이에서 흐느끼는 소리가 들려왔다. 옆을 돌아보자 까만 머리통이 보였다. 침대맡에 엎드린 렉사는 뭐가 그렇게 슬픈지 침대보를 꽉 움켜쥔 채 숨이 넘어갈 정도로 울고 있었다. 울어? 렉사가? 너무 이상한 광경이라 이사나는 의아해하는데, 문득 복부 부근이 우릿하게 아파오는 걸 느꼈다. 배 쪽을 내려다보자, 이상하리만치 크게 부푼 자신의 배가 보였다.

결국 숙주가 됐구나.

유충이 밖으로 나올 때가 다 되었는지 배 속은 끊임없이 불편하게 요동쳤다. □□가 안에 있을 때와는 또 다른 느낌이었다. 이런 자신의 모습이 끔찍하게 느껴질 만도 하건만 어째서일까, 생각보다 아무렇지 않았다. 이사나는 부푼 배를 잠시 만져 보다가 여전히 울고 있는 렉사에게 물었다.

"왜 울고 있어?"

이사나의 물음에 렉사는 퍼뜩 고개를 들었다. 하지만 여전히 그의 얼굴은 보이지 않았다. 그저 비어 있는 얼굴 아래로 눈물이 뚝뚝 떨어지고 있을 뿐이었다. 이사나는 그 모습을 가만히 바라보다가 다시 그에게 물었다.

"왜 우는 거야? 날 여기 가두고 숙주로 만드는 데 성공했으면 기뻐해야지."

이사나의 말에도 렉사는 백치처럼 멍하니 눈물만 뚝뚝 흘릴 뿐이었다. 그러다 돌연 렉사가 이사나를 끌어안았다.

"이사나, 이사나……!"

렉사는 젖은 뺨을 이사나에게 비비고 존재를 확인하듯 연신 이사나의 마른 팔과 앙상한 어깨를 매만졌다. 길 잃은 아이 같은 가여운 모습이었지만, 이사나는 그를 도닥여 주지도 밀어내지도 않았다. 그저 인형처럼 멍하니 있을 뿐이었다. 하지만 렉사는 그런 이사나가 더 무섭다는 듯 허둥지둥 이사나의 질문에 대답했다.

"기, 기쁘지 않아. 네가, 웃지도 않고, 내 말에 대답하지도 않고, 흐으, 계속 이상한 곳만 쳐다보잖아! 이게 아니야, 이런 걸 바란 게 아니야!"

"……."

"웃어 줘, 내 말에 대답해 줘. 멍하니 있지 말고 차라리, 차라리 나를 미워해, 증오해. 제발 부탁이야……."

무엇이 두려웠는지 렉사는 몸까지 떨며 또다시 울기 시작했다. 그레이스의 말대로였다. 알리페르는 우리와 그다지 다르지 않았다. 그들도 우리처럼 기뻐하거나 슬퍼할 줄 안다. 서로의 희로애락을 이해하지 못할 정도로 완전히 다른 것은 아닌 것이다. 알리페르의 왕이라 해도 마찬가지이다. 우리는 그다지 다르지 않다.

그렇기에 마을 여자들을 이해하지 않으려 한 그를 용서할 수 없다.

이사나는 렉사의 오열을 가만히 듣고 있다가 그에게 말했다.

"나를 보내 줘."

"……."

"여기서 나가고 싶어."

"싫어!"

렉사는 이사나가 도망갈세라 허겁지겁 끌어안으며 소리 질렀다. 너무 꽉 끌어 안겨 이사나는 숨이 턱 막혀 왔지만, 잠자코 있었다. 그러자 그 침묵이 몹시 두렵다는 듯 렉사가 울먹이며 소리쳤다.

"가지 마! 제발 여기 있어! 가지 마! 이사나 넥시움!"

"……."

"잘해 줄게……. 이제 절대 네가 싫어하는 짓은 하지 않을게! 나 이제 알게 되었어. 인간들이 뭘 먹는지 전부 알게 되었다고! 네가 자고 있는 동안 연습도 많이 했어. 만족스럽지 않다면 고칠게! 뭐든, 네가 원하는 대로 전부 맞춰 줄게!"

비굴하기 짝이 없는 애원에도 이사나가 끄떡도 하지 않자, 렉사는 눈을 번들거리며 말했다.

"여기서 나간다고 헥사비스로 돌아갈 수 있을 것 같아? 성 밖에는 클레르가 지키고 있어. 이대로 네가 한 발자국만 나가도 그놈이 널 갈기갈기 찢어 죽일 거야! 그러니 그냥 여기 있어, 계속 나와 여기에 있어 줘……!"

"……."

"사랑해! 나는 너를 사랑해! 그러니 못 보내, 보내지 않을 거야!"

렉사는 고집을 부리듯 앙상해진 이사나의 몸을 끌어안고 소리쳤다. 렉사가 보내 주지 않으면 어차피 이사나로서는 이곳을 빠져나갈 방도가 없었다. 그럼에도 렉사는 궁지에 몰린 쥐처럼 불안에 차 어찌할 줄을 몰랐다. 그런 렉사에게 안긴 채 이사나가 말했다.

"그건 사랑이 아니야."

"아니야, 사랑이야! 나는 항상 너를 볼 때마다 가슴이 들떴어……. 네가 내 말에 대답하고 웃어 줄 때마다 세상에 다시없을 만큼 황홀했다고! 그런 게 사랑이라고 말했잖아. 다른 누구도 아닌 네가 그렇다고 말했잖아!"

렉사는 비난하듯 울면서 소리쳤다. 그에 이사나는 오래된 과거를 떠올렸다. 처음 렉사와 만났을 때, 사랑이 어떤 느낌이냐는 그의 물음에 이사나는 누군가에게서 들은 것에 불과한 말을 그에게 말해 주었다. 하지만 □□를 만나고 그 말이 옳으면서도 옳지 않다는 걸 깨닫게 되었다. 사랑은 그런 수식어보다 훨씬 눈부셨고 동시에 무거운 책임을 요구했다. 결코 일방적인 이해를 상대방에게 강요하는 것이 아니었다.

"나는 그때 사랑을 몰랐어."

"……."

"하지만 지금은 알아. 네가 가진 건 사랑이 아니야, 집착이야."

이사나는 손을 들어 렉사를 밀어냈다. 힘이 거의 들어가지 않은 손길이었지만, 렉사는 의외로 순순히 이사나에게서 떨어져 나갔다. 망연자실 자신만 바라보는 렉사를 내버려 둔 채 이사나는 자리에서 일어났다.

현기증이 나고 평소보다 몸이 조금 무거운 것을 제외하면 어느 때보다 정신이 명료하고 컨디션이 좋았다. 이사나는 굳게 닫혀 있던 첨탑의 철문을 열었다. 뒤를 돌아보자, 렉사가 여전히 자신을 바라보며 울고 있었다. 하지만 이사나는 인사조차 없이 열려 있는 문을 통해 첨탑 아래로 내려갔다.

이상했다. 분명 전보다 몸 상태가 안 좋아졌음에도 계단을 내려가는 게 전혀 힘들게 느껴지지 않았다. 오히려 한 걸음씩 내려갈 때마다 힘이 솟구치고 있었다. 임산부처럼 부푼 배가 불편하기는 했지만, 조금 걷고 나니 그것도 나름 적응이 되었다.

순식간에 탑의 밑바닥까지 내려와 닫혀 있던 문을 열자, 낯익은 풍경이 보였다. 첨탑 앞에 빽빽하게 꽂힌 통나무와 그 첨단에 매달린 수많은 해골들. 마을 여자들이었다. 그녀들은 머리만 남아 첨탑을 내려온 이사나를 반갑게 맞아 주고 있었다.

이사나는 통나무 주변에 굴러다니는 장창 하나를 주워 햇볕이 잘 드는 정원 어귀에 섰다. 그리고 땅을 파 그녀들의 머리를 하나씩 땅에 묻어 주었다.

키가 크고 활 솜씨가 발군이었던 아비게일.

아버지의 편지를 직접 읽기 위해 누구보다도 열심히 공부했던 루아.

손재주가 좋아 하루 이틀이면 멋진 옷을 만들 수 있었던 앨리스.

비극적인 사랑의 주인공이었던 네펠레.

그리고 누구보다도 멋진 숙녀였던 스페스의 공주, 그레이스.

그녀들의 삶을 하나씩 반추해 가며 무덤을 내려다보던 이사나는 다시 장창을 들고 자리에서 일어났다. 봄이 되어 이제 막 풀이 돋아나기 시작하는 정원을 지나 성문을 통과해 도개교를 건넜다. 그러자 성 앞에 낯익은 얼굴이 보였다.

오랜 시간에도 전혀 퇴색되지 않은 증오를 내비치는 알리페르가, 클레르가 성 밖으로 나오는 이사나를 노려보고 있었다.

“이사나 넥시움.”

낮게 으르렁대는 클레르의 말에 이사나는 경계하듯 창을 치켜들었다. 그런 이사나를 보며 클레르는 입꼬리를 말아 올렸다.

“네놈이라면 반드시 올 거라고 생각했다.”

그의 말과 동시에 숲에서 쏴아아, 하고 나뭇잎 부딪치는 소리가 들려왔다. 그리고 일제히 무언가 하늘로 날아올랐다.

치릇치릇—.

치릇치릇—.

알리페르들이었다. 끔찍한 날갯소리를 내며 그들은 마스터인 클레르 주변으로 모여들고 있었다. 대군(大軍)을 앞둔 듯 그들의 모습이 위압적이었지만, 이사나는 조금도 두렵지 않았다. 절대적인 열세임에도 오히려 투지가 솟았다. 이사나는 창을 꽉 움켜쥔 채 그들의 중심에 선 클레르를 향해 돌진했다.

"이야아아압!"

기합을 내지르며 용맹하게 뛰어들었지만, 공중에서 내려온 알리페르들에 의해 앞이 가로막혔다. 이사나는 창을 휘두르며 그들을 쓰러뜨렸지만, 그들을 물리치는 속도보다 이사나의 앞을 가로막는 놈들의 숫자가 더 많았다. 이사나는 순식간에 놈들에게 포위되었다.

"크……!"

사방이 적이었다. 사방이 클레르의 정신 지배를 받는 알리페르들이었다. 그들은 여럿이면서 동시에 하나였다. 잘 훈련된 군인보다 더 정교한 포메이션 합공을 펼치는 그들에게 이사나는 속수무책으로 당할 수밖에 없었다.

"으……!"

앞에 있는 알리페르를 상대하다가 등 뒤에서 기습을 당한 이사나는 호되게 걷어차인 뒤 바닥을 뒹굴었다. 쓰러진 이사나가 울컥 피를 토하자, 여전히 알리페르들 사이에서 상황을 지켜만 보고 있던 클레르가 말했다.

"꼴사납군, 이사나 넥시움. 네 병사들이 있다면 또 모를까, 네놈 혼자서는 나를, 우리들을 이기지 못한다."

"……."

"지금이라면 이전에 진 빚을 생각해 못 본 척 넘어가 주지. 한 번은 봐줄 테니 지금이라도 왕의 곁으로 돌아가라."

클레르의 말에 이사나는 입안에 고인 핏물을 퉤, 내뱉고 자리에서 일어섰다. 이사나가 다시 창을 들고 자세를 취하자, 클레르는 어처구니없다는 듯 웃다가 다시 손을 들어 주변을 새카맣게 뒤덮는 알리페르들을 조종했다.

쉴 새 없이 이어지는 연타에 이사나는 무력하게 얻어맞기만 했다. 하지만 이사나는 결코 포기하지 않았다. 알리페르는 인간과 다르다. 그들이 강하다고는 하나 그들은 그들을 지배하는 상위 개체만 없어지면 순식간에 오합지졸로 전락했다. 이놈들은 신경 쓸 필요가 없다. 오직 하나, 클레르만 공략하면 되었다. 그러기 위해서는 놈과 일대일 상황이 되도록 유도해야 했다. 이사나가 눈을 번뜩이며 클레르가 있는 쪽만 쏘아보는데 클레르가 그런 이사나를 거만하게 내려다보며 말했다.

"네가 무슨 생각을 하는지는 알고 있다, 이사나 넥시움. 하지만 나는 결코 네놈을 직접 상대할 생각이 없다. 네게 유감이 있는 건 사실이지만, 이제는 묻어 두기로 했다. 미천한 인간을 상대로 감정적으로 구는 것도 창피한 일이니까."

말은 그렇게 했지만, 클레르의 눈은 여전히 칼날처럼 매서웠다. 하지만 클레르는 자신이 선언한 대로 정말 이사나를 상대할 생각이 없는지 손 하나 까딱하지 않았다. 클레르는 마지막으로 경고하듯 이사나에게 말했다.

"이 이상 저항하면 아무리 네놈이 왕의 후계를 배고 있다고 해도 용서치 않을 것이다. 그러니 그만 이쯤에서 포기해라."

수없이 공격을 퍼부으면서도 치명타를 날리지 않은 이유가 배 속에

든 '이것들' 때문인 모양이다. 그렇다면 더욱 잘되었다. 일단 죽이지는 않을 테니 말이다.

클레르의 말에 이사나는 오히려 최소한의 방어도 하지 않은 채 클레르에게 돌진했다. 하지만 클레르가 조종하는 알리페르의 수가 너무 많았다. 좀처럼 창끝이 클레르에게 닿지 못했다. 거듭된 패퇴로 이사나는 초조함에 얼굴을 일그러뜨리는데, 그런 이사나를 도저히 이해할 수 없다는 듯 클레르가 말했다.

"도대체 왜 여기서 나가려고 하는 거지?"

"……."

"너는 그날 우리에게 패배했고 네 생살여탈권은 왕께 넘겨졌다. 하지만 우리는 너희와 달리 무조건적으로 너희를 죽일 생각은 없다. 우리는 너희들로부터 후계를 보아야 하니까. 그리고 연약한 인류가 우리에게 패배하는 건 이미 오래전부터 정해진 결말이었다. 너희가 구세계를 지배해 왔던 것처럼 이 땅의 지배자가 우리로 바뀌는 것뿐이다. 그저 수없이 반복해 온 자연의 섭리일 뿐이다. 그러니 더 이상 무의미한 저항은 그만두고 포기해라, 이사나 넥시움."

"……."

"우리는 결코 너희를 나쁘게 대할 생각이 없다. 너희가 우리에게 필요하다는 건 인정하고 있으니까. 순순히 우리 말에 복종한다면 왕께서도 너희의 생활을 어느 정도 보장해 줄 것이다."

"……그레이스나 마을 여자들에게 했던 것처럼 말인가?"

이사나의 말에 클레르의 얼굴이 굳어졌다. 하지만 이내 아무렇지 않게 웃으며 말했다.

"그래, 그레이스에게, 마을 여자들에게 했던 것처럼 배려해 주지.

꽤 괜찮은 조건 아닌가? 당장 죽이겠다는 것도 아니고 나름대로 너희들의 삶을 존중해 주겠다는 거잖아? 뭐가 불만이지? 너희가 소나 돼지에게 하는 것에 비하면 이렇게나 양보해 주고 있는데 정말 이해할 수 없군. 왜 자꾸 반항하는지."

클레르는 핏발 선 눈으로 이사나를 쏘아보며 중얼거렸다. 그에 이사나는 창끝을 클레르에게 겨누며 사납게 소리쳤다.

"배려라는 말이, 양보라는 말이 잘도 네 입에서 나오는군! 처음부터 끝까지 그녀들을 이용하고 기만했던 주제에! 네놈은 아직도 모르겠나? 그레이스가 왜 반기를 들었는지? 그저 옆에서 지켜보기만 했던 나조차 이유를 알겠는데, 그녀를 세상 누구보다도 소중히 여긴다고 말한 네가, 그녀가 진정 바랐던 게 무엇인지 모르겠냔 말이다!"

"닥쳐라! 네놈이 대체 뭘 안다고 지껄이는 거냐!"

클레르는 분노로 몸을 부들부들 떨며 이사나를 쏘아보았다. 그에 이사나는 역시 클레르를 쏘아보며 소리쳤다.

"아니, 네놈은 몰랐던 게 아니라 알려고 하지 않은 거다! 그 정도로 그녀를 소중하게 여기지 않았으니까!"

"입 닥쳐!"

이사나의 말에 클레르는 눈을 형형하게 치뜬 채 이사나에게 달려들었다. 다른 알리페르들과는 비교도 되지 않는 맹공에 이사나는 창을 들어 이리저리 방어했지만, 클레르는 왕의 오른팔로 신임받을 정도로 무위가 뛰어난 알리페르였다. 그런 그의 공격을 막아 내기란 쉬운 일이 아니었다. 이사나는 생체 의수의 힘을 빌어 간신히 클레르의 공격을 막아 내는데, 클레르가 증오 어린 눈으로 이사나를 쏘아보며 말했다.

"네가 뭘 알아……. 이방인인 네가 뭘 안다고 잘난 척 지껄여! 난 그레이스를 지켜 줬어! 다른 놈들이 마을 여자들에게 손대지 못하게 끔 계속 지켜 줬다고! 그렇게 양보해 줬으면 됐잖아! 안전을 보장해 주고 아껴 줬는데 왜 다른 놈들까지 신경 쓰는데! 왜 그것에 만족하지 못하냐고!"

우드득—!

"……!"

손의 악력만으로 이사나가 쥔 창을 부러뜨린 클레르는 이사나의 복부를 세게 걷어찼다. 공중에 붕 뜬 뒤 몇 미터를 바닥에 구른 이사나는 배를 움켜쥔 채 자리에서 일어나려다 또다시 울컥 피를 토했다. 피를 너무 많이 토해 사위가 어지럽고 눈앞이 핑핑 돌았지만, 이사나는 입에서 핏물을 줄줄 흘리면서도 힘겹게 대꾸했다.

"사람은, 윽, 사람은 목숨만 붙어있다고 산 거라 할 수 없어."

"……."

"그걸 모르는 이상, 넌 그녀를 소중히 여긴 게 아니야."

이사나의 말에 클레르는 눈이 뒤집혀 달려들었다.

"닥쳐, 닥쳐, 입 닥쳐! 네놈이 뭘 알아! 나와 그레이스에 대해 뭘 안다고 지껄여! 그레이스는 내 자식 같은 아이였어! 라미올이 죽고, 쥬드가 죽고, 마지막으로 남은 내 목숨줄이었다고! 그 아이가 무엇이든, 내게는 값어치를 매길 수 없는 보물이었어!"

"크윽……!"

"너 때문이야! 너만 나타나지 않았어도 죽지 않았어! 네가 그레이스를 죽인 거야! 네가 쥬드를 죽인 거라고! 이 살인마!"

반 토막 난 창으로 힘겹게 클레르를 막아 내던 이사나는 몸을 낮춰 공격을 회피한 뒤 그의 정강이를 걷어찼다. 이성을 잃은 채 공격만 해대던 클레르는 갑작스럽게 몸의 중심이 무너지자 당황하는데, 그걸 놓치지 않고 이사나가 있는 힘껏 그의 가슴에 부러진 창을 찔러 넣었다.

"크……!"

클레르는 믿을 수 없다는 듯 자신의 가슴을 파고든 창을 내려다보았다. 그에 이사나는 이를 악물며 창을 더욱더 깊숙이 안으로 밀어 넣었다. 흉부의 외골격을 파괴한 날카로운 창끝이 클레르의 몸을 관통하자, 클레르는 울컥 피를 토했다. 클레르는 덜덜 떨리는 손으로 부러진 창대를 잡다가 얼굴을 일그러뜨리며 이사나에게 말했다.

"네가, 증오…… 스러워……. 이사나, 넥시움."

"……."

"네가 나타나고, 모두, 이…… 이상해졌어……. 모두 다……."

이상해진 게 아니었다. 이사나는 그저 계기였을 뿐, 그들의 마음속에서 이미 그들은 어떻게 살아갈지 결정한 상태였다. 하지만 이사나는 대꾸 없이 클레르를 바라보기만 했다. 그 사실을 아는지 모르는지 클레르는 그리운 이들을 떠올리며 회한의 눈물을 떨어뜨리고 있었다. 클레르는 피거품이 흘러나오는 입을 움직여 마지막 말을 남겼다.

"죽어서도, 널…… 저주할 거다."

그 말을 끝으로 클레르는 고개를 떨어뜨렸다. 하지만 원한 어린 눈은 여전히 감기지 않은 채였다. 클레르가 죽자, 정신 지배에서 풀려난 알리페르들이 일제히 땅바닥으로 추락했다. 바닥에 쓰러진 그들은 단절된 충격으로 흰 거품을 무는데, 이사나가 클레르의 가슴에서 창을 뽑아냈다. 그리고 그들의 목을 모두 잘랐다. 모든 알리페르가 죽자,

그제야 이사나는 피에 젖은 창을 내버린 채 숲으로 뛰어들었다.

"허억, 헉……."

누군가에게 붙잡힐세라 이사나는 뛰듯이 걸으며 마을 여자들과 함께 빠져나갔던 숲길을 되짚어 갔다. 고작 걷는 것에 불과한데도 진흙덩어리가 발목에 들러붙은 것처럼 한 걸음 한 걸음 떼어 내기가 무척 힘들었다. 하지만 이사나는 뭔가에 홀린 것처럼 걷고 또 걸었다. 그레이스와 사냥 준비를 했던 오솔길을 지나 마을 여자들이 알리페르와 격전을 벌였던 지점을 통과했다. 그렇게 또 한참을 걷자, 눈앞에 드넓은 초원이 펼쳐졌다.

"……."

완연한 봄기운에 여린 풀이 올라온 초원을 이사나는 멍하니 바라보았다. 이상하게도 눈물이 나왔다. 초원의 풍경이 너무 아름다웠다. 새파란 하늘 아래로 키 작은 들풀이 꽉 찬 이곳은 숲의 비극과는 관계없이 지독히 평화로워 보였다.

어떻게 그레이스는 이토록 아름다운 광경을 내게 양보할 수 있었을까.

어떻게 그녀는 이곳을 두고 그 끔찍한 숲으로 되돌아갈 수 있었을까.

이사나는 억눌린 울음을 내뱉으며 눈물을 떨어뜨렸다. 따사로운 봄볕이 너무 보드라워 도리어 서러움이 북받쳤다. 그렇게 한참을 서서 울던 이사나는 돌연 극심한 복통을 느끼며 초원 위에 쓰러졌다.

"윽, 흐윽, 으, 으아아악—!"

배 속이 갈기갈기 찢기는 듯한 고통에 이사나는 식은땀을 줄줄 흘리며 비명을 내질렀다. 울룩불룩, 이사나가 움켜쥔 배 속에서 연신 뭔가가 꿈틀거렸다. 다리 사이는 어느새 안에서 흘러나온 피로 흥건히 젖어 있었다. 이사나는 고통으로 몸을 뒤틀다가 탁 트인 서쪽 지평선 너머를 바라보았다. 태어나고 자란 고향 헥사비스가 저 끝에 있었다. 이름도, 얼굴도 기억나지 않는 연인이 저곳에서 이사나를 기다리고 있었다.

"흑, 흐으……."

그 아이가 보고 싶다.

딱 한번만 더 그 아이를 만나고 싶다.

햇살 아래에서 부서질 듯 반짝이던 금발, 항상 열에 들뜬 듯한 눈빛, 세상에서 제일 따뜻했던 체온과 봄볕을 닮은 보드라운 체취.

보고 싶어, 네가 너무 보고 싶어.

이사나는 그를 닮은 초원 위의 온화한 풍경을 바라보다가 까무룩 정신을 잃었다.

* * *

다시 눈을 뜨자, 해가 저물어 가고 있었다. 얼마나 정신을 잃고 있었던 거지? 이사나는 식은땀으로 온몸이 흠뻑 젖어 있는 걸 느끼며 자리에서 일어났다. 땀에 몸이 식어서인지 심한 오한이 들었다.

"……!"

자리에서 일어난 이사나는 온몸이 부서지는 듯한 격통에 다시 풀밭에 쓰러졌다. 하지만 언제나 그렇듯 이사나는 이를 악물며 팔에, 다리에 힘을 줘 자리에서 일어났다. 왠지 모를 허탈감과 추위로 연신 비틀거리던 이사나는 해가 저물어 가는 지평선 너머를 멍하니 바라보았다.

노을이, 너무 예뻤다. 온 세상을 침몰시킬 듯 주변을 새빨갛게 물들인 저녁놀이 무척 아름답고 덧없어 보였다. 이사나는 홀린 것처럼 그 광경을 바라보는데, 문득 옆에서 이상한 소리가 들려왔다.

"삐잇…… 삐잇……."

"삣삣."

"삐……."

옆을 돌아보자, 조금 떨어진 곳에 주머니집으로 보이는 핏덩어리와 그 안에서 나온듯한 유충들이 보였다. 그들 중 대부분은 움직이지 않았고 세 마리만이 주머니집 주변을 돌아다니고 있었다. 이사나는 발걸음을 비틀거리며 그들에게 다가갔다.

"……."

그들은 모두 무구한 눈으로 이사나를 올려다보고 있었다. 삶에서 가장 힘들 때 찾아온 연인처럼 티끌 하나 없는 천진난만한 얼굴로 이사나를 올려다보고 있었다. 하지만 이들은 언젠가 헥사비스에 큰 위협이 될 알리페르들이었다. 제거해야 했다. 이사나는 이를 악물며 그들을 쏘아보았다. 작디작은 그들은 아주 적은 힘으로도 순식간에 짜부라들 것 같았다.

이사나가 손을 뻗자, 유충들이 일제히 이사나를 바라보며 삑삑거리기 시작했다. 이사나가 가진 살의나 악의는 조금도 눈치채지 못한 채 있는 힘껏 이사나의 관심을 받기 위해 앞다투어 몰려들었다. 그 모습이, 그 가여운 모습이 지독히 눈에 밟히고 짜증이 났다.

이사나는 몸을 돌려 다시 서쪽으로 향했다. 이유 모를 고통으로 얼굴을 일그러뜨린 채 붉은 해를 향해, 헥사비스를 향해 계속해서 걸어 나갔다.

그러다 쓰러져 다시 정신을 들었을 때는 밤이었다. 쏟아질 듯 별이 떠 있는 밤하늘을 멍하니 바라보던 이사나는 불똥이 튀는 소리에 옆을 돌아보았다. 타닥타닥 모닥불이 타고 있었다. 그리고 그 너머에는 흑발 남자가 앉아 있었다.

렉사였다.

무엇을 골똘히 생각하는지 그는 몸을 잔뜩 웅크린 채 모닥불 앞에 앉아 있었다. 아니, 그가 생각을 하는지 잠을 자는지는 알 도리가 없었다. 여전히 이사나는 그의 표정을 알 수 없었으니까. 이사나는 멍하니 그를 바라보는데, 렉사가 말했다.

"너는 용케도 이 어린것들을 놔두고 갈 수 있더군."

렉사의 비난에 이사나는 그제야 그가 품에 안고 있는 것들이 보였다. 손바닥보다 조금 작은 유충들이 렉사의 품 안에서 연신 꼼지락거리고 있었다. 렉사는 자꾸만 품에서 벗어나려는 유충들이 귀찮은지 "가만히 좀 있어."라고 투덜거렸다. 렉사가 유충들을 안고 있는 모습이라니, 무척 어울리지 않았다. 놈은 인간에게나 알리페르에게나 똑같이 잔인했으니까.

이사나는 몸을 일으켰다. 그러자 몸을 덮고 있던 모포가 아래로 흘러내렸다. 아무래도 정신을 잃고 쓰러져 있는 걸 렉사가 돌봐 주었던 모양이다. 이사나는 자기 자신이 한심하게 느껴졌다. 나가고 싶다고 말한 주제에 벌써 이런 꼴이라니. 하지만 헥사비스로 귀환하는 걸 포기할 생각은 없었다. 여전히 온몸이 부서질 듯 아파 왔지만, 이사나는 다시 일어나려 했다. 그런 그를 향해 렉사가 퉁명스레 말했다.

"먹어."

"……?"

"거기 있는 거, 먹으라고."

렉사가 모닥불 근처를 가리켰다. 그가 가리키는 곳을 보자, 냄비에 담긴 스튜가 보였다. 웬 스튜? 설마 직접 만든 건가? 이사나는 당혹스러우면서도 절로 경계심이 들었다. 렉사는 항상 먹을 것을 준 뒤 교미를 했기 때문이다. 이사나는 얼굴을 굳히며 거절하려는데, 렉사가 낮게 으르렁거리며 말했다.

"안 먹으면 이대로 다시 성으로 끌고 갈 거야."

"……."

"……네가 싫어하는 짓, 이제 안 할 테니까 먹어. 안색이 안 좋아."

렉사는 힘없이 애원하듯 말했다. 그에 이사나는 할 수 없이 냄비를 들어 스튜를 먹기 시작했다. 조금 밍밍했지만 생각보다 맛은 괜찮았다. 모르는 사이 꽤 허기졌는지 한번 먹기 시작하자 멈출 수 없었다. 이사나는 허겁지겁 씹지도 않고 스튜 내용물을 삼켜 댔다. 다 먹은 냄비를 내려놓자, 그제야 좀 한기가 가시고 아픈 것도 덜한 기분이 들었다. 이사나는 오랜만에 느끼는 포만감에 긴장이 풀어지는데, 뭔가가 꾸물꾸물 무릎 위로 기어올라 오는 게 느껴졌다.

"삣, 삐삣?"

유충이었다. 한쪽 눈이 반쯤 감긴 유충은 호기심 어린 눈으로 이사나를 올려다보고 있었다. 언제 이쪽으로 왔지? 이사나는 당황하는데, 렉사가 말했다.

"그놈 이름은 '윙크'야. 계속 한쪽 눈을 감고 있어서 그렇게 이름 붙였어."

꽤 직관적인 이름이었다. 그건 그렇고 벌써 이 녀석들에게 이름까지 붙인 건가? 렉사와 달리 이사나는 □□가 미믹으로 탈피할 때까지 이름을 붙여 주지 않았다. 그 아이를 아끼게 되었지만, 왠지 낯간지러워서였다. 그에 반해 렉사는 벌써부터 이 유충들에게 마음을 빼앗긴 듯했다. 렉사는 품에 안고 있던 유충들을 하나씩 이사나에게 들어 보이며 말했다.

“얘는 접힌 주름이 줄무늬 같아서 ‘줄무늬’이고 얘는 코밑에 큰 반점이 있어서 ‘점박이’야.”

윙크라는 이름도 꽤 직관적이라고 생각했지만, 다른 이름은 더했다. 유충들에게 이름을 붙이다니, 렉사치고는 꽤 귀여운 짓이었지만, 그것과 별개로 이사나는 ‘왜 이런 걸 내게 말하는 거지?’라는 생각이 들었다. 이사나는 무릎 위에서 뿔뿔거리는 윙크를 떼어 내 렉사 쪽으로 밀어냈다. 하지만 윙크는 끈질기게 다시 이사나에게 다가왔다. 이사나는 한참 동안 윙크와 실랑이를 벌이는데, 그 모습을 가만히 지켜보던 렉사가 잠시 머뭇거리다가 말했다.

“다시 성으로 돌아오면 안 될까?”

“…….”

“다시는, 앞으로 다시는 네가 싫어할 만한 짓은 하지 않을게. 절대 인간을 먹지 않고 앞으로 헥사비스로는 얼씬도 하지 않을게. 네게도…… 손대지 않을게. 그냥 옆에만 있어 줘.”

“…….”

“부탁이야.”

이사나는 모닥불에 비친 렉사의 얼굴을 물끄러미 바라보았다. 여전히 렉사의 얼굴은 보이지 않았다. 다른 이들의 표정은 명확하게 보이는데 유독 렉사만 그랬다. 왜 그러한지는 아직 알 수 없었다.

하지만 이것만은 분명했다.

"네가 나와 마을 여자들에게 했던 짓은 용서할 수 없지만, 네가 왜 그랬는지는 이해해. 알리페르의 왕인 네게 인간 따위는 미천하고 하찮았을 테니까. 속였다는 죄책감조차 없었다는 거 알아. 마찬가지로 내가 그날 네게 했던 애원도 그저 소나 돼지의 울부짖음으로 들렸을 거고."

"아니야! 그렇지 않아! 그때는, 그때는 그저 어리석었을 뿐이야! 그땐 몰랐던 것뿐이야! 한 번만 만회할 기회를 줘! 네가 기회를 준다면……!"

"지나간 일은 되돌릴 수 없어."

자리에서 일어난 이사나는 윙크를 다시 렉사의 품에 안겨 주었다.

"데려가. 필요한 건 얘네였잖아."

"이사나……."

"이제 너와 할 얘기 없어."

이사나는 몸을 돌려 다시 서쪽으로 향했다. 이사나가 점점 어둠 속으로 사라져 가자, 렉사는 유충들을 안고 허둥지둥 이사나의 뒤를 쫓았다.

"가지 마, 가지 마! 이사나!"

"……."

"나는 미워해도 돼! 원망해도 돼! 하지만 이 녀석들은 아직 미워하지 않잖아! 이 녀석들은 그래도 네가 낳은 녀석들이잖아!"

렉사는 거의 울듯이 말했다. 이사나는 그런 렉사를 돌아보며 무감정하게 말했다.

"원해서 낳은 적 없어."

"……."

"좋지도 싫지도 않아. 데리고 돌아가."

냉정히 내뱉은 이사나는 계속해서 어두운 초원을 걸어 나갔다. 그러자 등 뒤에서 서러운 울음소리가 들려왔다. 유충들을 꽉 끌어안은 렉사가 어찌할 바를 몰라 하며 울음을 터트렸지만, 이사나는 그런 렉사를 끝까지 돌아보지 않았다.

* * *

헥사비스로 향하는 여정은 예상대로 순탄치 않았다. 헥사비스는 도보로 한 달 이상 걸리는 거리에 있었고 이사나는 생존을 위한 최소한의 장비조차 갖추지 않은 맨몸이었다. 그런 이사나에게 유일하게 주어진 건 그저 걷는 것뿐이었다.

걷고 또 걷다가.

지쳐 쓰러지면 그뿐.

이사나는 땡볕이 내리쬐는 낮에도 으슬한 추위가 밀려드는 밤에도 계속 걸어 나갔다. 그리고 그런 이사나를 렉사가 끈질기게 뒤쫓아왔다. 갓 태어난 유충들을 품에 안고 조금 떨어진 곳에서 이사나가 힘들다고, 돌아가고 싶다는 말할 날만 손꼽아 기다렸다. 하지만 이사나는 그날 이후 렉사에게 말을 걸지 않았다. 무시하고 유령 취급할 뿐이었다.

그런 홀대에 화가 날 법도 하건만, 렉사는 조금도 기분 나쁜 기색 없이 이사나를 살뜰히 보살펴 주었다. 물과 먹을 것을 구해와 먹이고 지친 기색이 보이면 억지로라도 쉬게끔 했다.

아이러니하게도 이사나를 헥사비스로 가장 보내고 싶어 하지 않는 렉사가 이사나의 여정에 가장 큰 도움을 주고 있었다. 그의 도움을 받는 게 부담스럽고 짜증이 난 이사나는 그에게 꺼지라고 폭언을 퍼붓고 도움을 거부하기도 했지만, 렉사는 끈질겼다. 그는 그 드높던 자존심을 다 어디다 버렸는지 이사나가 굶으면 무릎까지 꿇어 가며 제발 먹어 달라고 애원을 했다. 그 꼴을 보다 못한 이사나는 결국 그의 도움을 받아들이게 되었다. 그렇게 인간 하나와 알리페르 넷의 기묘한 여정이 시작되었다.

헥사비스로 향하는 동안, 렉사는 희한하게도 꽤 행복해 보였다. 이사나를 뒤따르며 호기심 많은 유충들을 돌보는 게 힘든 일임에도 한 번도 화를 내거나 짜증내지 않았다. 렉사는 종종 품 안에서 빠져나간 유충들을 찾아 정신없이 돌아다녔고 그러면서도 이사나의 뒤를 놓치지 않으려 애를 썼다. 이사나가 보기에도 렉사는 퍽 고단한 행군을 하고 있었지만, 희한하게도 렉사는 힘들어하는 날보다 웃는 날이 더 많았다. 종종 자다가 깨면 유충들과 놀아 주는 렉사가 보였다. 다른 알리페르들에겐 모진 군주였지만, 그래도 제 후계에게는 다른 모양이다.

그러던 어느 날, 이사나는 누군가의 울음소리에 잠을 깼다. 고개를 드니 조금 떨어진 곳에서 렉사가 울고 있는 게 보였다. 어제까지만 해도 행복해 보였던 렉사는 몸을 웅크리고 앉아 어깨까지 떨며 서럽게 눈물을 떨어뜨리고 있었다. 도무지 이해할 수 없는 그 모습에 이사나는 그에게 물었다.

"왜 우는 거야?"

이사나의 물음에 퍼뜩 고개를 든 렉사는 더욱더 많은 눈물을 얼굴 아래로 떨어뜨렸다. 억지로 억누르려 함에도 좀처럼 울음을 그치지 못하는 그를 이사나는 물끄러미 바라보았다. 최근 들어 그가 우는 모습을 부쩍 많이 보게 되는 것 같았다. 예전에는 피도 눈물도 없는 무자비한 알리페르라고 생각했는데, 그 편견이 무색할 정도로 렉사는 이사나의 앞에서 많이 울었다. 그제야 이사나는 깨달았다. 그는 그저 서툴렀던 것뿐이다. 이사나는 렉사가 감정을 추스르기를 기다리는데, 렉사가 떠듬떠듬 이사나에게 말했다.

"점박이가, 죽었어."

"……."

"잠시 조는 사이에, 흐으, 들개에게 물려, 죽었어……."

자책이 느껴지는 말에 그의 발치를 보자 피투성이가 된 채 축 늘어진 유충이 보였다. 콧망울 근처에 큰 반점이 있던 유충은 싸늘하게 식어 움직이지 않았다. 이사나는 도저히 믿기지 않아 유충의 시신에서 눈을 떼지 못했다. 어제만 해도 자신의 팔소매를 물어뜯으며 기운차게 놀던 녀석이었으니까.

처음 겪는 이별이 익숙하지 않은지 렉사는 유충을 앞에 둔 채 계속 울었다. 그런 렉사를 두고 떠날 수도 있었지만, 이사나는 렉사가 울음을 그칠 때까지 계속 그의 옆에 있었다. 상실감에 우는 그를 도닥여 줄 수는 없지만, 그렇다고 그의 슬픔을 외면하고 싶지는 않았다. 이사나 역시 소중한 이들의 죽음을 겪었기에 더욱 그럴 수 없었다.

점박이가 죽고 얼마 지나지 않아, 줄무늬 역시 죽었다. 처음부터 입이 짧았던 줄무늬는 어느 날부터 렉사가 주는 먹이를 거부하더니 얼마 지나지 않아 움직이지 않게 되었다. 연이은 상실의 아픔에서 렉사가 채 빠져나오기도 진에 이번에는 윙크가 시름시름 앓기 시작했다. 태어날 때부터 한쪽 눈두덩이가 부풀어 있던 윙크는 눈에서 계속 고름을 흘리며 끙끙거렸다. 렉사는 하나 남은 유충을 지극정성으로 돌보았지만, 윙크는 혼자 일어설 수 없을 만큼 기운을 잃어 갔다.

그리고 윙크도 죽었다.

끝끝내 윙크가 죽어 버리자, 렉사는 더 이상 숨을 쉬지 않는 윙크를 풀밭에 내려놓은 채 어디론가 가 버렸다. 홀로 남은 윙크의 시신을 내려다보던 이사나는 뭔가가 울컥 목 끝까지 치미는 것을 느꼈다.

점박이도 줄무늬도 윙크도 항상 이사나의 관심을 받고 싶어 했다. 하지만 이사나는 단 한 번도 그들을 안아 준 적이 없었다. 언제나 그들이 다가오면 피하고 밀어내기 바빴다. 그들이 알리페르여서는 아니었다. 그저 같잖은 자존심과 렉사에 대한 원망이 이들을 안을 수 없게 했다. 이들에게 결코 잘못이 없는데도 말이다.

이사나는 윙크의 몸을 손끝으로 쓸어 보았다. 차갑게 식었지만, 놀랄 만큼 매끈하고 보드라운 감촉을 가지고 있었다. 체온을 가지고 있었다면 좀 더 부드러웠을 것이다. 몰랑하고 따뜻하고. 이사나는 눈물이 나오려는 걸 참으며 손으로 구덩이를 팠다. 다른 짐승들이 파내지 못하도록 깊숙이 땅을 판 이사나는 그 안에 윙크를 내려놓았다. 그리고 그의 등을 매만졌다.

한 번쯤은 안아 줬으면 좋았을 것이다. 하지만 늘 그렇듯 후회는 늦었다. 윙크를 땅에 묻은 이사나는 단단하게 흙을 덮은 뒤 그 위에 들꽃 하나를 올려놓았다. 그리고 다시 서쪽으로 향했다.

윙크가 죽은 날 이후, 렉사는 더 이상 이사나의 앞에 나타나지 않았다. 쪽잠을 자고 일어날 때마다 이사나의 옆에 과일이나 구운 고기

따위가 있는 걸 보면 여전히 그가 따라오는 게 확실했지만, 렉사는 이사나의 앞에 결코 모습을 드러내지 않았다. 그게 자존심 때문인지 원망 때문인지는 알 수 없었다.

아무도 없는 길을 홀로 걸으며 이사나는 지독한 외로움에 빠져들었다. 아무것도 없는 허허벌판을.

걷고 또 걸으며.

약속한 서쪽 지평선 너머를 바라만 보고 있었다.

나는 무엇을 위해 헥사비스로 돌아가는 것일까.

무언가를 더 할 수 없을 만큼 병들고 지친 이 몸으로.

외로웠다. 쓸쓸했다. 그럼에도 이사나는 이 길을 가는 수밖에 없었다. 그레이스와 마을 여자들, 클레르와 유충들까지 희생시키며 선택한 길이었으니까. 아무리 슬프고 괴로워도 이사나는 이 길을 포기할 수 없었다. 그게 옳다고 생각한 길을 걷는 자에게 내려진 형벌이었으니까.

며칠을 더 가자, 마침내 헥사비스가 육안으로 보이기 시작했다. 이사나가 태어나고 자란 고향이 저곳에 있었다. 사랑하는 사람이 저곳에서 이사나를 기다리고 있었다. 이사나는 밤낮을 가리지 않고 저 반구형의 거대한 건축물을 향해 걸었다. 이 길을 오는 동안 이사나는 몹시 지쳐 있었다. 위로받고 싶었다. 얼굴도, 이름도 기억나지 않는 연인에게 용서를 구하고 그의 품에 안겨 어린아이처럼 엉엉 울고 싶었다.

초원 위에 완전히 어둠이 내리자 이사나는 잠시 가던 길을 멈추고 고단한 몸을 풀밭에 뉘었다. 밤의 헥사비스는 인공적인 불빛을 내뿜으며 어둠 속에서 홀로 고고히 빛나고 있었다. 이사나는 언제나 밤이 되면 걷는 목적도 잊어버린 채 저 화려한 빛에 매료되었다. 어쩌면 알리페르들도 저 불빛에 이끌려 헥사비스로 들어오고 싶어 했는지도 모른다. 그 만큼 인류의 마지막 문명은 눈부시고 반짝거렸다.

어느새 지척에 닿을 듯 가까워진 헥사비스를 이사나는 멍하니 바라보는데, 어두운 초원 위로 렉사가 나타났다.

"이사나."

나지막한 그의 부름에 이사나는 그를 돌아보았다. 윙크가 죽은 후 처음 이사나의 앞에 나타난 것이었다. 하지만 이사나는 다시 헥사비스 쪽으로 고개를 돌렸다. 이제 렉사에게는 볼일도 할 말도 없었다. 어차피 우리는 서로에게 귀 기울이지 않을 것을 안다. 그가 애원해도 이사나는 떠날 것이고 이사나가 애원해도 그가 강제하면 헥사비스로 돌아갈 수 없다. 하지만 그 사실을 렉사는 미처 깨닫지 못한 모양이다. 렉사는 이사나의 앞으로 다가와 또다시 애원했다.

"가지 마, 이사나."

"……."

"헥사비스로 돌아가지 마."

그의 애원에도 이사나가 헥사비스만 바라보자, 렉사는 이사나를 쓰러뜨리고 그 위에 올라탔다. 어깨를 붙잡고 바짝 마른 입술 위에 자신의 입술을 비벼 댔다. 제발 자신을 봐 달라는 듯 렉사는 필사적으로 몸부림쳤지만, 이사나는 반응이 없었다. 렉사는 눈물을 뚝뚝 떨어뜨리며 소리쳤다.

"가지 마, 이사나. 네가 떠나면 나는 혼자야. 이젠 클레르도 아이들도 없어. 내 곁에는 아무도 없다고!"

"……."

"외로워, 마음이 얼어붙을 것 같아."

"……."

"가지 마……. 제발, 날 떠나지 마……."

렉사는 이사나의 가슴팍에 얼굴을 파묻은 채 서럽게 흐느꼈다. 그의 뜨거운 눈물이 이사나의 옷깃을 흠뻑 적셨다. 그의 고통이, 그의 고독이 손에 닿을 듯 느껴졌지만 이사나는 끝까지 그를 밀어내지도 도닥여 주지도 않았다. 그렇게 밤새도록 렉사에게 안긴 채 잠이 들었다가 일어나니 이사나는 또다시 혼자였다. 이사나는 간밤에 아무 일도 없었던 것처럼 다시 일어나 헥사비스로 향했다.

그렇게 또 얼마나 걸었을까, 헥사비스 바깥을 경계하는 경비대의 진영이 눈에 들어왔다. 긴 철책과 망루로 둘러싸인 이곳은 엄격하게 신분이 확인된 인간만을 헥사비스 안으로 들였다. 미믹의 침입을 우려해 아무리 인간의 모습을 하고 있더라도 신분이 확인되지 않으면 통과시켜 주지 않았다.

이곳에 들어가면 이제 정말로 렉사와 헤어지는 것이다.

이제 다시는, 그와 만나지 못하는 것이다.

그게 후련하게 느껴져야 하건만, 어째서일까, 이사나는 그렇지 못한 자신을 발견할 수 있었다. 추억을 상기하듯 이사나는 그와 만났던 날들을 하나둘씩 떠올리고 있었다. 그를 혐오하고 두려워하고 미워했건만 마지막이어서 그런지 이사나는 그를 증오하기보다 연민하고 있었다. 평범한 인간처럼 자신의 감정에 혼란스러워하고 분노하고 때로는 슬퍼했던 그는 끝내 그 감정에 보답받지 못할 것을 아니까.

'네가 가진 건 사랑이 아니야, 집착이야.'

그때는 그렇게 단언했건만, 지금도 그렇다고 말할 수 없었다. 그와 똑같이 고뇌하고 마음 졸였기에 알 수 있었다.

어쩌면 그는…….

탕—!

이사나는 발치에 내리꽂힌 총탄에 놀라 위를 올려다보았다. 높디높은 망루 위에서 엘든과 친위대가 소총을 겨눈 채 이사나를 노려보고 있었다.

"이게 무슨 짓이지?"

이사나는 엘든을 노려보며 물었다. 하지만 엘든은 묵묵부답으로 이사나를 내려다볼 뿐이었다. 이사나는 미간을 구기며 그에게 소리쳤다.

"자네는 상관도 못 알아보는 건가?"

이사나의 말에 엘든은 그제야 손을 들어 이사나에게 소총을 겨누던 친위대를 저지했다. 나를 알리페르로 착각했던 건가? 하지만 이사나임을 알아보았을 텐데도 이들의 분위기는 여전히 경직되어 있었다. 그에 이사나 역시 긴장하는데, 엘든이 싱긋 웃으며 말했다.

"여기서 당신을 보게 될 줄은 몰랐습니다, 각하."

"나도 여기서 자네를 보게 될 줄 몰랐군. 그래, 왜 여기 있지?"

이곳은 헥사비스의 바깥을 경계하는 경비대의 주둔 지역이었다. 이사나를 곁에서 보좌해야 하는 친위대가 여기 있을 이유가 없었다. 이사나는 의아해하는데, 엘든이 말했다.

"폐하께서 보내셨습니다. 각하께서 돌아올 때까지 여기서 지키고 있으라고 하시더군요. 각하께서 죽었을 리 없다고 하시면서요. 각하에 대한 믿음이 크신 걸 보면 사이가 나쁘더라도 확실히 형제는 형제인가 봅니다."

여상하기 짝이 없는 말투였지만, 이사나는 그 안에 든 이상한 내용을 알아차렸다. 이사나는 온몸에 핏기가 가시는 걸 느끼며 엘든에게 물었다.

"자네…… 설마 폐하께 내가 죽었다고 보고했나?"

"네."

"어째서! 난 죽지 않았어! 살아 있었어! 그저 잡혀갔던 건데, 왜 그런 보고를 한 거야!"

"……."

"설마 자네들, 날 구할 시도조차 하지 않았던 건가? 내가 살아 있을 걸 뻔히 알면서도?"

이사나는 배신감에 치를 떠는데, 엘든이 어처구니없다는 듯 웃으며 말했다.

"제국을 속인 배신자를 구하러 갈 리 없지 않습니까."

"뭐?"

엘든의 말에 이사나는 당황하는데, 엘든이 얼굴을 기괴하게 일그러뜨리며 이사나에게 빈정거렸다.

"정말이지…… 깜빡 속았지 뭡니까? 당신이 하는 말에, 행동에, 정말, 당신이 제국을 위하는 줄 알고 당신을 따라 이 빌어먹을 바깥으로 나왔지요. 그런데 정작 믿었던 당신은 알리페르와 내통하고 있었다니!"

"내통이라니! 도대체 무슨 말을……!"

"당신이 지하 3층에서 손수 거뒀다던 그놈 말입니다! 그놈, 알리페르 맞죠?"

"……!"

"렉사 토벌전 때 사실은 그놈의 숙주가 되어 헥사비스에 돌아온 게 맞지 않습니까!"

엘든의 다그침에 이사나는 머리가 새하얘지는 걸 느꼈다. 이사나는 당황하며 고개를 가로저었다.

"아, 아니야! 그 아이는 알리페르가……!"

"시치미 떼지 마십시오! 그렇다면 왜 하사의 얼굴이 그 빌어먹을 알리페르의 왕과 똑같은 겁니까! 그놈과 연관이 있는 게 아니라면 어떻게 그럴 수 있습니까!"

"……."

"설명을 해 보십시오!"

엘든은 배신감에 치를 떨며 고래고래 소리 질렀다. 너무 끔찍해 상상조차 해 본 적 없던 일이 벌어지자, 이사나는 패닉으로 우뚝 몸이 굳어 버렸다. 그 아이가 알리페르인 게 밝혀지더니……!

그런데 그게 들켰다면.

그 아이는 지금 어디 있는 거지?

궁지에 몰린 쥐처럼 몸을 덜덜 떨던 이사나는 퍼뜩 정신을 차리고 엘든에게 물었다.

"그 아이는…… 그 아이는 어디 있어?"

이사나의 말에 엘든은 어처구니가 없다는 듯 헛웃음을 내뱉으며 말했다.

"이 지경이 되어서도 하사의 안위가 더 중요한 겁니까?"

"그 아이를 어쨌어!"

"글쎄요. 고문실에 처넣었을지, 해부대 위에 올려놨을지."

엘든의 빈정거림에 이사나는 머리가 새하얘지는 걸 느꼈다. 침착하자. 침착하자, 이사나 넥시움. 엘든이 그 아이를 어떻게 했을 리가 없어. 그 아이와 함께한 시간이 얼만데! 그 아이가 콜로니와 헥사비스에 기여한 게 얼만데! 이사나는 이를 악물며 애써 냉정을 찾으려 애를 썼다.

"그래, 그 아이는 알리페르가 맞아. 하지만 그 아이는 아무것도 몰라. 애초부터 내가 그 아이를 속이고 인간처럼 키웠으니까."

"……."

"그 아이에게는 잘못이 없어. 잘못이 있다면 그를 헥사비스로 들인 나 하나뿐이야. 그러니 그 아이는 그만 풀어 줘."

이사나의 말에 엘든은 헛웃음을 내뱉으며 소리쳤다.

"웃기지도 않는 소리 하지 마십시오. 몰랐다고요? 잘못이 없다고요? 본인이 알리페르인데 모를 리가 없지 않습니까! 자기가 인간이라고 착각할 리 없지 않습니까! 당신이 속였다고 해도 알았을 겁니다! 하사는 똑똑하니까! 그래서, 그래서 시탈로프 숲 탐사 때도 살아서 돌아오고 원정을 떠났을 때 역시 혼자 살아남은 겁니다! 자기 동족과 내통하고 동료를 팔았으니까!"

엘든은 격노로 눈을 번들거리며 소리쳤다. 그에 이사나 역시 지지 않고 소리쳤다.

"말도 안 되는 소리 하지 마! 그 아이는 겨우 재작년에 처음 헥사비스에서 나왔어! 콜로니로 와서 알리페르를 처음 봤는데 무슨 이유로 그들의 편을 들겠어! 그 아이는, 그 아이는 정말 진심으로 콜로니에 도움이 되려고 했어! 기술팀에 배치되자마자 생체 의수 배터리를 개량하고 부족한 자원으로 자기 중력장 배리어를 만들어 내고! 그 아이는 무슨 일이든 정말 열심히 했어! 그는 제국민으로서 헥사비스에

도움이 되려고 부단히 노력했단 말이야! 그는 피해자에 불과해. 그는 아무것도 모르고 나한테 이용당한 거라고!"

"아니야!"

엘든의 옆에 있던 릭이 비명을 지르며 대뜸 이사나에게 소총을 겨눴다.

탕탕탕탕—!

예상치 못한 발포에 모두가 당황했지만, 다행히 탄환은 전부 빗나갔다. 기겁한 엘든과 친위대는 릭에게서 총을 빼앗고 그를 제압했다. 하지만 릭은 여전히 제정신이 아닌 듯한 얼굴로 이사나에게 소리쳤다.

"그 새끼는 배신자야! 그 새끼가 그 빌어먹을 숲을 발견했어! 그 새끼가 알도를 데려가서 죽였다고! 전부 그 새끼가 잘못한 거야! 그 놈은 벌을 받아 마땅해!"

릭은 금방이라도 울듯 눈을 벌겋게 물들인 채 미친 사람처럼 소리질렀다. 그런 릭을 보며 이사나는 서늘하게 쏘아붙였다.

"억지 부리지 마라, 릭 클리프 하사. 그 아이가 시탈로프 숲을 발견한 건 어디까지나 우연이었다. 마찬가지로 알도가 죽은 것도 사고였고! 또한 시탈로프 숲을 그 아이가 발견했어도 원정을 나가기로 한 건 어디까지나 군 수뇌부의 결정이었다. 그 아이의 영향은 조금도 없었다!"

"흐으, 아니야, 아니야……!"

"그곳에 알리페르가 매복하고 있었다는 건 아무도 몰랐다. 그날 일은 불운한 사고였다. 그 일이 있고나서 그 아이는 많이 힘들어했고 자책도 수없이 했지. 그는 아무런 권한이 없는 말단 하사인데도 말이다. 그에게는 결코 아무런 죄가 없다. 오히려 죄라면 내게 있다.

적의 전력을 섣불리 판단했던 내게!"

이사나의 말에 릭은 친위대에 붙잡힌 채 무너져 오열했다. 이사나는 그런 릭에게서 고개를 돌려 다시 엘든을 바라보았다.

"엘든, 그 아이를 풀어 줘. 그 아이는 정말 피해자야. 내게 속은 거라고."

"……."

"이대로 그 아이를 해치게 되면 우리는 알리페르라는 종을 미워하는 차별주의자에 지나지 않게 돼. 제국군 총사령관으로서, 황실의 일원으로서 알리페르를 헥사비스에 들인 벌은 달게 받겠어. 하지만 그 아이는 풀어 줘. 그 아이가 콜로니와 헥사비스를 위해 얼마나 노력했는지 자네는 알지 않나."

"……."

"엘든, 부탁이야."

이사나의 말에 엘든이 얼굴을 일그러뜨렸다. 엘든은 천성이 모질지 못했다. 그랬기에 8년 전 이사나의 간청에 못 이겨 함께 헥사비스를 나왔고 말이다. 비록 그 아이가 알리페르라고는 하지만, 그간의 정을 생각해 구금해 놓은 게 다였을 터다. 이사나는 엘든을 믿으며 그를 바라보는데, 엘든의 기색이 이상했다. 이사나는 순간 가슴을 스치는 섬뜩한 감각을 느끼는데, 엘든이 중얼거렸다.

"……늦었어."

"엘든?"

"이미 늦었다고!"

엘든은 주머니에서 뭔가를 꺼내 이사나의 발치에 신경질적으로 내던졌다. 병사들이 목에 걸고 다니는 군번줄이었다. 지독히 불길한 예감에 이사나는 손을 벌벌 떨며 줄이 끊어진 군번줄에 손을 뻗었다. 피로 얼룩진 군번줄에는 이렇게 쓰여 있었다.

[멜즈 아브노아
447-35-9820
O NEG
NO PREFERENCE]

"아, 아……."
멜즈.
그래, 멜즈였다. 수없이 고민하며 그에게 붙였던, 비굴하면서도 사랑스러운 이름. 그 이름은 내게 약점이 있음을 알리면서도 내가 누군가를 사랑하는 걸 포기하지 않았음을 알리는 귀중한 이름이었다.
"멜즈……. 멜즈……."
다리에 힘을 잃고 주저앉은 이사나는 군번줄이 그인 양 소중하게 쓰다듬었다. 피로 물든 태그로 눈물이 뚝뚝 떨어졌다. 누군가가 말을 하지 않아도 연인이 어떻게 되었는지 이사나는 이미 직감하고 있었다. 이사나는 망연자실 군번줄만 내려다보는데 엘든이 소리 질렀다.
"씨발, 빌어먹을! 왜 돌아온 겁니까! 그냥 거기서 콱 죽어 버리지! 하사에게 죄가 없다고요?! 하사는 존재 자체가 죕니다! 나중에 헥사비스에 어떤 해악을 끼칠지 모르는데 그걸 그냥 살려 둡니까! 씨발!"
"멜즈……."
"빌어먹을 인간! 당신 때문에 구른 8년이 아까워! 이 개새끼야! 자기를 해친 알리페르와 미래를 약속하는 게 말이 돼?! 머리가 어떻게 된 거 아냐?! 알리페르는 다 죽어야 해! 전부, 이 세상에서 사라져야 한다고! 그리고."

엘든은 소총을 이사나에게 겨눈 채 소리 질렀다.

"알리페르를 숨긴 당신도 죽어야 해!"

엘든이 총을 겨눔에도 이사나는 그저 고개 숙인 채 눈물만 뚝뚝 떨어뜨리고 있을 뿐이었다. 젠장……! 엘든은 속으로 욕설을 내뱉었다.

병들고 굶주리고 절망으로 꺾였음에도 그는, 이사나 넥시움은 여전히 더럽혀지지 않았다. 함께 싸워 달라고 찾아왔던 그날처럼, 눈부시고 고결하기만 했다. 엘든은 비참함에 이를 까드득 깨물었다. 하지만 끝이다. 저 인간과의 지긋지긋한 인연도 이제 끝인 것이다. 엘든은 방아쇠를 당기려는데, 순간 옆에서 엄청나게 거센 바람이 불어닥쳤다.

뭔가 이상함을 느낀 엘든이 고개를 돌리는데, 흑발 알리페르의 손짓 한 번에 친위대의 목이 전부 날아가는 게 보였다. 말도 안 되는 무위에 엘든은 뻣뻣하게 굳어 버렸다. 알리페르가 고개를 돌렸다. 지독히 흉험한 얼굴을 한 그는 엘든이 아는 사람과 매우 닮아 있었다.

"하, 사……!"

목덜미가 지독히 서늘해지는 것을 마지막으로 엘든의 의식도 끊어졌다.

첩탑의 포로 (5)

이사나는 황량한 벌판 위를 걸어 나갔다.

걷고 또 걷다가.

지쳐 쓰러지면 그뿐.

이사나는 땡볕이 내리쬐는 낮에도 으슬한 추위가 밀려드는 밤에도 계속 걸어 나갔다. 목적지 따위는 없었다. 그저 고장 난 기계처럼, 배터리가 모두 소진되기만을 기다릴 뿐. 누군가가 그런 이사나를 뒤쫓으며 소리치고 울고 용서를 빌었지만, 그 무엇도 이사나를 뒤돌아보게 하지 못했다.

툭—

손에 휘감겨 있던 군번줄이 거센 바닷바람에 흔들리다가 바닥으로 떨어졌다. 의미 없이 백사장 위에 발자취를 남기던 이사나는 손에 느껴지는 허전함에 그제야 뒤를 돌아보았다. 모래 속에 파묻힌 태그가 햇빛 아래에서 우울하게 반짝이고 있었다.

쏴아아—

새하얀 포말이 부서지는 파도 소리에 이사나는 그제야 자신이 어디에 있는지 알아차렸다. 이곳은 헥사비스의 남쪽에 위치한 해안가였다. 나중에 멜즈와 함께 정착하기로 한 곳이었다. 이사나는 왔던 길을 되돌아와 모래밭에 파묻힌 군번줄을 내려다보았다. 그러자 또다시 눈물이 나왔다. 이사나는 자리에 털썩 주저앉아 잃어버린 연인의 이름을 불렀다.

"멜, 즈, 흐으, 멜즈……."

새하얀 모래 위로, 피로 물든 군번줄 위로 투명한 눈물이 후드득 떨어졌다. 그리움에, 말도 못할 상실감에 이사나는 가슴이 통째로 뜯기는 것 같았다. 소중하고 또 소중해 바라만 보아도 행복했던 이다. 바다를 닮은 청록색 눈이 곱게 접힐 때면 세상에 모든 걸 다 가진 기분이 들게 했던 이다. 그가 누구든 무엇이든 그런 건 중요하지 않았다. 그저 옆에 있기만 해도 그것만으로도 충분했다.

"이사나……."

고개를 들자, 몇 발자국 떨어진 곳에 선 흑발 알리페르가 보였다. 그는 조금 머뭇거리다가 이사나에게 말했다.

"돌아가자."

"……."

"성으로 돌아가자."

뻔뻔스럽기 짝이 없는 말에 이사나는 견디지 못하고 군번줄을 그에게 집어 던졌다. 피로 얼룩진 군번줄이 렉사의 얼굴을 때리고서 발치로 떨어졌다. 이사나는 눈물범벅이 된 얼굴로 그에게 소리 질렀다.
"이, 개새끼야! 이게…… 이게 다 너 때문이야! 너만 없었어도 이런 일은 없었어!"
"……."
"왜 우리 앞에 나타난 건데! 너만 없었어도 나랑 멜즈는 행복하게 살 수 있었어! 불합리하고 억울했지만 그래도 이 삶을 수긍할 수 있었다고!"
"……."
"용서 못 해……. 너만은 절대, 절대 용서 못 해……!"
이사나는 지울 수 없는 원한을 드러내며 사납게 으르렁거렸다. 그런 이사나를 향해 렉사가 속삭이듯 중얼거렸다.
"미안해……. 이사나 미안해……."
"가증 떨지 마! 넌 내 이런 꼴이 보기 좋잖아! 안 그래? 어디 갈 곳 없이 비참하게 버림받은 꼴이 우습고 재밌을 거 아냐! 넌 내가 무너지고 비참해지는 걸 좋아하니까! 너는 나를 싫어하고 혐오하니까!"
"아니야, 아니야 그렇지 않아. 난……!"
"멜즈를 돌려줘! 네가 나한테 준 거였잖아! 내 팔다리를 가져가고 흐으, 그러고 준 거였잖아! 왜 도로 빼앗아 가는 건데! 왜!"
"이사나……."
"멜즈……. 흐으, 멜즈……!"
이사나는 백사장에 주저앉아 어린아이처럼 엉엉 울었다. 멜즈가, 그 아이가 없다는 게 도저히 믿기지 않았다. 세상은 이렇게 예전 그대로인데, 그 아이만 감쪽같이 사라졌다는 걸 받아들일 수 없었다. 세상의 모든 것이 색을 잃고 바랬다. 더 이상 그 어떠한 것도 아름답게 느껴지지 않았다. 이사나는 그저 망연자실 눈물만 떨어뜨리는데, 렉사가 다가와 이사나의 손등을 붙잡았다.

"미안해……."

"흐으……"

"이사나, 흑, 미안해……."

미안해……. 미안해……. 렉사는 이사나의 손을 잡고서 끊임없이 사과했다. 손등 위를 뒤덮는 그의 체온에서 그의 마음이 전해졌다. 그는 진심으로 이사나의 아픔을 공감하며 후회하고 있었다. 이사나는 고개를 들었다. 언제나 짓뭉개져서 보이지 않던 렉사의 얼굴이 돌연 똑똑히 보였다. 연인과 지독히 닮은 그 얼굴이 이사나의 눈앞에 있었다.

"아……."

이사나는 끊임없이 눈물을 떨어뜨리는 렉사의 푸른 눈을 마주 보았다. 너무 울어서 짓무른 눈가. 발갛게 상기된 코끝과 뺨. 이사나는 손을 들어 그의 얼굴을 매만졌다. 울보였던 연인과 별반 다를 바 없는 그 모습에 이사나는 그리움이 솟구쳤다.

렉사는 그 손길을 가만히 받아들이며 상처 입은 짐승에게 하듯 이사나의 젖은 뺨과 눈가를 차례로 핥았다. 그것을 이사나는 밀어내지 않았다. 렉사의 위로를 눈을 감고 받아들일 뿐이었다. 그러다 이사나는 감사를 표하듯 렉사의 뺨에 키스했다. 이사나의 키스에 놀란 렉사는 잠시 굳어 있다가 시험하듯 은근슬쩍 이사나의 입술을 핥았다. 저항이 없자 이내 그를 끌어당겨 격렬하게 입을 맞췄다.

이사나는 렉사의 키스를 받으며 백사장 위에 쓰러졌다. 뜨겁게 달궈진 모래가 머리며 등판이며 거슬리게 스며들었지만, 조금도 신경 쓰이지 않았다. 조금이라도, 아주 조금이라도 더 연인의 흔적을 맛보고 싶을 뿐이었다. 이제는 어디로 갔을지 모를 그를 조금이라도 더 많이 기억하고 싶을 뿐이었다.

백사장 위에 쓰러진 이사나는 렉사를 멍하니 올려다보다가 손을 들어 그의 뺨을 다시 매만졌다. 그러자 렉사가 유순하게 이사나의 손길을 받아들이며 이사나를 마주 보았다. 그 모습이 사랑하는 연인과 지독히 닮아 있어 그리움이 북받쳤다.

"멜즈……."

"……."

"멜즈……!"

화답하듯 렉사가 다시 이사나의 입술을 삼켰다. 이사나는 눈을 감고 혀를 얽으며 그를 끌어안았다. 렉사는 이사나와 키스하며 옷 속으로 손을 집어넣었다. 외골격 특유의 딱딱한 손이 유두에 닿자, 이사나는 놀라서 몸을 움찔거렸다. 그런 이사나를 달래듯 렉사는 부드럽게, 천천히 유두와 유륜 주변을 만지작거렸다. 유두가 봉긋 솟을 정도로 집요하게 만져지자, 이사나는 전에 느끼지 못한 저릿한 감각에 휩싸여 몸을 떨었다.

렉사는 이사나의 입가에 키스하며 그의 옷을 벗겼다. 새하얗게 내리쬐는 햇볕 아래로 고단했던 그의 삶의 흔적이 고스란히 드러나자, 렉사는 참지 못하고 허둥지둥 그의 몸에 입술을 가져다 댔다.

"읏, 흐읏, 읏……!"

젖꼭지가 벌게지도록 빨리고 온몸 구석구석이 만져진 이사나는 쾌감을 견디지 못하고 신음을 흘렸다. 렉사는 그런 이사나를 기꺼워하며 배꼽 우물을 집요하게 핥고 그의 바지를 내렸다. 반쯤 내려간 바지 위로 선액에 젖은 성기가 덜렁 나오자, 렉사는 손을 내려 고환부터 기둥까지 부드럽게 훑었다. 성기에 직격하는 미칠 듯한 감각에 이사나는 안타까운 신음을 내뱉으며 몸을 움찔거렸다.

"앗, 읍, 흐읏……!"

"이사나…… 이사나……."

이사나의 옷을 전부 벗긴 렉사는 이사나의 양다리를 벌린 뒤 그의 것을 단숨에 삼켰다. 이사나는 이상한 비명을 지르며 몸을 뒤틀었다. 뜨거웠다. 렉사의 입 안이 너무 뜨거워 도무지 그 열기를 견딜 수 없었다. 이사나는 안타까움에 못 이겨 렉사의 머리를 붙잡고서 끙끙거렸다. 이사나가 눈물까지 떨어뜨리며 어찌할 줄을 모르자, 렉사는 목구멍을 열어 성노처럼 이사나의 것을 조이고 빨아 댔다.

"읏……!"

이사나는 발가락을 옹송그리며 중심에 몰린 열기를 울컥 터트렸다. 더할 나위 없는 쾌락에 이사나는 온몸을 파르르 떠는데, 렉사가 목울대를 넘기며 이사나의 것을 전부 삼켰다. 이사나는 그 광경을 멍하니 바라보다가 렉사가 성기를 뱉자, 그를 끌어당겨 키스했다. 둘은 누가 먼저라 할 것 없이 뱀처럼 뒤엉키며 서로의 몸을 빈틈없이 맞붙였다.

"빨리, 해 줘……."

"흐읏, 이사나……!"

"안아 줘, 제발……!"

이사나는 발정기가 온 짐승처럼 렉사에게 엉겨 붙었다. 그의 위에 올라타 수없이 그의 것을 품었던 입구를 렉사의 중심에 비벼 댔다. 렉사는 그런 이사나가 사랑스러워 견딜 수 없다는 듯 키스하며 이사나의 안에 손가락을 집어넣었다. 안을 푸는 둥 마는 둥 추삽질을 하던 렉사는 얼마 지나지 않아 이사나를 바닥에 쓰러뜨린 뒤 성기를 안으로 밀어 넣었다.

"읏……! 흣, 읏, 읏……!"

오랜만에 하는 삽입에 이사나는 숨이 턱 막혀 오는 걸 느꼈다. 하지만 이사나는 도리어 렉사를 끌어안고 어리광을 부리듯 그의 어깨에 이마를 문질렀다. 그러자 렉사는 낮게 으르렁거리며 단숨에 성기를 끝까지 밀어 넣었다. 푹, 소리와 함께 내부가 성기로 꽉 차오르자, 죽을 것 같은 기분이 들었다. 하지만 이사나는 오히려 렉사의 허리를 다리로 휘감으며 그에게 매달렸다.

"흣, 하읏, 읏, 읏! 앗! 읏……!"

"하아, 하아, 이사나……."

내벽에 성기가 스칠 때마다 피어오르는 쾌감에 이사나는 울면서 신음했다. 뜨겁고 아프고 온몸이 덜걱거렸지만, 이사나는 그 아픔에조차 흥분하며 성기를 세웠다. 죽고 싶었다. 이대로 이 감각에 매몰되어 아무것도 남지 않고 싶었다.

이사나가 눈물을 떨어뜨리며 렉사를 끌어안자, 렉사는 당연한 것처럼 이사나에게 키스했다. 종이 한 장 들어갈 틈 없이 서로를 껴안으며 둘은 허무함에, 허망함에 못 이겨 짐승처럼 헐떡거렸다. 그러나 몸뚱이는 뜨거워져도 가슴속에 파고든 균열은 점점 벌어지기만 했다.

"아, 아, 아아앗—!"

극점을 세게 찍힌 이사나는 비명을 내지르며 사정액을 줄줄 흘려댔다. 이사나의 안이 수축하자, 렉사 역시 이사나를 꽉 끌어안으며 길게 사정했다. 절정에 도달한 뒤 당연한 것처럼 허탈감이 그 자리를 차지했다.

쾌감에 울부짖는 동안 잊어버렸던 상실감이 빠르게 그 자리를 메워 이사나를 다시 절망에 빠뜨렸다.

"흐, 흐으, 흑……."

멜즈가 죽었다. 더 이상 그를 볼 수 없다. 모든 게 자신의 탓이었다. 같잖은 거짓말로 모든 걸 해결할 수 있다는 오만이 그를 죽게 한 것이다. 그를 혼란스럽게 할지도 모른다는 핑계로 쌓아온 거짓말이 결국 그를 이 세상에서 몰아낸 것이다. 전부, 전부 자신의 탓이었다.

"멜즈……. 흑, 멜즈……!"

이사나는 세상에 유일하게 남은 그의 흔적을 붙잡고 서럽게 울었다. 하지만 아무리 울어도 마음속에 짙게 드리워진 상실감은 지워지지 않았다.

* * *

이사나는 백사장에 앉아 밀려들었다가 물러나기를 반복하는 파도를 바라보았다. 소금기가 느껴지는 바닷바람에 머리가 다 헝클어졌지만, 이사나는 몇 시간째 계속 그 자리에 앉아있었다. 렉사 역시 그런 이사나의 옆에 앉아 함께 바다를 바라보고 있었다.

"이사나."

"……."

"돌아가자."

렉사는 길 잃은 아이에게 하듯 사뭇 조심스럽게 권했다. 렉사도 이젠 알고 있을 터였다. 이사나에겐 더 이상 돌아갈 곳이 없었다.

렉사와 싸우다 죽었다고 알려진 이사나가 돌아가 봐야 모두 꺼림칙하게 여길 뿐 환영하지 않을 터였다. 게다가 연인인 멜즈가 죽었다. 제국을 위해 그렇게 많이 노력했는데도 알리페르라는 이유만으로 그는 무참히 살해당했다. 그것만으로도 이사나가 돌아가지 않을 이유는 충분했다.

어떡해야 하나.

가슴에 전혀 와닿지 않은 고민을 하며 이사나는 그저 말없이 먼 바다만 바라보는데, 렉사가 말했다.

"내가 밉다면 앞으로 평생 네 앞에 나타나지 않을게. 그저 네가 잘 있는지 보기만 할게."

"……."

"전에도 말했지만 더 이상 인간들에겐 손대지도 않을게. 내가 했던 행동들 정말 후회하고 있어. 진심으로."

그 말에 이사나는 렉사를 돌아보았다. 렉사는 몹시 풀 죽은 얼굴을 하고 있었다. 그 힘없는 모습이 정말 멜즈와 많이 닮아 있었다. 이사나는 잠시 그의 얼굴을 바라보다가 다시 흰 포말이 부서지는 해안을 바라보았다.

"정말 그렇게 생각해?"

"……."

"넌 여전히 인간을 하찮게 여기잖아."

이사나의 말에 렉사는 당황하며 어찌할 줄을 몰랐다. 낙담한 듯 고개를 푹 숙인 렉사는 우울하게 말했다.

"사실은…… 아직도 잘 모르겠어. 내가 왜 인간들의 마음을 헤아려야 하는지. 나는, 내 동족들조차 이해해 보려 한 적이 없었어."

"……."

"그치만 네가 우는 건 싫어."

두 번 다시 겪고 싶지 않다는 듯 렉사는 희게 질린 얼굴로 고개를 가로저었다. 그에 이사나는 피식 웃을 수밖에 없었다.

렉사가 날 좋아하긴 좋아하는구나.

그와 있었던 많은 일들을 떠올린 이사나는 잠시 고민에 빠졌다. 여전히 그가 한 짓을 두둔해 줄 수 없지만, 그와 별개로 렉사와 함께 했던 시간들이 전부 나빴던 건 아니었다. 오히려 소중한 추억으로 남은 것도 있었다. 그러니.

자신을 좋아해 준 상대에게 예를 표해야 했다.

이사나는 자리에서 일어나며 말했다.

"돌아가자."

"이사나?"

"성으로 돌아가자."

이사나의 말에 렉사는 놀란 듯 이사나를 올려다보았다. 그런 렉사에게 이사나가 멋쩍게 웃어 보이자, 렉사는 도무지 믿기지 않는다는 듯 자리에서 일어나 이사나에게 되물었다.

"정말인가?"

"응."

이사나의 대답에 렉사의 눈시울이 붉어졌다. 울보인 점은 정말이지 둘 다 똑같았다. 이사나는 피식 웃으며 그런 생각을 하는데, 렉사가 갑자기 이사나를 꽉 끌어안았다. 말로 표현을 할 수 없는 격렬한 감정을 목 안으로 삼킨 채 렉사는 몸을 떨고 있었다. 이사나는 그런 렉사를 도닥이는데, 렉사가 한참 후에야 간신히 속삭이듯 말했다.

"고마워."

"아니야, 이젠 갈 곳도 없으니까."

"그래도…… 고마워……."

렉사는 기쁜 기색을 억누르려 애를 쓰며 연신 이사나에게 감사 인사를 했다. 그런 렉사에게 웃으며 이사나는 말을 덧붙였다.

"그런데."

"……?"

"물 좀 구해다 줄 수 있을까? 목이 마른데."

이사나의 말에 렉사의 얼굴이 환희로 물들었다. 이사나가 먼저 뭔가를 요구한 건 이번이 처음이었다. 렉사는 기뻐서 어찌할 줄을 모르며 허둥지둥 말했다.

"아, 알았어. 금방 갖다줄게!"

비장하기까지 한 그 모습에 이사나는 쓴웃음이 흘러나왔다.

어쩌면.

어쩌면 내가 병에 걸리지 않았더라면.

이사나는 그런 의미 없는 가정을 하며 헐레벌떡 어디론가 향하는 렉사를 불러 세웠다.

"렉사."

"응?"

"나는 너를 용서해."

이사나의 말에 렉사는 뜬금없이 그게 무슨 말이냐는 듯 고개를 갸웃거렸다. 그에 이사나는 쓸쓸히 웃었다. 렉사는 아직 아무것도 몰랐다. 알리페르의 숙주가 된 인간이 나중에 어떤 최후를 맞이하는지. 하지만 그로 인해 그가 괴로워하는 건 또 싫었다. 그는 그레이스를 포함해 수많은 사람들을 해친 나쁜 알리페르인데도, 그런데도 그가 상처받지 않기를 바랐다. 이사나는 고개를 가로저으며 말했다.

"아니야, 아무것도. 얼른 다녀와."

"어디 가지 말고 거기 있어."

"응."

이사나는 손을 흔들며 그를 배웅했다. 렉사의 모습이 시야에서 완전히 사라지자, 이사나는 다시 바다 쪽으로 고개를 돌렸다. 아무리 보아도 질리지 않는 풍경이었다. 끝도 없이 펼쳐진 저 대해(大海)는 한때 모든 생명체를 품었던 어머니처럼 이 세상 모든 것을 포용해 줄 것 같았다. 누군가를 사랑했던 시간도 증오했던 시간도 어느 것 하나 가릴 것 없이 전부.

이사나는 그 안으로 걸어 들어가기 시작했다.

발목을 간질거리던 바닷물은 얼마 걷지 않아 가슴께까지, 턱 끝까지 답답하게 차올랐다. 아직 봄이어서 그런지 바닷물은 꽤 차가웠다. 하지만 이사나는 발걸음을 늦추지 않았다. 숨을 멈추고 한 걸음 더 나아가자 바닷물이 어느새 머리끝까지 잠겼다.

이사나—!

물 밖에서 렉사의 목소리가 들려왔다. 하지만 이사나는 계속해서 차가운 물속으로 빠져들 뿐이었다.

숨이 막히고 의식이 점점 흐려지면서 멜즈에 관한 기억들이 하나 둘씩 떠오르기 시작했다. 배양액 안에서 눈을 뜬 그를 안아 올렸을 때부터 모진 말을 늘어놓으며 그와 헤어졌던 마지막 날까지.

그 모든 기억들이 파편처럼 쪼개져 이사나의 머릿속을 맴돌았다.

멜즈.

사랑해 멜즈.

이 넓은 바다에서, 언젠가 스쳐 지나가듯, 그렇게라도 너와 만날 수 있게 되기를.

그때가 되면, 이제 두 번 다시 헤어지지 않게 되기를.

그것만을 바라며 이사나는 눈을 감았다.

훗날 인류의 구원자로서 오랫동안 사람들의 기억 속에 남은 영웅의 최후였다.

외전

렉사

렉사

적막한 성 안으로 알리페르 하나가 발걸음을 재촉하고 있었다. 적갈색 머리에 콧잔등에 주근깨가 가득한 알리페르는 수프 그릇이 담긴 트레이를 들고 있었다. 적갈색 머리의 알리페르, 히람은 그걸 내려다보며 한숨을 내쉬었다. 히람은 얼마 전 죽은 전임자를 대신해 왕의 심복으로 지명된 알리페르였다. 왕의 곁을 보필한다는 건 꽤 영예롭고 우러름의 대상이 되는 일이었지만, 정작 히람 본인은 하루하루 이 자리를 내려놓고 싶어 견딜 수 없었다.

두 달 전 이사나 넥시움을 따라 성을 떠났던 왕이 며칠 전 다시 돌아왔다. 하지만 돌아온 왕은 히람이나 다른 알리페르들이 알고 있던 왕이 아니었다. 인간 하나에게 홀려 그는 완전히 제정신이 아니게 되었다. 이곳에서 죽은 알리페르들처럼 말이다.

히람은 한숨을 내쉬었다. 바깥 출신인 히람에게 지난 1년간 있었던 일은 끔찍하기 짝이 없었다. 교미와 식욕의 대상인 인간이 이런 재앙을 만들어 낼 수 있는 줄 처음 알았다. 얼마나 끔찍했냐면 다시는 인간과 교미하지 않겠다고 스스로에게 다짐했을 정도였다.

지난 1년간 성에 거주하던 알리페르의 반 이상이 죽었다. 마을 여자들의 죽음에 충격을 받고 그녀들을 뒤따라 함께 자살한 알리페르가 반, 클레르와 함께 이사나 넥시움에게 살해당한 알리페르가 반이었다.

물론 전임자였던 클레르가 인간과의 싸움에서 질 리 없다. 아무리 이사나 넥시움이 대단하다고는 하지만, 그는 이미 숙주가 된 상태였다. 그랬기에 모두들 클레르가 자살한 것이라 여겼다. 그는 그레이스라는 인간 여자를 몹시 좋아했기에 그 여자가 죽은 뒤 식사조차 제대로 하지 못했다. 동물의 고기를 보기만 해도 구역질을 해 그는 인간처럼 곡물로 생을 연명해야 했다.

클레르가 그렇게 망가진 것처럼 왕 역시 미쳤다.

인간들 중 가장 고귀하다고는 하나, 그래 봐야 인간인 이사나 넥시움에게 마음을 빼앗겨 그자의 노예나 다름없는 짓을 자처하고 있었다. 아니, 그보다 더 심했다. 왕은 이미 정신이 나간 인간의 곁을 하루 종일 지키며 그를 보살피고 있었다. 그를 먹을 생각조차 하지 않은 채 말이다.

이로서 인간을 가축으로 길들이려던 왕의 계획은 실패로 돌아갔다.

그 계획은 지금의 왕이 전대 왕을 꺾고 스페스의 성을 차지한 뒤 기획한 것으로 꽤 오랫동안 공을 들여 진행해 온 것이었다. 헥사비스의 행정력이 닿지 않는 포스에서 먼저 실험을 진행해 어느 정도 가능성이 있다고 판단한 왕은 이사나 넥시움이 데리고 있던 후계를 빼앗아 본격적으로 헥사비스를 공략할 작정이었다. 헥사비스를 점령한 후에는 이곳에서 했던 것처럼 여자들은 물자와 아이를 생산하게 하고 남자들은 숙주와 식량으로 사용할 예정이었다. 실제로 모든 계획의 원안이었던 이곳 인간 마을은 잘 돌아가고 있었다. 이사나 넥시움이 포로로 들어오기 전까지는 말이다.

똑똑똑—.

"들어와."

히람이 노크하자, 안에 있던 렉사가 대답했다. 히람은 혹여 소리가 크게 날까 문고리를 조심스럽게 돌리며 왕의 거처로 들어갔다.

왕은 전과 똑같이 침대맡에 앉아 침대에 누워 있는 인간 남자를 내려다보고 있었다. 이사나 넥시움이었다.

그는 숙주가 된 인간들이 으레 그러하듯 게을러지고 정신이 이상해졌다. 한번 그런 상태가 되면 좀처럼 예전으로 되돌아가지 않았기에 보통은 그런 인간을 도축해 잡아먹었다. 하지만 왕은 그러하지 않았다. 히람과 다른 알리페르들은 이사나 넥시움이 망가진 거라 말을 했지만, 왕은 그가 다시 예전 모습으로 돌아올 거라 믿는 듯했다.

하긴, 그 이사나 넥시움이었다. 숙주가 되고도 다른 인간들과 달리 10년간 멀쩡했던 데다 다시 알을 품고도 원래대로 되돌아와 성 밖으로 나가기까지 했다. 그런 왕의 믿음이 이해가 가지 않는 건 아니었다. 하지만 이사나 넥시움은 헥사비스 측 인간이었다. 살려 둬 봐야 해만 되지 도움이 되진 않았다.

"식사 가져왔습니다."

"테이블에 내려놔."

렉사는 히람을 돌아보지도 않은 채 말했다. 따로 말하지 않았지만,

히람이 나가길 원하는 게 느껴졌다. 히람은 풀 죽은 얼굴로 수프가 든 트레이를 테이블에 올려 두었다. 그리고 그냥 나가려다가 더는 두고 볼 수 없어 렉사에게 간청했다.

"왕이시여, 성과 숲을 지킬 동족들의 수가 부족합니다."

"……."

"지금 있는 동족들로는 앞으로 인간들의 침입을 막기 힘듭니다."

죽은 이들을 대신해 남은 알리페르들이 돌아가면서 숲의 경비를 보고 있지만, 이미 그들도 한계에 도달한 상태였다. 인간 여자들이 제공해 오던 물자는 오래전에 바닥을 드러냈고 굶주린 알리페르들은 사슴 한 마리를 가지고 죽어라 싸워 댔다. 고작 1년 전만 해도 있을 수 없는 광경이었다. 하지만 왕은 조금도 신경 쓰지 않는 듯했다.

그의 지배하에 있는 알리페르들에게 무슨 일이 일어나는지 뻔히 알면서도 그는 여전히 하찮은 인간 하나에만 매달리고 있었다. 히람은 렉사의 대답을 기다리다가 결국 포기하고 돌아서는데, 렉사가 말했다.

"히람, 왕위 계승전을 준비해."

"……!"

렉사의 말에 히람은 놀라서 그를 돌아보았다. 계승전은 마스터가 없는 알리페르끼리 일대일로 싸워 승자를 가리는 대회로 계승전의 최종 우승자에게는 왕과 겨룰 권리가 주어졌다. 렉사 역시 전대 왕을 그런 식으로 꺾어 왕의 자리에 올랐다. 자신의 힘을 과시하기 좋아했던 전대의 왕은 종종 열었던 행사지만, 렉사는 아니었다. 왕이 된 후 몇 번 개최하기는 했지만, 너무 강한 탓인지 렉사는 금세 계승전에 흥미를 잃었다. 그럼에도 렉사가 지금 왕위 계승전을 개최하려는 건 승부에 진 알리페르들을 슬레이브로 거둘 수 있기 때문이다.

그로서는 나름대로 수하들을 위해 희생하는 셈이다.

히람은 가슴이 찡해졌다. 예전이었다면 알아서 하라며 방치했을 텐데……! 히람은 감동하며 렉사를 바라보는데, 렉사가 히람을 돌아보며 짜증스럽게 말했다.

“안 나가고 뭐 해?”

“네, 넵! 가보겠습니다!”

단호한 축객령에 히람은 허둥지둥 방을 나섰다. 히람이 사라지자, 렉사는 그제야 침대에 누워 있던 이사나를 일으켰다.

“이사나, 식사하자.”

렉사가 말을 걸었음에도 이사나는 전혀 들리지 않는 듯 방 안 어딘가를 바라보기만 했다. 그 모습에 렉사는 가슴께가 지끈거리는 걸 느꼈다.

그날, 이사나가 바다에 뛰어든 날 이후 이사나는 다시 이런 모습이 되어 버렸다. 그가 물속으로 사라지는 걸 보고 허겁지겁 뒤쫓아 그를 끌어냈지만, 그의 영혼은 그대로 바닷물에 흩어진 것처럼 이사나는 두 번 다시 전처럼 울고 웃고 화내지 않았다. 그저 인형처럼 가만히 있을 뿐이었다.

렉사는 그런 이사나를 볼 때마다 늪 같은 절망이 밀려들었지만, 짐짓 아무렇지 않은 척 이사나에게 말을 걸며 마음을 다잡았다. 언젠가, 그가 다시 제 말에 대답해 줄 날을 기다리며.

렉사는 수프 그릇을 가져와 그의 곁에 앉았다. 적당히 식었는지 확인한 뒤 수프를 한 스푼 떠 이사나의 입가에 가져다 댔다. 그러자 이사나가 입을 벌려 그것을 받아먹었다. 그저 받아먹는 것에 불과한데도 렉사는 혹시나 하는 생각에 바보같이 기뻐졌다. 렉사는 다시 조심스럽게 수프를 떠 계속 이사나에게 먹였다. 그렇게 몇 입 먹이고 나자, 이사나는 더 이상 먹고 싶지 않은지 입을 다물었다. 수프가 반이나 남아 있는데도 먹으려 하지 않아 속상해진 렉사는 이사나에게 애원했다.

"그것밖에 안 먹으면 안 돼. 한 입만 더 먹어."

"......."

"딱 한 입만 더 먹자, 더는 먹으라고 안 할게."

렉사의 간청에 이사나는 그제야 조개처럼 다물고 있던 입을 벌렸다. 렉사는 그런 이사나가 기특해 손으로 뺨을 쓸었다.

"잘했어."

그릇을 치운 렉사는 곧장 그를 눕히지 않고, 침대 헤드에 몸을 기대게 했다. 전에 곧장 눕혔다가 토했기 때문이다. 렉사는 손수건을 가져와 이사나의 입가에 묻은 수프를 닦아 주었다. 명료하던 눈빛은 언제였을까, 이젠 기억도 나지 않을 지경이었다. 그럼에도 렉사는 포기하지 않았다. 그는 이사나 넥시움이었다. 다른 인간들이면 몰라도 그는 그렇게 쉽게 꺾일 자가 아니었다.

"이사나......."

한때는 너무나도 짓밟고 꺾어 버리고 싶던 자였다. 하지만 정작 이런 모습이 되자, 렉사는 괴로워서 견딜 수 없었다. 이렇게 그를 아끼게 될 줄, 예전엔 미처 생각하지 못했다.

세월이 지나도 여전히 올곧고 눈부신 그를 바라보며 렉사는 잠시 옛 생각에 빠졌다.

* * *

치, 치직—. 치지직—.

벽장 안에서 곤히 자고 있던 어린 렉사는 거슬리는 전파음에 잠을 깼다. '라디오'라는 물건에서 나는 소리였다. 꽤 시끄러웠지만, 렉사는 몸을 뒤척이며 계속 잠을 청했다. 하지만 너무 허기져서인지 자꾸만 조일 듯이 배가 아파 왔다. 결국 참지 못한 렉사는 자리에서 일어났다.

렉사의 세상은 몸도 제대로 누이기 힘든 좁은 벽장 속이 다였다. 언제부터 여기 있었는지 렉사 역시 기억하지 못했지만, 이곳을 나가서는 안 되었다. '젠'이 싫어했다. 저번에 나가는 걸 들켰다가 며칠을 앓을 정도로 두들겨 맞은 적이 있었다. 하지만 벽장 안에만 있어서는 배를 쪼이는 듯한 이 허기를 어찌할 수 없었다. 결국 렉사는 젠에게 들킬 걸 각오하며 벽장 밖을 나서야 했다.

렉사는 미닫이로 된 벽장문을 살짝 옆으로 밀었다. 밤새도록 손님을 받은 젠은 늦은 오후임에도 세상모르게 자고 있었다. 그에 용기를 얻은 렉사는 조심스럽게 미닫이문을 활짝 열었다.

"……."

렉사는 발끝을 세운 채 방 안 한가운데에 놓인 커다란 침대를 둘러 벽장 맞은편에 있는 테이블로 향했다. 테이블 위에는 젠의 손님이 가져온 술안주가 있었다. 오늘은 운이 좋다. 무려 육포가 있었다. 쩨쩨한 손님은 값싼 증류주 밖에 가져오지 않아 그런 날은 렉사도 하루 종일 굶어야 했다. 그런 의미에서 어제의 손님은 굉장히 좋은 손님이었다.

육포와 땅콩 따위를 작은 손 가득 움켜쥔 렉사는 다시 침대를 돌아 벽장으로 향했다. 그러다 문득 창가에 놓인 라디오가 눈에 들어왔다.

칙—. 치지지직—. 치익—. 치이이익—.

날카로운 소리에 렉사는 절로 눈이 찌푸려졌다. 라디오는 가난뱅이 젠이 큰맘 먹고 산 사치품이었다. 하지만 고장이 났는지 며칠 전부터 저런 이상한 소리를 내고 있었다. 듣기만 해도 머리가 아픈데, 젠에게는 저 소리가 전혀 들리지 않는 걸까? 왜 끄지 않는지 이해할 수 없었다. 렉사는 살그머니 라디오 쪽으로 향했다. 저 기계만 없어져도 이 짜증과 두통이 가라앉을 것 같았다. 렉사는 손을 뻗어 라디오를 건드리려는데.

"으으으……."

"……!"

젠이 깨어나려 하고 있었다. 렉사는 후다닥 다시 벽장 안으로 들어가 문을 닫았다. 급하게 문을 닫아 손에 쥐고 있던 육포와 땅콩이 벽장 안에 쏟아졌지만 상관없었다. 화가 난 젠은 무서웠다.

"이, 이 새끼가!"

잠에서 깬 젠이 노성을 내지르며 벽장에 발길질을 해댔다. 벽장이 금세라도 부서질 듯 덜컹거렸다. 하지만 렉사는 구석에 가만히 몸을 웅크린 채 벽장문을 노려볼 뿐이었다. 언제나 있는 일이었다. 저렇게 화를 내긴 하지만, 젠은 단 한 번도 벽장문을 열고 자신을 끄집어 낸 적이 없었다. 렉사의 예상대로 얼마 지나지 않아 힘이 빠진 젠이 씩씩거리며 렉사에게 소리 질렀다.

"또 함부로 기어 나오기만 해봐! 콱 죽여 버릴 테니까!"

쾅—!

위협하듯 발길질을 한 젠은 욕설을 내뱉으며 방을 나갔다. 복도 너머로 쿵쾅거리는 소리가 사라지자, 렉사는 그제야 웅크리고 있던 몸을 펴 벽장 안에 흩어진 땅콩과 육포를 주웠다.

칙, 치직, 치지직—.

"……."

또다시 들려오는 전파음에 렉사는 미간을 좁혔다. 젠도 나갔겠다 저 빌어먹을 라디오를 부술까 생각했지만 그만두었다. 어째서인지 지금은 이곳에서 나가고 싶은 생각이 안 들었다.

* * *

렉사의 동거인인 젠은 창부였다. 인기 있는 창부였던 젠에게는 고정적인 단골이 있을 정도로 손님이 많았다. 퇴역 군인인 그는 한쪽 다리가 무릎 위까지 싹둑 잘려 의족을 꼈지만, 그게 젠의 인기에 결점이 되진 못했다. 사창가에서도 보기 드문 예쁜 외모를 가진 탓에 젠을 찾는 사람들은 항상 많았다.

"하응! 하앙! 아응, 읏, 좀, 더……! 세게……!"

젠은 소리 높여 교성을 내지르며 허리를 들썩거렸다. 예쁜 얼굴은 어느새 음란한 정염으로 물들어 있었다.

역겹다.

렉사는 젠이 손님과 붙어먹는 걸 벽장 안에서 들으며 수없이 진저리쳤다. 저게 무슨 행위인지는 여전히 알지 못했지만, 익숙해진 지금도 렉사는 종종 저 행위가 거북하게 느껴지곤 했다. 게다가 젠이 행위를 할 때면 그의 몸에서 나는 냄새가 강해졌다. 그 냄새를 맡을 때면 식욕과 닮은 허기가 점점 몸집을 불려 와 견딜 수 없었다. 하지만 그 충동을 렉사는 이를 악물며 견뎌 내는 수밖에 없었다. 렉사의 세상은 이 좁디좁은 벽장 안과 젠이 있는 바깥이 다였으니 말이다.

영원처럼 길었던 행위가 끝나고 젠은 다음 손님이 오기 전까지 잠시 휴식 시간을 가졌다. 젠은 라디오를 들을 생각인지 창가에서 라디오를 가져와 테이블 위에 올려놓았다. 주파수를 맞추는 듯 치직거리는 소리가 잠시 들려오더니 얼마 지나지 않아 지상층에서 송출되는 방송이 들리기 시작했다.

—남부 전선으로 원정을 떠났던 이사나 황자가 혁혁한 공을 세우며 헥사비스로 돌아왔습니다. 이번에 그가 소탕한 알리페르의 수는 무려 수백에 달하는데요, 그에 반해 제국군의 피해는 거의 없는 것으로 알려져 있습니다. 몇 년 전 고작 사관생도의 신분으로 알리페르 무리에 포위되어 있던 황제 폐하를 구해 낸 이후, 그가 보여 주는 행보는 놀랍기만 한데요…….

"흥, 이사나 넥시움 따위가 뭐 그리 대단하다고 떠들어 대는 거야?"

라디오에서 연신 들려오는 승전보에 젠은 투덜거리며 자리에서 일어났다. 찬장에서 컵과 술을 꺼내 다시 테이블에 앉은 젠은 여전히 이사나 황자에 대한 찬사를 늘어놓는 라디오를 노려보며 말했다.

"얼굴만 좀 반반한 새끼를 황자라고 추켜세워 주기는. 그놈은, 끄윽, 군인보다 나처럼 몸을 파는 게 더 잘 어울려."

젠은 연신 술을 들이켜며 혼잣말인지 모를 말들을 늘어놓았다.

"군대에 있을 때 이사나 넥시움을 실제로 본적이 있는데, 씨발, 그 새끼 존나 꼴리게 생겼더라? 병사들 중에 그 새끼 사진 가지고 딸치는 새끼가 있을 정도였다니까. 희한하기도 하지. 생긴 건 영락없는 사내놈인데, 끄윽, 도대체 뭐 때문에 꼴리는지 모르겠단 말이야? 알고 보면 벌써 여러 번 따먹힌 거 아냐? 씨발, 나도 다리가 이 짝 나기 전에 한번 따먹고 나오는 건데."

젠은 술을 벌컥벌컥 들이켜며 낄낄거렸다. 젠의 욕망이 얼마나 노골적인지 벽장 너머까지 손에 잡힐 듯 느껴졌다. 물론 젠의 욕망은 이사나 넥시움 한 사람에 국한된 것이 아니었다. 겁쟁이에 무능하다고 알려진 현 황제나 여자 수상, 저명한 귀족들 역시 젠의 망상 속에서 한 번씩 짓이겨지고 강간당했다. 하지만 이사나 넥시움은 젠이 실제로 본 사람이어서 그런지 유독 그를 향한 욕망이 구체적이었다. 렉사조차 때때로 '이사나 넥시움'이 어떻게 생겼는지 궁금해질 정도로 말이다. 얼마나 고결하게 생겼는지, 얼마나 천박하게 생겼는지.

손님과 함께 젠이 밖으로 나가면서 렉사는 방 안에 홀로 남겨졌다. 벽장에서 나온 렉사는 방금 전 손님이 남기고 간 테이블 위의 건과일 안주를 주워 먹었다. 시큼한 맛이 입 안에 가득 퍼지자 렉사는 절로 눈살이 찌푸려졌다. 이곳 지하층은 과일이나 야채가 몹시 귀했지만, 그래도 렉사의 취향은 육포 같은 고기 종류였다. 짭조름하고 씹을수록 풍미가 살아나는 그 맛이 무척 좋았다. 처음 육포를 먹었을 땐 세상에 이런 음식이 있나 싶어 놀랐을 정도였다.

하지만 지금 렉사 앞에 있는 것은 그 귀하다는 건과일 뿐이었다. 렉사는 그것을 억지로 씹어 넘기다가 결국 도로 내려놓았다. 하지만 끈덕진 허기를 여전히 달랠 길이 없어 렉사는 젠의 방을 샅샅이 뒤지는데, 문득 창가에서 이상한 소리가 들려왔다.

치직, 치지직, ……이여, 왕이여.

"……?"

누군가의 말소리에 렉사는 고개를 갸웃거리며 뒤를 돌아보았다. 분명 누군가가 말을 한 것 같은데 아무도 없었다. 렉사는 주변을 경계하는데, 또다시 어디선가 여자 목소리가 들려왔다.

—왕이여. 이 세계를 다스릴 미래의 지배자여.

"누구야."

렉사는 주변을 돌아보며 소리쳤지만, 어디에도 사람의 흔적은 보이지 않았다. 렉사는 꺼림칙한 기분이 들어 눈살을 찌푸렸다. 그 순간 라디오가 치직거리더니 말했다.

—당신을 기다려 왔습니다. 낡디낡은 구세계의 문명을 종결시키고 새로운 시작을 불러올 당신을.

라디오? 지금 라디오가 말하고 있는 건가? 렉사는 경계하듯 창가로 다가가 라디오를 올려다보았다. 그리고 그것을 조심스럽게 내리자, 라디오는 기쁜 듯이 렉사에게 말했다.

—왕께 인사드립니다. 저는 헥사비스의 마녀, 앞으로 당신이 걸어갈 길을 안내할 당신의 조력자입니다.

* * *

그 후로 렉사는 종종 라디오와 얘기를 나누었다. 라디오는 똑똑하고 모르는 게 없었다. 렉사는 원래부터 주변에 대해 궁금한 게 많았지만, 동거인인 젠은 렉사가 입을 여는 것조차 싫어해 아무것도 물어볼 수 없었다. 따라서 렉사의 대화 상대는 라디오밖에 될 수 없었다. 그런데 희한하게도 라디오는 젠에게는 말을 걸지 않았다. 오직 렉사에게만, 그와 단둘이 있을 때만 말을 걸고 렉사의 질문에 대답해 주었다.

라디오를 통해 렉사는 꽤 많은 지식을 얻을 수 있었다. 이곳이 헥사비스 지하 3층이라는 것, 인류가 알리페르라는 종족과 대립한 지 200년이 넘었다는 것, 젠은 남의 성욕을 풀어 주는 대가로 돈을 받고 있다는 것 등등이었다. 렉사는 라디오로부터 얻은 지식으로 자신의 주변 상황을 어느 정도 가늠할 수 있게 되었다. 얼마 지나지 않아 렉사는 자신이 무척 운이 없고 불행한 아이라는 것을 알게 되었다. 렉사는 어느 날 자조하며 라디오에게 물었다.

"그런데 너는 왜 나를 왕이라고 부르지? 왕은 태어날 때부터 고귀한 자만 될 수 있는 것 아닌가?"

렉사의 질문에 라디오는 여상하게 대꾸했다.

—그것은 구세계 인간들의 관습에 불과합니다. 왕은 세계로부터 다른 생명의 생사를 판결할 권능을 부여받은 절대적이고 유일무이한 존재로 세습되는 지위가 아닙니다. 지금 황제라고 불리우는 자 역시 구세계의 왕의 후손에 불과한 인간으로 진정한 왕인 당신과는 격이 다릅니다.

"네 말대로 내가 '왕'이 맞다면, 나는 왜 여기 있는 거지? 왜 아무도 나를 귀하게 여기지 않는 거야?"

동거인인 젠조차 렉사를 미워해 눈엣가시처럼 여겼다. 그러니 자신이 결코 왕 같은 거창한 존재일 리 없었다. 렉사는 어디서 기인했는지 모를 울분으로 입매를 사리무는데, 라디오가 공손하게 대답했다.

—미천한 인간들은 이 땅에 현신한 '왕'이 얼마나 대단한 존재인지 그 권능을 감히 느끼지 못하기 때문입니다. 그저 막연히 당신을 자신들과 다르다고 느껴 두려워하고 배척할 따름이지요. 하지만 당신의 동족들은 다릅니다. 당신의 특별함을 기민하게 알아차리고 당신을 경애하고 당신께 복종할 것입니다.

이상한 말을 발견한 렉사는 고개를 갸웃거리며 라디오에게 물었다.

"내 동족? 난 인간이 아닌 건가?"

—당신은 그런 미개한 존재가 아닙니다. 당신은 앞으로 이 세계를

지배할 지배자들 중에서도 그 정점에 선 존재. 그런 하등한 존재는 입에도 담지 마옵소서.

라디오의 단호한 말에 렉사는 허탈하게 웃었다. 꽤 듣기 좋은 말이었다. 새로운 세계의 왕이라느니 인간보다 월등한 존재라느니. 그런 말을 계속 듣다 보니 자신이 진짜 그런 존재가 된 듯한 기분이 들기도 했다.

라디오가 하는 말이 사실일까? 라디오는 굉장히 똑똑하고 아는 게 많았다. 자신을 다른 사람과 착각한 건 아니라고 생각했다. 그렇다면 이용하기 위해 추켜세워 주는 걸까? 렉사는 잠시 의심했지만, 이내 찬웃음을 내지었다. 창부가 벽장 속에 숨겨 둔 꼬마 따위를 어디다 써먹겠다고 속이겠는가. 그리고 또 속으면 어떻고? 하루하루 땅콩 몇 알로 겨우 허기를 면하는 삶은 렉사 본인에게도 그다지 가치가 없었다.

"너는 날 이 세계의 왕이라고 했잖아."

—네.

"내가 제대로 왕 노릇을 하려면 뭘 어떻게 해야 하지?"

—왕께서는 아무것도 하실 일이 없습니다. 그저 숨겨진 권능을 되찾으시어 이 세상 모든 것을 가지시면 됩니다.

모든 것을 가진다라……. 들으면 들을수록 구미가 당기는 말이었다. 아무것도 몰랐으면 모를까, 라디오의 도움으로 많은 것을 알게 된 렉사는 가지고 싶은 것 역시 많아졌다. 하지만 '가진다.'는 말을 들었을 때 가장 먼저 떠오른 것은 아무래도 이것이었다.

"그럼, '이사나 넥시움'도 가질 수 있어?"

—물론입니다. 그가 무엇이든 그는 어차피 열등한 인간에 불과한

몸. 왕께서 원하신다면 응당 그는 당신의 것이 되어야 합니다.

라디오의 말에 렉사는 웃었다. 그 대단한 이사나 넥시움조차 자신보다 열등하다고 한다. 렉사는 어째서 젠이 저속한 음담을 계속 늘어놓았는지 이해할 수 있을 것 같은 기분이 들었다. 까마득히 높은 곳에 있어, 감히 쳐다보기도 힘든 자를 상상으로나마 끌어내려 마음대로 할 생각을 하자 지독히 기분이 좋아졌다.

만약 그를 가지게 되면 그를 어떻게 대하게 될까? 솜털처럼 소중하게 쓰다듬을까? 아니면 젠처럼 잔인하게 때리며 아무데도 못 가게 가둬 둘까? 그와 무엇을 하고 싶은지는 알 수 없었다. 하지만 확실한 건 있었다. '이사나 넥시움'을 소유하고 싶다는 것이다.

"권능을 되찾으려면 어떻게 해야 하지?"

—리비에로 가십시오. 그곳에서 당신을 기다리고 있겠습니다.

그 말을 끝으로 라디오가 꺼졌다. 리비에라……. 렉사는 잠시 망설였다. 리비에가 어디에 있는지 모르는 건 아니었다. 이 지하 세계를 떠받치는 중추, 중앙 도서관 리비에는 창부들이 사는 뒷골목에서조차 어디에 있는지 똑똑히 보였으니까. 단지, 이곳을 나가 본 적이 없었다. 이 방은 렉사에게 있어서 세상의 전부였다. 하지만.

'그럼, '이사나 넥시움'도 가질 수 있어?'

그 말을 내뱉는 순간, 흐릿했던 렉사의 욕망은 실체화되었다. 술 안주로 하루하루를 연명하던 벽장 속 소년으로는 만족할 수 없게 된 것이다. 렉사는 벽장문을 열고 나와 한 번도 손대 본 적 없는 방문을 열었다. 그러자 수없이 많은 방들이 나열된 좁은 복도가 보였다. 그 복도를 지나 아래층으로 내려가자, 낯선 사람들이 모여 있었다.

"응? 웬 꼬마지?"

"이쁘게 생겼는데?"

"꼬마야, 어디서 온 거니?"

출입구에 있던 덩치 큰 남자들이 호기심을 보이며 렉사에게 다가왔다. 하지만 그들의 얼굴에는 낯선 아이에 대한 걱정보다 탐욕이 깃들어 있었다. 잡히면 위험하다. 렉사가 그렇게 생각하는 순간, 건물 전체에 불이 꺼졌다.

"정전인가?"

"제길, 빨리 불을 켜!"

갑작스런 정전에 사람들은 어둠 속에서 우왕좌왕했다. 하지만 이들과 달리 밤눈이 밝은 렉사에게는 그게 장애물이 되지 못했다. 렉사는 혼란에 빠진 사람들을 지나쳐 밖으로 나왔다. 렉사가 건물 밖으로 나오자, 그런 렉사를 맞이하듯 주변을 환히 비추고 있던 홍등이 일시에 꺼졌다.

"뭐, 뭐야! 왜 갑자기 정전인 거야?"

모두가 어둠 속에서 당황하는 가운데, 렉사만이 인간들을 제치고 리비에를 향해 나아갔다. 마치 로열 로드를 걷는 것처럼 렉사는 새카맣게 암운이 드리워진 길을 홀로 걷고 있었다.

마침내 리비에에 도착한 렉사는 또다시 어둠이 인도하는 대로 계속 리비에의 안을 헤맸다. 열람실을 지나 어딘지 모를 곳을 오르고 내리고 문을 열고 들어가기를 반복한 끝에 렉사는 어느 밀폐된 구역에 도착했다. 그 안은 생전 처음 맡아 보는 향긋한 냄새로 가득 차 있었다. 지독히 좋은 냄새였지만, 도대체 무슨 냄새인지 심장이 터질 듯 두근거려 왔다. 본능적으로 위험을 감지한 렉사는 그곳을 빠져나가려는데, 그 어두운 공간 안에 누군가가 서 있는 게 보였다.

굽이치는 흑청색 머리카락에 혈색은 조금도 느껴지지 않는 창백한 피부, 그런 그녀의 뒷목을 관통해 어디론가 뻗어 나가는 케이블들. 괴이쩍은 모습에 렉사는 이곳을 나가야 한다는 것도 잊은 채 그녀를 바라보았다. 마리오네트처럼 공중에 매달려 눈을 감고 있던 그녀는 이윽고 황금빛 눈을 떠 렉사를 내려다보았다.

—당신을 기다리고 있었습니다. 나의 왕이여.

고풍스러운 엠파이어 드레스를 입은 기계 여왕은 렉사를 향해 온화하게 웃어 보였다. 그 조소인지 냉소인지 알 수 없는 묘한 미소에 렉사는 넋을 놓는데, 새카맣던 공간이 갑자기 눈이 멀듯 화려한 빛깔들로 가득 찼다. 머리가 다 지끈거릴 정도의 현란한 색채에 렉사는 눈살을 찌푸리는데, 기계 여왕이 유혹하듯 렉사에게 손을 내밀며 말했다.

—당신께 마땅히 돌아갔어야 할 왕의 권능을 드리겠습니다.

"……."

—자, 제 손을 잡으세요.

기계 여왕은 재촉하듯 차가운 금속으로 만들어진 손을 다시 한번 렉사에게 내밀었다. 하지만 그 손짓과 웃는 얼굴이 너무 작위적이고 차가워 보여 렉사는 망설였다. 그러자 기계 여왕이 싱긋 웃으며 말했다.

—이사나 넥시움을 가지고 싶다고 하셨죠? 당신이 왕으로서의 권능을 되찾는다면 그는 마땅히 당신께 무릎 꿇고 경배할 것입니다.

뻔하디뻔한 사탕발림이었다. 하지만 렉사는 도망치는 대신 손을 뻗었다. 얼굴 한번 본 적 없는 고귀한 이에 대한 열망으로 렉사의 뱃속이 꽉 죄여 왔다. 그렇게 렉사의 손이 기계 여왕의 손과 맞닿은 순간, 렉사의 의식이 끊어졌다.

그리고 다시 일어났을 때 렉사는 좁디좁은 창고 안에 있었다. 잠이 덜 깬 듯 몽롱한 정신으로 자리에서 일어난 렉사는 의식이 끊어지기 전과 똑같으면서도 어딘가 달라진 자신을 발견할 수 있었다.

어디선가 좋은 냄새가 났다. 심장이 쿵쾅거릴 정도로 지독히 허기를 자극하는 냄새였다. 사흘을 굶었을 때조차 느끼지·못한 어마어마한 갈망에 렉사는 이끌리듯 냄새가 나는 방향으로 향했다.

리비에에서 나와 원래 살던 사창가로 흘러들어간 렉사는 다소 조급하게 젠과 살던 방으로 뛰어 들어갔다. 렉사가 문을 열자, 이제 막 손님과 엉겨 붙으려던 젠이 당황한 얼굴로 렉사를 돌아보았다. 그러나 이내 험악하게 얼굴을 구기며 자리에서 일어나 소리 질렀다.

"이 새끼가 나오지 말라고 했는데 기어코!"

젠은 침대에서 내려와 한쪽 다리를 절뚝거리며 렉사에게 다가왔다. 그 위압적인 모습에 겁을 먹어야하건만, 렉사는 조금도 겁이 나지 않았다. 오히려 젠에게서 나는 냄새에, 식욕을 돋우는 풍미에 위장이 자글자글 녹을 것 같았다. 그런 렉사를 조금도 알아차리지 못한 채 젠은 체벌을 위해 손을 들었다.

"씨발, 빌빌거리는 걸 안 죽이고 내버려 뒀더니 내 말을 무시……! 으, 으아아아악!"

젠이 손을 휘두르는 순간, 렉사는 그의 팔을 잡아당겨 팔목을 물어뜯었다. 살점이 한 움큼씩 떨어져 나간 자리로 피가 분수처럼 치솟고 손가락들이 이상한 방향으로 꺾여 경련했다. 젠이 고통스러운 비명을 내지르며 엉덩방아를 찧자, 렉사는 사냥개처럼 그를 덮쳐 그의 목을 물어뜯었다. 젠은 그런 렉사를 떼어 내기 위해 발버둥을 쳤지만, 렉사는 그 작은 몸 어디에서 힘이 나는지 밀리지 않고 계속 젠에게 달라붙었다.

젠이 팔다리를 바르작거리다가 더 이상 움직이지 않게 되자, 렉사는 자리에서 일어나 침대 쪽을 돌아보았다. 거기에는 젠을 산 손님이 몸을 벌벌 떨며 렉사를 바라보고 있었다. 렉사는 사냥감이 도망갈세라 조심스레 다가가 단숨에 덮쳐 숨통을 끊어 놓았다. 눈을 까뒤집으며 축 늘어진 손님을 잠시 내려다보던 렉사는 다시 젠에게 돌아가 그의 살점을 뜯어먹었다.

맛있다.

너무 맛있어서 견딜 수 없다.

먹어도 먹어도 폭발적인 허기가 사그라지기는커녕 더욱더 커지는 기분이 들었다. 피 칠갑을 한 채 렉사는 아주 천천히 젠을 먹어 치웠다. 하면 안 된다는 생각이나 죄책감 따위는 없었다. 젠은 원래 렉사의 먹이였으니까. 당연하다고 생각했다.

하루에 걸쳐 젠을 먹어 치운 렉사는 그의 살점이 한 점도 남지 않게 되어서야 원죄와 같은 허기를 겨우 면할 수 있었다. 말도 안 되는 포만감에 렉사는 나른한 얼굴로 젠이 있던 피 웅덩이를 내려다보다가 다시 벽장 안으로 들어갔다. 렉사는 몸을 웅크린 채 고요한 얼굴로 눈을 감았다. 더 이상 벽장 밖에서 부술 듯 문을 두들길 젠은 없었다.

그 이후, 렉사는 인간을 사냥해 먹기 시작했다. 탐욕스럽게 뒷골목 인간들의 인육을 뜯으며 렉사는 하루가 다르게 성장해 나갔다.

* * *

인간들을 먹으며 마지막 탈피까지 무사히 마친 렉사는 완전한 성충이 되었다. 더 이상 인간들 사이에 숨어있을 수 없게 된 렉사는 마녀의 권유로 헥사비스 밖으로 나가게 되었다. 헥사비스의 지붕 위로 나가는 길이 열리고 렉사는 마녀를 지나쳐 밖으로 나가려는데, 마녀가 우아하게 치맛자락을 걷어 올리며 렉사에게 인사했다.

—부디 좋은 여행 되시길.

그 말에 렉사는 뒤를 돌아보았다. 마녀는 여전히 유순하게 고개를 숙이고 있었다. 렉사는 탐탁지 않은 얼굴로 마녀에게 말했다.

"마치 내가 헥사비스로 돌아올 것처럼 얘기하는군."

고개를 든 마녀는 렉사를 향해 꺼림칙한 미소를 지어 보였다. 그게 기분 나빠진 렉사가 찌푸린 눈으로 그녀를 바라보는데, 마녀가 말했다.

—왕께서 어디에 계시든 그것은 당신의 의지입니다.

"……."

—하지만 이것만은 잊지 말아 주시길. 저는 당신이 어디에 있든 무엇을 하든 당신의 편입니다.

그러나 싱긋 웃는 얼굴은 오싹할 정도로 차가워 보였다. 그랬기에 렉사는 줄곧 마녀의 도움을 받으면서도 마녀가 자신의 편이라고 생각할 수 없었다. 그녀가 얼마나 헌신적으로 자신을 보살폈든 말이다.

자신이 이 세계의 왕이라는 마녀의 말은 틀린 게 아니었는지 렉사는 헥사비스를 나가고도 하는 일마다 순조롭게 잘 풀렸다. 먼저 클레르를 만난 게 그러했다. 헥사비스 근처에 터를 잡고 이제 막 세력을 구축

중이던 렉사는 성충이 된 지 얼마 안 된 클레르를 만나게 되었다.
그는 헥사비스에서 비밀리 진행하던 '알리페르 사회화 실험'의 실험체 중 하나였는데, 실험을 주도하던 에드먼드 넥시움이 실험실 폐쇄와 실험체 살처분을 결정하면서 동족들과 함께 도망쳐 나왔다고 했다. 그 와중에 자신의 충과 역시 납치했고. 억지로 끌고 나온 충과, 라미올을 몹시 아꼈던 클레르는 렉사에게 크게 저항하지 않고 복종을 맹세했다. 대신 충과의 목숨은 보장해 달라는 조건을 내걸면서 말이다. 그렇게 렉사는 가장 충성스러우면서도 가장 유능한 알리페르를 손에 넣게 되었다.
꽤 많은 수하들을 거둔 렉사는 지금의 왕이 있다는 동쪽으로 향했다. 그리고 왕위 계승전에 승리해 다음 대의 왕이 되었다. 싸움을 좋아해 자주 왕위 계승전을 개최했던 왕은 싱거울 정도로 약했다. 어이없을 정도로 손쉽게 왕좌를 손에 넣게 된 렉사는 기대했던 유흥이 없어 허탈함을 느끼는데, 얼마 후 의외의 소식을 듣게 되었다.
"왕이시여, 이사나 넥시움이 군대를 이끌고 이쪽으로 진군하고 있다고 합니다."
클레르의 보고에 주변의 알리페르들이 크게 술렁였다. 알리페르들은 인간을 하찮게 여겼지만, 단 한 사람, 그만큼은 달랐다.
이사나 넥시움.
인류의 희망이라고 불리는 헥사비스의 영웅.
헥사비스를 나와 세력 만들기에 열중이었던 렉사는 생각지도 못한 기회에 흥미가 동하는 걸 느꼈다. 지하 3층의 불우한 소년이 유일하게 탐하고 싶었던 것이라 그럴지도 몰랐다. 렉사는 기꺼이 전면전에 참전해 이사나 넥시움의 군대를 맞이했다.

실제로 마주한 이사나 넥시움은 굉장했다. 왕으로 등극한 지 얼마 안 된 렉사는 수하들을 다루는 게 꽤 어설펐는데 그로 인해 생겨나는 실수를 이사나 넥시움은 단 한 번도 놓치지 않았다. 렉사는 헥사비스를 나오고 처음으로 궁지에 몰렸다. 그것도 같은 알리페르가 아닌 인간인 그에게. 하지만 렉사는 화가 난다기보다 들떴다. 그렇게 욕망하던 인간이 이리 대단하다는 것에 기뻐 기대감만 차곡차곡 쌓여 갔다.

렉사의 위기는 그리 길지 않았다. 무슨 이유인지 물자가 동이 난 제국군 측이 변변찮은 무기 없이 버려진 사원에 고립된 것이다. 맨몸과 다름없는 그들을 처리하는 데는 큰 수고가 들지 않았다. 우연히 승기를 잡게 된 렉사는 제국군을 조금씩 쪼개 그들을 절멸시켰다. 하지만 이사나 넥시움만은 건드리지 않았다. 그를 처리할 수 있는 기회가 여러 번 있었음에도 일부러 그만 남겨 둔 채 주변의 인간들만 제거했다. 그리고 홀로 남은 그를 어두운 수로 안에서 만났다.

그를 처음 본 순간, 렉사는 솔직히 말해 실망했다. 젠의 말대로 꽤 잘생긴 얼굴이었지만, 그게 다였다. 그는 죽음을 목전에 두었음에도 잘 빚은 도기 인형처럼 무감정한 얼굴을 하고 있었다. 부하들이 모조리 죽고 끊임없이 도망치느라 피로가 쌓인 게 눈에 들어왔지만, 그 외에는 없었다. 다른 인간들처럼 공포에 질리지도 울지도 않았다. 렉사는 그게 무척 거슬렸다. 평범한 인간들에 비해 뭔가가 결핍되어 있는 것 같아 보여 화가 치밀었다.

저딴 걸 원했다니…….

렉사는 몹시 실망했지만, 그럼에도 희한하게 계속 눈이 갔다. 무겁게 내려앉은 진중한 분위기나 답답하게 맞물린 입술, 날렵하게 쭉 뻗은 팔다리. 살펴보면 살펴볼수록 이사나 넥시움은 그 어느 인간보다도 그럴듯하고 예뻐 보였다. 그가 가장 잘생겼다고 말하기는 어려운데, 렉사에게는 그가 제일 매력적으로 느껴졌다.

불현듯 렉사는 그와 키스하고 싶어졌다.

열등한 인간과는 맞닿는 것조차 싫어 이제껏 잡은 인간들은 모조리 먹기만 했지만, 이사나 넥시움은 달랐다. 이 인간과는 좀 더 뭔가를 해 보고 싶어졌다. 가까이 다가가 그를 솜털처럼 다정하게 매만지고 싶어졌다. 하지만 그것은 이루어질 수 없는 충동이었다. 이사나 넥시움은, 인간인 그는 렉사를 혐오했다. 렉사가 딱히 그에게 뭔가를 한 건 아닌데 그 역시 젠처럼 렉사를 경멸 어린 눈으로 바라보았다.

왜?

도대체 왜 그런 눈으로 바라보는 건데? 나는 이 세계의 선택받은 '왕'인데.

자신을 두려워하지도 경애하지도 않는 그가 도무지 이해가 가지 않았다. 마땅히 손에 떨어져야 할 몫을 빼앗긴 것처럼 렉사는 분노가 치솟았다.

그래서 그의 팔다리를 부러뜨리고 그를 강제로 범했다. 주제도 모르고 저항하는 그 모습이 렉사의 눈에 몹시 거슬렸다. 격노에 몸을 맡겨 정신없이 그의 몸을 탐닉하다가 정신을 차리니, 어느새 그가 죽어 가고 있었다. 금방까지 눈부시게 빛났던 헥사비스의 영웅은 온데간데없이 사지가 파먹히고 눈이 도려진 채 그는 싸늘한 시신이 되어 가고 있었다. 마치 충해를 입은 과실 같았다.

간신히 숨만 붙어 있는 이사나 넥시움을 내려다보며 렉사는 고민했다. 이대로 남은 시체를 가져가 방 안에 전시할 것인지, 기왕 교미까지 한 김에 클레르의 말대로 그를 돌려보내 헥사비스를 집어삼킬 기회를 엿볼 것인지. 팔다리가 부러지고 이리저리 파먹혀 볼품없었지만, 그래도 이사나 넥시움은 여전히 근사해 보였다. 시체가 되어 백골만 남아도 그마저 예쁠 것 같았다. 렉사는 망설이는데, 문득 바람처럼 작은 목소리가 들려왔다.

“살……려 줘…….”

“……?”

“살려, 주세요…….”

몹시 고단하고 힘이 없는 목소리였지만, 그럼에도 이사나 넥시움은 살기를 원했다. 희한한 일이었다. 그와 많은 대화를 나누어 보지는 않았지만, 그는 사는데 그다지 관심이 없었다. 필사적이지도 않았고. 하지만 막상 죽음이 눈앞에 들이닥치니 그도 무서운 걸까? ‘이사나 넥시움’이라지만, 그 역시 죽음 앞에선 보통 인간과 별반 다를 게 없었다. 렉사는 묘한 실망감을 느끼면서도 그를 헥사비스로 돌려보냈다.

그 후, 렉사는 헥사비스에서 나온 이사나 넥시움을 몇 번 보러 간 적이 있었다. 그런데 그는 놀라울 정도로 잘 지내고 있었다. 수로에서 있었던 일 따윈 말끔히 잊어버린 채 평소처럼 인간들을 훈련시키고 지극히 ‘이사나 넥시움’답게 지냈다. 렉사는 실망을 넘어서 허탈감까지 찾아왔다.

어떻게 그 일이 아무렇지 않을 수 있지? 그 정도로 혼이 났으면 나를, 알리페르를 두려워해야 하는 것 아닌가? 여전히 건방진 그 모습에 질리는 기분이 들기도 했다. 렉사는 괜히 흥미가 떨어졌다는 핑계를 대며 그의 존재를 애써 무시했다. 좁아터진 헥사비스와 달리 바깥은 재밌는 게 많았다. 굳이 그에게 집착할 필요가 없었다.

하지만.

"항복의 조건으로서 그 대신 내가 너희들을 따라가겠다. 넥시움 황가의 제2 황자인 나만 있으면 얼마든지 그를 대신할 알리페르를 만들 수 있지 않은가? 만약 조건을 받아들인다면 나는 저항하지 않고 너희들을 따라가겠다. 대신 더 이상 내 병사들을 뒤쫓지 마라."

렉사는 자신을 닮은 어린 개체가 발견됐다는 말에 오랫동안 잊고 있던 계획을 떠올리며 콜로니로 총공세를 펼쳤다. 그 어린것을, '넥시움'인 알리페르를 슬레이브로 삼을 수만 있다면 헥사비스를 점령하는 것은 일도 아니었다. 하지만 그 계획을 단번에 눈치챈 이사나 넥시움은 곧장 후계를 죽이고 자기 자신까지 미끼로 삼아 렉사를 폭사시키려 했다. 그의 상황 판단력과 대담한 전략에 렉사는 또다시 그에게 흥미를 느낄 수밖에 없었다. 헥사비스 안이든 밖이든 이 정도로 눈길을 사로잡는 존재는 이제껏 없었다.

그러나 인정하고 싶지는 않았다. 고작해야 인간인데다 죽은 동족의 팔다리를 누더기처럼 덕지덕지 기워 붙인 기괴한 몰골의 인간에게 끌린다는 걸 인정하고 싶지 않았다. 그랬기에 렉사는 그를 그저 흥미로운 장난감에 불과하다고 되뇌며 스스로를 속였다. 하지만, 그런 핑계에도 불구하고 렉사는 이사나 넥시움에 대해 알면 알수록, 그와 대화를 하면 할수록 그에 대해 궁금해졌다.

알리페르들에게 공포를 주는 잔혹한 살육자이면서도 자신보다 연약한 인간에게 무르게 구는 모자란 인간. 그 아이러니한 면모가 계속 신경 쓰여 견딜 수 없었다. 이해할 수 없는 미지의 것에 대해 거듭 생각하며 온종일 그만 떠올린 끝에 렉사는.

이윽고 자신이 그를 사랑한다는 걸 인정했다.

그가 젠처럼 알리페르인 자신을 싫어할 걸 알면서도 렉사는 마음을 다잡을 수 없었다. 자꾸만 흘러나오는 충동을 견디지 못한 렉사는 결국 그에게 고백했다. 그러나 이사나는 그 말을 농담으로 받아들이고 싶어 했다. 자신이 얼마나 오랫동안 고민했는지 하찮은 인간을 사랑한다고 인정하는 게 얼마나 힘든 일이었는지 그는 알아주려고도 하지 않았다. 그런 그가 야속해 그를 강제하려 했다.

친우가 되어 보자는 말도 안 되는 그의 제안을 수락하긴 했지만, 렉사는 결코 그를 동등하게 여기지 않았다. 알리페르와 인간은 절대 동등할 수 없었다. 왕인 자신의 허락이 있어야 겨우 그 동등함을 흉내 낼 수 있었다. 그랬기에 여전히 주제도 모르고 건방지게 구는 그에게 교훈을 주고 싶었다. 비록 상처 입은 그 얼굴이 마음에 걸려도, 이상하게 가슴이 따끔거려 와도 그를 가지려 했다. 그런데.

"나는, 단 한 번도 너를 그런 식으로 생각해 본 적 없어. 너를 쳐다본 건 연인과 닮아서였을 뿐이야."

그 말에 렉사는 뒤통수를 세게 얻어맞는 듯한 기분이 들었다. 그럴 리가 없다. 이사나 넥시움이, 인간인 그가, 알리페르를 사랑하게 될 리가 없다. 그는…… 그는, 인간이니까. 만에 하나 알리페르를 사랑하게 된다고 하더라도.

그게 왜 내가 아닌데?

왜 왕인 내가 아닌 그놈을 사랑하는 건데?

주체할 수 없는 분노와 비참함으로 렉사는 어찌할 줄을 몰랐다. 그래서 그가 마을 여자들을 살려 달라고 애원했음에도 모두 죽였다. 그를 그의 연인에게 보내려는 그 모든 것들이 미워서 견딜 수 없었다. 도망칠 모든 방법을 끊고 첨탑에 가둬 버리면 그가 별 수 없이 자신의 것이 될 거라 믿었다. 자존심이 상했지만, 그렇게라도 그를 가지고 싶었다.

그리고 후회했다.

그가 이상해진 것이다. 흥미를 끌고 사랑을 느끼게 했던 그 모습이 아닌, 내부가 텅 빈 껍데기만 남아 하루 종일 멍하니 어딘가를 보고 있었다. 처음에는 걱정하지 않았다. 오히려 고분고분한 그 모습이, 누구에게도 반응하지 않는 그 메마른 모습이 기꺼웠다. 하지만 얼마 지나지 않아 렉사의 마음 역시 공허해졌다. 이런 그를 원하는 게 아니었다. 그의 마음을 가지고 싶었지 그와 나눴던 사소한 일상들을 잃어버리고 싶지 않았다.

가끔씩 눈을 마주치면 어색하게 웃어 주던 모습이, 가끔씩 화를 내며 심술부리던 그 모습이 사무치게 그리웠다. 상냥하고 올곧았던 그가 죽을 만큼 다시 보고 싶었다.

그를 창부로 전락시키고 유충을 갖게 하고 그들을 모두 잃은 후에야 렉사는 자신이 진정 원하는 게 무엇이었는지 깨달을 수 있었다.

하지만 언제나 그렇듯 후회는 늦었다. 바다에 몸을 던진 후, 이전보다 훨씬 증상이 나빠진 그는 이제 더 이상 제정신으로 돌아오지 못했다.

렉사는 종종 그가 다시는 원래대로 돌아오지 못할지도 모른다는 생각에 미쳐 버릴 것 같았다. 그럴 때면 멍하니 있는 그를 붙들고 울고 싶어졌지만, 그래도 포기할 수 없었다. 그와 좋은 관계가 될 수 있었던 수많은 기회들을 어리석게 자신이 차 버렸음에도 그럼에도 미련스럽게 놓지 못하는 것이다.

'나는 너를 용서해.'

아니다, 그는 용서한 게 아니다. 그는 여전히 용서하지 않은 것이다.

헥사비스에서 쫓겨나게 하고 그의 연인을 죽음으로 몰고 간 자신을 용서하지 않은 것이다. 그래서 같이 성으로 돌아가겠다는 거짓말을 한 뒤 바다에 몸을 던진 것이다. 더 큰 상처를 주기 위해. 더 큰 절망을 주기 위해.

그러니 그에게 용서를 빌어야 했다. 그와 원래의 시답잖은 일상을 나누려면 그의 마음이 풀어질 때까지 빌고 또 빌어야 했다.

그에게 용서받을 수 있는 방법은 딱 하나 뿐이었다. 그의 연인을 다시 그의 앞에 데려다 놓는 것.

하지만 이미 헥사비스의 인간들에게 살해당한 그를 되살릴 방법은 없다. 그러니, 그와 닮은 것이라도 데려와야 했다.

상념에서 깨어난 렉사는 침대 헤드에 기대앉은 이사나를 바라보았다. 그는 여전히 멍한 눈을 껌뻑이며 아무도 없는 방향을 보고 있었다. 완전히 망가져 빈껍데기만 남은 그런 몸임에도, 그럼에도 그는 여전히 눈부시게 아름다웠다. 렉사는 그런 이사나를 경배하듯 뺨에 코끝에 입술에 입을 맞췄다. 어린애 장난 같은 키스임에도 마주하는 따스한 체온에 온몸이 짜릿해졌다. 진정한 사랑이 무엇인지 가르쳐 준 이를 마주하며 렉사는 다정하게 말했다.

"이사나."

"……."

"멜즈를 다시 태어나게 하자."

렉사는 이불을 걷으며 이사나의 위에 올라탔다. 그러자 이사나가 멍한 얼굴로 렉사를 올려다보았다. 아무것도 남지 않은 텅 빈 눈동자에 렉사는 가슴이 지끈거렸지만, 웃었다. 곧 채워질 것이다. 그의 연인만 데려오면 반드시 그에게 용서받을 것이다. 아집과도 같은 그 생각을 되뇌며 렉사는 조심스럽게 그의 옷을 벗겼다. 살이 내리고 갈비뼈가 도드라진 마른 몸뚱이가 드러나자, 렉사는 그의 몸을 쓰다듬으며 속삭이듯 말했다.

"절대 아프지 않게 할게. 네가 힘들 만한 일은 조금도 하지 않을게."

그에게 입을 맞추며 렉사는 그의 성기를 조심스럽게 매만졌다. 그러자 창백하기만 했던 얼굴이 점차 상기되기 시작했다.

"하, 으응, 아, 아……!"

"이사나……. 하아, 이사나……."

첨탑에 가둬 두었던 때와 달리 솔직하게 반응하는 몸에 렉사는 기뻐졌다. 그가 조금씩 신음을 흘리며 성기를 세우자, 렉사는 기쁜 얼굴로 그의 샅에 머리를 파묻고 성기를 빨아 댔다.

이사나가 완전히 성기를 세운 채 가쁜 숨을 할딱거리자, 렉사는 이사나의 엉덩이를 꽉 움켜쥔 채 그의 안으로 입술을 가져다 댔다. 혀를 길게 뻗어 내부 이곳저곳을 핥자, 이사나는 허리까지 튀며 어찌할 줄을 몰라 했다.

"아, 으, 아응, 아……!"

이사나는 도망치고 싶은지 허리를 뒤틀며 바르작거렸다. 하지만 그의 행동과 달리 그의 성기는 배까지 바짝 붙어 묽은 선액을 줄줄 흘리고 있었다. 그 도착적인 모습에 렉사는 흥분하며 내밀하게 깊은 곳까지 샅샅이 핥아 댔다. 꿈틀거리며 개폐하는 구멍이 말도 못하게 사랑스러웠다. 두툼한 혓바닥으로 추삽질을 해 대자, 이사나는 얼마 지나지 않아 경기를 일으키며 절정에 도달했다. 몸을 퍼득거리며 여전히 가고 있는 그를 끌어 내린 렉사는 그의 안으로 발기한 성기를 끝까지 밀어 넣었다.

"흣……!"

축축하게 젖은 점막이 움찔거리며 렉사의 성기를 빠듯하게 감쌌다. 이사나는 여전히 몸을 지배하는 쾌감에 사정하며 렉사의 것을 콱콱 물었다. 그가 잔뜩 느끼고 높게 신음하자 렉사 역시 기뻐져 마구 허리를 들썩였다. 이사나의 사정은 끝이 나지 않았다. 아무것도 느끼지 못했던 예전과 달리 지금은 끊임없이 성기를 세우며 절정에 도달하고 있었다.

그런 그에게 기뻐져 고개를 드니 어느새 이사나는 울고 있었다. 꽤 오랫동안 울었는지 얼굴이 온통 눈물범벅이었다. 하지만 그의 성기는 여전히 즐거운 듯 정액을 배에 흩뿌렸다. 어떤 것이 이사나의 진심인지 렉사로서는 알 수 없었다. 그저 슬피 우는 그 모습조차 미치게 예뻐 보일 뿐이었다.

서럽게 눈물을 떨어뜨리는 이사나의 빰에 키스하며 렉사는 미친 것처럼 중얼거렸다.

"낳자, 이사나. 우리 많이, 낳자."

"흑, 읏, 으응, 흐응……!"

"낳다 보면 언젠가 네 연인과 똑같은 아이들이 잔뜩, 읏, 태어날 거야."

"앗, 하앙, 응……!"

"사랑해. 사랑해 이사나."

결코 상대에게 도달하지 못할 말들을 내뱉으며 렉사는 계속해서 추삽질을 해 댔다. 허무함에, 허망함에 가슴께가 뻥 뚫리는 것 같았지만, 렉사는 멈출 수 없었다.

chapter 9

껍질 밖 上

껍질 밖 (1)

달리는 군용 트럭 안으로 수십 명의 군인들이 몸을 잔뜩 웅송그리고 있었다. 트럭이 지나치게 빨리 달려 차체가 연신 덜컹거렸지만, 그 누구도 불만을 제기하진 않았다. 그저 한시라도 빨리 이곳에서 벗어났으면 하는 생각을 할 뿐이었다.

그와 달리 멜즈는 트럭 입구에 앉아 멍하니 바깥을 보고 있었다. 눈앞에 콜로니가, 이사나와 함께 만든 도시가 점점 멀어져 가고 있었다. 당연했다. 멜즈는 지금 퇴각하는 무리에 섞여 헥사비스로 돌아가는 중이었으니까. 하지만 멜즈의 곁에는 이사나가 없었다. 이사나는 지금 저 버려진 도시 안에 있었다. 헥사비스로 피난시킬 제국민들을 위해, 멜즈를 위해 저곳에 남은 것이다.

'이사나라면 사랑하는 사람을 혼자 두고 갈 수 있겠어요?'

호기롭게 그런 말을 내뱉은 주제에 멜즈는 지금 이사나를 두고 홀로 헥사비스로 돌아가고 있었다. 모든 건 그가 해결해줄 것이라 믿는 제국민들 사이에 끼여서 말이다. 원래라면 어떤 일이 있어도 결코 그의 곁에서 떨어질 생각을 하지 않았을 터였다. 이사나가 무슨 말을 해도 끝까지 그의 곁에 남아 있었을 터였다. 하지만.

'너는, 알리페르야. 하지만 동시에 '넥시움'이기도 해. 네가 신년회 다음 날 나를 따라 헥사비스의 지붕 위로 올라갈 수 있었던 건 헥사비스의 모든 시스템을 관장하는 비비가 널 '넥시움'으로 인정했기 때문이야. 렉사는 '넥시움'이면서 알리페르인 존재를 만들기 위해 날 숙주로 삼은 거였고. 그런데 알리페르는 하위 개체가 상위 개체에게 정신 지배를 당할 수 있어. 아까 봤던 것처럼 목숨 따윈 손쉽게 내던질 정도로 강력하게 말이야. 이대로 네가 알리페르 손에 들어가게 되면 헥사비스는 멸망하게 돼. 네가 그걸 원하지 않아도 그렇게 돼. 그러니 지금 당장 인부들과 함께 헥사비스로 돌아가도록 해.'

'난 네가 무엇이든 상관없어. 너로 인해 내게 어떤 일이 생겨도 그건 전부 네 탓이 아니야. 그것과는 상관없이 나는 여전히 널 좋아해. 사랑해. 세상에 너보다 더 사랑한 사람은 없었어. 내겐 너와 함께했던 시간들만이 찬란하게 빛났어.'

그의 절박한 눈빛이, 그의 간절한 목소리가 악몽처럼 계속 멜즈의 머릿속에서 반복되고 있었다. 그 말도 안 되는 소리에, 그 거짓말에 불과한 얘기에 와르르 무너져 멜즈는 도저히 콜로니에 남을 수 없게 된 것이다.

내가 알리페르라니.

이사나가 숙주였다니.

믿을 수 있을 리가 없다. 전부, 전부 거짓말인 게 당연했다. 자신을 걱정한 이사나의 거짓말인 게 당연했다. 하지만 멜즈의 머릿속은 여전히 지워지지 않는 의혹들로 넘실거렸다. 기억이 나지 않는 어린 시절, 이사나의 말과 달리 일어난 적이 없었던 지하 3층의 폭발 사고, 훈련소에서 받은 미믹 양성 판정, 시탈로프 숲에서 몇 시간이나 알리페르에게 붙잡혀 있었으면서도 멀쩡했던 일까지. 전부, 전부 한 가지 의혹을 가리키고 있었다.

어렴풋이 이상하다는 생각은 한 적이 있었다. 하지만 일부러 깊게 생각해 본 적은 없었다. 자신이 알리페르라는 건 있을 수 없는 일이니까. 말도 안 되는 일이니까. 멜즈는 절망하며 고개를 떨어뜨리는데, 같은 트럭에 타고 있던 진저가 힐끔거리다가 멜즈에게 다가왔다.

"하사, 괜찮아?"

"괜찮, 아요……."

사실은 조금도 괜찮지 않았지만, 지금은 어느 누구에게도 솔직한 속내를 털어놓기 힘들었다. 멜즈는 새하얗게 질린 얼굴로 그의 눈을 피하는데, 아무것도 모르는 진저는 멜즈를 걱정하며 위로했다.

"각하에 대해선 너무 걱정하지 마. 각하가 누구야? 제국을 수호하는 우리들의 영웅이잖아. 괜찮으실 거야."

"……."

"연인인 하사가 안 믿으면 어떡해? 각하께서는 반드시 무사히 돌아오실 테니까, 우리끼리 먼저 가서 기다리고 있자. 응?"

하지만 진저의 말에도 멜즈는 못 들은 사람처럼 멍하니 있을 뿐이었다. 진저는 아까부터 넋이 빠진 듯한 멜즈를 걱정하는데, 돌연 멜즈가 고개를 들더니 뭔가를 결심한 듯한 얼굴로 진저에게 말했다.

"팀장님, 저……!"

"안 돼. 각하께서 무슨 일이 있어도 하사를 꼭 헥사비스로 데려가라고 하셨어."

단호하기 짝이 없는 말에 멜즈는 떼를 쓰듯 진저를 바라보았다. 그에 진저는 한숨을 내쉬며 멜즈를 꾸짖었다.

"섣불리 행동하지 마. 그러면 하사뿐만 아니라 나나 다른 팀원들한테까지 징계가 내려질 거니까. 그러니까 그냥 여기 있어. 어차피 다시 되돌아가기엔 늦었잖아."

진저의 말에 멜즈는 고개를 돌려 멀어져가는 콜로니를 바라보았다. 어느새 콜로니는 손톱만큼 작아져 있었다. 이대로 트럭에서 내려 돌아간다고 해도 그보다 알리페르가 먼저 도착할 터였다. 그렇게 되면 이사나에게 짐이 되는 것은 당연한 얘기였고. 멜즈는 고개를 떨어뜨렸다. 자신은 어디에도 쓸모가 없었다.

헥사비스로 퇴각하는 콜로니 군은 휴식 시간도 거의 없이 운전수만 바꾼 채 계속해서 달려 나갔다. 모두들 행여 후발대로 오는 알리페르 군단에게 따라잡힐까봐 필사적이었다. 하지만 하루가 지나도 이틀이 지나도 알리페르들은 나타날 기미가 보이지 않았다. 아직 통신망이 불안정해 콜로니에 남은 친위대로부터 연락이 없었지만, 그래도 시간이 지나자 모두들 콜로니를 습격당한 충격에서 벗어나 어느 정도 여유를 되찾을 수 있었다.

며칠 만에 달리는 트럭에서 내리게 된 이들은 기지개를 켜며 경직된 몸을 풀었다. 병사들은 적당한 곳에 진지를 세운 뒤 오랜만에 건량이 아닌 반조리된 식사를 배식받았다. 모두들 감격한 얼굴로 허겁지겁 따뜻한 음식을 먹어 치웠지만, 멜즈는 여전히 우울한 얼굴로 깨작거릴 뿐이었다.

늦었다.

너무 늦었다.

멜즈는 자리를 박차고 콜로니로 돌아가고 싶어질 때마다 이렇게 되뇌며 충동을 억눌렀다. 길을 모르는 데다가 섣불리 대열을 이탈하면 진저의 말대로 기술팀 전원에게 징계가 내려질 터였다. 하지만 언제나 충동은 비이성적이었고 그걸 억누르고 참아 내기란 매우 힘든 일이었다.

이사나와 키스하고 함께 밤을 보낸 게 고작 며칠 전 일이었다.

그와 진짜 연인이 되었다고 생각한 게 겨우 며칠 전 일이었다.

이사나는 무사한 걸까? 행여 어디 한 군데 다치진 않았을까? 생각만으로도 멜즈는 미칠 것 같았다. 그의 소식이라도 알면 이렇게 힘들지 않았을 텐데, 통신이 먹통이라 그의 소식을 알아볼 수단조차 없었다.

며칠째 계속된 수면 부족으로 멜즈의 머릿속은 안개가 낀 것처럼 부옇기만 했다. 결국 멜즈는 얼마 먹지 못하고 식판을 내려놓았다. 여기서 더 먹으면 게워 낼 것 같았다.

식판을 씻어 반납한 멜즈는 또다시 혼자 어딘가에 처박혔다. 지금은 누구와도 얘기하고 싶지 않았다. 그런 멜즈의 마음을 알아차린 사람들 역시 괜히 멜즈에게 다가가지 않고 그를 내버려 두었다.

멜즈는 나무 그늘 아래에 앉아 오늘도 하릴없이 무의미한 시간을 보내고 있는데, 배식 시간 전부터 보이지 않던 진저가 갑자기 허둥지둥 멜즈를 찾아왔다. 멜즈가 무슨 일이냐는 듯 진저를 올려다보자 진저는 다소 경직된 얼굴로 멜즈를 내려다보며 말했다.

"하사, 잠깐 나 좀 봐."

진저는 그 한마디만 내뱉고서 성큼성큼 어디론가 향했다. 평소의 그답지 않은 진중한 얼굴에 멜즈는 고개를 갸웃거렸다. 멜즈는 의아해하면서도 일단 자리에서 일어나 그의 뒤를 따랐다.

"팀장님, 지금 어디로 가는 거예요?"

"……."

"팀장님?"

멜즈는 재차 진저에게 물었지만, 진저는 묵묵부답이었다. 어쩐지 평소의 진저답지 않아 멜즈는 그에게 말을 거는 것조차 어렵게 느껴졌다. 결국 멜즈는 아무것도 묻지 못한 채 진저를 따라 진지 밖으로 나가는데, 그곳에 의외의 인물들이 서 있었다.

"콜만 중령님?"

이사나와 함께 콜로니에 남았던 엘든과 친위대가 그곳에 있었다. 그들을 보자마자 멜즈는 대번에 기쁨으로 벅차올랐다. 이들이 여기 있다는 건 콜로니를 습격한 알리페르 후발대 군단을 물리쳤다는 얘기니까. 이사나가 그들을 물리치고 돌아왔다는 얘기니까. 멜즈는 기뻐서 어찌할 줄을 모르며 한달음에 엘든에게 달려갔다.

"중령님! 돌아오셨군요!"

"……."

"그런데 이사나는, 각하는 어디에 계시…… 주, 중령님?!"

멜즈는 자신에게 겨눠진 총구를 보며 당황한 얼굴로 엘든을 바라보았다. 하지만 엘든은 여전히 차가운 얼굴로 멜즈를 바라볼 뿐이었다.

엘든뿐만이 아니었다. 다른 친위대원들도 릭도 엘든과 같은 차가운 얼굴로 멜즈를 쏘아보고 있었다. 왜……. 도대체 왜……. 멜즈는 완전히 얼어붙어 옴짝달싹 못 하는데, 엘든이 차갑게 웃으며 말했다.

"각하께서 어디에 계시냐고? 그건 나보다 자네가 더 잘 알지 않나!"

"네, 네? 그, 그게 무슨……."

"시치미 떼지 마라, 이 비겁한 벌레 놈아!"

탕—!

총성과 함께 망치로 두들겨 맞은 듯 어깨가 화끈거려왔다. 옆을 돌아보자, 구멍 난 왼쪽 어깨에서 피가 번지고 있었다.

"아, 아, 아, 아아아아악—!"

멜즈는 비명을 지르며 피가 울컥 배어 나오는 어깨를 움켜쥐었다. 아팠다. 엄청나게 아파 현실감이 들지 않을 정도였다. 하지만 더욱 현실감 없는 건 총을 쏜 사람이 엘든이라는 것이었다.

원래 그는 멜즈를 그렇게 좋아하지 않는 편이긴 했다. 하지만 그래도 서로 알고 지낸 지 10년 가까이 된 사이였다. 그래도 최근에는 콜로니에서 함께 일하며 꽤 가까워졌다고 생각했는데, 그런 사람에게 총을 맞으니 도무지 믿기지 않았다. 왜, 도대체 왜? 멜즈는 도저히 이해할 수 없다는 듯 엘든을 바라보았다.

"윽, 왜……. 왜, 제게, 흑, 이런……."

혼란이 가득한 멜즈의 시선에 엘든은 짓씹듯 말했다.

"네놈이 우리를 속이고 네 동족과 내통해서다, 이 빌어먹을 알리페르 놈아! 감히 인간인척 헥사비스로 기어 들어와 우리를 속여? 이제껏 각하를 잘도 구워삶아 콜로니를 곤경에 빠뜨렸지만, 이젠 네

악행도 끝이다!"

"네?"

무슨 소리인지 알 수 없는 말에 멜즈는 가슴이 답답해졌다. 아니다. 자신은 한 번도 콜로니를 곤경에 빠뜨린 적이 없었다. 알리페르라니, 내통이라니, 말도 안 되는 얘기였다. 이제껏 이사나의 도움이 되기 위해, 콜로니의 도움이 되기 위해 얼마나, 얼마나 노력해 왔던가. 멜즈는 억울함에 눈물을 떨어뜨리며 소리쳤다.

"아니, 아니에요. 저는 콜로니를 위험에 빠뜨린 적이 없어요. 저는 알리페르가 아니에요, 인간이에요……. 저는, 인간이라고요!"

하지만 멜즈의 호소에도 모두들 굳어진 얼굴을 하고 있을 뿐이었다. 모두들 멜즈가 알리페르임을 믿어 의심치 않는 얼굴을 하고 있었다. 아닌데, 난, 난 인간인데……! 멜즈는 혼란스러워 했지만, 엘든은 여전히 대로한 얼굴로 소리 질렀다.

"웃기지 마라, 이 가증스러운 놈! 네놈이 네 동족들에게 정보를 팔아 원정대를 몰살시켰지 않느냐! 네놈이 일부러 존데를 허술하게 만들어 우리들을 방심시켰지 않느냐! 전부 네놈이……! 내 부하들을 죽인 거였지 않느냐!"

"아니에요! 전 아니에요! 전 아무도 죽인 적이 없어요!"

답답함에 못 이긴 멜즈는 또다시 소리 질렀다. 하지만 여전히 주변은 냉담한 얼굴로 멜즈를 바라볼 뿐이었다. 아니야, 난 아니야. 포위하듯 둘러싼 사람들을 멜즈는 겁에 질린 눈으로 훑어보며 자신의 결백을 믿어 줄 사람을 찾았다. 그러다 진저가 있는 쪽을 보자, 진저가 움찔 몸을 떨었다. 멜즈는 눈물범벅이 된 얼굴로 진저에게 호소했다.

"티, 팀장님, 제발, 제발 얘기해 주세요……! 저는 알리페르가 아니에요, 인간이에요! 제가 콜로니를 위해 얼마나 열심히 했는지 팀장님은 아시잖아요. 팀장님, 제발……!"

멜즈가 울면서 한 발자국 내딛자, 진저는 새파래진 얼굴로 뒷걸음질 쳤다. 그런 진저를 멜즈는 구명줄을 보듯 쫓는데, 진저가 비명처럼 소리 질렀다.

"가, 가까이 오지 마, 이 벌레 새끼야!"

"티, 팀장님……."

"오지 마! 그냥 죽어! 죽으라고 이 벌레 놈아!"

생생한 혐오가 느껴지는 그의 말에 멜즈는 우뚝 굳어져 버렸다. 그 사이 누군가가 달려들어 멜즈의 옆구리에 스틸레토를 꽂아 넣었다.

"허억!"

불에 덴 듯한 뜨거운 감각에 옆을 돌아보자, 릭이 무서운 얼굴로 멜즈를 노려보고 있었다.

"알도의 원수……!"

릭의 중얼거림에 멜즈는 눈물을 떨어뜨리며 고개를 가로저었다. 아니야, 릭. 난 아니야. 난, 인간이야……!

하지만 릭은 멜즈를 쏘아보며 소리쳤다.

"지옥에나 떨어져버려! 이 배신자!"

멜즈는 울컥 피를 토하며 그 자리에 주저앉았다. 릭이, 엘든이, 진저가 굳어진 얼굴로 자신이 죽어 가는 걸 바라보고 있었다. 그들의 얼굴에는 지울 수 없는 배신감과 분노가 얽혀 있었다. 하지만 아니었다. 멜즈는 한 번도 그들을 배신한 적이 없었다. 멜즈는 고통스럽게 울며 그들에게 호소했다.

"아, 니야……. 나, 안 그, 랬어……. 나는, 나는……."

서러움에 끅끅거리다가 내뱉었다.

"인간, 이야……."

"……."

"인간이라고……!"

멜즈는 죽어 가며 자신을 믿어 주지 않는 이들을 원망스럽게 쳐다보았다. 시야가 부옇게 번져 이제는 그들이 자신을 어떻게 바라보는지 알 수 없었다. 그저 온몸에서 힘이 빠져나가는 걸 무력하게 느끼고 있을 뿐이었다.

죽는다.

이대로 오해받은 채 죽는다.

점점 짙게 드리워지는 죽음의 그림자를 느끼면서도 멜즈는 여전히 억울함에 어찌할 줄을 모르는데, 엘든이 멜즈에게 다가왔다. 피웅덩이에 주저앉은 채 가쁜 숨만 힘겹게 내쉬는 멜즈를 잠시 내려다보던 엘든은 멜즈의 목 안으로 손을 집어넣어 군번줄을 끊어 냈다.

멜즈가 창백한 얼굴로 힘겹게 엘든을 올려다보자, 엘든이 주저하다가 말했다.

"……이제껏 함께했던 정을 생각해 전사자로 처리해 주마."

"……."

"너무, 원망 마라."

그 말을 끝으로 엘든과 친위대, 진저가 도망치듯 그 자리를 빠져나갔다. 황량한 벌판에 홀로 남겨진 멜즈는 가쁜 숨을 헐떡이며 저만치 멀어진 그들을 바라보았다.

가지 마……!

제발 날 두고 가지 마……!

죽고 싶지 않아……!

살려 줘. 제발…… 살려 줘……!

하지만 아무리 외쳐도 입 밖으로 나오는 건 바람 빠진 쌕쌕거림뿐이었다. 어차피 뭐라 외쳐도 멀리 떠나버린 그들에게 무엇도 닿지 않았을 터였다.

눈앞이 노랗게 변해 갔다. 피를 너무 많이 흘려 점점 주변이 춥게 느껴졌다. 막막한 죽음을 목전에 둔 멜즈는 계속해서 울었다. 도무지 어찌할 바를 몰라, 나약하게 우는 것밖에 할 수 없었다.

그렇게 한참을 울던 멜즈는 이윽고 정신을 잃고 쓰러졌다.

그리고 잠시 후, 누군가가 다가와 멜즈를 내려다보았다.

껍질 밖 (2)

어디선가 굉장히 좋은 냄새가 났다.

미적지근한 물속에서 눈을 뜬 나는 본능적으로 그 냄새를 좇아 위로 올라갔다. 수면 위로 고개를 내밀자, 냄새는 더욱 농후하게 코끝을 자극했다.

영차 영차—

미끄러운 벽을 몇 번 헛디딘 끝에 겨우 난간 위로 올라선 나는 이번엔 아득한 허공 아래로 추락했다. 딱딱한 바닥에 머리를 찧고 이리저리 내동댕이쳐져 온몸이 아파 왔지만, 뭔가에 이끌리듯 나는 자리에서 벌떡 일어나 어디론가 향했다. 어둡고 끝이 보이지 않는 넓은 방을 가로질러 어딘가를 기어오르고 넘어지기를 반복했다.

수없는 시행착오 끝에 마침내 나는 냄새의 근원에 도달할 수 있었다.

'……'

나는 입을 헤에, 벌렸다. 무척 아름다운 존재가 내 눈앞에 있었다. 식은땀에 흠뻑 젖어 눈을 감고 있는 그는 악몽이라도 꾸는지 연신 신음을 흘리고 있었다. 잔뜩 찌푸린 얼굴임에도 단정한 눈매가, 고집스러운 입매가 묘하게 시선을 끌었다. 나는 조금 더 가까이에서 그를 보고 싶은 마음에 그의 위에 올라탔다. 그러자 찡그린 그의 눈이 살며시 열렸다.

예쁘다.

눈을 감고 있는 모습도 근사했지만, 눈을 뜬 모습은 더 예뻤다. 나는 그다지 아는 게 많지 않았지만, 사물의 미추 정도는 판단할 수 있었다. 전율이 일 정도로 아름다운 존재에게 나는 완전히 압도되고 말았다.

하지만 그는 나를 보자마자 기겁하며 나를 뿌리쳤다.

아무 짓도 하지 않았건만, 그는 나를 무서워하고 싫어했다. 그의 감정을 알아차리는 것 역시 미추를 판단하는 것처럼 본능이었다. 아무것도 모르기에 그런 감정을 더 잘 알아차리는지도 몰랐다.

그러나 상관없었다. 그와 별개로 나는 무척 그가 좋았으니 말이다. 그가 나를 꺼려한다는 걸 알면서도 나는 속없이 계속 그를 쫓아다녔다. 그러자 어느 날은 나를 죽이려 들 정도로 미워하다가도 어느 날은 못마땅한 얼굴로 나를 안아주었다. 마침내 그의 품에 안기게 된 나는 그의 냄새에 둘러싸여 무척 행복해했다. 드디어 그가 나의 마음을 알아 준 것 같아 한없이 기뻐졌다.

하지만 기쁨은 잠시뿐이었다. 그는 여전히 나를 꺼려 했고 나와 멀어지고 싶어 했다.

'잠깐 나갔다 올게.'

그는 그렇게 말하며 단단한 철문 밖으로 나가려 했다. 이조차 박히지 않는 문 앞에 그가 서자 나는 대번에 초조해졌다. 처음에는 그가 밖으로 나간다는 게 어떤 의미인지 몰랐다. 욕실에 들어갔다가 나오는 것처럼 금세 나타날 거라 생각했다.

하지만 아무리 기다려도 그는 나타나지 않았다. 시계 초침이 100번을 넘어 1000번을 넘게 째깍거려도 그는 돌아오지 않았다. 나는 덜컥 겁을 집어먹었다. 이대로 그가 나를 두고 가 버리는 게 아닐까 하는 생각에 불안해서 어찌할 줄을 몰랐다.

그는 나를 좋아하지 않았으니까.

항상 고민하듯 냉정하게 나를 보았으니까.

불안감에 나는 있는 힘껏 그의 바짓단을 물고 늘어지며 그가 나가지 못하게 막았다. 그러자 그는 꽤 귀찮아 보이는 얼굴로 내게 말했다.

'다시 돌아오잖아.'

가지 말아요! 그냥 여기 있어요!

내 말에 그는 난감하다는 듯 내려다보다가 이내 얼굴을 굳히며 엄하게 말했다.

'떼쓰지 마. 내가 장에 안 나가면 당장 오늘 밤부터 우린 둘 다 굶어야 한다고.'

그래도 가지 말아요!

'안 돼.'

제발 두고 가지 말아요!

'안 돼, 거기 얌전히 있어.'

내가 아무리 애원을 해도 그는 단호한 얼굴로 나를 내려다볼 뿐이었다. 당장에라도 나를 두고 가지 않을까 하는 생각에 나는 다급하게 소리쳤다. 그 없이 홀로 있는 이곳이 얼마나 무섭고 외로운지 있는 힘껏 설명했지만, 그는 조금도 알아듣지 못했다.

'삐이이—! 삐이이—!'

당연했다. 나는 인간이 아닌 알리페르였으니까.

* * *

"허억!"

숨을 크게 들이켜며 정신을 차린 멜즈는 밭은 숨을 헉헉 내뱉으며 주변을 돌아보았다. 어느새 밤이 되었는지 주위가 온통 새카맸다. 잠시 후 어둠이 눈에 익자, 주변 광경이 보이기 시작했다.

흙과 짚단을 섞어 만든 허름한 흙집에 천장에 주렁주렁 매달린 마른 풀들, 알싸한 탕약 냄새까지. 생전 처음 보는 장소에 멜즈는 잔뜩 경계하며 몸을 일으켰다.

"윽……!"

몸을 일으키자마자 엄청난 고통이 엄습해왔다. 그제야 멜즈는 자신이 다쳤다는 걸 떠올렸다. 엘든에게 총을 맞고 릭에 의해 옆구리가 꿰뚫렸다. 그때의 기억이 떠오르자, 멜즈는 가슴이 턱 막혀오는 걸 느꼈다. 무척 서럽고 억울해졌다. 하지만 무턱대고 그들을 원망할 수는 없었다.

'너는, 알리페르야.'

콜로니를 떠나는 내내 귓가를 떠나지 않았던 그 말이 또다시 멜즈의 머릿속을 점령했다. 정말, 정말 내가 알리페르였던 거예요? 정말로? 멜즈는 진실을 알려 달라고 애원하고 싶었지만, 물어볼 대상이 눈앞에 없었다.

그는, 이사나 넥시움은 제국민들을 지키기 위해 콜로니에 남았으니까. 그 수많은 알리페르들과 대적하기 위해 친위대와 함께 콜로니에 남았으니까.

그런데…….

자괴감에 휩싸여 한참을 괴로워하던 멜즈는 문득 이상한 점을 발견했다. 엘든과 친위대가 돌아온 건 알리페르 군단을 물리쳤기 때문이라지만, 왜 그들 옆에 이사나가 없었던 걸까?

친위대는 제국군 총사령관인 이사나를 보좌하기 위해 결성된 조직이었다. 이사나 외에는 누구의 말도, 심지어 황제의 명령도 듣지 않는 충성스러운 심복들로 구성되어 있었다. 그런데 왜 그들이 이사나와 떨어져 따로 움직이고 있었던 걸까?

멜즈는 불길함이 엄습해오는 걸 느꼈다. 자신이 알리페르라는 걸 어떤 방식으로 추측하게 되었는지 모르지만, 만약 그걸 확신했다면, 그들이 과연 이사나를 어떻게 생각했을까? 예로부터 반역은 친위대로부터 시작된 경우가 많았다. 가슴께가 서늘해진 멜즈는 당장 낡은 이불을 제치고 침상에서 일어나려는데, 누군가가 주렴을 걷으며 방 안으로 들어왔다.

"일어났나?"

2m에 가까운 체구에 무뚝뚝한 얼굴, 소박하면서도 단정한 옷차림. 아무래도 이 집의 주인인 듯했다. 멜즈는 온몸이 후들거릴 정도로 아파 왔지만, 몸을 일으키며 남자에게 물었다.

"저를, 윽, 구해주 신, 겁니까?"

"그렇다만?"

"구해 주셔서, 감사……."

인사를 하려던 멜즈는 남자의 등 뒤에 달린 것을 보고 딱딱하게 굳어버렸다. 살얼음처럼 투명한 그것은 의심의 여지조차 없는 날개였다. 그것을 알아차리자, 남자에게서 이질적인 부분들이 속속 눈에 들어왔다.

인간과 달리 구획이 나뉜 관절, 단단하면서도 매끈한 몸체. 알리페르였다. 멜즈는 너무 놀라 자신도 모르게 뒷걸음질 쳤다. 어딘가 잘못 부딪쳐 기절할 정도로 아파 왔지만, 본능처럼 알리페르와 멀어지려 했다.

"아, 알리페르……!"

"그런데?"

"왜, 왜, 나를……!"

멜즈는 새파래진 얼굴로 무슨 말인지 모를 질문을 했지만, 알리페르는 용케 알아듣고 심드렁하게 대답했다.

"동족을 구하는 건 당연하잖아."

그 말에 멜즈는 오히려 뒤통수를 세게 얻어맞은 듯한 충격을 느꼈다. 동족, 이라니……. 멜즈는 발끈하며 그에게 소리 질렀다.

"제가 왜 당신과 같은 동족입니까! 저는 인간이에요! 사람이라고요!"

"최근 들은 헛소리 중 가장 웃기는군."

알리페르는 코웃음을 치며 방에서 나갔다. 숫제 모지리 취급하는 그 태도에 멜즈는 씩씩거리다가 다시 자리에서 일어나려 애를 썼다.

이사나가, 그가 어떻게 되었는지 당장 알아보아야 했다. 식은땀을 뻘뻘 흘리며 멜즈는 침상에서 내려가려는데, 낡은 그릇을 들고 다시 나타난 알리페르가 눈살을 찌푸리며 성큼성큼 다가왔다.

"뭐 하는 거야? 겨우 다 꿰매놨는데! 죽고 싶어서 환장했어?"

"으윽, 이거, 윽, 놔요! 가야 해요……. 어서 가야……!"

"그 몸으로 어디를 가겠다는 거야?"

알리페르는 몸부림치는 멜즈를 꽉 붙든 채 기가 막힌다는 듯 말했다. 순간, 멜즈는 온갖 서러움이 다 몰려들었다. 알리페르라고 매도하던 동료들도 동족이라서 구했다는 이 알리페르도 미워서 견딜 수 없었다. 멜즈는 애꿎은 알리페르를 마구 치며 애통하게 울부짖었다.

"흑, 그 사람을, 흐으, 찾으러, 가야 해요, 흐윽."

"그 사람?"

"그 사람한테, 후욱, 곁에 있겠다고, 후욱, 약속, 했는데……!"

너무 흥분했는지 익숙한 전조 증상이 몰려왔다. 어릴 때 늘 있었던 천식 발작이었다. 눈앞이 노래지고 숨이 가빠지기 시작했다. 후욱후욱, 멜즈가 얕은 숨을 헐떡거리자, 알리페르는 이맛살을 찌푸리며 다시 멜즈를 침상에 눕혔다. 그리고 밖으로 나가더니 마른 풀 한 더미를 가지고 돌아왔다. 움푹한 도기 그릇에 마른 풀을 잘라 넣은 뒤 불을 붙이자, 연기와 함께 매캐한 냄새가 났다.

그 냄새를 맡자 희한하게도 거칠었던 숨이 점점 안정되는 게 느껴졌다. 이제껏 어떠한 약도 천식 발작을 가라앉히는데 도움이 된 적이 없었는데 말이다. 숨쉬기가 편해지자, 이번에는 졸음이 몰려들었다. 멜즈는 노곤한 눈을 껌뻑이며 알리페르를 바라보는데, 알리페르가 멜즈의 상처를 꼼꼼히 살펴본 뒤 자리에서 일어났다.

저 알리페르는 도대체 정체가 뭘까? 궁금해하고 있으려니, 알리페르가 등을 돌렸다. 그의 등허리 아래로 날개가 싹둑 잘려 있었다.

* * *

멜즈를 구한 알리페르는 놀랍게도 약제사였다. 약초를 캐러 나왔다가 우연히 멜즈가 죽어 가는 걸 발견한 그는 멜즈를 거처로 데려와 밤낮으로 극진히 간호했다. 매일 약초를 빻아 상처 부위가 덧나지 않게 처치하고 탕약을 끓여 먹여 소진된 기력을 보충하게끔 했다. 하지만 워낙 부상이 심한 탓인지 멜즈의 상태는 좀처럼 차도를 보이지 않았다.

"나를…… 보내줘요……. 제발……. 콜로니로, 돌아가야 해요……."

"그런 몸으로는 가다가 죽는다."

알리페르는 헛소리 말라는 듯 일축하며 열꽃이 피어오른 멜즈의 이마에 물수건을 올렸다. 알리페르의 말대로였다. 큰 부상을 입은 멜즈는 매일 고열과 호흡 발작으로 제정신을 차리는 시간이 많지 않았다.

멜즈는 그런 자신의 몸이 야속하기만 했다. 이사나가 어떻게 됐을지 모르는데, 아파서 일어나지 못하는 자기 자신에게 환멸이 났다. 초조함과 분기로 멜즈는 눈물을 참을 수 없었다. 멜즈가 씨근거리며 또다시 울기 시작하자, 알리페르는 혀를 차며 멜즈에게 말했다.

"그렇게 계속 울면 열이 더 오를 것이다."

"콜로니로, 흐윽, 가야, 하는데……."

며칠째 정신이 들기만 하면 제 분에 못 이겨 우는 멜즈를 보며 알리페르는 한숨을 내쉬었다. 알리페르는 몹시 성가시다는 듯 멜즈를 내려다보다가 결국 포기하듯 말했다.

"알았다. 그 콜로니인가 뭔가 하는 곳으로 데려다줄 테니 그만 울어라."

"정말, 입니까? 하지만……."

알리페르의 호의에 멜즈는 반색을 하면서도 주저했다. 자신은 부상자였다. 이런 몸뚱이로는 여정 동안 어마어마한 폐를 끼치게 될 게 뻔했다. 그럼에도 이사나의 행방을 알고 싶은 마음에 멜즈는 양심과 욕구 사이에서 갈팡질팡했다. 그런 멜즈가 몹시 얄밉다는 듯 알리페르는 멜즈의 이마에 딱밤을 먹이며 말했다.

"네놈이 이대로 울다가 죽으면 이제껏 네놈에게 들어간 약초가 아까울 것 같아서 데려다주는 거다. 내일 일찍 출발할 테니 이만 자거라."

알리페르는 방을 나가더니 부스럭거리며 무언가를 준비하기 시작했다. 정말 콜로니까지 데려다줄 작정인 듯했다. 그에 멜즈는 고맙고 또 미안해졌다. 염치가 있다면 이제껏 끼친 폐를 생각해 마땅히 그의 제안을 거절해야 했지만, 그럼에도 멜즈는 그의 호의에 기댈 수밖에 없었다. 한시라도 빨리 이사나가 어디에 있는지 어떻게 되었는지 확인하고 싶었다.

그는 정말로 어떻게 되었을까.

멜즈는 온갖 복잡한 마음이 드는 걸 느끼며 다시 눈을 감았다.

다음 날, 말과 수레를 준비한 알리페르는 멜즈를 모포로 둘둘 감싼 채 짐과 함께 수레에 실었다. 그렇게 멜즈는 수레에 실려 콜로니로 돌아가게 되었다. 제 발로 걸어서 가는 것에 비해 훨씬 사정이 나아진 셈이지만, 그럼에도 멜즈는 빨리 콜로니에 도착하고 싶어 몸이 달았다. 이사나가 어떻게 되었을지, 가만히 있으면 사고가 온통 부정적으로만 흘러가 도무지 견딜 수 없었다.

그런 멜즈를 도닥이며 알리페르는 하루 종일 힘든 기색 없이 수레를 끌고 시간이 되면 멜즈에게 수프와 약을 끓여 먹였다. 그 이유 모를 헌신에 멜즈는 알리페르에게 미안해졌지만, 그럼에도 멜즈는 그의 호의를 받아들이는 수밖에 없었다. 여전히 알리페르인 그가 무섭고 경계심이 들었지만, 그의 도움 없이는 결코 콜로니에 도달할 수 없으니 말이다.

며칠을 쉼 없이 길을 되짚어간 끝에 멜즈는 간신히 다시 콜로니로 돌아오게 되었다. 거의 한 달 만에 다시 보게 된 콜로니는 이전에 비해 훨씬 황량하고 쓸쓸해 보였다. 콜로니 주변은 여전히 수습되지 못한 시체들로 썩은 내가 났고 망가진 자기 중력장 배리어에서 무너져 내린 철망은 베일처럼 도시 곳곳에 드리워져 있었다. 알리페르의 만류에도 수레에서 내린 멜즈는 후들거리는 몸을 이끌고 콜로니 이곳저곳을 돌아다녔다.

"이사나!"

"이사나 어디 있어요?!"

어슴푸레한 안개 속에 휩싸인 콜로니 안을 걷고 또 걸었지만, 콜로니 안에는 사람의 흔적조차 남아 있지 않았다. 예민하게 곤두세운 오감으로 멜즈는 연인의 흔적을 찾고 또 찾았지만, 아무것도 보이는 게 없었다. 미친 사람처럼 콜로니를 헤집던 멜즈는 그러다 콜로니 바깥의 어느 공터 앞에 멈춰 섰다.

"아……."

반쯤 썩은 알리페르 시체들과 무언가가 폭발한 흔적, 그리고.

헤비 블레이드가 덩그러니 그곳에 남겨져 있었다.

그동안 수없이 알리페르를 베어 넘겼던 대검이 주인은 어쨌는지 혼자 이곳에 있었다. 그걸 본 순간, 멜즈는 눈이 뒤집혀 주변의 시체를 헤집고 다녔다. 혹여라도 그 안에서 그의 흔적을 찾을 수 있을까 하는 생각에 이를 악물고 산더미 같은 시신들을 하나하나 다 확인했다.

하지만 없었다.

감쪽같이 그만 이 세상에서 사라져 그의 검만 이곳에 남아 있을 뿐이었다. 멜즈는 절망감에 털썩 주저앉아 오열했다.

"이사나……. 흐으, 이사나……!"

멜즈는 가슴 깊이 후회했다. 그때, 그가 무슨 말을 하든 그의 곁에서 떨어지지 말았어야 했다. 이렇게 생사조차 알 수 없게 될 줄 알았으면 그때 그가 무슨 얘기를 하든 귀를 틀어막고 계속 이곳에 남아 있어야 했다. 뒤늦은 후회를 하며 멜즈는 둑이 무너진 것처럼 한참을 주저앉아 울었다. 불길하게 생각했던 것을 실제로 마주하니 상상보다 훨씬 더 끔찍했다. 그렇게 울다가 혼절해 다시 깨어나니 한밤중이었다.

"……."

따뜻한 모포에 감싸인 걸 보니 또 약제사 알리페르에게 신세를 진 모양이다. 하지만 살아 있는 게 기껍게 느껴지진 않았다. 내용물이 없는 텅 빈 깡통이 된 것 같았다. 그랬다. 이사나가 없으면, 그가 없으면 어차피 세상은 멜즈에게 별 의미가 없었다. 사는 게 죽느니만 못했다. 멜즈는 넋이 나간 얼굴로 멍하니 밤하늘만 바라보는데, 모닥불 옆에 앉아 탕약을 끓이고 있던 알리페르가 멜즈에게 물었다.

"며칠 전부터 네가 찾아야 한다고 노래를 불렀던 자가 설마 '이사나 넥시움'이었나?"

멜즈는 대답할 기력조차 없어 멍하니 누워 있는데, 의외의 말이 들려왔다.

"그는 살아 있다."

알리페르의 말에 멜즈는 정신이 번쩍 들었다. 금방까지 무기력했던 게 언제였냐는 듯 금세 자리에서 일어난 멜즈는 절박한 눈으로 알리페르를 바라보았다.

"이, 이사나는, 어, 어디에……!"

조급증이 느껴지는 그 모습에 알리페르는 걸쭉하게 끓인 약과 수프를 멜즈에게 내밀며 말했다.

"우선 먹어라. 먹으면 얘기해 주겠다."

그의 말에 멜즈는 전투적으로 약과 수프를 먹어 치웠다. 너무 급하게 먹어 입천장이 다 까지고 목구멍이 데였지만, 아랑곳하지 않았다. 탕약 한 방울, 건더기 한 점 남기지 않고 싹싹 긁어먹은 뒤 멜즈가 채근하듯 알리페르를 바라보자, 알리페르는 멜즈에게서 빈 그릇을 수거해 가며 말했다.

"이사나 넥시움은 왕의 성으로 끌려갔다."

"……!"

"대담하게도 항복하는 척하면서 왕을 시해하려 했다더군. 원래 인간치고는 겁이 없다고 생각했지만, 제 목숨을 미끼 삼아 왕을 해치우려 할 줄은 정말 몰랐어."

"이, 이사나는, 후욱, 이사나는, 무사, 한 건가요?"

심한 흥분으로 멜즈의 호흡이 또다시 흐트러지자, 알리페르는 발작의 전조를 기민하게 알아차리고 짐 가방에서 파이프를 꺼내 멜즈의 입에 물려 주었다. 진액으로 굳힌 환약에 불을 붙여 그것을 파이프 위에 올려놓자, 거기서 나온 약연(藥煙)이 멜즈의 호흡을 진정시켜 주었다. 발작이 안정되자, 알리페르는 차분한 얼굴로 멜즈에게 말했다.

"아직 죽이지 않은 것 같더군. 후계를 만들기 위해 데려간 거니까."

"거기가 어디예요?! 왕의 성이라는 곳이!"

듣기만 해도 소름이 돋았다. 이사나가, 이사나가 또 그자의 숙주가 된다니!

이사나는 분명 그자를 두려워했다. 감찰단이 왔을 때 술에 잔뜩 취해 그 두려움을 멜즈에게 드러낸 적이 있었다. 그때 이사나는 가여울 정도로 떨고 있었다. 그런데 하필이면 그자가 데려갔다니! 머릿속으로 이사나가 내지를 비명이 생생하게 상상되었다. 그것만으로도 멜즈는 가슴이 천 갈래 만 갈래로 찢기는 것 같았다. 하지만.

"그 몸으로 가 봤자 성에 도달하기도 전에 엄한 놈의 슬레이브(slave)가 될 뿐이다."

"슬, 레이브?"

"권속이 되어 몸의 통제권을 다른 놈에게 빼앗긴단 말이다. 네가 덜 자랐다고 자비를 기대하지 마라. 네 존재가 밝혀지고 왕뿐만 아니라 이 근방의 알리페르 모두가 네놈을 슬레이브로 삼을 기회만 호시탐탐 엿보고 있으니 말이다. 너, 이사나 넥시움을 충과로 삼아 태어난 녀석 맞지?"

"아, 아니에요!"

멜즈는 반사적으로 부인했지만, 알리페르는 코웃음을 치며 말했다.

"아니긴 뭐가 아니야? 왕과 얼굴이 판박인데. 왕은 인간을 혐오해 이제껏 이사나 넥시움하고밖에 교미를 하지 않았어. 즉, 네가 왕의 후계이자, 이사나 넥시움의 유충이란 소리지."

알리페르는 자신의 추리력에 감탄하며 만족스럽게 턱을 쓰다듬었다. 그에 멜즈는 뭐라 반박하고 싶었지만 도무지 할 말이 없어 몹시 분해졌다. 모든 상황이 빌어먹게 멜즈를 몰아붙이고 있었다.

약제사 알리페르의 말대로 자신이 알리페르라면 이사나를 구해 낼 방도가 없었다. 콜로니 침공 때 자기 중력장 배리어에 몸을 던졌던 알리페르들과 똑같은 꼴이 날 뿐이다. 그 광경을 떠올리자, 등골이 오싹해졌다. 자유 의지를 잃고 목숨까지 타자(他者)의 손에 맡겨진다는 게 얼마나 끔찍한 일인지 감히 헤아릴 수조차 없었다.

그렇지만…….

멜즈는 도저히 포기할 수 없어 눈을 번뜩이는데, 알리페르가 코웃음을 치며 말했다.

"정말 그 몸으로 왕의 성으로 쳐들어가려고?"

"……."

"이제껏 인간들 사이에서 커서 눈치 못 챘는지 모르지만, 너는 선천적으로 전흉선과 그 주변이 위축된 허약한 개체다. 그 영향으로 인간의 천식과 비슷한 증상이 나타나는 거고. 큰 부상을 입어 몸이 약해진 이상, 그 증상은 더 심해져 갈 것이다. 내가 준 약을 먹는다고 해도 그건 미봉책에 지나지 않아."

알리페르의 말에 멜즈는 분한 듯 그를 노려보았다. 사실 멜즈도 알고 있었다. 엘든과 릭에게 부상을 입은 날 이후 점점 숨 쉬기가 힘들어지고 있었다. 조금 걷는 것만으로도 숨이 차는 몸으로는 알리페르의 말대로 아무것도 이룰 수 없었다. 멜즈는 새삼 아무 짝에도 쓸모없는 자신에게 자괴감을 느끼는데, 그런 멜즈를 물끄러미 바라보던 알리페르가 입을 열었다.

"하지만 딱 한 가지 방법이 있다."

"그, 그게 뭐죠?!"

멜즈는 절박한 눈으로 알리페르를 바라보았다. 하지만 알리페르의 말에 다시 절망하고 말았다.

"성충으로 탈피하는 것이다."

"하, 하지만 제 전흉선은 위축되어 있다고 했잖아요……."

전흉선은 알리페르에게만 있는 기관으로 알리페르의 성충화를 돕는 탈피 촉진 호르몬이 분비되는 기관이었다. 그렇기에 선천적으로 전흉선이 위축된 멜즈는 탈피가 불가능했다. 하지만 멜즈의 반박에 알리페르는 한숨을 내쉬며 말했다.

"그런 의미에서 너는 참 운이 좋은 녀석이다."

"……?"

"마침 성년식이 얼마 안 남았거든."

"성년식이요?"

점점 더 모를 소리에 멜즈가 의아해하자, 알리페르는 뜻밖의 말을 꺼냈다.

"다음 달 보름, 사프리드의 개화기에 맞춰 너 같이 덜 자란 것들이 사프리드 군락지에 모여 탈피를 할 예정이다. 그곳에서라면 전흉선이 위축된 개체도 성충이 될 수 있다고 하더구나."

사프리드 군락지와 탈피가 무슨 상관일까 생각하던 멜즈는 돌연 알리페르가 무슨 말을 하는지 알아차렸다.

만개한 사프리드는 알리페르의 유충에게 독으로 작용했다. 그런데 그것은 사프리드가 전흉선의 탈피 촉진 호르몬과 유사한 피토스테로이드(Phytosteroid)를 분출했기 때문이다. 즉, 사프리드의 향이 체내에서 호르몬 교란을 일으키는 것이다.

독과 약은 한 끗 차이였다. 알리페르의 말대로라면 사프리드를 이용해 멜즈는 성충이 될 수 있을 터였다.

하지만.

잘됐다고 생각해야 하건만, 멜즈는 오히려 굳어진 얼굴을 펴지 못했다. 그런 멜즈를 지켜보던 알리페르는 모닥불 속으로 마른 가지를 밀어 넣으며 말했다.

"솔직히 말해서 나는 네가 탈피하지 않았으면 한다. 네놈은 지나치게 인간에 물들어 있어. 거친 이쪽 세계에 적응하지 못할 거다."

"……."

"헥사비스에서 태어난 알리페르 중에는 간혹 스스로 전흉선을 적출해 인간들과 살아가는 녀석도 있다. 반려를 맞이하기는 힘들겠지만, 그럭저럭 인간들 틈바구니에서 적당히 살아갈 순 있지. 알리페르로 살아가는 건 생각보다 고되고 야만스러운 일이거든."

알리페르는 무엇을 떠올렸는지 눈살을 찌푸리며 말했다. 괜히 모닥불을 뒤적거리던 알리페르는 뒤이어 충고하듯 멜즈에게 말했다.

"네 충과의 사정은 딱하지만, 솔직히 말해 네가 어찌할 수 있는 일이 아니라고 생각한다. 이번 대의 왕은 괴물이야. 평범한 알리페르와는 궤가 달라. 게다가 탈피 과정은 생각보다 힘들고 시간도 오래

걸려. 탈피하는 도중에 네가 죽거나 네 충과가 죽을 수도 있다. 충과에게 애틋한 마음을 가지는 건 이해하지만, 냉정히 말해서 그냥 잊어버리라고 하고 싶구나."

알리페르의 충고를 묵묵히 듣고 있던 멜즈는 조용히 입을 열었다.

"이사나는 충과가 아니에요. 제 연인이에요."

"뭐?"

"그와 저는…… 미래를 약속한 사이예요."

말을 내뱉자, 돌연 눈가가 뜨거워졌다. 연인이라고 했지만, 사실 단 한 번도 그에게 연인다운 모습을 보인 적이 없었다. 급박한 사태를 앞두고 그가 어렵게 꺼낸 비밀 얘기조차 거짓말하지 말라고 소리치며 그에게 응석을 부렸을 뿐이다. 항상, 항상 이사나가 어린 자신에게 맞춰 주기 바빴다. 하지만 이제라도 그래서는 안 되었다. 늦었지만, 인정할 건 인정하고 지금이라도 그의 반려자다운 모습을 보여야 했다. 멜즈는 손등으로 눈물을 슥슥 훔치며 알리페르를 똑바로 바라보았다.

"이대로 그를 포기할 수 없어요. 탈피하고 싶어요. 절 도와주세요."

당장이라도 꺾일 듯한 허약한 얼굴과 무엇에도 부러지지 않을 듯한 강인한 눈빛에 알리페르는 피식 웃으며 말했다.

"충과를 둔 알리페르의 평생소원이 무엇인지 아나?"

"뭔데요?"

"충과의 온전한 사랑을 받는 것이다. 하지만 그렇게 되는 건 거의 불가능에 가깝지. 인간은 알리페르를 미워하니까. 꼴을 보아하니 이사나 넥시움이 너를 인간으로 키운 것 같은데, 그가 진실로 너를 사랑했던 게 맞았나? 인간을 닮은 네 껍데기를 사랑했던 게 아니라?"

"……."

"잘 선택해야 한다. 한번 탈피를 하면 결코 돌이킬 수 없어."

알리페르의 말에 멜즈는 이를 악물었다. 솔직히 말해 탈피하는 건 무서웠다. 이사나가 평생 토벌해 온 적의 모습이 되는 거니까. 그와 만나자마자 그에게 미움받을지도 몰랐다. 상상만으로도 피가 식었다. 하지만.

'난 네가 무엇이든 상관없어. 너로 인해 내게 어떤 일이 생겨도 그건 전부 네 탓이 아니야. 그것과는 상관없이 나는 여전히 널 좋아해. 사랑해. 세상에 너보다 더 사랑한 사람은 없었어. 내겐 너와 함께했던 시간들만이 찬란하게 빛났어.'

믿어야 했다. 정말 연인이라면 그의 말을 믿어 주어야 했다. 그날, 그날 그를 믿지 않아, 이렇게 엇갈리게 되었지만, 지금이라도, 그의 연인답게 그가 한 말을 전부 믿어야 했다. 세뇌하듯 스스로에게 다짐한 멜즈는 알리페르에게 단호히 말했다.

"이사나는 제가 무엇이어도 상관없다고 했어요. 그러니 그를 구하고 같이 행복해질 거예요."

단호한 멜즈의 말에 알리페르는 부러움이 묻어난 얼굴로 말했다.

"아무리 생각해도 너는 운이 좋은 녀석이야."

* * *

멜즈가 탈피를 결심하자 약제사 알리페르가 주는 약의 종류가 달라졌다. 하루 두 번만 먹이던 탕약이 여섯 번으로 늘고 하루 종일 약초를 태워 그 연기를 마시게끔 했다. 알리페르는 탈피를 하는 게 보통 체력을 요구하는 일이 아니라며 한시라도 빨리 몸을 회복시킬 것을 주장했다.

어느덧 식사보다 탕약을 더 많이 먹게 되었지만, 그래도 멜즈는 참아냈다. 이사나를 구할 수만 있다면 이것보다 더한 것도 견딜 자신이 있었다.

그렇게 의욕이 넘친 덕분인지 멜즈의 상태는 눈에 띄게 좋아져 갔다. 나날이 회복되어 가는 그 모습에 약제사 알리페르 역시 흡족한 얼굴로 열심히 멜즈를 간병했다. 환자와 약제사 모두 의욕이 넘치니 회복은 순풍에 돛을 단 것처럼 순조로웠다.

하지만 멜즈는 때때로 의아해질 때가 있었다. 멜즈 자신이야 연인을 구한다는 거창한 목표가 있어서라지만, 약제사 알리페르는 왜 이렇게 협조적인 걸까?

콜로니에서 다시 약제사의 거처로 돌아왔지만, 그럼에도 멜즈의 회복을 돕는 건 보통 품이 드는 일이 아니었다. 하지만 알리페르는 조금도 힘든 기색 없이 아침저녁으로 탕약을 끓이고 틈틈이 모자란 약재를 구하러 이곳저곳을 쏘다녔다. 일관적이다 싶을 정도로 헌신적인 그의 모습에 멜즈는 계속 의문을 가지다가 그를 떠보기로 했다.

"그런데 이름이 뭐예요?"

우직하게 자신을 도와주는 건 좋지만, 성정이 워낙 무뚝뚝한 탓에 아직 통성명도 하지 못한 상태였다. 멜즈는 분위기를 풀어보려 먼저 그의 이름부터 묻는데, 채집한 약초를 다듬던 알리페르는 당황한 얼굴로 멜즈를 돌아보았다.

"그건 갑자기 왜 묻는 거냐?"

"저를 구해 주시고 탈피까지 도와주시는데 이름도 모른다는 건 예의가 아닌 것 같아서요."

멜즈의 말에 알리페르는 "아니, 뭐, 그렇게까지……."라며 얼버무렸다. 명백히 이름을 알려 주기 싫어하는 그 모습에 멜즈는 의아해하는데, 알리페르가 주저하다가 포기하듯 내뱉었다.

"키티."

"네?"

"키티라고."

……설마, 귀여운 아기 고양이를 지칭하는 그 키티? 멜즈는 2m에 가까운 거구에 험상궂은 얼굴을 한 알리페르를 물끄러미 쳐다보았다. 그에 알리페르는 혀를 차며 말했다.

"내 충과가 그렇게 이름 붙인 걸 나보고 어떡하라고? 그냥 킷이라고 불러라."

"……어릴 때 많이 귀여우셨나 봐요?"

멜즈의 말에 킷은 눈살을 찌푸리며 소리쳤다.

"키티는 라이너스의 어릴 적 죽은 여동생 이름이야! 아, 라이너스는 내 충과의 이름이다."

킷은 어쩐지 언짢아 보이는 얼굴로 계속 약초를 다듬었다. 기분이 퍽 좋아 보이지 않는 그 모습에 멜즈 역시 그의 눈치를 보며 그가 캐온 약초를 다듬는데, 킷이 추억을 회상하듯 울적한 얼굴로 말했다.

"라이너스의 말로는 내가 1차 변태를 끝내고 고치에서 나왔을 때, 죽었던 여동생이 다시 태어난 것처럼 보였다고 하더라고. 아무래도 그랬겠지? 알리페르들은 충과가 좋아할 만한 모습으로 태어나니까."

충과의 유전자를 강탈해 태어나니 1차 변태를 마친 모습은 아무래도 충과 본인이나 친지를 닮을 수밖에 없었다. 자조적인 킷의 말에 멜즈는 눈치를 보다가 물었다.

"라이너스라는 분이 지금은 어디에 계시는데요?"

"죽었어. 정체 모를 이상한 병에 걸려서."

무력감이 느껴지는 그의 말에 멜즈는 침음을 삼켰다. 숙주가 되었으니 카노스에 의한 최후는 피할 수 없었을 것이다. 약제사인 만큼 킷은 처절하게 치료하려 노력했을 것이고. 멜즈는 킷을 위해 아무 말도 하지 않기로 했다. 킷의 얼굴에는 여전히 죽은 라이너스에 대한 그리움이 엿보였으니까. 괜히 저까지 나쁜 생각에 빠질 것 같아 멜즈는 도망치듯 화제를 전환했다.

"그런데 킷은 왜 나를 구해 줬어요?"

"전에 말했잖아. 동족이라서 구했다고."

"하지만 제가 탈피하는 것까지 도와줄 필요는 없잖아요."

멜즈의 물음에 킷은 불퉁한 얼굴로 멜즈를 바라보았다. 하지만 멜즈는 그냥 넘어갈 생각이 없었다. 자신을 탈피시키는데 얼마나 많은 수고가 드는지 알고 있었다. 창고에 저장해 놓은 약재만으로 모자라 주변에서 직접 캐 오기까지 해야 할 정도로 멜즈에게 들어가는 약재는 대단히 많았다.

미안하고 염치없지만, 킷의 의도를 알 수 없으니 계속되는 호의가 불편해지는 건 어쩔 수 없었다. 멜즈는 답을 재촉하듯 킷을 바라보는데, 킷이 무뚝뚝한 얼굴로 말했다.

"나는 무리에서 떨어져 혼자 이곳에 살고 있지만, 부족함 없이 잘 살고 있다."

“……?”

“동족들은 날 수 없는 나를 천시 여기지만, 그래도 아쉬우면 알음알음 찾아와 내게 치료를 받고 사례를 하고 가지. 라이너스처럼 인간들을 대상으로 약을 짓는 건 아니지만, 그래도 나는 내 일을 자랑스럽게 여긴다.”

킷은 자부심이 느껴지는 얼굴로 이어 말했다.

“그리고 너는 심심하던 차에 아주 오랜만에 만난 중병 환자였고 더불어 탈피까지 원하지.”

킷은 반짝이는 눈빛으로 멜즈를 바라보았다. 그 눈빛에서 멜즈는 어쩐지 기시감을 느꼈다. 스승인 에드먼드가 새 연구를 시작할 때 꼭 저런 눈빛을 했었는데……. 멜즈는 설마하며 말했다.

“그 말은…….”

“약재가 얼마나 잘 듣는지 공부할 겸 겸사겸사 도와준 거지. 좋은 일도 하고 개인적인 호기심도 채우고 얼마나 좋아?”

한마디로 임상 실험을 하고 있었다는 소리였다. 멜즈가 떨떠름한 얼굴로 킷을 바라보자, 킷은 짐짓 무뚝뚝한 얼굴로 말했다.

“그렇다고 네게 해를 끼칠 만한 짓을 한 적은 없어. 약이 잘 안 받는 체질이라 약재를 고르느라 골머리를 앓기는 했지만.”

“이유야 어찌 됐든 저를 도와주셔서 감사합니다. 이 은혜는 언젠가 꼭 갚겠습니다.”

멜즈가 고개 숙여 인사하자, 킷은 피식 웃으며 말했다.

“됐어. 언제 있을지 모를 보은보다는 일손이 더 필요해. 네 입으로 들어갈 약재가 앞으로도 만만찮을 거거든.”

“가르쳐만 주신다면 뭐든 도울게요. 어디 가서 일 못한다는 소리는 들어보지 못했어요."

자신감이 엿보이는 멜즈의 말에 킷은 씨익 웃으며 말했다.

"그것 참 든든하군. 그나저나 네 이름은 뭐지?"

"멜즈 아브노아에요. 멜즈라고 부르면 돼요."

"그래, 멜즈. 잠시 동안이지만 잘 부탁해."

그렇게 멜즈는 킷의 일손을 도우며 몸을 회복시키는데 총력을 기울였다. 킷의 헌신적인 도움이 없었다면 절대 불가능할 일이었다.

* * *

어느덧 한 달이 지나 성년식에 참석하기 위해 길을 떠나기로 한 날이 다가왔다. 여정을 위한 짐을 싸면서도 킷은 멜즈를 돌보는 일을 게을리하지 않았다. 킷은 금방 끓인 탕약을 멜즈에게 건네주며 말했다.

"이제 진짜 성년식까지 얼마 안 남았다. 마지막까지 방심하지 말고 컨디션 조절 잘하도록 해."

"읍, 알았어요……!"

멜즈는 쓰디쓴 탕약을 세 사발째 들이키며 힘겹게 대답했다. 누가 약제사 아니랄까 봐, 킷은 멜즈에게 조금만 이상이 생겨도 전부 약으로 해결하려 들었다. 그러다 보니 멜즈가 마시는 탕약의 양은 나날이 늘기만 했다. 탕약을 억지로 다 삼킨 멜즈는 울렁거리는 속을 간신히 진정시키며 킷에게 물었다.

"그런데, 탈피 도중에 무슨 일이 생기나요? 킷은 왜 그렇게 컨디션 조절에 신경 쓰라고 말하는 거예요?"

결코 약을 먹기 싫어 징징대는 건 아니었다. 이사나를 구할 수만 있다면 온몸의 체액이 전부 탕약으로 바뀐다고 해도 견뎌 낼 자신이 있었다. 하지만 종종 킷은 지나치다 싶을 때가 있었다. 성년식이 다가올수록 그는 불안을 느끼며 멜즈의 몸 상태에 예민하게 반응했다. 킷은 멜즈에게서 빈 사발을 돌려받으며 진지한 얼굴로 말했다.

"멜즈."

"네."

"너는…… 정말로 탈피를 원하나? 솔직히 말해 꽃의 힘을 빌려 탈피하는 건 정상적인 탈피 방법이 아니다. 탈피 도중에 상상도 못할 일이 벌어질 수 있어. 그걸…… 견뎌낼 수 있겠나?"

숱하게 들은 말이었다. 성년식을 치르다가 죽을 수도 있다는 건 이미 들어서 알고 있는 일이었다. 죽을 만큼 괴롭다는 것 역시 들어서 대충 알고 있었다. 멜즈는 어딘가 초조해 보이는 킷을 똑바로 쳐다보며 말했다.

"저는 무슨 일이 생겨도 제 연인을 포기할 수 없어요. 죽으면 죽었지 결코 물러나지 않을 거예요."

단호한 멜즈의 태도에 킷은 한숨을 내쉬며 말했다.

"후우, 그럼 됐다."

"……?"

"성년식 도중에 무슨 일이 생기긴 할 건데, 미리 알아 봐야 대비할 수 없는 일이야. 하지만 이것만은 기억해라. 거기서 무슨 일이 생겼든 그건 절대 네 탓이 아니다."

점점 더 모를 소리에 멜즈는 고개를 갸웃거리는데, 킷이 자리에서 일어나더니 품이 너른 후드를 들고 와 멜즈에게 뒤집어씌웠다.

"이걸 쓰고 있어라."

"……왜요?"

후드 속에 파묻힌 채 멜즈가 멍청히 되묻자, 킷이 한심하다는 듯 말했다.

"전에 말했지 않나. 네놈은 왕의 후계이자, 이사나 넥시움을 숙주로 삼아 태어난 녀석이라고. 너를 노리는 놈들이 많아. 적어도 사프리드 군락지로 들어갈 때까지는 쓰고 있어야 해."

아, 그랬지. 멜즈는 눈에 띄는 머리카락과 얼굴이 바깥에 드러나지 않도록 꼼꼼히 후드를 덮어쓰는데, 문득 의문이 들었다. 멜즈는 킷에게 물었다.

"그런데 킷은 왜 저를 슬레이브로 삼지 않았어요?"

대부분이 노린다면 킷 역시 알리페르인 이상 멜즈를 탐낼 수 있었다. 하지만 킷은 도와주기만 할 뿐 멜즈에게 어떠한 위해도 가하지 않았다. 그게 이상해 그에게 묻는데, 킷이 어처구니가 없다는 듯 말했다.

"내가 왜 굳이 네놈을 슬레이브로 삼아야 하는데?"

"하지만 다른 알리페르들은 저를 슬레이브로 삼길 원한다면서요."

"난 아냐. 그딴 거 관심 없어."

킷은 불쾌하다는 듯 씩씩거리다가 변명처럼 툭 내뱉었다.

"사실은, 나도 누군가의 슬레이브인 적이 있었다. 하지만 명령에 고분고분하지 않다는 이유로 날개를 뜯긴 뒤 쫓겨났지. 그래도 난 다행이라고 생각했다. 슬레이브로 있는 동안 꽤 힘들었거든. 그동안 일은, 정말……."

킷은 감정을 추스르듯 숨을 고른 뒤 멜즈에게 말했다.

"어쨌든 좋은 경험은 아니었다. 그러니 되도록 너는 그런 일을 겪지 않길 바란다."

킷은 후드를 뒤집어 쓴 멜즈의 머리를 따뜻하게 쓰다듬으며 말했다. 그에 멜즈는 생각했다. 킷이야말로 지나치게 인간다웠다.

껍질 밖 (3)

킷과 함께 말 수레를 타고 이틀 정도 가자, 야트막한 산 하나가 나타났다. 킷의 말로는 이곳이 성년식이 치러지는 장소라고 했다. 생각보다 특별할 것 없어 보이는 모습에 멜즈는 솔직히 실망했다. 주위에 하나씩 있는 야산과 별다를 게 없어보였다. 멜즈와 킷은 산 입구에 수레를 묶어 둔 뒤 산에 올랐다. 평범하다고 생각했던 것과 달리 이곳이 성년식을 치르는 장소가 맞긴 한 건지 산을 오르는 내내 소름 끼치는 날갯소리가 들려왔다.

치릇—

치르르르—

알리페르의 날갯소리가 들릴 때마다 멜즈는 저도 모르게 흠칫 놀랐다. 그러자 킷이 심드렁하게 말했다.

"뭘 그렇게 놀라는 거냐."

"그, 그치만……."

"동족을 해치지 않을 테니 그만 겁먹어라."

동족……. 멜즈는 후드 안에서 시무룩하게 중얼거렸다. 멜즈는 여전히, 아직도 자신이 알리페르라는 게 믿기지 않았다. 이제껏 살면서 그런 의심조차 해 본 적이 없었기에 더욱 적응이 안 되는 것일지도 몰랐다.

사실은 아직도 마음속 한구석으로는 이사나나 킷이 착각한 게 아닐까 생각하고 있었다. 뭔가 잘못 알아서, 그래서 자신을 알리페르라고 생각하는 게 아닐까 하고. 하지만 그럴 리 없다는 걸 멜즈 자신이 더 잘 알았다. 이런 생각은 그저 현실 도피일 뿐이었다. 멜즈는 죽상이 된 채 킷을 따라 산등성이를 올랐다. 그러다 꼭대기에 도착한 멜즈는 산 아래를 보고 탄성을 내질렀다.

"우와……."

산 아래로 꽤 넓은 분지가 있었다. 그리고 그 분지 위로 새하얀 꽃이, 사프리드가 빽빽이 피어 있었다. 보름달 아래에서 만개한 사프리드 군락은 정말 환상적이었다. 멜즈는 넋을 놓고 산 아래 광경을 내려다보는데 킷이 멜즈를 툭 치며 말했다.

"가자."

분지를 내려다보는 킷의 얼굴은 굳어있었다. 어쩐지 성년식을 치르는 당사자인 멜즈보다 더 긴장한 것처럼 보였다. 멜즈는 산 아래로 내려가며 킷에게 물었다.

"그런데 성년식 때 도대체 무슨 일이 생기는 거예요?"

멜즈의 물음에 킷은 말을 할지 말지 망설였다. 하지만 멜즈가 끈질기게 추궁하자 포기하듯 말했다.

"성년식에 사용되는 저 꽃은 사실 알리페르들 사이에서 마귀의 꽃이라고 불린다."

"마귀의 꽃이요?"

희한한 이명(異名)에 멜즈가 의아해하는데, 킷이 한숨을 내쉬며 말했다.

"그래. 저 꽃은 어린것들을 미치게 하거든. 포악하게 하고 발광하게 하지. 너 역시 저 꽃에 홀려 그런 꼴이 될 거다."

킷의 설명에 멜즈는 맥이 빠지는 기분이 들었다. 성년식 때 무슨 일이 생기나 했는데 생각보다 별일 아니었다.

알리페르의 탈피는 몸의 구성이 통째로 바뀌는 대격변이었다. 2차 성징이 나타나는 사춘기 때조차 기분이 널뛰는데 탈피라고 안 그럴 리 없었다. 그 정도 혼란쯤은 각오되어 있었다. 무슨 일이 있어도 이 사나를 구하겠다는 마음은 달라지지 않았다.

"그건 저도 충분히 예상하고 있어요. 걱정하지 마세요."

낙관적이기까지 한 멜즈의 말에 킷은 걱정하며 말했다.

"아는 것과 겪어 보는 건 엄연히 달라. 그리고 문제는 그것만 있는 게 아니다. 이곳에 같이 온 성충들도 문제가……."

"어이, 킷!"

돌연 공중에서 킷을 부른 알리페르 하나가 둘 앞에 착지했다. 갑작스러운 알리페르의 등장에 멜즈는 바짝 얼어붙는데, 킷이 침착하게 먼저 인사했다.

"오랜만이군, 모틴."

"이야, 이런 곳에서 보게 될 줄은 몰랐어! 그런데 여긴 웬일이야?

뒤에 있는 애송이는 또 누구고?"

모틴이라고 불린 알리페르는 호기심어린 눈으로 멜즈를 쳐다보았다. 그에 멜즈는 화들짝 놀라 킷의 뒤에 숨었다. 킷은 그런 멜즈는 잠시 돌아보다가 모틴에게 말했다.

"길에서 주운 녀석이다."

"네 슬레이브야?"

"그래."

킷의 말에 모틴은 더더욱 흥미가 생기는지 후드 안의 멜즈의 얼굴을 보려 이리저리 고개를 돌렸다. 그 노골적인 시선에 멜즈는 오금이 바짝 저려 와 킷의 옷깃을 붙잡고 얼굴을 파묻었다. 멜즈가 겁먹은 기색을 보이자, 모틴은 비웃음 가득한 얼굴로 말했다.

"별 볼 일 없는 녀석이군."

그리고 다시 날아가 버렸다. 모틴이 사라지자 멜즈는 그제야 겨우 안도의 한숨을 내쉴 수 있었다. 탈피를 하겠다고 결심했지만, 역시 아직은 알리페르가 무서웠다. 이래서야 정말 이사나를 구하러 갈 수 있을지 의문이었다. 멜즈는 걱정이 앞서는데, 그런 멜즈의 불안을 알아차리듯 킷이 말했다.

"지금은 그저 익숙하지 않은 것뿐이니 신경 쓰지 마라."

"그치만……."

"초조해하면 될 일도 그르치게 된다. 걱정 마라, 너는 무사히 탈피하고 네 충과를 구할 테니까."

무뚝뚝하면서도 다정한 말에 멜즈는 멋쩍게 뒷머리를 긁었다. 아무리 생각해도 킷은 사려 깊고 상냥한 알리페르였다.

사프리드가 핀 분지로 내려오자, 탈피를 위해 이곳에 온 미믹들이 곳곳에 자리 잡고 있는 게 보였다. 미믹들은 각자 꽃이 만개한 자리에 누워 낮잠을 청하듯 눈을 감았다.

미믹들이 탈피할 장소가 정해지자, 같이 왔던 성충들은 그들을 내버려 둔 채 분지 위로 올라갔다. 하지만 산을 내려가지는 않았다. 산 중턱에 옹기종기 모여 산 아래를 내려다보고 있을 뿐이었다. 뭔가를 기다리듯 말이다.

왜지? 왜 다들 저기 있는 거지? 멜즈는 의아해하는데, 킷이 구석진 자리에 멜즈를 데려다 앉히며 말했다.

"내 처지가 그다지 좋지 않아 너를 저들처럼 좋은 자리에 눕힐 수 없다. 하지만 바람의 방향이 이쪽으로 불고 있으니 탈피하기에 충분한 꽃향기를 맡을 수 있을 거다."

킷은 멜즈의 몸을 감싼 후드를 다시 한번 단단히 여미며 말했다.

"부디 무사히 끝나길 바란다."

그 말을 한 뒤 킷 역시 다른 알리페르들과 마찬가지로 산 위로 올라갔다. 멜즈는 그런 킷을 바라보다가 다른 미믹들처럼 바닥에 털썩 드러누웠다. 킷의 말대로 바람이 이쪽으로 부는지 누워만 있어도 향긋한 꽃향기가 밀려들었다.

꽃향기…….

그러고 보니 그날도 사프리드의 꽃향기를 맡았었지.

멜즈는 이사나와 처음 밤을 보냈던 날을 떠올렸다. 입맞춤은 뜨거웠고 맨살에 맞닿은 체온은 전류가 흐를 정도로 아찔했다. 어둠 속에서 게걸스럽게 그의 몸을 탐닉하며 멜즈는 계속 이사나의 얼굴을 상상했다.

무뚝뚝한 얼굴로 붉은 기가 서리고 상냥한 눈동자에 쾌락이 번졌을 것을 떠올리니 미칠 것 같았다. 멜즈는 이사나에 대한 지독한 그리움에 몸을 떨었다.

이사나.

이사나……!

아름답고 상냥한 내 연인.

지금 당신은 어떤 치욕을 견디고 있을까.

멜즈는 끝없는 죄책감과 고통을 느끼며 눈을 감았다.

'멜즈, 이제 그만 돌아갈까?'

'…….'

'멜즈?'

어디선가 나는 농후한 냄새에 나는 정신을 차렸다. 다디단 과육이 썩어 문드러지기 직전에 풍기는 듯한 강렬한 향이었다. 절로 군침이 돌았다. 순식간에 허기가 몸집을 불려와 위장까지 뒤틀릴 지경이었다.

냄새는 점점 내게 가까이 다가왔다.

'멜즈! 멜즈!'

당황함이 역력한 그의 말투에 나는 짐짓 정신을 잃은 척했다. 당장이라도 일어나 그의 목줄기를 물어뜯고 싶었지만, 그는 뛰어난 군인이었다. 섣부른 기습으로는 그를 제압할 수 없었다. 내가 일어나지 않자 그는 다급히 나를 눕힌 채 호흡과 맥박을 확인했다. 냉정을 잃었는지 그의 손이 덜덜 떨리고 있었다.

걱정 어린 손길에도 나는 방심하지 않고 조용히 기회를 노렸다. 조금만 더, 조금만……! 마침내 그가 완전히 등을 보이자 나는 그를 쓰러뜨리고 그의 위에 올라탔다. 그러자 그가 당황한 눈으로 나를 올려다보았다.

'멜……즈?'

'…….'

'멜즈, 괜찮니?'

옴짝달싹할 수 없게 제압당했음에도 그는 여전히 상황을 알아차리지 못하고 나를 걱정했다. 온순하기 짝이 없는 그 표정에 침이 고였다. 기대감에 아랫배가 뻐근해지고 미친 듯이 심장이 두근거렸다. 얇은 살가죽 아래로 있을 부드러운 살점과 농후한 피 냄새를 상상하니 허기를 참기 힘들었다. 식전 요리를 음미하듯 나는 고개를 숙여 그의 체취를 빨아들였다.

'멜즈, 간지러운데…….'

그가 투정하듯 작게 말했다. 하지만 거부는 조금도 느껴지지 않았다. 온순하고 순종적인 그 모습에 뿌듯한 만족감이 일었다. 나는 그대로 그의 목을 물어뜯으려다가 혀로 귀 뒤쪽을 핥았다. 그러자 그가 깜짝 놀라며 뒤로 물러나려 했다. 순식간에 불쾌함이 번졌다. 나는 난폭하게 그를 짓누른 채 경고하듯 이를 드러냈다.

'크르르…….'

내 으르렁거림에 그는 놀란 듯 멈칫했다. 당황해 어찌할 줄을 모르는 그 모습이 사랑스럽기 그지없었다. 잔뜩 얼어붙은 그가 딱해 나는 달래듯 그를 샅샅이 핥았다. 고작 한입에 꿀꺽 삼켜 버리기엔 그의 체취가, 그의 표정이 너무 어여뻤다.

이 황홀한 풍미를 잃고 싶지 않아 혀를 굴려 녹이듯 조금씩 그를 맛보았다.

맛있다.

너무 맛있어서 견딜 수 없다.

당장이라도 그의 살점을 물어뜯어 뱃속을 온통 그로 가득 채우고 싶다. 무참히 파먹힌 그의 상처 위로 뺨을 부비며 그의 핏물에 온몸이 잠기고 싶다. 코를 찌를 듯한 강렬한 혈향과 입안에서 사르르 녹아들 살점을 상상하니 조이듯 배가 고파 왔다.

먹고 싶다.

먹고 싶다.

먹고 싶다.

이사나를 먹고 싶다.

"……려, 정신 차려!"

뺨에 가해지는 강렬한 통증에 멜즈는 퍼뜩 눈을 떴다. 열병에 걸린 듯 이상할 정도로 몸이 무겁고 머리가 뜨거웠다. 주위가 빙빙 돌고 귓가가 먹먹해 정신을 차리고도 멜즈는 좀처럼 몸을 가누지 못하는데, 문득 주위가 시끄럽다는 걸 깨달았다.

"살려 주세요! 사람 살려!"

"크르르릉—! 크왕—!"

"으아아아악!"

무거운 머리를 간신히 들어 옆을 돌아보자, 아까 멜즈처럼 꽃밭에 누워 있던 미믹들이 무언가를 쫓고 있는 게 보였다. 그들의 앞에는 피투성이가 된 누군가가 있었다. 익숙하기 짝이 없는 군복. 제국군 병사였다. 미믹들에게 쫓기는 이는 그 한 사람뿐만이 아니었다. 마찬가지로 병사로 보이는 몇몇이 미믹을 피해 분지 안을 정신없이 뛰어다니고 있었다.

"이, 게…… 무, 슨……."

멜즈는 입안에서 잘그락거리는 이물감에 의아해하며 그것을 바닥에 뱉어 냈다. 그러자 새하얀 사프리드 꽃 위로 새빨간 살점이 후드득 떨어졌다. 멜즈는 잠시 이 상황이 이해가 가지 않아 멍해지는데, 옆에서 비명 소리가 들려왔다.

"아아아아악! 으아아아악!"

결국 미믹들에게 붙잡힌 병사가 처절한 비명을 내지르며 그들에게 잡아먹혔다. 미믹들은 평온해 보였던 아까와 달리 걸신들린 듯 병사를 물어뜯고 있었다.

미믹들 아래에서 무력하게 팔다리를 허우적거리던 병사는 얼마 지나지 않아 피거품 끓는 소리를 내며 움직임을 멈췄다. 얼마 후, 미믹들이 일어난 자리에는 찢겨진 옷가지와 이리저리 파먹힌 시신만 남아 있었다. 그 과정을 고스란히 지켜본 멜즈는 구역질을 참지 못하고 토했다.

"욱, 우욱, 우웩—!"

울컥 토한 그 자리에는 온통 붉은 색 밖에 없었다. 굳이 확인하지 않아도 누군가의 살점임을 알아볼 수 있었다. 평소 소식가라 생각한 자신의 위장에서 나온 거라 믿기 힘들 정도로 많은 양에 멜즈는 정신이 멍해졌다.

설마, 이게 다 인육이야? 멜즈는 자신이 도대체 무슨 짓을 한 건지 몰라 몸을 벌벌 떠는데, 킷이 빠르게 말했다.

"네 탓이 아니다. 네가 아니라도 어차피 저들은 여기서 죽었을 거다."

"욱, 흐으, 우욱……!"

"씨발 새끼들! 이런 짓까지 할 줄이야……!"

킷은 계속 구역질을 해 대는 멜즈를 데리고 분지 위로 올라갔다. 멜즈가 성년식을 치르기 위해 분지로 온 지 오늘로 딱 일주일째 되는 날이었다.

이미 탈피하는 데 충분할 만큼 꽃향기를 맡았다. 그러니 더 이상 꽃의 광기에 휘둘릴 필요가 없었다. 킷이 분지를 오르며 옆을 돌아보자, 알리페르들이 신이 난 얼굴로 낄낄거리는 게 보였다. 어린것들의 성년식은 알리페르들의 몇 없는 유희거리였다.

분지 아래에는 지옥도가 펼쳐져 있었다. 꽃향기에 정신이 이상해진 미믹들은 피와 살코기에 미쳐 마구잡이로 날뛰었다. 성충들이 풀어 놓은 인간들을 사냥하는 것으로 모자라 서로를 물어 죽이고 어설프게 교미 흉내까지 내고 있었다.

그런 그들의 광기에 전염된 성충들 역시 분지로 내려가 함께 인간을 잡아먹고 교미했다. 어느새 분지 안은 비명과 신음으로 가득 차 있었다. 킷은 그 지독한 광경에 눈을 돌려 버렸다.

탈피를 하는 데는 많은 열량이 소모되었다. 그 과정에서 인간처럼 잡식에 가까웠던 입맛이 육식으로 변하면서 육류를 원하게 되는데, 그런 미믹들을 위해 원래는 성충들이 산 주변의 동물들을 사냥해 분지에 풀어놓았다. 식욕이 채워지지 않으면 서로를 물어 죽였기 때문이다.

그런데 오늘은 어쩐 일인지 그 동물이 인간으로 바뀌어 있었다. 멜즈에게 먹일 동물을 사냥하고 돌아온 킷은 분지 안의 광경을 보고 경악했다. 분지 위의 알리페르들에게 왜 인간이 여기 있냐고 따졌지만, 그들은 몇 년 전부터 하던 일이라며 대수롭지 않게 얘기했다. 다른 미믹들과 마찬가지로 인간들을 습격하고 있던 멜즈를 발견한 킷은 헐레벌떡 뛰어 내려와 멜즈를 끌고 나왔다.

일부 알리페르들은 분지 아래의 광경에 눈살을 찌푸렸지만, 대부분은 박장대소를 하며 즐거워했다. 인간의 몸을 빌려 태어난 주제에 뻔뻔스럽기 짝이 없었다. 킷은 치를 떨며 저들을 노려보는데, 멜즈가 울음을 그치지 못했다.

"흐으, 내가, 흐윽, 사람을, 우욱, 흑."

제정신을 차린 멜즈는 충격에서 벗어나지 못하고 계속 구역질을 했다. 꽃이 시들어 가고 있어 이제 다른 미믹들 역시 멜즈처럼 제정신을 차리기 시작할 터였다. 그런데 자신들이 인간을 습격했다는 걸 알면 적잖은 충격을 받을 터였다. 저기 있는 미믹 중에는 멜즈처럼 인간과 돈독한 관계를 맺어 온 이들도 있을 테니까. 킷은 멜즈를 괜히 데려왔다고 자책하며 그를 위로했다.

"네 탓이 아니다. 이건 네가 원한 게 아니었어. 울지 마라."

"흐으, 윽, 흐윽……"

멜즈는 끊임없이 구역질을 하며 서럽게 울었다. 하지만 그건 인육을 먹은 것 때문이 아니었다. 그 맛이 지나치게 맛있게 느껴져서였다.

* * *

멜즈를 데리고 산을 내려온 킷은 말수레를 끌고 지체 없이 어디론가 향했다. 탈피는 끝난 게 아니었다. 이제부터가 시작이었다. 어린 개체가 임계점 이상으로 꽃의 교란 호르몬에 절여지면 그들의 몸은 성충이 될 준비를 했다. 그 전조 증상이 바로 이상 식욕이었다.

성년식 동안 피어 있던 꽃이 지고 첫 번째 발작에서 미믹들이 정신을 차리면 성충들은 미믹들을 데리고 하산해 각자의 안전한 장소에서 미믹들을 탈피시켰다. 그들과 마찬가지로 킷 역시 멜즈를 탈피시킬 장소로 향하고 있었다.

멜즈는 짐이 잔뜩 실린 수레 뒤에 누워 연신 뜨거운 숨을 헐떡거렸다. 온몸이 불타는 것 같았다. 사지가 작열하고 뼈마디가 바람이 스치는 것처럼 쑤셨다. 몸을 웅크리며 한참 동안 끙끙거리던 멜즈는 결국 통증을 이기지 못하고 비명을 내질렀다.

"아아악! 악—!"

아파도 너무 아팠다. 시간이 지날수록 통증이 줄어들기는커녕 파도처럼 밀려들기만 할 뿐이었다. 고통을 이기지 못하고 멜즈가 난간에 머리를 박으며 자해하자, 말을 몰고 있던 킷은 깜짝 놀라 수레를 세웠다.

"멜즈, 멜즈!"

"으아악! 아악! 아파! 흐으, 아파!"

멜즈가 울면서 비명을 내지르자, 킷은 당황한 얼굴로 황급히 짐꾸러미를 뒤졌다. 잘 마른 약초를 한 움큼 꺼낸 킷은 멜즈의 입 안으로 마른 풀을 밀어 넣으며 말했다.

"씹고 있어라. 조금 있으면 통증이 가실 거다."

"흐으, 으윽, 흐윽……."

"원래 전흉선이 위축된 개체는 탈피 과정이 괴롭다고 했다. 견뎌야 한다. 견뎌야 해."

킷은 식은땀과 눈물로 흠뻑 젖은 멜즈의 얼굴을 수건으로 닦아 주며 괴롭게 말했다. 킷의 말에 멜즈는 흐느끼며 억지로 약초를 씹었다. 지독히 쓴맛에 혀가 다 아려 왔지만, 그걸 따질 형편이 아니었다. 킷은 고통에 몸을 떠는 멜즈를 가여워하며 통증이 진정될 때까지 멜즈의 곁을 지켜주었다.

킷이 준 약초의 효과가 좋았는지 얼마 지나지 않아 통증은 견딜 수 있을 만큼 가라앉았다. 그러나 부작용 또한 만만치 않았다. 멜즈는 물먹은 솜처럼 몸을 축 늘어뜨린 채 점점 멀어져 가는 산의 광경을 바라보았다.

저곳에서 있었던 일을 전부 기억하는 건 아니지만, 멜즈는 어렴풋이 자신이 무슨 짓을 한 건지는 알고 있었다.

성년식을 치르는 동안, 멜즈는 그 어느 때보다도 속 시원한 해방감을 느끼고 있었다. 괴롭거나 죄책감이 들기는커녕 신나고 즐겁기만 해 누구보다 더 열심히 먹잇감을, 인간을 쫓았다.

정말 인간이 아니었다.

인간이라면 그런 짓을 할 수 없었다.

멜즈는 눈물을 흘렸다. 멜즈는 성년식을 치르고 나서야, 인간을 해치고 나서야 자신이 알리페르라는 것을 통감할 수 있었다.

* * *

멜즈를 태운 수레는 킷의 집 근처에 있는 바위산으로 향했다. 킷이 약초를 캐기 위해 자주 찾는 산으로 이 산에는 킷이 종종 사용하던 산장이 있었다. 킷은 약에 절여져 축 늘어진 멜즈를 업고 산을 올랐다. 바위산으로 오는 동안 멜즈는 고통으로 비명을 지르거나 약 기운에 축 늘어져 있기만 했다. 겨우 이틀 만에 몹시 지친 멜즈는 무기력한 얼굴로 킷에게 물었다.

"킷……. 저 탈피하는 내내…… 이러고 있는 거예요? 계속, 아프고 킷에게 폐만…… 끼치는 거예요?"

멜즈의 말에 킷은 단호하게 말했다.

"호르몬 교란이 일어나는 초기에만 그런 것뿐이다. 조금 있으면 낫는다. 그리고 폐 같은 거 전혀 아니니까 신경 쓰지 마."

킷은 멜즈를 고쳐 업고 다시 험준한 산을 올랐다. 킷은 폐가 아니라고 했지만, 킷이 산을 오르며 산장에 도착하는 데는 한 시간이 넘게 걸렸다. 산장에 도착한 킷은 온몸을 적신 땀이 채 마르기도 전에 멜즈를 의자에 앉혀 둔 채 산장 안을 청소했다. 침구를 정리하고 시트에 내려앉은 먼지를 탈탈 털어 낸 킷은 멜즈를 침대에 눕힌 뒤 말했다.

"탈피를 마치는 데는 적게는 3개월, 길게는 반년 이상까지 걸린다고 했다. 그동안 여기서 지내면서 다른 알리페르들의 눈을 피할 거다."

"미안, 해요……."

"그런 생각 할 것 없어. 나는 날 위해 너를 도와주고 있는 거니까. 짐을 가지러 잠시 내려갔다가 오마."

멜즈가 힘없이 고개를 끄덕이자, 킷은 멜즈의 머리를 쓰다듬어 준 뒤 산장 밖으로 나갔다.

킷의 도움으로 바위산의 산장에서 지내게 된 멜즈는 킷의 말대로 한동안 호르몬 교란에 시달렸다. 밤낮을 구분하지 못할 정도로 심한 작열통에 시달리고 매일 지독한 허기에 허덕거렸다.

이상 식욕으로 고통 받는 멜즈를 위해 킷이 매번 틈틈이 산짐승을 사냥해 왔지만, 그것으로는 모자랐는지 멜즈는 종종 몽유병에 시달렸다. 자신도 모르게 밤중에 홀연히 나와 산장 주위를 배회하며 맨손으로 산짐승들을 사냥했다. 걸신들린 듯 산 채로 동물을 뜯어먹다가 제정신을 차리면 멜즈는 매번 자신의 야만스러운 행동에 구역질을 했다.

"흐, 으윽, 이, 이런 건, 내, 내가 아니야……. 내가, 아니라고……!"

입가를 잔뜩 적신 피를 옷소매로 닦아 내며 멜즈는 엉엉 울었다. 하지만 언제나 먹어도 모자라기만 했다. 당연했다. 멜즈가 진짜 먹고 싶은 건 이런 동물 따위가 아니었으니까.

이사나.

사랑하는 연인인 그가.

"흐으, 흐윽, 으으으……."

너무 먹고 싶었다.

상냥하게 웃어 주는 그 얼굴이, 유혹하듯 농후하게 풍겨 오는 그 냄새가, 부드럽게 휘어지는 그 입매가, 군살 없이 시원하게 쭉 뻗은 목덜미가.

"아아아아악! 아아아아아악!"

멜즈는 끝없이 자신을 괴롭히는 허기에 몸부림을 쳤다. 정신을 잃고 숲을 헤매는 매순간마다 멜즈는 이사나를 뒤쫓는 환상에 시달렸다. 사프리드 군락지에서 기겁하며 도망쳤던 인간들의 얼굴은 어느새 전부 그로 바뀌어 있었다. 습격당한 이사나는 멜즈의 아래에 짓눌린 채 공포에 떨며 비명을 내질렀다. 그런 이사나를 본체만체하며 멜즈는 이사나의 목줄기를 물어뜯고 게걸스럽게 그의 살점을 탐했다. 비릿한 핏물이 다디달게 느껴졌다. 이사나가 눈물범벅이 된 채 몸부림을 쳤지만 그의 고통 따윈 멜즈에게 아무것도 아니었다.

자신은 너무나도 끔찍한 괴물이었다.

* * *

계절이 무더운 여름과 가을 사이로 접어들자, 멜즈를 괴롭히던 호르몬 교란 역시 일시에 사그라들었다. 그 덕분에 멜즈는 그나마 킷에게 폐를 덜 끼칠 수 있게 되었다. 오랜만에 자리를 털고 일어난 멜즈는 탈피의 다음 단계가 시작되기 전까지 킷의 일을 돕기로 했다. 킷에게 필요한 약초를 캐고 산장 안을 청소하는 게 멜즈에게 주어진 일이었다.

근 두어 달을 지독한 통증과 허기에 시달려서인지 멜즈의 머릿속은 때때로 뿌연 안개가 끼인 것처럼 흐리멍덩해졌다. 탈피를 하려던 원래 목적이 뭐였는지 생각이 나지 않을 때도 있었다. 왜 탈피를 하겠다고 해 이런 험한 꼴을 당하는 건지 몰라 후회하다가 퍼뜩 이사나를 떠올리고는 죄책감에 시달렸다. 킷의 말대로였다. 탈피는 쉽게 생각할 문제가 아니었다. 그럼에도 이미 탈피는 진행 중이었다. 원하든 원하지 않든 무를 수 없었다.

산장 생활에 제법 익숙해진 어느 날, 세수를 하던 멜즈는 자신의 몸이 이상하다는 것을 깨달았다.

'……?'

몸이 무거운 거야 하루 이틀 일이 아니었지만, 세수를 하며 얼굴을 만져 보는데 뭔가 이상했다. 얼굴 거죽이 늘어지고 비늘 모양의 각질이 자꾸만 얼굴에서 뜯겨 나왔다. 멜즈는 당황하며 옷을 벗어 자신의 몸 구석구석을 살펴보았다.

온몸이 공기가 든 벽지처럼 울룩불룩하고 탄력 없이 축축 늘어졌다. 탐스러운 머리카락 역시 한 번 쓸 때마다 한 움큼씩 뭉텅이로 빠졌다. 멜즈는 멍하니 자신의 얼굴을 매만지다가 절망하며 흐느꼈다. 이런 건, 이런 건 내가 아니야……. 멜즈가 울음을 그치지 못하자, 멜즈를 지켜보던 킷이 위로하듯 말했다.

"걱정하지 마라. 원래 탈피하는 도중에는 겉가죽이 흐물해져서 그러는 것뿐이다. 탈피가 끝나면 다시 원래 모습대로 돌아갈 것이다."

하지만 킷의 말에도 멜즈는 전혀 안심할 수 없었다. 정말 돌아오기는 하나요?

턱 끝까지 그 물음이 밀려왔지만, 차마 물을 수 없었다. 탈피를 선택한 것은 다른 누구도 아닌 자신이었으니까. 킷이 경고했던 모든 것을 감당하기로 한 것은 다른 누구도 아닌 자신이었으니까. 멜즈는 그저 몸의 변화에 두려워하며 우는 수밖에 없었다.

본격적인 탈피에 들어가면서 멜즈의 몸은 하루가 다르게 달라져 갔다. 뼈마디가 삐걱거릴 정도로 몸집이 불어나고 몸놀림은 점점 둔중해졌다. 늘어진 피부는 색이 짙어져 갔고 계속해서 단단한 각질이 피부에서 떨어져나갔다. 자랑스러운 금발 역시 매일 뭉텅이로 빠져나가 머리 위를 만져 보는 게 이젠 두려울 정도였다.

이제는 거울을 들여다볼 용기조차 나지 않았다. 세상에서 제일 역겹고 징그러운 건 자신이었다.

멜즈는 매일 끔찍한 악몽에 시달렸다. 하지만 그 내용은 판에 박은 듯 언제나 똑같았다. 탈피를 끝낸 멜즈는 렉사의 성으로 쳐들어갔다. 이제껏 고생한 것에 보답받기라도 하듯 제 손에 알리페르들이 픽픽 나가떨어졌다. 성의 모든 알리페르를 물리친 멜즈는 기대감 어린 얼굴로 이사나가 감금된 방의 문을 열었다.

'이사나! 당신을 구하러 왔어요!'

그러나 고개를 돌린 이사나는 멜즈를 보자마자 눈살을 찌푸렸다. 세상에서 제일 혐오스러운 것을 본 듯 찌푸린 미간을 펴지 못했다. 그에 멜즈는 가슴이 덜컥 내려앉는 걸 느끼며 그에게 물었다.

'이, 이사나……. 왜 그래요?'

'…….'

'저예요. 멜즈예요. 당신의 멜즈예요…….'

절박하게 호소하는 말에 이사나는 여전히 경멸을 숨기지 못한 채 말했다.

'네가 멜즈라고?'

'네, 당신의 하나뿐인 연인이에요. 렉사는, 알리페르는 전부 제가 물리쳤어요. 그러니 우리 함께 남쪽 해안가로 떠나요. 거기서 같이 살기로 했잖아요, 이사나…….'

멜즈의 말에 이사나는 서늘한 얼굴로 쏘아붙였다.

'거짓말 하지 마! 멜즈는 이렇게 흉측하게 생기지 않았어!'

'이, 이사나…….'

'그런 몰골로 그 아이의 흉내를 내다니, 추악하고 더러워서 더는

지켜볼 수가 없군.'

이사나는 침을 퉤, 내뱉으며 멜즈의 곁을 지나쳤다. 멜즈는 그런 이사나를 붙잡지도 못한 채 그 자리에 서서 엉엉 울었다. 그리고 옆을 돌아보자, 거울 속에는 세상에 다시없을 추악한 얼굴이 비쳤다.

그렇게 악몽에서 깨어나면 멜즈는 항상 되뇌었다. 이사나는 절대 그런 사람이 아니라고, 절대 겉모습만으로 자신을 못 알아볼 사람이 아니라고. 그렇게 굳게 이사나를 믿고 있음에도 멜즈는 매번 잠드는 게 무서웠다. 하지만 탈피가 진행될수록 멜즈가 잠드는 시간은 길어졌다. 그리고 악몽 역시 더욱 길어지고 더욱 현실적이 되었다.

'알리페르 같은 건 거두지 말았어야 했어. 이게 전부 다 너 때문이야, 멜즈. 너만 아니었으면 다시 렉사에게 붙잡히지 않았어. 또다시 놈의 숙주가 되지 않았어. 내 꼴을 봐. 벌레들에게 파먹히고 죽어 가는 이 모습을.'

'흐으, 이사나, 미안해요, 이사나…….'

'너 같은 건 꼴도 보기 싫어. 당장 내 눈앞에서 사라져, 이 더러운 알리페르야.'

"미안해요……. 이사나……. 미안해요……."

꿈과 현실을 구분하지 못할 정도로 멜즈의 악몽은 길고 또 지난했다. 멜즈는 겨우 내도록 잠을 자며 이사나에게 끝도 없이 사과했다. 그리고 다시 일어났을 때 세상은 완연한 봄기운에 휩싸여 있었다.

* * *

문득 온몸이 갑갑하게 느껴진 멜즈는 몸을 꿈틀거리며 갇혀 있는 곳을 벗어나려 애를 썼다. 하지만 온몸을 감싼 껍질은 몹시 단단하고 질겨 아무리 애를 써도 벗겨지지 않았다. 기진맥진해진 멜즈는 이대로 포기하고 싶었지만, 어째서인지 관성처럼 계속 꿈틀거렸다. 조금씩 껍질을 부수어 나간 지 얼마나 되었을까, 멜즈는 결국 고치를 뚫고 밖으로 나올 수 있었다.

바깥 공기를 쐰 멜즈는 오랜만에 정신이 또렷하다는 걸 느꼈다. 매번 희뿌연 안개 속에 휩싸인 듯 머리가 둔중했던 게 거짓말 같았다.

고치에서 완전히 빠져나온 멜즈는 비틀거리며 바닥으로 발을 내딛었다. 철퍽, 하는 물소리와 함께 바닥에 선 멜즈는 멍한 얼굴로 창밖을 바라보았다. 그늘진 산장 안과 달리 바깥은 따사로운 봄볕으로 환히 빛나고 있었다. 멜즈는 홀린 듯 그 따스한 광경을 바라보다가 밖으로 나갔다.

앞마당으로 나온 멜즈는 노곤한 얼굴로 햇볕을 쬐었다. 따뜻한 햇살 아래로 온몸을 적시고 있던 물기가 마르자 약간 낮았던 체온 역시 점차 덥혀졌다. 물기 하나 없이 몸이 보송해지자, 멜즈는 기지개를 켜듯 우그러진 날개를 한껏 폈다.

치릇치릇—

치릇치릇—

텅 빈 시맥(翅脈)으로 림프액이 충전되면서 작게 접혀 있던 날개 역시 팽팽하게 부풀었다. 땅에 끌릴 정도로 날개가 커지자, 멜즈는 날개를 치릇거리다 공중으로 솟구쳤다.

"아아……!"

누가 가르쳐 주지 않았음에도 멜즈는 하늘을 날고 있었다. 유전자

단위에 새겨진 본능이 멜즈를 높은 곳으로 더 높은 곳으로 이끌고 있었다. 말로 표현할 수 없는 고양감에, 자유로움에 흠뻑 빠진 멜즈는 푸릇한 새순이 돋은 바위산을 마구 날아다녔다.

행복했다. 살면서 이렇게까지 유쾌하고 즐거웠던 적이 없었던 것 같았다.

무언가에 도취된 것처럼 정신없이 하늘을 날아다니던 멜즈는 문득 무언가를 잊고 있었음을 깨달았다. 절대, 절대 잊어서는 안 되는 것이 멜즈에게 있었다. 그러다 깨달았다. 숲이 푸르렀다. 얼마 전까지만 해도 울긋불긋하던 단풍이 어느새 낙엽이 지고 새순이 올라오고 있었다. 멜즈는 그제야 그 자리에 멈춰 서서 망연자실 산 아래를 내려다보았다.

"아……."

그렇다. 자신은 연인을 위해, 이사나를 구하기 위해 탈피를 결심했었다. 그런데, 지금 뭘 하고 있었던 거지? 도대체 무슨 꼴을 보이고 있었던 거지?

희락으로 들떴던 멜즈는 돌연 엄청난 자괴감에 빠졌다. 어떻게, 어떻게 이사나를 그런 지옥 속에 내버려 둔 채 이렇게 즐거워 할 수 있었을까? 어떻게 연인이라는 자가 이렇게 뻔뻔한 짓을 할 수 있었을까……! 멜즈는 얼른 다시 산장으로 내려갔다. 한시라도 빨리 이사나를 구하러 가야 했다.

산장에는 어느새 킷이 돌아와 있었다. 멜즈가 사라진 걸 알아차렸는지 킷은 산장 이곳저곳을 뒤지며 멜즈를 찾고 있었다. 멜즈는 킷의 앞에 착지했다.

"킷!"

"멜즈! 도대체 어디 갔었던 거냐! 걱정했잖아!"

킷은 걱정 가득한 얼굴로 멜즈를 나무랐다. 하지만 멜즈는 그를 신경 쓸 틈이 없었다. 멜즈는 절박한 얼굴로 킷에게 물었다.

"킷, 지금 몇 달이나 지난 거예요? 제가 탈피를 하는데 얼마나 걸린 거예요?"

"멜즈?"

"시간이 얼마나 지난 건데요!"

당장이라도 울음을 터뜨려버릴 듯한 멜즈의 얼굴에 킷은 그제야 멜즈가 평소와 좀 다르다는 걸 깨달았다. 호르몬에 지배당해 무기력하고 음울했던 기색은 모습은 온데간데없이 처음 만났던 때처럼 눈빛이 명료하기 짝이 없었다. 그토록 고통스러워했던 탈피가 이제 완전히 끝난 것이다. 킷은 멜즈를 바라보며 침착하게 말했다.

"너는 탈피를 하는데 열 달이 넘게 걸렸다."

"열 달……."

"보통 알리페르들과 달라서인지 탈피하는 시간이 지나치게 길었다."

"그럴 수가……."

밀려드는 절망감을 이기지 못한 멜즈는 자리에 털썩 주저앉았다. 열 달이라니……. 그렇다면 이사나가 렉사에게 붙잡혀 간 지 1년이 넘었다는 소린가? 어떻게…… 어떻게 그럴 수가…….

도무지 현실감이 들지 않는 킷의 말에 멜즈는 망연자실하는데, 킷이 그런 멜즈를 난처하게 내려다보다가 산장으로 들어가 모포를 가지고 나왔다. 멜즈의 벌거벗은 맨몸을 덮어 준 킷은 나지막하게 말했다.

"이사나 넥시움은 아직 살아 있다."

믿을 수 없는 말에 멜즈는 퍼뜩 고개를 들었다. 이사나가, 이사나가 아직 살아 있다고? 멜즈는 조금 더 자세히 얘기해 달라는 듯 킷에게 다가섰다. 그러자 킷이 이제껏 있었던 일을 간략하게 알려 주었다.

"네가 탈피하는 동안, 그가 왕의 성에서 두 번이나 탈출했다더구나. 하지만 두 번 다 실패하고 붙잡혔지. 왕은 아직 그를 죽이지 않았다고 해. 숙주로 만들었기 때문이란 말 역시 있지만, 왕의 후계를 본 자는 아직 아무도 없지. 하여간 그는 아직 효용을 다하지 않아서인지 여전히 성에 붙잡혀 있다."

킷의 말에 멜즈는 맥이 탁 풀리는 기분이 들었다. 하느님 감사합니다……! 멜즈는 다른 그 무엇보다 이사나의 무사함에 감사하고 또 감사했다.

생각해 보니 그랬다. 이사나는 결코 연약한 사람이 아니었다. 누구보다도 강하고 통찰력이 뛰어난 사람이었다. 멜즈는 이제껏 그 지옥 속에서 버텨 준 연인에게 말로 표현할 수 없는 고마움을 느꼈다. 탈피를 했으니 이제는 그를 구하기만 하면 되었다.

멜즈는 지체 없이 이사나가 있을 왕의 성으로 가려고 했다. 날아서 간다면 금세 그를 만날 수 있을 것 같았다. 멜즈가 초조하게 날개를 떨어 대자, 킷이 멜즈를 만류하며 말했다.

"조급한 건 알겠지만, 여기서 왕의 성까지 날아가는 건 무리다. 도중에 탈진해서 쓰러질 거다. 나는 건 생각보다 소모가 큰 일이야."

"그, 그럼 어떻게 해야 하나요?"

멜즈가 울상을 짓자, 킷은 한숨을 내쉬며 말했다.

"말을 빌려줄 테니 그걸 타고 가라. 특히 요즘 같은 때는 조금이라도 체력을 아껴 두는 게 좋아."

요즘 같은 때? 무슨 말인지 몰라 멜즈가 고개를 갸웃거리자, 킷이 멜즈를 바라보며 말했다.

"왕이 왕위 계승전을 선포했다."

"왕위 계승전이요?"

"왕의 자리를 걸고 일대일 승부를 겨루는 대회지. 그 대회에 참가해 우승자가 되면 지금의 왕과 겨룰 수 있는 권리가 주어진다. 거기서 네가 이기면 네가 왕이 되는 거고."

킷의 말에 멜즈는 눈을 번뜩였다.

"그 말은……."

"그래, 왕위 계승전에서 승리하면 너는 어떤 위험 부담 없이 이사나 넥시움을 안전하게 구할 수 있다. 그게 몰래 잠입해 구출하는 것보다 나을 거다."

* * *

킷에게 왕위 계승전에 대한 얘기를 들은 멜즈는 대회에서 우승해 이사나를 구해 내기로 결심했다. 산장에서 짐을 챙겨 킷의 거처로 내려온 멜즈는 곧장 킷에게 말을 빌려 왕의 성이 있다는 시탈로프 숲으로 떠나려 했다. 하지만 킷이 만류하며 말했다.

"이대로 무작정 떠나는 것은 바보 같은 짓이다. 초조해도 오늘 하루 동안은 탈피가 무사히 끝났는지 확인하는 게 좋아."

그러면서 킷은 멜즈를 앉혀 두고 몸 이곳저곳을 살펴보았다. 어느 한군데 불편한 점은 없는지, 위축된 전흉선으로 덩달아 약했던 기관지 역시 탈피로 개선이 되었는지 꼼꼼히 검사했다. 모든 검사가 끝나자 어느새 저녁이 되어 있었다. 킷은 늦었으니 자고 가라며 멜즈에게 저녁 식사와 잠자리를 챙겨 주었다. 식사 후, 킷은 따뜻한 약차를 멜즈에게 권하며 말했다.

“이제껏 걱정이 많았는데 탈피를 무사히 마쳐 다행이구나. 훌륭하고 멋진 알리페르가 되어 나로서는 기쁘다.”

뿌듯함이 묻어나는 킷의 말에 멜즈는 머뭇거리다가 킷에게 물었다.

“그런데…….”

“응?”

“정말 제게 이상한 곳이 아무데도 없나요? 눈코입이나 팔다리가 전부 제 위치에 달려 있나요?”

두려움이 묻어나는 멜즈의 말에 킷은 측은한 얼굴로 멜즈를 바라보았다. 탈피하는 동안 변하는 외양에 좀처럼 적응하지 못하고 괴로워했던 멜즈였다. 멜즈가 얼마나 힘들어했는지 잘 알고 있었기에 킷은 말없이 벽거울을 가져와 멜즈를 비췄다.

“아…….”

벽거울 안에는 낯선 남자가 있었다. 원래 자신의 얼굴과 닮긴 했지만, 통통했던 볼살이 빠지고 단단한 턱 선이 드러나 인상이 꽤 서늘해보였다. 눈빛 역시 깊어져 탈피 전보다 훨씬 어른스러운 얼굴을 하고 있었다.

어쩐지 이사나를 닮은 듯한 느낌이 들기도 했다. 하지만 얼굴 아래는 알리페르라는 걸 알리기라도 하듯 외골격이 흉갑처럼 단단히 몸을 감싸고 있었다. 목이나 팔다리의 관절 부위 역시 매끈하지 않고 갑각류처럼 분절되어 있었다. 멜즈는 거울을 바라보며 달라진 자신의 얼굴과 몸뚱이를 더듬었다. 그러다 울상이 되어 버렸다.

두 쌍의 날개와 딱딱한 외골격.

거울에 비친 자신은 아무리 봐도 알리페르였다.

이사나를 구하기 위해 탈피를 결심했지만, 그렇지만, 막상 달라진 자신의 모습을 보게 되니 눈물이 나왔다. 탈피 동안 마음 졸였던 흉악한 생김새는 아니었지만, 그래도 원래의 자신과 너무 동떨어진 모습을 하고 있었다. 이사나가 알아보지 못할 것 같았다. 멜즈가 울상을 짓자, 거울 속의 낯선 남자 역시 얼굴을 일그러뜨렸다. 그런 멜즈를 바라보며 킷이 말했다.

"걱정하지 마라. 너 정도면 다른 알리페르들이 부러워할 정도로 탈피를 잘한 거니까."

"그치만……."

"네 탈피 기간이 지나치게 길어 사실 네가 탈피에 실패한 줄 알았다. 고치 안에 틀어박힌 기간이 너무 길면 그 안에서 죽거나 나오더라도 정상이 아니게 되니까. 이렇게 무사히 나온 것만으로도 대단한 거야."

킷의 위로에 멜즈는 그제야 마음을 다잡을 수 있었다. 모든 게 다 제 마음같이 될 수는 없었다. 탈피에 실패해 이사나를 구하러 가지 못하는 것보다 지금이 훨씬 상황이 좋았다. 탈피하기 전처럼 무력하지 않고 이사나도 아직 살아 있었다. 고작 탈피했다고 이사나가 자신을 못 알아볼 리 없었다. 악몽은 악몽일 뿐이었다. 이사나라면 분명 어떤 모습을 하고 있든 알아봐 줄 터였다. 멜즈가 다시 기운을 차리자, 킷은 멜즈의 포슬포슬한 머리카락을 손으로 흐트러뜨리며 말했다.

"내일 일찍 나가려면 그만 자는 게 좋겠구나. 이제껏 고생이 많았다."

킷은 침상을 내어 준 뒤 밖으로 나갔다. 킷의 말대로 멜즈는 내일 아침 일찍 출발하기 위해 잠자리에 들었다. 하지만 좀처럼 잠이 오지 않았다. 눈을 감을 때마다 성에서 온갖 고초를 겪고 있을 이사나가 떠올랐다. 당장이라도 이곳을 떠나고 싶었지만 멜즈는 애써 자신의 성급함을 억누르려 애를 썼다. 이사나를 구하는 일은 이제 겨우 시작이었다.

다음 날 아침, 멜즈는 왕위 계승전이 열리는 왕의 성으로 가기 위해 짐을 쌌다. 고맙게도 킷이 이미 여정동안 필요할 물건들을 꼼꼼히 챙겨 두고 말 역시 제일 좋은 녀석으로 골라 둔 상태였다. 마지막으로 같이 아침 식사를 한 뒤 멜즈는 시탈로프 숲으로 출발하려는데, 킷이 멜즈에게 충고했다.

"앞으로 조급하게 느껴질 일들이 계속 있을 거다. 하지만 무슨 일이든 이루어 내려면 진득하게 기다릴 줄 알아야 해. 명심해라. 무엇보다 가장 큰 적은 네 안의 초조함이다."

"고마워요, 킷. 명심할게요."

멜즈가 인사하자, 킷은 잠시 멜즈를 세워놓더니 약방으로 들어가 무언가를 가지고 나왔다. 멜즈는 그것을 보고 눈을 크게 떴다. 생각지도 못한 그리운 물건에 입가가 떨려왔다.

"이건……."

"이사나 넥시움이 쓰던 검 맞지? 저번에 갔을 때 챙겨 왔다."

헤비 블레이드를 보자마자 멜즈는 한달음에 달려가 검집에 꽂힌 대검을 끌어안았다. 어깨까지 오는 거대한 대검은 마치 이사나처럼 올곧고 단단했다. 멜즈는 그 검이 이사나인 양 한참 동안 끌어안고 있었다. 간신히 감정을 추스른 뒤에야 멜즈는 킷에게 감사 인사를 할 수 있었다.

"고마워요……. 정말로……."

"낯간지러우니까 이제 그만하고 출발해라."

킷의 말에 멜즈는 검집에 싸인 대검을 등에 둘러멨다. 탈피를 해서인지 두 손으로 들기에도 벅찼던 검이 이제는 무척 가볍게 느껴졌다. 멜즈가 그대로 말에 올라타자, 킷은 주저하다가 멜즈에게 물었다.

"그런데, 왕과 어떻게 맞설지 생각해 둔 게 있나? 다시 말하지만, 이번 대의 왕은 보통 알리페르가 아니다. 탈피를 하고 너도 꽤 강해지긴 했을 테지만, 그래도 왕의 상대가 되진 못할 거다."

이사나조차 승부에서 이기지 못한 상대였다. 무작정 맞부딪치는 게 통할 리 없었다. 멜즈는 어젯밤 뒤척이다가 떠올린 전략을 킷에게 말해 주었다. 그러자 킷이 눈을 동그랗게 뜨더니 푸하핫 너털웃음을 터뜨렸다.

"내가 괜한 걱정을 했군. 이제 진짜 출발해라."

킷의 재촉에 멜즈는 말 위에 앉은 채 킷에게 인사했다.

"그동안 신세 많이 졌습니다. 이 은혜는 잊지 않고 꼭 갚겠습니다."

"그래, 무사히 돌아와서 꼭 갚아라."

킷은 피식 웃으며 멜즈를 배웅해주었다. 그런 킷을 한번 돌아본 멜즈는 동쪽을 향해 말을 재촉했다. 킷은 점점 멀어지는 멜즈를 한동안 바라보다가 약방으로 돌아갔다. 언젠가 좋은 소식이 들려오기를 기대하면서.

* * *

시탈로프 숲 안은 연일 축제 분위기로 들썩이고 있었다. 만약 알리페르들에게 축제가 있다면 이런 모양새일 터였다. 작년 여름, 온순했던 마을 여자들이 반기를 든 날 이후로 무수히 많은 알리페르들이 살해당하거나 자살했다.

그 이후로 성의 분위기는 다소 침체되어 있었지만, 올해 초 왕이 왕위 계승전을 선포하면서 언제 그랬냐는 듯 다들 들뜬 얼굴로 계승전을 준비하고 있었다. 야망이 있는 알리페르들은 왕이 될 기회에 기꺼워했고 왕좌에 관심이 없는 알리페르들은 유망한 신예를 슬레이브로 거두기 위해 숲으로 몰려들었다. 아직 왕위 계승전이 시작되지 않았건만, 성은 이미 온갖 알리페르들로 북적이고 있었다.

왕위 계승전은 왕이 기거하는 성과 조금 떨어진 원형 경기장에서 치러졌다. 구세계의 콜로세움을 연상케 하는 건축물의 관람석에는 이미 꽤 많은 알리페르들이 자리를 잡고 있었다. 그들은 왕이 제공한 축제의 전야(前夜)를 기껍게 즐기고 있었다.

"하응, 앗, 흐읏……! 그, 그만……! 아앗……!"

"흐으, 시, 싫어……. 읏, 아앗……! 흐윽, 윽, 윽……!"

계승전을 관람하러 온 알리페르들에게는 헥사비스 근처에서 납치해 온 인간들이 제공되었다. 작년에 여러 가지 이유로 성의 알리페르들이 죽어서인지 왕은 인간과 교미하는 것을 알리페르들에게 적극 권장했다. 하지만 죽이는 것과 먹는 것은 허락하지 않았다. 누구보다도 인간을 탐식했던 왕의 예전 태도와는 사뭇 달랐지만, 알리페르들은 아무래도 좋았다. 인간의 육신은 알리페르에 비해 부드러웠고 따뜻한 내부 역시 성기를 기분 좋게 감쌌기 때문이다.

알리페르들은 사지가 결박된 인간들을 걸신 들린 듯 탐했다. 그에 인간들은 눈을 까뒤집으며 뒤로 주어지는 열락에 괴로워했지만, 알리페르들은 그 퍼덕임조차 사랑스러워 인간들을 놓지 못했다. 그렇게 비명과 신음으로 가득한 축계(畜界)의 한가운데서 왕위 계승전은 시작되었다.

원형 경기장의 왕좌에 앉은 알리페르의 왕, 렉사의 품에도 인간 남자가 안겨 있었다. 몹시 마르고 여윈 남자는 금방까지 있었던 정사의 흔적을 고스란히 드러낸 채 렉사의 가슴에 머리를 기대고 있었다. 다른 인간들과 달리 손발이 묶여 있지 않았지만, 남자는 도망칠 기색조차 보이지 않았다. 인형처럼 얌전하기 짝이 없었다. 렉사는 남자의 갈색 머리를 조심스럽게 쓰다듬으며 말했다.

"이사나, 오늘은 기분이 좀 어때?"

"……."

"평소와 다르게 조금 소란스럽지? 하지만 참아 줘. 항상 방 안에만 있으면 그것도 그것대로 좋지 않댔거든."

아이에게 하듯 상냥하게 말했지만, 언제나 그렇듯 이사나에게선 대답이 없었다. 렉사는 그런 이사나를 끌어안으며 비밀 얘기를 하듯 작게 속삭였다.

"네가 이렇게 되고 생각을 많이 해 봤어. 네가 왜 이런 일을 겪어야 했을까 하고 말이야. 그래, 사실 말할 것도 없이 내 잘못이지. 네가 얼마나 많이 양보해 줬는지 전혀 알아차리지 못하고 어리석게 군 내 잘못이지. 하지만 과연 내 잘못만 있었을까? 너를 내게 떠민 자들에게는 아무 잘못이 없었던 걸까?"

"……."

"너는 그들을, 인간들을 보호하려 했지만, 그들은 오히려 네 연인을 무참하게 살해했지. 왜 네가 그런 일을 겪지 않으면 안 되는 거지? 네가 넥시움이라서? 천만에, 네 탓이 아니야. 그들은 그저 고마움을 몰랐던 것뿐이야. 내가 그랬던 것처럼."

렉사는 이사나의 관자놀이에 키스하며 말했다.

"그래서 내가 알려 주려고 해. 네가 얼마나 고마운 사람이었는지. 너는 마음이 약해서 이런 걸 못할 거잖아? 그러니 내가 할게. 솔직히 말해 나는 불공평하다고 생각해. 너는 이렇게 되었는데 저들만 멀쩡하다니……. 이상하잖아? 말이 안 되잖아? 안 그래?"

"……."

"네가 많이 화내지 않았으면 좋겠어, 이사나."

렉사는 이사나를 꽉 끌어안은 채 원형 경기장 아래를 내려다보았다. 이사나를 위한 복수는 이제부터 시작이었다. 이사나가 깨어날 때까지, 그가 다시 말을 걸어 줄 때까지 계획했던 모든 일을 끝낼 작정이었다.

그게 자신이 왕으로 있는 이유였다.

껍질 밖 (4)

어스름이 내린 텅 빈 도시로 말을 탄 누군가가 다가왔다. 꽤 급한 여정이었는지 뒤집어 쓴 후드 위로 흙먼지가 한가득이었다. 남자는 콜로니 안으로 들어서자마자 말에서 내렸다.

후드를 걷자, 그 안에서 놀랍도록 아름다운 얼굴과 휘황찬란한 금발이 드러났다. 남자는, 멜즈는 어두워진 콜로니 안을 잠시 둘러보다가 급히 어디론가 향했다.

연구동으로 들어간 멜즈는 '제1 기술팀'이란 팻말이 붙은 방을 지나 '관계자 외 출입 금지' 구역으로 들어갔다. 멜즈는 그 안에서 먼지가 뽀얗게 내린 캐비닛과 서랍을 정신없이 뒤졌다. 기억이 맞다면 이곳에 분명 '그것'이 있을 터였다. 서랍을 뒤진 지 얼마 지나지 않아 멜즈는 '그것'을 발견할 수 있었다.

'찾았다……!'

멜즈는 '그것'을 있는 대로 주머니에 털어 넣었다. 그것으로도 모자라 화기를 보관했던 무기고로 향했다. 하지만 화약은 헥사비스 안에서도 귀한 물건이라 그런지 그다지 건질 만한 게 없었다. 멜즈는 챙길 수 있는 만큼 챙긴 뒤 다시 말에 올랐다.

어둠이 내린 콜로니 안을 다시 돌아보았다. 이사나를 만나기 위해, 그의 마음을 얻기 위해 왔던 것에 불과했지만, 좋은 추억이 많이 남겨진 곳이었다. 좋은 사람들도 많이, 잔뜩 만났다. 하지만 그런 황금기는 다시 돌아올 수 없었다.

멜즈는 고개를 돌려 동쪽을 바라보았다. 수많은 병사들이 죽어나갔던 그 숲에 이사나가 있었다.

* * *

왕위 계승전이 시작되었다.

마스터가 없는 알리페르라면 누구나 참여가 가능한 이 대회는 개최가 근 6년 만이었다. 오랜만이어서 그런지 시탈로프 숲은 유례없이 많이 몰려든 도전자들과 관람객들로 북적였다.

토너먼트 방식으로 진행되는 왕위 계승전의 승리 조건은 매우 간단했다. 상대에게 항복을 받거나 시합을 속행할 수 없을 만큼 상해를 입히는 것, 둘뿐이었다.

"승자! 포모로!"

와아아아아!

승자가 정해지자, 관중석의 알리페르들이 떠들썩하게 환호했다.

관중들은 솔직히 누가 이기는지는 별 관심이 없었다. 그것보다는 패자에게 내려지는 잔혹한 형벌에 더 관심이 있었다.

"죽여라! 죽여라!"

"교미해! 교미해!"

관중들은 피를 철철 흘리며 바닥에 쓰러진 알리페르를 향해 광기 어린 고함을 내질렀다. 그러자 승자가 패자 위에 올라타더니 옷을 찢어발기고 뒷구멍에 성기를 거칠게 쑤셔 박았다.

"헉, 헉헉!"

"하앙, 으응, 아응……!"

승자는 패자를 바닥에 짓누른 채 개처럼 범했다. 뒤에서 주어지는 광폭한 감각에 패자는 간헐적으로 몸을 떨었지만, 그렇게 반항하는 기색은 없었다. 오히려 눈이 풀린 채 주어지는 열락에 즐거워하고 있었다.

승자의 슬레이브로 정신이 지배되는 과정에서 벌어지는 현상이었다.

정신 지배는 알리페르 종 특유의 현상으로 한 알리페르가 다른 알리페르에게 강제로 교미를 당하면 행위의 자극으로 뇌내 구성 물질이 변하면서 정신이 종속되는 현상이었다. 세뇌나 정신 감응에 가까운 것으로 인간에게는 발생하지 않는 것이었다. 처음으로 마스터와 정신이 연결된 슬레이브는 아래가 완전히 피투성이가 되었음에도 아픔은커녕 쾌락으로 몸을 떨었다.

자유로웠던 알리페르가 누군가의 소유물로 전락하는 모습은 왕위 계승전이 아니면 보기 힘든 장관이었다. 관중석의 모두가 그 야만스러운 열기에 흥분하며 몸을 떨었다.

마침내 패자가 스스로를 승자의 부속물로 인정하자, 체내 호르몬이 변화하면서 패자의 날개 말미에는 낙인과 같은 반점들이 생겨났다.

승자가 슬레이브를 종속하는 마운팅이 끝나자 드디어 고대하던 다음 차례가 다가왔다.

"드디어! 여러분들이 기다리시던 대결입니다! 다음 승부는! 왕의 자리에 도전하러 온 왕의 후계와 아네브 일가의 수장, 아네브입니다!"

와아아아아아아—!

원형 경기장 안은 순식간에 엄청난 함성으로 가득찼다. 그에 멜즈는 금방까지 앉아 있던 대기석에서 일어나 헤비 블레이드를 들고 경기장으로 향했다. 멜즈가 경기장에 모습을 드러내자, 관중석의 알리페르들은 눈을 번뜩이며 소문의 왕의 후계를 핥듯이 훑어보았다.

190cm에 가까운 큰 키에 서늘하면서도 예쁘장한 얼굴, 금사처럼 포슬한 허니 블론드와 보기 드문 청록색 눈동자까지. 감탄이 절로 나오는 화려한 조합에 모두가 숨을 죽였다. 하지만 그가 하고 있는 행색에 이내 비웃음이 내걸렸다. 하찮은 헥사비스 인간들이나 입는 옷차림에 겁쟁이나 쓸 법한 거대한 대검을 들고 나온 것이다. 관중석의 알리페르들은 킥킥거리며 조소했다.

"이사나 넥시움에게 속아 세뇌당했다는 게 사실이었군."

"저런 꼴로 창피하지도 않나?"

온갖 조롱들이 경기장에 들어선 멜즈에게 내리꽂혔다. 하지만 멜즈의 얼굴에는 조금의 흔들림도 느껴지지 않았다. 그 모습을 왕좌에 앉은 알리페르의 왕, 렉사가 서늘한 눈으로 내려다보고 있었다.

멜즈가 왕위 계승전에 참가하기 위해 성을 찾아왔을 때, 성의 알리페르들은 모두 경악했다. 작년 봄, 이사나 넥시움이 왕의 후계를 데리고 있었다는 게 밝혀진 뒤 왕은 숲의 모든 알리페르들을 이끌고 후계를 빼앗으러 콜로니까지 원정을 갔었다.

그러나 이사나 넥시움은 왕의 계획을 미리 알아채고 그를 죽였다고 말했다. 그런데 죽은 줄 알았던 후계가 탈피까지 마친 채 이곳에 나타났다. 참가자 등록을 하러 온 후계를 보며 모두가 어찌할 바를 모르는데, 소식을 들은 왕이 놀란 듯 잠시 굳어 있다가 이내 노기 띤 얼굴로 명령했다.

'등록시켜.'

왕의 결정이 더욱 의외였다. 이대로 그를 붙잡아 슬레이브로 삼으면 예정했던 헥사비스의 공략이 편해질 텐데 말이다. 하지만 왕은 무슨 생각인지 후계를 다른 알리페르들과 동일하게 계승전에 참전시켰다. 왕도 후계도 무슨 생각인지 알 수 없었다.

성의 알리페르들의 혼란과는 관계없이 멜즈의 데뷔전이 시작되었다. 멜즈는 첫 번째 대전 상대인 아네브를 시퍼런 눈으로 쏘아보는데, 아네브가 오만한 눈으로 멜즈를 바라보며 말했다.

"탈피한지 얼마 되지도 않은 애송이가 슬레이브가 백이나 되는 나와 겨룰 생각을 하다니, 건방지구나."

"……."

"지금이라도 항복한다면 특별히 아프지 않게 내 권속으로 삼아주도록 하지."

아네브의 눈은 정염과 소유욕으로 들끓고 있었다. 그에 아랑곳없이 멜즈는 검집에서 헤비 블레이드를 꺼내며 말했다.

"너 같이 허접한 알리페르에게 슬레이브가 백 마리나 있다니 이곳 알리페르들 수준을 알 만하군.”

“뭐, 뭐야?!”

“닥치고 덤벼. 시간 아까우니까.”

멜즈의 서늘한 빈정거림에 아네브는 참지 못하고 달려들었다. 일격을 맞부딪친 순간, 멜즈는 아네브의 힘에 못 이겨 뒤로 밀려났다. 말로는 그를 깎아내렸지만, 과연 운으로 슬레이브를 백이나 거둔 건 아닌 모양이다.

이사나의 헤비 블레이드를 알리페르와 대적할 무기로 가지고 나왔지만, 멜즈는 사실 헤비 블레이드를 사용해 본 적이 없었다. 고작해야 이사나가 다른 부대원들과 대련하는 모습을 봤을 뿐이었다.

하지만 멜즈에게는 뛰어난 기억력이 있었다. 유추에 가까운 어렴풋한 잔상이 아닌, 사진기로 찍어 내듯 세세한 동작 하나 하나를 전부 머릿속에서 불러올 수 있었다.

원래부터 무기 다루는 센스가 좋았던 멜즈는 얼마 지나지 않아 이사나의 검술을 카피할 수 있었다. 이사나처럼 극도로 정교한 기술은 불가능했지만, 알리페르 특유의 근력으로 커버하면 그럭저럭 비슷한 흉내는 낼 수 있었다.

사실 헤비 블레이드로 알리페르를 상대하는 건 멜즈에게 그다지 효율적이지 못한 행동이었다. 하지만 멜즈는 인간으로 남고 싶었다. 비록 몸뚱이는 알리페르가 되었지만, 자신은 뼛속까지 긍지 높은 제국인이었다. 그렇기에 결코 저들처럼 야만스럽게 굴고 싶지 않았다.

멜즈는 계속해서 밀어닥치는 아네브의 공격에 헤비 블레이드를 들어 이리저리 방어하다가 공격을 슬쩍 옆으로 흘려보냈다. 한순간 중심을 잃은 아네브가 당황하는 사이 멜즈가 아네브의 다리를 걸어

차자, 아네브는 고꾸라졌다. 멜즈는 곧장 헤비 블레이드를 내리꽂았지만, 아네브가 황급히 날갯짓을 해 멜즈에게서 멀어졌다.

"씨발……!"

아네브는 거칠게 욕설을 내뱉었다. 몇 수 나누어 보지 않았지만 왕의 후계가 강하다는 게 본능적으로 느껴졌다. 이제 막 탈피한 애송이인데, 싸우는 기술은 결코 애송이의 것이 아니었다. 그러다 겨우 기억해 냈다. 저놈은 이사나 넥시움이 기른 놈이라는 것을. 그러자 놈의 모습이 조금 달리 보였다. 예쁘장한 얼굴도 무식하게 크기만 한 대검도 공포스럽게 느껴졌다. 아네브는 땅을 박차고 날아올랐다.

공중에서의 싸움은 여흥을 깨기 때문에 날개를 사용하면 질타를 받았지만, 새파란 애송이에게 지는 꼴을 보이고 싶진 않았다. 아네브는 태양을 등지고 허공에 멈춰 섰다. 대검을 들고 있는 이상 날기 거추장스러울 터였다. 아네브는 멜즈가 날아오르기 전에 끝장 낼 생각으로 쏘듯이 지상 위에 있는 멜즈를 향해 달려들었다. 그리고.

"컥—!"

헤비 블레이드의 검면에 정통으로 맞은 아네브는 단말마를 내뱉으며 바닥에 내동댕이쳐졌다. 지독한 통증에 헐떡이다가 일어서지 못하자, 심판이 승자를 선언했다.

"승자! 멜즈!"

와아아아아—!

승자가 결정되자 관중석은 떠나갈 듯 환호성을 내질렀다. 멜즈는 거친 숨을 헐떡이며 바닥에 쓰러진 아네브를 내려다보았다. 아네브의 외골격은 멜즈가 후려친 면을 따라 쪼개져 있었다. 멜즈는 자신의 손을 내려다보았다. 이럴 때는 어쩔 수 없이 자신이 탈피했다는 걸 느꼈다. 승자도 정해졌겠다 멜즈는 이제 그만 경기장을 벗어나려는데, 관중석에서 소리 질렀다.

"죽여라! 죽여라! 죽여라!"

"교미해! 교미해! 교미해!"

알리페르들은 다른 경기와 비교도 되지 않을 정도로 흥분해 멜즈에게 형벌을 강요했다. 어리고 아름다운 왕의 후계가 패자를 잔인하게 살육하는 것도 천박하게 허리를 들썩이는 것도 관중들에겐 여흥일 뿐이었다. 그 야만적인 외침과 천박한 관음에 멜즈는 절로 눈살이 찌푸려졌다.

이게 바로 킷이 말한 벌레들의 세계였다. 인간에 가까운 멜즈는 결코 견딜 수 없을 거라 확언한 세계였다.

하지만 멜즈는 이 세계에 굳이 자신을 끼워 맞출 생각이 없었다. 멜즈는 헤비 블레이드를 들고 기절한 아네브에게 다가갔다. 그리고 아네브의 날개를 두 동강 냈다.

"헉……!"

"어떻게 저런 짓을……!"

멜즈가 하는 행동에 관중석의 알리페르들이 경악했다. 날개는 알리페르들에게 있어서 무엇과도 바꿀 수 없는 명예이자 자랑이었다. 날개가 잘린다는 건 이 세계에서 추방당하는 것과 같았다. 멜즈는 얼어붙은 관중석을 향해 또박또박 말했다.

"나는 너희들이 말하는 것처럼 인간으로서 자라났다. 그렇기에 너희들이 패자를 대하는 방식이 마음에 들지 않는다. 패자의 삶이 승자의 전리품이 된다니…… 그런 건 납득할 수도 납득하고 싶지도 않다!"

멜즈의 서슬 퍼런 외침에 관중석은 웅성거렸다. 그에 아랑곳하지 않고 멜즈는 계속해서 말했다.

"나는 패자를 죽이고 싶지도, 슬레이브로 삼고 싶지도 않다. 그렇기에 나는 앞으로도 너희가 강요하는 것처럼 패자를 대하지 않을 것이다. 오직 날개만 빼앗아 그들을 자유롭고 고독하게 할 것이다."

멜즈의 선언에 관중석의 알리페르들이 웅성거렸다. 아니 왜 슬레이브를 거두지 않는다는 건지 이해할 수 없었다. 슬레이브는 많이 거두면 많이 거둘수록 좋은 것이었다.

관중석의 알리페르들은 혼란에 찬 눈으로 승자의 권리를 행사하는 멜즈를 내려다보았다. 패자에게 삶의 권리가 없다는 건 당연했다. 그게 왕위 계승전의, 알리페르의 규칙이었다.

몇몇은 오랜 규칙을 거부한 멜즈를 멸시했고 몇몇은 여전히 당혹스러운 얼굴로 생각지도 못한 선택을 한 멜즈를 바라보았다. 후계는 전형적인 알리페르였던 왕과 똑같이 생겼지만 무척 극단적이고 이질적인 존재였다.

관중석의 알리페르들이 혼란스러워 하든 말든 멜즈는 그들을 내버려둔 채 단호히 경기장을 떠났다. 그러다 뒤를 돌아보았다. 저 멀리, 왕좌에 앉아 있던 알리페르와 눈이 마주쳤다.

알리페르의 왕 렉사.

높은 곳에서 자신을 내려다보는 흑발의 알리페르를 노려보며 멜즈는 증오를 불태웠다. 지나치게 닮은 외양은 그와 자신이 혈연관계임을 부정할 수 없게 했다. 모든 일의 원흉인 그가 바로 저곳에 있었다. 이 사나를 괴롭히고 고통스럽게 한 괴물이, 바로 저곳에……!

하지만 멜즈는 이를 악물며 다시 경기장 밖으로 나갔다.

아직은 때가 아니었다. 아직은.

이사나를 구하기 위해서는 분노에 몸을 맡겨서는 안 되었다. 침착하고 냉정해져야 했다. 멜즈는 이를 악물며 들끓는 살의를 참고 또 참았다.

* * *

한 달여에 걸쳐 진행된 대전 끝에 왕위 계승전의 우승자가 결정되었다.

우승자는 왕의 후계인 멜즈였다.

어찌 보면 당연한 결과였다. 멜즈는 역대 왕 중 가장 강하다고 알려진 렉사의 후계인 데다 충과는 이사나 넥시움이었다. 소질이 없을래야 없을 수가 없었다. 초반에는 경험이 부족해 종종 위기에 몰렸지만, 후반부로 갈수록 그런 일은 없어졌다. 오히려 압도적인 실력차를 보이며 상대편 알리페르를 모조리 꺾어 나갔다.

어쩌면 왕을 꺾을지도 모른다.

지금의 왕 역시 젊었지만, 그가 왕위에 오른 지 벌써 10년이었다. 평화에 찌들대로 찌들어 모두를 공포에 떨게 했던 그 무력이 어쩌면 녹슬었을지도 몰랐다. 사실 이번 왕의 치세가 길어 알리페르들은 내색하지 않았지만 지루함을 느끼고 있었다. 책을 모으는 것 외에는 마땅한 관심사가 없는 탓에 그동안 큰 싸움 없이 평화롭긴 했지만, 그게 어느 때는 무기력하게 느껴질 때가 있었다.

그런 와중에 나타난 게 왕의 후계, 멜즈였다. 왕과 똑같은 얼굴을 하고 있었지만, 권태가 느껴지는 왕과 달리 그에게선 어린것 특유의 필사적임이 느껴졌다. 게다가 그가 계승전에 참전한 이유 역시 기구하기 짝이 없었다. 저를 속이고 인간으로 키운 충과, 이사나 넥시움을 구하기 위해서라니.

어리석고 미련하기까지 한 그의 목적에 처음에는 모두가 멜즈를 비웃었다. 하지만 어떠한 조롱에도 흔들림 없이 자신의 충과를 되찾기 위해 아등바등하는 그를 지켜보며 알리페르들은 어느새 그에게 감화되었다. 어리석게도 인간인 충과를 사랑해 인간의 흉내를 내며 필사적인 멜즈를 응원하게 되었다. 어리고 아름다운 후계가 왕을 이기고 충과를 되찾게 되기를 함께 바라게 되었다.

와아아—!

원형 경기장 안으로 멜즈가 모습을 드러내자, 관중석의 알리페르들이 떠들썩하게 함성을 내질렀다. 드디어, 후계와 왕의 대결이었다. 내심 후계의 승리를 바라는 알리페르들은 조마조마한 얼굴로 후계를 내려다보았다.

후계는, 멜즈는 인간의 규칙에 얽매여 있었다. 그랬기에 지더라도 결코 왕에게 굴복하지 않을 터였다. 죽거나 왕이 되어 충과를 되찾거나. 그에게 남겨진 길은 이 두 가지뿐이었다. 멜즈는 알리페르들의 열광적인 환호를 받으며 경기장 중앙으로 향하는데, 반대쪽 대기실에서 드디어 이번 싸움 상대가 나타났다.

새카만 머리카락에 깊게 가라앉은 푸른 눈동자.

렉사였다. 그가 경기장에 나타나자 멜즈는 살기등등한 눈으로 그를 노려보았다. 이사나의 몸을 유린하고 납치까지 한 괴물. 하지만 그는 보면 볼수록 자신과 너무 닮아 있었다. 그게 멜즈는 싫다 못해 스스로가 경멸스러워졌다. 거울을 볼 때마다 얼굴을 도려내고 싶을 정도였다. 그런 멜즈의 마음과는 관계없이 렉사는 고요한 눈으로 멜즈를 바라보았다. 그러다 피식 웃으며 말했다.

"가까이서 보니 확실히 많이 닮긴 했군. 눈이 갈 만해."

"......?"

뭐가 뭔지 모를 말에 멜즈는 미간을 구기는데, 렉사가 여전히 무슨 생각인지 모를 얼굴로 멜즈에게 말했다.

"네가 치른 경기는 잘 봤다. 패자를 슬레이브로 삼지도, 죽이지도 않고 날개만 자른다니...... 듣도 보도 못한 형벌이야. 어떤 의미에선 그 둘보다 더 잔인해."

"네 감상이 어떻든 난 그저 그들을 슬레이브로 삼는 것도 죽이는 것도 내키지 않았을 뿐이다. 그럴 이유가 없으니까. 하지만 네놈은 다르다."

멜즈는 검집에서 헤비 블레이드를 꺼내 렉사에게 겨누며 으르렁거렸다.

"이사나는 어디에 있지?"

"정말 이사나 넥시움을 찾으러 온 건가? 그런 것치고는 꽤 늦게 찾아온 것 같은데?"

이제 와서? 그렇게 말하는 듯한 렉사의 얼굴에 멜즈는 사납게 렉사를 쏘아보았다. 확실히 멜즈가 늦긴 했다. 붙잡혀 간 지 1년이 다 된 지금에서야 찾으러 오다니. 하지만 아무리 생각해도 이사나를 구하기 위해 이 이상 시간을 단축시킬 수 없었다. 탈피를 하지 않았다면 성충인 이들을 이길 가망조차 없었을 테니까.

하지만 힐난하는 듯한 렉사의 말투가 멜즈의 화를 돋우었다. 자기가 뭔데 비난하는 거냔 말이다. 이사나를 납치한 장본인인 주제에!

멜즈가 대답 없이 쏘아보기만 하자, 렉사는 여전히 속내를 알 수 없는 얼굴로 웃으며 말했다.

"인간들에게 살해당한 걸로 알고 있었는데, 용케 무사했군. 어떻게 살아 있었지?"

"지금 쓸데없는 수다나 떨려고 여기 나온 건가? 닥치고 이사나가 어디 있는지나 말해!"

초조함이 엿보이는 멜즈의 다그침에 렉사는 웃음인지 비웃음인지 모를 묘한 미소를 띤 채 말했다.

"내 방에 있다. 낮잠 잘 시간이라 아기처럼 자고 있지."

렉사의 말에 멜즈의 눈에서 불똥이 튀었다. 지금 조롱하는 건가? 헥사비스의 하나뿐인 황자이자, 제국군 총사령관인 그를? 그러다 멜즈는 렉사가 이사나를 숙주로 만들기 위해 잡아갔다는 걸 떠올렸다. 어쩌면 방금까지도 이 빌어먹을 벌레 놈이 이사나를 유린했을지도 몰랐다. 눈앞이 시뻘게지는 화증을 간신히 눌러 참으며 멜즈는 렉사에게 선언했다.

"너를 죽이고 내 연인을 돌려받겠다."

"기대하지. 이사나 넥시움이 목숨 바쳐 지키려 했던 놈이 얼마나 대단한지."

말이 끝남과 동시에 멜즈가 먼저 렉사에게 달려들었다. 공격이야말로 최고의 방어였다. 세월이 흘렀다고 해도 렉사는 역대 최강의 알리페르로 회자되는 놈이었다. 무언가를 할 틈을 주어서는 안 되었다. 멜즈가 헤비 블레이드를 내려치자, 렉사는 당연하다는 듯 옆으로 회피했다.

처음 일격이 먹히지 않을 거란 걸 알았기에 멜즈는 당황하지 않고 대검을 횡으로 가르며 계속해서 공격했다. 그러자 렉사는 외골격이 뒤덮인 손등으로 검면을 후려치며 공격을 흘러 넘겼다. 유려하다 싶을 정도로 효율적인 움직임에 멜즈는 물론, 관중석의 알리페르들 역시 놀라움을 감추지 못했다. 멜즈는 끊임없이 검을 휘두르면서도 좀처럼 렉사에게 빈틈이 생겨나지 않아 초조해하는데, 방어만 하던 렉사가 지루한 얼굴로 말했다.

"경기를 지켜봐서 알고는 있었지만 생각보다 훨씬 형편없군."

"뭐야?!"

"실망스러워, 이딴 게 이사나 넥시움의 연인이라니."

짜증 섞인 어조로 내뱉은 렉사는 대뜸 멜즈의 검격 안으로 파고들더니 멜즈의 턱에 주먹을 날렸다. 당황한 멜즈가 간신히 회피하자, 렉사는 바로 멜즈의 명치를 걷어찼다.

"큭……!"

팔을 들어 간신히 공격을 막아 내기는 했지만, 외골격에서 우드득 소리가 날 정도로 엄청난 킥이었다. 딱 한 번 공격을 받아 보았지만, 멜즈는 본능적으로 느꼈다. 렉사는 괴물이었다. 모두가 말한 것처럼 이제껏 상대한 알리페르들과는 궤가 다른 놈이었다.

예상을 훌쩍 웃도는 렉사의 전력에 멜즈가 동요하는 사이, 주도권이 렉사에게 넘어가면서 공격이 계속되었다. 눈이 제대로 따라가지 못할 정도로 빠른 속공에 수없이 얻어맞은 뒤 멜즈는 멀리 내동댕이쳐졌다. 일격 하나하나가 무서울 정도로 묵직했다.

온몸이 욱신거리는 걸 참고 간신히 다시 자리에서 일어난 멜즈는 입 안에 고인 핏물을 바닥에 퉤, 내뱉었다. 그리고 대검을 치켜든 채 렉사를 노려보자, 그런 멜즈를 렉사가 고요한 눈으로 바라보며 말했다.

"인간으로 자랐기에 알리페르의 방식이 싫다고 했던가? 그래서 그 커다란 검을 버리지 못하는 건지 모르겠지만, 그건 단순히 네 아집일 뿐이다. 인간과 알리페르는 다르다. 단단한 외골격과 날개가 있는 우리와 달리 인간은 아무것도 없기에 무기를 들 수밖에 없는 것이다. 그 거추장스러운 것은 가지고 있어봐야 움직임을 둔하게 할 뿐이다. 계승전을 모욕할 생각이 아니라면 무기를 버려라."

"닥쳐! 잔말 말고 덤비기나 해! 이 빌어먹을 벌레 놈아!"

렉사의 지적에 멜즈는 발끈하며 사납게 일갈했다. 사실 멜즈도 알고 있었다. 손에 든 헤비 블레이드가 실이 되면 실이 되었지 득이 되지 않는다는 것을.

알리페르의 날개는 비행 외에도 몸을 민첩하게 하는 역할을 했다. 그런데 그 장점을 헤비 블레이드의 무게가 모조리 깎아 먹는 셈이다. 그걸 알고 있으면서도 멜즈는 날카로운 손톱 대신 무기를 선택했다.

이제까지는 어찌어찌 해낼 수 있었다. 그 때문에 끝까지 이 검으로 이사나를 구해낼 수 있을 거라 생각했다.

하지만 아니었다. 이사나조차 이기지 못했다는 상대는 상상 이상의 괴물이었다. 멜즈는 이를 악물며 품 안에 숨겨 둔 것을 상기했다. 역시 그 수밖에 방법이 없었다. 멜즈는 짙은 패배감을 느끼며 뇌까리는데, 렉사가 경멸이 느껴지는 얼굴로 내뱉었다.

"멍청한 놈."

"……!"

그 말과 동시에 렉사가 엄청나게 빠른 속도로 멜즈에게 달려들었다.

치르르릇—!

허공을 가르는 날개음이 찢어질 듯 귓가에 울렸다. 이제까지 봐준 것이었다는 듯 똑같은 알리페르라는 게 믿기 힘들 정도로 움직임이 민첩하고 변칙적이었다. 멜즈는 헤비 블레이드를 들어 렉사의 공격을 막으려 애를 썼지만 둔중한 헤비 블레이드는 렉사의 말대로 멜즈에게 짐이 되었다. 결국 전부 막아 내지 못한 멜즈는 또다시 렉사에게 실컷 얻어터진 채 바닥을 굴렀다.

"우욱—!"

왈칵 역류한 핏물이 경기장 바닥을 흠뻑 적셨다. 멜즈는 그대로 엎어진 채 두어 번 더 피를 토했다. 온몸이 후들거리고 죽을 것 같았지만, 멜즈는 끈질기게 다시 자리에서 일어났다. 벌게진 입가를 손등으로 슥슥 닦는데, 조금 떨어진 곳에서 렉사가 자신을 바라보고 있는 게 보였다.

끝장을 낼 아주 좋은 기회였을 텐데도 렉사는 굳이 자신이 일어날 때까지 공격하지 않고 기다렸다. 그 모습을 보며 멜즈는 본능적으로 깨달았다. 놈은 자신을 가지고 놀고 있었다. 결코 승부를 쉽게 낼 생각이 없는 것이다. 하, 나야말로 바라는 바다. 멜즈는 이를 악물며 렉사를 노려보는데, 렉사가 다시 물었다.

"무기를 버리지 않는 이유가 도대체 뭐지?"

"……시답잖은 소리 말고 어서 덤비기나……!"

"이사나 넥시움 때문인가?"

"……?"

뜬금없는 이사나 얘기에 멜즈는 무슨 소리냐는 듯 미간을 찌푸렸다. 그러자 렉사가 여전히 표정을 알 수 없는 얼굴로 멜즈에게 물었다.

"이사나 넥시움이 알리페르인 너를 싫어하고 부정해서 인간임에 집착하는 거냐고 물었다."

어처구니없는 말에 멜즈는 렉사를 바라보았다. 도대체 무슨 의도로 묻는 것인지 알 수 없었다. 똑같은 얼굴인데도 희한하게 속마음을 알기 힘들었다. 아니다, 알게 뭔가. 저놈의 생각 따위. 멜즈는 적대적인 눈빛으로 렉사를 쏘아보며 말했다.

"무기를 버리지 않는 건 이사나와 관계없다. 그냥 다른 알리페르들처럼 맨손으로 싸우기 싫어서다. 그리고 이사나는 겉모습으로 누군가를 판단하는 치졸한 사람이 아니야!"

"……."

"이사나는 내가 무엇이든, 나로 인해 어떤 일이 벌어지든 나를 좋아하고 사랑할 거라고 말했다. 그는 내가 알리페르인 걸 알면서도 연인이 되어 주었어!"

"……."

"다시는 그딴 허접한 짐작으로 이사나를 깎아내리지 마! 너 같은 건 발끝에도 못 따라올 정도로 그는 훌륭한 사람이야!"

멜즈는 자신이 모욕당한 것처럼 펄펄 뛰며 렉사에게 쏘아붙였다. 그에 렉사는 시커멓게 가라앉은 눈으로 멜즈를 바라보았다. 말도 안 되는 얘기지만, 렉사의 눈빛에서 음울하고 부정적인 감정이 느껴졌다. 마치.

열등감처럼 말이다.

열등감? 알리페르의 왕인 저놈이 열등감이라니……? 멜즈는 이내 자신이 본 것을 부정했다. 말도 안 되는 일이었다. 이 상황에서 그가 열등감을 느낄 이유가 뭐가 있냔 말이다.

멜즈는 상념에서 벗어나 다시 헤비 블레이드를 치켜들었다. 압도적인 무력의 차이가 느껴졌지만, 결코 포기할 생각은 없었다. 자신의 목적은 렉사를 이기는 게 아니었다. 이사나를 구하는 것이었다. 그러니 얼마든지 무너져도 된다. 얼마든지 다쳐도 상관없었다. 사랑하는 연인만 구할 수 있다면 이까짓 고통쯤은 아무것도 아니었다.

멜즈가 형형하게 눈을 치켜뜬 채 또다시 렉사에게 달려들자, 렉사는 짜증이 서린 얼굴로 중얼거렸다.

"멍청한 데다 끈질기기까지 한 놈을……!"

챙—!

맞부딪친 일격에서 날카로운 금속성이 울려 퍼졌다. 멜즈는 이미 꽤 많은 부상을 입은 탓에 몸이 마음처럼 움직이지 않았다. 하지만 렉사의 말처럼 끈질기다 싶을 정도로 렉사를 공격하며 기회를 엿보았다. 수없이 얻어맞고 걷어차여도 결코 포기하지 않았다. 조금만 더, 조금만……!

멜즈의 끈질김에 머리끝까지 화가 난 렉사는 화풀이를 하듯 멜즈를 마구 두들겨 패기 시작했다. 그런 렉사가 눈치채지 못하게 멜즈는 조심히 렉사를 원형 경기장의 구석으로 유도했다. 그리고 적당한 곳에 왔다는 판단이 들자마자 발목에 감아 둔 것을 꺼내 바닥에 집어던졌다.

펑—!

섬광탄이 터지면서 굉음과 함께 경기장 안은 엄청난 빛에 휩싸였다. 렉사가 당황한 사이, 멜즈는 헤비 블레이드를 집어던져 렉사를 구석으로 몰았다. 경기장의 벽과 몸이 부딪친 렉사가 균형을 잃고 휘청거리자, 멜즈는 품 안에서 펜 타입 주사기를 꺼내 렉사에게 달려들었다.

"윽—!"

갑작스런 기습에 렉사는 놀란 얼굴로 멜즈를 뿌리쳤다. 호되게 밀쳐진 멜즈는 짚단인형처럼 힘없이 내동그라졌지만, 히죽 웃었다. 성공했다. 알리페르에게 극약인 '포폴린'을 렉사에게 주입했다. 그것도 일반적인 포폴린이 아니었다. 열 배로 농축시킨 고농도 포폴린이었다.

멜즈는 온몸이 부러질 듯 아파 옴에도 몸을 일으켜 가슴을 움켜쥔 채 주저앉는 렉사를 바라보았다. 렉사가 찔린 곳은 무려 심장 근처였다. 약효가 돌면 렉사는 곧 심독성으로 사망할 터였다. 멜즈는 이 사나를 구했다는 안도감에 그제야 마음을 놓는데, 가슴을 움켜쥐고 있던 렉사가 고개를 들어 멜즈를 쏘아보았다. 하지만 그의 눈빛에는 죽음에 대한 불안이나 공포는 터럭만큼도 느껴지지 않았다. 오히려 말로 표현할 수 없는 무시무시한 살의가 느껴졌다. 뭔가 잘못됐다. 그걸 깨달았을 때는 이미 늦은 뒤였다.

"으아아아악!"

거센 바람이 밀어닥침과 동시에 왼쪽 정강이로 엄청난 고통이 느껴졌다. 그걸 어찌 수습하기도 전에 렉사가 이번엔 오른쪽 어깨를 공격했다. 간신히 몸을 굴려 피했지만, 다음에 노려진 건 오른팔이었다.

"크윽……!"

한쪽 다리와 팔이 부러진 멜즈는 기듯이 렉사와의 거리를 벌렸다. 머릿속은 온통 혼란뿐이었다.

지? 왜 포폴린이 효과가 없었지? 농축시킨 포폴린은 시험지로 전부 검사해 효능을 확인했었다. 하지만 렉사는 일반적인 포폴린 농도의 열 배가 넘는 포폴린을 주입당하고도 멀쩡했다. 최후의 수단까지 모두 바닥 나 버린 멜즈는 얼굴을 일그러뜨렸다. 팔다리가 부러진 지금, 도저히 놈을 이길 수 있을 거란 생각이 들지 않았다. 멜즈는 절망하는데, 렉사가 피투성이가 된 그를 내려다보며 서늘하게 말했다.

"아까는 놀랐어. 설마 이런 잔재주에 또 속아 넘어갈 줄은 몰랐거든."

'또?'

렉사가 무슨 말을 하는 건지 몰라 멜즈는 어리둥절해했다. 그런 멜즈를 내려다보며 렉사는 가슴에서 펜 타입 주사기를 뽑았다. 그리고 그것을 발로 짓이기며 말했다.

"하지만 네 덕에 명확하게 알 수 있었다. 원래 이 공격이 이렇게 기분이 더러워야 정상이라는 것을."

낮게 으르렁대는 그의 말투에는 숨길 수 없는 불쾌감이 느껴졌다. 아까까지만 해도 유희를 즐기는 것에 가까웠던 렉사의 분위기가 일변했다. 금방이라도 죽여 버릴 듯한 엄청난 살의가 느껴졌다. 멜즈는 온몸을 덜덜 떨며 렉사를 노려보는데, 그런 멜즈를 한참 동안 살기등등한 눈으로 내려다보던 렉사가 뜬금없는 제안을 해 왔다.

"내 슬레이브가 되어라. 그러면 죽이진 않도록 하지."

렉사의 말에 멜즈는 오히려 렉사의 의도를 알 수 없게 되어 버렸다. 당장이라도 죽여 버리고 싶은 걸 간신히 참는 얼굴로 놈은 얼토당토않은 제안을 하고 있었다. 하지만 생각할 여지조차 없었다. 멜즈는 단호히 말했다.

"거절한다. 차라리 죽여라."

"승부에서 패배한 이상, 네놈을 죽이든 슬레이브로 거두든 그건 내 마음이다. 애초부터 선택권이 없어. 다만."

렉사는 여전히 짜증을 숨기지 못하는 얼굴로 말했다.

"네놈이 인간의 방식을 원하니 네놈의 동의를 들어야겠다."

"무슨 헛짓거리인지 모르지만 죽으면 죽었지 네놈의 슬레이브가 될 생각은 없다."

멜즈의 단호한 거절에 렉사는 그럴 줄 알았다는 듯 픽 웃었다. 이제는 진짜 죽여 주려나 생각하는데, 렉사가 의외의 말을 꺼냈다.

"슬레이브가 되면 이사나 넥시움을 볼 수 있게 해 주지."

"뭐……?"

"애초부터 그와 만나기 위해 왕위 계승전에 참전한 게 아니었나? 네 소원대로 그를 만날 수 있게 해 주지. 단, 내 슬레이브가 되어야 한다. 네 스스로의 의지로."

렉사의 말에 멜즈는 참혹하게 얼굴을 일그러뜨렸다. 이사나를 만나고 싶으면 슬레이브가 되라고? 나 스스로의, 의지로? 말도 안 되는 소리였다. 어떻게 여기까지 왔는데 이제 와서 인간임을 스스로 포기하란 말인가. 계승전에서 져 슬레이브가 된 알리페르들을 볼 때마다 멜즈는 콜로니 침공 때가 생각났다. 어떠한 의지도 없이 자기 중력장 배리어에 몸을 부딪쳐 새카맣게 타 죽은 수많은 알리페르들. 싫었다. 절대로 그렇게 되고 싶지 않았다.

하지만…….

'난 네가 무엇이든 상관없어. 너로 인해 내게 어떤 일이 생겨도 그건 전부 네 탓이 아니야. 그것과는 상관없이 나는 여전히 널 좋아해. 사랑해. 세상에 너보다 더 사랑한 사람은 없었어. 내겐 너와 함께 했던 시간들만이 찬란하게 빛났어.'

'멜즈, 제발 내 말을 들어 줘……!'

'거짓말이었어, 아까 했던 말들. 전부, 네가 헥사비스로 돌아가지 않을까 봐 한 거짓말이었어. 네가 여기 있으면 신경 쓰여서, 그래서 제대로 싸우지 못할까 봐 그런 거였어. 넌 알리페르가 아니고 난 숙주가 된 적이 없어.'

한 번만 더 그를 만나고 싶다. 얼마나 이기적이고 어린애 같은 바람인지 알지만, 그래도 한번만 더 그를 만나 그에게 사과하고 싶다. 이제 어른이 되었으니 연인이 되었으니, 무거운 짐을 함께 나눠 들자고 말했던 주제에, 자신이 알리페르였다는 것 하나 감당하지 못해 또다시 그의 상냥함에 기댈 수밖에 없었다. 또다시 그가 거짓말을 하게 했다. 그는 분명 감당할 수 있을 줄 알고 그 말을 꺼냈을 텐데 자신은 어린아이처럼 회피하며 오히려 그를 비난했다. 그날로 돌아갈 수 있다면, 수백 번 수천 번 미안하다고 말할 텐데…….

그러니 이제 더 이상 이사나의 뒤에 숨어 있어서는 안 되었다. 이사나의 상냥함에 기대어서도 안 되었다. 멜즈는 분노와 치욕으로 몸을 떨며 렉사를 노려보았다. 한참을 망설인 끝에 멜즈는 결국 렉사에게 굴복했다.

"……네 슬레이브가 되겠다."

멜즈의 말에 렉사는 만신창이가 된 멜즈를 오만한 눈으로 내려다보았다. 그에 멜즈는 눈을 질끈 감은 채 온몸으로 내리꽂히는 시선들을 차단하려 애를 썼다.

이런 건 아무것도 아니었다. 이제껏 이사나가 당했을 수모에 비하면 정말 아무것도, 아무것도 아닌 것이다.

우악스러운 손길에 몸이 뒤집히고 옷이 찢기는 게 느껴졌지만,

멜즈는 눈을 감고 죽은 듯이 가만히 있었다. 어떠한 것도 생각하지 않고 느끼지 않기 위해 일부러 감각을 차단했다. 그래, 슬레이브가 되는 것쯤은 사실 아무것도 아닌 것이다. 탈피를 하는 것도 아무것도 아니었으니까. 그저 몸집이 좀 커지고 날개가 생긴 것뿐이었다. 그러니 이것도…….

"우욱……!"

교미를 하던 도중 갑자기 치미는 구역질을 견디지 못한 멜즈는 구토했다. 몸의 아픔은 어떻게든 견딜 수 있었다. 하지만 머릿속을 침범하는 이 이상한 감각은 도저히 어떻게 할 수 없었다. 체내로 탁하디탁한 오물이 억지로 주입되는 기분이 들었다. 멜즈는 들어오지도 않은 오물들을 배출하기 위해 계속해서 토했다.

아니다. 오물이 아니었다. 렉사의 감정이었다. 당장이라도 목 졸라 죽이고 싶어 어찌할 줄을 모르는 엄청난 살의. 그에 따라 멜즈 역시 죽고 싶어졌다. 당장이라도 마스터의 의지에 따라 숨이 끊어지고 싶어졌다. 멜즈는 바닥에 머리를 찧으며 스스로의 목을 졸라 댔다. 광인처럼 몸을 뒤틀며 죽고 싶어서 혹은 살고 싶어서 얕은 숨을 헐떡거렸다.

어느새 원형 경기장 안은 조용해져 있었다. 막은 이미 피날레였다. 승자는 결정되었고 아름답고 어리석은 왕의 후계가 일개 슬레이브로 전락하는 꼴을 즐겁게 지켜보면 되었다.

그러나 아무도 입을 열지 못했다. 충과와 다시 만나고 싶다는 이유 하나만으로 왕의 자리에 도전했던 후계가 비명을 지르며 괴로워하고 있었다. 결코 인간임을 포기하지 않았던 어리석은 후계가 마찬가지로 충과와 만나기 위해 스스로의 신념을 꺾고 슬레이브가 되어

가고 있었다. 그 과정을 지켜보는 건 희한하게 즐겁다기보다 고통스러웠다. 피투성이가 된 채 괴로워하는 그의 모습에 눈을 돌리는 자도 있었다.

왕위 계승전은 그렇게 고요함 속에서 막을 내렸다.

경멸하고 멸시하며 한편으로는 응원했던 왕의 후계는 패배해 왕의 슬레이브가 되었다.